閒情偶介寄

梅毅『休闲系列』

梅毅（赫连勃勃大王）著

上海人民出版社

序　闲情快史自有人

文　华

南方，几多势利炎凉；深圳，潮涌物质欲望。

梅郎十余载载歌载舞之生涯，以津门贵胄，蹭蹬于岭南蛮荒，竟能施施然安享笔墨荣名，以“我”口写“我”心，怡然红尘俗客，不惧身名两摧，快意恣肆，游戏人生，真天地间潇洒一达人也。

一万年来谁著史，五千里外忘封侯。寥寥数年之间，梅郎凝神静气，安心著史，大有所成。其五百万字之《赫连勃勃大王历史文集》十卷，乃中国断代史泱泱巨著，几年间皆已付梓。锦心绣意，脍炙人口。

梅郎以李贽为师，大有童心。“夫童心者，绝假纯真，最初一念之本心也。若失却童心，便失却真心！”如此，其看似率性纵欲，实则克己复礼。

红衣翠袖之间，回归端重。耳鬓厮磨之余，保持禅心。究梅郎幻化为“赫连勃勃大王”之本原，不过少年不得志于时，壮怀不堪牢落，故援白乐天爱樊素、苏子瞻恋榴花之乐，效史迁著史、柳永填词之苦，借以消遣自解。

明人袁中道曾言：“常居城市，终日醺醺，既醉之后，淫念随作，水竭火炎，岂能久于世哉？”

梅郎，大隐隐于市。不好酒，不好赌，不好财，惟好远游、读书、屠钱购物与“解语花”。故其常居城市，实能修心保气，颐养纯神。

酒色局内，名利场中，往往触处生危。岁月掷人去，流光忽已晚。梅郎乾乾终日，常怀惴惴，以写作为敛抑，以读书为器藏，一等身份，一等人品，做天下一等学问，恰似高踞百尺楼头，笔蓄锋芒，墨聚志气，真有大豪杰气象。

辛卯之秋，梅郎叹息水流花谢，怅惘平路成河，顿然抖擞精神，力图描摹残春音信，展揭奇书底蕴，撩衣拍案，蓄势待发，拟为其廿年闲情做伤心透彻之语。

然大魁大奇之人，往往有痴人之举。著述之前，梅郎抛掷巨万，于广州购得清末酸枝写字台一座；再三悉心搜索，复费数万购紫檀椅靠一具，上有梅花翩翩；继之，又屠钱十数万，搜得匏器数枚。

于兹之后，梅郎始怡然释然，抚之叹曰：“可以落笔矣！”

吾侪多俗人，皆掩口而笑之曰：“杀鸡焉用牛刀，写书岂靠红木。言‘闲情’而奢侈生心，枉有屠钱之名，不知梅郎醉翁之意何在也？”

梅郎哂然：“穷措大安知真名士！往昔宋祁学士成都锦官城内，燃臂烛，侍美姬，濡香墨，展锦笺，大修唐书，真豪士所为也！今日所为，不过踵先贤佳兴，画虎不成，反为俗夫所笑！闲情佳作，岂皆陋巷穷愁所出哉……”

壮浪之语，实饶风韵。

夫《闲情偶尔寄》者，古今未有之大奇之书，如幻海蜃楼，藻绮风云，看似风月怪谈，实则菩提暗喻；看似饮食男女之狐禅，实则天道王章之大道。如此，醍醐缠绕于豪端，须弥彰显恣肆于笔底，真因果大书也！

世人不善读《金瓶梅》，为其导淫坏俗，败坏人心；世人不善读《闲情偶尔寄》，为其夸饰铺张，动人物欲——此所谓吴道子之《地狱变相》妙图，反为酷吏罗织拷掠之借鉴也，真可发一噱。

梅郎此书看似“闲情”，实则层波迭起，妙趣相依，不可穷止。俗夫庸才读之，轩然而笑，潸然而泪，勃然而起，惑惑然不知梅郎之内里乾坤。梅郎纵横捭阖，探析入微，揭开时世花团锦簇，剖析趣人内心纠葛，笔愈敛而文愈危，终能潜入大千世界生生死死之苦海之中，满掬百颗明珠在握，一线贯通，以如椽巨笔消魔扫障，真如天际神龙，令人大发风云不测之慨叹。

梅郎才高神朗，洞鉴细微，故能细针密线，娓娓道来，于粉腻香浓之中洞悉怜悯畏惧，于雪月风花中彻悟哀声呜咽，于酒色财气中觉察冷落萧条。

达人心有大慧，故能悲财，悲色，悲命。

梅郎胸中自有十万卷书，有数十年之阅历，故能写“闲情”于幽深之处，引归于正，抽换板片，援情入性，指点迷津。

吾辈读之，恍然大悟之余，方理会繁华处之晦暗，恍悟热闹处之空濛，体会热火泼油处之寂寞凋零。

潜地雷霆，浮华韶光。梅花独放，莲叶落空。

梅郎真健者，下笔如有神，参悟方学道，谱成几迭清商；吾辈本凡人，读书似参禅，零落始知空，洒落满襟笑泪。

“浮生长恨欢娱少，肯爱千金轻一笑。为君持酒劝斜阳，且向花间留晚照。”

是为序。

壬辰岁首于深圳羊台山下百匏斋

目 录

第一章　最爱酸枝沉郁红

人，到了萨特所谓的“理智之年”，也就是步入中年，肉欲趋低，物欲增生，开始格外对老东西感兴趣。瓷器文玩以外，似我等文学中年，特别是对于紫檀、黄花梨以及大红酸枝这些老红木类的物事，尤其青睐入眼。这些东西呢，说起来，我自幼就不陌生。毕竟，从前天津家里祖上也曾“阔”过，脑海里很是留存了一些童年的记忆。

在这个电视上天天开鉴宝大会的古董热潮年代，编故事，似乎谁都会，而且个个在行，尤其籍贯为上海、北京、天津、武汉、南京等大城市的人，反正跑到深圳这个地方，天高乡亲远，乃编造身世最佳的地点。随便赶上个人多的饭局、茶聚啥的，个个口放厥词，铺垫准确，拿捏得当，故事会一样忙不迭地追忆先辈祖上那些根本不存在的流水华年。

抚摩着日渐发福的中产阶层肚子，反刍着刚刚嚼烂不久的鱼虾，哥们儿、姐们儿无不口吐莲花，数落家珍——桥段，倒没什么特别新鲜的，无外乎家里从前都特拽特阔特无奈，无外乎八国联军、革命党、“柿油党”、日本人、国民党、“文革”造反派或者是“四人帮”——凡此种种，无不被编故事者称为虚拟祖上大屋内各种老古董老古玩丢失残毁的罪魁祸首。

其实，倒不用过多编细节故事，反正几十年中军阀内战、日本入侵，连绵战乱，加上破“四旧”，各类人等抢杀砸烧，结局吗，自然使得诸位故事大王东西南北“大宅院”内各种珍玩全部丧失。

最后呢，看着电视中马未都等鉴宝类古董评点摩挲着那些价值连城、光彩无限的老瓷器、老玉器、老木器，讲故事人肯定会有一声沉重带泪的湿润叹惋：“唉，我们家从前那些珍玩，比电视上的东西好多了，假如留到今天……”

诸如此类，喷薄欲出的泪花都溅湿了词语。那些子虚乌有的祖上“宅院”和无数消失在岁月洪流中的“宝物”，其实背后都是虚拟的吹牛逼和身份焦虑症的碎屑……

我呢，在种种饭局或者茶聚本来应该当仁不让。作为天津人，嘴皮子肯定很溜，很能说很能侃，编故事讲曲艺咱在行啊。说句实话，没点儿卫嘴子的底蕴，还真上不了“百家讲坛”。

而当我本人，梅毅，著名的“赫连勃勃大王”，追忆祖上“荣光”的时候，无须杜撰，还真能言之凿凿，水分很少。毕竟，我们天津梅氏先辈家世，赫赫煌煌，确实还有真的历史依托和编排依据所在。

忆往昔，峥嵘岁月稠

天津梅家，毕竟是个大家族。真要追根溯源，可以往上捯到明朝开国之时，一直可以捯到朱元璋女婿梅殷。

熟悉明史的看官肯定清楚，明太祖朱元璋有 14 个女婿，其中梅殷最为老成忠信，深为老皇帝所喜。故而朱元璋临终托孤，嘱托梅殷好好照顾皇太孙朱允炆，也就是日后的建文帝。朱元璋死后，他那阴险沉猜的第四子朱棣肆行篡夺，发兵攻打侄子建文帝。梅殷作为朱元璋托孤之臣，始终对正统继位的建文帝忠心不贰。朱棣攻入南京后，赶走亲侄朱允炆，大肆屠杀侄子手下诸大臣。他自立为帝之后，暗恨这位一直不合作的妹夫，便瞅个机会派锦衣卫军官把梅殷推入护城河溺死。

梅殷妻子宁国公主恨极，毕竟朱棣是自己亲哥哥，她上朝哭闹不已，很有民间戏曲演义中公主撒泼的戏肉成分。朱棣内疚，杀谁剐谁不好把亲妹夫也弄死，摇身一变就装好人，下令处决害死梅殷的锦衣卫军官，追封追谥这位先前不合作的二妹夫。而后，朱棣颁诏，以梅殷长子梅顺昌为中军都督府佥事，次子梅景福为旗守卫指挥使。

天津梅氏第一世梅满儿，应该就是梅景福后人。不过，我毕竟仔细精研过明朝历史，对于《天津新县志》中有关天津梅氏起源大起疑窦，因为此书所写梅满儿之名由朱元璋所赐，从逻辑上讲对不上号，年代有阙。但无论如何，津门梅家追远到大明驸马梅殷，应该还不属于特出格的乱认祖宗。

在整个大明一朝，我们老梅家十二世均在天津世袭指挥使，可谓“世受国恩”。鉴于先辈梅殷血传正直，天津梅氏一直行止无亏，到了第十二世卫指挥使梅应武，孝悌恭谨，家悬“孝友克全”大匾，很受时人敬重。梅应武有个四弟梅应卜，平生乐善好施，曾捐建“草厂庵”为城内施赈之所，广施赈济，善名四播。入清之后，“草厂庵”被梅家扩建为“观音大士禅林”，一度成为天津城东南有名的寺院，香火极盛。

明亡清兴，作为大明亲裔的老梅家自然也退出政治舞台，由武入文。诗书传家，代有才人。清末有梅宝璐(1816—1891)，字“小树”，号“罗浮梦隐”，我们这位梅家先祖曾组建“梅花诗社”，其诗意境雄浑，凛冽清隽，我最爱他那副脍炙人口的天津鼓楼抱柱联：“高敞快登临，看七十二沽往来帆影；繁华谁唤醒，听一百八杵早晚钟声。”

清末乱局之中，我们老梅家“草厂庵”红红火火，直隶总督袁世凯在此创办直隶工艺总局，“北洋实业”由此策源；辛亥革命枪声阵阵，“草厂庵”成为“北方革命军总司令部”所在地，天津反清之火在此燎原；“五四”运动期间，美男子周恩来和奇女子邓颖超等青年，又在“草厂庵”成立“觉悟社”，李大钊曾受邀到此演讲——可见，我们梅家善地，不仅仅是积善人家庆有余的福善之地，也曾经是让人神飞魂驰的近现代革命精英聚集场所。思前想后，很让我这位天津梅氏后人大起夸耀之心……

而讲起我梅氏本家爷爷呢，似乎生于末世运偏消，运偏消。君子之泽，数世而斩，他没有什么值得夸耀的风光事迹。我爷爷年青时，乃天津本地一风流浪子，南市一带销金窟的常客。据我奶奶、我父亲等长辈回忆，这位梅爷爷吃喝嫖赌样样在行，还曾在日本投降后被国民党抓进监狱，抓进监狱啊……可惜不是因为亲共反美搞革命送情报啥的，而是因为吸大烟吸白粉被国民政府抓进去强制戒毒。

遥想我家爷爷当年，风流倜傥，雄姿英发，长得一团堂堂好相貌，写得一手翩翩好书法，河东河西，也曾有过祖上传下的十几座宅院和一个棉花厂。福兮祸兮，临解放前，他在短短几年之中任意挥霍，大把大把银子流水般涌入妓院、食肆和大烟馆，宅子厂子全变现还赌债。然后，老帅哥在49年秋天因“积劳成疾”，年仅41岁就一命呜呼，驾鹤西归，留下我奶奶和她3个儿子1个女儿。

福兮祸兮，梅爷爷一死，留下孤儿寡母母子几个人日子难熬了好长一阵子，但解放后我们这个梅家的成分就属于“城市贫民”了。在一次又一次运动中，一家人平平安安，包括我父亲和两个叔叔自小属于“根红苗正”的一代，上大学、找工作样样顺利，个个混得人五人六，几十年下来平平安安。

追忆了天津我们梅家那么多事情，言归正传，肯定有人不耐烦之余开始要不依不饶地追问：忆甜思苦从明到清，这和你梅毅梅大王要讲的老红木家具有甚关联呢？

当然有了！看至此处，马上会有世故、善解人意的看官粲然解颐——您梅爷没有这么牛逼的家世，没有老一辈子阔过的铺垫，哪里有紫檀、黄花梨等老红木家具可说呢！

还真是！

那么，在我小的时候，家里到底有过什么能拿出来说事儿的老家具呢？

还真不多！不过剩下一个紫檀被阁，一座紫檀大穿衣镜，一个盒式紫檀梳妆镜盒，以及两只黄花梨扶手圈椅和配套的茶几一个……

紫檀被阁，大概南方人不太清楚这种东西，这是北方大户人家放在床上安置被子的器物，是一种四扇门柜子，有的古董图录书上又称为“炕柜”。不过，我看图录上各种炕柜介绍，似乎都是 80 厘米到 90 厘米高，没有超过 1 米的。我们家里的紫檀炕柜，肯定有 120 厘米到 140 厘米那么高。虽然童年记忆总会有某些歪曲放大，可是依据我当时的个头比量，肯定应该有那样的高度。

紫檀被阁四扇柜门上面，有任伯年真迹花鸟，刚健清新，形状极似而还有些变形的意味。小时候，我对这个被阁的材料质地从来没有任何认识，也没有任何兴趣，就是对四扇屏发黄纸页上的工笔鸟儿印象无比深刻。

30 多年过去，我闭上眼睛，还能清晰看到那几只鲜活欲飞的红喙翠鸟，似乎它们还能从岁月迷雾中一鸣冲天，展翅飞入我迷离恍惚的童年时代……

这件今天价值不菲的被阁，当时可是我画小人和雕刻的对象。偏受祖母疼爱的我，总喜欢在冬日暖洋洋的午后，用铅笔乱画，时不时拿着修铅笔的小刀在那巨大而坚硬的被阁上面刻划。

紫檀性坚，儿童腕力柔弱，每次只留下浅浅的几乎看不见的印痕。大家闺秀出身的祖母，从来只是笑着呵斥我一下，或者仅仅装出要打的样子，从来没有阻止我破坏那件“文物”的意思。至今思之，在革命时代，家里能留下这样的物件，诚属不易。

这件紫檀被阁，至今还在我二伯家，不过那四扇屏的任伯年花鸟画不见了，代之乃四幅 80 年代的批量印刷的关羽年画，赤兔马，偃月刀，威风凛凛，杀气腾腾。最后一幅吗，乃走麦城之关公，惶急失落，似乎要逃入紫檀被阁的深处——显然，任伯年花鸟画，肯定是被我两个堂弟中的一个在他们爱听评书的中学时代某个时期撕换掉的……

至于紧靠墙壁的那只紫檀大穿衣镜，现在回忆，应该是民国时期产品。木料粗大，只有玉香线纹饰，除此没有什么精细的雕花和装饰，似乎过于实用、简洁。最可爱的，当属那块厚厚的玻璃砖镜子，虽然岁月使得镜面有几处磨侵的锈蚀，但站在这块大穿衣镜前人从来不变形。从我叔叔那辈起，一直到我哥哥、我以及我的堂弟、表弟，一直到我子侄辈，这块大穿衣镜应该见证了大概三代人以上的青春期时代爱臭美的自我照镜。

穿衣镜非常非常重，记得我快上中学的时候，为了空出足够的场地让一个心仪的姑娘在我们家里排练舞蹈《我是公社小社员》，我叫了两个男同学帮忙把穿衣镜搬到墙角。结果，三个距青春期还有些距离的准汉子，费尽气力才勉强挪动一两米远，一个手软，大穿衣镜差点撞向墙壁，幸亏一个叫李贵友的同学有黄继光堵枪眼的勇气和力气，“嗷”的一声伸出大脑袋，愣生生搭隔在紫檀穿衣镜和墙壁之间，最终保住了穿衣镜上面厚厚的玻璃砖。这紫檀木料重，那块厚厚的玻璃砖镜面更重！

儿时玩伴多年不见，后来听说这位李贵友同学由于智商的原因，愣愣痴痴，一直没考上好学校。中学毕业后，家里不富裕的李同学就辍学，在天津河东区火车站附近开始摆摊贩卖东西；再后来，他发家致富，搞了好几个大型批发市场，20多岁就开始开大奔驰四处招摇，据说现在已经成为区政协委员，天天大酒大肉，日子过得滋润、美满。我估摸着，倘若他那脑袋当时不是受到紫檀穿衣镜挤压，估计日后也肯定能够考上哪个大学，那么，今天，他也最多似我一样，不过是个工薪阶层的、天天为房为车为生活发愁的有知识“穷逼”而已……

而紫檀穿衣镜，那个大而易碎的东西，现在我再也找不到了。几次过年回天津，我在叔叔、姑姑家细心留意，都没有发现这个穿衣镜的踪影，我估计，大概是在我奶奶去世后被我爱扔老东西的哥哥处理掉了。按照我哥哥的脾性，应该是他拆迁搬家之时送人或者直接就扔掉了。

相比紫檀被阁和紫檀穿衣镜，小件东西更容易保存。现存于我处的盒式紫檀梳妆镜盒，很小，32开本书大小，合页为熟铜，可以对折翻开，一面是镜子，一面是镜画，乃吕布和貂蝉的“凤仪亭”。镜画有些磨损，吕布圆圆脸头戴金冠上插雉鸡翎，貂蝉耷肩瓜子脸小眼睛小嘴唇，从风格上推算应该是清中期物件，估计是昔日我奶奶嫁入梅家的陪嫁之一。

可喜可幸，这么多年过后，紫檀梳妆镜盒最后还能够落在我手上。“树欲静而风不止，子欲养而亲不待”，睹物思人，追念祖母养育厚恩，有这个紫檀梳妆镜作为念想儿，留存着我对祖母深深的怀念。

从今天观念来看，我们老梅家当时家中所谓的“重器”，就要属那配黄花梨茶几一个的两个黄花梨圈椅了。

黄花梨圈椅，在我记忆之中，本来一直是配对的两只。1976年天津地震之后，住了几个月“临建”，就只剩下一只了。后来据我叔叔说，大概是地震后各家各户都忙于在露天搭制临建棚屋，有一只黄花梨圈椅被搬出去，不知谁纳凉放脚后遗忘在露天的空地上，隔了一夜就杳无影踪。按照当时风气和人们对这种东西的认识，肯定不是被人故意偷走的，而是被人当作普通有用的物件顺手牵羊拿走的。

圈椅剩下的一只，茕茕独立，一直放在堂屋靠门的地方，后来却惨遭我哥哥毒手，被他几乎大卸八块。

80年代，我宝贝哥哥爱看电视中每每哭成泪人一般的山口百惠，爱她梨花带雨，爱屋及乌，就极其着迷日本风格，生鱼片亲口吃不起，富士山亲眼看不起，怎么“哈日”呢？于是他就买了几张竹皮编织的凉席仿制日本榻榻米，希望自己睡在上面就能有三浦友和的感觉了。恰恰为了迁就他为自己研制的榻榻米凉席，正上高中的哥们撅着屁股，弯腰猛干，费了一上午的劲，先把那只圈椅锯成了两截，壶门牙板被锯成两半，上面的螭龙纹饰惨遭蹂躏，连四腿也肢解掉，扔到堆放杂物的小屋内。然后，他煞有介事，拎着只剩上半截的一圈圈椅，放在榻榻米之上。

也怪，圈椅被锯断之后，扶手上面原本美轮美奂的净瓶式联邦棍和背板镂雕的螭龙，似乎一下子耷软下来，失去了原有的神采。

而我哥哥呢，却容光焕发，他本来想做出三浦友和的姿势，却露出《红灯记》中鸠山的日本表情，在半截圈椅上面盘腿而坐，拄颐叹息，估摸正幻想着自己正要和山口百惠亲切交谈。他当时那忧郁的小眼神和鼓腮斜眼的鸠山表情，至今残存在我记忆之中……

那年秋凉过后，待榻榻米凉席扔掉的时候，那个黄花梨圈椅的上半截也随着假榻榻米不知所终。

如此一来，黄花梨好东西，家里只剩下唯一的茶几了。由于奶奶去世早，父母不在身边，我哥哥乃家中老大，他对任何东西都有处置权，所以数年间为所欲为。

这哥们宰了那个黄花梨圈椅没过一年，他又从电视剧《加里森敢死队》开始迷恋美国文化了。美国文化，沙发当然是最大的标志之一。为此，他花 60 块钱买来一对人造革沙发。为了和沙发的高度相匹配，我这位哥哥当时从邻居处借来个大锯，准备再次对黄花梨茶几“行凶”。这次呢，他很信任地让我给他当帮手，派我替他死死按住无辜的文物茶几。于是，我作为帮凶，帮助哥哥又宰了那个极其无辜、极其完美的黄花梨茶几。

哥俩撅着屁股忙了近一个小时，才锯掉了那张大概是明朝黄花梨硬木茶几的四个脚。淌汗皮热帮忙之间，我记忆深刻的是，那看似老榆木颜色的黄花梨被锯断后，散发出迷人的香气，那样清新，那样香甜，至今还氤氲在我的鼻腔。到了2006年，当我开写明朝历史《纵欲时代》之后，我才恍然大悟：明熹宗朱由校那么爱干木匠活儿，说不定爱的就是那黄花梨的木质和香气啊……

今天追忆，当时那套今天看来无上珍贵的黄花梨家具之所以被污辱、被损毁，主要一个原因还是我们一直以为它们的质地乃不值钱的老榆木。

我奶奶80年代初期就过世，她活着的时候，从来没有对内对外显摆过家里面有什么东西值钱。她老人家死后，没有任何阔过经验的父辈家人，以及来家里串门的亲戚朋友，都知道大床上面那紫檀被阁是好东西，黑黑紫紫的，一看就是“地主老财”家的物事。而每当谈及这套黄花梨圈椅和茶几的时候，都只对这套老物事上手沉沉的感觉印象深刻。比起当时林林总总的杂木家具，自然几件黄花梨木质也要沉好多。无论长幼，当时大家也都很好奇：如此黑不溜秋的老榆木家具上面，为啥要有如此精美细腻的雕花？

特别是那个黄花梨茶几和圈椅的壶门处，细细雕刻着螭龙纹饰，小时候我和同学常轮流在上面写作业。童心好奇，我们也一直研究，这老榆木上面为什么雕刻了这么多“蝎虎子”在上面。所谓“蝎虎子”，天津土语，实际是对壁虎的称谓。其实，那雕刻细腻、看似壁虎的东西，乃中国古代瑞兽螭龙。

很多年后，我到上海博物馆近距离参观王世襄藏物，才清晰认识到，我童年时代一直认为是老榆木的圈椅和茶几，就是老旧黄花梨。我之所以认定被我哥哥宰了的圈椅和茶几是黄花梨，这倒不是东西没了之后自我浮夸的倒推臆想——我们梅家那套黄花梨东西唯一剩下过的遗骸，是一个内翻马蹄样式的茶几腿。本来，它一直放在杂物堆中被人当锤子用。不知什么时候，大概是我姑父修自行车的时候砸脚蹬，顺手放在包里拿到他们家里。

直到最近，姑父家老屋拆迁，翻扒东西，才把这个东西找出来。

在如今这个“鉴宝”年代，即使从垃圾堆里面翻出一只金属老尿桶，都要急赤白脸看看是否是宣德炉改造的，别说是老木头啦。

大家伙凑头仔细一看……嗬，您猜怎么着？拿不准！怎么办，赶紧找专家啊，几个爷们飞奔到古文化街专门做老家具生意的店铺问老板……嗬！

百分百黄花梨！

后来，我又看到资料文献，直到上个世纪80年代，北京周边河北一带经营搜购老家具的贩子们，还把一些真正的老黄花梨家具当成不值钱的老榆木给贱卖了……

又轮回，重新爱上老红木

肇庆，距离深圳只有两个多小时的高速车程。在那个地方，出产我国四大名砚之首的端砚。

每次和北方一些朋友说起肇庆端砚，无论有文化没文化，无论博士硕士学士，无论真文凭假文凭，无论真“合伙人”假“合伙人”，竟有不少人对端砚懵然无知：

“砚台？端砚？不是出在黄山吗？”

每听此言，我都要百分百按捺住渐起的杀心，掩藏住智识分子的不屑，以一个纯历史学家的耐心一一解释，循循善诱，告诉他们说：

肇庆，从前叫端州，宋徽宗当皇帝前被封为端王，封地就在肇庆，也就是当时的端州。所以，肇庆那里出产的砚台，一直被称为“端砚”。而黄山旅游地所卖的砚台，应该叫“歙砚”。如果从质地着眼，歙砚远不如端砚细腻；如果从实用角度着眼，歙砚也远不如端砚发墨；如果从起始年代算，端砚在唐朝武德年间就是唐高祖李渊的时候就有，而歙砚从李渊孙子的孙子唐玄宗时代才有记录……（肇庆之所以后来叫肇庆，源自那个窝囊死于寒冷五国城里的宋徽宗，他本来的封地是端州，当过“端王”。继位之后，端州成为福地，“大庆肇始”，故而改名肇庆。真的，肇庆真应该改回端州，多好的名字啊。而“肇庆”这个名字，从宋徽宗的命运看就不太吉利，听上去也没有什么文化，跟“大庆”啥的很类似。）

如此看来，似乎我很有文化，似乎我也很爱端砚。其实呢，端砚于我而言，是从实用器开始。

大概从 1998 年开始，自从我开始喜欢功夫茶之后，我就开始青睐肇庆出产的端砚茶盘。

端砚石料的雕刻非常精美，砚石雕成的茶盘自然差不了，比起茶城所卖的那些木屑压制的茶盘好看多了。在那个端砚远远没有炒作出现在惊人高价的日子里，我时常开车去肇庆。当时成行目的，绝非为了品味高雅古代文化去品赏和购买端砚，主要是为了吃肇庆特产猪肚鸡，喝走地鸡鸡汤，剥剥裹蒸粽，顺便才闲逛购买端砚石材制作的大茶盘。

现在去肇庆旅游，游客们也会到处看到所谓端砚石制作的茶盘，基本都是端石石皮粗糙原料制成的东西，或者是一种肇庆周边地区所产粗陋石头所制，根本就不是真正端砚砚石材料。质量好一些的大茶盘，不过是从前价格甚贱而如今身价不菲的绿色端石。而 10 多年前在肇庆，花费不过 2000 块钱，就能买个深有半米的纯净绿端整挖大鱼缸。所以，当其时也，我到肇庆买真正端砚石材制作的大茶盘，简直可以说为所欲为，遍挑遍选。

端砚砚石，在上个世纪 90 年代末期之所以有那么多出现在市场上，是因为 1987 年以后，肇庆允许私人承包开矿，致使端砚石材产量激增。为了追求利润最大化，私人矿主们丧心病狂，使得肇庆当地维持了 1300 多年的人工手工挖掘采矿，变成了放炮爆破采石。“轰隆隆”炮声之中，在端石产量大增的同时，各种老坑名贵砚石被爆炸震裂。在肇庆一直延续了1000多年的安全洞型采掘，变成了混乱无序的大面积滥采。就连古人为砚坑安全而留下的用于支撑上面岩石的石柱（古称留礅石），也被贩子们无情毁掉，砍断锯断当成砚石出售。

据说，当时有些矿坑采掘面积高达上千平方米，昔日工人在隧道内弯身用鹤嘴锄细挖慢掘的景象再无出现，大型拖拉机都可在矿洞内自由扬铲行驶。而近20年来肇庆开采出的砚石数量，竟然是端砚1300多年来开采总量的数倍。为此，肇庆市政府不得不在2000年宣布封坑。

福兮祸兮，也正是有当时肇庆端砚坑石无限量开采的背景，作为深圳客，我才能买得上好端石制作的茶盘。

当时肇庆制作茶盘的材料，在搜购奇货的今天，看上去真可谓穷奢极欲：每家店里都有好几个大概一米见方的大茶盘，暴殄天物，全部用坑仔或者麻子坑坑料制作，而且坑料完整，雕工精细，或雕荷花，或雕梅花，或雕仙人对弈。我之所购，最奢侈的，莫过于一大块老坑坑石（“水坑”）所制作的茶盘，石料呈紫蓝色，略带青色，真正的“质刚而柔”。无论是取石、就料、开型、出槽、磨平还是雕花，这块砚石都是匠心独运。整块大砚石上面，遍布冰纹和名贵的金线，是真正金光闪烁的金丝线，而不是那种土黄色的土线。浅雕梅花处，还散布着看上去无比娇嫩的鱼脑冻，冻周围还有胭脂晕火捺围绕，恰到好处把每个“冻”

都团团围住，瑞雪罩梅花，非常有宋画神韵。

由于我姓梅，所以一直把这块老坑砚石所作的浅雕梅花大茶盘奉为珍品。这块老坑砚石内，久远前形成之时泥质比重很大，硬物敲击之时，会发出让人惊奇的“笃笃”木声。摆炫此物与诸友喝茶数年，每次我都会煞有介事敲击来显摆。拿出清末赵汝珍所著《古玩指南》，煞有介事地说：“石以木声为上，老坑皆木声，麻子坑佳者亦然，余则否”……

据说，由于老坑砚石中含硅质较多，真正实用发墨的时候，毛笔会久用而锋芒不退，十分养笔养墨。但我这块上好砚石石料，最终变为非常功利实用的茶盘，而非书画台上的墨砚，所以，也从来没有拿它磨过墨，也没有几乎见证老坑砚石发墨养笔的功用。

此后数年，慢慢购买自用和送人的大茶盘之余，我也开始有意识地购买老坑、坑仔、麻子坑等质坚坑好的端砚。当然，由于越买价格越贵，我买的量就越来越少。即使如此，随买随存，随买随送，断断续续，一直买到 2006 年左右。

其间，最值得回味的一方砚石，是我在 2005 年所购，立体整雕的《熙载夜宴图》，选取的是顾闳中所画韩熙载家中夜宴第一段听琵琶演奏的场景。这块端砚精雕，不是浮雕，不是浅立体雕，而是真正深立体雕刻。半米见方的整块紫红色宋坑老石，挖雕出 7 男 5 女 12 个人物，再现了南唐款爷韩熙载与宾客、幕僚、艺妓们凝神聆听弹奏琵琶的情景。

能工巧匠，巧夺天工，从砚石下面非书法款行文中，可以发现，这个端石作品是当初一个肇庆“公家”砚台小厂的老工匠所雕，成于80年代初，大概属于干多干少都是按月领工资，所以不惜工费，精雕细刻。

《熙载夜宴图》的这一幕，凝结在宋坑端石中，别有风味。弹琵琶者乃教坊副使李佳明的妹妹，雕刻出的这个美人，比起原画具有古韵美感，葱指轻舒，沉浸陶然，似乎能从她手中琵琶中听到美妙清脆的音符，而韩熙载、状元郎粲、韩熙载的门生舒雅、宠妓弱兰和王屋山等人，无不气氛凝注，姿态曼妙，他们的视线凝聚在琵琶女的手上，各人的姿态、表情呼之欲出，凸显出古人欣赏艺术那一刻的不同性格特征，静中有声，声中有动，除了一个鼓架有轻微损毁以外，这块端石作品近乎完美。

如此一块精美而“无用”的宋坑端石雕刻，当时花了37000元，是从一个刚刚开店急需现金的端砚工艺师手里买得的。扛到深圳，艺术细胞兴奋过后，当时我还是很有些后悔。37000元啊，肉痛之余，总觉得自己冲动了，买了这么一块精细、高级、脆弱的文化奢侈品，它本来是应该放在端砚博物馆的东西啊。

2011年夏天，我从广西旅游开车路过肇庆歇脚，随便瞎逛的时候，再次在端州路遇到昔日卖我《熙载夜宴》的店主。忽然再见，我一时都没有认出他。几年不见，这老哥们头发掉了不少，几成全秃。可他却认识我，即刻跌脚大叫：“哎呀梅先生啊，当时我卖你的那块《熙载夜宴》，别说石头了，现在就是只算雕工，也起码要10万块！孤品，孤品啊！我最近看到你在《百家讲坛》讲课啦，什么时候讲讲我们端州砚石，讲讲我卖给你那块孤品吧……”

高兴之余，回到深圳后，我立刻从柜子深处找出锦盒，冒着再次闪腰的危险把这个作品拿出来，细细端详久之，摩挲良久，很是为当初自己的艺术眼光和投资眼光兴奋了一回……

某一日，淫雨霏霏，无聊盘点，除了陆续送朋友以外，我发现在自己家里柜中、办公室柜子里面，竟然还留存100方左右的大小砚台。铺陈开来，能记住形状和样子的竟然没有几块！集腋成裘，几年下来所买端砚的数量真多，几乎能开店铺了，就连我浴室内洗澡蹲坐的石凳，也是一块高达80厘米、横70厘米、厚60厘米板凳形状的砚石，而且是一块上好的、遍布活眼的未雕琢梅花坑砚石。这，可真应到那句天津谚语：“光屁股坐板凳，有板有眼”。

几年下来，在肇庆所购砚台如此之多，连我办公室的窗台上也砖头般摆放数块老坑原石。以至于有个名叫田颇的同事，有一次到我办公室砸核桃吃，随便一寻摸，他竟然随手抄起一只未雕老坑砚石，猛力敲砸。

未及叫停，那块柔嫩老坑石和粗硬大理石地面隔着一个脆核桃即刻产生亲密接触，应手即碎，价值七八千块的满金线老坑砚石，登时香消玉殒……

肇庆白石村，重续红木缘

唠叨至此，肯定再有看官好奇，你“梅毅话英雄”式地说了这么多端砚端石，和老红木有啥关系呢?

太有关系了!

我们日常生活的每一圈涟漪，都会源于某一粒冥冥之神随手掷出的不经意的石子。

2007年夏季的某一天，时间就像一张破碎的脸。我和常务志、赵天授两个朋友，驱车揽辔，人抱大钱包，各怀购买欲，兴冲冲去到肇庆白石村，到那个端砚专卖村里面四处寻摸。

流窜了大半天，反正都来了肇庆一趟，油钱花了，猪肚鸡吃了，贼不走空，大家都搞金融这么多年，从摊平出行成本的经济学角度考虑，怎么也要买几块砚台回深圳放着“升值”。

前些年，我一直在肇庆市内的旅游点买端砚，刚刚发现临近郊区的白石村乃真正端砚聚集地，自然寻宝一样前往。

虽说是个“村”，但白石村村民见多识广。他们经营多年，智商情商都挺高。我们三个深圳客磨叽半天，自称老顾客老玩家口干舌燥讲价，最后，各自花了大几千块钱，高价买了几块小小的端砚。质地吗，无非是梅花坑和宋坑。当时端砚涨价已经很厉害，坑仔、麻子坑的价格都高得离谱，更别提老坑石了，随便一块砖头大小没有经过任何雕琢的老坑端砚石，都要三四万块钱。

回想90年代末期，我不到一万块钱就买个一米见方老坑端石大茶盘的时代，当时说起来已经像个神话故事了。

吾友常务志，硕然一胖子也。他买了一方宋坑雕琢的摆件，设计挺巧妙：匠人就着一块火捺，在上面浅浮雕刻一个儿童放风筝，圆头大脑，憨愚可喜，很像常务志本人。

非常高兴之余，他就问卖家，是否可以免费提供一个摆放端砚摆件的木架。

卖家虽然一岭南农村女流，绝无妇人之仁，斩钉截铁一口回绝，说家里砚台已经割肉卖得心疼了，不可能再送木架子。但她还是很客气地点拨常务志，告诉说，白石村里面就有一个专门制作砚盒、木架的木匠，作坊距此店不到 100 米远，可以去木匠家里购买漂亮而“专业”的砚台木架。

常务志很顺从很听话，即刻屁颠屁颠地猪癫疯一样离开。临行，他嘱咐我和赵天授：“哥俩别着急，我最多 3 分钟就回来。”

岂料，常务志这一去，永诀一样，很久不返。在那个岭南炎热的、气温高达 43 度的午后时分，10 分钟都像一辈子那么漫长。

我和赵天授坐在没有空调的村民前店后作坊的家里，油汗满脸，没多久就开始诅咒常务志。一会儿工夫，我们就几乎把胖哥们祖宗八代都呼唤遍了，但始终不见常务志转还。

心急火燎，我们二人开始打他手机，岂料手机放在我们近旁的车里，兀自振响，常胖子根本就不能接听。

半个小时过去了，正当我和赵天授焦急无聊之余口头念叨给常务志开“追悼会”的时候，哪料想胖哥们翻蹄亮掌跑了回来。

看这胖厮，满脑袋都是汗，手里面还搬着一个茶几，左右摇摆，似乎很累，很沉。

“对不起，对不起，晚上我请你们吃饭，我请！”常胖子先堵住我们的嘴，显然他已经为我们谴责的眼神深深震慑，即刻说要请吃饭赎罪。而后，他长吁了口大气，自豪地指着放在地上敦敦实实的茶几说：“木匠家里有奇货，堆了一仓库的老木头，很沉很沉……”

话说一半，他还低下音声，很神秘很神秘地凑近我们两人的耳朵，低语道：“这么重的木头，能不好吗？一百多年的东西，才卖600块钱！”

我和赵天授两个人很狐疑，面面相觑，各自上去拎了拎那个茶几，真的很沉，很沉。看那残旧的品相，很老，很老。但是，对于茶几木头黑黝黝的质地，确实不在我们的知识范围以内，紫檀肯定不是，黄花梨也不是。常胖子扛来的茶几质地我确实没见过。那么，到底是什么木头呢？

“坤甸，坤甸木！”常务志低声说。

“坤甸？”

“坤甸？”

我和赵天授依旧大眼瞪小眼，茫然不知“坤甸”为何物。从来没听过这个词语。

倒是一直看着我们低语咕叨的卖端砚女村民很不耐烦，用不太准的普通话不屑地说：“哎呀，坤甸啦，就是铁力木啦，不值钱了，哪里有我们的端砚值钱啦……”

这句话，适得其反，听得我们三个人杀心顿起：端砚这些破石头真是太“值钱”了！巴掌大一块没有任何实用价值的石头就几千块。相比之下，这么重这么沉色泽这么浓厚的茶几才600块！茶几啊，还能在上面喝茶，实用啊！

“哦，原来坤甸就是铁力木，似乎从前听说过……”我和常胖子做出恍然状。

根据我从前家里曾经“阔”过的经验，好木头肯定沉，越死沉的越是好木头。而且，最关键的还在于，我和常务志都买过、看过王世襄先生的《明式家具研究》一书，记忆中，书里最后一个跨版的照片，就是广州藏家手里一个明朝铁力木大案子！稀有啊，稀罕啊……

于是乎，不顾女村民的白眼，牵着赵天授，我跟在常胖子身后翻蹄亮掌，飞奔到白石村唯一的木匠处，开始钻入满是灰尘和热气的仓库中寻宝。

这回，浑身臭汗滴不停，我也不觉得热了；无数蟑螂乱窜，两只小螃蟹大小的蜘蛛还吊晃在眼前，也不觉得脏不觉得吓人了。我们只觉得自己如同阿里巴巴进了藏宝洞，充满兴奋和好奇。

琳琅满目，灰尘笼罩中，都是黑乎乎的椅子和茶几。质地吗，几乎全部相同，都是坤甸木。

“老东西啦，上百年啦，都是我这么多年做木匠四处搜的啦……”木匠是个瘦子，说着一口我们听不惯的肇庆白话。听惯了香港白话和广州白话，肇庆白话的音调上挑，尾音悠长，有些奇怪，“这些家具都是坤甸木的啦，也叫铁力木，格木，东京木，都是一种东西啦，我做木匠30多年，搜了好多年放在家里当样板收藏的啦……”

肇庆白话奇怪，这种老木头也奇怪。当时还不时兴苹果手机，否则上网随便一搜就知道什么是“坤甸”，什么是“铁力木”。

财迷心窍，鬼迷心窍，我和常胖子、赵天授互相交换了一下目光，认定我们在肇庆这个出产砚台的白石村木匠家里算是捡到大漏儿了！

买！

咣当咣当，我即刻搜罗了四把椅子，两个茶几，都是死沉死沉，漆黑漆黑，真正过百年的老坤甸！一算钱，便宜到要笑——半堂椅几，总共5200块，赶不上我刚买的一块砚台钱！

经我一激动，常务志欲火中烧，也学我买了两把椅子，和他刚买的坤甸茶几凑成了一套东西。“嘿嘿，以后喝茶有专门地方喝了……”

就连平时屎里捡豆购物最谨慎最保守最财迷的赵天授，咬牙半晌也慷慨解囊，花500块买了一个坤甸茶几。“我们都买了这么多东西啦，你这个卖我要便宜点啦……”赵天授把500块硬塞给了那个木匠。

忽然见到深圳来了三个大傻叉买了半屋子坤甸旧家具，白石村的木匠都有些手足无措了。很快，他也兴奋，鼓掌说：“三位老板，我家里还有一个大红酸枝的凳子呢！要不要？”

没等我们回话，瘦木匠的胖老婆晃着大鹅一般的身躯，一只手拎着一张方凳，风一般送到了我们眼皮底下。

“这不是老红木吗……”我擦了擦方凳上面的尘土，方凳木色红润油亮，黑筋毕现。原来木匠称为“大红酸枝”的东西，就是老红木啊。对于这种老红木，我还真有知识。在我小时候，家里面有紫檀和黄花梨，这种红木东西还真不多，大概只有一个称量金银的戥子和摆放瓷器的木托是酸枝木质地的。我祖母在世的时候，告诉我说这是“老红木”。由于戥子和木托体量小，被我常常拿在手里玩弄。所以，我对这种木头的肌肤直觉体验，要远远大于对紫檀和黄花梨的认识。

看我爱不释手的样子，木匠马上说：“这方凳是大红酸枝的，贵啊，46 厘米啦，从前大户人家用的啦……”

“多少钱？”我在发问的时候，脑子里面飞快地搜寻似是而非的有关老红木价格的知识。

“1800 块啦。”木匠说。

也就是说，一个老红木方凳的价格，差不多是两把坤甸椅子加一只坤甸茶几的钱。

我没有任何犹豫。

“买了！”

于是，由此开始，我平生再次和老红木，也就是大红酸枝，结缘。

待到装车的时候，我们犯难了。

三套坤甸茶几椅子，加上赵天授买的独茶几和我买的那个老红木凳子，常胖子开来的面包车已经塞得满满当当。我本人和他这个当司机的胖子坐在前排，都要前胸挤到仪表盘上。如此一来呢，车里根本就没有赵天授坐的空当了。

“能否再‘科学’地摆摆东西，腿腿相插，或许我能猫进去？……”赵天授嗫嚅着问。

仔仔细细看了看车里面的物件，又看看赵天授并不特别肥硕的身子，常务志常胖子非常严肃地说：

“即使把你剁成肉泥，即使把你的肉泥分成几堆儿，这车里也塞你不下了……”

再回首，往事已如梦

那么，果真从年少时代的天津到2007年的肇庆，20多年之间，我和紫檀、黄花梨、老红木这些东西暌隔多年，难道就一直没有缘分吗？

不是！

大概是1995年左右吧，我曾经差点买过黄花梨家具。当时，赶上公司最后一批房改福利房，只花了20万，就得以在深圳银湖分到公司一套近100平方米的房子，现在看来，便宜到梦笑。

但当时来讲，1995年，20万，几乎把我和未婚老婆的全部积蓄花光。

房子买了，装修了，没剩多少钱，屋子里面不少地方空着，于是就打算用剩下的为数不多的钱买家具。

记得第一次和未婚老婆看家具，在红荔路的免税商店真看中了一对黄花梨圈椅，全新的，坐上去舒服至极，标价6000块。看中那对圈椅，主要是它们勾起了我童年的回忆。仔细打量，圈椅的做工虽然精细，典型的明式风格，但还是要比从前我们天津老家里那对真正的老明式圈椅简单了许多，没有螭龙纹饰，没有雕镂的壶门板，通体光素。在灯光闪烁下，它们显得过于锃光瓦亮，一点不含蓄。

我老婆根本不懂什么黄花梨红花梨这些东西，拈着价签兀自咕叨着："圈椅啊，这么简单几根木头架子，要6000块，是不是太贵了……上次东门有个算命的说你阴阳五行中不是缺金吗，那边柜台里面有个香港做工的金链子，不如买个金链子吧。金子总比木头值钱……"

当时，带工的黄金才80多块钱1克，听老婆的话，跟党走，根本没多少犹豫，我就把这对黄花梨圈椅忘到一边，马上买了一个近100克的大金链子。此后，日日戴到身上厌胜补金。结果呢，狗链子一般的大金链真沉，不仅没有补了我五行中的缺金，还几乎戴到我颈椎病犯。

第二次看家具，明显受到了同事的劝说。我有一个张姓女同事，很有艺术审美气息和审美眼光，她当时就花了几十万购买了数件海南黄花梨家具，总劝身边同事也买几件古式制式的家具长长文化。三撺两掇下，找了一个周末，我携老婆以及一个叫岳开封的即婚男同事和他女朋友，四个人一起到深圳当时卖家具的艺展中心去寻摸。到了一个大店，看到诸多做工精细的海南黄花梨仿古家具，木料百分百真实，而且仿古的比例恰当，形制完全古典，没有任何臆造的成分。唯一不足的是，这些家具做旧过。这种做旧，倒不是故意做脏当古董家具卖的那种骗人做旧。当时黄花梨家具还没有经过炒作，市场需求不是很大很多，这些黄花梨家具制成之后，家具商就故意把它们摆在户外任凭风吹日晒雨淋好几年，然后稍事打磨拿出来卖，其实也有自然风干风化的意思。

毕竟自己从前天津的家里有过真正的老黄花梨家具，在我"阔"过而挑剔的眼中，这些家具就有些等而下之了，它们有风雨侵蚀的陈旧，却没有岁月磨蚀的沧桑。

与我们同去的同事岳开封，乃武汉大学金融系毕业高材生，河南人，很有超前的经济头脑，他看中了一套雕刻繁缛的皇宫椅，连茶几一起，价格38000。"你们也买一套吧，我听说海南黄花梨木料本来就不多了，物以稀为贵，以后肯定要升值……"岳开封精打细算后，交钱购买，也劝我们买。

"本来的新木头，干吗做旧呢……"摸着白里泛黄的木头，我很是犹疑。接着，我老婆试坐了坐，马上潜台词表态反对："坐沙发都坐惯了，这种木头的椅子，坐一会硌得哪都疼！"

有了老婆大人一句话，显然木头家具就不能考虑了。但新房子呢，确实需要家具。于是告别了岳开封伉俪，我们离开黄花梨家具店，目的性极强地遛到了一个冠名“香港皇朝”啥啥的家具店，花了和岳开封购买那套海南皇宫椅同样的价格，也是38000，购买了一套草绿色猄皮沙发。啸，软和得如同松软肚皮一样，当时坐上去那个舒服……

时光荏苒，岁月如流。自从我2007年开买老红木家具之后，就此两件昔日购买家具未成“事件”不停奚落我老婆，类似更年期祥林嫂：“好，从前你不让我买黄花梨家具，现在我想买都买不起了……当时6000的圈椅，现在80000都买不到，非买那根大狗链子，是，不错，纯金的，但金子涨价了，不过4倍，海南黄花梨涨了20倍啊！唉，现在拿出10万块，最多能买一对品相不行的越南黄花梨圈椅……”

最后悔的，自然当属我们当时38000买那套猄皮沙发了。所谓猄皮，反毛普通牛皮的，不能清洗，越坐越脏。特别是银湖那套房子日后出租出去之后，轮到了第三个租客，就嫌那套沙发肮脏，非要我们搬走扔掉。作为无比善良的房东，我自然要尊重租客的意见，左找右找，最后花了120块钱请两个民工把那套已经脏污且坐塌的沙发扛搬到楼下扔掉。

“还记得95年人家岳开封38000买的那套皇宫椅吗？现在都价值80万了！而我们花同样价钱买的沙发，扔了，还要花120请人抬出去……如果不是你当时图舒服买沙发，咱们也有10多年升值 20 倍的东西了……”只要提起这事儿，趁老婆高兴的时候，我就会满口埋怨……

“河东狮子”每每不屑，对我这男祥林嫂的抱怨似乎听得耳朵起茧。有时候她老人家心情大好，就会揶揄我一句：“幸亏买黄花梨圈椅的 6000 块钱当时给你买了黄金大狗链子了，如果给我买了什么首饰，你现在就更怨更冤了吧……”

捎带要提的一句是，当初劝我买黄花梨家具很有投资眼力的老同事岳开封，如今进入一家基金公司管理层，年薪 1000 多万……1000 多万啊！我坚信，有些人，生而知之，诸如我的朋友岳开封，人家就是能投资能挣钱的命。

唉，紫檀、黄花梨，到如今普通人再也难以享用得起了。人生总是这样，失去的才知道珍贵；东西更是如此，喜欢了就开始天天涨价……

说了半天重续老红木梦想的事情，肯定还要接着说在肇庆我和常务志、赵天授购买铁力木家具的话题。

鬼使神差般，自从 2006 年在白石村木匠处发现了铁力木，我和老友常务志认定这种木头是好东西，认为它们肯定是零落在以砚石出名的肇庆，肯定是暂时没有被发现的珍稀木材。

好东西不能让别人白捡，在接下来一周里，关山度若飞，我和常务志接连两次，抢购般从深圳来往肇庆白石村，把那个木匠仓库里面的坤甸家具几乎买空。

两番三番脑袋发烧过后，返回深圳路上，灰头土脸兴奋之余，我们俩忽然变成哲学家，有所小小觉悟："咦？现在资讯这么发达，咱们两个人就凭着这些铁力木手头很沉，就凭它们的样子黑旧，就凭这些，认定这种木头是好东西，是不是犯了不搞调查研究的形而上学错误呢？……"

面面相觑之际，常务志和我瞬间再次变成了怀疑派。毕竟这么多年，零零碎碎，在全国、全世界各个旅游点、古玩城，两个人已经有购买无数垃圾的经历。于是，蓦然回首，我在汽车座椅上回头看，越来越觉得这种黑森森木头让人起疑，除了手头沉这个共同点以外，坤甸木和紫檀、老红木最不一样的地方、最让人感觉不快的，在于这种木头棕眼太粗。而且，大概溽热季节放在南方肇庆那种湿热不透气的房间之内，坤甸木家具黑色木丝之间，似乎黏糊糊发霉，长出白色的霉斑。

我记忆所及，从来没有在我们天津老家儿童时代的紫檀和老红木家具中看到过发霉发白这种情况。而我在肇庆木匠那里第一次购买的唯一那只老红木质地的方凳，拿回家之后，也是越坐越亮，越坐越红。相比之下，这三次买回的所谓铁力木"坤甸"家具，横擦竖擦多少遍，拉手不说，质地粗疏多了，根本就没有好木头那种木芯起油感觉。

于是，回到深圳之后，泄气皮球一般的常务志和我，倒没闲着发呆，即刻买书，即刻上网，即刻窜去深圳黄宝岭古玩城，请教那些经验老到的广东籍古玩商人，内功外功，很是猛做一顿功课。几天之后，终于证明，在没有荷尔蒙刺激的环境中，我们二人确实太过冲动了——首先，我们两个屁颠屁颠买回深圳的坤甸木家具，根本不是卖砚女店主口中以及我们想象中的铁力木。

铁力木是铁力木，坤甸木是坤甸木。而且，肇庆那个木匠所说铁力木、坤甸木、格木、东京木都是一个物种，根本也是错误，或者是误导！

坤甸木原产地在马来西亚加里曼丹岛的坤甸市，清末时由广东华人从那里引进。由于性硬质沉，当时作为山寨版紫檀和酸枝卖给草根阶层使用，大概想让穷人也产生能使得起好家具的感觉。但这种木材确实和紫檀、酸枝不能相比，所以广东人以其原产地而称之为“坤甸”。坤甸木刚刚锯开时呈现黄褐色或红褐色，见光氧化后就变成黑色。这种木料极其强韧耐腐，抗蛀，入水即沉，所以清中期后广东的龙舟、木码头都使用这种木料来做，埋在水里、河底多年也不会坏。

好多初入古玩木器行的人，也和我们一样，都把坤甸当铁力木，其实大错。老铁力木产于广西、云南，广东少处地方也有出产。而且，真正的老铁力木在明代开始就大量用于家具制作，但到明末清初已经很少使用这种木材做家具。日后，我们在广州、江门看到了细丝铁力木的家具，质地要比坤甸木细密，颜色也呈浅黄棕色，重量比坤甸木还重得多。

那么，细丝铁力木是老铁力木吗？也不是！广东人管这种细丝铁力木为“东京木”，难道它是日本出产的木头吗？其实，只有广东、香港等地才管细丝铁力木叫做“东京木”。这里所谓“东京”，也不是日本东京，而是指从前称为“东京湾”的地方，也就是今天的北部湾。明朝时“东京”指今天的越南河内，但清以后又泛指越南北部地区。自清朝以来，广东人就将来自越南中部、北部的细丝铁力木称为“东京木”。由于这种木头过去进口数量较多，材质坚韧，树材高大，支撑性强，所以广东的宗庙、祠堂、园林、亭院等许多大型建筑，常拿“东京木”作木梁柱和大门板。由于量大价平，广东地区渔轮的舵杆，秤杆的主要木质横杆，也因为这种木头的韧性好而广泛使用。而这种细丝铁力木，也就是“东京木”，在广西叫“格木”，和历史上广西特产的真正铁力木，竟然还不是一种树种。

相比坤甸木呆板直竖的木纹，细丝铁力木的山字花要美丽得多。真正意义上的老铁力木，也就是王世襄先生书中那个跨页大画案所用的铁力木，在明朝时候身世显赫，曾是当时家具用材七大“硬木”之一。所以，在明朝时代，原产于我国的珍贵硬木中，除了海南黄花梨便就数到它了。明朝大花花公子张岱曾经记载，为了一个铁力木大案子，一个当官的和一个大商人差点打起来。但到了今天，比起黄花梨，老铁力木远再没有名声与尊贵。由于流传于世的铁力木家具非常少，在2000年制定的《红木》国家标准中，老铁力木更被排除在了“红木”大类之外。专家认为，在故宫发现的那有限的几个老铁力木案子，和现在所称的铁力木，根本不是一个树种。

所以，细丝铁力木其实是“东京木”。后来，随着见识的增多，我还发现，质量高的细丝铁力木，木纹通畅，纹理细腻，和老鸡翅木的纹理非常近似。但真正亲手掂量过老鸡翅木就又发现，细丝铁力木和老鸡翅木又有本质不同——老鸡翅木比细丝铁力木轻很多，而且老鸡翅木棕眼平滑无碍，细丝铁力木棕眼则要深邃一些。上好的细丝铁力木，如果年头久远，如果保存得好，搭眼乍看上去，那包浆又和老红木（酸枝）近似，初入门者也非常容易混淆……

通过几天痛定思痛的猛扫盲，我和常务志终于对这种铁力木的赝品坤甸木大失所望，由悔生恨，由恨生恶，而且老旧家具这种东西太占地方。老友常务志毕竟在深圳郊区还有一套号称“别墅”的三层小产权房，而我在深圳两处居所，根本承受不了这么多套坤甸——纹饰全然不同的八椅四几“一堂”坤甸，四个茶台，三个六仙桌——家里看上去几乎成为贩卖坤甸堆放仓库了。而且，我还花6000买了一个3.6米多长的大香案，这件大东西磊磊雄雄，当时连常务志面包车都塞不下，最后还是花钱通过物流大卡车运到深圳。

如此雄伟的大香案，当时在那批坤甸家具中质量算是最好的，乃细丝铁力木，也就是“东京木”。由于我家里电梯运不进去，楼房的窗户又吊不上去，千祈万求，大香案只能暂时存放在常务志龙华的“别墅”大院子里面。

得知此“坤甸”非彼铁力木，恨悔之余，我马上开始清理，清除。求爷爷，告奶奶，最终把这些黑不溜秋的坤甸家具全部送人，一件不留！就连存放在常务志院子里面的大香案，也免费送给了这个胖哥们。当时呢，他还老大不愿意，黑脸耷腮说：“那么粗蠢的大家伙太碍事，放院子里都耽误他老丈人扫地。”我抱拳拱手，好说歹说，动之以情，送之以茶，喻之以同为受骗上当的难友。最后，常务志才勉强说收留下，不再麻烦我雇人花钱运走……

后来，到了2011年上半年，我逛江门老家具市场，忽然从店家处得知，坤甸木质地的家用家具，比如椅子、茶几什么的，这些年在广东地区确实依旧没有涨多少价，但带精细雕工的细丝铁力木大型案子，身价已悄然上涨——因为，广西现在有钱人越来越多，不少人把细丝铁力木大型器物认作是广西古来特产老铁力木，所以开始不断到广东市场购买这些从前根本卖不上价钱的东西。而我先前那个花6000块购买的3米大案，据几家店主讲，如今卖个四五万块钱没有丝毫问题。

听到这个消息，我大喜大悲，痰涌上喉，颤巍巍拿出手机马上打电话，询问人在上海出差的胖哥们常务志，很渴望搬回我放在他家里的那个3米长铁力木大案子。

电话那边啃大闸蟹的常胖子有些不耐烦，嘟嘟囔囔告诉我说，那个大香案，早已经换成一辆挪威出产的高级自行车了：

“你知道的，我认识一个台湾工厂主，做仿制名牌包生意的，就住在我隔壁，买了和我同样的小产权房包二奶。当时，他来我家串门，就看中了我的……也就是从前你的，那个大香案。他说这东西摆在他院子里当大木台子养盆景挺好的，反正我想这东西是垃圾，是鸡肋，当时我立马就送给他了……那台湾人过意不去，隔几天后还送给了我老婆一辆自行车，北欧挪威货，以物易物的意思吧……再后来，我到他家里串门，二奶换人了，那个案子也不见了，我也不好意思问下落。所以，铁力木大案子，你放心，肯定拿不回来了！对了，那个自行车，也被我老婆弄丢了……”

老红木，心醉亦神迷

经历了肇庆铁力木事件之后，钱虽然花得不多，但如此冲动行事，批量购买流动性这么差的大堆坤甸老家具，还是让人痛定思痛，自我批评了好久。

白白浪费几万块之后，肇庆之旅唯一的收获，就是那个1800块买回的老红木方凳了。典型的印度老酸枝木，深红色，典雅沉重，特有的近于深褐色的黑色条纹，纹理清晰、隽永，结构细密，富含“油脂”。摆在我家里那一堆现代家具中间，如一美丽贵妇人端坐于一群俗脂艳粉发廊妹间，那样卓尔不群，那样秾丽华美。

越看越爱，越看越喜，特别是品质好、色泽深的老酸枝家具经过多年氧化，岁月悠悠，包浆后极像紫檀老木。即使当时色泽较浅的“新”酸枝，时至今日，看上去更像是海南黄花梨，类紫檀而无金丝，似黄花梨而无鬼脸，兼收并蓄，兼有二者之长，但价格却比紫檀、黄花梨便宜太多。为此，无论从物质论还是精神论，我暗下决心，日后家具收藏，非老红木（酸枝木）莫属！

从“物质”方面论，老旧黄花梨、紫檀木家具，在今天，如果不是大款，不是公款，不是贪污犯，搜罗这样的家具，对于工薪阶层的“中产阶层”个人来说，已经太贵太贵。紫檀不用说了，价格都属于天方夜谭了；老黄花梨也别说了，就是簇新海南黄花梨，两椅一几简单三件套，也要100多万。而老酸枝木广式家具呢，在我当时怦然心动的2008年左右，价格只有新黄花梨家具的二十分之一。

从“精神”方面论，老作广式家具乃中国古典家具一大类项，风格独特，虽然有时候失于雕琢过度，但气度非凡，粗中见细。

要知道，广州在清朝时乃国内最大酸枝木、花梨木集散地。当年广州外城护城河名叫“玉带濠”，大批大批从东南亚等地进口的硬木木材，均可以由海入江后驶入这些城内的内河，舟楫货运便利非常。紧邻内河的街道名为“濠畔街”，布满深街窄巷，当时几乎全部是家具作坊，每天那些硬木碎屑和泛红的酸枝木糠，曾一度把下水道都淤塞住。而在附近，洋行林立，广州“十三行”皆聚集周遭，成为清朝中后期最为繁华的工商业中心。据《广东新语》载：

“当盛平时，香珠犀象如山，花如海，番夷辐辏，日费数千万金，饮食之盛，歌舞之多，过于秦淮数倍。”

在如今基本到了珠江中心也看不到清水的广州，当时玉带濠这个护城河都清澈见底，水面宽敞。那些来自东南亚的巨大硬木杆材从珠江口岸卸下后，被木业行会的苦力们搬到广州城墙下面空旷处。这些木材绝非马上就派上用场，每每经过多年晾晒定型，才由木匠量材开锯。从前的广作家具行业，分工细腻，按工种划分，彼此互不超越分工界定，分为抖行、头行、凿花行、细花行、杂货行、西货行等，从无捞过界之事发生，各守本业，井井有条。

虽然明清家具有苏作、京作、晋作、广作等分类，但在有清一代真正能入京城皇帝、皇族以及文武大臣们法眼的，非广作莫属。这种风气的形成，主要和皇帝和权贵们的审美观有关。清朝统治者入主中原后虽然步步汉化，但这些来自莽原大岭的汉子们心仪的是大红大紫，喜欢那些富丽堂皇、大气磅礴、凝重丰满的家伙事儿。昔日流行的清雅明式家具，对于如今京城的爷们来说，太过简素，甚至有些寒酸。为此，广作家具的豪华铺张和奢华繁缛，让大辫子爷们们特别青睐有加。

而我，梅毅梅爷本人，一方水土养一方人，自小长于京津之地，看惯了大红大绿，杨柳青年画的秾丽色彩深入幼小心灵，耳濡目染，其实内心深处不乏草原民族和四方城文化混合后的审美情感。所以，当我见到老旧广作家具，那真是一见如故，非常喜爱它的大料大红，更喜欢它内在的沉敛和大气奢华。

昔日的广作老家具毫不吝惜用料，无论是紫檀还是酸枝，用料清一色，而且大多用一木制成，就连看不见的抽屉底板和里面的插件均由和主件部分同样的上好木料，绝不掺用其他软杂木料。但凡家具立柱、腿足等弯曲部件，广作家具也不是分段拼接，而是大用整段木料制成，可谓真材实料，内外高度一致。所以，广东匠人在追求优美艺术效果中，用料可谓毫不吝啬。

两广岭南，本来自古就是中国贵重木材主要产地，清朝中后期又有大量优质木材从南洋源源不断而来，故而广作家具可谓得天独厚！木料不缺，自然好料全上，特别是紫檀、酸枝家具，基本不上油漆，精细抛光后，木质完全裸露。即使需要上油漆的部分，也是广作独有的“揩漆”，用料粗硕之余，木料花纹清晰毕现，加之细活细作，广作老家具在工艺上没得挑，工序严明，一丝不苟，经过岁月、战争、革命，至今观之，许多保存好的老家具表面依旧平整如镜，光彩照人。抚之摸之，清凉细滑，无论视觉还是触觉，都能够让人感受到一种深厚含蓄的隽永美感，在国内家具流品中极尽争妍斗巧。

相比之下，代表明式家具的苏作代表，虽然细致精微，但苏作用料太精太简，但凡看不见的地方，均用软木和杂木代替，江南意态，虽然纤巧精细，但总让人觉得不够大气。

那么，老红木为什么叫“酸枝”呢？因为这种木头在初开锯的时候，木材会散发一种辛香类似香醋一样的酸辛味道，所以广东人称其为“酸枝”。而从前最好的酸枝，乃是来自印度、泰国的真正“大红酸枝”。这些上好木料，砍伐后沉入水中，然后捞起，锯成板材，陈化二三十年后方才做家具。

而如今，家具商口口声声的老挝“大红酸枝”(大多是缅甸、越南酸枝)，黑云缠绕不美观不说，质地也要疏松得多，而且是现砍现入烘房蒸烤，木性根本不稳定。特别是在北方购买的红木家具，冬天暖气干蒸，十有八九要开裂开榫。

从价格上说，在2011年一年内，江门幸福新村的老家具价格就上涨了百分之七十，但只要静思做工极其复杂的老红木家具存世量，考虑到从前老红木的真材实料，性价比方面，还是比新做“大红酸枝”强上百倍。

时下大小厂家新做的红木家具，为了使得利润最大化，除了“连天红”一家敢于标榜顾客可以当场用刀刮验木材以外，其余不少不良商贩都为了节省成本而使用白皮。要知道，硬木类木材做家具的木料是树芯部分，而树芯以外的白皮质地非常疏松，没有什么油性。为了欺骗顾客，黑心厂家常常在白皮部分进行烫色、上漆，然后技师还要小心翼翼在上面描绘出红木特有的黑筋，如此，上漆之后，外行人看不出丝毫破绽。

这几年以来，我在广东江门、广州等地购买的真正老红木老酸枝家具，经过岁月的沉淀和洗礼，火气尽消，沉稳大气。老红木家具，其实许多也有白皮，但昔日工匠们非常有道德感，他们只有在家具底衬横木或者不显眼的托木处使用留有稍许白皮的木材，且经过多年岁月侵蚀，那些白皮早已经腐烂掉，但对整个家具的使用以及美观方面没有丝毫影响。

我们一般人购买红木家具的基本心理，无非都是希望让这些雕刻精美、价格昂贵的家具一代一代“传”下去（祈祷千万别再有战乱和“革命”）。而新红木家具，由于黑心工厂多，白皮用得太多，即使太平盛世延续下去，这些新做的红木家具肯定不能在一个家族流传下去。比如，吾友赵天授为了贪便宜，12000 块买了一个 95 厘米见方的大红木八仙桌。有一天，我们让一个对新红木家具懂行的行家看了看，最终发现这件家具三分之一都是白皮——也就是说，就别提赵天授先生的后代了，倘若赵天授先生本人这辈子有幸再能活上 40 年（他今年 45），耄耋之年，即使他老眼昏花，也肯定能亲眼真切看得到：他当初为了省钱而买的所谓红木八仙桌，娉婷独立，勉强靠墙剩下的，只能是两个半腿和三分之一的桌面——因为酸枝木的白皮在几十年间就会腐烂掉……

当然，广作老红木家具也并非十全十美，有时候它失于繁缛、绮靡，这是因为早在清朝时期，广州城西风东渐，无数洋货从这里源源不断地输入中国市场，包括让国人瞠目结舌的钟表、珐琅器物、天文仪器等物，不少东西被进贡到皇帝那里。最终，上行下效，包括皇亲国戚和勋贵大臣，无不受到西洋风吹，最终有样学样，小民们也效之仿之，广作家具更是在造型、结构和装饰上洋味浓厚，特别是广作家具上面“西番莲”样式，是国人洋化最典型的明证。

细看这种“西番莲”，是一种酷似中国牡丹的西洋花卉，表现在家具上，花纹线条流畅，变化无穷，可以根据不同家具的器形随意延伸。只要在广州、佛山、江门等地的古旧家具市场上逛，肯定会在长案子或者类似沙发的仿西洋式红木座椅上看到“西番莲”。这种花样，以一朵花或几朵花为中心向四周伸展枝叶，上下左右对称，铺陈敷衍，有时候确实有失繁琐。相比苏作家具的缠枝莲纹，这些“拿来主义”的花样还是显得有些“怯”。

另外一大缺点，不少广式家具还过于精雕细琢，哪怕是一个茶几、一个袍服盛盘，也用尽各种雕刻手法，什么浅浮雕、浮雕、圆雕、通雕、高雕、立体雕，繁密精雕的家具，乍看时，几乎找不到一块未经雕饰的部位。再加上镶嵌技术发达，广东工匠会把大理石、玉石、宝石、珐琅、陶瓷、螺钿、金属、黄杨木、象牙、琥珀，中国人能想到的东西全部往家具上面招呼。到了清末和民国，连瓷板也嵌入家具之上。

繁琐如此，如果有机会阅读明朝大文人文震亨的《长物志》，肯定会想到文先生常常嗤之以鼻的一个大字：

“俗”！

梦里依稀美人床

幽暗灯光下，在广州西关一老式大屋内，透过一扇完全遮住半间屋子的彩色玻璃门，忽然放射进一道垂直微光，昏幽幽一片。转瞬之间，这道微光变作金黄色，在那么漆黑发浓的夜色里面，似乎又变成日间阳光下的色彩。

我有些战栗地等待着，两只眼睛，无论如何也离不开那道光线照耀下的一张红木大床。如同中了魔法一般，我目不转睛，看着那道垂直、幽暗的光线骤然变成了射灯金光灿灿的光柱，在含意深远的岁月孔洞中若隐若现。红木大床上，坐着一位面孔极其清晰又极其模糊的少女，她两只秋波荡漾的眼睛中，那样茫然若失，含有几分忧郁，但瞬间她的双眸又像珠宝一样熠熠闪光。她从红木大床上转过身来，面对着我，调整好嘴唇的部位，似乎要时刻对我报以机敏的、狡黠的微笑。她脖子上一串红宝石项链，却又像一副枷锁套在她脖子上……

心荡神驰之间，欲望的欢悦涌上心头，那张红木大床上的美丽姑娘，恰似我青年时代梦幻中焦急等待的少女形象。在那么多个无眠的夜晚，我曾经翘首企盼她们的面容。曾几何时，难平的欲火嗞嗞作响，使得很多时候捕捉她们容貌和个性的企图成为莫大痛苦。过了那么多年，在梦幻中，再见她们一面确实极为困难，要回忆她们就更是难上加难。而青春期那些在恍惚梦幻中走马灯似一闪而过的靓丽倩影，曾经在许多沉淀下来的睡梦中无止境地翻滚。忽然之间，她们那样折磨我——而如今，在这张岭南特有的绮丽大床上，我终于确定了她们中最珍贵的典型，似乎完全拥有了她们的体貌特征，使得这么多年这颗浪迹天涯的心灵终于得到了莫大的平静！于是，我伸出双手，去抚摩那个姑娘凉沁沁的脸颊……

上述艳丽的场景，显然不是真的，也不是我臆想出来的琼瑶式小说中的场景，而是我在广州一家老家具店看过一张红木大床后，回到深圳当天晚上所做的“春梦”。

我不是拜物狂，也不是恋物癖，但做工如此精美的红木大床能够让我这么一个百分之一千的唯物主义者晚上发梦，诚可见老家具勾摄人心魄的魅力所在。

春梦了无痕！

在深圳如此物质的城市呆了近20年，都到了“临近花丛懒顾问”的境界，但文学中年，梦里依稀，重新冲动，缘来竟然是红木大床。感动之余，是否让人唏嘘？

“碰”到那张红木床，是在广州文昌路上拐角胡同里面一个店面中。老板是个瘦小的广州本地人，60多岁，说一口蹩脚的普通话，说出来的句子、词语别别扭扭，但他依旧很善言谈。

为了便于交流，我和老友常务志就劝他可以用白话方言表达，我们则用普通话和他交流，这样一来双方皆大欢喜——我们在深圳呆了许多年，白话百分百能听懂；而这位广州本地爷们普通话表述不好，听没有任何问题，而用他“母语”广州白话说起话来那可真是口若悬河。

原来，这位店铺老板从80年代开始就在广州做古旧家具生意，最早他充任香港古董商的买手，“当时广州附近有好几个大到无边的仓库，里面都是成捆成捆的黄花梨、红木家私，当时不叫‘老家私’，叫‘旧家私’，为了省地方，每件大家私，比如八仙桌、柜子、罗汉床等东西，都是拆散后用绳子胡乱捆扎在一起的，要从码成堆码成山一样的仓库里面挑好东西，可真能锻炼眼力……我经手无数件全品上好老家具，都被香港人、台湾人、新加坡的华人买走了，成交每件东西后，香港佬当时不过给我‘五门鸡’（五块钱）好处费，好可惜，好可惜……”追忆似水年华，老哥们也无限唏嘘。

正是有了这样的经历，从上个世纪90年代末期开始，他积攒了本钱，开始自己做古旧家具生意。熟门熟路，自然长袖善舞，不过，由于王世襄的《明式家具研究》一书出版后，很短时间内，广东当地的红木、黄花梨家具被国内古玩商人搜罗一空，广州、江门、中山附近的大仓库自然就消失殆尽。即便如此，当时广东、广西还存在着无数“穷乡僻壤”角落，各地都有这位老板熟悉的“收买佬”。当初也是铁鞋踏破，他陆陆续续收买了不少乡间幸存的上好红木家具。

“收货，最好的季节是寒暑假前后，还有过年前，学生寒暑假前后，家长要交学费，不得不卖家里老东西，开平、恩平从前富人多的地方，碉楼里面上好的红木家私当时好多好多；而过年了，要还债，要过节，最需要钱，也是当地人必须卖东西的时候……”老板说到此处，小眼睛熠熠生辉，似乎回到了十几年前的黄金岁月，“现在不行了，乡下人精得很，又都不缺钱了，电视上天天播出淘宝、鉴宝节目，他们开价比行家都高……”

最近几年，这位红木老板很难再从乡下收到好东西了，只得从他昔日香港、台湾的几个耄耋老雇主手里回收古旧家具。所以，这老板店铺虽然只有上下两层楼不是很大，但其中东西没有一件垃圾货。件件都是精品，每件都是几十万以上的物件。

正是在他二楼卧室里面，我看到了那种让我梦回牵绕的红木大床，第一眼就勾魂摄魄，让我喟然而叹——这是一张清中期的满雕红木开门小姐大床，气韵生动，遍雕喜鹊占梅枝，层层叠叠，透镂之精细，让人叹为观止。内壁之内，整整十五幅《西厢记》人物故事，皆为高浮雕，嵌螺钿，造型精湛，眉眼刻划精细，就连崔莺莺“临去秋波那一转”，似乎都雕镂毕现……

在这相对固定的空间内，不得不叹惋昔日时间的流逝，追忆往日豪门曾经在如斯美妙大床上玉体横陈的美人……

“这张大床是我去年从恩平很偏僻很偏僻的乡下 40 万收来的，卖你 43 万，包送到深圳……”精瘦的老板从我发光的眼睛中看出了喜欢，很诚恳地对我说。

当时，正值 2009 年开春，奇了怪了，广州古旧家具生意，在 2008 年奥运会之前是一个顶。奥运会开幕后生意一落千丈，加上又遇到金融危机，古玩、古旧家具忽然无人问津，老板们忽然发现手内的东西出不去了，也没人过来买东西了。故而，大多数开店的商人皆忧心忡忡，很怕经济不景气持续。惶惶然间，不少人甚至贱价卖出手里的东西以换取现金。

当时确实我有笔 50 万稿费刚刚到手，买这件东西绰绰有余……但 43 万，毕竟不是小数目，我又是刚刚涉入老红木家具的购买行当，一时拿捏不准。

我不停点头，嘿然无语，踌躇半晌，脑筋在1分钟内转了8万多次，一时间下不了决心。考虑有二：一是想再等等更便宜些买下（或许能够38万？）；二是我目测了一下，似乎同我一起来广州的胖友常务志所开面包车放不下这张拆散后的大红木床……

于是乎，表达了我很想购买意愿之后，要了老板的电话，依依不舍，怀着渴念的焦灼和等待降价的心态回到了深圳。

我本人从来不相信怪力乱神，但当天晚上，我就梦到了那张红木大床。甚至梦回聊斋，梦到了从前那张红木大床上的曼妙美人……

转天早晨梦醒，我做的第一件事情，就是马上打电话给广州红木大床的商家老板，迫切地说我要掏42万买下那张床！

“阴功啊，阴功啊……”

电话里面，传来老板“阴功”的无限惋惜。“阴功”是广东白话词语，就是“可惜”的意思，听到这个词，我脑袋大嗡，一颗心猛沉。

“阴功啊，阴功啊……你刚刚走，香港的一个服装设计师来，我开价50万，他还都没还，刷卡就买下，当天下午就运走了……哎呀，我恨死香港佬了，多少好东西都被他们买走了，真不想再卖东西给他们。可是，大佬啊，我太需要现金周转啊，不得不卖，阴功啊，阴功……”

唉，此恨可待成追忆，只是当时已惘然！稍稍迟疑，悔恨无极！

如此雕镂精细的红木千工小姐床，东西之好就不用说了，2009年春天，还是广东古旧家具的一个大底，那件当时43万的红木大床，时至今日，120万也买不到！

百爪挠心之余，我像更年期祥林嫂一样，逮谁和谁倾诉我的梦境，我的红木大床，我勾魂摄魄的古代美人……

赖来赖去，没的可赖，就赖到当时我胖友常务志开去广州的面包车不够大。于是，在他的撺掇下，气急败坏之余，怀揣银行卡，到了公司附近万象城奔驰旗舰店，立马看中一辆奔驰R级运动轿车。

很熟悉我眼中的冲动，总能感受到我内心贪婪的波涛汹涌，老友常务志不失时机积极劝诱说："那张红木大床没买多可惜啊，就是当时车小装不下害的……这款R级奔驰，空间够大，够你装下拆散后的红木大床了，下次有机会你就抓得住了！还够你装多少红木凳子和椅子啊……"胖友由衷地劝我，两只小眼睛里面装满了诚恳。

悔恨心，虚荣心，荷尔蒙一蹿，咬牙叉腰，最终我当时一下子交了全款，转头就把这辆R级奔驰开回了家……

从此，在广州、江门、中山三乡古旧家具城和深圳之间，细心的上帝，或者玉皇大帝，就会发现，在每一个周末，广深高速公路上都飞奔着一辆崭新大奔驰，车中会有一个面白如玉戴着墨镜酷毙了的傻叉（梅大王本人），旁边坐着一个笑容可掬的黑脸胖子（常务志）。在我们两个人身后，放平了的真皮座椅上，摞满了遍体岁月尘垢的老酸枝家具……

在“吃药”中成长

正是由于这一回对千工红木大床的“错过”，造成我相当长一段时间内在广州文昌路对老酸枝家具的购买“冲动”。有了冲动，就有盲动，肯定就有吃亏，吃大亏。

和红木大床以及梦回萦绕的美人失之交臂，痛心疾首。心痒难熬之余，翻蹄亮掌，找个周末我又去了广州。彼时广州，开始为了即将到来的2010年底亚运会而大兴土木。从深圳开车，到广州城外，高速只需一个半小时。而从高速下去后，广州城内道路四处开挖，高下粉饰，没有不堵的地方，所以开车行到西关古玩城、文昌路附近，却需要两个小时。

此次到了广州，先去那红木大床的老板处寒暄、唏嘘一番，上了二楼对着昔日大床所在的地方“凭吊”一阵，耳间没有听进去老板任何其他的推荐，连连叹息而已。

怅然怃然之余，左牵黄，右擎苍，带着老友常务志、赵天授二人，瞪大我不大的眼睛，目光如炬，开始在西关和文昌路大小各个古玩店和老家具店搜寻。

红木大床没有买到，出于自我报复心理，这次我非常爽快非常利索地买了几件小件东西，文玩清供啥的——一个玉香线文具盒，一个雕有董其昌诗文的小笔筒，一个小梳妆镜，总共4万多。

风驰电掣，回到深圳仔细一研究，除了梳妆镜是清末真品之外，文具盒、笔筒都是仿造的。红木木质倒是没错，新木新做，那些看上去的岁月痕迹，都是生石灰烧出来的，都是硬铁丝刷出来的。

买古董吗，肯定要“吃药”，肯定要交学费。没有多少懊恼，下周我又去。反正有了大奔驰流动搬货车，想去就去，想买就能买。

看官看到此处，可能有些人会产生疑问：您梅大官人是个有钱人吗？怎么几万几万地花，似乎很不在意啊？

梅某人，在有钱人眼中，其实乃穷逼一枚耳！虽然我 1992 年就“混”入深圳金融界干活，毕竟属于工薪阶层的一员。

人无外财不富，马无夜草不肥！非大款，非公款，非家传，非有足够的权力贪占，那么，我哪来闲钱轻掷万金脸不变色买老家具呢？

我是个历史作家啊！

2004 年，我那《华丽血时代》一书，在中国出版界也算振聋发聩，开一代历史写作新气象，对于如今通俗历史写作的影响，正如中国作协副主席高洪波先生所言：“梅毅从网络中异军突起，他在作家中独辟蹊径，以‘赫连勃勃大王’ID 行走江湖，有‘中国互联网历史写作先行者’的荣称。2004 年，陕西师大出版社出版‘赫连勃勃大王’《华丽血时代》一书，这部描写两晋南北朝的书，是近几年国内历史普及类图书中第一本真正意义上的畅销书。因为在当时，央视《百家讲坛》还没有推出易中天、于丹等人，全民读史热潮还正在酝酿中，而梅毅（赫连勃勃大王）应时而出，正充当了‘手把红旗旗不湿’的潮头引潮人的角色！”

从无到有，点点滴滴，凭借兴趣和毅力，这么多年来，我梅毅梅大王写了不少历史“畅销书”，故而手中逐渐闲钱有多。

这些写书得来的钱，随意抛掷，被身边友人称为“钱屠”。我那种心态，和当初马未都先生当小编辑之时所挣稿费乱花那种心态一样，总觉得稿费是我金融本职工作以外白挣的。

挣得容易花得快。所以，只要每次有一笔稿费来，我都会把它们变成红木家具或者玉器、珊瑚、扇子、古玩、文玩啥的来犒劳自己一下。

当然，也有心有戚戚的看官们陡升疑虑：你写书挣钱，又怎么能逃脱河东狮子老婆鹰隼般的眼睛呢？

呵呵，我老婆一直也在基金公司工作，也属于金融行业，又长期在上海工作，忙里忙外，对我疏于“监察”。再说，人家从来没拿我爬格子写东西当回事儿，也根本想不到我写书出书能挣钱。

而且，我几乎所有的同事和金融同行，一直对我写书也抱有“哀怜”之意，就连没事给我历史书写个跋序的老友赵天授，有人问及我出书的事情，半出于嫉妒半出于歧视，他总是煞有介事告诉对方说：“梅毅所有的历史书，应该都是他‘自费’出版的吧，应该属于花钱买乐呵那种神经病行为。”而我另外一个老友常务志也常常四处扬言：“梅毅同志写书爬格子，真乃叫花子捅菊花，穷乐心真不小啊……”

直到最近一两年，我上了央视《百家讲坛》，经常在凤凰卫视等的电视栏目中露脸，也西装笔挺四处“讲学”。嘀，电视传播力真大！啊，梅毅，原来是畅销书作家啦！至此，我的金融同行和同事们才知道原来爬格子写书也能挣钱，才开始对我另眼相看。于是乎，电梯、楼道，每每他们看见我的时候，脸上也漾起平时不多见的笑意，寒暄之余直奔主题，问我出书上电视挣了多少钱。

人家都是金融精英啊，说挣多了不行，说挣少了不信。于是，我只能打哈哈说挣点“小钱”。确实，对于这些精英来说，对于我老友岳开封那样年薪1000多万的人来说，我爬格子上电视挣的这点钱确实也是“小钱”。说了“小钱”之后，我还要自我贬低一下：“雨中黄叶树，灯下白头人。挣这点小钱不容易啊，不容易……”

无论大钱小钱，反正我手中这几年一直有闲钱。于是乎，来来去去，大大小小买了不少老红木的东西。

转眼到了2009年四月末，广州天气已趋炎热。蒸腾热气之中，心气浮躁，那张红木大床人生阴影一般，总提醒我要买件“大”东西。

果然，广州有“大东西”在等着我。文昌路一家古玩店内，一个清末双几架横的六抽红木书桌映入我的眼帘。

这个架几书桌，看上去非常大气，长1.68米，宽有1米，高度1.2米，木色苍苍，筋纹皇皇。

店主开价10万，我老买家一般，出价5万。呼来喝去，最终，86000成交。

抚摩着老书桌光滑的独板桌面，当时，我还傻不拉唧地问店主："品相这么完好的桌子，桌底桌腿我就不看了吧，没问题吧？"

老板狡黠一笑，"有没有问题，我说了不算，你是玩家，行家，你自己看！"

"玩家"，还是"行家"，这两个评语让我非常自负。

跟随我来的常务志，抓耳挠腮，在一旁不停催我交钱。他看中了一个巨大的紫砂香炉，老板开价3000，他磨磨唧唧就不说价。

等我爽快刷卡交了86000，他旁边不知嘀咕了句什么话，老板心一"软"，愣生生把那个在店里用了两年、里外都是香熏油"包浆"的大紫砂香炉500块就卖给他了。

"皆大欢喜，皆大欢喜……"抱着那个巨大的紫砂香炉，常务志不停地说。

忽然之间，我有些恍然大悟："皆大欢喜？应该你最欢喜吧，如果我不买这8万多的大桌子，老板怎么会500卖给你这个他已经用了两年多的香炉？"

"当然，当然，呵呵，我私下偷偷跟老板说，你是大水鱼一个，这么多钱买了大桌子，下次我还帮他劝你到他店里挨宰……”常务志直言呵呵。

忽然买了一个近10万的桌子，总觉得非常不踏实。回到深圳后，我把这个架几书桌能拆卸的都拆卸了，拆成了若干部分，仔仔细细拿个专业手电筒细看。

结果，凉气一吸，发现六个抽屉中中间两个最大的抽屉都是后配的，而且所有抽屉内里部分不是广式家具应该的红木，而是铁力木。

再仔细上网搜索比较，倒没怎么买错，就是又买贵了！

在2009年，这样的清末红木书桌，一般的价格是4万左右，我等于多花了一个桌子的钱，买了一个并非全部原装的书桌，买贵了几乎一半。

东西买贵了，这么多年来是常态，我已经麻木了，最烦心的是我觉得自己买错了。

买贵了，对就行；买错了，错在其中两个抽屉不是原配。当时感觉，恰如苍蝇在喉。但古玩行有规矩，出门的货是不退的，我不可能再拉回广州让那个奸商退货；而且，如此大的书桌，虽然可拆可卸，放在哪里都还是很占地方。

对奸商对自己咬牙切齿之余，我在很长时间内患上了“书桌厌恶症”，无论是到广州、江门、佛山、中山的古玩城，但凡看到书桌，我心态都极其扭曲，恰似青春期极力避免看到抛弃自己情人的书信那样，马上目光闪躲，不闻不问，总想让自己忘却入行之初上的那一个大当。

而我老友常务志、赵天授二人呢，只要坐在我办公室，没事就拿这个大桌子说事儿，揭我疮疤：什么老家具不是原装不值钱啦，什么如此明面的东西都看走眼大傻叉啦，什么花了近10万块买个拼凑货啦。反正，拿我寻开心，他们就开心。

堵心之余，岁月荏苒。反正到了2010年，我每个月都要去北京录制《百家讲坛》的节目，趴在这让人闹心的书桌上时间很少。人一忙，烦恼就少。

一年多以后，也就是在2011年过年之后，我的老友胖子常务志当上了一个下属公司的总经理。志得意满，忽然有一天，他非常认真地到办公室找到我，对我说，他需要一个大的红木办公桌，问我可否把我当时在广州86000买的这个桌子转让给他。

“眼中钉”终于有机会得拔！心内狂喜，我抑制住自己内心的兴奋，开始猛夸自己的这个老红木桌子：“唉，其实这个桌子真的不错，也就是后配了两个抽屉而已。你看，仔细瞧瞧，从前的老办公桌，都是前后全工，前面反面都有花纹。你知道的啦，在清末、民国，这种大办公桌不是紧靠墙放置，那都是大老板坐着红木大椅子背对墙坐，这大桌子呢，要面对下属放置，所以背面纹饰优美，都是为了摆谱啊。你现在都当总经理了，摆这么一个大桌子在办公室，人五人六，面对下属哼哼哈哈，那太牛逼，太有面子了……”

“少给我整虚的！这张大办公桌，鸡肋一个！如果不是我给你当下家买走，你这辈子也出不掉！ 60000 块，马上决定，不卖的话，我马上就去东莞订做一个全新的红木大班台，都和人家谈好了，长 2 米宽 1.2 米的，也就 38000 块！”常务志斩钉截铁，根本不理会我对自己大书桌的自吹自擂。

他直入主题，说出了他欲图购买所出的价格。

“咦，这个桌子，你当时可是和我在广州文昌路一起买的，真真切切我花了 86000 买的啊……”

“可你买贵了，买错了啊！现在你能转给我，能出手，就不错了，难道你还想赚我钱不成！”常务志目光炯炯。

他坐下来，循循善诱：“梅大师，你现在名人啦，都上了央视《百家讲坛》啦，还使用这样的‘扒散头’家具？你这样的完美主义者，应该买最好的东西，况且你现在越来越懂书桌，越来越懂红木老家具，拿我这 60000，你可以再去广州，或者江门，去买一个全品的、没有任何后配的书桌嘛……对了，你当时在广州 16000 买的那个八仙桌，四周栏板铲槽龙纹的那张，我也想一起买下。我家里缺一个吃饭的桌子……当然啦，为了补偿你，书桌和八仙桌，两件东西，我给你一个整数，80000！”

听常务志这个湖北人精如此说，我都心中有些感动了。毕竟金融行业混了这么多年，对于收益率、回报率等数字问题，我还是比较门清的。虽然书桌我赔钱 26000，但八仙桌我赚了 4000 啊。

最最主要的，毕竟能把这个让我堵心多日的、有着两个后换抽屉的老书桌转出去！所谓吃一堑长一智，我大可以马上拿这

80000开车再去广州，这回，怎么地也要弄个全品的书桌回来。

成交！

拿到常务志80000的第二天，恰好赶上周六，我即刻就拉着赵天授飞奔广州（常务志现在当总经理了，很忙很忙，不可能再像从前那样和我们一起“亲自”去广州了），兴冲冲要马上拉回一个全品保真的老式红木书桌，以填补我办公室已经被常务志搬走书桌后留下的那块巨大空白，毕竟，一堆电脑、电话啥的都还摆放在地上，还没地方搁呢。

到了广州，到了翻修后的西关古玩城，我傻眼了！

也就是仅仅过了一年，2010年这一年内，我常常去北京录制央视电视节目，基本没有再到广州来。而且，在北京，我傻不拉唧迷上了十里河市场中的文玩核桃和核雕，对于广州老红木家具的市场价格变化，一无所知。所以，乍入广州，我忽然发现古玩市场的老红木家具的行情，已经发生了翻天覆地的变化。

以前常常入眼的大书桌，基本很难看到；能看到的也都是上面一块架板的、只有大概1.4米左右的小“账桌”或者“医生桌”；而我想买的那种六屉书桌，一个也看不到！待我问价之后，更傻眼了，那种1.4米左右的单板架几书桌（画桌），价钱也要到15万左右！再问八仙桌，又傻眼了！先前随便花15000就能买张铲槽纹、蝙蝠纹、回字纹的93厘米标准八仙桌，如今价格都飙到30000以上！

万般无奈之余，行行重行行，我不得不去到文昌路先前我上当受骗买大书桌的那家奸商店里，去本来发誓永远不会再去的伤心之地，想重新淘摸一二。

“大佬！你把那张你86000买走的书桌给我拉回来，我给你12万，即刻回收！”对于我，面若刀削的干瘦奸商记忆悠长，但他看到我的那一刻，脸上没有任何占便宜的欣喜，没有任何看到受害人的暗乐，反而露出几分懊恼和悔恨。

“当初卖你那张书桌，有两个抽屉是后配，你确实买得不便宜！知道吗，2010年这一年，老红木家具翻了有两倍多！你如果给我拉那张书桌返来，我找两块原汁原味老红木抽屉板子换掉那两块做旧的新板，保证能卖20万出去！”

这一次，奸商老板真拿我当行家当自己人了，口无遮拦，真话真说。

“老家具这么占地方的东西，流通性本来很差啊，怎么涨价会这么快？！”我依旧云里雾里，如同刚从烂柯山中回来一样。

“大佬，通货膨胀啦，现在什么东西不涨价啊……这么多年，广式老酸枝家具一直没怎么涨价，上世纪80年代初，老黄花梨家具不过是老酸枝家具的两三倍，现在你知道的啦，黄花梨都几十倍涨上去了，也该老酸枝家具涨涨价啦，老东西存量毕竟有限的啦……”

“唉，我真想买个当初那么大、长度在1.6米以上的、原装没有后配过的书桌啊……”嗫嚅半晌，我说。

“1.6米长的书桌，而且是六屉的，现在好难买，好难！你上次买的那种大小的书桌，广作里外全酸枝的，得要25万左右！不信你可以去江门看，江门，你知道的啦，幸福新村，从前是广东地区老酸枝家具最集中最便宜的。现在，那里的老板都上广州、佛山等地回收货去卖……”奸商这次倒没说假话。

“也就是说，刚刚过了一年，我花10万也买不到类似上次那种书桌啦？”

“大佬，你们2009年买老酸枝家具，走大运了！当时价格，便宜得你肯定现在做梦都要笑！我做梦都要嚎（哭）。对啦，你那位肥仔朋友，上次和你一起买我大香炉那位，上个月和他一个司机来我这里要买书桌，指明要你那个尺寸的。当时我还真有一张大小差不多的，1.6米，六个抽屉有四个是后配，三个腿也是填补过的，实价都要他18万啊，呵呵，不过他没买，现在，他想买也没了……”

一向喜欢幸灾乐祸的赵天授听古玩店老板如此说，愣怔了一下，继而他看着我，忽然仰天大笑。

我也笑。苦笑。

哦，原来如此！难怪常务志这个胖子那么好心来买我“烫手”的书桌。这也罢了，毕竟是当初我看走眼买闹心的东西。更可恨着，他连我大八仙桌也按照2009年跳水最低价买走了，如今我多花一倍的钱也买不到那样好品相的。

误交损友，误交损友！

唉，吹气球一般该死的通货膨胀，负心女人一样该死的变化市场，让我痛苦的心无比肿胀！

明清神韵致“惑溺”

有看官看到此处，或许鄙夷不屑，或许撇嘴摇头——从头到尾，看你梅大王行文，后悔上当，总脱不了钱字，没事就整阿拉伯数字，几个零几个零地往外蹦，俗！

唉，物欲时代，啥都离不开钱字。人活在势利时世，恰似阮仲容晒裈，总不能免俗耳！更何况，梅某这么多年在金融界混，似乎比起常人对于纸上数字总要敏感一些……

但说一千道一万，我对红木老家具的热爱，还是淋漓尽致的，真真切切的。

由于老婆很长时间在上海上班，她总爱在任何我放松的时刻忽然打电话“查岗”。好几次，好几次，她老人家在电话那头听到我气喘吁吁的声音，立刻声色俱厉地问我：

“干吗哪？！电话响了这么半天才接？干吗哪？！”

我干吗哪，我真没干吗，真没干坏事！

电话响了那么久才接，因为削拼榫卯占着手呢；气喘吁吁为者何？弯腰撅腚正在用砂纸打磨家具或者拆卸家具看结构呢……

为了深刻地释疑解惑，我还不得不拿出苹果电话，把自己和家具零距离接触、热汗淋漓的“丑态”摄入，然后立马彩信发给老婆。彩信发送时间有段延迟期，隔了那么一小阵子，才会得到河东狮子明清皇帝一般“知道了”的短信回复……

前阵子我喜爱画画，刻了一方印章：“前身唐伯虎”；自从爱上老家具，马上又用上好寿山石刻印一方：“前身明熹宗”。

其实，谈起家具，说起工艺，我应该再刻上一枚印章：“前身元顺帝”——元顺帝孛儿只斤·妥懽帖睦尔，前辈大玩家，身为天下至尊，除了整日与十个“倚纳”宠臣在宫中群交滥交搞男女混修的“大喜乐”之外，他还是个天才木工设计师。凡是他左右喜欢的宦官在宫外建宅院，元顺帝皆亲自动手，设计出屋宅的模型。当然，模型并非明清宫廷建筑师用夹纸板制作的立体“烫样”，而是按比例缩小的真材实料的模型，其中满嵌黄金珠宝点缀。元顺帝“自画屋样，又自削木构，宫高尺余，栋梁楹榱宛转，皆具付匠者，按此式为之”，为此，京师人戏称顺帝为“鲁班天子”。那些侍候顺帝左右的宦者们贪财，每当皇帝向他们询问对自己“作品”的意见时，他们常常拨浪鼓一样摇脑袋，不是说样子不好看，就是说城内已经有类似样式建筑。元顺帝这个人在“艺术”追求方面非常执着，立即自己动手猛抡一斧子，把辛苦构制数十天的模型砸毁，重新构思另建。待他转身离开，内侍们便哄抢被弃模型上镶嵌的珍宝，无一不是价值连城的宝物！

这位蒙古大哥们，不仅有双鲁班一样的巧手，他还在工程力学和设计构造学上造诣独特，《元史》中详细列举过他自造龙船和宫漏（报时装置）的事情，从中可以窥见这位皇帝建造学方面的“天分”：他在内苑所造龙船，船首尾长一百二十尺，广二十尺，前有瓦帘棚、穿廊、两暖阁，后有殿阁楼台，龙身和殿宇都用五彩金妆，大船前还有两只巨大的龙爪。龙船制成之后，这爷们每每自后宫至前宫山下海子内，往来游戏。龙船行进时，“龙首眼口爪尾皆动”；他又自制宫漏，高六七尺，结构复杂，交叠繁复，最上面有“西方三圣殿”，装置的中间有雕镂精细的玉女手捧时刻筹，每到一个正点，玉雕女像都会浮水而上。不仅如此，报时器装置“左右列二金甲神，一悬钟，一悬钲，夜则神人自能按更而击，无分毫差。当钟钲之鸣，狮凤在侧者皆翔舞”。更妙绝的是，报时器东西各有日宫月宫一座，有细雕飞仙六美人站立宫前，每遇子午时辰，这几个美人都能自动曼舞游走，上度仙桥，直达装置最上层的“三圣殿”，报时后按照原路返回，退立如前。

精巧绝出，前代鲜有，后世也无！

元朝时代，那巨大龙船的精巧自不必说，顺帝所造报时器的精密、复杂和有趣程度，如果西洋毛子们见过这位爷的设计和真品，估计清朝时他们再不敢把自鸣钟等“奇技淫巧”拿到北京卖给乾隆爷大骗银子。元顺帝几百年前的设计，其精绝程度，甚至超乎现代人的想象。而且，现在的大头头们奠基、剪彩等事都是象征性地挖几锹土，动一下手中金剪（金剪刀其实也是高级行贿品），元顺帝从图纸到构件，皆亲力亲为，没有一丝掺假，从这一点上，可说是表现了“我国古代劳动皇帝的勤劳与智慧”。无独有偶，明朝熹宗皇帝也是个“木匠皇帝”，但那哥们只喜欢操斧运锯干体力活儿，设计方面的天赋远远逊于这位元顺帝。

前几年，我写元史《帝国如风》和明史《纵欲时代》，写到元顺帝和明熹宗的时候也是痛心疾首，根本不能理解这两个皇帝放着那么重要的国事不管干吗自己动手做家具。待我自己开始迷恋木器家具之后，自此与地下荒唐孟浪二帝心有戚戚焉，才知道“癖好”二字，深入骨髓。从另外一方面讲，格物致知，其实也暗合儒学原理。

明清家具，特别是明式家具，之所以魅力独在，就在于它的古雅、自然、秀美、宁静，代表了中国古代哲学、美学、艺术的集大成者。材料，结构，线的处理，点的运用，精密适宜，别出心裁。特别是静夜之时，焚香一炉，借月色细观，或疏朗，或清隽，或堂皇，或秀雅，让人神骨俱冷，有飘然若仙之感。

每当我解衣槃礴，凝神屏气，在灯光下悠然自得抚摩一件明清家具，当其时也，踌躇满志之意，无法与非同道之人述之。

这些透过岁月迷雾幸存的老物件，内刚外柔，端庄淳厚，纤细与力量之美的结合，让人叹息无限。

最令人心醉神迷者，明清家具榫卯结构，简直就把艺术和技术天然连结起来，近乎天衣无缝！无论拆开哪件东西，其构造方法都细致入微，精密准确，完全不用铁钉，胶亦用至极少，既环保又科学，放之四海而皆准。方圆之美，凹凸之美，嵌合之美，套挂之美，刚柔之美，淋漓尽致！

明清家具，在不少外行人看来，肯定觉得非常不实用，认为那些堂皇大气的家具，只是摆放在那里“看”和欣赏的东西。以我们最常用的坐具为例，很多人认为还是沙发松软舒服，认为明清坐具硬僵板直。

错!

明清匠人和使用者，当然不是唯美主义者，我们中国人本来自古至今都是实用主义者！除了皇宫某些巨大的摆饰家具比如宝座以外，明清家具中的绝大多数，都是为了舒适生活而设计的，非常注重使用功能。

我本人从前在办公室，喜欢坐所谓的“大班椅”。开始的时候，很觉松软可人，椅背靠还可以调节，似乎很舒服很方便。有时候，我会坐在上面一靠就是两三个小时，不挪窝地看电脑，或者在上面打字、写字。几年下来，腰酸背痛。显然，这“大班椅”椅子虽然松软，坐久了，似乎怎么坐都不舒服。

自从喜欢上明清家具之后，我换了一个百分百清末老南官帽椅。这种九十度直角的硬木椅子，乍一坐上去，硬生生的，但正襟危坐感觉马上就上来了。确实，刚刚开始的时候很不自在，总觉得太板太硬。

硬木座椅就是这样，稍稍习惯之后，马上就能感觉到老式家具的可人之处。首先，我的坐姿很快就调整过来，刚一落座，人自然而然地挺胸抬头，胸中顿升一股浩然之气；其次，由于明清椅子背板线条科学适度，其实和人体脊柱曲线非常吻合，使得我的腰背总保持着某种舒服的角度，喘气都觉得比从前坐软椅子的时候顺多了；再次，硬木椅子的座板，每隔大概 45 分钟左右，让人会不由自主地站起，放松休息，而不会像从前懒赖在软沙发或者软椅子中烂肉一般瘫软一个、两个小时那么久……

当然，总会有些人，特别是南方矮小爷们，或者是珠圆玉润的娇小女士，觉得坐在明清老式椅子，特别是类似公座椅那样的明清老式椅子上面不舒服。这不是椅子的错，是人的错，是人认知的错——昔日类似明清公座椅的厅堂座椅，大多有脚踏，可以调节人身高造成的坐姿舒服度。岁月流逝，这些脚踏绝大部分都丢失了，因此个子稍矮的人士坐在这种大椅子上难免有双脚离地的不舒服感觉。

原本的明式座椅，早先还有礼仪观瞻的功用，许多椅面座深比较大，往往达到 60 多厘米，自然使得我们今人有前不落脚后不靠背之感。如果考虑到我们果然“坐如钟”的风范，如果选对了适合自己坐的老式椅子，这种“不舒服”很快就会从心理层而克服掉。

前人，包括元顺帝和明熹宗那二位爷，都不是皇帝料子，但他们对于木器制作的沉迷心态，正是和当时的普通士人、文人一样，也是和现在的我一样，把人性至真的追求，置换入物化的器物把玩之中，其实也是某种心理深层次的转换和补充，乃天人合一的情感追求，是物美无限的美好回忆……

第二章　碧芽润紫玉

中国人，古往今来，和茶叶渊源简直太深厚太深厚了。茶，简直就是我们中国人的文化心理图腾。

开门七件事：柴米油盐酱醋茶，从历史上看似乎茶排在最后。时至今日，茶，大有跃居第一的势头。不仅仅城市高楼大厦中文人清客、达官贵人喝茶，田间乡下简陋茅屋里普通老百姓也都须臾不能离开茶。中国人吃饭的口味，东南西北差别大。但说到茶，无论何处中国人，包括边疆各民族兄弟们，饮用种类虽然有区别，但谁都须臾离不开茶。

从前读鲁迅先生的《准风月谈•喝茶》中，说他在上海有一次看到茶叶公司大甩卖绿茶，就用两块多大洋买了二两好茶回去享受。“开首泡了一壶，怕它冷得快，用棉袄包起来，却不料郑重其事的来喝的时候，味道竟和我一向喝着的粗茶差不多，颜色也很重浊。”“我知道这是自己错误了，喝好茶，是要用盖碗的，于是用盖碗。果然，泡了之后，色清而味甘，微香而小苦，确是好茶叶。”

从上述描写中，可以见出，鲁迅本性节俭，其实根本不会品茶，比起他弟弟周作人的赏茶功夫，差之千里。

我之所以说鲁迅先生不会喝茶，是因为，无论什么品种的上好绿茶，都不能捂，不能盖焖。盖碗吗，喝八宝茶和花茶很适合，绝对不宜喝绿茶。

我从很小时候就开始喝茶。生甫四月，祖母把我带大。她喝茶，我就从小和她一起喝茶。不过，当时在天津，日子也紧巴，她老人家喝的也就是一般茉莉花茶，但她天天喝，不可或缺。偶尔闲暇时，她会给我“忆甜思苦”，讲我们老梅家和她娘家老阎家从前有钱的时候，住的是什么房子，吃的是什么东西。奶奶讲那过去的事情，有件让我印象很深，就是“旧社会”有钱人喝茶也很讲究，所谓“夏天喝龙井，冬天喝普洱”。

在天津，龙井当时虽然贵，却也常见，我父亲总会在当季的时候买些孝敬我奶奶。但普洱茶这东西，在我记忆中，小时候从来没有看到过实物。

成年之后，大学毕业后，我本人极其嗜茶，作为北方人，自然先是喜好喝上好绿茶。有一阵子，我几乎每年四月份都要去杭州，购买新鲜龙井茶（上当受骗经历不少，如今龙井村内的临街屋居，据说几乎都被当地村民租给了外地人，茶村变成了茶庄、茶店）。

除龙井以外，什么碧螺春、水仙、君山毛尖、六安瓜片、黄山猴魁等等，皆搜罗入腹，各色绿茶多年来没少喝过。

闽中初入品茶道

真正体会到品茶妙趣，是在 1997 年。那一年，从三月份开始，我在福建省省会福州呆了大半年有多。

有缘去福州，也是我人生难以忘怀的往事之一。当时，公司准备派员去福建省，帮助当地政府进行香港红筹股研究。所要派遣人员，按理说，应该是公司治理方面业务能力强，英语好，需要具有很强的交往和拓展能力。本来，那次外派轮不到我：第一，我长年在国际部工作，公司治理不是我本职强项；第二，我刚刚从北京的上级机关借调回来，按理说不应该马上再外派；第三，虽然我英语当时还算不错，但我非法律专业出身，有关香港红筹股法律问题研究方面我根本就是外行。

据说，在办公会上，公司管理层本来打算要派推广部门一个靓女去福州“锻炼”半年的。结果，有一个一直看我不上眼的领导十分“热心”，他非常直接地指名道姓“推荐”我：“英语好，业务能力强，又刚从北京上级机关借调回来，梅毅不错嘛……”

结果，稀里糊涂，我就被发往福州效力。

那时的我，燕尔新婚，从北京借调回深圳不久，心里其实很不情愿再去福州千里迢迢工作。既然都被领导“重视”了，加之先前参加工作不久就受尽摧残，血性少了，服从性多了，天津人又好面子，又缺乏咬舌自尽或者一闹二跳三上吊的道性。怏怏之余，只得黯然辞别新婚老婆，以一种被流放的心态，屈原似的，落寞而去。

很记得，路途之间，正值二三十岁老小伙子的我，从心里把自己弄得和古时候被奸人诬陷流放的忠臣似的，一直不停吟诵着刘禹锡那首诗："惊风乱飐芙蓉水，密雨斜侵薜荔墙。岭树重遮千里目，江流曲似九回肠。"

如今思之，写之，肯定有看官好奇，抱着大人心态或者小人心态问：你梅大王写从前"受迫害"、"被流放"的事情，不怕当时"放"你的领导报复你?

呵呵，梅某非笨人，当时"放"我的领导，数年前就去某家公司那里当头儿了，暂时管我不上。当然，世事轮回，或许哪天这领导再回来公司接着当我顶头上司，看过或者听过我写的这段往事之时，或许再次朝我瞪起他那双"望刀眼"，或者驴颜大怒，或者笑里藏刀，届时，该修理我嘛，我也认栽。

中国人自宋代之后，日益虚伪，没事就提"宰相肚子能撑船"，其实背后的故事都是"秋后算账"。"中心藏之，何日忘之"。我写了这么多年历史，每每思及秦汉时代的中国人，高山仰止，景行行止，真是血性的时代血性的人，一饭之恩必偿，睚眦之怨必报，敢爱敢恨，让人悠然神往……

忆及年青时代，时运衰霉，我确实总是撞小人。研究生毕业后两三年间，总遇到往死里害我的上司。我初到深圳，原本进入一家大型国有商业银行深圳分行国际部工作，任"代理行主管"，没过多久，我就当上了外事科科长。一个研究生刚刚踏入社会就能在国有大银行分行国际部独当一面，可谓春风得意。

初到南方，一无所有，只有年轻人的幻想和对未来莫名的憧憬，以及莫名的傻乎乎的工作热情。当时，我和武汉大学刚刚毕业的河南人岳开封住在银行一间只有 11 平方米左右的宿舍里面。那是一间搭在八楼上面的僭建建筑物，白天，南方火热的太阳直晒到屋里；到晚上 10 点回去时，里面还热得像个天然的笼屉。到了 12 月，深圳也冷，晚上冷雨过后寒风一吹，彻骨生寒。也就是在这样情景中，我依旧保持着勃勃的年轻人特有的上进心和进取心。

没多久，我就在银行系统的工作中忽然感受到成人世界的林莽，感受到大企业中同行之间的倾轧。明争暗斗之间，伤痕累累。不久，从北京的银行总行调来一个处长到我们深圳分行国际部。这哥们何姓，40 多岁，吉林人，咋咋呼呼特能说，貌似憨厚，内实劲狭。当时我太年轻，二十啷当岁，社会经验极少，很快就被这个 40 多岁东北爷们整得欲哭无泪。而且，这位老哥们下手特黑，对我这么一个刚刚踏入社会的学生哥往死里害，挤我逼我害我，无奈之余，我只能愤而辞职……

挨整被操详细过程，日后我痛定思痛，写成一篇中篇小说《赫尔辛基的逃亡》，当年被月发行量 30 多万份的《中篇小说选刊》转载，很是洛阳纸贵轰动一时了一小阵子。

福兮祸兮。福者，从前银行有关我的流言没有了；祸者，我昔日所就职银行的行长开始“注意”我了——他当时刚刚被提拔为更高级别的“领导”，很怕由于我那篇中篇小说的影响，导致从前他自己在任时内幕盖子被揭开……

年轻就是好，无知者无畏，假如岁月倒流，我肯定不敢在深圳愤然从一个那么大的银行辞职，不会把自己抛掷到看不到任何前程的黑暗中，更不会以笔为刀，去刺向看不见的官场职场虚空……

从银行辞职后，大概又过了十年左右，有一天，我出差上海的老婆忽然打电话，告诉我说，那位把我从银行逼走的处长死了。肺癌而死。而我中篇小说出版后，那位一直在各种场合居心叵测指名道姓"夸奖"我的"领导"，机心太重，后来仕途也不得意，落魄去给某私人老板当顶级打工仔了。"富不敌贵"的古训，在物质社会，如今也不灵。

愤愤依旧不平，我大呼"报应！"结果，立刻遭到小我数岁老婆大人的呵斥："过去的事情都过去了，你应该感谢从前害你的人，没有他们当时害你，也就没有你当时向上的动力！更何况，那个人都去世了，你还念念不忘，按佛教理论，又是把仇恨带入下个轮回了……"

深感女流之辈比我深明大义的同时，作为当事人的我，依旧心存芥蒂：毕竟当时我不过是一个二十四五岁刚刚毕业的年轻人，何仇何恨，能够往死里害我！

唉，人在做，天在看，信夫！……

看到此处，不少看官可能又笑，你梅毅梅大王这部书的书名不是《闲情偶尔寄》吗，怎么看到这么多的戾气！

呵呵，文人嘛，确实大多属于意识发散类型；如今闲情，根蒂处苦大仇深；回首往昔，笑声中溅满泪水……

或许，还有不少看官顺着我的笔意，总是好奇把我挤兑到福州的那位领导为什么会成心害我？这事儿，写出来可能是一个中篇小说，说出来就很简单了——这位领导，总认为我不是和他一路人，认为我是和他作对那另一位领导一伙儿的——他之所以这样认为，推理更简单，我长久以来一直是那位领导的下属——靠，看到了吧，多么荒谬的中国式长官推理啊！并非我太聪明瞎“站队”，并非我有意得罪谁，当时我不过是公司内毛嫩青年员工一名，给谁当手下，是我能够自己选择的吗？

看官们，千万别认为这位头头儿的智商和大猩猩一样，非也，不过是出于量小之人那种“恨和尚憎及袈裟”的虚弱罢了，所以才拿我这种弱者下手。如果他真牛逼，就应该敢去真刀真枪和自己平级的人实打实对着干，应该狠心怀着把对方孩子扔井里的恶意和勇气，该横捅谁横捅谁，该顶谁顶谁，其实根本犯不着拿我辈当时二十啷当岁的手无缚鸡之力、职无报销之权的小力巴出气……

文回正题，我们接着上文说我被“流放”到福州的事情。从银行辞职出来后，年轻人固有锐气基本全消，胸中再无和领导理论牛逼的勇气和重找一份新工作的朝气，也只能皱着眉头，硬着头皮，迢迢千里飞去福州吃臭虾酱。

人生就是如此，福兮祸兮。福州之行，不虚此行！

正是在福州，我开始喜欢上了乌龙茶，爱屋及乌，对于茶具茶壶也日有所喜。

福州，1997年，在我的记忆之中，很小的一个城市。开始借调，我在福建省政府证券监管部门，开始了香港红筹股研究。如今想起来，对于一个年轻人来说，当时状态其实还挺值得夸耀的，有事没事就和副省长啥的坐在一起开会，研究研究地干活。更令人感到欣慰的是，当时部门主任叶先生，文人气质非常浓，对我生活工作非常照顾。

和叶主任相处时间虽然不多，至今我仍然对他印象深刻。不过，具有书生气的人当官似乎都当不长久。我离开福州不久，叶先生就下海了。好人好报，没有了官职的羁绊，他长袖善舞，至今当着几个公司的董事长啥的，家趁人值，悠然过着一个文人梦想中的生活……

初到福州时，由于我本性很不喜欢和陌生人交往，很是寡欢落寞了一阵子。下班后，拒绝不少公司、券商啥的应酬，我最喜欢在所住地方附近闲转，一来锻炼身体，二来散散心看看福州的风物。当时，我租住在临近福州体育馆对面一个小区中，距离五一广场不是很远。记忆之中，在那个时候，晚上花两个多小时的时间，似乎就能把福州市区主要的街道转个遍。

转来转去，我还到访过位于福州鼓楼区杨桥路86号的林觉民烈士故居。

1887年出生于福州的林觉民，13岁参加科举考试，只在考卷上题了“少年不望万户侯”七个大字即扬长而去。1906年，他自费去日本留学，加入孙中山先生的同盟会。四年之后，林觉民毅然从日本回国，怀抱必死之心，参加广州起义。参加战斗前，一个深夜里，滴洒英雄泪，林觉民在手帕上写下了《与妻书》：“吾作此书时，尚是世中一人；汝看此书时，吾已成为阴间一鬼。吾作此书，泪珠和笔墨齐下，不能竟书而欲搁笔……”

在丧失了历史现场感的今天，我们又有多少年轻人能理解这样深情脉脉、泪血四溅、百转柔肠的遗书呢？

想当年，广州起义失败，林觉民受伤被俘。面对两广总督张鸣岐的亲自审问，他义正辞严，当庭宣传革命道理，奉劝在场的清朝官吏洗心革面，革除暴政，帮助汉族同胞建立共和。听毕这一番慷慨陈词，连张鸣岐都禁不住叹息道：“惜哉，林觉民！面貌如玉，肝肠如铁，心地光明如雪”……叹之惜之，张鸣岐依旧决定杀之。

黄花岗下埋忠骨，人间挚情溢忠贞。

林觉民不是宗教狂，没有天堂美女的诱惑，没有地上美元的牵扯。为了华族复兴，为了大家，他决然舍弃小家。这种伟大的献身精神背后，却是割舍不断的情丝——“吾至爱汝，即此爱汝一念，使吾勇于就死也”。

缠绵蜜意之间，冲天豪情，千载之后，依旧会让有心人目眦尽裂！

时隔80多年，我，一个客居福州的天津士子，依旧记得，在那样一个阳光灿烂的岑寂下午，为这位中华伟男子的博大情怀而眼眶潮湿。

不过，让我稍感纳罕的是，林觉民就义之后，家人把这座祖宅卖给一个叫谢銮恩的人。买主老谢，有个孙女后来也很出名，名叫冰心。这位中国“新文学祖母”成人后，曾经深情追忆过自己的故居，写过不少文章，但她从来没有言及这个大宅院曾经出生过一个为国赴死的年轻人；此外，林觉民烈士有个堂哥林长民，此人后来也生了一个很有名的女儿，林徽因，乃赫赫有名的一代美女、才女。遗憾的是，她留下那么多日记、信件、书稿，却从来也没有提及她曾经有过这样一位大义凛然的“国民党”叔父！

这两位名女人这种让后人百思不得其解的“失忆”，是故意的，还是真的遗忘呢，我当时犹疑良久……

可惜的是，1997 年，在福州那段无聊而漫长的时间内，我竟然从来没有想过要动笔书写历史，大概是机缘未到吧。

数年以来，在阎崇年等先生“我大清”的宣扬声中，国人精神、服装和影视剧的“清宫热”，无处不在，让人触目惊心。林觉民这样的辛亥烈士们，如果看到近百年后昔日的“旗袍”成为春节时装“唐装”的情景，如果看到无数“大辫子”们，在屏幕、现实中到处扬眉吐气，他们或许会后悔当初的热血泼洒，肯定会痛心疾首——本来阴险刻薄的康熙、乾隆诸帝，被二三处心积虑的教授、作家们和张国立们演绎成翩翩潇洒、风趣人情、深仁厚泽的千古帝王。那些被烈士们泼洒热血和青春推翻的真假爱新觉罗后裔们，纷纷系扎起脑袋上的黄带子，摇晃着长袍马褂从坟墓中爬出。即使是在辛亥革命一百周年纪念的2011年，荧屏上还到处都是大辫子，或穿越，或言情，或武侠，其间，电视上还总是映晃、穿插着阎崇年老先生包衣一般眼角湿润对清朝皇帝“深仁厚德”的讲述——革命这多年，恍惚清朝前……

郁闷之余，很快，福州进入夏季。和深圳一样，那里气候溽热潮湿，晚上一出门就是浑身大汗，我只能把自己闷在空调屋子里面看电视打发漫漫无边的时间。

还好，人在深圳的老婆不放心我一个人在福州，很快，她就亲自过来探班。恰值一个周日，我们两个人就去武夷山游玩。

朱子读书处，钟灵毓秀。也正是武夷山下，由一个女导游诱引，我开始对乌龙茶产生了兴趣！

武夷山一游，让人难以忘怀。山上峰峦秀丽，秀拔奇伟；山下溪水清美，群峰倒影，碧波如镜；山中小店，过山峰毒蛇味道奇怪。“碧水丹山”之间，肉鲜菜嫩……

那时风景那时情，那时风物那时人，至今思之，恍若梦忆！

被女导游带着花了五六千购物游玩之后，我拿出100块钱的导游费以示酬谢，竟然还惹得那个女导游脸上惊惑——过后我老婆提醒我，人家都赚咱们那么多购物的回扣了，你还傻不拉唧给人家导游费，难怪让人家“害怕”……

傻人有傻福。大概正是当时看我傻，激惹得女导游“宰”心又起，说要带我夫妻两个人免费去茶庄品茶，去喝武夷山特有的岩茶。“大红袍，中国名茶！我带你们去喝，店主我认识，免费给你们喝！”

山路盘旋没多久，到了一个茂林修竹之处，坐落着一户人家，前店后厂，专卖武夷岩茶的。女主人看到女导游，脸上马上堆满笑，即刻神秘兮兮，从里间屋拿出一小锡罐盛装的“大红袍”给我们沏。

“这可是最真最真的大红袍，就是你们上午在山上看到那三棵大茶树中的叶子做成的……”

别说，好水好茶，真香，真好喝！多年喝惯绿茶的我，口中味蕾焕然一新！

不过，许久之后我才得知，武夷山山上那几棵真正的大红袍老树所产的茶叶，我辈平民根本喝不上！别说我辈穷逼，就连流油富民也没机会喝上！“富不敌贵”，即使到今天这个几乎全部事物都要“交换”的时代，有些东西还是有钱都弄不到手的。

日后，证管办叶先生“下海”，曾经做过武夷山旅游公司“总经理”，每年他都会寄送给我以及和他相熟的几个同事每人几两“大红袍”作为手信。即使如此，叶先生也告诉我们，他所送“大红袍”茶叶，仅仅也就是那山上三棵大树嫁接较近的代系而已。至于当地外地大小茶庄所卖的所谓“大红袍”，估计都是那几棵古树串种无数代的“穷亲戚”罢了。绝大多数打着“大红袍”名号的茶叶，其实是不是“大红袍”品种都是个疑问……

如此知识，我当时自然惘然无知。被导游带到茶庄一喝，被女主人这么一殷勤，感动之余，立马买了3000块钱一斤的“金佛”茶，钞票奉上后，被告知金佛茶是武夷岩茶种类中顶级特级的好茶！要知道，1997年，3000块钱还是钱啊。如果当时在福州买一块价值3000块钱的寿山石印章，放到现在怎么也要值六七万块钱！

岩茶好喝吗？真好喝。武夷山一年四季雨量充沛，气候温和，山间常年云雾弥漫，幽涧流泉，自然出好茶。加之武夷山火山砾岩、石英斑岩等岩石砾壤所形成的茶园土壤独特，使得岩茶内质得天独厚，所谓花香岩骨，浑然天成。真的“大红袍”，有名有实，沏茶后拣出来的叶子看上去真是“红叶镶金边”。

味鲜水正，经女导游和女茶老板言语忽悠，更让我痴迷不已，让人想起唐朝灵一山人的茶诗：

野泉烟火白云间，坐饮香茶爱此山。岩下维舟不忍去，青溪流水暮潺潺。

也不知道为什么，每每我在茶叶出产地喝茶，感觉都好得不得了。这种感觉，后来读唐朝张又新《煎茶水记》，方知就里：“夫茶烹于所产处，无不佳也，盖水土之宜。离其处，水功其半……”而我当时所喝武夷岩茶，更是条形壮结、匀整，色泽也鲜润异常，有绿有褐，茶汤艳丽清澈。

女老板风情万种，给我们泡茶时用的是小壶小杯，更显衬得那茶叶茶汤香味浓郁。

“梅先生，黄小姐，你们吸一下，吸一下……对了，是否感觉有股清爽香气入鼻啊，嗯，不是那种很浓的香，是幽幽香气，对，有点果香和奶油香，这就对了……”

经过女导游的“导引”，我和老婆果然在当时觉得那茶汤入口甘爽滑顺，确实没有任何苦涩感。回味品吮之间，润滑，黏稠，大有奇趣……

当，是上了；钱，是花了。

无论如何，对于我来说，正是1997年被“流放”福州的经历，使得我这辈子才开始真正爱上茶。自兹时始，我才开始煞有介事地品茶、喝茶。

中国知识分子，总有身上吃亏嘴上占便宜的特点，或者说是优点，或者说是缺点。说优点吧，即所谓“达则兼济天下，穷则独善其身”，以老庄哲学零碎做精神胜利法的药丸；说是缺点吧，那就后果很严重，得祸卖乖！比如苏东坡，都贬到黄州了，他天天写诗说红烧肉如何好吃。雅兴不浅啊！好，京城有人不高兴了，接着贬。贬过梅岭到岭南了。按理说，一张大嘴惹祸如许，老苏该消停了，他不，爱吃爱喝爱发牢骚爱做事，在惠州又写“日啖荔枝三百颗，不辞长作岭南人”。诗好人好传得快，马上传到开封他小人对手章惇等人那里，都是才子出身啊，人家更怒了！一纸诏书，把老哥们贬过海了，罚到了海南（儋州）。

今天说起来，海南好地方，木料黄花梨，风景属三亚。但在北宋时代，被贬官员到了岭南能活着回去的都不多，而被贬过海到了海南，基本就没有任何生还希望了。即便如此，我们锦心绣口的苏学士，纵不了欲还是能够纵情，依旧诗兴不减，在当时狗都不拉屎的烟瘴之地，作诗如在桃花源中：

> 不用长愁挂月村，槟榔生子竹生孙。新巢语燕还窥砚，旧雨来人不到门。春水芦根看鹤立，夕阳枫叶见鸦翻。（《庚辰岁人日作之二》）

瞧，就是能够依靠精神胜利法，我们艰苦卓绝的苏学士，终于熬到能活着回到北方。

相比苏东坡苏爷，我青年时代遇到的“小人”们，无论从级别还是层级上说，那都差太远太远，其权力不足以把我整死，其智力不足以让我被他卖了帮他数钱，只能把我外派到外地不舒服而已。更何况，我身上流淌着中国知识分子人穷志不穷、挨打唱歌词的乐观主义因子，吃着臭虾酱，依旧能够最终找到修身养性的武夷岩茶来尊享，自奉不薄啊。

塞翁失马，焉知非福！茶里乾坤大，壶中滋味长……

从武夷山回到福州后，我马上买了全套的喝品乌龙茶的茶具。可惜的是，当时我不懂如何沏茶，不晓得要适时斟饮，往往在茶壶中浸茶许久才倒出来喝，酽是很酽，涩苦难当，愣是浪费了当时价值 3000 块的那斤“金佛”精茶……

茶里乾坤大

上世纪90年代初期，我就喜欢看明朝文人写的小品文。特别是张岱，贵胄豪华，由恶少而遗民，性情真挚，文风俊朗，深得我心，恨不能与此人同生于一个时代！

张岱在《西湖七月半》，曾经有煮茶赏景的描写："小船轻幌，净几暖炉，茶铛旋煮，素瓷静递，好友佳人，邀月同坐……"苍凉之间，月色润荷风，湖光荡茶香，如能与此人递桨纵舟，抛却浮名，畅谈于十里荷花之中，不亦快乎！

如此才情如此人，对于张岱文字间鉴茶、品茶的神奇描写，我依旧怀有深疑。《陶庵梦忆·闵老子茶》一文，他把自己和那个深谙茶道的老头闵汶水说得神乎其神：

> 周墨农向余道闵汶水茶不置口。戊寅九月至留都，抵岸，即访闵汶水于桃叶渡。日晡，汶水他出，迟其归，乃婆娑一老。方叙话，遽起曰："杖忘某所。"又去。余曰："今日岂可空去？"迟之又久，汶水返，更定矣。睨余曰："客尚在耶？客在奚为者？"余曰："慕汶老久，今日不畅饮汶老茶，决不去。"
>
> 汶水喜，自起当垆。茶旋煮，速如风雨。导至一室，明窗净几，荆溪壶、成宣窑磁瓯十余种，皆精绝。灯下视茶色，与磁瓯无别，而香气逼人，余叫绝。余问汶水曰："此

茶何产？”汶水曰：“阆苑茶也。”余再啜之，曰：“莫绐余，是阆苑制法，而味不似。”汶水匿笑曰：“客知是何产？”余再啜之，曰：“何其似罗岕甚也？”汶水吐舌曰：“奇，奇。”余问：“水何水？”曰：“惠泉。”余又曰：“莫绐余，惠泉走千里，水劳而圭角不动，何也？”汶水曰：“不复敢隐。其取惠水，必淘井，静夜候新泉至，旋汲之。山石磊磊藉瓮底，舟非风则勿行，故水之生磊，即寻常惠水，犹逊一头地，况他水耶。”又吐舌曰：“奇，奇。”言未毕，汶水去。少顷，持一壶满斟余曰：“客啜此。”余曰：“香扑烈，味甚浑厚，此春茶耶？向瀹者的是秋采。”汶水大笑曰：“予年七十，精赏鉴者，无客比。”遂定交。

文人吗，总有自吹自擂习气和虚构渲染能力。张岱自编自造的这个故事，其实大有出处，我估计，应该源于唐人有关陆羽精鉴南泠水的传说、宋人笔记小说以及“三言”、“二拍”等明代成型的宋人故事。与张岱辨茶品水故事最相近的，乃是取自《王安石三难苏学士》章节：

午牌过后，东坡素服角带，写下新任黄州团练副使脚色手本，乘马来见丞相领饭。门吏通报，荆公分付请进到大堂拜见。……荆公为人至俭，肴不过四器，酒不过三杯，饭不过一箸。东坡告辞，荆公送下滴水檐前，携东坡手道：“老夫幼年灯窗十载，染成一症，老年举发，太医院看是痰火之症。虽然服药，难以除根。必得阳羡茶，方可治。有荆溪进贡阳羡茶，圣上就赐与老夫。老夫问太医院官如何烹服，太医院官说须用瞿塘中峡水。瞿塘在蜀，老夫几欲差人往取，未得其便，兼恐所差之人未必用心。子瞻桑梓之邦，倘尊眷往来之便，将瞿塘中峡水，携一瓮寄与老夫，则老夫衰老之年，皆子瞻所延也。”东坡领命，回相国寺。……

光阴迅速，将及一载。……东坡到了夔州，与夫人分手。嘱付得力管家，一路小心伏侍夫人回去。东坡讨个江船，自夔州开发，顺流而下。……东坡在重阳后起身，此时尚在秋后冬前。又其年是闰八月，迟了一个月的节气，所以水势还大。上水时，舟行甚迟，下水时却甚快。东坡来时正怕迟慢，所以舍舟从陆。回时乘着水势，一泻千里，好不顺溜。东坡看见那峭壁千寻，沸波一线，想要做一篇《三峡赋》，结构不就。因连日鞍马困倦，凭几构思，不觉睡去，不曾分付得水手打水。及至醒来问时，已是下峡，过了中峡了。……东坡暗想道：“荆公胶柱鼓瑟。三峡相连，一般样水，何必定要中峡？”叫手下给官价与百姓买个干净磁瓮，自己立于船头，看水手将下峡水满满的汲了一瓮，用柔皮纸封固，亲手佥押。

东坡赍了表文，带了一瓮蜀水，星夜来到东京，仍投大相国寺内。天色还早，命手下抬了水瓮，乘马到相府来见荆公。……茶罢，荆公问道：“老夫烦足下带瞿塘中峡水，可有么？”东坡道：“见携府外。”荆公命堂候官两员，将水瓮抬进书房。荆公亲以衣袖拂拭，纸封打开。命童儿茶灶中煨火，用银铫汲水烹之。先取白定碗一只，投阳羡茶一撮于内。候汤如蟹眼，急取起倾入，其茶色半晌方见。荆公问：“此水何处取来？”东坡道：“巫峡。”荆公道：“是中峡了。”东坡道：“正是。”荆公笑道：“又来欺老夫了！此乃下峡之水，如何假名中峡？”东坡大惊，述土人之言“三峡相连，一般样水”，“晚学生误听了，实是取下峡之水！老太师何以辨之？”荆公道：“读书人不可轻举妄动，须是细心察理。老夫若非亲到黄州，看过菊花，怎么诗中敢乱道黄花落瓣？这瞿塘水性，出于《水经补注》。上峡水性太急，下峡太缓。惟中峡缓急相半。太医院官乃明医，知老夫乃中脘变症，故用中峡水引经。此水烹阳羡茶，上峡味浓，下峡味淡，中峡浓淡之间。今见茶色半晌方见，故知是下峡。”东坡离席谢罪。

细转“三言”、“二拍”中拉拉杂杂这么多文字，倒不是想按字数骗稿费，而是让我们今人看看明朝文人描摹宋代人文字的“当代性”。

《金瓶梅》、《红楼梦》，凡是明清小说，都是这般娓娓道来。此种笔法腔调，在我中学时代，很烦很反感。如今，年过不惑，展卷再读，眼前一亮，忽然觉得明朝人文字就是亲切感人。

当然啦，文人笔墨渲染，总爱把雅事描摹得那么邪乎。那么，有人可能会对我的疑问产生疑问：即使张岱自吹自擂，那宋朝王安石、苏东坡都是文学大家啊！只要受过教育的人，大多都有这样的印象：宋朝俸禄优厚，文人生活无上高雅、精致。或许，人家王安石本人，就是一个舌头味蕾极其丰富专擅品鉴水质的大茶家呢？

非也！毕竟我，梅毅，赫连勃勃大王，从魏晋南北朝开始写到民国，写过中国通史。特别是我当时写宋史《刀锋上的文明》，除了参阅辽史、金史、元史、西夏史以外，光《宋史》原书古文我就看了几百万字。至于间隙期间阅读宋人自己写的笔记、文牍，连案堆牍，不下千万言。比起常人，自然我对宋代著名历史人物的品格、学识，甚至生活习惯略知一二。

宋朝，确实是文人的黄金时代！宋朝对“士人”太好，“恩赏”太厚，整个官僚机构臃肿得不行。而且，宋朝帝王仍比较“厚道”，从来不怎么想“消肿”机构，总是慷慨地赠予大臣金银珠宝，“班仅庶僚，非有殊迹，亦被横赐”。到宋真宗咸平年间，已经有具体数字，天下“冗吏”多达 19 万 5000 余人。那些带有“使相节度”荣衔的大官，光薪俸支出就大得惊人。以三班院为例（供奉官，左殿直，右殿直），宋初只有官吏僚员 300 人，宋真宗时已有 4000 多，宋仁宗时已经过万。宋仁宗统治时代，开科取士，进士加诸科就近 1 万人。这 1 万人看似数字不大，但都是官员之选，而宋朝一般官员的薪俸都可让诸朝士人眼红。不仅如此，还有那些皇族、外戚、功臣等等的后代，在“恩荫法”的庇佑下，一大群人生下来就有“级别”，有“级别”就要有俸禄。这帮人有钱有闲有精神，更有时间“制造”人，呈几何级数上升。

不讲皇族，仅以大臣王旦为例，“王旦卒，录其子弟、侄、外孙、门客，从授官者数十人。诸子除服，又各进一官”。宰相死了，他家族子弟三代得以授官，连门客也跟着沾光。丧期刚过，他几个儿子再被官府晋升一级，这种荣封，让我们今人感觉莫名其妙。

宋仁宗自己生不出儿子，皇亲国戚们的生殖力却一个胜似一个。即使皇帝驾崩，朝廷依旧会按照惯例“遗赐大臣各值百余万”，简直“厚道”得太过分。宋代文臣武将，生活极其优裕，只要不犯“谋逆”罪，只要不干出天大的坏事，最重的处罚，也就是远流偏僻地方做小官，“过海”和“过岭”几乎就是最重的责罚。“过海”，指被罚至海南；“过岭”，指被远罚过梅岭到达岭南地区流放。

制度如此宽容，知识分子们又爱风花雪月。说到底，风花雪月那是最费钱的事情。北宋历史上，我们印象中以正直著称的诸位名臣，实际生活中也都是“豪侈”的主儿。民间叙事、评书演义中，寇准是个焦裕禄式好干部。其实，寇准在家，天天在庭院大燃巨烛，耀如白昼，“座上客常满，樽中酒不空”；吕蒙正，酷嗜“鸡舌汤”的大美食家，每餐必喝此汤，当然人家不使添加苏丹红的冰冻鸡舌，吕家厨房一天要杀成百上千只鸡，才能供吕宰相一汤之用；宋祁大文士，天天深入花丛中“体验生活”，夜夜拥歌妓饮美酒，无日不醉。其兄宋庠捎话让他检点些，相劝道：“不要总这么骇人听闻地花钱嘛，还记得从前我兄弟俩在州学内天天吃粗饭咽咸菜的事吗？”宋祁大笑回复：“请回禀兄长，当年寒灯苦读，吃糠咽菜，不就是为了现在能活到这份儿上嘛！”

翰林学士蒲宗孟，“性尤侈”，其家每天吃饭所费，最少要10只猪10只羊，还要消耗300只巨烛用以晚间照明。就连洗脸洗脚洗屁股这样的小事，蒲夫子都有“小洗面、大洗面、小濯足、大濯足、小大澡浴之别。每用婢子数人，一浴至汤五斛。(其)他奉养率称是”。如此奢侈，连他的姻亲苏东坡都写信劝蒲爷要“慈俭”。这位蒲爷还有个故事很出名：一次，他接见一位100多岁老道人，问对方养生之法。老道说：要清心寡欲，戒酒，戒色，戒贪，戒纵乐。”蒲学生低头想了想，说：“如果这样，即使活上1000岁，又有屁用！”

上述历史人物似乎不是特让人记忆深刻。而印象中“金戈铁马气吞万里如虎”的辛弃疾，我们现在都知道他忧国忧民的故事。真实生活中，这位辛爷也曾挪用公款自己享受，在郁孤台下风光无限，大发北魏王爷一般的感慨：“不恨我不见古人，恨古人不见我！”

文人典范如苏轼，大半辈子颠沛流离，但他在黄州不忘吃好猪肉，到惠州不忘“日啖荔枝三百颗”。才子墨客们如此嘴馋心馋，其实都是被那个宽容时代惯出来的。

但是，在宋代著名星级大文人中，恰恰是王安石，还真不是一个对精致生活特别在意的人，乃一纯粹寓乐于干的工作狂也！

宋人笔记，并不全是小说家言。有些不可信，有些非常可信。《邵氏见闻录》，作者邵伯温乃宋朝大儒邵雍之子，他的记载就非常可信。据劭氏记载，宋仁宗之所以不“待见”王安石，是因一件小事对他产生成见：一天，宋仁宗与诸大臣在御花园边赏花边钓鱼边宴饮，宦者们把鱼食用金碟装盛，各置于矮几之上。王安石信手拈来，低头猛吃，竟把一大碟鱼食吃个精光。对此，宋仁宗看在眼里，当时也没说什么。转天，接见辅政大臣，他讲出自己对王安石的看法：“王安石，乃一奸诈人也。假使他误食钓饵一粒，也就算了。此人竟能把鱼食吃尽，太不近人情，做作得过分。”正基于对他为人的鄙视，宋仁宗憎人而恶其文，对他的主张自然不看重。所以，历史、机遇，君臣际会，有时也只是因为某件不足为人道的小事而改变。

其实，宋仁宗认为王安石吃光鱼食是做秀，也未必。王安石本性属于真疏懒那种人，他不爱洗澡，不喜穿新衣。吃饭之时，即使有一大桌子菜，他也只吃离自己手边最近的那一碟。著书用心之时，老王更时常心无旁骛。有一次写东西，王安石边吃边写，手中东西吃完他也不觉，仍旧一口一口干啃指头也不自知。

特别是喝茶、赏茶、鉴茶，真实历史中的王安石，和明朝小说“三言”、“二拍”中的记载完全不同。他不仅不懂水，连上好茶叶也完全嗤之以鼻地加以糟蹋：

> 王荆公（王安石）为小学士时，尝访（蔡）君谟，（蔡）君谟闻公至，喜甚，自取绝品茶，亲涤器烹点以待公，冀公称赏。公于夹袋中，取消风散一撮，投茶瓯中并食之。（蔡）君谟失色，公徐曰：“大好茶味。”（蔡）君谟大笑，且叹公之真率也。

这件故事的作者，不是后代文人，乃是和苏轼、王安石同时代的赵令畤。他也不是写小说，而是在自己笔记体《墨客挥犀》书中所记，所以应该是王安石真人真事。

赵令畤，当然不是一般的文人雅士，乃宋太祖次子燕王赵德昭之玄孙，与苏轼交情莫逆。而文中所称的“君谟”，乃我们平日所称宋代书法四大家“苏黄米蔡”第四名蔡襄。

用现代汉语还原这件真实事件，很有戏剧性，场景如下：

王安石作翰林学士时，也是一时名人。有一次，他曾经拜访鉴茶大师蔡襄。蔡襄久慕王安石大名，听说此人来造访自己，非常高兴。于是，蔡襄亲自捡取极品好茶，洗涤饮茶器皿来招待王安石，以求得到对方青睐赞赏。岂料，王安石大大咧咧，根本不拿蔡襄珍藏的“绝品茶”当回事儿，随手从夹袋里掏出一包“消风散”药剂，潇洒一掷，投入茶盏之中，而后仰头胡乱吞咽下去。眼见如此好茶被王安石如此糟蹋，蔡襄目瞪口呆。王安石呢，怡然自得，慢慢随口说了一句：“大好茶味。”蔡襄醒过神来，醒悟到王安石故意不拘小节，于是大笑，并赞叹王安石的真率。

依据王安石为人秉性，他如此喝茶，真率是假，嫌麻烦煞风景是真！

乍听乍看这个故事，我们现在的人不知就里，以为是穷酸文人茶客蔡襄巴结王安石王宰相。其实，当时蔡襄官可比王安石大，根据我的推算，他应该正在宋朝政府中当“三司使”，也就是“副总理兼财政部长”类似的职务。而王安石呢，从地方调入中央发迹不久，翰林学士，类似“副局级调研员”的衔头。但宋朝人尚名头喜高士，王安石当时名气大，官高位重的蔡襄自然拿好茶招待他，这，也是今天我们这些势利红尘之辈所不能理解的。

王安石煞风景，比他更煞风景的其实是戏子皇帝乾隆。这位皇帝老儿一辈子号称作诗数万首，看似特风雅，其实特无聊。每每从印刷精美的图册中欣赏古画名画，都会看到他的巨大印章横亘画上，粗暴张扬，破坏画意不说，大红印泥奸污眼目。而他万世流芳的本意，最终也变为适得其反。

但凡我举着一本印刷高级的图书欣赏古代书画，看到那些个刺入眼帘的“乾隆御宝”大印，就会无端满怀敬意地想起孙殿英将军——匪气英豪，能把乾隆这个老混蛋尸首从东陵里面拽出来，真真勇气可嘉。而号称“十全老人”的清帝，朽骨糟肉，真是连狗都不吃。

恨乾隆说乾隆，他和喝茶有啥关系？当然有关系，大凡历史上事关“风雅颂”的，没有和他不挨边的。这位阴险帝君别看政治上心狠手毒，吃茶喝茶方面也精打细算。

文人雅士茶客们吵到清朝，论水论土论茶叶，乾隆自然也谬托空灵，对陆羽所谓“山水上，江水中，井水下”水论不太领情，认为舌头难以尽信，还要以“科学”手法衡量水质的清、轻、甘、活。

沏茶水质之中，特别是“轻”，本来是感性感觉，乾隆老儿非要理性判断，于是老哥们让人用秤称：北京玉泉山斗重一两，济南珍珠泉斗重一两二厘，扬子江金泉山水斗重一两三厘，至于惠泉、虎跑泉，则各为一两四厘……

最后，这位附庸风雅的乾隆帝就将玉泉山水列为“天下第一水”。

未必。

品茶味水，不拿舌头、心情当衡器，而拿秤砣和容器作标准，真真等而下者。

鉴别水质，根据我本人经验，都是文人瞎吹；鉴别茶出产地，大概能够说个所以然；至于鉴别同一种茶的好坏，其实还是要比较。而且，不是每天都喝上等好茶，味蕾具有遗忘性。

从 2000 年到 2009 年间，由于我父母喜欢绿茶，每年清明前我都到杭州买茶。其间上过好多次当，要属在龙井村上当上得最多。最后，我学乖了。同样等级的明前龙井，各种牌子的，选定五六种，每样买一两，记下名号，然后拿出几个杯子，同样的水，同样的温度，同样的量，同时间冲泡。一一对比品尝之下，不为淳绿色所骗，不为价格高低所迷，不为包装所惑，细细五六口，啜吸品嘬，口感品质马上感觉出来。

最终我发现，杭州清河坊杭州茶厂的专卖店所售龙井最正宗，品质最稳定。

思及古人神乎其神的饮茶品茶经验，想想我自己的选茶笨办法，今人和古人的区别，真是判若云泥……

从年青时代，我就很好奇的是，古人如何喝茶呢？

仔细研究历史，才知道，中国茶的制造方法和品饮方式，一直不断发展变化。唐代之前，国人还没有形成固定饮茶模式，有时清饮，有时和各种食物一起煮成茗粥。无论怎么做，都要把茶先碾成末。食饮茶之前，先把水煮沸，再将茶末投进水中，略煮后，有时加盐；宋朝时，茶叶仍是先制成饼状，品饮的时候还是碾末。不过，宋朝人不再把茶末投进煮沸的水中，而是将茶末先放在非常讲究的茶盏里，以沸水冲之，叫做点茶，而且不再加盐；朱明时代，国人就开始直接饮用叶茶，起先还是把茶叶放在容器中煮，明朝中期以后，就直接用沸水冲泡叶茶，基本和我们现在饮茶方式差不多。

如今我们到杭州龙井村，看到茶农用大锅炒茶表演，其实唐朝时已经这样做。大诗人刘禹锡在《西山兰若试茶歌》中就写道，“自傍芳丛摘鹰觜”，“斯须炒成满室香”。讲寺庙僧人现采茶园里的新鲜茶叶现场炒制，如今所谓“炒青法”是也。

炒青法，现在看来太自然不过，绿茶制作基本遵循如此方式，当时这种方法在唐代并不普及，宋代也没多少人这样做。直到明代中期之后，吃散茶成为主流后，炒青法才取代蒸青法，成为制茶的主要方式。

有点禅宗小知识的人，都知道赵州和尚“吃茶去”的典故。抛开其中蕴含的禅宗解释不说，细心爱探究的读者就会问：“‘吃茶去’？为什么赵州和尚不说‘喝茶去’？”

唐朝人把茶碾作末，还真是“吃”茶。当然，陆羽乃茶圣，他对在茶中添加葱、姜、枣、橘皮、茱萸、薄荷等物或者“茗粥”之类就大加鞭挞。不过，唐朝人喝茶很写意，过程也复杂，煮茶之前先要烤茶，然后再碾茶。特别是烤茶的时候，茶饼上面嗞嗞冒出蛤蟆背上小泡，香气四溢，然后掰下细碾，碧粉缥尘，看着就赏心悦目。我们现在的人特别奇怪的是，唐朝、宋朝的人雅致非常，竟然对茶水沸腾后泛出的泡沫也诗意大发，比如陆羽就把茶沫诗化：“如枣花漂漂然于环池之上，又如回潭曲渚青萍之始生，又如晴天爽朗有浮云鳞然。”

不过，到了唐德宗时代，出现了新的饮茶方式唤作“泼茶”，这在当时是一种简化冲茶法，就是以沸水直接冲泡茶碗中的茶末。“泼茶”，最早也是寺庙中僧人们的发明专利。他们大部分时间都是在念经忙功课，无暇烹煮茶汤，所以就研发出这种当时算是“茶快餐”的东西，类似今天的速溶咖啡。让唐朝人想不到的是，岁月荏苒，到了宋代，“泼茶”成为朝野最正规的饮茶方式，但不再叫“泼茶”，而称为“点茶”。

候茶煮茶，和恋爱一样，过程其实最美丽。大概在2009年冬天的一个多月时间内，我和老友文华曾经迷恋过一阵自己加工煮茶来喝。我们弄了一个酒精炉，每天早晨上班前在办公室内现煎现煮，以半古人的方式来饮茶。

程序是这样：我们以一个铁盆放在酒精炉上烤，煎烤各种茶叶来试验。最终实践证明，绿茶不能再煎，红茶也不行，只有清香型铁观音可以，烤焙过后，有一股焦香，即烤即冲，果然别有一番趣味……

过程看似繁琐，其实是一种趣味，我们现代人的生活一切都是“太快了”，干什么都直奔主题，其实丧失了许多生活原有的乐趣。当然，古人煮茶时候，器具精洁，连柴炭都极其讲究，我们两个人用酒精炉，本身就是形而下者。俗务缠身，处于最物质的城市深圳，忙啊，不久，这一“烹茶”、“烤茶”的享受也终止了……

宋朝，南北两宋，文化方面，肯定是中华文明一个后世难以企及的高峰。但在品饮茶方面，我个人觉得，宋人其实陷入一个误区。特别是在两宋的高级人群中，一直流行品赏压制成龙凤形状的饼茶。这种号称“龙团凤饼”的茶叶，人为痕迹浓厚，加工过度。茶叶制作过程中，要把茶叶弄碎之后，还杵捣千遍，接着蒸煮去膏，如此一来，茶叶原香气消失殆尽。那么，饮茶肯定要喝那香味啊，宋人怎么增香呢？宋朝人真有办法，他们在茶饼中加入龙脑等香料，喝着品着那叫一个香。当然，龙脑别名很多，什么瑞龙脑，梅花脑，冰片脑，梅片，梅冰，梅花冰片，等等，听上去诗意盎然。为此，无数大文豪、大书法家都写诗赞誉，夸得不行。

不就是香樟类植物渗出的冰皮制剂吗，有那么好喝？

茶能成为奢侈品，和文人大有关联。北宋时代，第一个把“龙团凤饼”茶饼弄得神秘兮兮的，首推大书法家蔡襄。在福建当官期间，他为了讨好孝敬皇帝，派人在当地专门制做贡茶“小龙凤团茶”。这种茶，太贵重了，贵重到连皇帝都舍不得随意赏赐大臣。据欧阳修自己所记：

> 茶为物之至精，而“小团”又其精者，录叙所谓“上品龙茶”者是也。盖自君谟（蔡襄）始造而岁贡焉，仁宗尤所珍惜，虽辅相之臣，未尝辄赐，惟南郊大礼斋之夕，中书枢密院各四人共赐一饼。宫人剪金为龙凤花草帖其上，两府八家分割以归，不敢碾试，相家藏以为宝。时有佳客，出而传玩尔。至嘉祐七年，亲享明堂，斋夕，始人赐一饼。余亦忝预，至今藏之。余自以柬官，供养仗内。至登二府二十余年，才一获赐，而丹成龙驾，舐鼎莫及。每一捧玩，清血交零而已。(《龙茶录后序》)

宋朝皇帝最礼敬文人，宋仁宗尤甚。如此厚道大方的皇帝，对蔡襄制作的龙茶也宝贝得不行，在大礼大节，他才舍得赐给两府宰执大臣，八个人才一起获赐一饼。欧阳修在中央枢要供职 20 多年，仅仅获得过一次赏赐。由此，使得这类贡茶基本成为欣赏品，谁也舍不得吃，谁也不敢吃。茶不成茶，只是遇到有贵客佳客来，拥有者才肯拿出来显摆一下……

宋代当时人或者后人，谈及蔡襄贡茶，或存讥讽，或怀惋惜，大概都是讲蔡学士这样的大文人，不应该糟蹋建州民力种植加工那样精致的茶叶来讨皇帝喜欢。

古往今来，文人们就是如此，论说别人的时候理直气壮，轮到自己，那就宽容多了。其实，宋朝的文士们各个都是嗜茶狂，不仅爱茶制茶品茶，这帮风雅骚客们总爱公器私用，在为官任上各个都把好茶好叶寄给诗酒朋友。其中，以欧阳修写给梅尧臣的诗最为典型：

吾年向老世味薄，所好未衰惟饮茶。建溪苦远虽不到，自少尝见闽人夸。每嗤江浙凡茗草，丛生狼藉惟龙蛇。岂如含膏入香作金饼，蜿蜒两龙戏以呀。其余品第亦奇绝，愈小愈精皆露芽。泛之白花如粉乳。乍见紫面生光华。手持心爱不欲碾，有类美印几窳究。论功可以疗百疾，轻身久服信胡麻。我谓斯言颇过矣，其实最能祛睡邪。茶官贡余偶分寄，地远物新来意嘉。亲烹屡酌不知厌，自谓此乐真无涯。

老年欧阳修，世味淡薄，青壮年时代许多嗜欲皆随荷尔蒙衰减而衰弱，惟独好茶的嗜好未减反增。特别是龙凤小饼茶，他情有独钟，这种茶除了疗疾健身之外，还能醒脑提神，因此，欧阳大师总是重复亲自烹煮茗茶的快乐，欢喜无限……

仔细查看蔡襄《茶录》或者宋徽宗《大观茶论》，可以发现宋代茶书大多讲的都是“点茶”。宋朝这种点茶冲饮方式，颇似现在日本茶道：煮水，不煮茶；容器中水沸腾后，细碾好的茶末放入茶盏中；倾水先将茶末调成糊状，再冲入满盏，而后用茶筅击拂。

一套程序下来，谁能搅出满盏白色浮沫，谁的茶就越好，调茶的功夫就越深。所谓“击拂共看三昧手，白云洞中腾玉龙”，讲的就是这手拂茶的功夫。

有日本这块我们中华文化“活化石”，细究我们古人生活的繁琐细节，其实不是很难。

宋人所制茶汤，以白色为尚，细腻如玉泥泛盏，要求“瑞雪满瓯浮白乳”。所以，宋朝时期，特别是北宋，青黑色的深色建盏就成为饮茶斗茶的上品瓷器；往上推溯，唐朝以茶绿为上选，所以饮茶器具首选越瓷。如此，茶在青色瓷器里，更衬显出翠绿佳色。

可见，一个时代有一个时代的审美标准和时尚流行。

谈茗茶，说古人，一般都会和风雅潇洒联系起来。逛入各个茶庄，里面的器皿林林总总，许多都刻有唐朝卢仝的《七碗茶

歌》(又称《走笔谢孟谏议寄新茶》):

日高丈五睡正浓，军将打门惊周公。口云谏议送书信，白绢斜封三道印。开缄宛见谏议面，手阅月团三百片。……一碗喉吻润，二碗破孤闷。三碗搜枯肠，唯有文字五千卷。四碗发轻汗，平生不平事，尽向毛孔散。五碗肌骨清，六碗通仙灵。七碗吃不得也，唯觉两腋习习清风生。蓬莱山，在何处？玉川子乘此清风欲归去。山上群仙司下土，地位清高隔风雨。安得知百万亿苍生命，堕在颠崖受辛苦。便为谏议问苍生，到头还得苏息否？

卢仝这首诗，其实不是原创，语意诗髓，意念来自历史上陈朝亡国皇帝陈叔宝的《独酌谣》。这位以昏淫侈靡著称的大玩家，虽然是亡国君王，但文学修养极高，试想，数年酒醉金迷堆砌，文采不能不绚烂：

独酌谣，独酌且独谣。一酌岂陶暑，二酌断风飙。三酌意不畅，四酌情无聊。五酌盂易覆，六酌欢欲调。七酌累心去，八酌高志超。九酌忘物我，十酌忽凌霄。凌霄异羽翼，任致得飘飘。宁学世人醉，扬波去我遥。尔非浮丘伯，安见王子乔！

二诗相比，卢仝袭陈后主诗意，但卢先生属“形而上”，以茶代酒，又有“安得知百万亿苍生命，堕在颠崖受辛苦”的脚坠，整个诗境一反颓靡，变得高雅、深沉，可谓是“抄”亦有道，化腐朽为神奇了。

说句实话，能钩沉出卢仝承继陈叔宝诗意的，国内大概也只有我这样的人。毕竟我写过中国通史，研究过中国文学史，醉醺醺之时，常常敢称自己打通了文史哲任督二脉，往往融会贯通。

爱茶，吃茶，赏茶，如卢仝，结局也并非我们想象的风流倜傥安死床箦。卢仝这位大文士，大玩家，大茶家，在唐朝没得好死，最终死在宰相王涯家里。

王涯，唐文宗时代的宰相。此人年青时代文采卓然，善写边塞诗，入仕后又能干。不料，文宗时期，他得罪了掌权的权阉仇世良，以致不得良死。“甘露之变”，宦官们策动禁卫军发动宫廷政变，王涯仓惶被抓，被抓地点竟然也在京城的永昌里茶肆。临死还要往高级茶馆里面躲，可见文人倒霉爱风雅的潜意识有多严重。最后，王涯被没胡子的公公们腰斩于独柳树下。

如此爱茶好茶堂堂宰相，竟然身受腰斩酷刑，让人叹息无限。

斩首、腰斩，反正不是凌迟，似乎不大懂得古代刑罚的人对这两种“斩”刑感觉没什么区别。

区别很大！

斩首，“咔嚓”一下子，死得利索，胆子大的想得开的受刑人，或许能感受到“引刀成一快，白刃似春风”；而腰斩就不同了，身体中间横切一大刀，不能即刻死亡。中国最后一个受腰斩极刑的人，是雍正年间的福建学政俞鸿图。此公因为小妾收人钱财，把试题外泄，竟让一个“戏子”中举（封建社会优伶与娼妓地位相等），引起世人喧然大哗。最后案情大白，虽不是俞鸿图自己泄题（他小妾和仆人暗中勾通作弊赚钱），这位可怜虫仍被腰斩。由于一刀砍下后，人体上半身主要器官还“健康运转”，俞鸿图上半身辗转于地，用手沾着自己的血在地上连写十一个“惨”字才咽气……

想到爱才爱诗爱茶的王涯宰相如此惨死，再读他清丽小诗，更觉造化弄人：

万树江边杏，新开一夜风。满园深浅色，照在绿波中。

不仅身死，王涯整个家族还被宦官加以族诛。而王涯之死，最倒霉的要属当时碰巧在其家的两个人：一是王涯远房堂弟王沐，二是诗人卢仝。

王沐乃一穷老书生，又老又贫，听说王涯做宰相，忙从江南老家骑驴千里而来。本来，他只想弄个文案、笔抄之类的职位糊口。王涯势利，老王沐在长安呆了两年，才得一见。王宰相对这位老弟爱理不理。王沐好歹凑足数两银子，求王涯一个家仆说好话，才得允做个小官。这天，他正在王涯家里等消息，赶上太监率军人抄家，一起捆上，直送刑场，与王涯一同腰斩；另一个冤大头，就是我们文人喝茶界耳熟能详的茶中“亚圣”卢仝了。这位诗人，在真实历史上也是“老而且贫”，事发前一天，他与几个“诗人”到王涯家里“打秋风”，估计年老嘴馋，吃喝多了点，一爽之下，住在王宰相仆人房没有离开。转天，他就正好赶上宦官鹰犬们的大搜捕，也被一同绑上。卢仝不服气，撅胡子瞪眼大声直嚷嚷：“我是山人！”立马过来个太监拈掌扇他一个大嘴巴：“山人，山人，跑到宰相家来干吗？一起谋反吧！”于是乎，捆到刑场，一刀咔嚓了。

绿茶没有，红血直冒。翩翩一只云中鹤，飞到宰相宅挨杀！（辛文房《唐才子传》对此记载详细）……

草芽贵过金

从福州开始喜欢品饮乌龙茶后，好长一段时间内，总喜欢形式方面的仪式，什么闻香杯、小茶盅、茶勺、茶巾啥的零碎玩意，最近，年岁渐长，质胜文则野，乱七八糟的小东西皆被我弃于一边，饮茶的工序日益简单，但自忖品茶的能力日益精进。

绿茶，乌龙茶，品饮有年，前数年流行的普洱茶，其实我早就有所涉猎。记得大概10多年前，大概是2000年左右，我去昆明，想起祖母在我少年时代的灌输，什么“夏喝龙井，冬喝普洱”，为此就特意细逛茶庄，甫出手就买了一块300多元一饼普洱小砖。这块小砖，熟茶，大概生产于70年代中期。当时这价格，无论在昆明还是在国内，都算非常不错的普洱了。接连几天，圆饼、方砖、生饼、熟饼，我买了一大堆，大概花了2万多。那时候昆明茶庄里面的陈年散普洱茶特别便宜，三四百块一斤，我记得，20年陈年散普，出手就买了将近20斤……

兴高采烈，回到深圳。

作为深圳第一批普洱发烧友，我即刻邀请文华、赵亚明、单西田等好友前来叹饮。几个人皱着眉头，坐在那里看我煞有介事用金属锥刀切茶，洗茶，泡茶，按照昆明茶庄老板对我的教导，我对灯看颜色，白瓷验茶汤，做足了功夫。然后，我恭恭敬敬，把普洱纯汤端给三个人。新媳妇一样，洗手做羹汤，先奉诸狗尝，真真心怀忐忑。

诸人品嘬一二，翻着大小白眼，个个摇头："嗯，不好喝，一点也不香，怎么和药差不多一个味道……"

热脸贴了他们冷屁股之后，悻悻然间，我自己也觉普洱的味道确实超出我的想象，没有平素品饮其他种类茶叶的快感。树欲静而风不止，子欲养而亲不在——我祖母早已离世多年，无人再诉普洱好处。于是，那些花了2万多买的普洱茶饼、茶砖，送人的送人，寄走的寄走，我自己只留下三四饼熟茶，放在家中书橱的最顶端。

最可叹的，是味道非常好喝的那20斤散普洱，当时我哀求送几位老友都被他们拒绝："……算了，你自己留着吧，如果送普洱茶饼、茶砖啥的，我们还好意思送给家里保姆、清洁工啥的。这些味了吧唧、脏脏乎乎的陈年旧茶，还是等谁家做新家具，扔在里面当吸味剂吧……”

已脸炽热，狗臀冰冷，不能强送人家东西啊，气恼之余，我用纱布把20斤陈年散普洱茶包成20包，自己当冰箱的除味剂来使用，愣是使了一年多，非常绿色环保的除味剂！

如果今天还在，那20大包茶芽制作的普洱陈年散茶，最少七八千块一斤！

可见，我们一般人的味蕾，都是随着时髦炒作商人的风向标而转。

大概在2005、2006年，普洱茶经过台湾商人和大陆商人的精心炒作，忽如一夜春风来，普洱花儿处处开！喝普洱茶，一下子成为时髦，如果不喝普洱，简直不好意思说自己会喝茶，普洱茶成为一种带有极大经济意味的时髦！

短短一年时间，普洱茶功用被大大神化，这种茶叶除了原有的消食醒酒、化痰、清暑生津等效果外，忽然平添了降脂、减肥、降压、抗动脉硬化、抗衰老等神奇的治疗功能，甚至还能防癌、抗癌！睁眼一看，到处是炒弄普洱茶的商铺，卖花茶、卖绿茶、卖铁观音的茶庄，无不售卖普洱茶。各种各样的“普洱银行”也趁机兴起，当时看那架势，似乎收藏普洱比收藏黄金宝石还能保值和升值。

世风大变下，先前对我从云南携来的高级普洱茶嗤之以鼻的常务志、赵天授、文华、田颇等人，个个都成为“专家”，趋之若鹜。诸友之中，甚至还专门开车从深圳去云南，钻入深山老林，大洒银两，淘宝寻根，狂买老茶之余，还去寻觅真正的什么“老班章”大叶普洱野生茶树做成的普洱茶。

几乎把好车开散架，云南回来后，从前对我普洱茶好茶大摇其头胖脸含嗔的文华兄，竟然一时间在家里存放了上百件的普洱茶，从青饼到熟饼，从茶饼到茶砖，一应俱全。

看官们看仔细了，不是上百饼或者上百块，是上百件！

普洱茶一件，一般是 84 饼！

此后，每每在喝茶的时候，总会听文华兄炫耀：“我去年买的 70 块一饼的普洱，现在已经卖到 250 了！”

牛逼吹了没多久，普洱茶的泡沫就在股票市场的泡沫前爆裂了，价格跌到让个个炒家脸色发青。不过，文华兄依旧“惟大英雄真本色”(也可以解释为“死猪不怕开水烫”)，色不稍变，天天玩命灌普洱，看那样子也不存着等升值了，他总是自我解嘲地说：“算命师傅说了，反正我能活到九十九！普洱茶吗，够我喝一辈子的了！我喝不完，我儿子喝。我儿子喝不完，我孙子喝！子子孙孙，无穷匮也！”

当然，虽然文华家里不缺房子，很够那些普洱茶有足够的空间住。不过，茶价崩盘后，这位老兄还是把先前那些“更值钱”的普洱茶从“普洱银行”中提取出来，用汽车拉回他湖北乡下老家，放进了储藏粮食和饲料的仓库中。

哈耶克说过：“大多数人，很少能够独立地思考；在大部分问题上，他们所接受的意见，都是现成的意见；他们无论是生来具有还是受人哄骗而接受这套或那套信仰，都同样感到满意……在任何社会里，思想的自由，可能只对很少的人才有直接的意义。”

万物如同风过眼。这么多年以来，无论是古董、家具、玉石，还是普洱茶的炒作过程，从某种程度上看，都泛现了流行商品“群氓”的炼成过程。

国人最喜盲目跟风，在电视台、报纸和国学“大师”们所谓“传统”的回归中，无论是儒学，中医，昆曲，等等。撕开包装，可以发现，我们大家真正热衷的，其实还都是能让自己“有面子”的事情。

普洱茶风潮刚刚过去不久，我也真佩服了炒作的那些商家，他们忽然又推出了另外一种听上去非常陌生的茶种——黑茶，湖南安化黑茶。

要知道，我本科、研究生时代都是学英语的，当时埋汰别人的一个小噱头，就是讽刺新入学低年级某人把中国红茶翻译成“red tea”，大庭广众下，常常会诲语谆谆地大声说：“红茶，翻译过来应该是‘black tea’。人家外国人眼中，红茶是黑色的茶啊……”(其实，我们老祖宗很聪明，好多人不知道的是，红茶最早创制的时候，本名就是“乌茶”。乌者，黑也。)

嗬，到了现在，我们从前学英语的该迷惑惘惑加惶惑了。我们上学那阵子，没有“黑茶”这一说啊，似乎根本不知道这个茶种乃是中国原本的四大茶种之一。既然有了“黑茶”，它该怎么翻译啊？据说，和英语“红茶”(black tea）相反，“黑茶”在英语中应该叫“red tea”，我靠，让人云里雾里！当然，也有说该翻译成“brick tea”，这词直译过来是“砖茶”，估计不妥，因为普洱茶也有砖茶。

其实，仔细看有关茶叶的教科书，黑茶作为一大种系在中国早就存在。而更让人大跌眼镜的是，普洱茶本来就属于中国六大茶类的黑茶茶类！一般老百姓肯定没有专业知识，跟风的雅士们也如此，炒啥买啥。仅仅在我们广东一个省份，据说黑茶收藏者就已经超过了20万人，推算下来，国内的黑茶藏家多不胜数。所以，一块解放初期制成的黑茶，记住，是一块，黑茶茶砖，就能炒到50万！

炒作一种东西，肯定要吹捧它的独特价值。黑茶炒作，其实挺不容易的，因为普洱茶炒作泡沫碎裂的声音犹然在耳。黑茶、普洱茶同样为发酵茶，从它们功用方面能想出新东西来，还真不容易——除油腻，降血脂，降血糖——这不和普洱茶宣传的功效一样吗？

确实一样，但炒作、跟风、爱时髦的氓民们是没有记性的，什么东西贵，什么东西就是好的！

当然，说普洱茶和黑茶完全一样，普洱藏家和炒家也不高兴。毕竟普洱茶名气大，藏家们就会从工艺、成分等入手，说普洱茶发酵中，茶树鲜叶到普洱茶成品形成过程要复杂过黑茶，其中的微生物种群也要更丰富；同时，普洱茶大叶种树化学成分也要多过、好过黑茶，在光化作用中所产生的茶多酚、茶多糖以及咖啡碱啥的有益成分，都要比黑茶更胜一筹……

黑茶炒家自然也不甘示弱，他们信誓旦旦，宣扬黑茶这种后发酵茶越放越陈，而且香味越浓郁，口感更细腻，最主要的，黑茶肯定有升值空间。炒家更吹嘘说，在悠久历史中，黑茶一直受到西北边区游牧民族特殊喜爱！——只要稍稍有点历史脑子的人就能想到，历史上，由于地处边陲，我们边疆民族兄弟喝的茶，肯定不是最好的嫩叶嫩芽。他们肯定也一直想喝新鲜绿茶，但条件不允许啊，只能退而求其次，喝那些大骡子大马长途迢迢从中原运过来的陈放茶来解油腻和补充维生素了。

茶叶陈放，黑茶、普洱茶、沱茶、砖茶等等，最早完全是为了运输方便！这就和我们中原一带汉人吃冰冻羊肉片一个道理。真正好的羊肉，当然是刚刚在草原上吃了鲜嫩青草后刚刚宰杀的好吃了……

作为“终端消费者”，根据我多年经验，个人认为普洱茶还是要胜过黑茶，整个大清朝200多年，毕竟它成为贵族王公的消费对象，连京城宫里皇上、太后都喝普洱茶，翻看当时学人大臣笔记掌故，加上我小的时候听老人讲古，从来没听过“黑茶”一词。

即便如此说，黑茶存在这么多年，肯定也有独到独特之处。如今价格炒飞上天的所谓湖南安化“千两茶”，据说解放初制品已经上到200多万元。这种由蒌叶、棕片垫衬，包裹在长圆筒形箴篓中高达一米半左右的粗大如树桩的圆柱体，于我而言，其实它们并非罕见，而且，早在1998年，我就在云南中甸见过。

那一年，云南铜业公司为我们公司铸造一个巨大的纯铜牛雕像。国际业务之外，我当时参加公司一个跨部门的“新楼展览中心小组”，恰好和另外一个王姓哥们一起，被委派到云南验收那座铜牛。

彩云之南好地方。我们到云南铜业厂里一看，铜牛颜色做得太深，简直就是“煤牛”。清晰记得，我还提出中肯意见，厂方虚心接受，马上修改，最终变成了现在我们在深圳深南大道旁边看到的褐铜色外表（颜色还是偏深）。

正事干完后，赶上十一假期，我和王哥们一商量，两个人就去了丽江和中甸。在丽江呆了两天后，我俩又坐车去中甸。虽然多数都是盘山路，蜿蜒曲折间，一路风景之优美，至今难以忘怀。

到了中甸，我就开始高原反应，头疼剧烈。当地海拔不过3600米，可我有血管性偏头痛毛病，这样的海拔，已经让我十分难受。眼球胀痛，脑仁发紧。

头疼之余，从当时的中甸县城也去不了香格里拉了，我和王哥们只能窝在县城内呆着。穷极无聊，打听当地土特产。别说，还真有，松茸，抗癌防癌提高免疫力，口味又好吃。我们二人各起孝心，四处寻摸购买松茸，准备带回去孝敬父母和老婆。

松茸乃中甸特产，由一个藏族出租车司机带着，我们到了距离县城几十公里一个偏僻村落，去一个据说从前是土司的家里收买松茸。

贼不走空。我和王哥们自然买了不少松茸，听说我们深圳来的，土司后裔特热情，咔咔地收了我们不少票子。我当时印象最深的是，那个昔日藏族土司的后代，穿着十分时髦，上身笔挺西服，下身牛仔裤，头上戴着一个呢子礼帽，脸色黑红，圆脸大眼，显得精明能干又实诚。

买卖做完，我们几个人坐下说话闲聊。土司后人招待我们的，不是绿茶，不是红茶，也不是黑茶，他拿出云南西部、南部出产的小粒咖啡给我们喝。这种土咖啡，原本是19世纪末一个法国传教士带入云南的，果味浓郁，浓而不苦，味道真是好极了。

临行之际，我上厕所，发现大院子侧房有个类似仓库的房间，里面堆满了东西。探头看看，地上乱堆乍看像大树桩样黑乎乎的东西，堆了有近半屋子。入内仔细看，发现上面还有不少昔日毛笔体的繁体汉字，有“茶”字样。看到“茶”的大字，具体内容我就没再细看，因为当时这些“风雅”东西，完全引不起我的任何兴趣。如今思之，这堆东西，其实就是赫赫有名的黑茶“千两茶”了。

如此外形硕大挺拔的大茶树桩样子的东西，露出内里的地方黑润油亮，老茶叶压得紧致密实，确实有视觉冲击力。不过，在当时，这样品类的茶叶真超出了我的知识范围。

回到座位，我还是有些好奇，向土司后人问起为什么仓库里面堆了那么多大树桩子一样黑乎乎的茶叶。他也说不出所以然，但是他很确定，说那些老茶是从前他当土司的爷爷留下来的，解放前一度堆满了仓库，后来慢慢损耗，消耗，“文革”前后就把库房封了。最近十年二十年，再没人喝那些东西了。

“我送给你们一人一个吧，听老辈人说，这黑茶和普洱茶差不多，还能治病嘞……”藏族大哥很实在，主动提出要送我和王哥们一人一大桩子。

和我同来的王姓哥们听说有不要钱的东西，“嗷”的一声就窜出去了，简直就是夺门而出。如 777 起飞一般，大胖身子直奔仓库。没过几十秒，他怏怏返回。“黑不拉唧的，粗蠢大个，哪里算是茶叶！放了这么多年，早该扔了吧……”

毕竟我们面对的是民族兄弟，人家赠送的东西，按照礼数我们一定要接受。于是，我不停向王哥们使眼色。

“你们不要怕不好拿，我给你们寄去，我出钱，给你们寄到深圳……”藏族哥们真好人，看得出，他怕我们嫌东西太大麻烦，不仅要赠送我们每人一柱“千两茶”，还要负责寄货上门。

王哥们脑袋摇得拨浪鼓一样。

最后，我不好意思驳人家藏族大哥的面子，兀自走到那间仓库，翻拣出一柱多年前开启过、已经散朽的“千两茶”，从中抠出大概有三斤样子的一块，表示接受藏族大哥的热情赠予。

叉腿撇嘴，王哥们一脸不屑……

唉，我们真是和黑茶无缘。就这区区三斤老黑茶，半道还丢了。

事情经过如下：

我们两人从中甸租了一辆车回丽江。半途之中，发现一个老农售卖两只野鸡和一只受伤的野鸟。当时我还很笃信佛教轮回理论，赶忙叫停，下车花了 300 块钱买下来，准备放生。

那两只野鸡非常非常漂亮，样子和宋徽宗画上的锦鸡几乎一模一样。结果，我的善举遭到了王哥们坚决抵制，他非要吃了这三只“野味”。那王哥们当年是个巨胖，身高一米七，体重三百一。他坐在汽车后座，脑袋从车窗中探出来，瞪着大眼，努着豚腮，非要吃不可。

心比我黑，官比我大，虽然锦鸡是我花钱买的，也不得不尊敬他一下。

但好事善事我也要做啊。最后，我们达成了一个协议，汽车开到中途找个饭馆，宰一只野鸡，再把那只已经受伤的野鸟也炖了。留下一只野鸡，放生，就算做个功德……

看王胖哥们杀心太炽，怕他反悔，我即刻就释放了一只野鸡。野鸡长尾巴，翅膀斑斓五色，可它飞行真的很笨拙。被我轰了好多次，它才勉勉强强飞上一棵矮树。我估摸着，没过多久，它还会被当地老农抓住，再带到路中间去卖给旅游者……

到了中午，司机带我和王胖子到一个四川菜馆吃饭。一直表现很懒的王哥们这次特敏捷，他两只手都没闲着，羽毛一样从车里面飘出来，一只手掐着那只锦鸡的脖子，一只手拎着那只装着那三斤黑茶和受伤野鸟的袋子，呼呼喝喝，大声招呼菜馆老板给我们杀野味做饭。

就这样，美丽如画的野鸡，没过四十分钟，就变成了盘子里面的辣子鸡丁。

半出于怜悯半怕吃辣椒，那盘由锦鸡和野鸟炒成的菜肴我仅仅吃了一口，其余全部进入王胖子之口，风卷残云一般。

酒足饭饱，我们马上赶路。走出去五十公里，王胖子忽然叫停："往回开，往回开，锦鸡尾巴我们忘记拿了！"

咬牙切齿半晌，我劝他："……算了，都开出去这么远了，回去多麻烦啊。"

"开玩笑！我吃那只野鸡，就是为了要那条野鸡尾巴，带回去给我儿子玩！再说，你从卖松茸土司家里拿的那块黑乎乎的老茶叶，也给我忘在饭馆里面了……"

结果，我们开了将近一个小时回到四川菜馆，急赤白脸寻找"失物"。

店老板铁嘴钢牙，愣说野鸡尾巴和茶叶都丢了，"反正我没看见……"

由此，我和黑茶第一次邂逅，就以这样的方式而结束。虽然茶丢了，但当时我更心疼锦鸡，对于那块黑茶，当时真没太往心里去。

时光荏苒，等我再听说黑茶的时候，一柱“千两茶”，已经价值200万了！

倘若时光能够倒流，我不仅会和王胖子允许藏族哥们直接把两件“千两茶”寄到我们深圳的地址，还一定会把那半仓库树桩一样黑乎乎的东西都买下来，即使肩扛，也要扛回深圳……

说是如此说，其实，我一直内心规劝自己，欲望无穷，购买无限，时刻提醒不要痴迷任何东西，该打住的时候就打住。

可惜的是，许多能展现我们“金融”人士高瞻远瞩智识的机会，我们从来没有抓住过……

品饮贵适意

说回喝茶。喝了这么多年茶叶，我总结出一条经验：草芽贵适味！

再贵的茶，再炒作出来的茶，如果味道、功效不适合自己，其实都是没用的，甚至是有害的。

到如今，什么茶最出名呢？什么茶最贵呢？

金骏眉。桐木关啦，正山小种啦，好多炒作术语……

金骏眉好吗？不错。贵吗？在武夷山旅游区附近要四五万块一斤，正经厂家所出，也要近两万块一斤，太贵！

我在无锡买茶壶的时候，曾经喝过当地的无锡红茶，2010年最好的无锡红茶，也不过是几百块一斤，口感和味道，和金骏眉差不多，甚至过之。

依据我的品饮经验，金骏眉把绿茶嫩芽的炒作概念嫁接到红茶上面了，炒家强调金骏眉的牙尖和采摘、拣挑成本，以误导消费者这种茶叶都金贵。当然了，售茶小姐会告诉客人，金骏眉太金贵了，6 万到 8 万颗芽尖仔细筛拣，才能制成一斤金骏眉，加上真正“正山小种”工艺，“全手工”制造，不贵不行！

真正会喝红茶的人都知道，红茶是发酵茶，如果用茶芽来做，味道根本达不到“力度”。所谓金骏眉清甜的果味果香，正因为茶芽做不出真正红茶的浓郁，所以把茶芽的清淡当成炒作卖点了。

毕竟市场上跟风群氓太多，送礼又是变相的送钱，最贵的就是最好的、最有面子的，所以国人待宰羔羊一样，总是一再陷入商人们的炒作陷阱而不能自拔。

国内有名红茶，“祁门红茶”、“云南滇红”，我都不太喜欢。而广东英德出产的红茶，特别是当地茶研所研发出的“英红九号”，我认为味道上佳。

英德这个地方，在唐朝的时候就出产茶叶，陆羽在《茶经》中就提过：“岭南英德产茶。”也有炒作英德红茶的商家，从书中翻检出陆羽这句话来说事儿，吹牛说英德红茶历史最早，在唐朝时候就有。根据我的考证，当时茶圣所指，肯定是英德当地绿茶，因为现在英德红茶的种子，根本不是当地树种，乃云南大叶类茶树，上个世纪五六十年代才在英德移栽种植成型。

英德红茶质地之所以优良，除了发酵工艺特殊以外，主要还是因为当地气候、土壤适宜大叶类茶树生长。地利、天时加上工艺，所以“英红九号”才好喝。

从2006年，我就开始喝英德红茶，当时一斤才100多。现在翻了一倍多，也才不到400块钱一斤。英德红茶中，春天所产最好最贵的“金毫茶”，不过就是3000块钱一斤，但品质之优，口感之好，金骏眉之类新兴炒作红茶根本无法与之相比。

喝了好多年英德“英红九号”红茶，直到今年，也就是2012年，我才知道英德红茶还是英女王指定的御用“顶级红茶”。可见，英德这个城市在炒作、宣传自己特产方面还很落后。这么大的噱头，平面纸媒加电视广告，看不到任何痕迹，罕为常人所知。

就我自己品饮红茶经验而言，我都能想象出女王伊丽莎白二世喜欢英德红茶的原因：英德红茶的茶味特别特别浓郁，而英国人喝茶加奶加糖。我喝过国产几种红茶，也喝过欧美、印度、斯里兰卡所产的红茶，发觉英德红茶味道最正——世界上所有红茶品种中加奶加糖之后，只有英德红茶能够保留原茶茶味！

国人的口味和胃口，多随着商人炒作而转变。90年代初，大家都喝“人参乌龙茶”，茶叶里面据说有“人参粉”，特别是第一道茶，都舍不得涮，直接饮用，甜腻腻的，商家说那入喉滑甜的东西是西洋参参粉。

当时商家大力炒作的，主要是所谓“台湾人参乌龙”，号称使用上等台湾云雾乌龙茶和西洋参加工而成，据说，这种茶既有乌龙茶醇厚的回味，又有西洋参的补性和甘甜。反正，人参乌龙茶太神了，它除了“清香扑鼻，舌底生津”以外，还能“美容减脂、提神醒脑、预防冠心病、安神益智、生津止渴”，最终效果是：“大补元气、阴阳调和、延年益寿”。所以，喝了这种“天然健康饮品”，肯定到100岁还回味无穷……

我前几年到深圳龙岗茶城买茶叶，一位安溪籍茶商告诉我，90年代掘得第一桶金的茶商，都是当时售卖所谓“人参乌龙茶”的主儿。那层包裹在茶叶外面白腻腻的“参粉”，实际上是一种植物根茎粉末。当时那种植物根茎粉只有台湾出产，后来云南地区大量制作出产，成品极其低廉。这么低成本的植物粉，当成人参粉来卖，自然都是暴利。

爆炒几轮过后，第一波赚了大钱的茶商都不做“人参乌龙茶”了，因为跟风者恶性竞争，为了降低成本，制作“人参乌龙茶”把那些好多年卖不出的陈茶或从饭店里面回收的喝过的茶叶晾干当底茶，掺入甘草粉甚至甜味素来冒充植物根茎粉……

乌龙茶，铁观音类茶，炒过之后，就是普洱茶；普洱茶炒了一轮，黑茶炒了一轮，自然要想新东西，所以接着炒作历史上价格从来没有上去过的发酵茶——红茶。能把红茶这种东西方大众消费茶炒作成“金骏眉”，商家确实是天才的头脑。

喝茶买茶，和不少茶老板成为朋友。黄宝岭内一个批发茶叶的老板就对我说，买茶的人，千奇百怪，但是宁可买贵的也不买对的人，大量存在。

“金骏眉这类茶，刚开始炒作不久，我进了一批，定价是1800，价签是我儿子写的。摆在那里，没有多少人看。他的同学图好玩，前面加了一个1，把原来的1800的1又改成了7，价签就成了‘17800’，嗬，您猜怎么着，当天是周日，被一个带着政府官员来买茶叶的香港人都买走了！ 20斤啊！我进价不过是600块，标价1800没人买，穷人嫌贵，富人嫌便宜。结果，被我儿子的同学改成17800，当天就卖空！我都不好意思感觉愧疚了……”

听茶老板讲这个故事，能理解，茶老板以为买茶的香港人傻逼。其实香港人一点都不傻逼，他当着官员的面买了20斤价格是17800元的茶，就是为了办同等价格的事情，所以，商品时代，茶叶真正的价值并不是最重要的。

有一天，我把这个故事转述给好友赵天授听。这位九头鸟眼睛转了几转，嘿嘿一笑：“花17800买了原本标价1800的茶叶，20斤，我信！不是编造的故事。但根据我多年经验，你认识的那个茶老板，说不定没告诉更深的实话……”

“什么意思？”我不解。

“故事，故事啊。老板儿子改价签啥的，或许就是那位老板自己编造的。价签，应该是他自己改的，带着香港人来买茶叶的官员，或许就是老板的朋友，他们事先商量好的，就是要拿茶叶来宰香港商人！香港人当然不傻，他付了现金买那么贵的茶叶，根本也不在乎茶叶的价值，他就是要办花100万才能办成的事情！交易过后，最重要的环节，就是官员和茶老板分钱而已。收茶和收钱，感受不一样，日后东窗事发，也不是罪过啊……”

哦，原来如此，原来如此……

可见，茶，多雅的东西啊，一旦和关系、金钱、办事联系起来，就势利了，就俗了。

喝茶，真正要喝对路的茶。金骏眉这类红茶，炒作中一个多次着重的概念就是“健胃”。而且，为了突出红茶好处，金骏眉红茶炒家不惜贬低绿茶和乌龙茶、铁观音啥的，说那些茶叶“消胃”。说红茶有益健康不错，但说别的茶不好就不对了。

自2008年开始，我在深圳龙岗茶城发现一家陈姓铺头售卖一种再次炭焙铁观音。这种茶，茶味浓香，完全不伤胃，特别适宜长期饮用。陈老板的炭焙铁观音，货真价实，不是以电焙来冒充炭焙，因为前铺后坊，炭焙作坊就在铺子后面两间房内。炭焙过程复杂，温度一直保持在五六十度左右，温度太高即使茶叶不糊，喝后也会口干。温度太低自然也不行，茶叶没有焦香味。而且，炭焙铁观音的木柴也讲究，除了茶树枝干以外，最好的柴料当属龙眼木柴。

每每我在烤茶季到龙岗陈老板处购买炭焙铁观音，都会感到空气中氤氲着龙眼木淡淡的香气。

炭火烘焙的铁观音茶，养胃养生，据说因为借炭火会把茶中茶碱、咖啡因等物慢慢排出去，而且炭火本身释放出来的远红外线，能够使茶叶吸附饱满的负离子。所以，炭焙铁观音冲泡后茶汤金黄呈琥珀色，口感独特，回甘特别，喉咙感到特别舒爽，火香味强烈，具有特别过瘾的感觉。虽然是炭焙，但这种茶茶性温凉，甘润生津，令人一饮难忘。

过后，我喝过多种号称炭焙铁观音的茶，大多味道不对，估计都是电焙出来的假冒品。

龙岗茶城的陈老板很好言谈，他还手把手教给我鉴定炭焙茶和电焙茶的区别。

第一，真正炭焙铁观音茶成茶，看起来有些发灰，而电焙铁观音茶色贼亮；第二，真正炭焙铁观音泡开后，有股类似咖啡的焦香，香味深沉内敛，茶液润口甘甜，而电焙茶只是在用开水刚刚冲泡的时候发出昙花一现的香气，喝第二道茶基本就没有香味了；第三，炭焙铁观音汤色清澈明亮，金黄秾丽，而电焙茶的汤色比较黯淡混浊；第四，如果是真喝炭焙铁观音的行家，喝茶后拣取茶渣即刻鉴别就明了；第五，炭焙铁观音茶渣很有韧性，拉扯不断，而电焙茶的叶渣由于高热直接烘焙，茶渣非常易断，没有弹性。

接连几年购买炭焙铁观音，陈老板还给我品尝过他家藏的多种香味炭焙铁观音，即使炭焙，也不全是一种味道，有浓香味的，清香味的，豆香味的，还有熟果香味道的，而最让我印象深刻的，是珍藏几十年的陈年老茶，竟然有人参味。

据陈老板说，炭焙铁观音越老越有味道，但需要隔几年就拿出来重新低温炭焙。如此，几十年下来，老茶越来越轻，而那味道就越来越好得难以言表了……

龙井，普洱，黑茶，金骏眉，不知道马上的后来还要炒作什么茶叶？——国人种种跟风喝茶的行为，从心理学意义上分析其实很简单，那就是源自没有文化的文化自卑感。

中国当代消费文化最大的恶习就是变态地强调“贵”，把“贵”当作品位，把“贵”当作与众不同，而最终的结果是泯然众矣——大家伙儿所追求的都是一种东西，那就是“贵”的东西，也就是“好”的东西。而隐藏在所谓品位的背后，实际上只有两个字：势利！

喜欢别人喜欢的，买别人买的，送别人送的，喝别人喝的，就是忘了自己真正喜欢什么，真正适合什么。

在这样浮躁、虚荣的年代，再展读米芾的《满庭芳》，恍若梦忆：

> 雅燕飞觞，清谈挥麈，使君高会群贤。密云双凤，初破缕金团。外炉烟自动，开瓶试、一品香泉。轻涛起，香生玉乳，雪溅紫瓯圆。娇鬟，宜美盼，双擎翠袖，稳步红莲。座中客翻愁，酒醒歌阑。点上纱笼画烛，花骢弄、月影当轩。频相顾，馀欢未尽，欲去且留连。

人生自古多情痴，此恨无关风与月。无论是喝黑茶、红茶、金骏眉还是拉菲，在如今跟风的群氓消费者嘴里，其实没有感觉到任何茶味或者酒味，而是他们内心隐隐约约一直努力追求的奢华的、资产阶级的、有钱的、丰富多彩的、让人艳羡的（这条最重要）生活方式。

其实，高级消费群氓们根本不理解真正老牌贵族的生活方式和思维方式——人家在沉溺和享受高等级生活和物质的同时，还保持着发自内心而且漫不经心展现出的一种态度——啥态度呢，那就是沉湎享受之间，他们眉宇言谈流露出的对这种真正高级生活和物质享受的蔑视和不屑！

而中国的高级消费群氓，不过刚刚登上半个台阶，也就是那半个展示和炫耀的台阶，如此高调和怕不被人知道，距离老牌贵族低调的奢华，还差许多个等级……

持壶观书话梅翁

几年前，友人文华和赵亚明携一壶施施来，喜悦之意溢于言表。他们两个一起逛古玩市场，“才”花3000元，就买到一个高仿的刻有梅调鼎铭文的“博浪椎”壶。

此壶，浑圆玉润，质地为清水泥，做工精细，泥色莹润，容量500毫升还要多。如果从质地来讲，确实不太贵。壶身上的文字刻工呢？笔画有力，远看上去，似乎还算不错。但是，持壶仔细一看，我不禁莞尔。

文、赵二人见我面露笑意，顿感惴惴：“难道泥料有假？”

我摇头。

“难道不是手工？”

“半手工。”

“难道买贵了？”

“如果文字铭文全部都对，还真不贵……”我说。

这把“博浪椎”壶，原壶为唐云所藏，现藏于上海博物馆。原文为：“铁为之，沙抟之。彼一时，此一时。”该壶的创意和造型，稍有历史知识的人马上能够猜到，乃源于秦汉之交张良雇佣壮士刺杀秦始皇的历史大事件。博浪椎，原为一种特制铁器，当年张良遣大力士在博浪沙刺杀秦始皇，就是用这种武器，可惜击中了秦始皇的副车，没有成功。细细分析这把壶铭文的意思：当年用铁制博浪椎刺杀秦始皇，如今的紫砂博浪椎壶则用来鉴赏品茗，可谓彼一时，此一时也。

当然，如果对于紫砂壶和梅调鼎为人有深层认识，还可以知道梅翁当时更深的意思——该壶制于清末，当时白黄外敌，纷纷入侵，清王朝统治处于风雨飘摇之中。统治者对外软弱，丧权辱国；对内腐败，横征暴敛，中央帝国摇摇欲坠。当此之时，壶铭作者梅调鼎，托物寄情，很是想中国能出现挺身刺暴秦的志士仁人，救国救民，于是酌文撰句如此，足见这位梅翁独特匠心与深厚功底。

但是，壶在桌上，我这二位朋友所买这把仿制的壶，无论形制和工艺都不差，差就差在铭文上，因为铭文中有两个不可原谅的错字：“铁为之，沙抟之”的“抟”写成了“博”，而且落款署名的“赧翁”写成了“郝翁”——“赧翁”，乃梅调鼎之号也！这两个字竟然写错，可见这壶就不是一把“高仿”壶，而且是授人以笑柄的“低仿”壶了！如此品相如此仿，二位朋友买家出手，可谓“傻买”也！

“字以壶传，壶随字贵。”紫砂这种泥料做出的紫砂壶之所以价值不菲，其实还是因为历代文人对于紫砂器的铭刻和装饰，使其获得了艺术和文化的内涵而升值。明朝之前，紫砂器基本是作为煎茶煮水的日用器具，随着欧阳修、苏东坡、梅尧臣、文徵明、徐渭、陈继儒等为代表的历代文人对紫砂的钟情和关切，原本只是泡茶器具的粗泥紫砂壶，逐渐融入了更多的文化意义。

到了清朝，号称“西泠八家”之一的著名金石书画篆刻家陈曼生，官阶一般，诗文中等，但他乃壶界名人。文人又做官，还能亲身介入紫砂壶文化，难能可贵。他以文人特有的审美取向，融合诗词意境、绘画空灵、书法飘逸以及金石质朴于一体，天人合一，艺技合一，把“儒、道、释”精神注入紫砂茗器中，创造性地制出了文人紫砂艺术珍品“曼生十八式学士壶”，终于使得紫砂壶由工艺品变成了艺术品。承接而后，梅调鼎梅翁更是超然不俗，把紫砂文化推至一个新的高峰。

大约在清同治至光绪年间，受到上海爱好紫砂壶的宁波同乡资助，作为一介寒儒的梅调鼎，在慈城林家院内（今慈城粮机厂内）创办浙宁玉成窑。正是在这个窑厂，他参与制作了汉铎壶、笠翁壶、柱础壶、瓜娄壶、秦权壶、博浪椎壶等一系列传世名壶，看图看实物，无不造型独特，制作精美。特别是壶身的铭文书法，短小隽永，精妙入神，妙趣横生，独具匠心，体现出无限高深的中国文化底蕴。

我所最喜者，有如下笠翁壶、柱础壶、秦权壶三把壶的铭文：

笠翁壶铭文：茶已熟，雨正蒙；戴笠来，苏长公。

该壶造型为戴笠而坐的老者，“苏长公”指宋代大文豪苏东坡。也就是说，铭文写神，道出一个细雨的时日，苏东坡戴笠而来品尝香茗，大家风范，活灵活现。

柱础壶铭文：久晴何日雨，问我我不语。请君一杯茶，柱础看君家。

“月晕而风，础润而雨”是一句气象谚语。从前老房子屋柱下面均有石质柱础，如果柱础湿润冒汗，说明天气将会由晴转雨。梅调鼎与王东石合作的这个铭文，自然而然地引出了天气的现象，用注茶壶润比喻础润而雨，堪称巧妙捷思！

秦权壶铭文：载船春茗桃源卖，自有人家带秤来。

这把壶形似秤砣，寓意秦始皇统一度量衡时所用秤之权。“权”，衡器也，桃源卖茶，以壶为秤，更是奇思妙想。小小一把茶壶，两句铭文，忽然之间，奇思妙想，梅翁营造出一种至精至美的文化氛围。此种自然流露、让人胸臆飘满茶香的意境和妙趣，无不透露出知识分子生活的智慧和幽默，散发出我们传统文化的特有魅力，使得文人生活情趣，活灵活现，跃然壶上。

吾家梅翁梅调鼎，浙江宁波慈城人，据《慈溪光绪志》记载，梅家先祖梅宽夫，乃南宋咸淳七年(1271)进士，调慈溪尉，曾率当地义勇响应文天祥号召，为大宋尽忠，战死常州。“调鼎”之名，取自宋代诗人张耒《梅花》诗：“调鼎自期终有实，论花天下更无香。”在中国古代，“调梅、调鼎”均指和味天下的宰相，说明梅氏家族一直对他寄予厚望。但当清朝科举应试时，梅调鼎因书法不合“馆阁体”而被拒，名落孙山。福兮祸兮，和那位狂放才子龚自珍破罐破摔不同，梅翁放弃科举之后，即开始发愤练习书法。

由于布衣终生，梅调鼎气质自然是不肯随俗，自甘寂寞。梅翁淡泊名利，自视颇高，与达官贵人一直难于同调。读梅调鼎壶铭，可以看出，真正的梅翁，机智幽默，充满生活情趣，思维活跃，心态也恬然自适，与那种落第衰朽的乡村学究穷酸迂腐有着本质区别。

在紫砂壶历史上，梅调鼎晚于陈曼生70年。陈曼生确实开创了文人参与的一代风气，但老陈那可是携友朋、幕僚热热闹闹玩乐人生；而梅调鼎呢，乃是以他的个性和文化兴之所至。梅调鼎其文其壶，并不逊于陈曼生，他的书法造诣甚至远远高于陈曼生，可惜，在紫砂史上，我家梅翁影响却不及后者。但无论如何，陈曼生之后，梅调鼎在提升紫砂壶文化方面，乃当之无愧的第一人。特别是梅翁书法，几臻妙境。

细观梅翁书法，二王为师，参及晋唐大家名迹，无所不至，无所不学。他用力最深者，乃王羲之、褚遂良、唐太宗，但梅翁并不依他人门户，而是独来独往，自成一家。他早年书法，自然朴素，如乡村美人，不施脂粉，自然美好；中年之后，笔墨掺入大欧，逐渐化圆为方；晚年之时，梅翁专用方笔写北碑，书法风格大变，沉雄古拙，更为剽悍逼人。而且，梅翁写字纯用中锋，又因他擅用长笔头羊毫，所以执笔极高，回腕虚掌，潇洒自如。他的字，最大特点是多飞白，凡枯笔皆成双钩。此外，梅翁还善用淡墨、生纸，生纸最易渗墨，淡墨不容易出彩，所以书画家没有相当功力都不大敢用生纸写字。而梅翁自恃笔力，在生纸上用极淡的墨作书，能使墨不渗出字外，确实非一般书法家所及。

书法之外，梅调鼎还擅长作诗，特别是他两对茶联，往往引见于古代名家联句或诗句，可见其爱茶之一斑。其一为：雷文古鼎八九个，日铸新茶三两瓯。

此联原作者为郑板桥。“雷文”亦作“雷纹”，是青铜器上一种典型的、以连续的“回”字形线条所构成的几何图案纹饰；“八九”为虚数所指，与下联的“三两”对仗。日铸茶，为宋代越州(今绍兴)名茶。“瓯”，原指盆盂一类的瓦器，常被诗人代指茶碗。从这对书法联句中可以看出，雷纹古鼎与茶，乃梅翁日常生活中的最爱。

另一联为：林间煮茗烧红叶，石上题诗扫绿苔。

此联典出白居易《送王十八归山寄题仙游寺》中诗句：“林

间暖酒烧红叶，石上题诗扫绿苔。”梅翁将“暖酒”两字改为“煮茗”，巧妙地将酒诗变成了茶联。联后有朱、白两鉴：“调鼎”为白印，“字廷宽号友竹”为朱印。一般简介说梅调鼎字友竹，但从此联落款来看，他的字应该为“廷宽”，“友竹”，乃梅翁别号也。

壶以人贵，壶以文贵，壶以书贵！梅调鼎晚年，出于文人爱好，性喜品茗之余，更爱紫砂壶。在沪甬两地名门资助下，他在现在的宁波慈城创办“玉成窑”，聘请慈城篆刻家丁山农，宜兴制壶名家何心舟、王东石等人过去帮他制壶。“玉成窑”作品，都是文人之间相互馈赠把玩的精品，传世不多，这个窑口的作品，除了紫砂壶、紫砂花瓶、花盆外，还有紫砂笔筒、水盂、笔洗等文房四宝。

“玉成窑”紫砂用品，创作精良，多有落款。梅翁一生为各种式样的紫砂器制铭不下百余种，皆一一为之亲自题写，然后再由名家丁山农等人刻在紫砂器上。他那超妙入神的书法和清新隽永的壶铭，使文人雅士在品尝名茶之时妙趣横生。

最后，再说说我友赵亚明、文华两位爷所购买假仿的那把传世博浪椎壶真品。

梅翁所铭诸壶，都是宁波“玉成窑”烧造，并由宜兴陶工王东石、何心舟等在彼处所制。而“玉成窑”制品泥料，料细而颜色偏淡，但这把博浪椎壶，黝黑如铁，细泥粗砂。所以，此壶与其他诸壶是否同出于梅翁创制的“玉成窑”，似有存疑。

碧芽何须托紫玉

读了我上面对紫砂壶的鉴别，看官肯定有所感觉，好像我洋洋自得，专家得了不起，玩了多少年紫砂似的。

非也!

第一把收藏意义的紫砂，于我而言，确实早在1993年才拥有过一把。当时虽然拥有，一直没有珍惜过。那年，五月份我生日当天，收到了女朋友，也就是日后老婆的生日礼物——一把高建芳全手工花货紫砂壶（高建芳乃蒋蓉大师嫡传弟子）。壶身灿然，为生机盎然的绿色葡萄，上面卧着一个松鼠（我老婆是属鼠的）。由于制壶者在形与神关系方面处理得极好，不仅仅形似，而且趣味十足。

记得我收到礼物后，即时还挺高兴，还说，如果松鼠卧在梅花上，就更好了，因为我姓梅嘛。等我问了价格，心头子陡然一沉，脸蛋子猛然一耷拉——2800！

“不就2800，不贵嘛，现在哪对男女朋友随便买个礼物都是这个价，你心里沉啥啊？”有看官肯定会不屑。

别忘了，在1993年，2800可不是一个小数目。当时我和女朋友都在银行工作，我研究生毕业，工资也不过1000出头；而她的工资，每月才800左右。也就是说，为了给我过生日，她花了超出她月工资三倍的价格，悄悄提前到当时深圳唯一售卖文玩奢侈品的商店“博雅”仔细挑选，最后给我买了一个基本没有任何实用价值的紫砂壶。

一把紫砂壶，又贵又没用，难怪我不高兴。如今回首思之，倍加感动，倒不是因为那把壶到今天涨价了多少，而是回味当时老婆的那片心意——贫贱夫妻百事哀。世事艰难，当时多事，而我老婆20岁的小姑娘，还要时刻面对我阴晴不定的一张“狗”脸，也真难为她了！

在我的青年时代，尤其是刚刚参加工作的时候，我身上总是改不掉由奶奶带大孩子的那种少爷羔子的习气，大手大脚，奢侈浪费，吃穿讲究，大概也是为了迎合我的那种习气，为了让我自我感觉好、能高兴，我老婆当时才会花那么多的钱给我买那么没有实用功用的东西。

“吾妻之美我者，私我也！”当然，感念之情，其实心内存之。不过，当时那把紫砂壶我根本没有用过一次，放入锦盒之后，即束之高阁了。

不是有句话吗，“紫砂壶，买来不用等于摔碎”，也对，也不对。对者，紫砂不养护不使用，差不多水泥一小堆，不拿紫砂壶侍茶，紫砂也就没有了生命；否者，不用也就不会碰，虽然上面没有岁月小痕迹，也凝固了那段时光在壶身。日后，等我真喜欢紫砂了，抚摩把玩，看它渐渐在我手中涵香纳味，看它渐渐光泽浑朴，看它渐渐古润。往日依稀，情感尤浓……

自从1997年福州之行我喜欢乌龙茶之后，爱屋及乌，有段时间内我确实开始喜欢紫砂，研究紫砂，但生活的奔波很快窒息掉了那种闲情逸致。

凡事皆有轮回。2009年初秋时分，受人感染，忽然之间再一次大大沉迷于紫砂壶。

紫砂瘾重新勾起，说来话长，还是因为我老友单西田。单西田这位老友，金融天才，其实原本他对于风花雪月的事物不是很感兴趣。平日到我办公室喝茶，对于紫砂茶杯茶壶啥的，硬磕愣放，几近摔砸，没有任何感觉。他，只对收益率、市盈率、实用率啥的感兴趣。

有一次，这哥们偶然到深圳专门卖工艺品的市场艺展中心瞎逛，忽然就开始对紫砂壶、黄花梨茶盘啥的大感兴趣了。

单西田40多岁的人了，一天之间难道就从胡雪岩变成李渔？当然，世上没有无缘无故的爱，也没有无缘无故的恨，凡人身上，当然没有发生如此质的飞越。原来，他喜欢上了艺展中心开店的湖南妹子阿左妹。这姑娘，人小鬼大，长袖善舞，开了个10平米左右的小店铺，专门售卖黄花梨和紫砂壶。

爱要怎么说出口，爱了确实很难受。老家伙恋爱，和老房子着火一样，不得了不得了，呼呼的火苗子顿时燃烧了理智。一个月之内，单西田也从一个刻板的、不知情趣为何物的物质至上主义者，忽然变性，变成了文震亨、李渔加张岱式的人物。

金融老才子单西田，已经40多；那开店的阿左妹，才20出头，水灵灵一双大眼睛，娇滴滴一口湖南普通话，惹得我这个老朋友每周都要去艺展三四次“买东西”。

如果单西田花大价钱买湖南妹子的东西，也谈不上什么不好。这个世界的金钱就是这样流通的，喜动不喜静；再说，即使好梦成真，即使我们这个老哥们和阿左妹共享于飞之乐，那也是西门庆鼓捣潘金莲，一个愿做，一个愿挨，和我等一帮朋友没啥关系——等等，还真有关系——为了给心上人阿左妹带去更多的客户，为了降低恋爱成本，从一个纯经济学家的利益和思维出发，单西田软硬兼施，没事就拉着我和几个朋友去艺展阿左妹那里消费，拿我等当电灯泡当肉托。

别说，阿左妹不仅长着一张狐媚俏脸，人家店里面的东西也是五花八门，乱花渐欲迷人眼，货多让人情迷迷。特别紫砂壶一类，大大小小，紫泥、朱泥、红泥、清水泥、黑星土、段泥，无所不包。抚摩着这些真真假假的紫砂壶，我早已压抑住的购买欲也一下子腾蹿上来。

单西田老友去过艺展阿左妹店铺数十次过后，光买壶就花了几近10万，似乎还是没能沾到阿左妹毫毛。渴望加失望加盼望，最终他的望“眼”欲穿变得稍稍理性，他就开始撺掇我们这些朋友和他一起消费。

为了形成真切的消费传染，单西田当着我们的面，掏出一大沓现金，大概12000左右，作慷慨状，要在阿左妹那里买一把大概是上世纪60年代海南出品的老算盘。

什么老算盘这么贵？

黄花梨的！

“这把老算盘上过漆，不像黄花梨木质啊……”老友赵天授表示怀疑。

“嗯，看上去残旧，能值1万多块钱？”老友常务志表情有些鄙夷。

“十五档算盘，这些珠子没上漆没打蜡，肯定是黄花梨的。价格嘛，有些贵了。不过，‘广东琼山县日用制品厂’出品，嗯，商标对路，从前海南属于广东省……”我假装内行，为单西田稍稍解围。

阿左妹秋波荡漾，笑意盈盈。“太对了，就看这商标，看地址，‘府城镇新华路’，肯定就是开门老海南黄花梨算盘！”接着，她扭头对着赵天授说：“您要不信，我现在拿粗砂纸来，当面打磨，把算盘框子上面的漆打磨下去，闻闻味儿，看看纹理，让您知道什么是正宗海南黄花梨！”

常务志接着表示他有“涵养”的异议。“这算盘，我认为，百分之七八十吧，是海南黄花梨的。不过，算盘这种东西，日常用品罢了，又不是文玩，哪里能值这么多钱？”

单西田腮边咬肌滚动，切齿而无语。显然，他拉我们摊平他恋爱成本的初衷似乎难以实现。

阿左妹眼中波光凛冽，寒星一闪，随即笑上眉梢。“这位胖先生说得对，黄花梨算盘从前是不值钱，10多年前才200块钱一把呢，呵呵，我男朋友……不，我从前男朋友他爸爸就是专门在海南捣腾黄花梨木器的，他就曾说过，当初他买了一仓库的黄花梨旧算盘，算下来平均价是 80 块钱一把。呵呵，那是从前的旧黄历了。从前 80 块钱是一个人两个月的工资，像我们单大哥这种大玩家，12000 不过是你两天的工资……”

“算盘确实不算文玩，似乎这个价格也有些贵，不过呢，我买这把算盘是为了尽孝心，我爸爸家里从前老苦了，他上中学的时候到县城里面念书，人家都有算盘，我们家里买不起，当时我爷爷只能自己烧制一个泥算盘让我爸爸用……”单西田追忆似水流年。

“呀！单大哥，你真是孝子，算了，给你便宜点，报答你这份孝心，不要 12000 了，收你 11800！”阿左妹这个湘妹子真不得了，她脸儿如醉，眼波似水，小燕子一般，轻轻掠走单西田手中那沓钞票，从中唰唰抽出两张还给了老哥们。

别说，消费这种行为真有传染力。看到单西田拿着那把黄花梨算盘摩挲不已，我和常务志、赵天授几个人有些手热眼热，也跃跃欲试。

不过，常务志是个买东西的人精，赵天授在坊间外号“150”(一般他只消费这个价格的“古玩”)，只有我属于真傻真冲动那种。

黄花梨的东西，说句实话，阿左妹店铺里面我还真没看上什么，就是对她红木柜子里面琳琅满目的紫砂壶情有独钟。掂来看去，我看上一把 130 毫升的朱泥水平壶。

“梅先生您真的好眼力！您肯定是紫砂壶老玩家了！这把壶

是最好的赵庄朱泥，您看您看，颜色略泛橘光，有点发黄的感觉，又温润又透明，质感多好啊……”阿左妹天生做生意的材料，夸起自己东西来头头是道。

“根据我多年经验，朱泥假货最多！”老友赵天授在一旁有些悻悻，“这把壶，倒不是加了铁红粉那种红泥假冒的朱泥，我感觉烧造的温度不够……”

虽然赵天授外号“150”，平日尖酸小气，但他的鉴赏能力绝对和他的财迷智商一样非常之高。

阿左妹没急，单西田倒先急了。“什么真的假的，什么温度不够，我看是你眼力不够！梅爷，这把朱泥壶绝对好，绝对颜色对，别看我对紫砂研究不多，可是我老丈人……不，我从前的老丈人，那可是专家，他退休前当过扬州一家漆器厂的厂长，家里有不少紫砂壶，去年还带给过我一把呢。如果你喜欢紫砂壶，我送给你，不，你拿我喜欢的东西，我们交换吧……”

“无皱不成朱”，据我从网上搜寻得到的、隐约记得的知识，听说朱泥由于性质收缩和砂浆比率的关系，壶身有“节皱纹”，好像卫生纸贴过一样。仔细看手中这把壶，确实有许多微细、紧密的皱纹而且是自然收缩的感觉，浆面泛金，晶莹润泽，让我爱不释手。

“9000 块，不贵。”阿左妹看出了我对这把壶的喜爱。

“不贵，真不贵！”单西田夫妻店男店主一般在旁边当托儿，“看我这把破算盘都要 12000，这么一把美轮美奂、能看又能喝的朱泥壶，才9000块，太便宜了……”

“一口价，4800！”摒弃阿左妹的干扰和单西田的怂恿，我以一个老玩家老买家的近乎蛮横态度还价。从9000到4800，几乎腰斩，其实说明我潜意识之中也不是特别想买。

“算了，给你了！”阿左妹语气中充满失望，眼里却掩饰不住得意。

听阿左妹如此爽快答应，我知道自己又买贵了。

赵天授、常务志两位老友嘿嘿，鄙夷不屑。

单西田若有所思。我几乎还去五折的价钱，估计让他思虑起他所买黄花梨旧算盘的真实价格。

“不怕买贵了，就怕买不对了……”我边掏钱，边自我解嘲。

“几位大哥，紫砂壶有灵性呦，‘开壶’很重要，新壶拿回去不能直接泡茶，第一步呢，用矿泉水煮，最少也要煮一个小时，用文火煮，这样做壶身气孔就释放出新壶的土味和杂质；第二步呢，用老豆腐煮，至少也要一个小时呦，新壶火气就没有了；第三步呢，买根甘蔗，要嫩的呦，至少煮一个小时；别忙，还有第四步，最后还要用茶叶煮新壶，一个小时呦……我们家老公，不，我从前男朋友的老爸爸，他从前新买紫砂壶，没有使用之前都在清水中浸泡三四天，每天换水好几次呢。紫砂壶是经过1000多度高温烧制，窑内烧制的时候有铁质渗出呦，不清除干净这些铁质，对人体有害不说，还会让茶水变味呦……”

估计是几笔生意赚了不少，阿左妹大掉书袋，边拿包装锦盒安置朱泥壶和单西田的老算盘，边唠唠叨叨，给我们普及开新壶的知识。

买个新紫砂壶，喝茶而已，哪里这么啰嗦！

刚刚回到办公室，为了即时感受赵庄朱泥绵密柔滑的砂感和热水冲淋之时所将展现的娇嫩鲜红颜色，我马上拿出新买的朱泥壶，找了一撮台湾书商送给我的上好台湾红茶，电水壶坐开了一壶开水，哧溜一声，冲入。

咔啪一声！电光石火之间，我倒没有看到新买朱泥水平壶壶身紫光游移的遽现，没有看到传说中的朱泥神秘迷人风韵，却在那一声又闷又脆响声过后，眼睁睁看到壶身从底下裂开一道缝隙。刚刚浇入的开水，汩汩而出，烫得我的老红木茶桌嗞嗞直冒气……

见此情景，我脸色大变。

“呵呵，4800，没了。”赵天授幸灾乐祸。

这把从阿左妹店铺里面买来的朱泥紫砂壶，我不仅买贵了，还买不对了！

难道不是朱泥？难道是加粉染色假朱泥？

这把壶，还真是朱泥！不过，其实真让赵天授那张乌鸦嘴给说对了。

“紫砂壶能被开水烫裂了，咄咄怪事。”常务志抚摩自己的胖脸有些茫然，“哦，对了，我似乎听说紫砂壶中只有朱泥壶会裂，使用前应该先拿热水浇淋壶身外面……也不对，那是在冬天的北方，我们这里是深圳啊，又是大热天的……”

“完了，如果不裂还能到阿左妹那里去换把新壶，这下完了……”只有单西田有些厚道，倒真替我表示了一些惋惜之情。

气急败坏，我还真不能表现出来。当，是自己上的，怪不得别人。呆愣半晌，皮松肉紧，我只能嘿嘿一笑，佯装魏晋名士了。

日后，我找到专家去问，得知我买的这把紫砂壶，确是朱泥所造，但匠人烧制的时候为了追求成品率，怕在炉内烧爆裂了，所以温度不够。低温烧制的制成品朱泥壶，其实是个只能看不能用的东西。当时我100度开水冲进去，如此低温烧制看似温润可人的朱泥壶，登时难忍收缩率，不裂才怪！

水涨船高诱物欲

愈挫愈奋。坏了这把朱泥壶，倒勾起我一腔购买紫砂壶的“杀心”。于是，为了满足炽热的物质占有欲，我提前休年假，坐飞机飞往南京。

南京真热啊，站在室外阳光下一分钟，就感觉被烤糊了一样。深圳也热，那是湿热，这里可是真正的干热。秋老虎的热，赶不上我这种被消费欲望燃烧的燥热，二热相抵相争，后者占了上风。

有看官肯定心生疑窦：“紫砂壶产地在宜兴，你去南京干啥？”

紫砂壶产地确实在宜兴，但是在宜兴下面的丁蜀镇。相比南京、无锡和上海三个机场，坐飞机到南京然后去丁蜀镇最为便捷。不是批量购买紫砂壶的老客，还真没这知识!

于是，脑海中荡漾着真正的朱泥紫砂壶的倩影，我乘车直奔丁蜀镇，一种刚刚入门的进货商人的狂热，到这个紫砂壶大本营狂购了一顿……

冒着40度以上的高温，迎着因刚刚发布的紫砂泥料接近枯竭的传言而疯涨的市场价格，我走街串巷，先去丁蜀镇紫砂厂的老厂区老旧楼房探访了个个以工作室命名的小黑屋，接着逛遍了迷宫般的无比硕大的紫砂专营大市场。行行重行行，梅大王差点在丁蜀镇中暑而“殂”。(为什么用“殂”，有看官问。《资治通鉴》有胡三省释义：帝王临崩，未有大一统天下，死时曰“殂”。大王如中暑而殁，买壶事业未竟，当然也要称“殂”！)

据阿左妹讲，要在紫砂壶产地买稍微便宜的壶，千万别让“熟人”带，因为在一个成熟的、物欲的、势利的市场中，没有“熟人”，只有宰熟。

那么，怎么做才可以避免挨大宰呢?

自己佯装开店进货的买家!

别说，这招似乎管用，得知我是深圳开店铺的买家，那些紫砂商铺的店主都抱着拉住长期进货客户的意思，基本按照行内批发价卖我“样品”。饶是登山练出的戴宗脚力，顶着暑热，热汗滴紫砂，累得我一天下来也是几近虚脱。

最终，花了大几万银子，我买回好几把紫砂壶（主要是朱泥的，赵庄的，小煤窑的，据说都是上好朱泥，朱泥原矿）和千奇百怪一堆紫砂小玩意儿。

抚摩着如许多的紫砂壶和紫砂玩意儿，想起钱起的诗，感觉自己还是物欲时代物欲的人，古人意境，难觅影踪：

竹下忘言对紫茶，全胜羽客醉流霞。尘心洗尽兴难尽，一树蝉声片影斜。

有个哲学家说过：“我们生活中每一步的结果，都是每一圈涟漪，都源自某天某人向你命运池塘中投入的某颗石子……”从经济角度看，这次无锡丁蜀镇之行最大的收获，不是在当地的收获，而是老友单西田赠予我的收获。

那么，我会有什么意想不到的收获呢？

我显摆无锡买来的一堆紫砂壶、紫砂器，红红绿绿，轰轰烈烈，摆满一桌子加半地，各位朋友都来观赏。

单西田对于一把段泥的子冶石瓢非常感兴趣，爱不释手。这种紫砂壶壶体确实巧妙，乃三角形对照变化的典范：身筒与盖，合为一个大三角；把圈为三角；钮为三角；三足鼎立也为三角，甚至直流和身筒也构成一种虚拟三角。当然，单西田老友可能并非钟情于子冶石瓢器形的流畅与和谐，也不是对壶体清奇脱俗的那种“骨力”着迷，潜意识当中，他可能想到的是他所追求所喜爱所花钱的阿左妹与他自身婚姻状况之间的另一种虚拟“三角”……

“这把壶，不贵吧？”单西田试探问。

“就这把壶贵。”我都有点吊人奸商的意思了，顾客喜欢哪样东西，哪样东西就最好最贵。

“有多贵？”

“你看，用的泥是‘大红袍’，真正珍稀紫砂泥。这把壶，就这把壶，比所有其它东西加在一起都贵！”(其实我说了谎，这把壶由于非名人所制，价格才1万不到。)

看我如此斩钉截铁，深谙经济之道的单西田退缩了。良久，他从随身袋子里掏出一把壶。“我拿这把壶和你换吧，你那把壶不是名家壶，我这把壶，去年我老丈人送我的，作者是丁蜀镇一个名家，中青年名家，叫范什么来着……”

本来，我不可能和单西田进行壶壶交换的，因为我到丁蜀镇本地购买的这把子冶石瓢，乃老紫砂厂中一个工作室内老工人所做，费力费时，器形特别完美。这把壶，自然光下，可见壶身简洁刻绘纵横梅枝，氤氲着一种刚健秀美的风骨，逸趣非凡，熠熠生辉，大有遗世独立之意。

但是，当单西田拿出他那把壶的时候，也让我怦然心动——这把清水泥春暖壶，光货，表面没有任何纹饰，壶盖与壶身嵌合紧密，器型端庄沉稳，壶盖旋转顺滑。“方非一式，圆不一样”，线条挺括流畅、厚薄分明。

光壶，容不得任何瑕疵，因为它没有雕饰可以掩盖外表的缺欠，所以局部细节处理要特别谨慎，否则就“露怯”。一把好光壶，让人一看就会产生愉悦的美感。内行人都知道，紫砂壶中，上乘光货作品，最考制作者技艺和功力，这就和考大师傅炒菜要考炒青菜一样的意思。

由于我父亲乃大学美学教授，家中美学书籍就排了几大书架，从小我就读过无数美学专业词汇。而我知道，审美心理学有个重要的词汇：移情。也就是说，当我们聚精会神“观照”一个客体对象时，由于审美的移情作用，会把自我生命的内涵和情趣移注到那个对象里去，由此一来，原本无生命、无情趣的客体外物，一下子就蕴含了丰富的意义，而“本体”的我呢，也在过程中达到了审美的愉悦，甚至物我两忘。

“相看两不厌，只有敬亭山。”摆满一桌子的东西，相看两不忘，唯有这把壶。

估计看出了我眼神中的沉迷和贪婪，单西田脑子里经济弦又开始绷紧了。“哦，我对老丈人送我的这把壶还没有做‘功课’呢，我要上网查查，作者范什么来着……范伟群，到底是什么背景，说不定还是个大师呢……如果是大师作品，就不和你换了……”

还好，当时幸亏有贵人相助，我有个好朋友叫文华，他当时就拿手机上网搜索，在“淘宝网”搜索，搜到的结果，范伟群类似的壶并不贵，七八千块钱的样子。也幸亏他是搜淘宝网，上面不少赝品，故而才有这个价钱。

依据直觉，我非常非常喜欢范伟群这把壶。和单西田“交易”过后，我上网细查，发现这位范伟群确实挺有名，乃清末民初制壶大家范大生嫡孙。紫砂壶制作这行业，没有家族遗传，没有文化遗传，还真不好说能出上乘之品。

未待单西田开通他那经济学家的大脑，我果断拍板：换了！

“呵呵，我也是看中你这把壶上面所刻梅花了，知道吗，阿左妹的名字里面，就有个‘梅’字，我要送这把壶给她，当生日礼物呢……如果我提前说，或许你要跟我加价多换东西呢……happy birthday to you……”单西田很得意。

原来如此。老房子着火火苗子旺；老男人爱情发烧低智商。

“是啊，我也是忍痛让你，你阿左妹名字里面有‘梅’，而我姓梅啊，把雕有梅花的壶让给你，我心里多不好受啊……”我故作沉痛，其实心里挺高兴。如果因为自己姓梅而买带梅花纹饰的中国古董，那绝对是不可能完成的任务。即使你拥有比尔·盖茨的财富，也买不完其中一小小部分——自宋朝之后，梅花在中国文化中，是头等精神符号！

“你这把春暖壶，是你老丈人免费送你的，我这把壶是我冒着酷暑在丁蜀镇淘来的，无论从经济上还是感情上看，我都吃亏了……”和老友文华交换了一下小眼神，我对单西田说。

…………

“那把壶，范伟群的壶，我吃亏了！！！”

过了大概几个月，单西田有一天发疯一般冲进我的办公室，很失态地挥舞着手臂嚷嚷着。这位大基金公司的基金经理，每次赔公家的钱都是以千万、亿万计，也没见他这么悲伤过。

接过他用彩色打印机打印出来的一条消息，我恍然：最近范伟群紫砂壶拍卖，一把类似他和我交换的那把紫砂壶光壶，拍出了15万的高价！

恰好，老友文华当时还在坐，见单西田如此失态，很是讽刺了他几句：“什么吃亏占便宜的！当时我可是证人，人家梅大王义薄云天的，当时根本不知道你那把白来的壶价值几何，也没有预知范伟群作品今天拍卖价格的能力，人家就是看你喜欢，为了让你爱情更上层楼，才和你换壶的……男子汉大丈夫，一言九鼎，吐个唾沫是颗钉，你至于吗，难道要梅大王退回你那把壶不成？”

闻听此语有理，单西田讪讪，随即哈哈。“逗你们玩呢……我哪里有反悔的道理，无所谓赔赚，反正那把壶我也是不花钱得来的……不过，老丈人送我的东西，我随便就给换了，怕日后我老婆知道此事后，呵呵，怕她打我……”

老友文华还总结：“世事轮回，暗室莫要欺心。你看，人家梅大王被你拉着去阿左妹那里消费，买个4800的茶壶，回来就裂了；接着，你自己主动找上门，非要拿个价值10多万的茶壶换人家梅大王极其喜爱的茶壶，当时也不知道价值不对等啊，冥冥之中，老实人不吃亏啊……”

于是，我们三个人哈哈，皆大欢喜的样子。

正说着话，赵天授施施然来，还拉着一个专业照人像的摄影师——当时我在《百家讲坛》录制的《梅毅话英雄·鲜为人知的杨家将》即将播出，编导让我必须照几张特“摆”的照片做宣传片用。为此，我才央求老友赵天授找个他熟悉的业内专业摄影家来帮忙。

老友赵天授，专业也是金融，业余时间几乎全部投入人体拍摄，但他只拍女裸体，故而似我这种穿衣服的男人体他断然拒绝拍摄。毕竟老友鬼鬼，他自己拒绝后有些不好意思，就找了一位业内付费的专业摄影师来给我拍“玉照”。

“大美不言啊，养壶急不得，要想养好壶，有外养，还有内养，内外兼修，才能养出好壶。”单西田毕竟不负阿左妹，近来紫砂壶知识大涨，理论一套一套的，比说起房中术还要幸福和兴奋。

“内养，外养，这么复杂啊？”我问。

赵天授和他找来的摄影师也都落座，听单西田神侃。

“内养，就是泡好茶喽，一个壶养一种茶喽；外养吗，肯定就要勤泡茶，勤擦拭。时时用细纱布擦拭壶里面散出的水汽和流淌在壶身的茶痕，久而久之，壶里面的茶油也就顺势吸附于壶壁之中，慢慢往外透，壶壁肯定金玉生辉！”

显然，时间不是很长，单西田经过小爱人阿左妹的指导和自己的悉心学习，无论紫砂理论还是实践，都有质的提高。

说着话，单西田拿起我桌子上面他认为和我换上当了的那把范伟群所制紫砂壶，开始大夸起来：“你们看，这把壶，血肉丰满，结构匀称，英气逼人！才几个月时间，瞧瞧，真是好壶，这颜色变的，润泽流淌，跟里面有血管子似的……”

岂料，单西田话音甫落，跟随赵天授而来的摄影师冷冷一句话，很是耐人寻味：

“紫砂壶吗，也就是一团泥烧成，用不着弄得太玄虚了。即使是农村村民泥烧的尿盆，你天天往里面浇热尿，温度不会太高吧，日久也会变色，也会透亮，也会润泽！……我不是瞎胡说啊，我学化学专业出身，还插过队，下过乡，也用过泥尿壶，近10年来，大大小小买了几百把紫砂壶，我也懂玩紫砂壶呦……”

第三章　掌上旋日月　时光欲倒流

掌上旋日月，时光欲倒流。周身气血涌，何年是白头？

这首诗，内容虽然浅白易懂，但对于普通读者来说，读后多数会不明就里，如坠五里云雾之中。啥，还“掌上旋日月”？太阳月亮的，能在手掌上转？

但如此四句打油诗，对于文玩核桃的玩家来说，特别是北京爷们，那就耳熟能详。他们会炫晃着手里嘎嘎作响的玩意儿，津津乐道：“瞧，人家乾隆爷写的诗，皇帝都玩这个！”

也就是说，诗中所谓“掌上旋日月”，就是玩家手里转晃的文玩核桃。

那么，这首诗，真的是乾隆所作吗？

肯定不是。

其人其事，虽然是文学史上一个大笑话，但乾隆确实算得上“诗霸”级人物。这个乾隆，25 岁登极，在位长达 60 年，做太上皇 4 年，也就是说，他实际执政时间达 64 年之久。皇帝之中，前无古人！

活了这么久，祸害、玷污了无数历史古画文物之余，乾隆又属于那种文学老中青，随时随地发骚发情。文学荷尔蒙发达，发情发骚，他就写诗，写那些高级打油诗。据学者统计，记入他名下的诗，多达41800首。说起来挺吓人挺唬人，他一个人的歪诗，超过整个《全唐诗》诗歌总数。

从量上说，历史上唯一能和乾隆相比的，只有宋朝诗人陆游，而陆放翁一辈子所写，不过9300余首。就这样，陆爷一辈子勤勤恳恳自己写的诗，数量也不到天天政务繁忙加吃喝玩乐的乾隆所作诗歌的四分之一。幸亏清朝没有方舟子，也不敢有方舟子，没人能对装蒜的皇帝老儿质疑。

钱锺书先生在《谈艺录》中评价过乾隆的诗："清高宗亦以文为诗，语助拖沓，令人作呕。"此评甚为中肯！先不说乾隆4万多首诗多为沈德潜等阿谀马屁文臣当枪手代做，就是他本人有感而发所写诗文，要不浅白粗俗，要不佶屈聱牙，诗歌水平根本就属于七八流，甚至不入流！

由于谀臣沈德潜捉刀得力，乾隆特别高兴，沈老头子退休后，也特尊称其为"大老"（如今黑社会"大佬"一词，或许追根溯源出于乾隆），赐诗中也吹捧这位枪手说"我爱沈德潜，淳风挹古初"等句。其实挺悲摧，乾隆连如此浅薄的吹捧，都出自李白"吾爱孟夫子，风流天下闻"。

不过，沈德潜死后，乾隆不放心，让人拿沈的遗诗来读，猛然发现，老沈也属于九泉之下不甘寂寞之人，把平时为自己捉刀的诗歌全部放入自己遗著诗集中，显然准备死后刊印发行。而自己昔日让老沈捉刀的诗作，竟然全部收辑在里面。

震怒之下，乾隆还不好马上为此发作。心中大不满之际，清廷正好查办江南举人徐述夔《一柱楼集》，因为里面有所谓的“悖逆语”。瞌睡来枕头，乾隆借题发挥，捕风捉影乃其强项，于是有罪推定，抓住把柄，沈德潜曾经为这本文集作过序，因此下诏，“夺德潜赠官，罢祠削谥，仆其墓碑”。

老沈这个人瑞老枪手，还算命好，善终床箦，就是死后差点被旧主子挫骨扬灰。

可见，大凡作家，无论是谁，都怕被人说是抄袭或者代笔。连贵为皇帝的文学老年乾隆尚且如此恼羞成怒，更别说当今被方舟子曝光的人了。

清朝历史，乾隆这个“爱”诗皇帝的存在，对于中国文学史和中国文人来说，是个极大的悲剧。他虽然是个蹩脚诗人，但他懂诗，能从诗中嗅出“文字狱”来。清朝历史上文字狱 160 多件，乾隆一朝就有 130 多件之多，可谓骇人听闻。而他所谓爱文化、保文化的《四库全书》，修纂过程中毁书销书删书改书，堪比秦始皇的“焚书坑儒”。如此阴险毒辣的文化统治权谋，还被阎崇年老师等深爱大清朝的学者粉饰为“一代盛事”，实在让人叹息。

我们知道，仅明史一代历史的资料，乾隆朝就销毁无数档案资料，至今我们国家第一历史档案馆保存的明代档案，只剩下 3000 件（清朝本朝档案却有 1000 万件之多），明初和明中期的档案全部被乾隆和他手下御用奴才文人有目的销毁。

如果说乾隆是个蹩脚诗人，说他是个高级文盲，也不尽然。但他自己所作的诗歌，大多粉饰太平，装点门面，自己夸自个儿的统治时代是“盛世”，真真……可悲可笑的是，号称“诗霸”的皇帝，名下诗歌4万多，最后能够流传人口的，能脍炙人口的，一首诗都没有！

不，马上有看官眼毒，会愤怒指出：梅大王，你在这篇文章一开头“掌中旋日月”那四句文玩核桃打油诗，应该就是乾隆皇帝写的嘛！瞧，现在玩核桃的屠猪杀狗辈都会吟诵！

呵呵，这四句打油诗，虽然水平颇似乾隆皇帝，但还真不是他写的，不过讹传而已，“据传”而已。

查遍《四库全书简明目录》乾隆诗歌四个大集子，包括零散独编的所谓《御制诗集》，乾隆咏文玩葫芦的诗确实做过好几首，而盛夸文玩核桃的，根本不存在！

纵使深山更深处

我第一对真正的文玩核桃，2008年就有了。

那年秋天，我休假回北京，和我有20多年交情的中学同学萧大哥，开车带着我去内蒙古游玩。我们避暑消夏，吃了无数嫩羊肉，骑了数匹快马，很是爽了一把。

高兴之余，临别依依，在天津的一个大商场我买了条苏格兰生产的“粑粑瑞”围巾，赠送萧大哥，以示我诚挚的谢意。

接过围巾，戴在被肥肉所压颈椎劳损的脖子上，萧大哥挺高兴，也感动。人，都有投桃报李的意思，他扭头四顾，郑重捡起桌上一个锦盒，说：“梅老弟，这个东西就送你吧，对健康非常非常有益……”

我打开一看，以为里面是啥精雕细琢的工艺品。结果不是，小棺材一样的锦盒中，静卧两个条棱毕现的大核桃，黄皮刺啦。

我嘿嘿。“嗬，深圳有品种号称‘挂绿’的荔枝，单个拍卖最高到10多万。你这两个核桃，不会也是稀奇品种吧，味道好吗……”

话音一落，萧大嫂都有些埋怨萧大哥：“人家梅老弟送你这么贵的围巾，你回送人家两个破核桃，真行！”

萧大哥脸色泛红，也嘿嘿。“这种核桃，不能吃，听说好像是什么‘文玩核桃’，拿手里搓着玩的。大学农学院一个教授送我的，说是什么山里挖来的野生品种，特别耐搓，手上穴位可多啊……”

“朋友情谊，‘千里送鸡毛’都是贵重的惦念，可不能用价格来衡量……”我赶忙打岔。

虽然如此说，我还真没拿这对儿面目狰狞的核桃当回事儿。当时，找不到随手可转送的人，又不好在宾馆里面砸吃了或者扔了。

好在这对核桃个头不大，小盒子看上去挺可爱，我就迢迢带回深圳。从此，对于这对核桃来说，梅门一去深如海，锦盒入抽屉，锁入冷宫。“你说过两天来看我，结果一躺就是一年多……”

如果核桃能唱歌，它肯定这样说。

2010年秋天，老友文华到我办公室和我聊天，我在抽屉里面翻找东西，那装盛核桃的锦盒忽然被他发现。“……什么好东西，还藏着掖着的……嗬！什么稀罕核桃，还用锦盒装着，待我砸开，咱们哥俩一人一个！”

我赶忙制止。“这核桃是我一老哥们送我的，说是专门用来搓着玩的，大概和保定铁球差不多，不是吃的核桃……”

文华一听，随即上手搓之，揉之，嘎嘎作响。

讨厌二核相碰的冲耳噪音，我马上对他说：“我送你了！你拿回去搓，别在我耳边响，烦死了……”

马戏团耍花球一样，老友文华手中两个核桃上下飞舞，屁颠儿屁颠儿，施施然离开。

这两个核桃，如果过后没有再见到，肯定会永远消失在我的记忆之中。

大概过了一个多星期，文华又来。手中嘎嘎，还是那对核桃。

搭眼一瞧，我猛然发现，在我抽屉里面躺了一年多白惨惨、黄啦啦的核桃，经文华这么一搓，才几天啊，已经完全变色，金黄润泽，恰似小狮子脑袋一般，煞是可爱。

咦！

即时涌上我脑海里面的想法，就是马上把这对核桃索要回来。

“谢谢啊！”文华来个范伟似的一句。“这可是文玩核桃！学问大啊，搓之，揉之，赏玩之，我现在血压都不高了……谢谢啊！”

文玩核桃！

在这个互联网时代，光凭脑子思考是不管用的，还需要百度搜索。

我坐在电脑前，噼里啪啦一顿乱搜。乱花渐欲迷人眼，文玩核桃真特奇！

原来，能拿来在手中揉捏的文玩核桃，和市面上新疆小贩卖的食用核桃，无论是价格还是质地，都天差地别！那么多种类的核桃当中，只有东北一带所产的楸子、云贵川一带所产的铁核桃以及京津冀晋一带所产的麻核桃，因其外壳质地坚硬，才有可能当作揉搓所用的文玩核桃。其中，华北山区所产麻核桃，是文玩核桃中质地和品相最好的，其中四大名品，包括狮子头、官帽、公子帽和鸡心。

老友萧哥送我的那对核桃，应该属于最接近野生品种的狮子头。后来我才得知，那么“野”的野生狮子头，非常罕有，市场发展起来之后，基本都是嫁接品种了。野生品种的文玩核桃，皮特别厚，质地紧密，所以揉搓之时，声似金石琅琅。

唉，肠子悔青。看到文华一对狮子头核桃盘玩得美轮美奂，我自己立马也喜欢上这种东西了。索要回来不可能，再张口去找人家萧大哥要也不现实。气急败坏之余，对着老友文华发誓，我自己一定要去北京最专业的文玩市场，去买一对个大、皮瓷、纹路好的。我还要天天自己亲自盘玩，把它们盘成网上照片中一样类如紫润琥珀一般的“文物”！

也巧了，刚好有事去北京。下飞机第一件事情，我就风尘仆仆赶往核桃发售“圣地”——北京十里河市场。

十里河这个地方，距离我所熟悉的古董集中地潘家园市场，其实只有一公里之遥。10多年来，为了淘旧书和“古董”，我逛过潘家园无数次，却从来没有到过咫尺之遥的十里河（甚至先前都没听说过有这个市场）。

不是周末，又逢冬日严寒，十里河雅园国际市场，楼上楼下，基本没有什么客人。寻摸一会，我直奔其中看上去门面最大的一家店铺，开始寻找我心目中理想的核桃。

结果，问过几对核桃的价格，让我又懊悔又失望。懊悔的是，类似我送给文华老友的那对44毫米直径狮子头核桃，竟然价格高达七八千元一对；失望的是，我想象中的个大精美核桃，市场上已经难觅影踪。临近春节，店铺里面的上好核桃该卖的都卖了，品相好的东西，基本所剩无几。

和所有初上道者一样，当时我最渴望的文玩核桃，不是最好，而是最大。所以，我一直找寻“大”核桃。转来转去，又发现楼梯拐角处有个店，柜台深处，摆放个能转动的圆盘，上面不是什么名牌首饰或者手表，也不是田黄翡翠，而是一对直径够大、纹路够野，和我想象基本相符的大核桃。

射灯闪烁下，这对大核桃纹路疏密得当，宽边厚缘，配对均匀，质地紧密。如果拿这对核桃给文华老友看，非让他嫉妒死！

“这对儿核桃，您给我看看。”压抑住内心的喜欢，故作老玩家状，我对店主提出要求。

店主迟疑了片刻，大概在瞬间，他脑子里面也是千回百转，判断我是否行家，揣测我是否穷逼一枚。最终，business is business，生意就是生意，他还是弯下腰，从小转盘上小心翼翼地拿下一个核桃。就着灯光他再次仔细瞧了瞧，然后，也不直接递给我，轻轻放到了柜台上面一个绒面的小盘子里——这哪里是卖核桃，简直就是卖天价古董的架势。“您拿好了，这核桃接近51的，够个儿！”

店主所说的“51”，是指单个核桃的核肚直径51毫米。别说，就这么单个一个核桃，拿在手里非常沉手，涨手，很有坠感。也就是说，像我这样比较纤细的玉手，真要把这对核桃放在一只手里面把玩，很有些勉为其难，太大了。

“嗬，个头真够大，盘不好的话，掉在地上就可能摔尖儿啊……”假装特内行，我嘴里如此说。其实，也是替自己打退堂鼓不想买做个铺垫。

如此核桃，如此个头，如此品相，肯定便宜不了。即便如此，我还是故作漫不经心，随口问了一句：“这对儿，什么价儿？”

“15万！”

“15万？！”

“15万！”

靠靠靠靠！即使事先我有心理准备，知道好的文玩核桃能卖到成千上万，但无论如何，我也想不到个头远远不如一对保定铁球大的麻核桃，价格会高达15万！

要知道，当时，2010年冬，在广东江门购买一套四凳一桌的清中期老红木茶台，也不过就是15万这个价！而那套泰国老红木茶台，精雕细琢，工艺精湛，历经200年风霜，岁月包浆，能赏能用，又怎么能是这样一对穷山恶水之中山坡上自然生长出的核桃所能比拟的呢？

百思不得其解，我深觉店主是在骗人，是在蒙人。冷眼瞧瞧他，我心内涌起一股跳起脚来揍他一拳的冲动。

不过，那个一张脸颇似老葫芦的店主，倒没有一点催我买、骗我钱的意思。他表情冷淡，很小心从黑绒面上拿回那个核桃后，叹息说：“去年（2009）冬天大寒，特冷，河北等地山区好多嫁接好的核桃树都冻死了，能出这样一对核桃，配对儿这么好，颜色这么匀，没修过，没阴皮的，百万里挑一啦……”

即便他如此解释，15万，两个核桃，如此价格，还是超出了我的想象力。

怎么办？即使我本人到了文玩核桃的集中地北京十里河市场，还是得不到一对价钱合理、品相上品的核桃。越得不到，心越痒。

逡巡之间，解铃还需系铃人，想起了我老友萧大哥。平生第一对所谓的文玩核桃，可是他送我的啊。于是，操起电话，没有寒暄，我马上提出要求，希望他开车到北京找我，陪我一起跑一趟河北涞水。

为什么去涞水？因为那里是文玩核桃基地县！整个涞水县，有近3万户农民专门从事麻核桃种植，漫山遍野，大概有几十万株麻核桃树。国内文玩核桃市场中交易的核桃，有95%来自河北；而这其中的90%，都出自涞水一县。

有关麻核桃老家涞水的上述信息，是我十里河市场购买核桃未遂之后，猛查网上资讯之后得知的。幸亏，这文玩麻核桃不是产自西藏、新疆啥地方，如果有那么遥远，可就不能够即时即刻可及可去了。

老友萧大哥很热心，反正他在大学后勤部门工作，闲暇很多。放下电话，油门一踩，他马上开车到北京，没有一点风尘仆仆的倦色和懈怠，热情无限地来接我。

本来，他以为我让他开车来北京，是接我去野三坡啥地方逛逛冬山野水搞反季节旅游。见了面，听清楚我说要去涞水购买核桃，他开始大惑不解：

“文玩核桃？就是前年我送你的那种？好像现在不少人玩那个，你不都有了吗？唉，现在我老婆每次看我戴着你送给我的‘粑粑瑞’围巾，都会提起那对核桃，说我回赠你的礼物太轻……”

“核桃我是有了，你送我的东西，肯定不错啦……深圳我身边几个朋友也喜欢，这次去涞水，就是想多买几对回去送人的……”

不敢告诉萧大哥他送我的那对核桃已经被我转送给老友文华，我支吾着。同时，我更不好意思提醒萧大哥说，他送我的那对核桃，价值很不低，都能买两条“粑粑瑞”山羊绒围巾了。

随便吃了顿午饭，我和萧大哥从北京出发，奔往涞水县城。北京到涞水，不远，一百公里左右。高速路又顺，闲言碎语没讲几句，我们很快就到达目的地。

到达涞水县城，我们开车东找西找，似乎在中心区没看到任何专门店铺卖核桃，都是典型的县城商城，卖衣服卖摩托车啥的，大喇叭小喇叭猛叫，吵得人心烦躁。

转了一个来小时，也没有发现核桃专营商店，灰心丧气之余，我们去到了一个茶馆喝茶。可巧，老板热心肠，说他还真知道有个铺子专门卖核桃。

弯弯绕绕，在老板带路下，我们在县城一个专门售卖古典家具的集市旁边，终于找到那个店铺。店面不大，20 平米左右，冷冷清清，里面没有一个顾客。看柜台的是个小伙子，告诉我们说，现在已经不是买文玩核桃的季节。涞水麻核桃的销售旺季，是秋末一个多月的时间段。

看看柜台，刺眼的黄绒布上面，零零碎碎摆着几十对核桃。忽然眼前一亮，我发现玻璃下面还真有三对特别大的核桃，直径大概都有 48 毫米左右，比起萧大哥送给我的那对，个头似乎还要大。一问价格，也超出我意料，才1800一对。回想北京十里河市场，42毫米的核桃都要2000左右一对。

果然产地货便宜，到了涞水县城，48毫米核桃才1800一对，价格好到大出我意料，也让我心里美得直笑。

价儿都没讲，我开袋掏钱，马上把那三对48毫米的大核桃悉数买下。

喝茶，买核桃，聊天，很快时间过去。扭头看外面，天色已经黑了下来。和萧大哥一商量，既然都来到麻核桃的最大产地涞水县了，再怎么的，也要去趟盛产核桃的山区亲自看看，说不定能买到更便宜、更优质的核桃。

如此一来，此次专程购买就只得再加上住宿成本了。明天进山，今天就不可能当天返回天津或者北京。于是，我和萧大哥只得在涞水县城内的宾馆住了一晚。其间，套用明朝白话小说的句子就是："一宿无话。"

转天大早，急急呵呵起床。胡乱吃了早餐，风风火火，我就和萧大哥带着无限向往的心情，开车奔向印象中社会主义金光大道般的核桃产地——涞水娄村满族乡。

出了县城，和想象中完全不一样，过了几个看上去灰不溜秋、不是很富裕的村庄，很快就上了山路。仔细一打听，到达那几个产麻核桃的村子，怎么也要开几十公里的盘山路。

上了山道，萧大哥面色顿时变得阴沉。要知道，他刚刚换的一辆别克新车，在如此狭窄崎岖的盘山道行驶，忽上忽下。依照萧大哥的思维方式，开车走这样的搓板路，人也就罢了，反正肉身子不值钱，坐在上面上上下下，就当锻炼减肥做泰式松骨按摩了。可车呢，车值钱啊，尤其新车新轱辘，可遭老罪了。

盘山路上好车破路，每晃动一下，萧大哥大脸蛋子就往下耷拉一块肉。

冬日白色小太阳下，颠颠簸簸，山路上还不断有碎石小嶙峋，拉煤大卡车接连不断，播土扬尘，呼啸而过。路边悬崖，似乎有几条羊肠小路，上面晃荡着好几条长着死羊眼的老山羊，它们都瞪着奇怪的眼睛，瞧着我们这辆艰难行驶在破路上的新别克小车，好久，好久。

萧大哥心疼他的车，我心疼自己的命。很小的时候，我曾在收音机听播讲浩然小说《金光大道》，印象中的社会主义新农村，都是小说中描绘的样子，永远是干净整洁，永远是山清水秀，永远是大红太阳下生机勃勃田园景色。结果，进入涞水山区，我才真切知道“穷山恶水”这四个字的真实涵义！

碎石弯路，衰草歪树，悬崖峭壁，北风呼啸。瞬时之间，我这个文玩核桃伪玩家一下子变成了哲学家，忽然想到人生的意义，忽然想到生命的脆弱……

为了买几对手里搓揉的文玩核桃，深山老林走一遭，悬崖峭壁身边绕，如果真出事掉下去粉身碎骨，似乎太不值，不值……

小心翼翼，几十公里山路走了近两个小时，终于走出大山，远远看到了出产麻核桃的村庄。忽然之间，形形色色文玩核桃宣传广告牌，随时随地映入眼帘，说是广告牌，其实基本都是当地农民用钉子钉木板上油漆所做，上面歪歪扭扭自己用白漆写字，宣传口号基本没有，主要信息，一个是“核桃”，然后就是卖家的电话号码。

随便停车进入村中任何一家，都有文玩核桃卖。甚至村头小卖部，也放一个破纸箱，成堆卖核桃，顾客可以自己挑拣配对地购买。不过，和我们在涞水县城听到看到的一样，这些剩货，大多是歪瓜裂枣的尾货。成形的好核桃基本没有，更别说大个头了，就是完整配对的核桃，似乎都很少见。

“你们来得太晚了，大买家们来得早，6 月初就到我们这几个村内交定金了。秋天核桃下树的时候，我们这里才叫热闹。你们北京、天津，对了，现在还有南方上海等地大买家，呼啦啦几千人往我们山里赶。哎哟那个人多呦，都拎着满袋子的现金，现金交易，一手交钱，一手交核桃，花几十万的，几百万的，都有。我这辈子，真看见几百万现金，还就是这几年……”

一位 50 多岁姓孙的村民如此说。边说，他还边给我们比划着盛装“几百万”大箱子的大小。看此人面善，家里干净，我就和萧大哥在他家里呆了下来，喝茶，看核桃，聊天。

坐定之后，我们发现，这位老孙头院里就种着三棵碗口粗细的核桃树。数九寒冬，树叶子几乎掉光，黑麻麻一点不起眼。仰头望去，我们竟然在院墙高处看到有两个摄像头，镜头直对着这三棵核桃树。

"如今我们这里，麻核桃种树最金贵，弄不好就让人偷了。别说偷，让人砍了枝条也不行啊。我这三棵树，去年刚从深山里面移栽到家里的，别人找到野生好品种，怕别人沾光，都是弄了苗之后把原树砍了。我心疼老树，花了不少钱，才把这三棵树从深山里弄进家里来……花钱也值啊，就这三棵树，我估摸着，每棵能结300左右的果儿，都是上好野生狮子头，明年秋天，卖个七八十万，应该没问题……"

"呜呜"两声叫唤，我和萧大哥陡然看到，院子角落中，有一条用铁链子拴住的大藏獒。大家伙长着一个狮子脑袋，蹬腿龇牙，呜呜低叫，几乎吓得我尿裤。

这阵势，这保护，从前只是在电视、报纸中看到海南黄花梨有这样"待遇"，还真不知道野生麻核桃树也稀罕到这地步了……

"2003年那阵子，有北京贩子到我们村里收麻核桃，20元一个核桃，天啊，我们当时卖一车柿子也就这个价儿！从前，村里的山里面，麻核桃野树多着呢，核桃掉了都沤烂在地上，狗不吃羊不看的，忽然就愣能卖钱啦……嘿嘿，到了2007年，青皮核桃开始卖100多一个了，北京贩子，还有天津贩子，照买不误！我们村民有孩子在北京上学的，回来说，十里河有个市场，我们这里卖100多一个的核桃，在那里叫文玩核桃，论对儿卖，一两千一对儿！从那时候起，我们几个村就没人再种那种能吃的核桃树了，柿子树也都任它烂在山上没人打理，家家开始种麻核桃，卖麻核桃……”老孙头谈兴甚浓。

喝茶聊天之间，老孙头给我们拿出来许多品种的麻核桃，有什么虎头、公子帽、白狮子、红狮子、苹果园等等，品种虽然全，个头都不大，几乎都是牛羊睾丸大小，小小圆圆，很难勾起我购买的欲望。

贼不走空。大老远走山路冒着生命危险开车来到涞水山村，怎么也要买几对回深圳。横挑竖拣，我最终还是从一堆核桃中找出两三对大概 39、40 毫米直径的。一问价，都是在千元左右。“不会吧，这么小的核桃，怎么会这么贵！”

“老三，来，把电脑拿来，给这两位大哥看看！”老孙头吆喝着。

稀里哗啦，门帘一挑，里屋闪出一个半大小伙子。他手里面拿着一个手提电脑，知道外屋有客待宰，页面显然早就搜索好了。一闪，淘宝网；再一闪，文玩天下……都是网上专业的文玩核桃售卖信息。

“您瞧，北京十里河二楼雅园国际，41 毫米白狮子，2500 元一对；42 毫米普通狮子头，2000 元；45 毫米的，就算‘精品’了，都要过万啊！至于‘南将石’类似品种，就更贵更贵了……”

别看老孙头典型一山村农民，可人家就是凭着一台电脑，对于大山之外百公里的北京文玩核桃市场，比我和萧大哥还要门清得多。所以，我在此奉劝刚入门或者即将入门的文玩核桃玩家们，千万别以为上山入村就能买到好货和便宜货，那是万万不能的事情。山高路险的，不值，不值。

互联网时代，任何信息都是互通的。便宜，就是当！

看我和萧大哥傻呆呆好久无语，老孙头又劝：“您二位别瞧着网上的东西好看，好多贩子在网上发的图片，都不是他自己手里的货，不定从哪里拍来找来放在那里当幌子的。您真给他打了款，寄您的东西全都货不对板，到时候，您只能自认倒霉了……”

老孙头如此说，似乎连我心里想什么都想到了。他潜台词，也就是明明白白告诉我们，既然来了，还是应该在这个村里买几个地道的、便宜的、到位的真货。

“你家的核桃，还是太贵！”忽然我一拍脑袋，赶紧翻弄皮兜，掏出我在涞水县城所买的那三对48毫米的大核桃，摆在老孙头面前，“这么大的核桃，才1800一对！”

随便一搭眼，老孙头和他三儿子抑制不住哈哈大笑起来。这一笑不要紧，惹得他一大家子男男女女老老少少，近十口人，看叫驴一样，都到堂屋来看我们，指指点点，笑议我拿出来的三对大核桃。

“你们这三对核桃，是鸡心！核桃兴起来的最早那几年呢，鸡心野生品种质量好，还真挺贵。现在，几年嫁接下来，到处都是鸡心核桃，臭大街了！这么高桩皮薄的东西，我们村里早都没人种没人卖了！”

“鸡心？”我满腹狐疑。“我怎么看像公子帽呢？”

老孙头兀自笑着，走入里屋，很快拿出一对核桃，大小和我买的差不多。“瞧，这也是鸡心，早两年的，皮比你那三对厚多了，好，这对我就白送您了！北京市场，好像就是十里河市场外面摊位上，48的鸡心，也就卖200一对！”

我心内一阵悲凉。这种悲凉感，在我玩物丧志的多年购物过程中，每每涌现。

心凉了，欲热了。上一当也是上，上两当也是上。都到涞水山村了，能不花钱吗？掏钱，买。

拉拉杂杂，在老孙头家里喝着茶，聊着天，挑挑拣拣，矬子里面拔将军，最后还是买了七八对40毫米左右的核桃，花了大概万把块钱。

依次放在手里转来捏去，总觉得不过瘾。天津人就是好面子。回到深圳，我没有一对个大纹好的核桃炫耀，怎么也得拿回去一个给诸友显摆吧。

踱来踱去，我看中了老孙头他家大电视上一个玻璃盒子摆放的单个大核桃。据我目测，大概有49毫米左右。

老孙头摇头，拨浪鼓一样。“不卖，不卖。这个核桃是单只的，不卖。我都放三四年了，49毫米大小的老款野生狮子头，您瞧瞧，水龙纹，闷尖，矮桩，大底座，边宽肉厚，如果配上对，这么的好品相，最少能卖四五万块钱！”

他越不卖，我越想买。

“我听说，一棵树上的果儿，如果上午和下午分别剥青皮，两个核桃都会有色差。你这么大的一个单个核桃，今年都过去了，你都找不到。明年即使能再找另外一个配对，肯定色差特别大特别大，不如，你现在卖给我算了。都快过年了，手里有现金多好啊……”上了山，上了当，忽然，我智商也提高了，嘴皮子溜了。

“……你说得倒是有理，有些道理，可你不知道呵，如果我能再找到这么大核桃配上对儿，可以分别盘。要先盘新找到的那个，盘得差不多，再盘我手里这个，慢慢色差就能变一样了……”虽然如此说，看得出来，老孙头确实被我刚才一席话说心动了。

一般来说，到了年底，农村村民都缺现金。卖，老孙头肯定可以卖了，现在就是价钱多少的问题。

为了体现更大的诚意，看到老孙头的老婆在旁边笑嘻嘻，手里也拿着一对核桃揉玩，我就接过来看。这对核桃也就 39 毫米，可甫一入手，感觉两块小石头似的，沉甸甸，声脆核沉。

我对老孙头说：“连你老婆手里这对小核桃我也要了，凑个整数吧。”

“哎呀你好眼力，这对核桃是南将石啊，我涿鹿县娘家舅舅送的。行家都知道，涿鹿谢家堡乡有个南将石村，山上面，有一棵生长大概有 200 多年的野生狮子头麻核桃树。我小时候常在那棵树下面玩，每年秋天落下千来只核桃，当时俺还砸过壳吃过呢，皮子厚厚的，里面只有一点儿桃仁。当时那棵核桃树上的果儿，都是扔掉烧火的东西。谁知道，后来这棵树被天津一个姓郭的核桃贩子发现，拿到天津、北京给行家玩，一下子就火了，南将石，现在是市面上最好的品种咧……”

虽然是农村老娘们，老孙头的老婆经过几年市场锤炼，也是能说会道。当然，人家倒不是十里河商贩那样编故事，山里人家说麻核桃，本来就有故事。

好品种，还就是不一样。握在我手里这对小核桃，丰满矮壮，纹路清晰，木质细腻，已经被老孙头老婆揉出了包浆。野生南将石，外壳特别细腻厚实，上色也慢，故而被油腻腻村妇大手盘玩四五年，依旧金黄色而非枣红色。

好说歹说，我使出浑身解数，劝说老孙头把那个单个大核桃卖给我，包括明年我们再带别的客人来，包括赌咒发誓，说明年秋天我们一定在他家里包棵核桃树啥的……

最终，以 8000 块的价格，我买下了那枚 49 毫米大的单个狮子头大核桃。另外，又给他老婆 2000 块，我拿了她手里那对小南将石。

老孙头老婆扭捏半晌，很有些舍不得。临近年底，最终她还是舍物拿钱，把 2000 块当成了自己年节“私房钱”。

名不虚传，好货不便宜。闭上眼睛，攥着这个 49 毫米大核桃在手心，感觉它揉上去，如同羊脂白玉那样细润。日光下，张开手掌细看，被盘玩了几年，大核桃几乎带有透明感的紫红色，也就是接近传说中的琥珀色了……

岁月养来琥珀光

从上山到下山，陪我开车深入涞水山村的萧大哥，一直沉默寡言。他大肉脸蛋子嘟噜着，丘吉尔二战时候一样表情，特阴沉特深沉。特别是当我以 8000 现金购买那一个核桃之时，他脸上几乎可以拧出水来。

多年老友，我不敢得罪。内心忖度，萧大哥不高兴原因，无非有二：第一，涞水山路崎岖不平，事先没有告知他。新车遭罪，爱车人车主自然不喜；第二，先前他送我那对核桃，忽然得知价值数千，心有不甘焉……

“大哥，回到北京，找个 4S 店，我花钱帮你保养一下车吧，新车走这种山路，确实怪我事先没有在网上研究清楚……你送我那对核桃，真的不错，不过呢，我现在懂点核桃知识了，似乎那是一种野生鸡心的品种，应该不是太贵……”

沉默良久，萧大哥叹息一声：“一个核桃 8000 块！市面上新疆小贩卖核桃，都是论斤卖，25 一斤。8000 块钱，都能买一车了！唉，什么核桃啊，加个‘文玩’两字就这么值钱了……唉，我那对核桃送你之后，今年我还和原先送我核桃的农学院教授吃过一次饭，我还涎皮赖脸地跟人家再讨要过。当时他说，‘现在那种质地的野生核桃太难找了，能找到配好对的，学院领导都忙乎着往上送市里领导了’。我当时还挺纳闷，什么破核桃啊，还值得送给市里领导……原来如此啊，真是的，送领导一对好核桃，比送真金白银现钱还体面，既可以直接说让领导揉搓核桃锻炼身体，还可以和明码标价给钱差不多……”

原来，此次涞水山村之行，让萧大哥默然无语和醍醐灌顶的，是这些觉悟，是这些醒悟。显然，我刚才揣测，以小人之心度人家君子之腹了……

回到深圳之后，我在一个茶馆大摆核桃席，大大小小核桃铺满了一个八仙桌，当着我老友文华、赵亚明、田颇等人的面，很是显摆了一回。同时，我拿出手机，给他们翻看我们从北京关山度若飞般开车到涞水的冒险历险照片，还有到深山村中买核桃的照片。

北京、涞水一行，我对于文玩核桃的知识大长。事无巨细，我都一一讲给几位老同事听，惟独我在涞水县城受骗上当高价购买那三对鸡心大核桃的事情，没和他们交心坦白。

也真奇怪，文华、赵亚明、田颇三位爷，听我讲述涞水冬日上山买核桃历险记之后，啧啧称奇。新人爱大个，他们不约而同，愣是都看中那三对硕大鸡心核桃，并哀求我（真的是哀求我），原价卖给他们。

看着自求入彀的三位老同事，我良心只是发现了一小下，当时，也真很想告诉他们，这三对大核桃是不值那么多钱的、我买打眼的鸡心品种，真想告诉他们，我买贵了也买错了。

不过，抬起头来，再看看他们殷切的眼神，有邪的笑容，以及三个人拿着大空心鸡心核桃窝在手里爱不释手揉搓的样子，我就不忍心不骗他们了。

“……好吧，原价卖给你们吧……”

三位老同事欢呼雀跃，给钱特别爽快特别急，就怕我扭头爽约不卖给他们似的。

特别是一向精打细算的赵兄亚明，平素屎里挑豆般精细和节俭，花钱的事情从来没有马虎过。他鹰隼般的眼睛飞快扫视数遍不算，由于他爸爸是搞建筑的，家里专业工具齐全。此次听说我从河北山区带回数对文玩核桃，更是有备而来。他掏出一个游标卡尺，刘谦魔术出手一般，趁文华和田颇下手前，把六个核桃拢成一堆，飞快出手，先用卡尺量过，再横摆竖看，最终，挑拣出一对儿相对来讲个头最大、配对最齐的核桃。

眼花缭乱之际，亚明兄已经收尺入怀，选择成功，大核桃一手一个，握在手里使劲揉捏，嘎嘎不止。

“哈哈哈，梅兄真辛苦你了，冒着生命危险上山买核桃，又原价卖给我们，讲义气，讲义气，义薄云天！”那天告别之时，也是这位亚明兄，脚下踩着弹簧一样，欢呼雀跃，蹦跳而去……

转天一大早上班，我却发现这位亚明兄脸色阴沉，显然早已经来到我办公室门口候着，大狼狗一般瞪我，汹汹质问：

“你买的核桃有问题！你瞧，我早上起来就发现，有一个核桃开口裂开了……”

发现他不是因为品种问题生气，我暗松一口气，倒没急没怕，反客为主，呵呵而言："你肯定用水刷核桃了！"

亚明支吾。"你怎么知道的？……我老婆爱干净，她说，农村买来的东西，脏乎乎的，确实她帮我用水刷洗了核桃一遍，用吹风筒吹干……"

"你去网上搜索一下，文玩核桃的大忌，就是沾水吹风，这对儿核桃，个大馅厚，又是今年没有上手的新核桃，不裂才怪！玩核桃的术语，这叫'开口笑'，呵呵，听上去还挺吉利的，您就收着吧！"

大买卖人一样，我毅然回绝亚明兄退货的要求，顺便还教训般给他普及了一下核桃的盘玩知识。

被我喝叱一顿，亚明怅然而归。买东西吃亏，对于亚明兄来说，平生罕见。一朝被蛇咬，十年念香蕉。自此，他悉心钻研文玩核桃知识，头发在三天内都白了数十根。

"唉，清洗核桃应该用清水，先把纹路里黑脏的东西泡软，再用牙签仔细挑出，拿牙刷沾水反复刷几次，就好了。而且洗完后不能马上盘，需要阴干放入塑料袋里面抹点核桃油，呆几天再盘玩。可我丑老婆给我拿洗涤灵泡，大鞋刷子猛刷猛擦，不裂才怪！对，给核桃上油不能太多，最好买几个吃的核桃剥开壳后把核桃仁捏碎，用口罩布包着往文玩核桃上面蹭，待油慢慢吃进去，就不影响以后核桃的上色……盘玩的时候，要'文盘'，就这样，不能嘎嘎出声，那叫'武盘'，盘久了核桃纹路就磨平了……"祥林嫂一样，亚明兄反过来给我普及核桃知识。

令人鼻酸的是，直到今天，我这位亲爱的亚明兄依旧蒙在鼓里。他还不知道，被他盘玩两三年之久、颜色已经美轮美奂、一只依旧开口小笑的大核桃，依旧是价值200元左右的鸡心核桃！

每次看到亚明兄一只手盘玩，一只手小心翼翼上下翼护着的样子，不知道为什么，我都心内涌起一阵酸楚，无端端想起莫泊桑小说《项链》中倒霉可怜的女主人公……

花儿为什么这样红，核桃为什么这么贵！

毕竟我搞了这么多年金融工作，也正是这次去涞水山区购买核桃之后，我开始对文玩核桃的价格、价值以及盘玩知识，深入细致研究了一大番。我发现，这几年文玩麻核桃价格每年不少于百分之几十的增长速度，最主要原因，在于通货膨胀年代，和任何物品一样，文玩核桃也成为“投资品”！

和玩老古董老家具的时髦不一样，直到2005年前后，文玩核桃市场才开始火起来。京津地区是传统文玩核桃流行区，人闲钱多，核桃这种手里把玩的物件，才日益被钱多人精的投资者看中。

麻核桃进入投资领域，一发不可收拾。从2005年开始，万元以下的麻核桃，价格上逐年递增两到三成。而且，越贵的就越贵，那些45毫米以上的精品核桃，每年涨幅更大，一年比一年翻倍往上涨。至今，还在年年上涨。2010年，我在十里河所看15万的核桃，当时相对而言还比较稀缺。如今，随便到哪家店铺，10万以上的核桃都有那么几对。

自从那次去涞水之后，日后我去北京多次，每次闲暇之余，我也很关注文玩核桃市场。什么十里河雅园国际、华声天桥市场、大钟寺、潘家园、报国寺、新官园市场等等，到处留下我孜孜不倦的“倩影”。

从前老北京时期，八旗子弟等闲人都以盘玩麻核桃为时髦，当时还有句话：“贝勒手中三样宝，扳指、核桃、笼中鸟。”瞧，贝勒爷都玩，平头百姓，也跟风玩。当时好核桃也贵，老少爷们玩不起好的贵的，但玩得起便宜的。所以，真正流传到今天的老核桃，乌润紫红如琥珀的，不少是现在特别不值钱的楸子和铁核桃品种。

核桃这东西，原名胡桃，历史上还被称为“羌桃”、“万岁子”、“长寿果”。西晋张华著《博物志》，说“张骞使西域，得还胡桃种”；南朝陶弘景《名医别录》中记载：“此果出自羌湖，汉时张骞出使西域，始得终还，移植秦中，渐及东土……”书中的“羌湖”，古时指一大片地方，包括现在东欧、中亚一些地区。但凡说起核桃，都是张骞从西域引进。上世纪70年代我国挖掘磁山文化遗址，发现7000多年前中国境内已经有核桃种籽。大概西域核桃质地优良，所以从汉朝时起国人但凡说起核桃必称西域。

张骞刚把核桃引进中原时，既然是“胡”地所产，所以名为“胡核”。十六国时期，羯族石勒占据中原大片地区，建立后赵帝国，他出身羯胡，非常忌讳“胡”字，下诏把“胡桃”改为“核桃”，由此核桃一名延续至今。其实，即使石勒不改，到了深讳“胡”字的隋炀帝，也会改名。不过，杨广大文人出身，如果核桃名字由他而改，可能更雅致、更拗口了。

文玩核桃，仔细研究起来，质、形、色、个，那真是一样不能差。

所谓“质”，两核轻轻碰撞，声音瓷实脆响，宛若金石；所谓“形”，按照品种不同，纹路要疏密匀称，配对和谐；所谓“色”，要赏心悦目，不能有色差；而所谓“个”，这个标准，其实乃近年核桃贩子们有意挑兴起来的。整个清朝时期，盘玩文玩核桃讲究的，只有“质”、“形”、“色”前三样，以手握大小适中为妙。这个判断，我说了不算，从故宫中保存的那些王爷们进献给皇帝的核桃大小就可以看出。

现如今，文玩核桃市场中，商贩们无不讲求个大，除了新手跟风好奇因素提升以外，主要是商人为了卖钱，生生造出“大”的新概念，以大为奇，以大为美，以大为贵。

真正上手盘玩核桃，即使一个大手爷们，两个46毫米核桃握在手里就足够了。48、49毫米以及以上的核桃，如果真拿在手里盘玩，外加价格高昂因素，揉来捏去，那就不是享受，简直是提心吊胆受罪了——随时随地，两个大核桃都会有掉地摔尖儿的危险性！只要摔了尖儿，一对大核桃的价值，可以从15万跌到1.5万！

把玩核桃，有健身功效吗？当然，网上、店内的核桃贩子无不吹嘘说揉核桃能延缓衰老，还能预防心血管疾病，甚至避免中风，往往夸大其词。不过，一对核桃在手，揉、搓、压、扎、捏、蹭、滚，掌上穴位受刺激，确实可以强身健体，舒脉通络，特别是对于吾辈终日俯首书桌看电脑的人，舒筋活血不说，也能静思怡情。

世界上没有哪国人像我们中国人一样热爱生活，也没有哪国人像我们一样，能把日常生活中看似普通甚至是废弃物，手手把玩，口口相传，最终形而上为爱如眼珠的“珍宝”。

文玩核桃何以有如此魅力呢?

人的因素!

看那些没上过手的麻核桃，白不呲咧的。可是，一经玩家把玩揉捏，即日日不同。少者半年，多则一两年，一对发白无光泽的核桃，就开始慢慢变色挂瓷。开始是淡褐色，继而咖啡色，汗浸油沁，逐渐就开始有枣红色露头。

如果能玩上五六年以上，一对原本无光无色的干枯麻核桃，就会变得温润如红玉，透亮如琥珀，晶莹剔透，让人难分难舍。

老玉石、老家具出包浆，很正常。活人本身，乃包浆最大的“媒介”。特别是木器，包浆形成很能理解，包括紫檀、黄花梨、酸枝木等高级木材，它们本身就有油性，积年累月，使用过程中，木料内部蕴含的油量外浸，加上人们汗渍触摸，空气中灰尘沁附，慢慢就形成薄而坚实的脂肪层，这就是所谓的“包浆”了。

可奇怪的是，文玩核桃，也就是麻核桃，乃是由一种非“油性”大的外壳所成，它内部油核也非常小。内部小小核肉，也在把玩过程中早已沙化。有医学理论研究称，核桃皮还有一种抑制霉菌的功用，按照这种“非油”灭菌的功能推理，文玩核桃上面包裹的那层“包浆”，来得确实不容易。

说起核桃“包浆”，行内人圈内人，口口声声都说是玩家们手掌中的汗液浸润所致。懂点科学知识的人都知道，人体汗腺多达500万个，其中三分之二的汗腺都在手掌上。汗腺，一种管状结构，包括分泌部和排泄部。分泌部在真皮和皮下组织中，由细管子盘曲而成；排泄部开口处呈漏斗状，是分泌部通向皮肤表面的细管，称为“汗孔”。我们手上的汗液，就是通过这些汗孔排泄的。

汗液成分，科学分析起来没什么神秘物质，主要成分是水，包括微量的无机盐、尿素以及尿酸等。

而核桃外壳呢，主要成分有木素、纤维素和半纤维素，这些都是碳水化合物；其它的，外壳内还含有核桃醌、氢化胡桃醌、β-葡萄糖甙、鞣质、没食子酸等有机化合物。

弄清楚汗液和核桃外壳成分后，就让人更加怀疑手汗养核桃的说法。我老友文华有着一双大汗手，前前后后，我转给他十多对核桃。只要是没上过手的新核桃，最后经他汗手一盘，统统被他养成乌突突发黑颜色。显然，过多的手汗，对于盘玩核桃不是好事。也就是说，一对上好的文玩核桃，在文华老友一双大汗手之中，即使他这辈子玩到死，也绝对见不到晶莹透润的琥珀色。

而我从涞水老孙头他老婆手里买来的那对南将石核桃，本来已经上瓷，再经文华盘玩之后，那就完全不一样了，三转两转，光华愈显。

为此，根据我自己盘玩核桃的经验，我认为，手上有温度的油脂，揉搓过程中蹭磨力度，最后加上汗液日积月累的沁泽，才是核桃挂瓷包浆终极因素。

至于文玩核桃的价值，不爱1元是浪费，爱就10万也不贵。对于核桃商贩来说，当然总爱编故事，诸如早期他们都会提及某次央视《鉴宝》节目，有一对乾隆皇帝玩过的山核桃，专家当场给出了17万元估价云云。这还是前几年的段子，如今，十里河中档商铺几乎每家都有几对标价十多万的核桃，十多万就不稀奇了。所以，新编故事中，乾隆把玩过的老核桃，都卖到上百万了！

这些故事，我认为，都是骗人的把戏。乾隆玩过核桃吗？可能玩过！但他玩盘核桃，没见诸文献或者时人的笔记。

和文玩核桃不一样，葫芦似乎是清朝皇家最爱，从康熙到乾隆，爷孙三代都是葫芦爱好者，连设宴接见英国佬马葛尔尼，赐物中都有几只葫芦器。而且，故宫有实物可证，乾隆自己也写有好多首诗歌，猛夸文玩葫芦。

当然，十里河市场卖葫芦的商贩，没一个能背诵真乾隆真写出来的葫芦诗，太佶屈聱牙了：

回也资瓢饮，陶人岂藉凭。玉成原有自，瓠落又何曾。纳约传贵制，随圆泯锐棱。爱兹淳朴器，更切木从绳。(《咏壶卢器》)

这样咏葫芦的诗，比起核桃贩子朗朗上口的“掌中旋日月”，显然不能流行。而且，文玩核桃古董和文玩葫芦古董最大的区别，还在于文玩核桃上面不能刻款，鉴别起来，那就难比登天。当年孙殿英将军把乾隆东陵刨开，尸体喂狗了。否则，挖出乾隆尸体弄些DNA，再与所谓的乾隆御用核桃上能搞到的DNA配上对，就真能证明某对核桃是这位皇帝玩过的——这太难太难了!

所以，现在如果哪个大骗子大商贩要卖高价老核桃，仅仅编故事说哪对文玩核桃是乾隆玩过的，根本不算数。他应该寻摸一个曾在宫里住过的乾隆御用盒子，那才能骗得了人……

核桃配对也疯狂

对于各种玩物，我这个人品性躁急，没有太久的耐心，但凡一样东西玩懂、玩透了，我的兴趣也就随之消失。

玩了一年多文玩核桃，逛遍京津冀，踏破铁鞋，掏烂钱兜，我前前后后买了上百对核桃。除了赠送朋友之外，最好的十几对核桃，我都逐一转给了我老朋友文华。最终我自己剩下的，只有那个花8000元在涞水老孙头家里所买的单个大狮子头，以及一对45毫米纹路优美的水龙纹狮子头。

出行外地，我一般都会揣着那49毫米单个大狮子头，一是可以单个放在手里揉搓，二是可以在任何古玩城、花鸟市场等地方拿出来炫耀，让那些贩子们很是对我刮目相看。

2012年春节期间，我回天津老家陪我妈过年。老友萧大哥听说我回来，热情无限，马上和我见面。听说我又开始喜欢上文玩葫芦了，他自告奋勇，马上表示说要开车拉着我逛遍北京十里河、天津鼓楼、保定徐水，以及山东济南——这些地方，都是文玩葫芦市场集中地。

朋友情谊，真是浓比肉汤啊！

大年初八，萧大哥拉着我先奔北京十里河市场。半年没见，看书识字，他似乎对文玩核桃的知识猛增不少。同时，余光看到我手中搓揉的那个在涞水老孙头处购买的单个大狮子头，萧大哥一手扶着方向盘，还一手拿过去，边开车边细看那个东西。

萧大哥行车之时分神看核桃，车轮不时跑偏，很是让我害怕了一阵子。

路途之上，他告诉我说，自从那次涞水之行过后，他也对文玩核桃发生兴趣，甚至，他还在北京、天津等地的文玩市场仔细逛过、看过，还亲自参与赌过“青皮”。

所谓“赌青皮”，和玉石商贩赌石以及核桃商贩包核桃树一样，都有赌博的性质。不过，赌青皮核桃，毕竟属于一种小赌，刺激，但不疯狂。小钱麻将一样，怡情小赌而已。

我曾经在秋天的十里河市场见过“赌青皮”场面，买卖规矩很简单，任何人，只要花上几百一千，就可以在商贩摊子上面那成堆的青皮核桃中选出一对来赌。青皮核桃外表差不多大，剥开之后，结果各个不同，但无论大小好坏，买家都要认。

我也曾亲眼看到过一个客人花1000块买了两只54毫米大小的青皮白狮子核桃原果儿，剥开后，通体有43毫米大小，配对齐整，不歪不斜，底座平稳，没有阴皮痕迹。这样的货色，阴缩之后也会有42毫米，放到市场上，怎么也能卖个七八千。双手黝黑黝黑，那肥哥们大脸兴奋得通红通红。他的手之所以那么黑，是因为青皮核桃的汁液在接触空气后产生化学反应，会变成黑色。不过，这种好运气，很是罕见。

“赌青皮”这种事儿，是小商贩才玩的，大核商往往不屑一顾。原因很简单，拿出来赌的青皮核桃，基本都是挑剩下之后才放出去的，属于“劣中选优”。

所以，参与“赌青皮”的人，往往都是普通外行玩家，买两只青皮能够配对的几率少之又少，至少要买上10只青皮才能配成一对整齐的文玩核桃。“赌青皮”的最后结果，一般是傻老客赔钱赚起哄，围观者开心。

听萧大哥津津乐道赌青皮核桃，似乎他还北京、天津两地都跑过，却没听他说得到过什么便宜。为此，我也能猜得出，显然萧大哥从小赌中没得到任何金钱方面的好处，只可能得到了赌博一样的好玩和刺激。

我心中有些暗悔，恐怕是自己那次带着萧大哥的涞水之行让他染上了赌瘾。

行行重行行。

两人兴冲冲谈论中的感兴趣的话题，北京十里河花鸟文玩市场，到了。

大冷天进入一楼，这里还有不少卖鱼缸的店铺，我的眼镜上面即刻蒙上一层雾气。

萧大哥神偷一样的快捷，伸手就从我手里挖走那个单个大狮子头核桃，并急乎乎对我说："你先慢慢转，二楼有个熟悉的店主，我先上去遛遛，咱们一会儿会合！"

"好，好。"对于伸手掏我核桃的事情，我也没怎么多想。擦干净眼镜上的雾气之后，我在一楼近门口的柜子摊位慢慢逛，慢慢看。

大概十多分钟后，电话响起。萧大哥音声急切而又兴奋，告诉我二楼某家店铺的号码，让我马上去二楼和他会合，说有"大惊喜"给我。

以为他为我找到了什么又好又便宜的文玩葫芦，我翻蹄亮掌，兴冲冲上了二楼。

按照号码找到了那家店铺，却发现是一家专卖文玩核桃的。店主是个身形如猿的大姐，安徽人，身材粗壮，肩宽背厚，说话有些大舌头。

"哈哈，梅老弟，我替你那只大核桃找到买家了！4万！"萧大哥大脸蛋子红润异常，比我兜里的过年红包还红。

女店主似乎也高兴，正用店铺里面的点钞机点算 4 万现金给萧大哥看。

“我店里这只 49 的狮子头，都放了四年多了，一直配不上对儿。去年秋天，我配过一个，可入冬之后那个新核桃抽抽了一个多毫米，又不成对了。你们拿来的这个正好，也是几年的老核桃，老款狮子头，颜色、形状都对。呵呵，大家高兴，大家都高兴……”

别看大姐大舌头，表述起来逻辑很清晰。

萧大哥在关注那大沓的钞票同时，特别关注我的脸色。“老弟，你在涞水山村 eight thousand 买的单个大核桃，我亲眼所见啊，现在值 4 万了，也就一年多，我替你做主了，咱们两个 half half，好买卖吧……”

虽然萧大哥只是中专毕业，但他高中所学的英语没都吃了，现如今还记得不少单词。加上多年以来，他一直在大学里面搞后勤工作，耳濡目染，嘴里随便都能往外蹦数个英语单词。

为避免女店主听懂我们当时在涞水的购买价格和他准备和我对半分钱的数目，留洋归来“海龟”一样，跟我说话，萧大哥还整一半英语一半汉语。

“怎么样，happy 吧？高兴吧？”萧大哥使劲问我。

我有些皮松肉紧，很感尴尬。看萧大哥不经过我同意，和女店主钱货两讫都“交割”了，我也不好发作。

毕竟，这是一个我搓捏了一年多的心爱大核桃，上面有我的汗，我的油，我的感情啊。

“这钱，咱们也别 half half 了，4 万都归你了！”我这样说，委婉表达我对萧大哥擅自做主卖我核桃的小小愤怒。

萧大哥笑容有些凝结。

女店主人精一个，嘿嘿不停，两只手一手一个，不停把玩两个孪生兄弟一样配对的大核桃。“萧大哥来了好几次了，说他有个和我这个单只核桃一样的大核桃，我还真不信。四年前，我这只单个核桃才花 4000，呵呵，现在真金白银，我拿出 4 万块收你们这个，不少啦，知足吧……”

我静心仔细一想，先前去涞水害得萧大哥开新车走山路颠簸心疼，过后又害得萧大哥对核桃着迷上瘾，天津、北京两地乱跑花钱“赌青皮”。这 4 万块，也算对萧大哥一点补偿的心意了。

佳人难再得，佳物更难得。思及大核桃已经不是自己的了，我心内深深叹息一声。

离别之时，分外依依。细看这对刚刚配成一对的老款狮子头，矮桩厚边，红润可人。端庄厚重，闷尖平座，厚实硕大，纹路深美。除了两个核桃稍稍有些色差之外，几乎没有瑕疵！

无论如何，对于女店主得便宜卖乖，我还是有些不忿：“这对狮子头，过你手再一卖，怎么也得八九万吧……”

“呵呵，说句实话，有个盖楼的老板早就撂下话儿了，这品相这个头，怎么也要他 10 万！”安徽女店主舌头虽然不利索，脑子却极快。

看我表情悻悻，女店主又加上一句：“这位大哥，4 万块你嫌少？要不，你们还给我那4万，再给我6万，我就把这个单只核桃卖给你，有本事，你们也把它们卖了！”

这句话，把我噎得不轻，又不好当着萧大哥发作，我只能灰溜溜走出店铺，说我去转转文玩葫芦，愣把萧大哥单独留给了才比吕不韦加陶朱公的女店主……

大概过了半个小时，萧大哥和我再次会合，脸蛋子更红，又是一脸神秘加兴奋。“我把刚赚的4万又投资出去，花3万5千，把女老板那单只的核桃买回来了……”

我有些糊涂。“哪个单只？”

“就是去年她自己找的和那大核桃配对的那单只核桃，过冬后抽抽了，其实也特大，我卡尺量过了，有48毫米呢……咱哥俩开车，再去几趟涞水，到那些上次没去到的村里找找，或者去涿鹿，门头沟，蓟县，反正是河北、天津、北京地区这些产核桃的村子，都距离北京、天津不远，咱们上山下乡，都去转转，肯定能找到和这个配对的。女老板说了，如果配上对儿，她6万回收！”

萧大哥真是财迷心窍。多少钱收暂且不提，对于我们这种业余玩家来说，先前在涞水老孙头家里找到那只单个大核桃，都属于巧遇。在文玩核桃价格日益趋高的今天，抱着配对挣钱的目的去找纹路相同、品种相同、个头相同的一个核桃，大海捞针，太难太难！

我深深知道，当文玩变成了“挣钱”，雅兴肯定就会和痛苦的欲望相连了。

“现在寒假，我没事儿干，你也闲着，我们去涞水吧，核桃赚钱，钱赚核桃，来来回回，又玩又赚钱，多好啊……”

失心疯一样，萧大哥絮絮叨叨。

文玩核桃术语

做：指对核桃进行人为加工，诸如：上颜色，修尖，补裂。

白尖：因为核桃太嫩就摘了，顶端就会有白尖。这种白尖不能盘玩出来。

筋儿：指核桃的棱翼。

偏：指核桃长歪了。

熟：就是为了做旧把核桃煮过或者炸过。

尖：核桃尖，也有叫“咀”的。

底：核桃底部叫底座，俗称“底儿”。

眼：核桃的底孔俗称“眼儿”，也有叫“脐”、“后门”的，粗俗的称呼是“屁眼”。

漏脐儿：指核桃底部脐儿里面的蒂干缩掉空了，造成核桃下面是空的，此种核桃品相不好。

封底：就是用胶或者蜡烛油把底部脐眼封起来，目的在于阻止漏脐儿，也能促进核桃变色。

黄皮：跟阴皮类似，也是核桃皮色的一种缺陷。指核桃表面一些突起忽然变成很浅的黄色，界限分明。这种核桃揉时间久了，其它部分的皮都变红了，而黄皮却颜色不变，影响美观和价值。

磨过底：有核桃贩子信奉“站得住的核桃才是好核桃”，把一些核桃底部的突起不平处磨去，以便核桃站得起来。

缩了、抽了：核桃水分含量大，买回来后通常会在半年内缩小数毫米，且在此期间极容易裂开。

窝底：指核桃底部以脐眼为中心凹进去，是一种很好的底座形式。

大边：也称厚边，指核桃棱翼的宽度和厚度，一般来说，棱翼越大越宽越好。

纹：纹路，纹理，指核桃纹的粗细。至于纹理粗细，好坏没有定论，顾客各有所好。不过，纹路越深越好，也是核桃玩家的共识。

手头：即指核桃的重量，在手中感觉越沉越好，但新核桃因水分很大，也很显沉。

抓：京城玩家，买核桃不说买，而说抓。

打手：指核桃的分量重，揉的过程中有撞手的感觉。

配：两只核桃组合成一对，叫配。

咯手：指品相极差的核桃，觉得在别人面前揉很没面子。

品相：一对核桃的品质与相貌的总体概念。

四大名核：一般指狮子头、官帽、鸡心、公子帽四种文玩核桃。

砂仁：核桃经过多年的盘玩，文玩核桃内部的核仁粉碎成沙状，摇之沙沙作响，也称沙化。

第四章　丹青滋味长

明朝大文士董其昌书法、绘画俱佳，他在《画禅室随笔》中曾感慨："日临树一二株，石山土坡随意皴染，五十后大成。犹未能作人物、舟车、屋宇，以为一恨。喜有元镇（倪瓒）在前，为我护短。不者，百喙莫解矣。"

转译成白话文：（我）自恃勤力，每天都会临摹、绘写古树一二株，皴染山水，从不停歇，50岁后，我在山水画方面已经取得卓然成就。即便不倦如此，我依旧不能画人物、车船和屋宇，很感到遗憾啊。可以宽慰的是，有前辈倪瓒也是如此，可以以此为借口为自己护短。否则，言及绘画实践和技巧（不能画人物等），真是百口莫辩……

2008年以来，从泼墨挥洒第一幅钟馗开始，我本人也开始对绘画痴迷，故而对于历史上著名人物的绘画理论和实践，颇有切身之感受。

董其昌挥毫弄笔50年，依旧不能画人物、车船等具象；而我呢，在2008年冬日时分某闲暇之余，诸友在座，白地宣纸，平生第一次泼墨挥洒，一幅钟馗立马而就。毛发耸然，气韵生动，立时博取喝彩声一片——出于虚荣和自得，自此，丹青绘画成为乐趣，一发不可收拾矣。

耳中不绝夸赞，艺术荷尔蒙激素陡增。纸墨未干，我下楼立马买来一卷宣纸，开始临摹勾勒陈老莲《水浒叶子》。很可能宿根早植，我边看边临，中锋运笔，十来分钟，就画就一幅《九纹龙史进》。置笔摊纸，远瞧细看，恍若天成！

身边诸友临观，无不啧啧。不过，他们皆认定我从前受过专业绘画基础训练，此时挥毫泼墨，乃当众卖弄耳。

实际上呢，我除了上小学的时候不好好学习趴在课桌上偷画“小人书”以外，确实没有受过任何专业绘画训练。如今人到中年，偶然提笔初临，对人物整体姿态和线条的掌握，确实超出常人。

当然，物质刺激成为日后我想当文人“画家”的因素之一——我友亚明，自幼喜欢水浒人物，看我小人临摹得“栩栩如生”，自告奋勇，说要拿两瓶茅台，换我16页白描临摹陈老莲《水浒叶子》。

没有丝毫犹豫，我就答应了他。我和亚明兄一样，平时根本不喝酒。他不好酒，等于把屋内占地方的“垃圾”转给我；我不喝酒，拿画易酒，无非想效仿民国文人，让自己涂鸦换得“润笔”，博自己一噱。这笔小交易，可谓皆大欢喜。

转天，亚明兄一手一盒，抱着两瓶在他们家厨房大概放了有十几二十年的茅台，喜滋滋而来。

两个盒子，看上去都是油不拉花。红星正牌，地方国营，外面包棉纸，盒子虽然破旧，“品相”虽然很差，但茅台原包装确未开封。

低头思忖，16 页《水浒叶子》，反正我两天就能描摹出来。茅台，毕竟是茅台，两瓶还能值个千儿八百的。心中虽然对于亚明拿来的这两瓶“旧”茅台盒子有些不悦，我依旧把临摹画作交给他。

我呢，当时在中国互联网因为书写历史，已经是威名赫赫的“赫连勃勃大王”。如此“大”名头，亚明兄把我国画“大作”仔仔细细翻看一遍之后，便提跃着大平正方的屁股，蹦跳而去。

这笔当时看上去似乎双赢的交易，过了两年，亚明兄就大叫后悔。2010 年开始，茅台价格被炒得蒸蒸日上。日后更上层楼，很贵很贵。

两瓶 80 年代茅台酒，如果存放到现在，肯定也值个 3 万左右。为此，冰雪聪明的亚明兄，每言及这笔“交易”，就叹息不已：“那两瓶茅台，在我们家厨房角落里面放了那么多年，真真我鬼迷心窍，换你几张风格完全没成熟的临摹破画，放到今天，茅台可是值大钱的东西……”

亚明叹息，我也郁闷——那两瓶茅台外包装盒太油腻了，思及不可能当礼物送人，没过两天我就当矿泉水“施舍”了——当时正好赶上搬买红木家具，看几个搬运工热汗直流工作卖力，我这个人天生同情劳动人民，结完账后，老白干一样，我把那两瓶酒送给搬家公司搬家的工头了。我估计，两瓶好酒，当晚就进入哥几个腹中……

那一年，我真和茅台酒有缘分。深秋时分，我到北京老友吴欢处看望，恰好有人刚刚送了他一瓶30年前出产的陈酒茅台。欢哥和我一样，也是不嗜酒之人，看那酒瓶子放在画案上碍眼，他随手就送给了我。欢哥给的礼物，不好意思不拿着啊。恰好老友萧大哥开车到北京接我去内蒙古，我就随手送给了他。萧大哥本人也不是真爱酒的酒虫，半路上我们到达锡林浩特，晚上吃手把羊肉，他就把那瓶30年茅台开了。开了，喝了，糟蹋了。

萧大哥仅仅喝了一小半，喝高了上厕所的时候弄翻饭桌，又糟蹋了一大半。而我呢，滴酒未沾……

每每说起这等旧事，让我几个嗜酒的老友无不扼腕切齿……

不过，我友亚明兄也不算太吃亏。我当时临摹陈老莲《水浒叶子》，大概正属于高级艺术人才“开天眼”的才能横溢之时，愣能看着左手边翻开的16大开图版，丝毫不用铅笔打草稿，右手直接以毛笔蘸墨临摹，一挥而就。至今回看，笔笔有力，中锋落纸，铁线勾勒，力道老辣!

反观今日，我真能画得有模有样了，但每次临仿或者“创作”之前，必须用铅笔打个大概的草稿，然后才能濡墨下毛笔。如此经营，造型虽然准确，但昔日一挥而就的能耐，恰如我的青春，小鸟一样啊，不回来，消失无踪永不回来……

南宗北宗皆是空

说起中国绘画，从前的我，总觉云烟过眼不经心。笔墨实践基本没有，没事翻翻昂贵的画册，随意浏览。当然，在理论方面，我对中国古代画论很早就烂熟于心——我父亲本人是美学教授，家里有关美学、艺术哲学的书籍，多不胜数。我大学毕业后，还曾经准备报考南开大学美学研究生。可惜，当年那个专业的导师忽然重病停止招生，我才去考别的院校外语类研究生。为此，考研突击之际，我也曾经系统研习过包括中国画论在内的中国古代美学原理书籍。

说起中国绘画理论，对明清两代甚至一直到今天都产生重大影响的，非董其昌南北宗画论莫属。当我自己开始泼墨动笔之后，又反过来回溯昔日纸上谈兵的古代绘画理论，深觉董其昌画论偏颇，大有可商榷之处。

所谓“南北宗”，原是佛教称谓。佛教传入中国后，到唐代成熟，形成南、北两大宗派。北宗居于政府虎翼之下，倾向小乘实利；南宗兴于草泽，偏于大乘空学。北宗主张实打实的渐修，坐禅诵经一样不能少；南宗主张“心即佛”，慧能一口一个“顿悟”。

董其昌呢，正是移花接木，把佛教禅宗“南北宗”借喻于书画理论，其本意，想借当时士大夫耳熟能详的几个佛教禅宗名词，突出非职业画匠的“文人画”艺术风格。

士大夫出身的董其昌，以己度人，就将唐朝诗人王维比作画界南宗之祖，杰出人物包括荆浩、关仝、董源、巨然、米芾父子以及元四家。而北宗呢，他把李思训这样的青绿勾填画法职业画家作为魁杰，认为北派代表人物包括赵伯驹、李唐、刘松年、马远、夏圭等人。

画法方面，董其昌认定南宗一派在绘画中崇尚士气重笔墨，心性率真，轻视绘画功力。相比之下，北宗一派则看重线条“精工”，讲求圭角锐利，喜欢严整画艺基础之上的大斧劈皴。

董其昌的“南北宗”理论，确实影响了数代画家，明清诸多山水名家群，灿若繁星，诸如“四王吴恽”、石涛、八大山人、“扬州八怪”、晚清“海派”以及“岭南画派”，都深受董其昌理论熏染，自称“直抒胸臆”，所作绘画多柔媚软秀，用笔简洁，设色清丽，风格秀润古雅。

由于缺乏绘画基本功，身为官员士大夫的董其昌，当然不可能像专业画师那样有着深厚的绘画功底。所以，他一直强调南宗画派的以“淡”为宗，并把董源和米芾推为至高至上，夸说董源之画“最为高雅，不在斤斤细巧”，并说米芾“睥睨千古，不让右丞（王维）”。

我本人研究历史出身，虽然不是历史专业出身，在某些方面基本也“臻于”甚至超出了“专业”的水平。所以，对于艺术史的阅读，我不像一般读者只是看人名和简介，我喜欢刨根问底。

那么，董其昌崇奉董源、米芾，是他一己偏嗜还是尊崇二人的绘画风格呢？其实都不是。

董源也姓董，董其昌为此荣显董姓，张口闭口“吾家北苑”（董源在南唐李璟时当过北苑副使，后世尊称其为“董北苑”）。董源生于董其昌之前500年，拉500年前一董姓画师为“家人”，董其昌其实也属于乱认祖宗；而米芾呢，风格源自董源，学自董源，董其昌肯定顺带把大米小米也一并抬举了。

除了董源、米芾之外，董其昌还竭力推奉元代画家高克恭和倪瓒。可能有人会有疑问：高克恭生于元朝，其出身是西域回回，他不姓董，没啥宗派亲戚关系，为啥董其昌那么推崇他？这里面其实也有猫腻——董其昌曾祖母，乃高克恭玄孙女，其来有自，老董就对和自己有血统关系的高克恭大拍特举，说他在绘画方面乃“古今一人”。这种吹捧，尤其过分。即使当今国画系学生，对“高克恭”这名字知道的人也不是很多。

世上没有无缘无故的恨，也没有无缘无故的爱。那么，元末倪瓒，为什么又被董其昌如此青睐呢？

这和明末美学观念大有干系。当其时也，董其昌最推崇“枯澹”这个概念，而“元四家”中，倪瓒的山水画，算是最为“枯澹”(“枯澹”这个词，本来也是“南宗禅”精髓)。

“枯澹”一词，本来出自庄子哲学，“澹然无极，而众美从之”。后来“中土化”的禅宗，许多方面都化庄入禅，一心讲求“澹”美。再后的苏轼，也用“澹”美来喻文：“所贵乎枯澹者，谓其外枯而中膏，似澹而实美……”

由此推之，文人惺惺相惜，董其昌“枯澹”喻画，实得之于苏轼诗文比拟。董其昌本人画艺基本功不强，他更不可能推崇讲求笔法形似的北宗画派和追求精细画工的院体画，所以才力推轻描淡写“贵天真”的倪瓒。

董其昌，一典型中国文人，其人品虽然大有可值商榷之处，但他口中却一直讲求“清高”。清高，就是把文人的人品和个人尊严高于一切。如果为势利所动，为金钱所诱，所作之画，难免富艳谄媚，不入清流。

言虽如此，董其昌本人一直为势利所动诱，数十年来卖画卖字换得真金白银，甚至让人代笔作画作书，很是猛捞了许多笔。

相比之下，董其昌崇拜的倪瓒，人品确实属于一流。

我很早知道倪瓒这个人，是从一则明清笔记中的笑话留下印象：倪大才子洁癖无双。一夜忽然发情，召来一妓（非歌妓，乃下半身工作者），澡浴数次，准备弄那事。结果，倪“洁癖”总觉有异味，边扪边嗅，一而再、再而三、三而四地让美妓去洗澡。折腾一宿，只求兰香透体洁，早忘巫山一段情，啥事没干，早晨奉上大包银两把姑娘打发走……

待日后稍涉画史，我才知道，故事中这位倪爷，乃“元四家”之一（其余三位是黄公望、王蒙、吴镇），笔墨丹青，皆属逸品之流。同时，他的诗风创作，也很有成就，是元代后期殿军人物之一。除此以外，倪瓒的人生，诚可谓是部引人遐思的传奇。

倪瓒，字元镇，号云林，无锡人。他一生从未入仕或求取科举，所以有“处士”之称（未被污浊官场“开处”，诚大幸也）。倪瓒十世祖倪硕在西夏为官，宋朝景祐年间作为使臣入宋，被留不遣，便徙居淮甸，繁衍成当地大族。南宋建炎年间，其五世祖倪益携家避乱南迁，居于无锡。入元后，倪家人擅长经济之学，又有雄厚资财，货殖为业，成为无锡巨富。所以，倪瓒高祖、曾祖皆不仕，埋头挣钱。到其祖父倪椿、父亲倪炳那辈，借助元朝隆盛的商业氛围，家业越挣越大，倪家几乎成为江南地区的首富。

到倪瓒这辈，金钱不愁，又自幼受诗书礼乐熏陶，人品就一个字：好！他本人修性好学，雅节敦行，骨子里没有现代富商的刻薄和俗俚，广行善事，济贫扶困，善于周人之急，待客煦煦有恩，且无任何施恩求报的心机，所以，“人乐与之交”，声名极佳。

三辈培养一个贵族。倪瓒是小世良家熏陶而出，未尝有任何纨绔子恶习，基本达到了孔圣人“富而不骄”的标准。

金银如山，对于倪瓒这样的人，反而使他更能凭之享受高雅生活意趣。他平日所居的别墅，号“清秘阁”，幽迥绝尘，隐于翠山明湖之间，其中藏书数千卷，经史诸子，释老岐黄，终日书不辍手。在这古今中外超豪华的巨大“书房”内，楼上楼下，古鼎名琴陈列左右，松桂兰竹敷环缭绕，而屋外奇木修竹，蔚然深秀，负离子多得让人日日如同吸氧。为此，慕古人高遁之乐，倪瓒才自号“云林”。“每雨止风收，（他）杖履自随，逍遥容与，咏歌以娱，望之者，识其为世外人。”

与此前此后的假隐士不同，倪瓒并非以“隐”求“出”，他不缺钱，不缺名，真正是那种超然物外的达人，但求恬淡适意的生活。如此性情中人，自然是“神情朗朗如秋月之莹，意气蔼蔼如春阳之和”。

如此神仙中人，笔者只可想见，一生也未尝见到如此“真人”。正是无丝毫功利心介于怀中，倪瓒的书画才能又苍劲，又润妍，清幽无比，笔意中无有任何世俗尘滓之态。

为了自己居住舒适和招待朋友便利，倪瓒所建别墅多多，有云林堂、道闲仙亭、朱阳宾馆、雪鹤洞、海岳翁书画轩等等。我们今人想象力有限，以为上述建筑，皆是每处占地数亩、中有主建筑周围一圈假山水的豪华宾馆而已。其实，倪瓒每一处“胜境”，都方圆几百亩，真山真水真林木，涧水清清，鸟鸣声声，随便一处别墅都超过日本皇宫。

倪瓒确实有洁癖，其斋阁前所有植物，均派仆人时时涤濯，以清水浇淋。有花落下，则用长竿粘取弃之，惟恐人足侵污草地；他的书房清秘阁门外，备有丝履120双，专门供访客使用，一次过后即弃之；如果有贫寒儒士需要钱物，倪瓒一般都让佣人把钱远远放在庄园偏僻处，让索求的人自往取之，深恐钱污已衣己手；出门在外，他也是携带全部用具，绝不用他人提供的东西，惟恐不洁。倪名士的“用具”，不是什么毛巾牙刷椅子垫之类，而是以“书画船舫笔床茶灶”自随，每行均有仆人数十跟从。这倒不是摆谱儿，确实他要“自备”的东西太多。

至于日常生活，倪瓒洗一次手都要换水数十次，每天换衣数十次，确实“洁癖”到了“洁病”的地步。他所穿用的衣冠靴袜，也都用上等好香薰透，纯天然好味道，可以想见，他的袜子也要比别人的手帕还干净数倍。

这样的清雅高士，每日登上层楼，一壶在手，持之四眺，远浦遥峦，云霞万变，清雾腾涌，弹指万状。如此生活，我们今世俗人过上一天，定胜千年。

想古今中外无数达官贵贾，金银堆至北斗边，豪气直升九层天，但又有几个人能享受倪云林那种片刻清欢！

可惜，这种世外桃源、象牙塔中的生活，忽然于元末至正初年的一天中断了。这并非江南乱起后的被迫举措，乃是倪处士有天生预感，当天下看似太平无事之时，忽一日，倪瓒尽卖山田，把大部分金银赠予亲朋贫友。好好生活不过，他发狂疾一样变卖家产殆尽，皆散与旁人，并对人讲："天下多事矣，吾将遨游以玩世。"黄冠野服，从此往来五湖四海20余年。毕竟袋中钞银丰实，他每每借住梵舍道观，行踪不定，终于免于在元末战争中因家产之累被杀的命运。

乱世之间，倪瓒选择这种"另类"逃避，并不说明他对世事全无牵挂。山林之乐以外，他也深恨世间无豪杰、无英雄可以鼎定乾坤，维持大元统治。

朱元璋大明王朝建立后，倪瓒年岁已老，黄冠野服，混迹于编氓百姓。由于他未曾在元朝做过官，有幸躲过大明朝廷搜求。

74岁时，喝酒吃肉撑坏肚子（外加长期肝硬化），倪瓒客死于姻亲邹惟高家中，比孔圣人还多活了一岁。

如此人生如此人，难怪乎董其昌会把倪瓒奉为南宗扛鼎巨匠。

倪瓒一辈子好吃好喝好别墅，对于当时半隐半仕的董其昌当然不会太欣羡，最主要的，还是喜欢倪瓒绘画风格和自己很类似：倪瓒巨富出身，从来没考虑过卖画鬻字，所以他不可能忍受正规的绘画训练。所画山水，也是萧散超逸，荒寒空寂，不求形似；董其昌大官僚身份，当然不会放下身架拜画师为师，所以，他也以深恨“匠气”为名，泼墨勾勒，山水为娱，自得其乐。

如此究研，南宗文人画，往好处说，浅水遥岑，坡岸疏林，可谓画法疏简，幽淡天真。往死里夸，自然可以誉为简中寓繁，小中见大，甚至可以说这些文人画外似落寞，内蕴激情。往不好里说吗，呵呵，那就是基本功不够，巧于藏拙。

学过画、画过画的人，肯定知道，精工一路的画工，板凳要坐十年冷，不逼不苦，根本学不来！

偶随流水到花边

鬻字卖画，在传统士大夫眼里，似乎为文人画家所不屑。确实，历史上清洁高士不少见，比如“一门隐逸，高风振于晋宋”的戴逵戴安道，宁忍穷困，坚拒太宰武陵王召其鼓琴，（南朝）宋孝武帝时累征不就；唐朝四川画家王宰，以画为乐，善绘山水树石，从来不为权贵所促迫，赢得杜甫赞誉：“十日画一水，五日画一石。能事不受相促迫，王宰始肯留真迹”；五代李成，仕途失意后贫困潦倒，仍旧寄情于山水之间，惜墨如金，坚拒富人俗子重金买画……

但真实历史之中，上述高人，鲜之又鲜，赶上势利而又物质文化高度发展的时代，真能“既不可以利诱，复不可以势动”，太难，太难。

回望岁月烟尘，为人风流倜傥、能书善画、翩翩于浊世之中自在生活的，其实只有明朝唐伯虎一人。

唐寅唐伯虎，我们今人实际上对他认识得太少太少。苏东坡之后，千载一人而已！

说起唐伯虎，肯定会马上使人想起一位翩翩浊世佳公子，风流倜傥，浪漫非凡，不是“三笑点秋香”，就是周星驰戏巩俐，典型一个正面“西门大官人”加上狂傲“柳三变”的合成体，其人玉树临风，白面朗目，风花雪月之中，花丛锦绣陪衬，绝对联想不到“穷愁”、“厌世”、“潦倒”、“蹇涩”、“痛哭”、“宣泄”等诸多用于失意之人的词语。

唐寅好书画，工“春宫”，如此戏谑孟浪大家，恰恰又赶上“资本主义萌芽”得如火如荼的明朝中晚期，让不少后世失意文人浮想联翩，总觉能混上唐伯虎一样传说中的好生活，也真不枉一生白活了。特别是冯梦龙小说《唐解元一笑姻缘》，更把唐伯虎的传说定型，其后无聊文人及小说家们附会穿凿，所有“倜傥不羁”的风流事体，都算在这位大才子脑袋上。

果真如此吗？

查看清朝大臣张廷玉主编的《明史》，只是在卷二百八十六列传第一百七十四中才能看到唐寅的名字，而在这篇《文苑二》中，50多人的文士乱传中唐寅排倒数第十六，只有短短223个字，内容如下：

> 唐寅，字伯虎，一字子畏。性颖利，与里狂生张灵纵酒，不事诸生业。祝允明规之，乃闭户浃岁。举弘治十一年乡试第一，座主梁储奇其文，还朝示学士程敏政，敏政亦奇之。未几，敏政总裁会试，江阴富人徐经贿其家僮，得试题。事露，言者劾敏政，语连寅，下诏狱，谪为吏。寅耻不就，归家益放浪。宁王宸濠厚币聘之，寅察其有异志，佯狂使酒，露其丑秽。宸濠不能堪，放还。筑室桃花坞，与客日般饮其中，年五十四而卒。
>
> 寅诗文，初尚才情，晚年颓然自放，谓后人知我不在此，论者伤之。吴中自枝山辈以放诞不羁为世所指目，而文才轻艳，倾动流辈，传说者增益而附丽之，往往出名教外。

可见，真实历史中的唐伯虎，是个倒霉地牵涉进“考试舞弊案”后一蹶不起的落魄文人，即使有皇族大官人欣赏他，还是个最后被杀头的“志大才疏”王爷朱宸濠。

幸亏唐寅史书读得多，还不至于像李太白那样常想自己“但用东山谢安石，为君谈笑静胡沙”，傻不啦唧地附和永王李璘一样去搅浑水。于是唐伯虎装疯卖傻喝醉酒，连老二都露出来，才免于王爷青睐，最后被宁王爷“放归”。不久，宁王造反，很快被抓杀头，唐伯虎终于未被朝廷“秋后算账”。身虽穷死，总能善保首领，免于闹市人群中在看客的笑骂声中被大刀片子砍头。幸夫？悲夫？

由于正统士大夫认为唐寅“文才轻艳”，后世小说传奇好事者就把他当作“箭靶”式人物，啥风流事体都往他身上招呼。咦！平生未做过几多风流事，却枉博如许风流之名，悲哉！

历史上的唐伯虎，出身寒门，却聪颖超俗。明成化六年（1470），唐伯虎生于苏州，名寅，字伯虎，后字子畏，号六如。其父唐广德是做小生意的苏州市民，母邱氏小家碧玉。在讲究门户出身的封建王朝，这种出身决定了唐寅只有努力奋发，通过科举才能考取“功名”，进入仕途，方能光宗耀祖，青云直上。

唐寅少年时代很聪颖，过目成诵，苦读经书，闲暇时也学画山水花鸟排遣。19岁时，唐寅娶徐氏为妻，两人感情甚洽。彼时，唐寅生活平静，读史观书之余，或是幻想自已成为汉唐边塞击敌立功的将领文士，或是沉醉于目前安恬的“春江花月夜”之中。

唐伯虎25岁那年，一年内父、母、妻、妹相继去世，对他精神打击很大，深感死生无常，对释理有了更深刻的感悟。悲痛之余，唐寅更加努力读书。

明弘治十一年（1498），唐寅乡试中解元（第一名）。其时，他正是春风得意的时候，不仅自信心倍增，也名震江南。恰恰在唐寅人生的巅峰时刻，命运的阴影已悄然袭侵而来。

正当唐寅“一朝欣得意，联步上京华”之时，他进京会试。在路上，江阴巨富徐经徐大公子与这位唐大才子结成莫逆之交

（徐经虽是个有钱无才的主儿，他的曾孙徐霞客因《徐霞客游记》而万古名传。不过，至徐霞客时，徐家已中落）。据明人笔记《共山堂外纪》中记载：

> 江阴举人徐经者，其富甲江南，六如（唐寅）举乡试第一日，（徐）经奉之甚厚，遂同舟会试。至京，六如文誉籍甚，公卿造请者填咽街巷。徐经有优童数人，从六如日驰骋于都市中，都人属目者已众矣。况徐拥厚赀，其营求他径以进，不无有之。而六如疏狂，时漏言语，竟坐削籍。

从此片语，可以窥见唐寅当时也是年青疏狂，因文名显赫颇为自得，经不住一掷千金的富贵公子徐经奉承，两人一同乘船进京会试，而且终日高头大马往来，还有俊仆优童陪同，非常招摇，已经惹起不少人暗中反感、嫉恨。

"世路难行钱作马"，徐大公子大把金钱掷向主考官程敏政的家人，连"高考"试题都一窝端来，自然考卷做得上等。但还没有享受金榜题名的喜庆，不久就为人告发，双双锒铛入狱。

封建王朝晚期已是非常黑暗，但在科举考试方面丝毫没有商量的余地，皇帝、政府可以大肆公开卖官鬻爵搞"创收"，但常人花多少钱也不能"捐"个进士或解元。可以讲，在古代中国，"八股"科举虽然是中国文人的"桎梏"，但也是唯一清白的"净地"。泄题漏题的主考官，结果都会为皇上亲自下旨杀头。

由此可见，凡是涉及科举舞弊案，无论哪朝哪代都是不得了的重罪。徐家此时只能搬动金山，又大洒银两，加上最终案情也不明不白，自然不会再挨什么皮肉之苦，只是徐公子后半辈子只能回家做富翁了，仕进之路想也甭再想。

最惨的，当属我们这位没钱没势的大才子唐伯虎，被逮入狱后，大刑伺候，在他与好友文徵明的信中，淋漓尽致地详述了当时他的悲惨境状：

> ……至于天子震赫，召捕诏狱，身贯三木，卒吏如虎，举头抢地，洟泗横集。……海内遂以寅为不齿之士，握拳张胆，若赴仇敌，知与不知，毕指而唾，辱亦甚矣！

不久前还锦衣玉马的唐解元，本以为“春风得意马蹄疾”，殊不料锒铛入狱，身被刑具，还要面对如狼似虎的胥吏审问呵斥，遭受世人的指责唾骂。

经过一年多的审讯，虽然最终没有判定唐寅是本次考场舞弊案主犯，但干系是摆脱不掉的，他被除掉“士”籍，发配到浙江为吏。这种污辱，全然不是现在的大学毕业生从“人事局”划归“劳动局”管辖那么简单，几乎就是撕掉读书人赖以生存的“精神脸面”。

无论明王朝的统治机器多么残酷、多么毫无人性，中国知识分子“士可杀不可辱”的气节仍残存于我们这位柔弱江南文士的血脉之中。在抱怨自己“不能挽强执锐为国家出死命”之后，唐寅大才子奋然攘袂，顿足而起，断然坚拒“臣妾意态间”的官府“办事员”一职，愤然出走，开始了他漂泊的、辛酸的、不俗而又传奇的后半生！

悲摧啊悲摧，欲将年少待富贵，富贵不来年少去！唐寅31岁出狱后，而立之年却“倒立”，彷徨郁郁，又不好意思回家，就索性带着随身仅剩的几两碎银远游庐山、洞庭，盘桓一年有余，虽感“近乡情更怯”，最后也不得不回归故里。此后又气又累，大病一场，科举已经全然无望——他这么鼎鼎大名的才子，已经列入“黑名单”中的前几名。宋朝柳永还可以换个名字赶考，明代资讯已经非常发达，想效迹前人已是万万不能够。

穷愁之余，估计唐才子也想过“To be or not to be”类似的问题，最终还是觉得好死不如赖活着，开始卖文卖画为生，并且性情大变，破罐破摔，狎妓聚饮，无所不为。

明弘治十八年（1505），已经36岁的唐寅续娶沈氏，修建“桃花庵别墅”（看官，别看见“别墅”两个字就想到富商和贪官，明朝当时地价与房价，皆是中等人家都可负担，非与今时可比）。

卖文卖画之余，已经逐渐从人生低谷走出的唐寅，决定开始新生活。幸亏明中期资本主义萌芽状态已成，城市繁华，已经使文人无须只死钻仕进一条路，卖文卖画也能生存立足。

> 江南人住神仙地，雪月风花分四季；满城旗队看迎春，

又见鳌山烧火树。千门挂彩六街红，凤笙鼍鼓喧春风。……侍儿烘酒暖银壶，小婢歌兰欲罢舞。黑貂裘，红氍毹，不知蓑笠渔翁苦？（《江南四季歌》）

似乎一觉醒来，惊悟周遭的人生是那样纷繁美好，惊喜之余，他难免发出“白驹过隙”的感慨。

唐寅38岁时，桃花庵别墅建成。虽仕进无门，毕竟身有所托，加之又值壮年，美景逸思，皆咏为诗，为其诗词中最著名的一首：

桃花坞里桃花庵，桃花庵里桃花仙；桃花仙人种桃树，又摘桃花换酒钱。……别人笑我忒风颠，我笑他人看不穿；不见五陵豪杰墓，无花无酒锄作田。（《桃花庵歌》）

1509年，明正德四年，唐寅40岁。此后10年间，似乎诗人的生计不时陷入困窘之中。不像现在的名画家，炒作出名后，作品会越卖越高价，再往后就可以让学生、专业枪手代笔，自己临了修改几笔签个名照样大笔银子入袋。明朝的市井文人即使名气再大，总摆脱不了当时社会政治经济的影响。

正德皇帝朱厚照是明朝第十个皇帝，为人聪明过人，仪表清俊（从帝王画像上看朱家皇帝只有他一个人长得漂亮，其余都是朱元璋显性遗传不可更改的暴戾怪相），可他为政却极其荒唐古怪，是中国历史上出了名的荒诞天子。正德皇帝在位16年，却有7年在西北等地游荡玩乐，把大同称作“家里”，亲自给自己封赠“大将军”名号，并在边境邀击蒙古骑兵，竟也手刃过几名力大剽悍的蒙古人。他又不时微服私访，数入贵臣勋戚之家，随意巡幸，即使路边小店的美娇娘也照幸不误，后世文人据此撰有《游龙戏凤》的历史名剧。这位混世魔王还亲搏虎豹，宠养一帮武艺娴熟的“哥们”，同时，以贪污在历史享有盛名的大太监刘瑾，也出在他在位期间。

可以想见，正德期间，明朝已是从盛到衰的加速期，加之这位皇帝为了寻花问柳曾经“南巡”，致使苏杭、南京一带的经济更是雪上加霜。所有这些，或多或少会影响到当时以文画谋生的唐伯虎的生活状况。

笑舞狂歌五十年，花中行乐月中眠；漫劳海内传名字，谁论腰间缺酒钱？诗赋自惭称作者！众人多道我神仙；些须做得工夫处，莫损心头一寸天。（《言怀》二首）

在类似诗中，再也看不见满纸云霞，看不见达意潇洒，多的是“悲老大”、“病酒身”、“囊没钱”，而且终于意识到自己“落魄迂疏自可怜”，不仅如此，大才子开始哭穷抱怨，以“贫士”自居。尤其是奉寄老友孙思和的八首绝句，把当时诗人自己一家的贫寒窘涩描述得细致淋漓：

十朝风雨苦昏迷，八口妻孥并告饥；信是老天真戏我，无人来买扇头诗。（《风雨浃旬厨烟不继涤砚吮笔萧条若僧因题绝句八首奉寄孙思和》之一）

书画诗文总不工，偶然生计寓其中；肯嫌斗粟囊钱少，也济先生一日穷。（之二）

岁月流逝，过了知命之年，年华老去的唐才子大半辈子风霜雨雪，愁情寒意，经历过后，胸臆又峰回路转，渐趋开阔，反而变得旷达、闲适：

偶随流水到花边，便觉心情似昔年；春色自来皆梦里，人生何必尽尊前？平原席上三千客，金谷园中百万钱；俯仰繁华是陈迹，野花啼鸟谩留连。（《寻花》）

胸中无数才华，平生万般磨难，最终皆为怡然的达观所稀释，再不见激越愤慨，再不见书生意气，只有清新淡远，真正到了“松风流水天然调，抱得琴来不用弹”的境界。

自傲、自欺、自负，都消隐一空，吟咏之中，胸襟开朗，笑傲江湖，竟也超越了儒释道，浮云富贵，粪土王侯，连地府也无所畏惧，把死后大事当成又一次不经意的放浪漂流，如此高超的人生玄思，是何等的哲学超悟和精神解脱啊。

那么，如此身世坎坷、蹭蹬的唐寅大才子，到日后又如何暴得大名成为名士风流的代名词呢?

有关唐伯虎轶事，以明末作家冯梦龙《唐解元一笑姻缘》篇幅最长，后来不知怎么就成了“三笑点秋香”。此外，还见诸明朝一些非常不出名的文人笔记，如《蕉窗杂录》、《皇明世说新语》、《戒庵老人漫笔》、《风流逸响》、《诗话解颐》等，篇幅极少，往往只有几十字一个段落。据清朝学者考证，唐伯虎从未自刻过“江南第一风流才子”的图章，存世之印确系伪造。

至于他妻妾成群的传说，很可能因其续娶的夫人名叫“沈九娘”，后世无聊小道文人望文遐想，把“九娘”附会成“九个美娇娘”。

最早对唐伯虎才能做出评价的最著名人物，当属明朝“公安派”领袖人物袁宏道。但袁宏道当时对唐伯虎绘画天才没有什么感觉，封建时代，诗文最重要，所以袁宏道专门为唐伯虎诗文进行评点，并有《袁中郎先生批评唐伯虎汇集》共大约四卷刊印(似乎今已不存)。

其实，在唐伯虎活着的时候，他的书画在当时已经备受推崇，与他同时代而又稍晚些的大画家徐渭，也非常叹服这位前辈的绘画功力。

徐渭(1521—1593)，浙江绍兴人，字文长，唐伯虎死时这位狂放的大画家才两岁。徐大画家一生屡遭厄运，以至于精神失常，还因误杀妻子几乎被处死。徐渭一生放荡不羁，才高八斗，仕途蹭蹬，所以后人把他与唐伯虎并列，称为“唐徐”。

在徐渭《唐伯虎古松水壁阁中人待客过画》诗中，他对唐寅前辈这样赏叹道：“南京解元唐伯虎，小涂大抹俱高古。”

但无论怎样，书法绘画这样的“雕虫小技”，其实均非唐寅自傲之资。封建时代，读书人最大的梦想是“朝为田舍郎，暮登天子堂”，考取功名，封妻荫子，流名万世。因此，他死前不久所作《梦》和《夜读》两首诗，把这位才子心事宣泄无遗：

> 二十年余别帝乡，夜来忽梦下科场；鸡虫得失心尤悸，笔砚飘零业已荒。自分已无三品料，若为空惹一番忙；钟声敲破邯郸景，依旧残灯照半床。（《梦》）
>
> 夜来欹枕细思量，独卧残灯漏转长；深虑鬓毛随世白，不知腰带几时黄？人言死后还三跳，我要生前做一场；名不显时心不朽，再挑灯火看文章。（《夜读》）

500余年后，日光灯下，笔者细读唐解元留存下来的几篇八股制义，如《苟日新，日日新，又日新》、《唯仁者能好人能恶人》等，佶屈聱牙，不忍卒读。文中虽然经意娴熟，八股运转自如，结构搭配巧妙，切题恰到好处，但终究读之令人感觉索然无味。即使是众多中举高官的明代文人，虽生前显赫，过后都无比落寞，其声名连唐伯虎一根毫毛也不如。

假使唐伯虎九泉有知，他最最感慨的，最最大惑不解的，乃他自己当时认为是雕虫小技的绘画，竟然能够给他赢得万世英名！

唐寅仕途落魄，文名依旧特盛。由此，他在绘画生涯早期，得拜吴门画派创始人沈周为师。后来，再拜周臣为师。

沈周以元人画为宗，周臣则以南宋院画为祖。有好“父”亦有好“儿”。唐伯虎恰能兼二师所长，在和周臣学习院体画的过程中，打下人物、楼宇、舟船这些具象素材的雄厚基础，落笔严谨雄浑，造型生动真实；而对老沈沈周的元人风格，更是无师自通，有师更通，画作墨色淋漓，简洁清朗，刚柔相济，极富韵律。画不多时，功力就几近圆熟。

虽然身为南人，但唐伯虎遍游名山大川，自然胸中有千山万壑，或气势磅礴，或清隽潇洒，使得他的山水画中充满了别的吴地画家没有的雄浑气象。

唐伯虎书法亦佳，学自赵孟頫，秀拔俊逸，清丽柔媚，所以，他的水墨花鸟，具有明净的墨韵，如明朝性灵小品文一般，清新活泼，生趣盎然。

最体现唐伯虎绘画功力的，自然是仕女和人物画。细观他重彩工笔人物画，线条劲细，敷色妍丽，气象高华，而且简繁相宜。由于写实功力极强，他笔下古代美人，自然富于神韵，明眸皓齿，跃然纸上。

由此观之，早在董其昌倡说南北宗之前，唐伯虎已经综合南北二派，他的笔下既有北宗风骨奇峭、旷远深厚的一面，也有南宗温秀柔和、华滋湿润的蕴含，可谓连结南北源流，扬长避短，

图 1　清中期红木七星伴月灯笼腿玉香线圆桌（文华藏）

图 2　清晚期红木架几式书案（梅毅藏）

图 3　清中期红木玉香线大圆桌（梅毅藏）

图 4　清晚期紫檀梳妆台（梅毅藏）

图 5　清晚期红木镶白石靠背椅（梅毅藏）

图 6　清中期黄花梨南官帽椅一对（梅毅藏）

图 7　清中期紫檀蝙蝠橹福寿纹圈椅（梅毅藏）

图 8　范伟群春乐壶（梅毅藏）

图 9　郝大年款仿古壶（田颇藏）

图 10　段泥石瓢（梅毅藏）

图 11　黑星土水平壶

图 12　花货松鼠葡萄壶（梅毅藏）

图 13　单只老款狮子头（梅毅藏）

图 14　46 毫米直径官帽狮子头（文华藏）

图 15　47 毫米直径满天星狮子头（文华藏）

图 16　孟蜀宫妓图（明，唐寅）

图 17　竹院品古图（明，仇英）

图 18　仿明宣宗岁朝佳兆图（梅毅画，吴欢题字）

图 19　关圣图（梅毅画，吴欢题字）

图 20　水月观音图（梅毅画，魏殿松题字）

图 21　山居图（梅毅画，魏殿松题字）

图 22　天津“老郝家”范制花模棒子（梅毅藏）

图 23　清晚期透雕象牙蒙芯“钟馗送福”（梅毅藏）

图 24　各种新老葫芦虫具（梅毅藏）

图 25　宣德熏炉（铜鎏金飞龙在天图）

图 26　沉香木雕山水笔筒（清）

图 27　沉香木雕骑狮佛（清）

图 28　橄榄核雕钟馗、寿星（清中期藏品）

图 29　清末象牙蒙芯及摆件（梅毅藏）

图 30　清中期竹雕刘海戏金蟾（梅毅藏）

图 31　清中期老葫芦（文华藏）

图 32　红太湖山子（文华藏）

臻于大成！

唐伯虎又不是画匠出身，诗文、书法均有独特造诣，极富书卷气，可称是真正的文人画。而且，在以书画表现文人幽深独特的自我表现意识方面，唐寅可谓独步天下！

如此才情如此画，唐寅似乎在当时和后世获得的评价并不是特别高，即使后代大文人如董其昌，只是说过这样不痛不痒的话："唐伯虎虽学李晞古（李唐），亦深于李伯时（公麟），故人物、舟车、楼观，无所不工。"就这几句话，还不见于董其昌本人著作，乃是由汪珂玉在《珊瑚网》一书中转述："董其昌云"！

经过亲身的绘画实践，我认为，唐伯虎至今身价之所以没有达到他应有的高度，还是在于他才能太高，性情太奇，身世太怪，为人所不能为，画人所非能画，诗文绘画通吃，自然缺少后世惺惺相惜的认同感。

艺术之所以有生命力，在于传播，在于得人，在于遇到最理想的欣赏者。而我之于唐伯虎，乃千古知己也。奋激感怀，大王也私刻一印：前身唐伯虎！

这印章，如果出现在群氓时代的互联网上，估计砖头顿飞，几天够盖摩天大厦的了。为何感慨如斯乎？谅也无他，感怀唐寅之千古不遇也！

自唐伯虎之后，自明至清到如今，诗书画艺俱佳者，罕有罕有。

董其昌自己工笔类精工画学不来，所以他大肆"崇南贬北"。

日后，他的书法得到康熙、乾隆等大爱，以至于南宗高于北宗、泼墨高于技巧之论，甚嚣尘上。在此情境下，唐伯虎天才顿悟式的画艺，更被文人士大夫有意无意之间认作是“匠气”。

唐解元天才大才，何来匠气？

当然，画人画楼画舟车不成，董其昌就想当然大叹说北宗一路画师苦而损寿，意思暗指那些太过勤力画精工之画的人，不仅辛苦，而且短命：“黄大痴九十(实为八十六)而貌如童颜，米友仁八十余神明不衰。”相对而言，他认定“仇英知命（五十岁），赵吴兴止六十余”，由此，他就判定画精工画的人活不长。

此说，近于谬论矣！

画精细画辛苦吗？不苦！李思训身为皇族，宋徽宗贵为皇帝，都爱院体精工细画，而且“以画为寄，以画为乐”；李公麟进士出身，风痹致仕后归居龙眠山庄，富足退隐，依旧手指作画为乐；与唐伯虎同时代的仇英，漆工出身，位卑不忘以画为乐，人物精丽艳逸，无愧古人！

画精细画短命吗？不短命！作画写字，神朗气清，运气周天，自然延缓衰老，而董其昌所谓“南宗”画者长寿、“北宗”画者“损寿”之说，完全以偏概全。

如果仔细考据，历史上被董其昌列为“北宗”大匠的李唐、马远，都耄耋之年依旧活蹦乱跳，运笔不衰。耗神费力的院画家，如明朝宫廷供奉画家李在（李以政），年年宫内行走，巨幅山水，人物精细，树木葱茏，依旧年至期颐；明朝宣德年间山水花鸟画首席画师、浙派创始人戴进，遭到同行妒忌排挤，被皇帝遣送故里，穷困潦倒多年，在杭州等地工笔龙鳞，也活到差不多80才死。

而被董其昌奉为“南宗”翘楚的人物，被他顶礼膜拜的米芾，活了不过50多。传说中南宗之祖王维，隐居写诗，泼墨自娱，寿不过花甲。而让董其昌万分心仪的大富贵名士倪瓒，也就活到70来岁，并非像想象中那样八九十的长寿。

所以，对人对文，无论是何大佬、大腕，都绝对不能盲信，盲从。

如果精研过明史和艺术史，可以发现，从明朝前期开始，包括明宣宗、明宪宗和明孝宗，都是绘画爱好者。特别是明宪宗朱见深，臻至专业水准。上之所好，下必甚焉。既然皇帝喜欢绘画，所以宣德、成化、弘治年间的宫廷绘画，也随之兴盛一时，蔚然大观。不少宫廷画师因画而荣，因画而显。

当时应召入宫的画家，都是闽、浙一带自幼受过专业基础培训的职业画家。既然是“职业”的，两宋精细院体画作，肯定是这些画家孩童时代就需要仿临的基本素材。这些人个个身怀绝技，绘画技巧精湛，无不擅长宋代那种精工致丽风格的工笔重彩花鸟画，并逐渐形成具有明代特色的“院体”工笔画风，在相当长时间内，成为有明一代画坛主流。

此种崇尚院体的风潮，延至明末，因私因公，董其昌都要改之易之，拔旗易帜。因私者，老董自己不擅于精工画作；因公者，推波助澜百多年，院体重彩已至衰退期，江山代有才人出，绘画风格，也到了该“变”的时候了。

上述原因，也是董其昌南北宗画论风起云涌重要文化背景之一。

造化古人皆吾师

虽然笔者对董其昌“南北宗”论颇有微词，但我认同他如下理论——绘画过程中，“自娱”功能非常重要！

我等“文人”，非以绘画纸墨谋生吃饭，自然要在泼墨淋漓间获取快乐。临古仿古，实在是初学者最佳的一种学习方法。

在古代，学习书法很方便，碑拓，石刻，木刻，花点银子就能办到。但绘画就大有限制，只有临摹一种方法。由于涉及精细工艺，临摹名画是技术活，批量生产更不可能。我国直到光绪年间，才有珂罗版印刷技术引进。光绪之前的中国文人，师法古人，或者说临摹，乃学习绘画最大的捷径。

董其昌名士文豪，一辈子大半时间都有足够的财力和精力寻找古画真品仿临。当然，于他而言，临仿古人，妙取神髓，既是研究，也是一种创作的形式。自他而后的穷酸文人，自然没有他那样的方便，那样的闲和钱。

而我们所处这个科技新发明“乱花渐欲迷人眼”的时代，如果想师法古人，太容易不过！除了荣宝斋等书画公司售卖价值不菲的古画石印、水印、日本照相印等几乎和真迹百分百相同的印刷品之外，我们还可以从坊间买来精细照相、扫描后刻印的光碟。

按钮一按，古代画家任何作品，都能放入大屏幕苹果机，随意缩小和放大。

借助计算机这种科技，在唐伯虎等人类似界画的精细工笔殿堂楼阁中，我们都可以看出前人需要借助真迹才能看到的细节——阑干台阶，看似横平竖直，仔细观察，一横一竖，都有书法笔锋。至此，我才恍悟古人所谓“书画同源”，信不诬也！由此，我才会相信昔日百思不解的故事：董其昌持苏轼书法真迹细观，发现每波画尽处隐隐有黍米珠一般的聚墨痕，思之察之，大有所悟。老董何种眼力，观察如此之细？据我忖度，明末西洋放大镜已经进口，想必老眼昏花董其昌正是凭借那种仪器才能察出苏东坡书法的细微之处……

中国书画实践，一是师古人，一是师造化。说白了，一是临摹古画，一是实地写生。

人到不惑始静心，时至中年方学画。于我而言，当然不可能学生哥一样拿个素描本对着美女裸体或者爬到黄山亲自对人对景勾勒。我和董其昌这位老前辈一样，喜于临仿，懒于写生。

所谓“学会唐诗三百首，不会写诗也会吟”。学画也是一样，古画看多了，临仿多了，研究多了，加上一定的悟性和练习，自然能够驾轻就熟。由于董其昌“不贵形似”南宗文人画的倡导，作为文人，更可不必孜孜研习地从素描透视等基本功做起。

根据我梅大王自己的观察，但凡学西画出身的国画名家，积劳成弊，所画人物，像则像矣，往往神韵缺失！诸如范曾大师，其笔下人物，无论耄耋老子，还是总角孩童，无论恶煞钟馗，还是美人婵娟，似乎都是一个妈生的，基本千人一面，其积弊，就来自西画人物的透视，来自对形似的过分追求而形成的呆板。

“我之所以爱画钟馗，本来最初是想画美人，越画越难看，改了画，画了改，改来改去，最后就改画成鬼脸钟馗了……”

学画之初，每每和朋友相会，出示涂鸦画卷之时，我都这样开玩笑。对于我的话，看画的朋友皆深信不疑。毕竟我赫连勃勃大王是坊间著作等身的畅销书作家，又是时常电视露脸的媒体人。如果画画再能有所成就，那肯定超出常人预期，就不算“正常人”了。

其实，我爱画钟馗，最大原因在于我喜欢这个传说中的人物形态。而且，我第一幅真正让诸友惊叹的画作，正是信笔涂鸦而成的写意钟馗。所以，在大概一年多时间内，我总是以钟馗为人物绘画的主要内容。

钟馗，豹头环眼，铁面虬髯，相貌奇丑，类似张飞，又似李逵，是我们民间传说中的驱鬼逐邪大神。

人们最为熟知的钟馗的来历版本，是来自明朝人所引的《唐逸史》，故事活灵活现：唐玄宗有一次从骊山回宫后，估计和杨贵妃纵欲过度，身体发病，一个多月都不见好。一天晚上，明皇忽然在梦中见到一小鬼盗走玉笛和爱妃杨贵妃的绣香囊，勃然大怒之际，又起不得身。情急之时，忽见一大鬼身穿蓝袍，虬髯蓬发，大踏步冲入殿中，伸手抓住那个偷东西小鬼，先剜出眼珠食之，接着把小鬼一口吞下。唐玄宗惊问：“你是何人？”大鬼回答：“我是钟馗，多次参与考试，都因面貌丑陋被黜，触阶而死，感谢皇上您下诏以蓝袍为我殓葬。如今吾身虽死，九泉之下，也要替皇上斩妖除孽。”言毕，大鬼化作一片红光消失。

唐玄宗醒后，疾病霍然而愈。为此，他诏令大画家吴道子按照他梦中人的形象，描绘钟馗图容。然后，他又下令把《钟馗捉鬼图》镂板印刷，广颁天下，宣扬钟馗神威。此后，每至岁末，百姓们都在自己大门上张贴钟馗神威图，以驱鬼避邪。

唐玄宗梦钟馗的故事，是明朝人转述。到了清朝，老钟馗又每每在端午节“值勤”。其实早在唐代，确实存有皇帝颁赐钟馗画像的习俗。我们钩沉历史文件，可以发现，唐玄宗时代的名臣张说就写过《谢赐钟馗及历日表》。而后，大诗人刘禹锡也撰写过两份类似文书：《为李中丞谢钟馗历日表》和《为杜相公谢钟馗历日表》。这两篇文书，记载了唐德宗时期颁发和悬挂钟馗画驱邪的年俗。在近代发现的敦煌遗书中，也有唐朝写本《除夕钟馗驱傩文》——这些都说明，在唐明皇时代，钟馗，已经是声名显赫的驱邪捉鬼大神。

但唐朝人所画的钟馗到底如何，现在我们看不到真迹。根据北宋鉴赏家郭若虚在《图画见闻志》所记，他在宫内浏览过唐朝时期的文物。吴道子笔下的钟馗，很是杀气腾腾：“衣蓝衫，革敦一足，眇一目，腰笏，巾首而蓬发，以左手捉鬼，以右手抉其鬼目。”

从民俗学方面推测，大概早在商周时期或者殷商时期，钟馗前身（或者原型）已经出现，最大可能是源自当时驱鬼的巫祝。到了唐朝，钟馗面丑心善捉鬼吃鬼的形象，源而流之，已经完全定型。

既然画钟馗，肯定要临仿古人画作。说起钟馗绘画，自唐以来，不少画家喜画此类题材，包括五代画家石恪，宋代画家高益、李雄，元朝画家龚开、颜辉、王蒙，明朝画家戴进、宪宗皇帝、仇英，清代画家罗聘、华岩、任颐，等等。

晚清任颐任伯年画钟馗画得不少，名声大，坊间印刷品也最为常见。但他所画钟馗，变形太过，过于马面长脸，为我所不喜。

我最早临摹的，乃明宪宗朱见深《岁朝佳兆图》。

《岁朝佳兆图》，原本为设色绢本，高 59.7 厘米，宽 35.5 厘米。此画右上方，有明宪宗朱见深御笔亲题：“柏柿如意。一脉春回暖气随，风云万里值明时。画图今日来佳兆，如意年年百事宜。”款署“成化辛丑文华殿御笔”，上钤“广运之宝”四方大印。

宪宗皇帝所画钟馗，面色漆黑，唇髭俏皮，深情生动威猛，还是不怒自威那种威；他目光犀利，紧盯头上飞来的翩翩红色蝙蝠，一手持如意，一手扶在小鬼的肩头；钟馗身上衣纹勾描洗练，落笔顿挫有力。小鬼亦步亦趋，身体为大鬼钟馗所凭据，神情谨肃，略显谄媚，双手捧一个盛有柿子和柏枝的托盘，寓意“百事（柏柿）如意”。

《岁朝佳兆图》的作者朱见深，乃明朝第八代皇帝，年号“成化”，庙号“宪宗”。此人乃英宗皇帝朱祁镇的长子，原名朱见濬，生于英宗正统十二年（1447）。少年时代，朱见深命运多舛。其父明英宗好大喜功，听信太监之言，在“土木堡之变”中被蒙古瓦剌部落生俘。危急之时，英宗皇帝的弟弟朱祁钰被于谦等大臣在北京立为新君，即景泰皇帝。为此，原先作为皇太子的朱见深太子就不能再当，被叔叔景泰帝封为“沂王”。

景泰八年（1457），一些文武大臣乘景泰皇帝患病，发动“夺门之变”，将明英宗重新扶上帝位。父亲复辟儿子自然重新上位，朱见深得以再次成为皇太子。天顺八年（1464），明英宗驾崩，年方 17 岁的朱见深即位。

宪宗皇帝朱见深品性倒算仁厚，登基不久，他就为被其父英宗皇帝冤杀的于谦平反，并为惊吓而死的叔叔景泰皇帝朱祁钰恢复了皇帝名号。

这幅《岁朝佳兆图》，画于成化十七年（1481）。“愿景”这个词儿，其实就是没什么想什么。当时的明朝，根本不是朱见深祈愿中的“百事如意”，而是“千疮百孔”。他继位数年间，明朝南北多个省份连遭天灾，成化十六年（1480），曾经生擒明英宗的蒙古族瓦剌部再次马蹄得得，一度逼侵大同，骚扰京师。可以想见，成化十七年新年，明宪宗所面临的，除了内忧，还有外患，简直是心如焦煎。为此，这位具有绘画天才的皇帝才提笔润墨，画下钟馗一幅，以祈祝“如意年年百事宜”！

朱见深这幅钟馗，功力老到，构图简明精要。最让人感觉可恶者，乃是乾隆皇帝恬不知耻的四方大印“乾隆御览之宝”盖在原画正上方，触目惊心，完全破坏了整幅画作的平衡，让人切齿不已。

《岁朝佳兆图》，我临仿有三幅之多，最佳的一幅，乃临仿在泥金纸上，熠熠生辉。

绘描之时，恰值盛夏，由于我所用纸张不是生宣，为了使钟馗的靴子有浸洇感，故意不开空调。大汗淋漓间，细细观看几层墨色的浸染挥发，慨叹撞墨技法，无非如此！真临真画，让我着实从实践中获取了绘画的喜悦。

我的这幅临仿画作，比起朱见深原画还要大得多，高 88 厘米，宽 54.5 厘米。我的书法极差，为免糟蹋画作，千里迢迢，坐飞机携去北京让老友吴欢题字。

欢哥看后，认为我临仿的这幅《岁朝佳兆图》，气韵生动，比起朱见深原作毫不逊色，且钟馗大脸刚毅威猛，更加憨厚凛然，动态十足。我临仿之作上面，少了乾隆几章不伦不类的大印，整幅画作看起来，更显疏朗自然。

爱不释手之余，欢哥欣然命笔，挥毫题字。

如此大幅作品，装池之后，诸友夸赞不已，个个争先，要求以物易物。

“梅大王，你别听他们的！他们手里那些烂紫砂、破寿山，无根无据，不值钱，根本换不来你这幅巨作！即使他们拿走这幅画，肯定随便看看就卷起来放回家压了箱子底，最后被虫蛀损毁，岂不枉耗你如此精力，埋没你如此天才……你换给我吧，我在龙华有个大别墅，客厅巨大，有进深有景深，大厅大屋子，挂放这幅钟馗大画才好看！”

老友文华最后几句话打动了我，作家、艺术家，虚荣心往往作祟，谁不希望自己的画作被人高高挂起来啊。在深圳城乡接合部龙华那疙瘩，文华确实有座小产权别墅，上下五层，地方真大，肯定有大好白墙悬挂。

软磨硬泡，文华老友实物竞价，打败诸友，最后拿出一方四面血红的贵州万山朱砂大印石作为交换，拿走我这幅临仿最好的《岁朝佳兆图》……

没过一周，文华悻悻然来，腋下夹着卷起成轴的我那幅《岁朝佳兆图》。

“梅大王，你这幅大画，我拿回家之后当天就挂在大厅里面了，嗬！绝了，蓬荜生辉，蓬荜生辉！”

来者不善。我冷冷看着他，只想听他“退货”的理由。

“……但是，但是啊，这幅钟馗大画第一天挂在我家里大厅，我儿子看见就哇哇大哭不止，哄都哄不住。我以为当时是晚上，这钟馗确实也大眼珠子吓人，就让老婆把孩子抱走。我想啊，第二天白天再让他看看，慢慢习惯就不哭了……”

“对呀，小孩子懂什么，才一岁吗，见东西少，你多挂几天，习惯肯定就不哭了……”

“……嗨，我儿子就是哭啊！我们家里有40多寸大电视，里面出现什么妖魔鬼怪他都不哭，看什么变形金刚啦，海绵宝宝啦，什么郭德纲啦，毕福剑啦，窦文涛啦，还有凤凰卫视‘锵锵三人行’里面那个戴眼镜长得像没毛大猩猩一样兜齿凹脸叫什么来着……反正，我儿子他看谁都不哭，惟独一抱进客厅，看到你画的这个大钟馗就吓得狂哭不止，哭得特悲特痛，没办法啊……”

我耸肩摊手。“那咋办呢？”

“呵呵，退货呗，不是，是换货，换回我那大块贵州朱砂印章石……”

“不行。”我斩钉截铁，“那块大印石，我寄到西安一个篆刻家那里去刻印了，‘赫连勃勃大王御用之宝’，一个字500块钱，你算算，总共5000块！我总不能把上面的字儿磨掉再还给你吧……”

“我靠，什么破篆刻家啊，一个字能值500块？我在北京潘家园刻字，一个字才30！”

“夏虫安可语冰！你到杭州问问，西泠印社的名家，刻一个字要几万呢……”

话虽如此说，我左右寻摸，拿回这幅《岁朝佳兆图》之后，确实不能不回送文华兄一件和他贵州朱砂石相类似的东西。

寻来寻去，我捡起窗台上放着的一块荔枝洞寿山石。“这块石头，是98年我花6000块买的，和你那块朱砂石就相抵了！”

“我靠，我那块万山朱砂，血红血红，市场价格在3万左右啊，你一块6000的破寿山就抵了？”

心内好大不情愿，老友文华也不得不接受现实，拿着那块寿山石反反复复看了多遍，最后骂骂咧咧摔门而去。

待文华走后，我把那幅《岁朝佳兆图》挂起，愈觉钟馗威风八面，飒飒英姿，鬼气森然，难怪“文小华”望之啼哭不已。

饶是不信怪力乱神，我还是买了一小瓶上好的朱砂，掺合画胶后，蘸于笔端，细细填描于钟馗的红色腰带、上方飞舞的蝙蝠，以及小鬼手捧的两个大柿子上面，希望藉此来辟邪招福。

此后不久，这幅钟馗大画，为我一位红颜知己索取，拿去挂在银湖颐园别墅一个大厅之内。

每当夕照之时，由于光线、纸张和景深的原因，画面金光闪闪，钟馗和小鬼，立体感极强，似乎都要从画面中下来，呼之欲出！

从来绘而优则鉴

临摹古画伊始，由于我善长勾勒人物，所以大多是钟馗、观音、罗汉等神佛人物题材。

我学国画，一无老师点拨，二无素描基础，完全是靠自己摸索，有时候完全就是凭空想当然。

学画之初，画册、画帖以及详细讲解勾勒步骤和上色步骤的专业教学课本，我买了不少。距离我所在公司几步之遥，就是深圳很大的一家名为“弘文”的文化用品公司。店面占了书城一整层，里面与国画、西画相关的东西，从画册到画笔画墨画颜料，应有尽有。

买东西买多了，我发现这个店内还售卖有关国画教学的光碟。买回几套细看，很想学学“正宗”国画基本技法，但看了三四张碟我就不看了。其中有关国画用笔、用墨、着色的过程和步骤，几乎和我自己摸索出来的一模一样。

于是乎，得意之时，忽忘形骸，我对身边诸友抚膺而叹：“泼墨挥毫，吾真有宿根矣！念吾前身，其果为唐伯虎乎？！”

画了一段时间的钟馗、罗汉、布袋和尚、和合二仙，从前自嘲的话，终于被诸友朋辈拿来笑我：

“看来梅大王画画有局限，二小扛房梁，顶这儿了！你看，美人你是画不成了，就爱画丑怪的人物，头脸画坏了没事儿，不叫画坏了，那叫艺术‘变形’，哈哈哈哈哈哈哈……”

我们天津人就是爱面子，拿别人玩笑话当真了。当天深夜，我就撅腚猫腰，几乎一宿没睡，翻检明人绘画，临仿出一幅《观音送子图》。

这幅画的原画，是我从广州西关古董市场所购一幅旧画，应该是民国初期较高水平的仿临画。仿画色暗纸旧，大概是当时

“苏州片子”一类的东西，落款虽然是任伯年，但绘画风格和任伯年似乎不大搭界。画中观音，面颊丰满，眉目慈祥，发髻高盘，身穿白衣，右臂轻托，抱着一个穿着红肚兜的娃娃。画中观音处于提踵行走状态，衣裾轻飘，仪态于端庄中呈现轻柔的动感。

虽然仿品一件，这幅画作流露出的那种明朝味道，确实让人叹息不已——当时民间为了糊口而造假赚两三小钱的画匠，放到今天，肯定都是大师级的人物！

此幅《观音送子图》，整体都不繁琐，观音和小童身体上的“零碎”也不多，正好给我做样本勾勒。仔细确定构图比例后，我先用铅笔打底稿，然后开始用淡墨勾线，仔细描绘出观音和娃娃的轮廓形态。

勾线不是件容易的活儿，不仅仅要讲究工细，还需要在勾线过程中体现出毛笔线条的力感和美感。刚开始画画的时候，觉得毛笔太难控制，我曾经为了省事而去买过那种很细很短的油画笔。我以为，笔毛短粗，可能更容易勾勒线条。真正下笔使用时，我发现，油画笔的笔毛没有弹性，反而勾不出国画的风神。

也就是说，油画笔短而尖细，看似好控制，可就勾描不出中国画“工细兼力”的味道。而且，墨不入笔，画出来的线条非常纤细柔弱。

所有勾线笔中，我最喜欢使用“周文”牌清河勾线笔，锋毫锐利，弹性十足，让人在绘画之时有酣畅的感觉。特别是我这样的初入门者，这个牌子的勾线笔，让我感觉到自己对长毫毛笔的掌控能力。

我书法奇差，平时写得一笔臭字，可我知道，在绘画的时候要画出味道，毛笔一定要用中锋，一气呵成下来，线条饱满而有弹性，力感十足，圆润浑厚。同时，我尽力避免用侧锋落纸。否则，线条粗细不匀，墨色粗黑，白描的画底子就不成功。

我刚刚开始勾勒人物的时候，使用中锋还真不习惯。但凡线条出现转折的地方，稍弄不好，都会出现侧锋。所以，画画的时候，聚精会神最重要，在下笔转折时，必须及时提笔，笔管轻转，毛笔笔锋才会平行圆转过来，如此就能够保持笔落中锋。

果真慧根天然。我在勾勒国画人物线条的时候，情不自禁，每勾一条线，都像模像样，不经意间，都有起笔、行笔和收笔三个动作。当然，人非生而知之，有时候我精神不集中，勾出的线就都会浮滑在纸面上，虚弱无力。为此，我买了多张八尺大的熟宣和生宣，闲暇无事，坚持练习一笔勾勒的技巧——在把笔尖按下去的同时，均匀用力压笔，同时向上虚提，压提平衡之时，再拖笔细描。最终，练习多日，终于能使自己笔下线条弘浑有力，不再出现侧锋败笔。

有了这点基本功，一幅人物白描下来，一气呵成，笔法流畅，大有铁线描的旨趣。

如此，画来画去，简笔观音仿临了十多幅，我开始挑战自己——仿临法海寺壁画精品：水月观音！

观音画数不胜数，什么是法海寺的水月观音呢？

法海寺在北京，位于石景山区翠微山南麓，明朝正统八年(1443)落成，是明英宗下令工部营缮修建，属于当时皇家兴建的大工程。法海寺外部建筑，大多在历史中损毁，它现存最让世人叹为观止的精华，要属大雄宝殿内保存完整的明代巨型壁画。

寺内共10幅壁画，面积多达200多平方米，其中有《三大士图》、《帝释梵天图》、《佛众赴会图》以及《祥云图》，内容包括佛教典籍中常见的佛众菩萨、飞天仙女、二十诸天、山水祥云以及动物花卉等等。这一系列壁画，由当时宫廷画士官宛福清、王恕等15人所绘。

本来，法海寺大雄宝殿内还有精美绝伦的三世佛和十八罗汉塑像。“文革”期间，一群红卫兵小将闯入，佛像皆惨遭砸毁。幸亏当时有吴姓看门人急中生智，毁佛救佛，自己也大嚷大叫去砸殿内佛像，才转移这些魔煞红小鬼们的注意力，最终使得殿内壁画未遭损毁。

法海寺壁画中，水月观音尤为美轮美奂——画中观音，袒胸露臂，表情温和柔美，曲右膝，盘左膝，庄重大方，具有一种出世超凡、让人心内震慑的超然美感。

水月观音，乃观世音菩萨三十三身像之一。而法海寺壁画上的水月观音，薄唇长眉，细细眼梢，向鬓角斜挑，高髻披帛，温柔中有俊俏，高贵中显亲切。为了造成金碧辉煌、华贵恢弘的效果，明朝画师多用朱砂、石青、石黄等石色。深思熟虑之后，经过多层叠晕和烘染，大量使用描金和沥粉贴金，最终达成光彩炳耀效果。

特别让人屏息叹美的，乃当时画工的勾线技巧，笔法老到纯熟，“铁线描”，“兰叶描”，“针头鼠尾描”，无不应用。大匠运笔，线条有时豪迈驰骋，一气呵成；有时则精准细腻，娇嫩轻柔之态，跃然壁上。这些细巧的部分，我临仿之时很难表达出来，特别是水月观音透明披纱上的图案，六菱花瓣，而每一花瓣都由40多根金线攒成，细如蛛丝，薄如蝉翼，加之贴金沥粉，耀人眼目，就连小花瓣之上的丝丝筋络也精彩毕现。

想要画出这些细节，难，难，难！

不过，我还是能够把原画人物比例临仿准确。水月观音手足纤细柔美，但她肌肉却丰腴健美，丰而不肥，媚而不腻。经过我长达三日的铅笔稿精描细绘，无论远观还是细瞧，基本能把原作的精气神收拢于纸上。

法海寺水月观音的脸部非常容易仿临，但她身上的璎珞、首饰、钏镯、花朵，以及衣服上那些炫人眼目的宝相花、龙云、团凤牡丹、忍冬花、菊花，以及各种锁子花纹和卷草花式，最磨人耐性。

最早一幅临仿作品，我把水月观音身上的璎珞、首饰和钏镯都省略了，只追求大型和比例正确。即便如此，这幅画添上颜色之后，观世音秋波流转，大相非相，仙貌庄严。

不过，由于第一次重彩着色，我经验不足，对石色把握有些失当，观音裙裾上面沉淀了一些深色印痕。为弥补欠漏，我买来价格昂贵的日本颜料金，堆填于印痕之上。福兮祸兮，如此一来，不仅掩盖了那些难以遮盖的瑕疵，最终还造成熠熠生辉的独特效果。

凡事万物皆有缘。这幅《水月观音》画成，我便照相传给我老朋友萧大哥。

恰巧，萧大哥有一密友田伟兄，慧眼独具，一下子就看中了这幅观音，当时，萧大哥就打电话跟我说田伟兄非常非常喜欢。

当时呢，我也是唇舌打滑收不住，随口说了一句："这幅画很大，我拿去装裱了。如有佛缘，什么时候你们能来深圳，我就赠送给田伟兄了……"

我佛慈悲！田伟兄心诚！

两天过后，自驾迢迢 2300 公里，田伟兄和我萧大哥，哥俩竟然一路奔波，开车从北京直抵深圳！

眼见哥俩千里迢迢、风尘仆仆来到我面前，果然覆水难收，出口难回。大丈夫吐口唾沫是个钉，况且佛前无妄语，我也不好翻悔。

毕竟田伟兄算是有缘人，我拱手把这幅《水月观音》赠予了他。

"……梅大王，如此神品，却之不恭，受之有愧。还好，我这些年来一直在内蒙搞工程，前几年到阿拉善转悠，和一家牧民成为朋友。那家里老爷子几十年前打过一匹狼，一顿大酒之后，把狼皮送给了我。我回到呼和浩特，让人把狼皮制成标本。既然你割爱给我这幅观音，我也把这匹狼拉来了……”

下楼，拉开车门一看，差点把我吓死。车后厢内，一匹大狼四脚稳稳站立，连头带尾，长约 1.6 米，身高似高加索巨犬，灰白毛色，红舌亮睛，虽然只剩躯壳，但昔日驰骋草原的精气神全在！

“这个这个……”我瞠目结舌。

“梅大王，这个蒙古草原狼的标本，你一定留下……”田伟兄罩上一个花床单，和萧大哥小心翼翼把大狼标本从车上搬了下来。“从前草原上的野狼多得成灾，解放后开荒种地，打死无数。最近一些年，内蒙古到处挖矿开采，狼越来越少，据说只剩下 5000 只不到了……”

“你平时不是爱搞收藏吗？收藏吗，就是越稀罕越好，越稀罕越贵！蒙古草原狼，全世界只有不到 5000 只，还不让随便杀猎，你拥有一只，岂不牛逼大了！”萧大哥也力劝我收下。

观音换大狼！佛法无边，冥冥之中，真不知这是何种法缘！

……萧大哥、田伟兄走后不多久，我呆坐在办公室内，看着大狼发愣。

忽然间，老友亚明熟人不讲理，蹬门闯入，猛然看到那只我还来不及搬回家的大狼。

“啊啊啊啊！”

“嗷”的一声，亚明蹦跳数尺开外，吓得面色惨白，体似筛糠。

呵呵。我忙告知说，这头大狼是标本。

“唉，太吓人了！如果它是动的，会让人以为是一条大狗，没那么害怕。如此这般，愣愣吐着血红舌头仰头不动，真能把活人吓死！”

喘定之后，亚明抱怨。

“标本嘛，舌头是假的，眼珠也是假的，但整个狼的身体，确实是真的！”

“咦，这狼值钱，值钱啊！我上半年到内蒙古出差，在鄂尔多斯飞机场的商店里面看到过一个草原狼标本，售价8万，个头儿才只有你这只狼一半大小……”

“草原狼不是保护动物么，这狼是我两个朋友从北方开车给我捎来的……机场真有卖？”我很怀疑亚明兄的记忆力。

“那还错得了！鄂尔多斯机场商店，一条狼标本，8万，那毛色还不如这只好呢，灰不喇唧的。你这条狼个大不说，背上毛色近乎纯白，好看，好看……”

经亚明兄这一说，这头大狼在我心中更有“经济”价值了。

我这一辈子，总是遇到这样的事情，本愿是“施”，最后总是有大“得”。冥冥之中，好人有好报！

“大狼嘛，好看是好看，够威够力，可惜不能带回家啊，那不成‘引狼入室’啦……要不，你送给我吧，我有一富豪朋友搞摄影的，他有个特大海上豪宅，可以放在豪宅大厅里面……”

人，谁比谁傻多少啊。对亚明的话，我嗤之以鼻……

于是，每每夜深，在大狼锐利无比目光的注视下，我提笔濡墨，再次开始临仿法海寺水月观音。

不过，随着我每一次的临摹，我的心就越诚，笔力也越自然从容，耐性也越持久。三四幅下来，法海寺原画中观音身上的种种细节，包括瓔珞、首饰、钏镯、花朵以及衣服上各种琐细花纹，我都一一照临照仿，逼真还原了壁画中的许多精细部分。

让我也感到吃惊的是，就连观音头上的发丝，我都能用细勾线笔丝丝画出。拿放大镜细看，根根毛发走向规整，千根万根，如出头皮，清晰得不得了。提笔练习铁线描的功力，斯时顿显。如此精细画发髻，佛像画成之后，也不必担心观音头发部位因为积墨反光而要涂花青了——头发不是乌光的一团，而是根根不缠不绕的头发丝！

“董其昌时代人家有名人真迹可以仿临，你梅大王号称入门，有真品放在眼前描摹吗？”肯定有看官会好奇。

自从毕业后到深圳，稳定后，小钱、大钱，真买了不少东西，其间受骗多多，算是自娱自乐。这些年来，红木家具，古玉，紫砂壶，金银器，文玩核桃，文玩葫芦，核雕，寿山石，明清雕像，端砚，歙砚，等等，基本能收藏的种类，我都涉猎过。惟独瓷器和字画，我基本没有出过手。

瓷器不用说，水太深，总觉自己和瓷器隔一层，没事看看而已，最多买几件新瓷器，老东西基本不碰。书画也是，我从来没有购买欲。这行水深不说，我也知道，昔日如董其昌、吴湖帆、张大千等大家，他们收藏古画的初衷不是占有欲，对他们来说，拥有目的次要，主要在于可以自由鉴赏。临仿之际，确实提高自己的画品和画境。

现如今，假画多过真画，如果真想摹临古人，坊间有那么多光碟卖，鼠标一动，放大数倍依旧清晰，连每一个微细的笔触都能看得一清二楚，笔锋笔意一目了然。至于说到“拥有”层面，古画价格太过高企，我辈毕竟属于工薪阶层，基本买不起名画。

特别是在我自己慢慢学画、学会画画之后，总感觉市面上那些小名家的画，都不过尔尔。每遇朋友装修或者亲戚买新房，我完全可以自己濡墨挥毫画他几张后精裱送人。

特别是2008、2009两年，大概自己存有日后笔墨丹青自娱的预想，数趟下来，我在广州买了数十个清末、民国的老酸枝画框，其中不少还是成对的。这些老画框，纹饰精美，质地极优。清洗干净后，把托裱的国画放进老画框内，真真相得益彰。相比之下，现在随便装个花梨木的框子都要一两千块钱，基本和我当时购买那些老红木的价格相当。

诸友有时候也奉承我，特别是文华老友，谆谆而言：

“梅大王，写而优则画，你很有绘画悟性和天分，日后江郎才尽了，写不出文字了，画画卖也能挣大钱啊……你想啊，中国画从明清开始都是以人而显，以文而名，文人画嘛，写出那么多书，你是真正文人，修养深厚，肯定能画成上等的文人画。现在美院教授和民间名家啥的，都是系统培养出来的，都是画商炒作出来的。以后，你也让人炒作一下，凭借你从秦汉到民国写过中国断代史的根底，底蕴深啊，卖个一平尺 3 万 5 万的……”

每闻此言，不由嘿嘿，心中还是很觉得意。

奇怪的是，我这几年所画国画，基本都能给我换来“物质”报酬。特别是在 2009 年夏天，北京一个出版商出版我的《群氓时代》，在北京中关村图书大厦召开新闻发布会，现场请到雷达、肖复兴、解玺璋、白烨、吴欢等名人捧场，推介我的新书。

此前，我从深圳出发时突发奇想，决定带去北京三幅画作，在新闻发布会和书友见面会的时候“义卖”我几幅国画作品。

推介会开始，作者先自我介绍，接着，各位专家“夸奖”、品评我的新书，然后读者作者互动，活动逐渐接近尾声。而后，便到了举牌“拍卖”的关键环节。

我当时还想，这三幅作品，如果能够拍到 3000 块钱，我就感觉太满足矣。毕竟是新近开始学习绘画，当时又处于完全仿临的阶段，能有 3000 块钱的进项，我可以捐献给吴欢吴大哥辖下的中国人权发展基金会。

当时，场内连记者带读者，大概有近 200 号人。举牌伊始，争夺气氛热烈。每幅画底价是 1000，下面读者连连报价，价格嗖嗖上升。

如此之热烈场面，肯定不是因为我的画有多好，还是因为类似拍卖场的气氛使得人们群氓意识陡然生成——别人喜欢，自己更喜欢；别人想得到，自己更想得到。

总共拿去三张画，前两幅画，一幅拍了6000，一幅拍了8000。对此结果，我已经大喜过望。最后一张彩衣达摩，两个读者在那里较劲，最后拍到超出10000，还不停500、1000地往上叫。

读者叫的是价儿，拿出来可都是真金白银啊。我赫连勃勃大王何许人，画作质地又属于练习性质，哪里能值这么多钱！看着他们两个在那里叫价互掐，我自己都替他们心疼……

叫到最后，到14000了，我善良的“焦虑”，似乎也传染到别人。身为主持人的出版商一方很聪明，拿着话筒就问争画的两个人：“我们今天拍卖是义卖性质，收现金。你们两个有现金的一方，谁马上交钱，这幅画就是谁的！”

说来也巧，其中一个人还真没现金，毕竟14000块钱，谁逛书店带那么多钱！而携带现金来的一方，大概是事先看到了中关村图书大厦的预告，有备而来，他真带现钱了。所以，老哥们能够当场拍出现钱，拿画走人……

看着厚厚一沓近3万的现金，我心里面还是很感慨。当天吴欢大哥去日本玩票没能亲自到场，他委派齐白石的嫡孙女齐慧娟女士来，我就把那沓现金交给了她，托她转交给吴欢名下属于政协系统的中国人权发展基金会。

为此，当时不少家媒体、网站都有报道，题目大概都是类似《赫连勃勃大王国画作品义卖筹得近三万元无私捐献》云云，很是热闹了一小阵子。

自己的画有“价儿”了，钱，却没拿到自己手里。所以，事情热闹过了，也就过了，事后再没有什么太兴奋太特别的感觉。

当我回到深圳，倒是马上有惊喜。老友田颇，从网上看到我义卖字画的新闻，大感兴趣。尤其电脑屏幕上那几幅看不到实物的画，怎么看，他怎么觉得漂亮，就提出拿“东西”和我换画。“祝贺，祝贺，你现在画画都能换钱了，有才，有才……我也喜欢你的画，咱们多年友谊，你不可能让我拿钱买画。这么吧，我拿东西换你这张画！”

田颇老兄指着我办公室墙上挂的一幅罗汉图，表示要以物易物。

我倒没有被他的奉承弄昏头脑，很清醒。“拿‘东西’换我的画？没问题！就是看什么‘东西’啦，你们山西煤多，你给我拉一车皮，我能要吗？大煤块儿虽然值钱，你给我几吨，我也没地方烧啊……”

田颇对我调侃感觉挺有趣，仰头哈哈。“我当然不会拿大煤块子跟你换画，雅俗我总懂吧。我表弟的老婆是海南人，家里是做黄花梨家具的。这不，他们前些日子送我一个小官皮箱，成鸡肋了。我摆出来放办公室吧，不伦不类。放家里吧，不知道放哪儿。价格嘛，据说不便宜，怎么也万把块钱，我就换你这幅画吧，还能挂我办公室墙上补补壁……”

说着话，田颇兄给我看他手机上面的黄花梨官皮箱照片。

“换了！可以换的……”我老友文华，一直是我的幸运星。

他凑头一看，马上替我拍板了，然后意味深长地看了我一眼。

就在前两天，我还和文华逛过深圳黄宝岭古玩市场，当时在一家黄花梨杂件专营店铺，看到一个和这官皮箱几乎一模一样的越南黄花梨木官皮箱，都要价2万多。从田颇兄手机上面现实的纹理看，他准备从家里拿来和我换画的那一只，应该是海南油梨，在市场上没有个四五万，想都别想。

“我这幅画价值就别说了，拍卖也有价格了。题字也值钱啊，吴欢，大名士，吴祖光和新凤霞的儿子，全国政协委员，书法特值钱，不信你网上雅昌搜搜。还有，我这老酸枝的画框，现在也价值好几千块钱啊……你那个官皮箱，新的，我到底换不换呢？”

毕竟这么多年和古玩商斗智斗勇，我还真有些拿捏，假装托颐捧腮，沉吟半晌的样子。

“花梨木可挺值钱的，我听表弟妹说，人家爸爸就是家具厂老板才能有这货。当然，这不是什么大件，毕竟也是花梨木啊……你这画，不就趴那儿描一会就弄出来的嘛，真以为自己是齐白石啦……”

田颇兄表述他那件官皮箱，有时候“黄花梨”，有时候说“花梨木”，显然他对黄花梨还不太懂行。

“吃亏是福，吃亏是福。换了，换了……”老友文华在旁边给我当“托儿”。

盼星星，盼月亮。转天大早，我和文华翘首期盼着，果然田颇兄按时到达。

看他从提兜里面掏东西，我俩有些失望——高级礼品装的假皮革箱子，类似装紫砂壶送礼蒙人的那种，只不过个头更大而已。

不过，等那只官皮箱真被田颇从箱子里面再掏出来，我和文华的眼睛都亮了。

这个官皮箱的纹理、品相皆属上乘，全部榫卯结构，榫眼不是机器活儿，都是手工刨出来的眼儿，木色油润，不静不喧。白铜铜活，镶嵌齐整，整个箱子没有任何瑕疵，连蜡都没上，散发出新海南黄花梨独有的芬芳馥郁。最重要的，迎面两块板材都是独板，两个小鬼脸均匀对称的，没的说，这两块板是一大块板材切出来的，美感和谐，味道十足。

文华老兄意味深长，看着我微笑。

我努力抑制住自己的笑意，假模假样翻来覆去挑毛病。“做工还算凑合，就是太新了，没有古韵……”

“行了，反正你我东西都是白来的，你这张画我拿走喽！”田颇兄似乎很怕我翻悔，没等我动手，他自己撅着屁股踩个方凳，从我办公室白墙上取走了那幅《罗汉图》。

田颇刚走，我和文华兄拍手相庆。多年买东西换东西，骗人被骗的小乐趣，尽在这一刻显露无遗。

为了感谢文华兄给我当如此巨“托儿”，换得品相这么好的黄花梨官皮箱，我当即从书橱中取出一件东西作为报酬，奖赏他和我天衣无缝般的配合和“演出”。这是块寿山石工艺品，几年前我花3000块买的一个鱼化龙寿山石壶，整挖的一块石头，有壶有盖，严丝合缝。

“瞧刚才田颇扛画急走的样子，就怕你不换啊。骗人到这境界，就差不多大成了，我俩都能开店合作卖东西捣腾古玩了。”文华笑语。

我也笑。

正言笑间，老友亚明探头探脑，腋下夹着一堆东西进来，摇头摆尾，欲言又止的样子。

“嗬，我这里中午可真热闹啊，本来要睡觉的，田颇刚走，你又来了……”我做出闭门谢客状。

“哦，文华也在啊，正好你们一块给我掌掌眼！”亚明左右瞧看，回身又把门紧紧关上。这哥们属于“(诸葛）猪狗一生惟谨慎”那种。不过，他的小心翼翼姿势，总让人觉得是鬼鬼祟祟。

“你能有什么好东西，还掌掌眼，呵呵。”文华笑。

“我爸爸的好东西……这几年电视里面到处都是鉴宝节目，老头儿看得着迷了，他自己也迷上古董了。这不，背着我妈妈，花了10多万块，买了这些东西。还不敢跟我妈实说价格，只说是他买旧书的时候夹在书里面白给的……”

亚明兄刚刚打开一个小卷轴没半尺，我和文华异口同声：“假的！”

“二位大哥，东西还没看真切，怎么就下结论？！”亚明有些生气。

没法不是假的。他刚打开了半尺的卷轴，不是别人作品，是陈少梅的《二十四孝图》！

“你爸这个卷轴多少钱买的？”我问。

亚明使劲翻了翻大眼珠子。“5万，请专家鉴定后弄了证书，5千，一共5万5千！”

“陈少梅《二十四孝图》，2004年就拍卖拍了500多万！你爸花5万多买的，能是真的吗？”

“这个事情我网上也查过，我爸也问过专家……据说，据说啊，陈少梅不止画了一卷，说不定这是他画的另外一个版本……”

“为了赚你爸爸那5000块钱，如果我是专家，我也说你爸的画是真的……你瞧瞧这画工，笔力拖沓，绵软无力，显然是河南专业村里面的低仿作品，不可能是陈少梅画的……你再不死心，就给我出机票钱吧，我去北京让专人给你鉴定！”我说。

“呵呵，你再骗我？你再骗我爸5000鉴定费？反正专家说话都是假的……”亚明警惕性很高。

“吴欢老哥们，知道吧，你瞧瞧，他给我题过多少画啊，”我指指墙壁四周，“他的表哥，就是陈少梅的亲儿子，叫陈长智，我上个月还在欢哥家里见过他，要不，我去北京让真正陈家嫡传后代给你鉴定一下，人家陈长智先生也是画家！”

听我如此说，亚明连忙摆手说“算了”不迭。

“唉，我爸爸也是财迷心窍，没事干吗不好，爱上陷阱最多的古玩了！天天往黄宝岭跑，比我妈我老婆逛商场都勤。黄宝岭二楼有个老娘们，中年妇女，比于丹老师都能说，还别说，有几分老姿色，长得也像于丹，没事就给我爸爸灌迷魂汤。这不，看我爸从别人那里买了假陈少梅的画，又撺掇老头儿在她店里买了几张董其昌的画。董其昌的画，多有名啊，能在黄宝岭那地方吗……”

抱怨着，亚明又拿出三四张画给我和文华看。

这几张画不用看，假，是肯定假的。董其昌的东西，第一不可能出现在深圳黄宝岭古玩市场，第二不可能被亚明他财迷老爸得到。

北京故宫博物院藏有董其昌绘画 83 件，其中 24 件是假的。不过，人家那假画级别高，造假年份早，也属于文物。

我们之所以不怕熏到，给亚明机会让他打开那几张酱油色的“古画”，主要想看看几张假画作假的级别和层次。

中国古代画论有关的知识，我太丰富了。近来又自己画画，虽然眼高手低，寻常的鉴别力还是有的。

“呵呵，还《溪山行旅图》呢，你看，画面右下角画一条船，非常工细，船内还有一个舟子，就凭这点，就不对！董其昌在他自己《画禅室随笔》中说过，他自己‘未能作人物、舟车、屋宇’，不可能画船，因为他不会画船！舟子渔夫之流，他一直认为太俗，不入流，不入画。肯定是假画！你再看，这幅画纸张薄脆，做旧的，人家董其昌荣华富贵一辈子，家里用于作画的纸绢都是什么精印朱丝、乌丝、长笺、金笺、斗方云母笺，哪里有这样差的纸呢……”

终于找到卖弄知识的机会，我褒贬不停。

文华也拿起一张假画，大加揶揄。“这张也不对，拿起来马上一股酱油味道，董其昌不可能画亭台楼阁这样类似界画的东西。老董大名士大官儿，怎么可能趴在桌子上画这种精细的东西？当然，你这张画底子可能是电脑做的，清朝的画，换的董其昌的款，这字儿也不对啊，我也看过好多明清字帖，董其昌的字儿似乎‘生拙’一些，这字是瘦金体，宋徽宗转世了，呵呵……”

我和文华一席话，把亚明都说累了。他长叹一声，坐在凳上，皱着眉头想了想，最终拿出一幅看上去有些自来旧的卷轴，打开之前还说：“董其昌的画，能落在我爸爸手里的可能性确实不大，据说给他代笔的人挺多。这张画，我仔细研究半天了，感觉还有些真实，说不定是当时给他代笔的人画的……我爸爸买这幅画，就是从黄宝岭那老娘们那里买的，花了8万块，据说包真包退！”

我和文华都摇头。“包真包退，就没人做古玩行了！”

“呵呵，《秋林书屋图》，名画，乾隆还临仿过这幅画呢……”我展开画幅，不禁莞尔。“……你看，这画的背面还是新纸呢。”

“据说是重新托裱的，所以底子是新纸。”亚明赶忙解释。

“这还真不是董其昌的代笔画作！真是老董的枪手代笔，也值钱，什么赵左，吴振，赵迥，叶有年，僧常莹，吴易，王鉴，王时敏，名头都不小，技术都挺高，无论谁代的笔，都有看头，往往水平甚至比董其昌本人画作水平要高得多！”

“你别掉书袋卖关子了，到底真的假的吧？”

“这原画在故宫博物院呢，是一件相对有水平的画师仿画的，不是明仿，是清仿。你看，下面署名是‘董元宰’，本来应该董其昌字‘玄宰’，老董活到明朝快亡国的时候才死，他也不会预知清朝会有个康熙皇帝叫‘玄烨’，更不会为了避清朝帝讳，在自己活着的时候把自己‘玄宰’改成‘元宰’！”

亚明脸色有些润朗起来。“这么说，是康熙时候仿的董其昌，嗯，也算古物，不算上当，不算太上当。嗯，你们看，画上还钤有乾隆、嘉庆、宣统帝三代皇帝玉玺，三条‘龙’的‘龙’目，都曾经瞧过欣赏过这幅画，连骗三‘龙’，水平高，水平高……”

我很有些不屑。“这画也就能骗骗乾隆那类货色了，嘉庆和宣统，都算随声附和，‘先帝’都欣赏，他们肯定要当真。这幅画功底，也就一般，房舍、桥梁用笔太工，尺子估计都用上了；山石、林木的笔法又太软熟，没啥内涵和功力。老董精品作品还是很不错的，他书法写得好，所以总爱书法入画，远树荒山，爱以横笔点叶，看似草草，其实章法俱备。元画临仿得多了，他画山水树石也挺灵变，很有倪瓒画风。不似这张画，临仿的人湿笔用太多了，甜腻腻粘答答的感觉……”

亚明连连点头。“说的是，说的是，你有空去我家里，劝劝我爸爸，也给他扫扫盲，普及一下书画鉴定和古玩鉴定知识，省得他净让黄宝岭那些伶牙俐齿老娘们骗！有几个老娘们真能说啊，红舌乱飞，个个都像于丹。”

“呵呵，我可不敢劝你爸爸。那些兜卖古物的有些中老年妇女可会说可能说了，蕾丝箍紧乳，秋波荡肿目，你父亲老房子再一着火，心荡神摇的，大银子花出去过后，如果我告诉他所买‘名画’都是假的，告诉他10多万的东西一文不值，他老人家还不‘嗷’的一声过去了……”

闻言，亚明忽然色变，手中卷画动作停止，问：“就这幅画，这幅《秋林书屋图》，是康熙时代高仿的吧？值8万吧？”

“原画是高仿的，你这幅画和高仿原画百分百一样！不过，它还真不是手工临仿的。日本有种技术，照相后宣纸复印，挺复杂的，也就是说，它是印刷品……你别急，别急啊，这幅画还真不便宜，我去年在北京琉璃厂一个公家开的画店看过这样的画，这么大尺幅，真不便宜……”

“不便宜？不便宜是多少，总要有个价儿吧！”亚明急赤白脸，真要和我翻脸的样子。

“8000！”

第五章　虫子“害”人

梅大王年青时，曾看贝托鲁齐导演的电影《末代皇帝》，里面许多镜头很有刺激感，至今记忆犹新。据说，电影为了追求原汁原味的真实，当时实打实请了许多清史专家，根据考据意见进行拍摄。影片中，许多场面都是在故宫实地拍摄。当然，我们中国现在“阔”了，对大鼻子老外也不像昔日那样想干啥就干啥地“娇宠”，文物保护意识日益浓厚，哪个外国导演想再效仿贝托鲁齐那种“外宾贵宾”待遇，很难，很难。

根据当时参与者的某些回忆文章，贝托鲁齐对于电影道具特别认真，似乎连小皇帝坐垫，都找纯绿豆粉做内胆，完全复制当时清朝宫内习俗。虽然戏里有演员怀旧如此夸说，但意大利导演拍的这个片子，禁不住推敲的地方还是很多——包括历史人物形貌、化妆、服装、首饰以及礼仪细节等等。等我年长后稍懂历史，感觉到电影许多地方都很不靠谱。

不靠谱是不靠谱，《末代皇帝》很多镜头处理非常吸引观众眼球。特别最后一个镜头，让人回味悠长——老年溥仪回到故宫太和殿，在一个红领巾少年儿童面前笑意滋滋地炫耀，从他孩提登基的宝座底下，变戏法似的拿出一个蝈蝈葫芦！

说实话，这溥仪从宝座底下变出蝈蝈葫芦的情节，也没什么靠不靠谱。文学、影视，虚构吗，都可以艺术再现生活和人性。

意大利导演很有电影天分，毕竟是中国故事，有些细节处理还是很不严谨。我从一个文玩杂项爱好者的角度，回头去看这个情节，发现贝托鲁齐确实疏忽——溥仪小皇帝当初何等尊贵，大清天子啊！

清朝八旗子弟、王公贵族都玩葫芦，皇帝小时候玩的蝈蝈葫芦，又怎么可能像电影中尊龙掏出来的那么一个普通蝈蝈葫芦！

太不上档次！

玉罐金笼喂养频

当年如隆福寺街之富友轩，大沟巷之至友轩，盐店大院之宝和轩，义懋大院之三和堂，花儿市之万历园，白塔寺内之喇嘛茶馆，皆养虫家聚会之所。如到稍迟，掀帘入门，顿觉虫声盈耳。

解衣入座，自怀中取出葫芦置面前，盖先至者已将葫芦摆满桌面。老于此道者葫芦初放稳，虫已鼓翅，不疾不徐，声声入耳，有顷，鸣稍缓，更入怀以煦之。待取出，又鸣如初。如是数遭，直至散去。盖人之冷暖与虫之冷暖，已化为一，可谓真正之人与虫化。庄周化蝶，不过栩栩一梦，岂能专美于前耶！

数年前，生计奔波，读王世襄先生这篇文章，没什么特别感觉。莞尔之余，觉得民国京城爷们们，依旧八旗旧风，养鸟斗虫，玩物丧志。

王先生的著作，林林总总，港版、台版、大陆版，我基本收齐。连那本毛笔字影印毛毛草草关于古代髹漆技艺之“水书”（《髹饰录解说：中国传统漆工艺研究》），我都买了。惟独的，香港壹出版社印行的《说葫芦》，我没有购入。大概2005年左右，我到香港逛旧书店。《说葫芦》放在书架上，当时才1000港币不到，印刷精美，品相齐全。翻了翻，对葫芦没感觉，没兴趣，没研究，就放下了。

这两年，等我开始对葫芦器感兴趣了，香港各大书店，再无这本书的踪迹。搜看孔夫子旧书网，这本“鸣虫玩器圣经”，已经涨到6000元到8000元。

前数年，我一直研究古家具，读王世襄先生《锦灰堆》、《锦灰二堆》，但凡谈鸣虫、葫芦以及养鸽子的内容，我基本都跳过不看——一是不懂，二是觉得玩物丧志无聊。如今忽然感兴趣了，再看王先生关于葫芦的几篇文章，短短三四千言，基本都是浓缩精华。时下坊间市面上，那些所谓的文玩葫芦“专业”书籍，全彩图印刷精美那种，堂堂皇皇几本书内容，连文物葫芦照片都是东抄西挪，见识、文笔加起来，都赶不上王先生一篇文章分量。

在我年青时代读研究生时，曾经一度着迷《世说新语》。我记得，《言语》中有这么一则：

简文入华林园，顾谓左右曰："会心处不必在远。翳然林水，便自有濠濮间想也。觉鸟兽虫鱼，自来亲人。"

书中"简文"，指东晋简文帝司马昱。有一次，他游览皇家宫苑华林园，见山光水色，云蒸霞蔚，禁不住对身边侍从讲出上述几句话，大概意思就是说：能怡然自乐者，不必行之迢迢，会心就够了。林深水静，如此这般，情不自禁，让人想起古代贤哲庄子在濠梁之间欣赏游鱼之乐和濮上钓鱼的那种乐趣，更觉大自然鸟兽禽鱼，恬然可亲……

抛开简文帝司马昱悲摧一生不讲，魏晋人物的美学观和人生观，皆无一例外，爱慕自然，珍重生命。日后，中国文化中"濠濮间想"一词，就成了别有会心、自得其乐的同义词。

渐行渐近。王世襄先生所记旧京爷们们的玩虫乐趣，实际上依旧是"濠濮间想"的传承和变异。人生自古有情痴，此恨不关风与月！

"鸣虫"，从科学角度说，在我国种类繁多，我们一般人能够想到的，大概只有蛐蛐和蝈蝈这类东西。中学课本有《促织》一文，极尽血泪渲染，似乎老百姓为了给官家交差，绞尽脑汁四处寻摸逮这种虫子，倾家荡产不说，还会搭上人命数条；历史上，又有亡国皇帝宋徽宗、明朝慵懒宣德帝以及亡国宰相贾似道，这三个人对蛐蛐鸣虫的独特爱好，更让具有一定知识层次的人对鸣虫嗤之以鼻。包括我本人，恨和尚憎及袈裟，从前谈起这些小虫子，都言之愤愤。

成见这种东西，误人，误人。

鸣虫鸣叫，是我们古代农业中国重要的报时器。古人的时令节气，都在叫声之中。《诗经·豳风·七月》里写道：“五月斯螽动股，六月莎鸡振羽，七月在野，八月在宇，九月在户，十月蟋蟀入我床下。”

感时应候，虫声唧唧，鸣虫，乃大自然动人心弦的殷勤歌者。

当然，大自然中善于鸣唱的昆虫种类很多，而我国古代开始形成驯养玩赏传统的鸣虫，主要有以下数种：属于蟋蟀科的蟋蟀、油葫芦、金钟儿、梆子头，还有金铃、竹铃等各种铃虫；属于螽斯科的蝈蝈、扎嘴儿、纺织娘等。

这些鸣虫，在生物学上都属于直翅目，每年一代，虫卵于春夏四五月间孵化，六七月间长成成虫。原野之中，它们之所以“迪迪呜呜”鸣叫，不是为了博取人类欢心，而是和种类繁衍有关——为寻找伴侣，雄虫摩擦翅膀发声，传递“性”信息，盛鸣期（俗称“旺叫期”），大约持续一两个月。

完成交配后，鸣虫可谓“精尽而亡”，很快衰朽死亡。所以，无论是蝈蝈还是蛐蛐，叫声不是从它们嘴里传出来的，而是从身上翅膀发出的音声。

史上最有名、身价最高的蟋蟀，也就是蛐蛐，这“天下第一虫”，别名特别特别多。

明朝大文士刘侗《帝京景物略》卷三记载："考促织，《尔雅》曰：'蟿，天鸡。'李巡曰：'酸鸡。'郭璞曰：'莎鸡'，一曰'樗鸡'。《方言》曰：'蚟蟋，一曰蜻蛚。'《尔雅翼》曰：'蟋蟀生野中，好吟于土石砖甓下，斗则矜鸣，其声如织，故幽州谓之促织也。'"此外，古文中也常称蛐蛐为"蛩"，在北方方言中，皆是耳熟能详两个字：蛐蛐。

蛐蛐，这个虫儿，追溯起来，挺牛的，文学史上总有它的身影：

中国最古老最伟大的诗歌集《诗经》中《国风·唐风》，竟然有《蟋蟀》一章："蟋蟀在堂，岁聿其莫"、"蟋蟀在堂，岁聿其逝"、"蟋蟀在堂，役车其休"；《诗经·豳风·七月》又有："七月在野，八月在宇，九月在户，十月蟋蟀入我床下"；《古诗十九首》第七："明月皎夜光，促织鸣东壁。玉衡指孟冬，众星何历历"，第十二："四时更变化，岁暮一何速！晨风怀苦心，蟋蟀伤局促"；阮籍《咏怀八十二首》："开秋肇凉气，蟋蟀鸣床帷。感物怀殷忧，悄悄令心悲。多言焉所告，繁辞将诉谁"；唐朝杜甫吟叹："促织甚细微，哀音何动人"；白居易吟咏："西窗独暗坐，满耳新蛩声"；李子卿有《听秋虫赋》："逆旅愁听，鸣蛩四壁；欲解寒衣，萧然泪滴"；张随《蟋蟀鸣西堂赋》："岁云秋矣，秋亦暮止。西堂寂听之时，蟋蟀寒吟之始。纷稍稍以惊节，洞嘤嘤以横耳"；宋朝姜夔更以词叹物："露湿铜铺，苔侵石井，都是曾听伊处。哀音似诉……西窗又吹暗雨，为谁频断续，相和砧杵”……

天凉岁暮，夜晚凄清，蟋蟀秋虫，鸣叫哀声。在我们古人耳中，蟋蟀的叫声，最易引起他们对逝水华年的伤感。为此，他们歌咏复沓，感物伤时。自从《诗经》“蟋蟀在堂，岁聿其逝”开始，蟋蟀，就成为秋日景象和秋日心情的标识。由此，继而引发“万里悲秋常作客”等动人遐思，极具象征意义，成为中国文学中一大重要母题！

审美经验中，有“移情说”。蟋蟀，昆虫也，它本身并没有感情，鸣叫也非关喜怒哀乐，但一俟夏去秋来，寒风惊飘，落地黄叶，蟋蟀鸣声四起，多愁善感的人们，顿起无限惆怅。

人生在世，如轻尘栖弱草，白驹之过隙，静听虫鸣，思及此理，能不悲乎！

古人何时在野外捕捉蟋蟀归市坊或者宅中听赏鸣叫，文献上似乎没有专门记载，不过，唐玄宗时代，似乎已经蔚然成风。五代文人王仁裕《开元天宝遗事》记载：“每至秋时，宫中妃妾辈皆以小金笼捉蟋蟀，闭于笼中，置之枕函畔，夜听其声。庶民之家亦皆效之。”（即使此书为宋人伪作，唐帝宫内秘事或有虚构铺陈，蟋蟀事应无可疑）

可见，唐明皇时代国力强盛，宫内嫔妃都用金丝绣笼装盛蟋蟀，夜听其声以解寂寞。庶民百姓，也争相仿效。

蟋蟀音声，其实大有差别。早秋蟋蟀，清澈嘹亮，让人顿起振奋之感；夕阳晚秋，清露寒夜，蟋蟀之声，如泣如诉，如哀歌，如颤音时断时续。

从听蟋蟀音声到“斗蛐蛐”，从何时而起，再牛的学者也无法给出一个切实精确的时间考据。唐朝至五代，皇室、贵族以及民众笼养室内，欣赏蛐蛐鸣叫，肯定确有其事，但还无诗句、文献证实那数百年间有斗蟋蟀的记述。到了北宋，宋徽宗大画家、大诗人、大鉴赏家、亡国之君，耻居下流，众恶归焉。为此，民间总有他酷爱斗蟋蟀的传说，细细钩沉正史和北宋时人笔记，却没有类似记载。

延至南宋，养蟋蟀，斗蟋蟀，已经蔚然大观矣——叶绍翁《夜书所见》曾记：“萧萧梧叶送寒声，江上秋风动客情。知有儿童挑促织，夜深篱落一灯明。”显然，宋代孩童，晚间在家里斗玩蟋蟀，已经成为一种风俗；大豪客张镃《满庭芳·促织儿》追忆：“儿时曾记得，呼灯灌穴，敛步随音。任满身花影，犹自追寻。携向华堂戏斗，亭台小、笼巧妆金。”蛐蛐笼子质地他没有直说，“妆金”二字，道出了贵族子弟儿童的蛐蛐笼子上面以纯金为饰，肯定豪贵无比；而张镃密友姜夔则记曰：“蟋蟀，中都呼为促织，善斗。好事者或以三二十万钱致一枚，镂象齿为楼观以贮之。”

值得注意的是，在南宋，装盛蛐蛐竟然以象牙雕刻的楼观为笼，可谓穷极工巧。也就是说，一头顶级蟋蟀，价格达二三十万钱——南宋中前期，一斗米也就是200钱！

要知道，在宋高宗赵构南渡之初米价最贵的时刻，每斗米也不过是300钱不到。偏安一隅之后，西湖暖风一吹，歌舞升平，文恬武嬉，人民惰懒，一头顶级蟋蟀，价格竟然能买一万斗上好的白米！

上之所好，下必甚焉。逐渐，江南地区斗养蟋蟀，也慢慢成为一种专门行业：

> 促织盛出，都民好养，或用银丝为笼，或作楼台为笼，或黑退光笼，或瓦盆竹笼，或金漆笼，板笼甚多。每日早晨，多于官巷南北作市，常有三五十火斗者，乡民争捉入城货卖，斗赢三两个，便望卖一两贯钱。若生得大，更会斗，便有一两银卖。每日如此。九月尽，天寒方休。（《西湖老人繁胜录》）

当然，最专业的蟋蟀专著，还要推大名人贾似道的《促织经》。这本书，分为上下两卷，大概有14000字左右。共分七个类别：论赋，论形，论色，决胜，论养，论斗，论病。每大类下又分子目，体例非常完整。专业人士读之，如沐春风。

贾似道原本《促织经》，我们今人已经不知具体内容。现行这本书，由明朝浙江文人周履靖续增过内容。即便如此，贾宰相的养虫基本原则和思想，尽在其中，乃世界上第一本关于蟋蟀研究的昆虫学专著！

刨除以人论文的偏见，开宗明义，贾似道对于蛐蛐的赞誉，确也蕴含许多人生哲理：

> 促织之为物也，暖则在郊，寒则附人，若有识其时者。拂其首则尾应之，拂其尾则首应之，似有解人意者。甚至合类额颃，以决胜负，而英猛之态甚可观也。岂常物之微者若是班乎？此君子之所以取而爱之者，不为诬也。愚尝论之：天下有不容尽之物，君子有独好之理。……或在壁，或在户，或在宇，或入床下，因时而有感。夫一物之微，而能察乎阴阳动静之宜，备手战斗攻取之义，是能超于物者也甚矣！促织之可取也远矣！

在贾似道看来，小小鸣虫蟋蟀，能够识天时，解人意，供赏玩。悦而爱之，他还从斗蟋之法，最终“悟”出“治国之道”这样的高度！人无癖者，不可以与之深交。倘若贾宰相没有败军误国的尴尬事，其于蟋蟀之溺，日后肯定也会成为一段佳话。

蛐蛐遇到贾似道，佳虫遇奸臣，似乎是悲剧。其实，贾爷本人，更是一出大悲剧。

小时候，祖母喜欢看京剧，总带着我去戏院和电影院。当时，我对于那些脸谱、唱腔、念白、布景什么的皆不感兴趣，更分不清曹操、严嵩或者贾似道——凡是“权臣”，总一张大白脸，外加三角眼，耸着两个大肩，慢踱方步，似乎没什么不同。不过，电影《李慧娘》给我留下深刻的印象：貌美的女主人公，看见玉人一样的书生，情不自禁，娇赞了一声“美哉呀少年”，就被“大白脸”（贾似道）把脑袋切下，装在一个托盘（或者匣子）里给妻妾“观赏”以示“警诫”。

不过，少年时代的我，是非观念不是很强，只是觉得那颗美丽的脑袋又吓人又刺激。至于那“大白脸”，当时根本记不住他的名字，反正不是曹操。

后来读史，才知道“大白脸”是贾似道，南宋亡国的祸首之一，乃宋理宗妃贾贵妃的弟弟，宋度宗得立的“恩公”。正是他把持朝政，扣押元使，隐瞒败报，才使得南宋的国势一日不如一日，终于走到亡国的尽头。

贾似道杀美人割脑袋之事，最早见于小说体的宋元间笔记《钱塘遗事》，原文很短，兹录于下：

> 贾似道居西湖之上，尝倚楼望湖，诸姬皆从。适二人道装羽扇，乘小舟由湖登岸。一姬曰：“美哉二少年！”似道曰：“尔愿事之，当令纳聘。”姬笑而无言。逾时，令人持一合，唤诸姬至前曰：“适为某姬受聘。”启视之，则姬之头也。诸姬皆战栗。

原文寥寥，只有 87 个字。到了明朝万历年间，剧作家周朝俊有《红梅记》一剧，其中有一个女主角名李慧娘，为贾似道相府侍妾，游湖时春心荡漾，看中美才子裴禹，心生情愫……

此时，原本87个字的“小说笔记”，已被衍化成有名有姓有男女主人公有细致情节的戏文，特别是李慧娘那几句“道情”，现在听上去那么大胆、露骨、“反封建”：“俺和他欢会在西廊下，行了些云雨，勾了些风华！”到了清代，又有无名氏撰写《鬼神传》，书中第十二回已经详详细细勾勒出完整的故事，也是京剧《李慧娘》内容最终。《鬼神传》第十三回中，详细地描述了李慧娘被杀后到阎王前诉冤，最后为鬼为魂，救了穷书生，杀了贾平章，报仇雪恨。当然，新时代的京剧中，删除了不少“封建糟粕”，只突出了李慧娘这位“被压迫妇女的复仇精神和反抗性格”。

戏剧、小说毕竟是虚构，李慧娘真那么刚烈，也不会到相府去作妾。真实的贾似道，既不是丑恶的“大白脸”，也并非被李慧娘率阎罗殿小鬼勾魂致死。

历史上的贾似道，仪表堂堂，长身玉立，相貌酷似北宋名臣韩琦。他最后的下场，是被押送官郑虎臣虐杀于流放途中，非死于美女之手。

这位蛐蛐大家贾爷贾似道，后人说起来，无论学者还是民俗学家，都会说他是裙带关系得官，凭靠漂亮姐姐在宋理宗宫中得宠，年青时代要风得风，要雨得雨，似乎听上去是个无行的轻狂衙内。其实，贾似道出身绝非贫贱无行之家，其父乃南宋制置使贾涉，是军区司令兼政委级别的高官。贾涉之父贾伟，也是宋朝忠臣。特别是贾涉，为南宋朝廷坚守淮西，半生血战，居功甚伟，操劳病死之后，获赠龙图阁学士、光禄大夫。所以，贾似道算是真正响当当的高士（加烈士）子弟。

贾似道年青时，恃宠不检，整日流连妓家。但一个“官二代”、“官三代”青年荒唐，也不算太出格，谁都有年少轻狂的时候啊。淳祐元年（1241），贾似道20余岁即为湖广总领；淳祐五年（1245），以学士身份为治江制置副使；又迁京湖制置使，调度赏罚，中规中矩，显示出他是很有才干的人才；淳祐十年（1250），他以端明殿学士身份移镇两淮，时才30多。青年得志，一路陡开，虽然少不了姐姐宫中受宠的因素，但贾似道本人绝非草包，镇治一方，很有成效。

当然，政治生涯后期的贾似道，蒙古铁马彻地来，正值南宋统治江河日下之时。有他宋也亡，没他宋也亡。可身为当朝宰辅，不思励精图治，反而骄奢淫逸，沉溺蟋蟀罐中，“坏人”之名，也不算全冤枉他。

让贾似道想不到的是，在他死后，中国人，特别是文人士大夫，对于蟋蟀这种东西日益沉溺，比贾爷更甚！

明清两朝，有关蟋蟀的研究专著一本一本地印行——明朝有袁宏道《促织志》，刘侗《促织志》；清朝有金文锦《促织经》，石莲《蟋蟀秘要》，朱翠庭《蟋蟀谱》，秦偶曾《功虫录》，方旭《促织谱》，钱步曾《百甘虫吟》；进入民国，更有无名氏编纂的《游戏大观》，李文翀《蟋蟀谱》。1931年，李石孙纂辑、徐元礼参校《蟋蟀谱》，泱泱12卷印行上市。此书，乃蛐蛐知识和品评集大成者，详细介绍蟋蟀种类达117种——爱虫有心人，如果真有闲工夫读过这些书，就可以发现，自明至清到民国，所有关于蟋蟀的专著，还是跳不出当年贾似道贾爷那本《促织经》窠臼，基本都以那本专著精髓增益而成。至于文才和文采，后世诸书和贾似道《促织经》相比，判若云泥！

恩怨尽时方论定。再回首读贾爷《题促织二首》，华言玉句，别有滋味在心头：

玉绳低转过南楼，人在冰壶夜色幽。湛湛露华凉似洗，啾啾蛩韵巧如讴。絮叨高下恣情诉，断续悠扬不肯休。叫彻五更寻隐处，自封门户共雌俦。

玉罐金笼喂养频，王孙珍爱日相亲。争雄肯负东君意，决胜宁辞一芥身。鼓翼有声如唱凯，洗钳重搦似生嗔。大哉天地生群物，美尔区区志不伦。

其实，玩蟋蟀和好书法，喜麻将和好读书，癖好所钟，原本无甚区别，都是消磨荷尔蒙的好去处。不做无聊之事，何遣有涯之生！假如唐太宗李世民像他表叔隋炀帝杨广那般二世亡国，笔墨书法之好，估计也会成为后人抨击的借口之一……

鸣虫声声一庭秋

说了半天蛐蛐，看官肯定会问：你小时候玩过蛐蛐吗？

当然玩过！天津人，能不玩蛐蛐嘛！

听老人讲，解放前，天津、北京等地，蛐蛐局子特别多，斗蛐蛐成为一种休闲行业，盛行一时。我小的时候，尚处于“革命年代”，斗蛐蛐的游戏，基本是我们这些中小学生的专利玩乐。身边大人，很少敢有当众不务正业斗蛐蛐玩的。倒有一些退休老头儿，很闲很自在，总是三三两两聚在一堆小孩子身边，看我们斗蛐蛐，时时给予专业指点。这些老者，在解放前不少人都是蛐蛐资深玩家。

印象中，我迷蛐蛐的时间并不长，大概也就是小学三四年级的时候迷过一阵。当时家里有几个蛐蛐罐，据说是我爷爷和大爷爷留下的。现在想起来，它们长年被我哥哥当盛玻璃弹球的罐子，几乎都蹦盖烂底的。只有两个品相不错，盖子都严丝合缝，基本没磕没碰。

现在说起老蛐蛐罐，言必称“赵子玉罐”。当时我们家里那几个罐子，都有“赵子玉”款儿。可能有看官不屑：“嚯，就你们家阔，什么好东西你们家都有，你都能记得住？！”

我之所以记得住“赵子玉”这三个字，正因为那几个罐子都有“古燕赵子玉制”、“古燕赵子玉造”的款识。那时成天爱看《三国》小人书，当时我还总混淆，还纳闷，赵子龙他们家，还有个兄弟“赵子玉”做蛐蛐罐，真匪夷所思啊！所以，每每加入斗蛐蛐的战阵，我都会双手托罐，放声大叫“常山赵子龙来也！”……

至于我爷爷、大爷爷二位爷玩的那些蛐蛐罐，到底是真“赵子玉”还是仿“赵子玉”，我就不得而知了，因为清代到民国，仿“赵子玉”款儿的蛐蛐罐多了去了。那些罐子别提现在根本连踪影毫毛都不见，自从我上中学后，就再也没有看到过它们任何残片！

据我姑姑讲，我爷爷上个世纪40年代，大概有三四年的工夫呆在北京做棉花、纺织品等生意，还在京城买过一个四合院（那时候房子不是特别值钱），也陆陆续续买了不少“玩意儿”存放其中，包括我爷爷还在大宅院里面养了一房“小的”。我少年时代斗蛐蛐用的那些老罐子，估计都是我爷爷那时在北京置办的吧。

后来，我查赵子玉所制蛐蛐罐，名贵品种包括什么鳝鱼黄、瓜皮绿、绿泥、倭瓜黄、藕荷色等等。我们家里那几个，色黄如鳝，应该都属“鳝鱼黄”品种。

记得我小时候，很羡慕蛐蛐住的那些“小房子”——浆皮亮光的罐子，加上过笼、水槽等“家具”，幻想着，如果自己变成蛐蛐，天天在如此阴凉的罐子里面住，一定好舒服好舒服。即使到了今天，我鼻子里面，依旧残存着童年时代闻嗅过的味道，那种蛐蛐罐里面散发出来的特殊味道的泥土气息……

斗赏蛐蛐，自上个世纪80年代开始，在京津地区恢复很快。但几乎整个90年代到今天，我一直在岭南工作谋生，完全远离了先前慵懒的生活环境。

有一次回天津，我堂弟开车接我，曾经说起过天津大丰桥那边秋天有专门玩斗蛐蛐、赌蛐蛐的场所。据说，那里的蛐蛐赌摊，工具齐全。现在不用戥子了，换成比戥子更准的电子秤。两个蛐蛐过完秤，就可以下注赌博了。津门赌风也是世传，有人专靠斗蛐蛐吃饭，盛季一天都能赚上万块钱。天津的蛐蛐赌博，也有出千诈骗的，有人会给蛐蛐提前喂药喂“兴奋剂”。什么药，一般人不知道，反正敌方蛐蛐闻到这种味道之后，战战兢兢，根本就不敢上前张嘴咬斗……

直到今天，我们天津出产的蛐蛐罐依旧全国有名，还有不少制罐名家。蛐蛐罐在古代，种类很多，有泥陶的，石的，瓷的，玉的，雕漆的，戗金的，等等。

近代以来，蛐蛐罐基本都用澄浆泥罐。每每言及蛐蛐罐制造方法，一般人都会引用邓之诚《骨董琐记》所记：“制澄泥砚：缝绢囊置汾水中，逾年而后取出，沙泥之细者已实囊矣，陶为砚，水不涸焉。”也就是说，和制作澄泥砚一样，蛐蛐罐也是淘澄细泥做成。

这种工艺做出来的罐子，细腻，滋润，透气性能良好，罐内罐外壁间滑润，不伤蟋蟀须爪。异想天开，我沉迷紫砂壶的那段时间内，曾经在宜兴丁蜀镇买过一个紫砂蛐蛐罐，润泽晶莹似玉，古色古香。不过，我从来没有用这个紫砂蛐蛐罐养过虫，也不知道实际养起虫来效果如何，只放在窗前当摆设了。

文物级的蛐蛐罐，现在还有不少，博物馆展出的时候，我们都还能亲眼目睹，其炼泥之精，制作之工，不逊瓷器、铜器、玉器以及紫砂等妙品。蛐蛐罐制罐名家，名头最大的，明朝有“万礼张”(张和清)，清朝康熙朝有赵子玉。赵子玉蛐蛐罐真品和子玉款的仿品，现在很容易得见，北方哪个古玩市场都能看到，淘换到。但明朝“万礼张”蛐蛐罐，我只在王世襄先生《蟋蟀谱集成》之《秋虫六忆》中读过看过图版，实物从来没有见到过。而王先生所写的诗，至今记忆犹新：

万礼张盆碧玉池，鸜花过笼庇雄雌。缩身恨乏壶公术，容我悠然住几时。

2007年，我写明史《纵欲时代》，曾经系统研读过明朝工艺史，发现明宣宗不仅爱瓷器、铜器，也爱蛐蛐罐。不过，明朝时代皇家用罐，似乎是戗金工艺的，这在吴伟业《宣宗御用戗金蟋蟀盆歌》一诗中可以得证：

宣宗在御升平初，便殿进览豳风图。暖阁才人笼蟋蟀，昼长无事为欢娱。定州花瓷赐汤沐，玉粒琼浆供饮啄。戗金髹漆隐双龙，果厂雕盆锦香褥。……

吴伟业明末清初人，他对于大明朝皇帝的记忆，不像蒲松龄那样，肯定没有故意的歪曲和渲染。历史上，明宣宗朱瞻基这个人，确实很喜欢斗蟋蟀，还曾经专门下密诏给苏州知府况锺（此人历史上有清官之名），让他进贡千只蟋蟀入宫。我当时很感奇怪的是，吴地民风柔弱，蛐蛐难道好斗吗？不知道这位皇帝爷，凭什么喜欢苏州蛐蛐……

与吴伟业同时代的文人吕毖，著有《明朝小史》。其中卷六《宣宗纪》里面，记载这样一个真实故事：宣宗皇帝喜欢斗蛐蛐，在江南一带广为征求。当时，蛐蛐价格腾贵，达到数十两银子一个。枫桥地方有一粮长，因遭州郡长官督遣，千方百计钩寻，终于找到一个上佳的蛐蛐，便用自己平时所乘骏马换得此虫。放到家里后，粮长妻子非常好奇，她认为，丈夫用骏马换得的蛐蛐，肯定不同凡虫，就偷偷打开罐子来看。罐盖刚刚掀开，蛐蛐一跃而出，三跳两跳，再也找不到。大惧之下，这女人自己上吊而死。粮长回来后，慕恋妻子，自己也上吊自杀……

日后蒲松龄所写的短篇小说《促织》，素材其实正取自吕毖《明朝小史》中这段史实。

人在青少年时代，特别容易受书本影响，大概正是中学时代看了蒲松龄的《促织》，就觉得蛐蛐这东西太害人，所以对如此虫子，兴趣忽失。

我们天津蛐蛐罐，以质量精细著称。可我们天津本地蛐蛐，质量非常一般，一般来说，青虫偏多，体型不大，没什么上好品种。我小时候，听玩伴说过有一种叫“棺材板子”的蛐蛐，据说是在坟地里面刨挖而来。传说，这种蛐蛐天天嗑咬墓中死人的棺材，所以齿坚牙利，能争善斗。现在想来，“棺材板子”蛐蛐，显然是孩童少年捏造后互相讹传而出，乃越讲越悬的故事。

从专业角度看，真正上好用于斗狠赌博的蛐蛐，大多来自山东宁津和乐陵一带。不过，在我小的时候，天津基本没人玩山东蛐蛐。那时候，许多家庭上有老下有小，饭都吃不饱，谁会百里迢迢去山东捉蛐蛐玩！

蟋蟀、蝈蝈、油葫芦一类的鸣虫，寿命很短，民间称为“百日虫”。喜好者或者商贩为了能更长久听其鸣叫，一直煞费苦心想以人工方式使鸣虫越冬。

自然条件下，北方过了深秋，寒霜苦冻，鸣虫成虫基本全都死翘翘。逮到成虫到屋里养着，也养不了多日。百日之虫嘛，老蛐蛐、老蝈蝈、老油葫芦们的“岁数”在那摆着呢，想多活几天都很难。所以，想要在冬日欣赏鸣虫唧唧，还需要在秋冬季节人工繁育。京津地区，但凡到花鸟鱼虫市场，都管人工育虫叫“奋（粪）”秋虫（王世襄先生也用这个词儿）。这个“奋（粪）”字，估计是“孵”的转音，即人工繁育的意思。

明朝文士刘侗《帝京景物略》中记载，在当时已经成功对蟋蟀、油葫芦、金钟儿、蝈蝈、扎嘴儿等鸣虫进行人工繁育。和冬天吃西瓜、鲜蔬菜一样，明清时代，繁育冬虫很麻烦，需要火炕火屋子以及专门的人工，费工费时，自然虫子出来也价格不菲。

清朝满族文人富察敦崇《燕京岁时记》一书，对于清朝时期鸣虫价格，具有深刻记忆：“京师五月以后，则有聒聒儿沿街叫卖，每枚不过一二文，至十月，每枚可值千文矣。……又有油壶芦，当秋令时，一文可买十余枚。至十月则一枚可值数千文。盖其鸣时铿锵断续，声颤而长，冬夜听之，可悲可喜，真闲人之韵事也。”

夏天虫子冬天卖，价格翻了千倍有余。可见，“闲人韵事”其实是件比较奢靡的事情，古今类同，都要花大价钱。

清朝皇帝祖宗起于东北白山黑水，对于鸣虫却情有独钟。从康熙时起，皇宫大内，已经开始进行繁殖鸣虫的实验。冬日酒宴之时，殿内满摆笼虫，唧唧漫叫，以为觞举兴助。

这种场景，可以从乾隆自己所写的《咏络纬》诗序里见出端倪：“皇祖时，命奉宸苑使取络纬种，育于暖室。每设宴，则置绣笼中，唧唧之声不绝，遂以为例云。”

康熙以帝王之尊蓄养鸣虫，自然器具也要有相应的好东西。蛐蛐之外，鸣虫还有蝈蝈一大类，而蝈蝈不住罐子住葫芦。因此，从那时开始，清人对于鸣虫葫芦的心力倾注，远迈前人。

碧体金声大肚容

2011 年冬天，我去北京到北京电视台录制《书香北京》节目，和著名评书演员连丽如、贾建国伉俪开聊《鲜为人知的杨家将》和《隋唐英雄志》。同时，应中国作协和铁凝主席特邀，顺便参加了中国作协第八次全国代表大会。

开会闲暇间，我去了一趟北京十里河市场。本来是为我老友文华代购文玩核桃和星月菩提子。结果，一时兴起，买了我平生第一个鸣虫葫芦。

本来，我在十里河雅园国际二楼一间卖菩提子的店铺选购菩提。斜对面，一间铺子内鸣虫声声，甚是嘈杂。晃过去一看，是个葫芦器和鸣虫专卖店。鸣虫种类不少，蛐蛐，蝈蝈，油葫芦，蛉子，而叫声最大的，是随处可见的蝈蝈，被一条大棉被捂在一个大木盒子里面，分格装盛，唧唧不停。

问及蝈蝈价格，老板很随和，说从 20 到 800，应有尽有。他劝我说，如果刚入门，最好先买个几十块钱的玩着。鬼使神差，当时我也没想大老远地如何带回深圳，就让老板给我挑了一个 50 块的蝈蝈。

绿色大蝈蝈，肚大须长，老板选出后，用一个小圆柱形的透明塑料盒子装了起来。

放在手里掂了掂，看了看，我摇头。“这太不专业了，你给我拿个葫芦吧，养蝈蝈的葫芦。”

老板打量了我一下，内心大概评估一下我这枚大傻叉消费分量有多少，能挨几刀宰吧。眨眨眼，点点头，他便转身到柜台，挑了又挑，拿出一个个头不大的葫芦，说：“本长倒栽，瓷皮糠里儿，正好配这个蝈蝈。”

“多少钱呢？”

“1000，本长葫芦，这么周正，不贵。红木圈口，椰壳蒙芯，铜丝胆，齐活！”

蝈蝈真不贵，才 50 块。而给它随便弄个葫芦房子，就 20 倍之多，高达1000块。唉，虫虫简直和我们现在的人差不多，活得起，住不起了。

大蝈蝈进了葫芦，唧唧欢叫数声。嘀，不买不成了。

掏钱。

这个鸣虫葫芦，乃是我平生拥有的第一个葫芦器。

葫芦这东西，历史太悠久太悠久了——浙江河姆渡原始社会遗址，就有葫芦种籽。也就是说，早在7000多年前，我们先民们已经种植葫芦，并且食用它们，使用它们。

文献方面，最早《管子》一书就说："六畜育于家，瓜瓠荤菜百果备具，国家之富也"，显然当时就开始吃葫芦了；晋代崔豹在《古今注》中记载："瓠有柄者悬瓠，可以为笙，曲沃者尤善。秋乃可，和则漆其里"，说明葫芦在晋朝已经开始做乐器；元代王祯《农书》也曾言及："匏之为用甚广，大者可煮作素羹，可和肉作荤羹，可蜜煎作果，可削条作干。小者可作盒盏，长柄者可作喷壶，亚腰者可盛药饵，苦者可治病"，也就是说，元代时，葫芦除了可吃可用之外，还可以入药；明朝李时珍的《本草纲目》大名鼎鼎，他在书中对葫芦也有总结："窃谓壶匏之属，既可烹晒，又可为器。大者可为瓮盎，小者可为瓢樽，为舟可以浮水，为笙可以奏乐，肤瓤可以养豕，犀瓣可以浇烛，其利溥矣。"可见，明朝时代，葫芦除食用、入药、制作浮具、农具外，还能制作乐器、酒器；入清之后，浙江嘉兴一代葫芦工艺品大行于世，有石佛寺僧、王应芳、周廉夫等制匏名家，这些人"相材量质，为尊、盘、壶、杯、勺、烛擎、薰炉”，其工艺之精，“求之者不远燕、赵、秦、楚”。(《嘉兴府志》) 可见，物离乡贵，葫芦器作为一方特殊物产，贩卖到北方之后，肯定便宜不了。

“匏器”作为一种技艺，入清之后，从康熙开始，深受青睐，什么笔筒、瓶、砚盒、盖罐、鼻烟壶等等，都开始使用葫芦器。当然，从康熙到乾隆，和许多瓷器制品一样，葫芦主要用于制作高级文玩。

康熙时代，有位大太监梁九公在皇宫御苑种养葫芦，并在丰泽园内“范匏”，也就是开始范制葫芦器。在如今的北京故宫博物院内，还有葫芦器文玩数百件之多，其中以康熙、乾隆两代的制器最精，底部多御用“赏玩”款识。

作为太监，工作之余，闲着也是闲着，梁九公又是康熙皇帝身边红人，有闲有权有钱有兴趣，自然成为一代制匏大匠，时人誉称其为“梁葫芦”。

葫芦，福禄也。但梁公公这个人，虽然种了那么多葫芦，制了那么多葫芦器，可惜，他与“福禄”二字最终还是无缘。乾隆十七年萧奭所撰《永宪录》，有如下记载：

> 先朝总管太监梁九公自缢于景山。九公幼侍圣祖，与魏珠俱加信用，朝臣多相交结。后以犯法，年老宽恩，拘系景山，畏罪自尽。上（雍正）念其勤劳，特加轸恤，给银发丧。

从小就侍奉康熙的大太监梁九公，雍正帝刚登基，他却学前朝崇祯帝，拿根绳子偷跑到景山，自挂东南枝了。他的自缢，显然大有情由，应该是康熙活着的时候没留神，冒犯过时为皇子的雍正帝。其实，甫一继位，雍正并没有立即大肆清理政敌。这位梁九公很会打提前量，自己先“畏罪自尽”，得到雍正帝“给银发丧”，有幸落得全尸。雍正坐稳帝位后，以他对待隆科多和年羹尧两个“恩人”那种不厚道做法看，梁公公自裁早，还真想对了。

《永宪录》中提到的另一个公公魏珠，也是康熙皇帝红人。这个魏公公，比同事梁九公更有情商——康熙帝弥留之际，魏公公撒丫子跑到雍亲王处告知了立储遗诏。所以，等雍亲王变成了雍正皇帝，马上就说要赏老魏：“你功劳不小，我怎么才能大赏你呢？”魏珠倒还知趣，说：“奴才不敢有奢望，赏我一城足矣。”雍正点头，就让魏公公当北海团城总管。表明上履行诺言，实际上怕这公公出去乱说话，其实安置团城软禁。二月河小说中，康熙身边有个太监叫李德全，应该就是以魏珠为原型。

活着总比死了强。魏珠魏公公没家没业没荷尔蒙，在团城内老无聊了，就效仿死鬼同事梁公公，自己开片地种葫芦当成消遣。结果，没老二的公公心无旁骛，多年下来，范制成许多葫芦器物，包括鼎、炉、瓶、罐等文玩陈设品，甚至巧夺天工，还拿葫芦制成琵琶、弦子、箸匙、算盘珠子等物事。这闲来差事，算是对梁九公葫芦技艺进行发扬光大，最终他自己也成了范制葫芦专家。如此说来，葫芦之于魏珠魏公公，真算是“福禄”，老头一直活到乾隆年间才善终床箦。

潘荣陛在《帝京岁时纪胜》说，乾隆时养蝈蝈已经开始用葫芦“银镶牙嵌，贮而怀之”。但鸣虫葫芦真正大盛，还是从清朝中后期开始。京城王公贵族们玩的鸣虫葫芦器，特别讲究，每每锯掉葫芦上半部后，还要配上紫檀、红木或象牙的口圈，而后再配上玳瑁、虬角或象牙的蒙芯，最后，还要在葫芦口内装上用黄铜丝盘成的胆。齐活之后，怀揣手把，炫耀于人。

清朝人之所以使用葫芦做虫具，王世襄先生解释得最中肯：“以葫芦蓄养冬日鸣虫，取其体轻，便于纳入怀中；性温，离怀仍有暖意；质松，有助虫声振动，发出好音。”……

讲了一些葫芦典故，接着，再说说我买蝈蝈的经历。

从十里河花了1050，连蝈蝈带葫芦全套，我屁颠屁颠回到全国作代会的代表居住酒店北京饭店。宠物吗，肯定有名字，我先给这只大蝈蝈起名“亚历山大”，然后，认认真真把它供放在窗台上面，迫切等待，想看着大蝈蝈如何叫给梅大爷我听。

可惜，从下午等到晚上，它连个屁都没放一声！

上网一查，蝈蝈不叫，最可能的原因是温度不够。北京每年十一月十五号给暖气，当时恰值十一月下旬，宾馆暖气十分不足，大概室内也就是20度不到，所以，蝈蝈不舒服，就不叫。

大悟之余，我开始给蝈蝈“取暖”——先把蝈蝈葫芦放在中间，包上毛巾，再用几个矿泉水空瓶子装上开水，成圈围拢在葫芦周边。接着，瓶子外面又裹一层厚毛巾。真真保暖心切，就差烧开炉子把蝈蝈给烘煮了。

忙忙慌慌就这样一通乱忙，“亚历山大”还是一声不“吭”。

转天一大早，我再看，本来葱绿绿的亚历山大，身体都有些发黑了。后来得知，我如此保暖法，基本属于人工烧烤，把蝈蝈都烘烤“老”了。如焦如焚，难怪它不叫。

我这人很偏执，买个蝈蝈不叫，别说让人知道笑话，自己都笑话自己。转天，翻蹄亮掌，我再去十里河市场二楼，直接找到卖我蝈蝈的店主，询问（质问）我买的蝈蝈为什么不叫。

店主老北京人，特有礼儿，特有耐心。

“冬虫入怀鸣叫，放在哪里叫，什么时候叫，学问大着啦……您买了蝈蝈回去之后，先要在常温下静养数日。等蝈蝈习惯了葫芦里，它才开始鸣叫。叫后，才能上怀揣着。这期间之内，要喂面包虫子，蝈蝈光吃虫子还不行，上火，虫子下面还要垫块煮熟的胡萝卜。每天您都要给它换食儿，还得给葫芦涮水。上怀之后，隔几十分钟还要倒一倒，裹在外衣里面。别太亮，鸣虫怕光，太亮就不叫了。等它开始叫，您就给它定时差，倒时差，让它和您起居合拍，别大半夜瞎叫……白天叫，也别叫的时间太长。蝈蝈太玩命叫，寿命就短了。它叫得厉害时，您可以倒到外怀，给它通通风冷却一下。温度一低，它就不叫了，不能着急，千万不能着急，养虫这都是功夫啊……”

听店主这一席话，我心中叹息：王世襄王大爷那样的玩家，玩虫子玩鸽子玩老鹰，伺候活物可真不容易。

这步骤，这耐心，这哪里是养虫，是养爹啊！

老板言语谆谆说了半天，我还是半信半疑。毕竟“亚历山大”在屋子里呆了一天了，须摇翅不振，连屁都不放一个，我闹心啊。

“我再买一个蝈蝈，现在您给我拿个叫得欢的，看看到底是什么原因蝈蝈在我身边一直不叫唤……”

老板挺乐呵，都没收我钱。他拿着个竹筒子，掀开棉被，听了好半天，选出一个蝈蝈：“您瞧好了，您听好了，这个蝈蝈叫得响，叫得欢！”

得，就是它了。

此蝈蝈也是翠绿喜人，肚大腰憨，张牙舞爪，嗷嗷直叫。

“那只蝈蝈叫‘亚历山大’，这只就叫‘汉尼拔’吧。”我心内暗思，给它马上起名。

“亚历山大”，乃我第一只宠物蝈蝈，有葫芦器大 HOUSE 待遇。这“汉尼拔”就算了，否则又花 1000 块买个葫芦房子给它。弄回去再不叫的话，岂不平添郁闷。

于是，我找老板要了个透明的塑料小筒，把新蝈蝈放在包里拿回酒店。

也真奇了怪了，放了近两天，“汉尼拔”一声不吭，“亚历山大”依旧沉默。

得，这下，我倒放心了。“汉尼拔”不叫唤，显然“亚历山大”也没病。新地方认生，温度又不够，这两个蝈蝈才闷声不响。

中国作协全代会开完了，我也要回深圳了。临上飞机前，我百度多次，看看蝈蝈这种“动物”是否能带上飞机。结果，网上真假难辨，有说能带的，有说安检时被查要罚款的。总之，网上关于蝈蝈是否能坐飞机的信息，非常混乱。

最后，我也怒了。带就带着，大不了，安检的时候被查出来没收，蝈蝈葫芦总要还给我吧。

满怀忐忑，我把两只蝈蝈装上，“亚历山大”住葫芦，“汉尼拔”放塑料房子，都塞进我随身携带的皮包内，然后，我上面放了一件毛衣，准备带着它们“偷渡”机场。

都40多岁人了，又是央视《百家讲坛》主讲人，大脸一张，还真不少人认识，如果真在临登机的时候被安检查出来，众人面前，我缴枪不杀的姿势拿俩蝈蝈，那真是太丢人太掉份儿了。

人心虚，就心慌，就眼珠子乱转。幸亏我眼睛小，间或一轮，兀自一颗心怦怦直跳，表面上还能故作镇静。毕竟不是藏毒带毒，俩蝈蝈而已。

别说哦，安检X光，万事大吉，蝈蝈身上没金属物质，没叫没闹，加个罐子个头都不大，机场安检员和蔼挥手，让我进去。

唉，我暗中长松一口长气。谢天谢地，北京蝈蝈，可以安然飞抵南国大地深圳矣……

岂料，进入等待大厅，机场空调贼暖和，24度左右。没等我脱外套，让我朝思暮想了好几天的蝈蝈，忽然咧嘴大叫（实则振翅）！先是一个蝈蝈叫，估计是“亚历山大”，接着“汉尼拔”不甘寂寞，也唧唧复唧唧。

饶是放在皮包里面，鸣虫声音清脆，旁边几个人皆侧目而视。我假装东张西望，一脸茫然，以掩饰内心惊慌。

怕什么来什么，一个穿制服的警察由远而近，吓得我肝胆俱裂，做出一惊人举动——忽然猛劲摇晃，打开皮包盖子——蝈蝈不是怕光怕惊吓嘛，我只能来这招了。

别说，这招儿管事儿。警察路过而已，可能也远远听到了鸣虫叫声，估计以为自己耳鸣或者是哪个顾客的手机铃声，他微皱了一下眉头，就晃过去了。

我一颗心，稍稍落地。

没多时，大概对于两个大蝈蝈来说，机场里面的温度太舒服了，它们又开始嗷嗷叫起来，一唱一和，悠扬吓人……

它们一叫，我就举起皮包摇晃，就翻盖吓唬。如是者三！这里的“三”，乃古汉语中的“三”，多次也！

前前后后，我估计晃摇了30多次，登机广播终于响起。我一口气大出：上了飞机，就熬出头了。

为了隔音，为了怕虫子再在飞机上乱叫，我把盛装两个蝈蝈的皮包高高举起，塞放进行李架中。如此一来，飞机起飞后行李舱盖上盖子，即使它们再大声叫唤，也应该没人能听得到。

可惜，我太低估蝈蝈音声的穿透力了。飞机还没起飞，两个蝈蝈就拍翅乘暗狂嚎不已。几个乘客东张西望，很显然，开始的时候，他们都认为是哪个人的手机铃声聒噪不停。后来，终于有个北方人向空姐投诉，说行李架上藏有蝈蝈。此时此刻，我把“亚历山大”和“汉尼拔”生吞活剥的心都有。

空姐不信，左听右听，确实鸣声嘹亮，不得不大摇其头。她大概正要跑去和机长商量，喇叭广播忽然响起，让大家系好安全带——飞机要起飞了。

至此，我一颗心完全落稳：再怎么说，飞机升到半空，空姐空警姐们哥们总不能翻箱倒柜找蝈蝈吧。找到又如何，总不能把这两位不受欢迎的昆虫“乘客”请下飞机吧！

行行重行行。哀嚎欢鸣了一路，两只大蝈蝈，安全到达了温暖的南国……

待我拿到办公室给几个哥们一显摆，那些初次见到真蝈蝈的南方人，无不大惊失色——两个大肚子蝈蝈张牙舞爪，远远超出他们的想象力。

尤其是籍贯湖北、江西、湖南的几个哥们，纷纷色变。他们想象中的蝈蝈，大概只有蛐蛐个头吧。后来，我查看资料，才知道我拿来的蝈蝈，属于“北蝈蝈”中的大铁蝈蝈，筋粗皮厚，比起他们小时候在南方见到的“南蝈蝈”来说，确实相貌狰狞，个头超大，难怪他们骇怕。

两只大蝈蝈，放在办公室窗台上，叫声汹汹。如果测分贝，比汽车喇叭都不差。如此音声中，我坐在那里，完全不是耳听鸣虫享受天籁，简直是忍受噪音受罪！

转天就上班了，饶是我单独一个人的办公室，这么大的动静，也怕哪位领导过来“关怀”。心虚之余，我晚上临走，把两个蝈蝈关入一个玻璃柜子里面。如此，希望它们的音声不那么噪耳。

周一上班，不好了，不得了！“汉尼拔”所住的塑料罐盖子松开，大蝈蝈不见了。我扒开柜子内所有的书，可谓翻箱倒柜，蝈蝈影踪不见，连屎都不见一粒。

累得我腰酸背痛，气急败坏之余，我摔关书柜门。咔啪一声，一只大蝈蝈应声落地！

原来，不偏不倚，“汉尼拔”趁我开柜门的时候，就躲在柜门合页之间。我猛关柜门之时，恰好给它来个干净利索的“行刑”！

腹溃肠流，“汉尼拔”在地上辗转反侧，挣扎不已。

刚过一天南方温暖好日子，就受此致命伤，“汉尼拔”真苦命。

哀伤之余，我想了想，蝈蝈虽然不是人，总需要临终关怀吧。毕竟物伤其类，我就把“汉尼拔”和“亚历山大”哥俩，一同放在一个透明的大玻璃罐子里面，目的嘛，是想让“亚历山大”抚慰一下“汉尼拔”受伤的肚子（不知道蝈蝈有没有心）。

果然，看到“汉尼拔”仰躺在那里蹬腿捯气，“亚历山大”须子晃动，轻轻地朝“汉尼拔”走过来……

电话铃声响，有同事找我。我转过身离去，坐在座位上接了大概五分钟的电话。

再回首，嗷然一叫，我忽然见到骇然一幕："亚历山大"这个大蝈蝈，确实趴在了"汉尼拔"葱绿的身上，但它并没有摇头摆尾抚慰垂死的同类，而是张开板牙大嘴，啃噬着"汉尼拔"的大肚子，嚼吃得津津有味！

看电影电视剧多了，人杀人的场景见怪不怪，反正都是演戏。真正血淋淋（蝈蝈绿"血"）看到两个大蝈蝈同类相残，差点吓出我神经病来……

愤恨加惊吓，我伸手抓起"残吃同类犯""亚历山大"，岂料，大蝈蝈胃火加心火正旺，扭头就给了我一口——您猜怎么着？它竟然把我手指咬出血了。

痛且怕着，我一甩手，把吃尸咬人的大蝈蝈扔回玻璃罐子里面。切齿再三，毕竟是条虫命，收敛起杀心。

想了又想，最终，我气呼呼把拿起罐子，把这只残忍、狰狞、嗜血、灭绝虫性的蝈蝈直接送到了七楼厨房，发往厨师房操刀人为奴！

怕患上"狂蝈病"，我回到办公室之后，又打电话又上网，查询被蝈蝈咬后能得什么病。查来查去，似乎给这种虫子咬一口，也不会得什么病。

饶是如此，心内依旧愤愤不已。

转天一大早，到了食堂，大师傅见面就告诉我"噩耗"一条："亚历山大"，咬人大蝈蝈，死了！

死因吗，极其不明——一是厨师把一块肉放入玻璃罐子里面，它吃荤撑死了；二是可能早晨厨师做早餐一直用一台音响超高声播放音乐，大蝈蝈觉得自己叫声比不过，就羞愤触罐而死……

反正，两个蝈蝈，前后脚，都死了。

追忆十里河二楼商铺那位店主哥们对我如何养好蝈蝈的谆谆教导，真是俨若梦忆……

紫润坚厚话名匏

蝈蝈死了，蝈蝈葫芦犹在。

看到此处，或许有看官思及我此文开篇的题目是"虫子'害'人"，就认为是"亚历山大"咬了我一口，就算"害人"了。

当然不是！

我之所以说"虫子害人"，正是指蝈蝈葫芦太害人——害人花钱啊！

现如今，在京津地区买一个当代范制、掐花或者本长精品葫芦的钱，都能在广东江门买一个上好的有百年历史的老红木桌子！

葫芦器这么值钱？

确实值钱，而且是真值钱。

上世纪 80 年代，葫芦器真不值钱。这种小众收藏品，在天津、北京一些古玩摊点，80 年代出品的、品相好的传统形制葫芦器，大几十元就能拿下。有象牙圈口、象牙蒙芯或者高浮雕玳瑁蒙芯的老葫芦器，所谓“官模”吧，也就是大几千的价格。

黄花梨家具、紫檀、竹雕、瓷器等类的文玩，王世襄先生那套书出版之后，风起云涌。但是，葫芦器价格，却一直逡巡不前。也就是最近四五年间，葫芦器开始猛涨。诸如天津老郝家等名家的范制葫芦，单只没配口圈的，精品也在万元左右。

葫芦器的鉴别不是很难，不像瓷器、铜器等东西水那么深，因为葫芦的质地决定了葫芦器作假很不容易。此外，真正上好品相的传世匏器，连故宫都只有 500 多件，所以，真正弄到拍卖会上的匏器精品，太少太少。

当然，通货膨胀时代，也有不少炒家急赤白脸，烘托气氛，到处嚷嚷，说什么匏器物以稀为贵，赶紧购买，日后升值空间，肯定无限巨大。

根据我多年经验，这些话，不能尽信！说一千，道一万，葫芦器还是属于小众收藏。如果爱红木爱和田玉，几十万、上百万抛出去，自己看着爱，摆在屋子里面，挂在脖子上、握在手里，也都实用，保证年年升值。但一般投资者，再爱葫芦，再爱匏器，真让谁随便就是几万、几十万地花钱，请大爷似的请几个新老葫芦摆在窗台、桌面，毕竟不是很现实！

我购买鸣虫葫芦很晚，2011 年年底才拥有第一只。但我购买葫芦工艺品，早在 2009 年就有过一次“冲动”经历——当时，我和老友文华、亚明、田颇几个人，去深圳艺展中心瞎逛。在艺展第二期的二楼，有家卖紫砂壶的店铺，大概老板喜好杂项，有几件葫芦工艺品放在店里柜子上面摆着，黄晃晃的，估计多年无人问津，葫芦上面灰尘落了不少。

左顾右盼，仰头猫腰，我忽然眼一亮，抬头就发现柜顶有一个直径大概 60 至 70 多厘米的大葫芦，呈巨大寿桃状，上面火绘着宋元山水——当时我看上这件东西，全然不是因为自己喜欢葫芦，而是喜欢大葫芦上面的山水画，真是太精妙太传神了，很有倪云林笔意和淡雅飘飘的意境。

仔细问价，看店小妹直摇头，说要看看老板底单。过了好几分钟，那小妹查了本子后，告诉我实价 1600。我想再讲价划价，小妹实话实说：葫芦是老板去年在山东聊城买的，买价就是这个价，原价。葫芦这东西，放在广东的店铺，根本没人问，这么久，连一个询价的人都没有，所以老板决定原价买原价卖，不讲价。

左看右看，画面恬淡雅致，浓淡相宜，有皴有染，葫芦上面这山水画太让我悠然神往了。忽然冲动，我掏出 1600，抱走了这个大葫芦。

为此，文华、亚明、田颇几个老哥们，几乎笑了我一路——1600 买个葫芦，简直匪夷所思。根据他们的经验，国内随便哪个旅游点，都有烫画葫芦卖，价格没有超过几百的，没听说哪里有葫芦能卖到近 2000 大元！

在当时的 2009 年，1600 元，都能在深圳艺展中心购买一个晚清红木老茶几了！

一时之间，我成为他们的笑柄和笑料，并给我取外号：梅大葫芦！

等到最近，我真开始喜欢葫芦、研究葫芦，才发现，当时我买的那个1600的火绘大葫芦，一点都不贵，几乎都可以说是捡个大漏——但凡随便这样质地坚厚、奇形怪状大葫芦，加上高手艺有绘画功底匠人的精细火绘，放在天津、北京文玩、古董店铺，怎么也要个7000到8000块钱！

如此高雅匏器放在我家里两三年，更觉葫芦器和瓷器差不多，不仅工艺优良、器形优美，而且还能亲人，把玩之际，葫芦色泽渐变，颜黄如金，又如蒸栗，时间愈久，颜色愈重，古朴，凝重，每天都有变化，日益古色古香，让人赏心悦目。

不过，火绘工艺葫芦，又称“烫花”或“烙花”，我只买过如此这般质量顶级的，对于刀刻、针划、雕刻等工艺葫芦，我始终没什么兴趣。最终，我还是把注意力集中在黑白虫葫芦和蝈蝈葫芦这两个品种。

好记性的看官，肯定会记得：“亚历山大”、“汉尼拔”两个大蝈蝈在深圳死于非命之后，我那里不还剩下一个1000块买的蝈蝈葫芦吗？

对，蝈蝈葫芦还在。睹物思蝈，葫芦已经好几天被我冷落了。鸡肋一般，摆在我办公室的窗台上面，灰尘渐落。

一日，我老友文华奕奕然来，拿起蝈蝈葫芦，翻来覆去看了一会，问我多少钱买的。

“1000 块，装蝈蝈的，葫芦这东西，你这个‘九头鸟’就别惦记了，我们京津爷们才玩这个。”

“……蝈蝈，呵呵，那两个大蝈蝈？不都死了嘛，留着这个干吗，200 给我算了，我放在书柜里面做装饰。”

“200？ 1000 块我在北京大老远买的，200 转给你，我有病？”

“说个价嘛，我是你铁下家啊。”

这句话真对。这么多年来，我买过无数东西，上当受骗无数，只要我买来不喜欢的，最后都能打折便宜转给文华老兄。

“500 吧……”

“500，这么小一个葫芦……”嘴里如此说，文华摩挲久之，最后还是掏出现金，若有所思而去。

没过几天，文华又来，一只手把玩着我半价卖给他的蝈蝈葫芦，一手拿着几本专业书：包括孟昭连的《中国葫芦器》、上海文化出版社出版的王世襄《说葫芦》以及两三本彩图小书，都是文玩葫芦的专业书籍。

“我研究了，你这个蝈蝈葫芦真不错，不仅是本长，还是倒载！原汁原味，瓷皮铁里！”

嗬！这才几天啊，一只蝈蝈葫芦引出了喜剧，文华兄已经满嘴都是我根本茫然的葫芦术语。

“什么叫本长葫芦？”我问。

“‘本长’，就是天然长成的喽，瞧，我这只葫芦，就是你卖我这只，不歪不斜，充实饱满，大哥，自然能长成这样，不说千里挑一，也是百里挑一！你瞧，这葫芦周正的，放在桌面都能稳稳立住。至于‘倒载’，就是原本这葫芦应该以脐为底，但它腰与下腹可能过细，与上腹相比却成比例好看，所以匠人就从下腹部截口，作葫芦‘喇叭口’，而把上腹作鸣虫呆的空间，所以叫‘倒载葫芦’。光是葫芦术语，就够你学几天的……”

当时我理解力有限，“本长”我马上就听明白了，“倒载”，我一时半会没弄明白文华所讲。

“所谓‘范制葫芦’，相对‘本长葫芦’而言，就是人工用模具罩着长出来的葫芦虫具。范制，听着容易，做起来特别不容易，要趁葫芦幼小嫩软时，放入阴文模范内，五六个月时间才能成熟，大概每年霜降后才能收葫芦。从前模范，大概只有木范和陶范两种。现在多了，石膏的、纸膜的、聚酯的、橡胶的，成本越来越低，模具越来越精细，可种出来的葫芦，还是不能完全人工控制，靠天吃饭啊，你想想，葫芦装在模范内，和阳光、空气基本隔绝，成品还要有瓷有色不枯萎，都要专人伺候呢，成品率极低。可惜，你只转给我这个本长倒载葫芦，范制葫芦，你我都还没有一只呢……”

文华现趸现卖，和我讲了半天葫芦，我都没大听进去，可他最后说的那句话，让我买心顿起！

多年红木、老玉老玩家，玩杂项乃最高境界，既然文玩葫芦这么大学问，又是我们老天津、老北京爷们玩的传统玩意儿，能不买吗？能不研究吗？能不把玩吗？能不显摆吗？……

“我过年回家去天津看我妈，贼不走空，你放心，我一定买一堆鸣虫葫芦，给你看看我的手段和眼力！”

“太好了！你最好开车回家，华北地区传统葫芦产地，好葫芦都在你老家那边，回到天津后，顺便河北保定、山东聊城啥的，都遛遛，转转，买买……”文华撺掇。

“我去保定干啥，那里也产葫芦？”

“嗨，你太外行了！”文华扬着手里几本葫芦专著，“知道吗，老文玩葫芦中的‘安肃模’，就是指保定徐水地区的模子，徐水的古称就叫‘安肃’，蝈蝈葫芦如果没有‘安肃’的，哪里好意思见人啊……”

撺掇我开车回北方后，文华还不放心，又絮絮叨叨：

“对了，我一定提前给你大致扫扫盲，范制葫芦，有鸡心葫芦、柳叶葫芦、棒子葫芦、油瓶葫芦，这些都是装蝈蝈的；还有一种花瓶葫芦，是装蛐蛐的，体型修长，你别弄混了。现在葫芦贩子中好多也都不专业，我看王世襄先生的书，说好多做蝈蝈葫芦的匠人都胡乱瞎做，把蛐蛐葫芦的蒙芯装在蝈蝈葫芦上，甚至还有人在蝈蝈葫芦里面垫底砸底，不伦不类！蛐蛐葫芦如果真使用上怀来玩，里面一定要砸三合土的底子，需要专业的匠人来砸，我们自己做不来的……”

怕我代购之时不懂基础知识，临走，文华特意把三本葫芦专著都暂时借给我，让我在路途之中“研究研究”。

手拿三本书，我将信将疑。“我自小在天津长大，对于葫芦，你说的蝈蝈葫芦、蛐蛐葫芦，怎么一点印象都没有啊？蛐蛐罐我知道，带盖带什么蒙芯的蝈蝈葫芦，我真没有见过。”

“那是你不在意，或者你们家里的男人不喜欢养蝈蝈啥的，所以你对葫芦没有印象。”文华言之凿凿，“真正现在存世的上好文玩葫芦器，都以康熙、乾隆年间御用居多。嘉庆帝整整一个朝代处于多事之秋，他穿裤子都打补丁，没心思搞葫芦玩意儿。别说，皇帝在宫廷不搞葫芦器，许多王公贵族特爱这口儿，带动民间老百姓也跟着玩儿。晚清时期河北徐水，当时叫安肃，还有三河县等地方，不少人靠种植养虫葫芦为生。三河县刘显庭范制素模最有名，出声儿最好，也就是玩家们嘴里的‘三河刘’了。从清朝快亡的时候开始，一直到民国，就你们天津人种植、范制葫芦最有名，我记不大清楚名字，当时号称有‘天津四大家’，什么‘旋大爷’、史老启、李六、陈摆设，对，就这四个爷们，诨号，特别有名，北京的玩家，都买他们的葫芦。北京爷们懒，自己不种葫芦。京城玩家消费的葫芦，主要产自你们天津。北京即使有人种，都是高级玩家，八旗子弟遗老遗少那种，确实有精品葫芦，量太稀少，也没什么人知道……”

满嘴跑火车一样，文华老兄肯定这几天恶补葫芦知识，说得我目瞪口呆。

“天津鼓楼市场，古文化街市场，每次回去我都去转，怎么对葫芦没有任何印象啊，奇怪，奇怪。”记忆所及，除了古文化街的摆摊商贩贩卖烙画大葫芦和挂在车里当摆设的小葫芦以外，文华刚才说的那些什么文玩葫芦和鸣虫葫芦，我似乎见都没见过一个。

“什么叫视而不见？就是你对一种东西根本不在意，不上心！你回天津寻摸寻摸，鸣虫葫芦肯定有，而且有不少！解放后好长一段时间内，粮食为纲，天津、河北、山东，都没人敢种这玩意儿了。”

“是啊，玩物丧志啊，反右、‘文革’的，我们天津不少从前的有钱人每天晚上做贼一样把家里从前值钱好东西都扔海河里面，就怕别人说自己有钱，说自己有闲，谁敢玩葫芦、种葫芦啊……”

文华大点其大肉脑袋，接着说：“王世襄在1960年写过一篇文章叫《谈匏器》给《文物》杂志，主编认为‘玩物丧志’，根本不登。20多年后，这篇葫芦文章才能给刊登。80年代中期，北京的付建杰开始重新尝试种植蝈蝈葫芦，山东聊城有家姓赵的，也开始种植纸模葫芦，保定有周家，也看葫芦有钱赚，撒下种籽，恢复他们家本来传了几代的‘老撞子’模具。同时，北京大兴有个姓张的专门范制‘喜’字葫芦，人称‘喜字张’……葫芦器恢复达到高潮，和黄花梨达到高潮一样，都仰仗王世襄王先生，香港出版他《谈葫芦》一书，你们天津有个叫王强的，大受此书启发，以王老书中的图录为样子，在天津大规模范制文玩葫芦……”

天籁声声蕴雅韵

文华有关鸣虫葫芦一席话，让我胜读半年书，从此开窍。

为了春节赶回天津和我妈过年，为了过年期间在京津地区、河北、山东等地寻找“正宗”文玩葫芦。大义凛然地，我在腊月二十六开车，从深圳出发，平生第一次在春运高峰出行。

春运，生民苦矣！

为了避免堵车，我早晨五点半出发，没走京珠高速，转走粤赣高速，以为早起转路会行进快一些，岂料，春运就是春运，加上细雨霏霏，路滑人倦，真是堵你没商量！

晚上八点半，不停歇开车将近15个小时，我才刚刚开到南昌。七百多公里，本来7个小时就能到，却开了多一倍的时间。

广东境内这一路之上，耽搁这么长时间，绝不是走走停停晃出高速吃饭看风景啥的。我一直呆在车上，除了加了两次油、尿了三次尿以外，总处于堵车、开车、停车等事故清除的高度紧张状态。这次行程，几乎是我平生一天之内开车时间最长的一次——15个小时！

这次春运，留给我最大的印象是什么呢——无他，高速公路的脏乱差！

人太多了，车太多了，事故太多了，浓浓乡情引起的归程倦意太多了！

高速公路加油站加油排队和厕所的壮观场面，也为我平生所仅见。特别是厕所，别说女厕，所有男厕都是人满为患，挤不进小便池旁边站队，晃进蹲厕小门，里面场景让人终生欲呕——随便哪个大便池，“人中黄”都堆得一尺多高！

我这么一个老小伙子，身体还真行。在南昌睡了一晚，转天一大早，虫子一样，又辛勤上路，马达得得，直奔家乡。

终于驶过九江大桥，高速公路基本恢复正常流量。过安徽，到江苏，停在徐州住了一晚，第三天，就进入山东境内。大路平坦，天朗气清，过河北后，直抵天津！

时间风火性，烧了岁寒衣！

转眼间，我到达天津已经是大年二十八了。到家见了妈，聊了几句，我忽然才明白，今年没有阴历三十，阴历二十九就是除夕！

嘘寒问暖后，拿出一张银行卡孝敬我妈，被我妈婉拒：“你大老远的在深圳，平时没少寄钱给我，这份孝心我收了，这卡里钱你自己留着吧……”

吃着我妈给我现包的一顿素饺子，和我老伯（“伯”在天津话这里念“bai”，老伯是最小的叔叔）聊起葫芦器。没想到，老伯没玩过葫芦，对这东西却很懂行。

“咱天津地处九河下梢，码头文化加市民文化，玩蝈蝈、蛐蛐葫芦的人太多了！你想想，我们天津离北京多近啊，不能不受皇城根八旗子弟爱玩意儿的影响，说起玩儿，京津同源啊。清朝没了，天津租界大，京城遗老遗少到天津定居的多，玩意儿带来的更多。那废帝溥仪、前清大官儿、下台军阀、政客，都怀揣大钱的主儿，都在天津住着，吃喝玩乐之外，养鸟玩虫就是他们的‘正事儿’。

“玩葫芦的主儿，当时多之又多，赶上咱们天津有不少范制葫芦的名家，有买有卖，特别葫芦器兴旺一时。我能记得的，有什么旋家大爷、史老启、李六爷、陈摆饰、萧扯子，还有常春堂张家，多了去了……旋家大爷本事大，他家瓦模套纸金钱扁、玉簪把、松脖棒子做得好；李六爷专攻步步得、紧脖鸡心、签筒子、白虫炮筒，还做草纸模棒；鸣虫出声最好的葫芦，史老启做得最好，他还能用范模仿制本长葫芦，套出来的葫芦几乎和本长一模一样，当时有人说他天天用手捏葫芦，目的让葫芦长得正，具体制作过程，呵呵，商业秘密，到现在玩家都不知道，他们家的棠梨肚和锣鼓槌做得一绝。

“至于常春堂张家，是咱们天津卫开药行的大买卖人，当时在南门外大街有他们家字号，经常赊药给穷人，挺仁义的。张家老爷子给津郊八里台当地农民义诊治病，人称‘张善人’，八里台乡绅就合伙送给常春堂五亩地，在那里盖了几间房，就是今天复康路图书馆附近，当时叫‘十五间房’，挺偏僻的地方。张爷平时常去那里，免费为周围穷人看病的同时，就利用那几亩地种葫芦。人家就爱那一口儿啊，古人称医生‘悬壶济世’，那‘壶’就是指‘药葫芦’啊。所以，张爷没事就把旋大爷、李六爷、史老启等人请过去，研究葫芦范制。那段时间，葫芦器在咱们天津红红火火，达到极盛时期……常春堂张家有钱，所以仿官模仿得最好，花模棒子有名……”

我老伯如数家珍，行家啊！行前老友文华洋洋洒洒一席话，显然现趸现卖从书里看来的。而我老伯所说天津葫芦器的发展沿革，地点、人物清晰无比，真人真事。

心内佩服之余，疑窦顿生。“老伯，你对文玩葫芦太在行了，可我从小到大，没看你养过蝈蝈啊……”

“我从小到大，你奶奶从来就不让我们养蝈蝈！你爸爸没养过，你二伯也没养过，家里不能养蝈蝈，连鸽子也不能养，最多可以玩玩蛐蛐……”

“也奇怪啊，我奶奶不让你们玩蝈蝈和鸽子，却让你们玩蛐蛐，我和我哥，小时候也玩过蛐蛐，都是玩儿，怎么区别对待啊？鸽子那东西，奶奶嫌吵嫌脏，蛐蛐和蝈蝈，分别不大啊，一个让养，一个不让养，奇怪……”追忆过去，我也感奇怪。

“你爷爷死得早，他死的时候，我才1岁，所以，我对自己爸爸，你爷爷，什么也记不得……据你奶奶说，你爷爷、你大爷爷哥俩，都是玩主儿，特别是你爷爷，在北京做生意呆了几年，把八旗子弟提笼架鸟玩蝈蝈那一套学得炉火纯青。我听你奶奶说，你爷爷当时在北京，买了十几个上好的蝈蝈葫芦，每个葫芦都要一两百大洋，有的甚至几百大洋！一两百、几百，说这个数字你没概念，和现在的钱相比，完全不是一档子事儿。当时拉胶皮的，就是拉洋车的，满头大汗拉一个月的车，也就挣八块大洋。这八块大洋，就能养家糊口了。你说，你爷爷动不动几百几百地花钱买蝈蝈葫芦，你奶奶能不生气吗！”

老伯一席话，没使我对爷爷糟蹋钱的往事感到伤心，反而让我悠然神往起来：“照您这么一说，我爷爷当时肯定淘了不少值钱的葫芦，说不定宫里的葫芦器都有……奇怪，奇怪，我小时候咱们家里还有好几个蛐蛐罐子，为什么一个葫芦我都没看到过！”

“你还真问对了！蛐蛐罐子，从前也不怎么值钱，破陶烂土的，所以你奶奶没拿那些东西上心。至于蝈蝈葫芦吗，都是象牙、玳瑁口盖的。对这些‘败家’的东西，你奶奶恨极，从来不拿出来给我们玩，说那些东西‘有毒’。解放初期，你爷爷死后，咱们家特别困难的时候，奶奶还能每年弄一两个蝈蝈葫芦到委托行换点钱，慢慢藏货就越来越少了。我那时小，对葫芦真还有记忆，毕竟是玩意儿啊，记得最真的，是象牙高浮雕的几个小孩子，胖乎乎的，杨柳青年画的脸儿，每个小孩都是能动的，巧工，巧工啊……

“到了‘文革’，剩下的两个蝈蝈葫芦，都成祸害了。你想想啊，你爷爷死得早，咱家破落户了，房子该卖都卖了，可这倒对你爸爸、二伯和我三个人特别有利，嘀，家里穷啦，出身一栏，可以填‘城市贫民’。不过，‘文革’一来，大家还是都害怕，从前给咱家拉洋车的一个爷们姓韩，他老婆外号‘韩小脚’，街道积极分子，当时‘小脚侦缉队’成员，特革命，特进步。这个人，天天在街道上串，各家各户里面寻摸，你可能还有印象。那娘们知道咱们家从前底细，你奶奶后来告诉我说，她有一天晚上到咱家，讹诈奶奶。当时家里真没值钱东西了，绞尽脑汁，只剩下三个高蒙芯象牙葫芦是从前的值钱东西，奶奶就都拿给她了，算巴结她买了个平安吧……据说当时‘韩小脚’挺失望，因为，那种东西在当时没有任何价值！还好，她儿子是个先天痴愚半傻子，‘韩小脚’就给她儿子当玩具了……对，象牙葫芦放咱们家里是祸害，搁她家里没事儿，人家三代穷人，什么都不怕……”

“老伯，你对蝈蝈葫芦太专业了，太专业了……”我啧啧。

“我为嘛对蝈蝈葫芦这么熟？也不全是因为咱家从前有这玩意儿。我年青时候插队在河北涞源，当时当地有个受管教、受监督的释放劳改犯。身板挺直一老头子，手特巧能做饭，总被我们天津、北京知青请过去教我们烧菜。后来混熟了，发觉这个‘老阶级敌人’人特好。他们家从前就是在北京开古玩铺的，玩儿见过无数，有一次我们吃葫芦，他就说起文玩葫芦，我和他说起从前咱家的东西，但凡我简单说出来一个葫芦的大概样子，眼一眨，他就能立马说出那种葫芦器的器形和具体名称！……”

听老伯如此讲述，我心潮汹涌，一种类似“苦大仇深”的感觉，在我内心中漫荡开来。即使我没见过实物，也能想象到从前爷爷手里那些好东西。多好的文玩葫芦啊，放在今天，玩虫儿肯定舍不得，拍卖会肯定能上，哪个都能变成一辆高级轿车啊……

“这老头儿现在还活着吗？”我很傻很天真地问。如果能够找到这个老头，就等于找到一个民间王世襄，买什么物件都有掌眼的人了，特别是我现在要买蝈蝈葫芦的关头。

“开玩笑吧，他活着现在也得90开外了吧！更何况，老头在涞源呆了没几年，就死了……”

“又不是在夹边沟，他怎么死的？”

“……我们在河北涞源插队，种地的时间不多，才大概一年，正好有工程兵部队一个团在涞源山里修铁路，我们许多知青都被征调去当劳工了，天天累死累活的。那老头阶级敌人一个，肯定也得干活。开始的时候，部队管施工的一个头儿好吃，老头能烧菜，还挺照顾他，让他在工地食堂打杂，没事负责给我们知青和战士装装饭、洗洗锅啥的，其实是没事给那个头开小灶做好吃的。你也别认为当时小灶有多高级，不过是炖熬些蘑菇弄点猪肉啥的。后来，换了一个团长，苦大仇深，警惕性特别高，觉得老头这样一个坏分子混进食堂太危险了，万一他投个毒，还不得毒死几百人，一下子就把老头弄到山里铁路工地上面去了……”

“哦，老头累死了……”我截住老伯的话头。不用再讲了，老坏分子弄到工地上干苦力，活不了多久。

“老头儿还真不是累死的。我们许多天津、北京知青和他混得特熟，干活都特照顾他……在涞源山里面修铁路，逢山开路，遇水叠桥，最危险的活儿是放炸药扎山挖隧道，一年多下来战士、知青炸死好几个了，不好向领导交差啊……新来的团长灵机一动，就地方搜索附近能找到的坏分子、劳教释放人员，或者老头那样处于半劳改状态的人，让他们干最危险的活儿，要不负责在悬崖边上当前导，要不挖隧道时装填炸药，拉引炮捻啥的……老头本来命挺大，悬崖峭壁都摔下去两三次，都被树杈啥挂住救回来了。结果，看他命大，团长就派他弄炸药。三个月不到，小事故发生，炸药提前爆炸，老头被炸得肚烂肠流……”

“老头叫什么名字啊？”

“……真不知道，我们知青管他叫‘狗不理’老头儿，喜欢他才这样叫他，东西做得好吃，部队的团长管他叫‘老混蛋’……”

哦……

怀着对“狗不理”老头儿无限的追忆和想望，我一夜辗转反侧，寤寐思服。经过我老伯的指点，转天，阴历二十九上午，也就是兔年除夕，我去了天津宝鸡道花鸟市场。目的很简单，买文玩葫芦。

本来，老伯说天津最大的售卖蝈蝈葫芦的市场是普济河道市场，那里是华北地区最大的花鸟虫鱼市场。可那个地方距离市中心有些远，我又拿不准年根儿底下市场是否会开，保险起见，就先去宝鸡道市场溜达。

宝鸡道鸟市儿，距离天津国际商场特别近，离西开天主教堂也很近。我小的时候，我表弟他奶奶住这里（也就是我老姑的婆婆），有一段时间，每隔一周我都会到这里来玩，印象中，从来不知道这附近还有一个鸟市儿。

老华侨回乡一样，磨磨唧唧找了好久，才进入宝鸡道路口。不得了，全都是人！难道那么多人大过年的来宝鸡道买蝈蝈葫芦？当然不是，这里是个花卉批发市场，来人几乎百分百都是过来买年花的。整条宝鸡道，寒冷空气中氤氲着水仙、寒梅等冬季花卉的莫名馨香……

从前的花鸟市场路边摆摊，现在，主体摊贩都进楼了。进了楼，里面不少卖金鱼的店铺，水气阴阴，让人眼镜都蒙罩上一层雾气。

真正细遛，市场里面卖葫芦的不多，卖精品葫芦的更少。二楼一个铺子店面不大，也就三四平米的样子，老板是个年青女士，言语挺客气，她的柜台里面有福来押花葫芦，工艺精湛，要价8000一枚。东西虽好，我不是很喜欢。第一，福来押花主体是花卉，主要是牡丹和菊花，细腻繁复，我觉得太过匠气；第二，都是没上口盖的光葫芦器，我脑子里面尽是忆念中我爷爷的那些象牙口盖象牙蒙芯的好东西，对这种没装齐备的东西，总觉自己看不上眼。

又逛了几个店铺，都是卖最普通养虫葫芦的，甚至几十块钱一个的都有，白惨惨的表皮，显然都是药水褪皮，加上所谓的“黑檀”口圈，黑白分明，煞是难看。

虽然暂时没有上眼的，手拿文玩葫芦实物，经过和店主交谈，也学到了不少葫芦挑选的知识。凡是卖葫芦的，都知道

“紫、润、坚、厚”四个字，真正达到“紫”和“润”，需要数十、上百年的养玩，而“坚、厚”两个字，乃挑选葫芦首先要考虑和观察的关键。

一个葫芦在手，当年采摘的葫芦，色彩愈黄，就说明熟得愈透，色彩暗淡甚至发惨白颜色的，不是褪皮时泡药过多就是葫芦本身就没熟透；以手指轻敲葫芦，发音清脆明亮者，琅琅之声，肯定熟透而且结实。若发音沉闷，“扑、扑”呜呜，葫芦质地肯定不好；以目直观，葫芦表皮一定要细密，这样，外皮光洁度高，定为好葫芦。当然，买非文玩级的本长大葫芦，可以在不显眼处以指甲细掐，如果无迹无痕，就是好货。如果一掐就有凹陷，肯定质量下等。

当然，挑选高级的文玩葫芦，实用价值显然要居于第二位了，第一位是要符合“审美”标准，也就是强调葫芦器的观赏性。大略言之，葫芦造型一定要周正匀称，不歪不斜，口圆脐正，三停匀称谐调。

寻摸过程中，我忽然觉得，爱新觉罗·弘历在诗歌界虽然是个千古笑话，但他咏葫芦的这两句很有水平：“置之白玉青铜侧，华朴之间意愧如。”葫芦这种东西，上手清香，盘玩可人，太招人喜爱了。

大过年的年根儿，转天就春节了，店铺主人都心不在焉。不过，天津人脾气都好，男女老少的店老板对客人比较有面儿，基本都耐心和我聊，给我讲解文玩葫芦的知识和挑选葫芦的窍门。

可惜，转来转去，就是没转到心仪的葫芦。

临近中午，我肚子咕咕叫，准备离开宝鸡道市场。结果，在二楼紧挨边的一个招牌上标有“白玉馆子”的小铺子里面，发现了两个小葫芦，这两个小东西，让我顿时怦然心动——表皮稍稍发黄，没褪尽白色，显然都是今年的新葫芦。但两个葫芦都是齐配，牙口牙蒙芯。最主要的，个头儿都特别小，均可盈握在手，适合平时把玩。

那个矮扁小墩形状的，皮色如蒸栗，大概下树两年了，上面掐花，题材是“二龙戏珠”。蒙芯还是“三羊开泰”，我妈就属羊啊——明天就是龙年了，能不弄个龙葫芦趁景！另外一个，大号扳指大小，更袖珍，更细腻，而且是模制葫芦，鱼篓形状，三个螃蟹趴在外面，河蟹，和谐社会啊，意头不错，特别让我非买不可的，是牙口蒙芯上的透雕图案，乃梅花也，吾梅氏家族徽标也！

东西可爱，问了问价格，就不可爱而是可恨了！

两只小葫芦，要价 20000！二龙戏珠 13000，小鱼篓 7000。

如果我事先没有文玩葫芦的相关知识，听老板开价肯定会被气笑。就是当下似懂非懂，觉得他的价码还算合理。

“大哥，你仔细看看，这俩小葫芦，别看小啊，小而精！小鱼篓子，这么小的葫芦上模子能出来，整个天津市也没第二个！象牙口儿，这雕工，纯手工！再看看这掐花葫芦，两条龙，都盘满了，别说拿在手里，看着就养眼耐（爱）人！仔细看稳了，大哥，上面蒙芯，三羊开泰！这三只小羊雕的，活了，像不像要马上从盖上走下来……刚才大哥您说您在深圳，回到南蛮子那地方，这俩东西拿出来，这一显摆，保准让他们一愣一瞪眼儿！”

老板纯粹“本长”天津卫，估计年青时候还是个“玩儿闹”，嘴皮子特溜，眼珠子特转，观察人的力道特毒。

东西是好，拿回深圳显摆也很有面子，肯定让诸友一愣一瞪眼。不过，现在这个价格，都能让我一愣一瞪眼了。

“16000 吧，听着多好，六六大顺！”我讲价。

“大哥，明天就过年了，你看我今天还在这里‘业’着，不容易啊。我看大哥你是咱们天津人，如果是外地老坦儿，我不讹他开他 30000 的价？得，您也别跟我划价了，谈价儿伤感情。”

“讲感情伤钱啊，哥们。”我也打趣。

和天津生意人做买卖就是好玩，跟说相声一样。

“最后吉利友情价儿！ 19800！”看着我一直把玩两个小葫芦，爱不释手的样子，店主已经成竹在胸。

“……要不，我再转转？”我做出欲走状，“听说普济河道那个市场特别大，葫芦特别多……”

“好，大哥，您再转转，反正宝鸡道市场里面有什么东西我清楚，您转了一上午了，心里清楚着呢，买卖不成仁义在，这东西我给您留几天，不忙，不忙。对了，劝您一句，今天千万别去普济河道中环花鸟市场，今天大年二十九，市场不开门，特别远，您打的去都要四五十块钱，冷呵呵的……”店主一直扳着，没一点退步让价儿的意思。

斗智斗勇不成，只能掏钱。两沓崭新的票子，我抽出两张来，其余全部奉送老板。

面前这天津卫玩儿闹老板，一直板得紧，一副见过大世面的样子，就是最后在接钱数钱的时候，他手有点发抖。

根据我多年经验，多年受骗经验，老伯这手抖汗冒的表现，我忽然感觉这两个葫芦买贵了，而且贵得不轻！但葫芦哪里不对，在什么地方买贵，我也说不出所以然来。反正，但凡我开始沉迷、购买一样玩意儿，开始没有不上大当的……

“大哥，您这人挺爽快，我送给你两个小葫芦吧，还有一把玛瑙刀，没事儿你在家里自己可以学学押花……”估计骗我有些不落忍，店主在我临走的时候免费赠送了两个葫芦一把玛瑙刀。

美国种袖珍小葫芦，十里河市场的公价儿是10块一个，玛瑙刀吗，15一个。我们天津商人就是会培养顾客感情，买了19800的货，赠送了25元的东西！

如此，我花差不多两万块，买了两个葫芦器，当然还都不是蝈蝈葫芦，应该是养蛉子的葫芦。东西真的很小很小，上手感觉还都不错，就是那个小鱼篓稍稍偏黄，褪皮的时候显然药水放得有些多。

我没敢马上回家。这么大人了，败家一样，花钱两万买俩葫芦玩意儿，我还真怕我妈说我。于是，我打个的，直奔利顺德大酒店，坐到一楼大厅的咖啡厅，准备就着玻璃天花板射下的灿烂阳光，收拾一下我喜悦的心情。

靠，恰可盈握，不是黄金，不是田黄，不是沉香，不是蓝珀，只是两个葫芦而已，两万块！我都有点肉痛了。

下午两点的阳光，即使利顺德大厅天花板上有层玻璃隔着，依旧耀眼泻下，照得一切都清澈透明。

小鱼篓子不错，除了葫芦外皮有些发白，模纹清晰，没呲模没拉模，无伤无残，象牙低蒙芯做工还算精细，虽然没有任何实用价值，搁在手里确实算个物件。

仔细再看二龙戏珠小墩儿，葫芦皮色已经开始转黄，瓷儿都有点出来的意思，喜唰唰喜唰唰的，看得我心花怒放。不料，趁着日光定睛接着细瞧，我忽然发现有不对的地方——不是葫芦不对，是蒙芯不对！蒙芯那块“三羊开泰”牙雕，质地不对，没有牙纹；反过来看，背面还有用刀子刻划过的痕迹——最有可能的是，这块所谓全象牙口圈的小葫芦，当初被这个店主买到手的时候，他也被骗了，所以才会拿刀在背面刮个小缺口细验。

有看官会问，你不是买葫芦吗？既然葫芦品相不错，一个蒙芯算什么呢？难道吃亏上当了？

当然是吃亏上当了，而且是吃亏上大当！这个二龙戏珠鸣虫葫芦，如果是 13000 块钱的价儿，葫芦这半儿也就值 5000 块，上面牙口的“三羊开泰”蒙芯，应该值 8000。如果这块蒙芯不是牙料而是驼骨、鹿角甚至化学料，这个手把文玩葫芦，那就要大打折扣了！

对于象牙，我还是不乏辨别能力的，早在1997年，我就在佛山买过一尊象牙整雕的主席像，牙芯儿牙纹啥的，我都门清！

你门清还上当受骗？有看官肯定怒问我。

关键在注意力问题。我买的是葫芦，自然而然，我所有注意力都在葫芦上，葫芦的皮色，葫芦的掐花，葫芦的底脐，对于上面的象牙蒙芯和口圈，我大概扫了一眼。

宝鸡道二楼黑乎乎的，外面鞭炮声声凑热闹，吵得人心烦嚣，哪里会仔细观察牙口和蒙芯呢。

奸商，奸商！我暗中怒骂着，兀自还要强忍，打电话给“白玉馆子”的老板，那个天津“秽秽儿”，耐心问他，那个蒙芯是否不是象牙？最主要的，我想求他是否能给我换个别的葫芦。

“那东西如果不是象牙，我我我把它吃了！”店主稳稳当当，在电话那头赌咒发誓。“那蒙芯，多好的东西，雕工都算神品！我都舍不得卖你当时……如果是假的，我把自己脑袋拧下来给你当球踢！”

“好，好，就算它是真的，咱们第一次做生意，你能否给我换个葫芦，我记得，当时你三楼的店铺还有一个大个儿葫芦，也是象牙口盖的。要不我加点钱，你帮我把这个葫芦换了……”

这骗子店主在二楼是个小店，主要售卖象牙、葫芦等小杂件，他在三楼还有一个同名的店铺，都是卖假玉卖假翡翠骗大“水鱼”的，所以当时他带我刚刚上去我就出来了，没做太多逗留。

“……换，嗯，不是不可以，那个大葫芦特贵，多大的牙圈和蒙芯啊，还是半高浮雕的，很贵，很贵……”

“贵点没事，只要是真货就行，你当初不是说35000吗？我这个葫芦你就算当初的原价13000，我再加上剩下的价格，你把那个大葫芦让给我……”我也豁出去了，舍不得大钱，避不了大当。

“……大过年的，你说闹心不闹心，卖个东西还被人怀疑，我他妈比窦娥还冤……好吧，换就换吧。不过，我过年不在天津过，我姥姥是俄罗斯人，我要去俄国过年。我估计着，怎么也要过了正月十五之后才回天津，大哥，如果您当时还在天津的话，您到市场找我吧……”

靠，奸商！为了逃避我不给我换东西，愣编出一个俄罗斯姥姥来！你他妈的怎么不编出一个因纽特姥姥来啊，那我就更等不及你了……

饶是暗地咒骂，这个当肯定就上了，亏，也吃了。

伴我云云万里身

吃亏是福。还好，每次买东西我上当受骗，都会这样安慰自己。

虽然“三羊开泰”双龙戏珠葫芦的蒙芯不是象牙的，猛眼看上去也不赖。握在手里，恰可盈握，心理上还觉得过得去，不是什么大当。何况，葫芦之最让人可喜者，乃其馥郁的香气，盘玩之后，手有余香，经久不散……

先过年吧。

鞭炮声中除旧岁！在深圳呆惯了，过年也不让放炮，对鞭炮声产生的噪音已经无法适应。躁夜无聊，想起王世襄先生曾经自己亲自在葫芦上押花，自己也想试一试。手里正好有宝鸡道店主“赠送”我的玛瑙刀和小葫芦，于是拿铅笔先在葫芦上打草稿，双钩纹饰，内容自然是我最喜欢的钟馗。画好草稿，开始以玛瑙刀按压。

押花，也称“砑花”，基本原理和雕刻的“阳雕”技术相类似。阳雕是把花纹周围的东西剔除掉，以使花纹凸显。而葫芦押花，是用玛瑙刀把花纹周边葫芦皮压得凹下去，同时绝对不能损坏葫芦表面硬皮。所以，押花刀刃不能太尖，用刀抵住靠近花纹的外侧，用力压刀，慢慢横行。刀过后，就会沿花纹出现一条斜面凹沟。接着，顺着花纹另一侧也如此压制。由此，花纹凸显出来。但这种“凸”，欲阳先阴，并不是真正凸出来，和模制葫芦的“凸”完全不同。相对于周围凹沟来说，花纹是凸的，并非模制葫芦花纹真的增高。

看不少学者著作，都讲葫芦押花要先把葫芦泡软，或者抹上硅油套上塑料袋密封使葫芦变软后再刻压，其实完全想当然。我当晚第一次“押花”，就是用开水把葫芦浸泡了几个小时后施刀的，结果稍微一使劲，葫芦皮就破了。所以，书本上介绍的这种押花方法，根本不对。

押破了一个葫芦，我还剩下另外一个啊。也不敢用水泡了，直接下刀，用玛瑙刀。实践证明，王世襄王大爷真有天才和耐力，当初他一晚上就押出一个花葫芦，转天能够拿出成品，让押花老手也不敢小觑。我就不行，玛瑙刀在手里，根本不听使唤，不是滑刀就是走刀，美国葫芦皮质虽然不细腻，硬度却非常高，吃刀雕花异常困难。

刻押了两个多小时，铅笔画稿都乌涂了，我的葫芦押花也没有成功。气馁之余，只得放弃。

日后，我到别的玩城店铺寻找真正会押花的师傅求证，才知道现在的押花工具，基本没人使用玛瑙刀。第一，从前葫芦的皮较软，现在文玩葫芦的皮质特别硬，特别是保定葫芦，押一个的功夫，能押俩天津葫芦了，就是皮太硬太瓷实了；第二，现在卖的玛瑙刀也不对，都是巴西便宜玛瑙随便磨出来当工艺品销售的，没刃没尖，硬度也不如从前的国产玛瑙，这样的工具，施之于外皮坚厚的葫芦，肯定押花不成；第三，无论大师还是学徒，现在押花师傅所用工具都是平口的篆刻刀或者特制钢刀，硬度很高，都不开刃，既能用巧力押花，又不会因为钢刃锋利而刺破葫芦外皮。

天津“福来押花”之所以出名，就是因为他总以复杂精细的菊花、牡丹花纹为图案。在很小限度内，如同工笔画一样，还要有深浅、高低和虚实之分，做到层次分明。押制这样的花纹，特别需要耐心和技巧。

匠人们押制图案复杂的葫芦，要非常凝神屏气，哪怕最后一刀押破了葫芦外皮，就前功尽弃了……

看过一本清光绪二十三年（1897）苏州人徐康所撰《前尘梦影录》，其中记载了一个技法纯熟的徐姓押花艺人：

> 道光中叶，有徐某居城北，用马脑（玛瑙）厚刀押胡卢（葫芦）阳文，尝见所制有三小儿斗蟋蟀图册子。凡虫及牵草小儿注视状，一垂髫，一作小髻，一双髡，面目各异。而阳文突起，极句勒，不见一豪斧凿痕，如天生成花文者。其盖即用本身之顶，或海棠，或葵花瓣，刀削之稍仄，揜上提携不坠。闻其性情孤僻，终身不娶，嗜酒，不与人共饮。偶制一枚成，携出即为人购去。大率一金一枚，得直即沽酒独酌，须酒尽再制。室无长物，囊无余资，绝不干人，品亦高矣。惟胡卢须北产方佳，每北客来多购备用。生平不肯收徒，故无门弟子得其传，惜哉。

可见，这个活跃在光绪时期的葫芦押花艺人，技法非常娴熟，所做押花葫芦，见图不见迹，鬼斧神工，而且还是实用物品，截口为盖，自然天成，能提携蒂瓣而不坠。此人品格高洁，颇有李太白风范，爱酒嗜醉，即使自己押花葫芦卖到一两银子一枚，也不肯轻易为俗人示艺。

可惜的是，这位爷平生不收门徒，以致如此高艺，后人无传矣……

过了年，大年初四，我购买葫芦的“春心”，和花市内盛开的红梅一样，再次萌动。在天津市内，我四处转悠基本不开车，都以打的为主。花了48块钱，我打了一辆的士到达普济河道花鸟虫鱼市场。门口一看，空空如也，市场根本就没开张。

摇下车窗看了好大一会，的士大姐埋怨我：“嗨，和你一路聊得不错，你也不说你到这个市场来是来买东西，我还以为你是到市场附近串亲戚的。大过年的，谁有病到花鸟市场来玩啊……”

没办法，下次再来吧，反正是天津我老家，什么时候来都不迟。

不过，我这次来，带着文华兄交待的任务，又自己开车来，“腿”更长了，山东、河北一些地方，那是肯定要去的。

对了，我北方故乡的萧大哥不是我铁杆陪驾吗，他应该和我到处去转啊。不行，他不行。不是人不行了，是身体不行。萧大哥过年前就犯颈椎病，脑袋常常发晕，旋转，天旋地转那种。别说开车，就是在我车里，也是要躺着，我总不能拉着一个半残的哥们四处寻摸葫芦吧，如此一来，山东之行，我只能麻烦自己了。

那么，去山东转，肯定要到产葫芦的地方去。很不幸，鬼使神差，出发前，我把葫芦产地记错地方了，把“聊城”记成了“枣庄”。

于是乎，我从天津出发，大年初四火红热闹的日子，开车开了6个多小时，差一点就开到江苏徐州了。

进入枣庄市内，我就停车，逢人就问哪里有葫芦卖。好几个本地人看着我粤B的车号发愣，估计心里肯定大起疑窦——这个岭南南蛮，大过年到我们这里买葫芦，是不是脑子有病啊？

怀疑是怀疑，人家山东人还挺热情，个个都告诉我——俺们这地方根本不出鸣虫葫芦！

一拍脑门，我想起来了，聊城出葫芦，不是枣庄！气急败坏着，看天色渐晚。哪里住呢，手机一查，枣庄附近有古迹，不白来，有好地方——台儿庄啊！

我一直都是一个铁板热血中年。说起台儿庄，就想起抗击倭寇的昔日辉煌。想也不想，马上电话定好一个台儿庄内的酒店。然后，我从枣庄市中心开车几十公里，直抵台儿庄“庄门”。

又一大瓢冰水洒我脑袋上——所住酒店，在台儿庄“古庄”里面，如果进酒店住店，必须买门票——100一个人！我靠，酒店一晚都600了，加上这个100票价，价格都赶上我们大城市天津一晚五星级酒店了。

想打退堂鼓不住吧，还不行！春节期间，热门酒店都是信用卡担保，不住也扣钱。为了600不打水漂，只能花这100门票钱了。

夕阳西下，断肠人在枣庄！进入所谓的“古庄”，哪里是古庄，是古装——按照想象中老建筑老房子样子重新装修的。这里，除了几条石子路和运河是“老”的，绝大部分庄内的建筑物，年纪肯定都不如我手腕子上戴的那串沉香珠子老——这珠子都跟我六七年了！

特别让人失望的是，整个庄子，里里外外，没有一点让人追忆昔日抗日先烈的气氛，连个先贤祠、烈士堂都没有，完全就是一个巨大的杂货店兼游乐场……

怀带哀怨，晚上住进装修设计极似想象中地主老财家小妾花房一样的酒店房间，郁闷非凡。屋内，满眼都是廉价的柴木仿古家具，红灯笼罩顶，格子窗四面漏风。我开了电热暖气，盖了三床被子才勉强睡着……

转天大早五点不到，我就退房了。难道，在如此寒冷的冬天早晨，我还要锲而不舍去聊城买葫芦？

我有病啊，还去聊城，方向都摸不清。去济南得了，反正是省会，有古玩城有花鸟市场，再怎么样，我也能买到几个葫芦器，或者是葫芦。

车轮飞转。从枣庄出发，摸黑赶路，我八点不到就驶入济南。入城后，我先在酒店住下，洗个热水澡（枣庄那“豪华”地主老财庄园式酒店太冷了，昨晚我连毛衣毛裤都没脱）。然后；热茶喝足，煎饼早餐吃饱，我开车直奔凤凰山花鸟市场。

到了地方一看，凤凰山，哪里有山，更没凤凰，一条破小路而已，根本就没有市场，只是周六、周日才有散集。附近有一个大古玩城，过去一看，大锁锁门。

我靠，这网上信息太不灵了！询问周围的济南市民，都摇头，没听说哪里有卖葫芦的，有个大娘挺热情，说：“小伙子啊，你过年发烧烧神经了吧，葫芦秋天吃才嫩，现在哪里有葫芦吃，都成面瓢了，你找啥找啊……”

再搜，网上显示，济南最大古玩城在“英雄山文化市场”。仔细一看，和我所住的山东大厦很近，大概也就两公里左右。高兴之余，我把车开到酒店停下，翻蹄亮掌，大踏步步行而去。

没有收获，只有依旧的失望和惆怅——济南所有古玩市场，都要等到初八后才开门。

都开车转两天了，都住在山东两天了，连葫芦毛都没买到一根！

初六了。我灵机一动，开车去北京十里河！那里的市场肯定开业！

果然！

北京就是北京。破五之后，都开始逐渐做生意了，勤劳勇敢的十里河市场商贩，为了生意为了钱，开门的还真不少。

关山度若飞。

北京，我来了，带着疲惫，带着期盼，带着满车身的鞭炮纸屑和风雨泥浆，带着山东快书“当了个当”的余音，带着盛满山东人民煎饼、大葱的肚子，我来了……

十里河市场葫芦器真多，仔细兜转，我发现专业店铺就有数家。人，精力其实都有限，尤其表现在注意力和观察力方面。我来过这么多次十里河，平时眼睛只盯着菩提、核桃、扇子、竹雕等物，葫芦几乎就视而不见，或者是见了也不入眼细看。

这一次我发现，有家卖金刚菩提子的店铺，位于一楼一个顶角处。先前，我到这店里买过四五次东西，从来没注意过整个店铺有一长排靠墙柜子，里面装的全是蝈蝈葫芦、蛐蛐葫芦——押花的，模具的，本长的，应有尽有。

这次我来，带着一双有目的的“势利眼”，变戏法一样，先前视而不见的这些东西，呼啦啦顿入眼帘！

和店老板细聊，才知道他从前是卖葫芦出身，科班学工笔画，押花也押得不错。

“葫芦毕竟是小众收藏，我十多年前就做这行起家的，一年下来也就赚个房租钱。四五年前，我开始做金刚菩提，就不做葫芦了。这不，从前的东西都摆在墙边，陆陆续续卖了不少。最近一两年，玩葫芦的人越来越多，我离这行越来越远了，和那些范模的种植户啦，押花师傅啦，都生疏了……”老板坦言。

眼见这家店铺老板本来就是工笔画科班出身，前几年做的押花葫芦笔意细腻，层次分明，很有意趣。一喜欢，就出手了，除了三个牙口葫芦以外，我还买了一个高浮雕玳瑁蒙芯的葫芦。

“这玳瑁浮雕是真是假啊？我去年在苏州古玩店买了一个玳瑁扇子，花了5000多，上面有八只仙鹤，都能活动，把我看呆了，以为是苏工巧夺天工啥玩意。过后才知道，玳瑁这东西，不少都是塑料制成品啊，我买的那把扇子，很可能是塑料的……”我之所以对店老板这样说，其实倒不是怀疑他卖我葫芦玳瑁蒙芯的真假，而是想打听一下玳瑁这种东西的水深。

“最好的玳瑁叫‘冰糖紫’，发红发亮，一般玳瑁颜色黑黄相间，你放到光线下一看就能辨别真假。真玳瑁，那些正常光线下看似黑色部分，光射一照，也能看到红色纹路；如果黑的地方在光线下不透明，肯定有问题。反正你那把扇子已经花钱买回家了，光照还拿不准的话，可以把一根细针烧热，找个不显眼的地方刺一下。仔细闻味道，如果是塑料，出了焦糊味，就肯定不真了。如果是鸡蛋壳那种蛋白质烧焦的味道，就是真玳瑁。”店主谆谆教导。

“这么高的浮雕玳瑁，那原本的龟壳得多厚啊，有那么大海龟吗？”手里拿着这把高浮雕玳瑁蒙芯，还是有些不放心。

“大哥你真问对人了！这是专业技术问题。玳瑁这种东西，看上去硬，其实能让它软，龟壳吗，来自动物活体，可以通过热力加工成型，也就是‘闷制’成型，咱们北方管这种工艺叫‘盔’。一块平板玳瑁，通过加热，变成‘馒头圆’、‘僧帽’形状，然后在上面透雕，镂雕。不过，‘盔’玳瑁，可是个高技术活儿，老师傅才能动手，否则就‘糊’了，起褶子了。玳瑁本来晶莹剔透的，如果闷糊闷过头了，就变成乌突突硬化的东西，变脆了。从前闷成糊脆，玳瑁就废了，现在不一样，有些人把弄糊弄过头的玳瑁再打磨抛光，接着做蒙芯，外行也看不出来……哥们，我劝你一句，你刚玩葫芦新手，肯定喜欢复杂和贵胄的蒙芯和牙口牙圈，其实外行。真玩鸣虫，还是玩实在简单的好。这么高的浮雕蒙芯，虽然贵，看着好看，真要玩虫，您敢天天把弄这么高的葫芦玩，随便掉在地上，这蒙芯咔嚓就毁了……”

别说，有时候花了大钱，有时候真能换来商家店主的真话。

四五个小时下来，钱包瘪了，银行卡“薄”了，收获却是大大的！

七八个精品葫芦，如今全部装在锦盒里面，安安静静，服服帖帖，等着我拿到南方炫耀于诸友。

正在北京十里河转悠挨宰，电话铃声响起，传来我专业“陪驾”萧大哥琅琅音声，真比蝈蝈嗓音都高，他“活”过来了，说自己颈椎感觉好多了，想吃肉了，不晕了，能开车坐车了。

对我来说，萧大哥的“活转”，可是大喜讯一件。要知道，我从深圳开车到天津，再从天津到山东，转到北京，都万把里地了，身体处于极其倦怠的状态。有了他，有了义薄云天的萧大哥，我才可能完成买葫芦之不可能完成任务最后的关键——再接再厉，开车，转去大名鼎鼎的葫芦圣地——保定！

郭德纲相声不常说吗，“上有天堂，下有保定”……

高速，春节休假期间的高速，真是畅快。萧大哥坐高速列车，天津到北京，耗时29分钟，再坐车到十里河，花了40多分钟。

相会之后，我们开车，只用一个半小时，就已经抵达葫芦圣地之一的保定府。

如果像前几天在天津、山东等地那样乱转，花五天也转不完，也找不到葫芦。整个保定市内，即使开车转三个小时，也不一定能看到一间专门的葫芦店。开车去徐水吧，也就是古安肃，大名鼎鼎“安肃模”的出产地，更不靠谱。那里是安肃模葫芦的产地，但葫芦这种小众收藏的东西，产地，不一定就是销售地。

还好，我们保定有人！有熟人！萧大哥有备而来，出发之前，他已经托保定朋友打听好了，届时会有一个当地葫芦收藏名家“东东强”，到约定好的茶馆接头会面，来给我们释疑解惑，实打实讲解保定葫芦。

“东东强”，打锣鼓一样响亮的名字，呵呵，好玩。我和萧大哥也没多问这位葫芦收藏者为什么叫这个名字，乖乖开车到河北大学附近一个高级茶馆，开了一间大房，等待“东东强”的到来。

北方初春特有的艳阳天，室外天晴气冷。房间内，藏香熏飘，让我很有些头晕的感觉。为了寻找葫芦，为了追求匏器真理，这些天，千里迢迢四处兜转，真把我累坏了。

猛喝热茶之余，我拿出这几天在天津、北京购买的葫芦，排队一样，在桌子上一溜排开，和萧大哥欣赏着这些养虫的宝物。同时，我们一直注意着房间的落地大窗，观察过往行人，想看看即将出现在我们面前的保定葫芦大侠“东东强”是何面目。

倏忽之间，一道人影从落地窗前闪过。门帘响处，一人兀然出现在我们面前——看此人，豹头鼠须，面似醉金，歪鼻梁，小眼睛，两道粗眉耷拉挡眼，一张大嘴吃遍四方。远看一米七，近看一米一！何者，此人双腿短了半截，不知是工伤还是自残，浑身上下，透出一股说不出来的煞气。

臂架双木，来人运拐如飞，大侠一样，一个袋子重重一掷，“咣当”一声，扔到我们桌上——不是血淋淋人头，都是黄灿灿葫芦头！

“东东强？”

我和萧大哥为来人独特气质所折服，抱拳拱手，低声问询。

“正是！”

电影上土匪头子甩大氅一样，二拐往身后一扔，这爷们稳稳坐在茶桌前面。细看，他40开外，睛光暴闪，很似化装过的武侠小说中人物。

冷眼瞧看着我刚刚摆放上桌的几个葫芦，“东东强”面露不屑：“天津、北京葫芦还凑合，皮子比山东葫芦要厚一些，养蛐蛐出声还算好……真正看质量，我们保定墩最好，这种亚腰种葫芦，看似矮胖型，皮质一级棒！”

萧大哥似乎气场和来人不和，估计瘸哥扔葫芦在桌的举动让他不爽，便冷笑一声说：“再好的葫芦，你扔出去老远，也得裂成八瓣，什么细密不细密的，好看上手舒服就行啦……”

瘸哥们听闻萧大哥此言，忽地站起，单手拎起一拐，一只手拉住萧大哥，不知他哪里来的斜劲儿，“唰”的一声，愣生生把萧大哥胖大的身胚拽出茶馆。

隔着落地玻璃窗，我看到瘸哥奋力一掷，把手中一个葫芦直扔过马路——丁零当啷，那色如蒸栗的葫芦翻滚数次，停在马路对面。

没等萧大哥明白过味儿来，“东东强”单肩运拐，三闪两躲，从车流中穿梭宛转，恰似梅花桩上游走，飞快从马路对面捡回葫芦，然后，他拉着受惊无辜的萧大哥回到茶桌前坐下。

“怎么样，保定葫芦皮质好吧？”

萧大哥喘定。我坐定。仔细看，那个保定小墩完好如处子，身上一点磕碰痕迹都没有。人杰地灵，好地方出好葫芦，真的好皮质，硬骨头！

哗啦啦，瘸大哥把整整一大袋子葫芦都甩出来，劈哩啪啦，散满桌子，一点没有爱惜在意的意思。“鸣虫葫芦，就是玩儿的，像你们买的这些葫芦，又是象牙口又是玳瑁的，当爹供着啊？”

瘸哥快人快语，鄙夷不屑之意，溢于言表。

萧大哥咽咽唾沫，脖子抽了抽，估计心里依旧有些不爽。毕竟是朋友的朋友，瘸哥虽然言语行为唐突，他还不好意思马上对他翻脸。

“……你别瞧不起我这些葫芦，嫌纹路模糊、丑不啦唧不是？这才是真正的保定安肃模，如果有人向你推销纹路特别清晰样子特别养眼的葫芦，说是保定的安肃老模子，那肯定是骗你们！”

一旁冷眼看着萧大哥带着气翻看自己拿来的葫芦，瘸哥似乎连对方心思都立刻猜透了。

我倒不觉瘸哥唐突，反而觉得此人快人快语，很专业，很到位。

翻看他拿来的保定老安肃模子葫芦，也真算开眼。幸亏这位“东东强”给予专业指引，否则，日后遇到这种品相的葫芦，还以为是残次品呢。失之交臂，那才叫可惜。

种葫芦真挺不容易的，黏土不行，肥土不行，沙性太强的土，透水透肥也不行，只能是半沙质土壤，才利于葫芦生长。模制葫芦，一直长在模子里面，种植者看不到里面的长势，控制很难，完全都是凭经验。如果水大了，葫芦长势太旺，就容易把模子撑炸了变成废品；水肥不够，葫芦肯定生长不足，撞模出来的器形，不饱满，不清晰，也卖不出去。

保定葫芦之所以好，水土适宜不说，专业人才多，有种植历史沿革，才是关键中的关键。即便如此，收获1000个葫芦，里面最多能够挑出一个相对而言完美的，也就不错了。

为了讲究脐眼周正，最好是脐眼芝麻大小的“芝麻脐”和“针尖脐”，那就更需要人工伺候看养了。为了保证脐眼周正，中国其实从古代开始就有“引脐”的办法——在模子底部中心留一小孔，葫芦在套模时，把一根竹签通过那个小孔插进葫芦脐眼内，目的就是为了把葫芦花脐固定在模子底部中心位置，这就是“引脐”技术。绝对技术活儿，力度把握是关键，葫芦扎不透，脐眼不可能正；葫芦扎透了，很快就蔫了，不可能长成！

萧大哥使劲捏把着瘸哥刚从马路对面捡来的葫芦，依旧狐疑。“葫芦这么轻，想必摔不坏，质量再好，还好过木头？”

“还真被你说对了，保定葫芦质地真好过木头，你仔细看，这葫芦外皮完全都木化了，就你300多斤，站踩上去都没事儿！”

“……我哪里有300斤，我才200多……”萧大哥脸色不悦，“还站上去踩？踩坏了还不得天价赔你？”

“我怎么会让你赔！小人之心，小人之心！”瘸哥这几个字，以他保定口音说出，特别耐听。

“你看好喽！”说着话，瘸哥随便从那堆他拿来的保定葫芦中挑出来一个鸡心状的，翻扣在地上，然后，杂技英豪一般，单拐拐尖拄住葫芦脐，“嗷”的一声，来个金鸡独立，几乎大头朝下360度。

幸亏茶馆顶子高，幸亏瘸哥腿只有常人一半高，否则，他这“功夫”一练，房间的吊顶都会被顶破。

如果不是我亲眼所见，打死我也不会相信这位外号“东东强”的瘸哥会有这么大能耐，会这么有趣。

瘸哥有趣有意思，那保定葫芦更有意思。待瘸哥身轻如燕回坐在椅子上，我拿起地上的葫芦，真是毫毛无伤！

保定葫芦，真厉害！

总以为，这位保定瘸哥费了这么大气力，跑了几公里路来茶馆给我们显摆功夫和葫芦，最终目的应该是想让我们掏大钱买他东西。到最后发现，我们确实小人之心了，人家瘸哥哥们没有任何卖东西的意思，人家就是冲着朋友面子过来让我们见世面的，给我们长知识的。

“你们两个大汗手，别瞎盘，尤其你，大油胖子一个，手汗那么多，这位梅爷买的好几个牙口葫芦都是去年或者今年的葫芦，还没真正干透呢，你这大汗手这么盘，葫芦就玩残了，越玩越黑，不可能最后变成紫红了……”瘸哥吆喝着我萧大哥。

“葫芦吗，肯定越盘越玩越红润啦，核桃、核雕啥的，不都是这样嘛……”我打圆场说。

“葫芦这东西，虽说是文玩，但玩法跟绝大多数物件不一样，不能一味瞎盘。这葫芦皮子，特别是你们天津葫芦皮子，不是多厚，现在又不是从前那种本长葫芦，都是硅胶模石膏模的，皮子糠得很，没晒透的时候这么一盘，只能说最后是玩旧了，玩废了，而不是玩出包浆了！你看看皇宫内那些葫芦的照片，都是枣红紫润的，为什么呢，就是乖乖搁在柜子里面等葫芦自己变色的……葫芦需要养，有时候擦点轻油，但前提是葫芦要干透，皮子本质要好，连晒带晾带反色，紫润的意思就出来了。皇帝那么忙，又是国家大事又是妃子，事事都要搞，都要伺候，哪里有时间去盘玩葫芦！嘀，没上手的葫芦，只要皮质好，多少年过去，皮色才那么好，这就是实证啊……”

瘸哥句句在理。微斯人，吾谁与归！

目瞪口呆之余，萧大哥也不得不服，不能不服。

看到我拿着一个老安肃葫芦对着阳光观察，瘸哥嘿嘿一笑：“梅爷，怎么着，是不是怀疑这把葫芦啊？”

“不是怀疑，不是怀疑，”我赶忙辩解，“好葫芦都说是瓷皮糠胎锻里子，您这把葫芦似乎就没有里子啊……”

“你看，这就成书虫子了不是，老玩家都知道，从清朝到民国，甚至一直到了80年代初期，在我们保定地区，范制葫芦都没有里子，叫‘铁底儿’。当时的人认为这种不吸音的铁底儿，虫子叫起来声音更响。还有一个原因，从前年间葫芦下皮，没有药水啥的取巧省事的步骤，全手工，葫芦下架满眼都是，不可能一个一个伺候打皮。怎么办呢，都用马粪、牛粪盖着沤，沤好几天后，才开始去外面青皮。你想想，葫芦外皮没事，可葫芦里子吸味啊，马粪牛粪的，味道都进去了，所以，当时用动物粪沤制的老葫芦都没里子……”

薤上之露何易晞

满载而归。

大过年的，山东、河北、北京转了几天，花了不少银子，除了买了半车大小原生本长葫芦以外，我弄了大概十多个精品鸣虫葫芦，兴冲冲回到天津家中，到我老伯家里摆满了一个大圆桌，品玩，显摆。

我妈没说什么，我老姑一声叹息，眼角湿润。“……唉，这些东西便宜不了，看你这败家子儿的迷瞪劲儿，我都想起我爸爸了……我爸爸，就是你爷爷，从前也是这个劲头儿，买葫芦，买蛐蛐罐，吃喝嫖赌，没他不行的。他在北京呆着那几年，浪费多少钱啊，买蝈蝈葫芦的钱都能买几套四合院了。还好，你不喝不赌，这点比你爷爷强……”

我呵呵。“我还不抽大烟呢……”

“反正你们老梅家爷们祖孙三代，肯定都有遗传。你买东西这个狠劲儿，和你爷爷有一比，如果你奶奶现在活着，非打得你七窍生烟不行……”

“隔代遗传，隔代遗传。”我老伯马上撇清自己，他挨个细细把玩着，说：“我这辈子生来就穷，年轻时候上山下乡，受的苦比得的甜多。嗯，你这堆葫芦，根据我目测，价格都能买辆汽车了……文玩杂项的收藏，可是足能败家啊……”

我赶紧朝老伯使眼色，让他别再说下去。这些葫芦之贵之费钱，肯定超出我妈和我老姑的想象力。同时，我还为自己败家的行为辩解：“我买葫芦不完全是为了玩儿，主要是为了写书，写书……”

“蒙芯这东西，只有黑白虫葫芦和养金钟的葫芦上配，如果养咂嘴、养蝈蝈，葫芦上面配蒙芯就外行了。鸡心葫芦例外，可以配上与口盖相同材质的五眼、七眼上盖，像油瓶、棒子、柳叶等葫芦，都使用瓢盖，不能用蒙芯。老玩家习惯，黑白虫葫芦，如果是红木、紫檀和花梨口框，一般配椰壳蒙芯，玳瑁蒙芯。如果是紫檀或者黄杨口框，可配牙蒙芯。象牙口框也可以配象牙、椰壳和玳瑁蒙芯。老红木和紫檀口框，千万别配象牙蒙芯，那叫‘戴孝帽子’，从前会被行家笑话死……”

“牙口牙蒙芯，好看是好看，养虫一点都不实用，这么重的东西，根本不能上怀，头重脚轻啊。嗯，你拿到深圳放着摆着当装饰显摆还可以，咱们天津这气候，象牙口框，过一个年肯定会裂，象牙开裂，知道有个特别好听的术语吗，叫‘笑’！这么细腻雕琢的牙蒙芯，谁敢拿手里玩啊，掉地上肯定马上碎裂……”

我老伯确实也是四分之三个行家，这不仅和他有个花花公子爸爸有关，也和他一个中学同学家里一直藏有葫芦器有关，更和他知青岁月认识的可怜老头有关。如此见多识广，加上血脉“遗传”，使得他眼观手揣，对葫芦质地的判断力极强。

葫芦蒙芯，确实本身都能成为一个收藏类别，龙、凤、梅花、鹭鸶莲花、兰花、菊花、暗八仙、太师少师、高士对弈、携琴访友、海屋添筹、鱼跃龙门、冠上加冠、封侯挂印、五福捧寿，嗬，琳琅满目，看着就让人心旷神怡，沉浸其中不能自拔。

葛洪说过：“妍姿媚貌形色不齐，而悦情可均；丝竹金石五声诡韵，而快耳不异。”中国人对细腻玩物美感的愉悦性，让人在庸常生活中发掘无限的乐趣。

“我小时候，记得有段时间咱们家特别顺，当时你爷爷身体还好，也有钱。过年的时候，咱们家里可热闹了，每次你爷爷都会买好几个豆绿蝈蝈放在家里红木大圆桌子上面。那种过年时买卖的蝈蝈可贵呢，大概每个都值几袋洋面的价儿。当时，天津、北京都还有专门的暖房，花把式在暖房里面培育鲜花、蜻蜓，还用一种扁葫芦培育蝴蝶。把蝴蝶顺翅膀在里面，用蜂蜜喂养。过年的时候，都会有人把蝴蝶、蜻蜓送到我们家里来。你爷爷就会拿个大碗放在屋子里面，屋子暖暖和和，大碗里面有水汽往上蒸腾，花把式放出那些蝴蝶来，嗬，一屋子花香鸟语蝴蝶飞的，特别热闹特别好看……”我老姑也禁不住忆苦思甜。

虫鸣盈耳，花香满室。彼情彼景旧社会，真都超出我这个作家的想象力了……

葫芦买得差不多，我的春节假期也快结束了。

绑架一样，我非要拉着萧大哥陪我一起回深圳，并保证说，从深圳出发的回程机票，我一定给他买头等舱过过瘾。

本来做出痛苦难熬颈椎病复发状的萧大哥，听我说给他买头等舱机票，顿时来了精神，改成一副忍辱负重能坚持的样子，答应陪我开车回深圳——迢迢2500公里，回程一个人，想想我自己都累都害怕。

于是，满车装载着葫芦，葫芦，还是葫芦，以及两个油葫芦和一个蝈蝈，我们开始了漫长的里程。两个油葫芦没名字，凡素常物；蝈蝈，张牙舞爪的，很凶猛很精神，我起其名曰“帖木儿”。

大年初十了，想想春运高峰期应该过去了吧，就麻痹了，没走新高速，回走京珠高速。开始挺顺，河北、河南、湖北，一路上都没事。谁料到，进入湖南就不好走了，高速似乎解放前修的，破破烂烂，坑坑洼洼，车流量还贼大。

车多些，路差些，也不怕，但刚刚过了长沙，就开始堵车，无休无止地堵车！“嗡”的一声，我顿感头大。

萧大哥春运从来就没出过门，堵了几个小时，他颈椎病真犯了。他颈椎病一犯，我就成为专业司机了，再无陪驾换人的机会！

长沙到韶关，不到500公里，我开车开了近11个小时！

累极。韶关住下，一直昏睡，到转天早晨十点才醒。

醒了，忽然大叫“坏了”——那两个油葫芦和一个大蝈蝈“帖木儿”，都在车上冻着忘了拿进酒店房间，夜间温度可是接近零度啊。

我内衣都忘记穿，随便找衣裤穿上，赶忙冲出酒店到停车场验看。验看啥啊，验尸吧——两个久经考验的油葫芦，还有昨天还凶态毕露的大蝈蝈，全都死翘翘了，冻死了。

“帖木儿”，宁死不屈好蝈蝈，冻死迎风站，死也死得有样子，兀自站立，头朝下，屁股微翘，宛若生时；两个油葫芦差多了，死状难看，翻身仰头，露出白惨惨的肚皮……

伫立默哀片刻，我逼着萧大哥开车——我太累了，只要萧大哥你能坐着，就别提颈椎病的事儿，你就得给爷开车！

恰如良家妇女被逼入妓寨，萧大哥千般无奈，万般委屈，还是不得不坐上驾驶座，做起他司机“老本行”……

从韶关出发，行到中途，我忽然让他往广州方向开。

萧大哥胖脸含嗔，怒问：“广州？去广州干吗？目的地不是深圳吗？”

我莞尔。“先去佛山！佛山有牙雕，我在北京、天津、山东、河北转了这一圈，发现葫芦蒙芯和牙口雕刻都很一般。书上说，广州、佛山牙雕牙刻都是一流，我们反正都出来了，这一趟遛个够，全部转到！”

长吁短叹，萧大哥只得服从。不服从也没办法，没头等舱机票回家啊。

牙雕这东西，色泽似瓷却非瓷，温润如玉却非玉，真正好物件。千百年来，对于我们中国人来说，象牙似远还近，一直是高贵的象征和精湛技艺的体现。当然，它也有着血腥与禁忌的另一面。我们古人对大象杀戮现象，基本不谈不问，反正象牙底托儿那些肉笨大象，不是来自“西夷”，就是运自“南蛮”，眼不见为净。

从上世纪80年代开始，欧美不少国家“东方热”兴起，商家纷纷以象牙做首饰，而日本当时经济高速发展，更奢侈到用象牙做钢琴琴键，而中东那些石油富豪，传统加时髦，纷纷用巨大整块的象牙做“建材”，装饰他们石油换来的豪宅。

有买卖，就有杀害！象牙多了，森林中野生大象越来越少。

1990年初，全世界90多个国家开始禁止象牙原料及制成品贸易。2004年，中国严格实行象牙制品定点加工经营和象牙制品统一标记的管理制度。从此之后，象牙制品的雕刻和销售，只能在北京、广东等传统制作地进行。所有当代牙雕作品，都要经国家林业局审查作出标记独立编号，还需要国家林业局、工商行政总局联合颁发的《象牙收藏证》才能买卖。也就是说，只能使用从前的存货，商家和厂家才能加工、销售象牙艺术品。

和老红木老酸枝一样，清朝时期广州有通商口岸优势，所有海外进口优质象牙，必须先在广州卸货，登岸后才能输送到北京、苏杭等地。所以，广州大新街，当时就是名噪全国的“象牙街”。当时北京宫廷象牙作坊中，近乎一半牙雕巧匠都来自广州。近现代百年间，广派牙雕，风靡全国。

象牙球层雕，乃南派广式牙雕招牌绝活。1915年万国博物展览比赛会上，广州牙雕大师翁昭秀宝，以他24层象牙球获得大会颁发的“工艺特种奖”。他所雕制牙球，直径约20厘米，共60层，每层厚度不超过1毫米，而且层层都可以转动。

据说，当年日本人也非常眼红中国象牙球分层技术，东施效颦，制作一个30层大象牙球拿到博览会上显摆。谁料到，广州牙雕大师开门迎战，把广式象牙球和日本象牙球同时放入开水滚煮。大火猛水，顿时之间，才艺立分高下——日本象牙不是层层镂雕，乃取巧胶合而成，自然一煮就散……

听着我私家“故事会”，萧大哥早忘了颈椎病。马达声声，我们就到了佛山古玩城，也就是从前的“陈村花卉世界”。

到了佛山古玩城，各家商铺中，象牙制品还真不少，大件和摆件，珠子和镯子，样样都有，可象牙做的葫芦蒙芯，非常非常罕见。

“大佬，你说的蒙芯，我在电视里面看到过，可我们广东人谁玩葫芦啊？没人玩葫芦，自然就没人做蒙芯……”一个专卖象牙小件和杂项的广东本地店主对我们说。

毅力，注意力，专注力，是搞收藏搞玩物的基本素质。即便有诸多店主告诉我们佛山古玩城没有专配葫芦的象牙蒙芯卖，我和萧大哥依旧耐心异常，踏破铁鞋，整整在市场里面转了近5个小时！

终于，在一个专门售卖广式精雕鸟笼的铺子里面，问到了我梦寐以求的东西——最高境界最高级别的广式透镂精雕象牙蒙芯！

“二位大佬，你们如果不说‘葫芦’蒙芯的‘葫芦’两个字，我还真想不到你们要找的这种东西。瞧，四件都在这里，是我老窦（父亲）上世纪50年代初期为北京琉璃厂一个铺子加工的，后来不知道为什么对方没有取货，一直留在我们家里……从五几年到现在都多少年了，我开店都快十年了，卖来卖去的，都是象牙大件，从来没人问过这种小东西，我就从来没拿出来过。我细路（小时候）那阵，看见这几件东西都不知道是什么，我老窦说了半天，我才知道是你们北方人养虫葫芦上面的装饰品……”

店主是个60多岁的广州人，本人就是牙刻世家出身。

东西太好了！

这四件牙雕蒙芯，其中三件是“钟馗送福”。作品4厘米高，直径大概在6厘米左右，皆全镂空立体雕，钟馗处于牙雕中心，铁面虬髯，怒睁环眼，一手执宝剑，一手挥宝扇。他周围雕有5个小鬼，鬼脸尖头，面目各异，半蹲半跪，其中有一个小鬼被大神钟馗踩于脚下，面露谄谀奉承，竭尽工巧！

三件虽然题材一样，都是“钟馗送福”，但每件人物神态和体态，都各不相同。

还有一件“金蟾戏钱”，更是工艺精湛，惟妙惟肖，串钱丝带飘扬，动态十足；癞蛤蟆身上密密麻麻小孔洞，活灵活现。

“大佬，你们细看，牙是亚洲象，很细腻很细腻的啦，工艺到家啦。和现在大件象牙雕刻不同哦，现在产品都是机器开大样，然后半手工制作。我老窦做工的时候，哪里有机器，全部手工，车、凿、锯、铲、锉、雕、刻、磨，很复杂很复杂的，特别是‘凿活’，也就是‘开象牙’，那难度太大了，比‘开玉’要难多了。一块象牙能赚多少钱，全凭‘开象牙’好坏了。这块4厘米高的料，透镂得这么精细，就是开料开得好，‘铲活’做得细，细雕慢镂，最后，还要费工费时用植物叶子和‘搓草’打磨，才能出来这种精品。现在后生仔，谁有这种耐心和功力……”

一般商家介绍自己的东西，无不拔高为了提价，说得天花乱坠，不能让人尽信。而这位象牙雕刻匠人后代所说，基本没有任何水分。

东西摆在这里，神韵，神态，工艺，没得说。但是，如此透镂的牙雕，美则美矣，脆弱至极，似乎呼吸稍重，都能把那丝丝雕镂出来的飘带、衣袂、丝网弄破……

“这么好的精雕蒙芯，放了这么多年了，怎么就卖不出去呢？”萧大哥怕我上当，看似问店主，实则提醒我。

“如果是象牙摆件，别说放到现在，20年前就卖出去了。首先呢，这么小这么细致的东西，我们广东人不会买，太小，没法当摆设；太细太脆，不能上手盘玩。其次，其实也是最主要的，大佬，东西还是太贵！你们想想，这种工，按照今天中等雕刻师傅的价码，也是1天1500的工费。每件东西，再快，也要雕20天才出得来。还有材料，这么好的亚洲象牙，现在一块4厘米牙，光料都要几千块！所以，这么小的东西，每一件，价钱都可以买一个做摆设用的佛坐像、观音雕件了！”

我脑子飞快旋转，进行估值。哦，心里很快有谱，几件东西的价格，并没有超出我的承受力和想象力。

想了又想，我报出一个四个蒙芯一枪打的价格——一个6位整数。

显然，刚开年就有这样的大生意，老板心动。沉吟了一会，他说："说句实话，没想到你们会买这个东西，所以我没有高开价。我老窦做的这东西，本来当'纪念品'的，这么多年都留在家里，放在店里，从来没想到过拿出来，也没人问过，你们能看到它们，想到它们，也是缘分……看来，你们肯定都是北方葫芦行家啦，60多年前，这四件东西都是顶级蒙芯，拿回去到北方镶口，千万别磕碰了……"

"这么精雕细刻的蒙芯，我还真不敢交给谁去镶口装葫芦，蒙芯本身也属于一种收藏类别……"我"安慰"着老板。

看我马上要刷卡，看我一次掏出这么多钱网罗四个顶级象牙蒙芯，萧大哥低声劝我："哥们，太糟践钱了吧，你买一个就行了，买这么多蒙芯干吗用？如果你装在葫芦上面，这么贵而脆的东西，谁敢玩啊？"

"根据我这么多年买红木家具的经验，我还是一次性到位吧。否则，中间几年下来，肯定又会收罗一堆垃圾葫芦、垃圾蒙芯在家里，用的钱，比这一次可能多得多！这几个蒙芯买到手，最起码以后我看不上任何北工的象牙蒙芯。只要买鸣虫葫芦不买象牙高配高装的，那葫芦再贵，也贵不到哪里去……"

一席话，说得萧大哥也点头频频。

得！深圳、天津、北京、保定、枣庄、济南、佛山等地方，南北一路，我算了算，在春运如此高峰期，我开车横行6000多公里，最多一天自己开车长达15个多小时。

行万里路，看万葫芦！

人之陷溺，不亦深乎！

过后，每当我细心把玩着手中这些没有任何实用用处的蒙芯和葫芦器，我常常会静念佛家偈语："一切无常，乐少苦多。"

色即是空，空即是色，物质世界，美没有恒常不变的本体，人本身其实也是空幻不实的。如果人对于物质世界的事物贪爱过甚，其实也是一种"执"。愚痴贪爱，会成为引起人生无限痛苦的根源……

"我见青山多妩媚，料青山见我应如是。"中国人审美移情，自古就讲究"以我观物"。以"意"为美，"比德"为美，这可视为中国古代对美本质当然状态的价值界定，其中寄托了我们中国自古以来的审美理想。

美，是客观化了的主体精神，是趣味，是滋味，是事物所寓含的人化精神。

王国维云："以我观物，故物皆着我之色彩"，就是这种物我相融精神的浓缩反映。"玉美有五德"，"花妙在精神"，还有历史上梅兰竹菊和林泉山水之所以成为历代文人墨客钟爱的对象，包括当下我对葫芦器的痴迷，就是人化自然所达至的"人的本质的对象化"！

静下心来，我常常想，我们中国人喜爱虫鸣和鸣虫，也是将自然万物作为内心的观照之物。我们的灵魂，恰如一面温柔的镜子，昆虫的悲喜，在鸣叫中感动了我们，感染了我们，使得我们感受到生命的绚烂，生命的成熟，以及生命的枯竭和生命的衰落。无论是在叶落的北国，还是在叶子永不凋黄的南国，鸣虫声声，斑斓秋色，冷白瑟瑟，都会因为小虫翅膀的扇动而变得金色灿然，富丽而安详。

岁月冷风，没有摇落一地萧瑟，而是让我们怀着感恩的心情金华入眼，从生命须臾中感受永恒！

“我正月十五一定赶回家过，你赶快给我订机票吧！”

看我买得真高兴，不知为什么，萧大哥有些悻悻。

别光自己高兴啊，同乐乐嘛。扭头见萧大哥胖脸含嗔，我赶紧为他打电话订票，订机票，订头等舱机票。

您猜怎么着？

深圳到天津，深圳到北京，正月十四那天头等舱机票，全部售罄！

如此一来，萧大哥除了死灰复燃的颈椎病，真没什么东西可带回家乡炫耀的！

唉……

第六章　那芬芳的岁月

大概2002年的时候，老婆大人去越南旅游，回到深圳后，翻拣“战利品”，信手“赏”了我一串糟木头一样的珠子手串，说是这次带回来的旅游“好东西”。

手持如此黄不啦唧、白不啦唧、似乎还有些黑不啦唧一串东西，和我“历史记忆”、“人生记忆”中的物事大相径庭。为此，我连昧良心敷衍说声“不错”的想法都没能产生。

但女菩萨“赏”给的东西，也不能无语对之，只得把“沉香手串”接过来，缠在手腕上，嗯嗯数声，才憋出四个字：“挺合适的。”

眼见我这种“被奸打呼噜”无感觉表现，老婆诫嘱一句：“即使你不喜欢，也要留着这串珠子，是沉香的！沉香手串啊，别瞎送人啊……”

确实，我这么多年自己各种市场受骗买回来的许多东西，但凡腻了，旧了，不喜欢了，或别人喜欢了，我都会送人，随手散尽，眼不见心不烦嘛。

即使我真的不喜欢，很不喜欢这串烂木头珠子，我还是随口“礼貌性”问了一句：“这么一串东西，多少钱啊？”

“5000。”

“啊?!”恰如被电灯泡烫了鸡鸡一样，我差点跳起来。

“5000?!这么一串烂木头珠子，5000?!”

是自己的眼睛欺骗了我，还是我的耳朵欺骗了我，还是老婆大人被越南黑心导游欺骗了呢?咬牙切齿之际，我恨不得打、打……自己两下，眉挑眼瞪，心中如赵本山一样暗骂：这败家娘们儿!

“嚷什么嚷，叫什么叫，还‘烂木头珠子’?沉香，懂吗?是沉香!”

女菩萨声音一高，自然气焰就高；人家气焰一高，我高傲的头颅就肯定要低。

俯身暗自思忖，毕竟人家大老远从越南那疙瘩带回来的纪念品，贵就贵了，被人蒙也就被人蒙了，破财免灾，破财免灾，也是人家一片心意嘛。

至于老婆大人诫嘱我别胡乱送人，其实大可不必——如此一串还没戴上就显得脏乎乎的木头珠子，我哪里好意思送人!哼，送人家钟点工清洁工都不会要。送这种东西给人，与其说是讨好人，不如说是得罪人。

于是，如此旅游纪念品，我也就是当着女菩萨的面戴了二十分钟，趁她稍一不备，我就把这串珠子扔到家中一个放杂物的抽屉里面了。

这么多年来，女菩萨每次去香港、外国啥的，都会给我带来许多精细、奢侈、无用的东西，比如各种眼花缭乱的名牌领带，比如昂贵无用的威尼斯玻璃，比如比水晶还贵很多的台湾琉璃器，比如“低调”奢华的珍稀袖扣——我尤其痛恨名牌领带和袖扣！每条成本不超过80人民币的领带，贴个爱马仕、登喜路的标牌，价格就翻上几十倍！特别是袖扣，两个花里胡哨的非贵金属的金属制品，小棺材一样，里三层外三层包着，就能产生豪华奢侈教养气息？这种东西，别说我见外宾，即使我有机会见克林顿、奥巴马这样的名牌大老外，也绝对不会佩戴它们——太无聊，太娘娘腔，太做作了！

可是，相对那些精细、无用、奢侈的东西，毕竟它们还有牌子，还有盒子，还有面子，还能在某个时刻拿出去当作礼品送给某个真心喜欢这些无聊玩意儿的朋友。

这串“脏”木头珠子手串，反正我看不出任何价值，也不懂它有什么功用和价值。

难道，我真不知道“沉香”是什么东西吗？

也不是完全不懂，我很早就知道这个“沉甸甸”、“血淋淋”的词儿——沉香！

紫烟一气凌碧霄

从2003年开始，我在互联网上以“赫连勃勃大王”为笔名，从两晋南北朝写起，开始书写历史。直到2010年，我撰写并出版了8本长达500万字的中国断代史系列。其间，读书无数，钩沉史籍无数，人名、地名、物名，万千斑斓。而“沉香”这个词儿，确实在我眼前出现不少次。

史料，汗牛充栋，沉香，对这种烧钱的东西，我本人还真没有直观认识。所以，一直以来，我只把沉香当作古代皇家贵族奢侈放纵的一个符号而已。

沉香何时首次出现在中国史书中呢？不少学者说是出现在汉朝史籍中，说西汉美女姐妹花赵飞燕、赵合德都使用这种东西。但言及原始史书文献中如何描述，皆语焉不详。仔细钻研发现，还是现在学者不读书、读书不细的原因——所谓“赵氏姐妹爱沉香”的“史料”，不是出现在汉朝史籍里，而是出现在明朝时期朝鲜半岛文人（无名氏）所撰《文苑楂橘》中：

婕妤（赵合德）奏书于后（赵飞燕）曰：谨奏上三十六物以贺。金屑组文茵一铺，沉水香莲心碗一面，五色同心大结一盘，鸳鸯万金锦一匹，琉璃屏风一张，枕前不夜珠一枚，含毛绿毛狸藉一铺，通香虎皮檀象一座，龙香握鱼二首，独摇宝莲一铺，七出菱花镜一奁，精金环四指，若亡绛绡单衣一袭，香纹罗手藉三幅，七回光莹肪发泽一盎，紫金被玉香炉三枚，文犀辟毒筋二双，碧玉膏奁一合……

后（赵飞燕）报以云锦五色帐，沉香水玉壶。

婕妤泣怨帝曰：“非姊赐我，死不知此器！”

帝谢之，诏益州留三年输，为婕妤作七成锦帐，以沉水香饰。

看这些文字，赵氏姐妹互相送礼的奢侈用品，真是琳琅满目。而这本书呢，根本不是朝鲜文人原创，而是当时半岛一个酷爱中华文明的文人小圈子根据明朝文人同名小说《文苑楂橘》传抄翻录而成书。

《文苑楂橘》原书内容，大概更加丰富杂芜，经朝鲜人选摘后，至今仅存二卷，都是汉语文字，现藏于韩国鲜文大学中文系。

也就是说，所谓"'沉香'一词在汉朝史书中首次出现"之说法，乃当今历史学家望文生义，把明朝小说当正史了。

那么，汉朝有"沉香"吗？一本东晋时代托名"葛洪"的著作《西京杂记》，确实言及赵飞燕喜欢香料："玉几玉床白象牙簟绿熊席，席毛长二尺余。人眠而拥毛自蔽，望之不能见。坐则没膝，其中杂熏诸香。一坐此席。余香百日不歇。"

也就是说，汉朝赵飞燕、赵合德姐妹使用的香料中，可能有沉香，但《西京杂记》并没有确切言及沉香。这本托名著作，应该是东晋无名氏杂抄汉魏六朝佚史所成，其中所述西汉之事，怪诞不经，多不足信。但如果拿这本书当小说看，那就很有趣味了。

历史迈入西晋，沉香肯定已经成为当时王公贵族的高级奢侈品。在南朝刘宋宗室临川王刘义庆所编《世说新语·汰侈》中，有如下记载："石崇厕常有十余婢侍列，皆丽服藻饰，置甲煎粉、沉香之属，无不毕备。"

也就是说，西晋大豪族大名士石崇，家里已经使用作为当时极品奢侈品之一的沉香。而《拾遗记》中，还记载他使用沉香末铺在象牙床上，赏观美姬莲足轻踏，以为笑乐：“（石季伦）又屑沉水之香，如尘末，布象床上，使所爱者践之，无迹者赐以真珠百琲，有迹者节其饮食，令身轻弱。故闺中相戏曰：‘尔非细骨轻躯，那得百琲真珠？’”

遥想南朝时代，距离西晋东晋不是太远。刘义庆的记述，应该是根据史料或者文人笔记而成，未必空穴来风。

五胡中霸据中原的后赵魔王羯族石虎，也是玩香大家，他的皇宫内洗澡堂子里面都放入包括沉香在内的各种香料：

> （石虎）又为四时浴室，用鍮石珷玞为堤岸，或以琥珀为瓶杓。夏则引渠水以为池，池中皆以纱縠为囊，盛百杂香，渍于水中。严冰之时，作铜屈龙数千枚，各重数十斤。烧如火色，投于水中，则池水恒温，名曰“焦龙温池”。引凤文锦步障萦蔽浴所，共宫人宠嬖者解媟服宴戏，弥于日夜，名曰“清嬉浴室”。浴罢，泄水于宫外。水流之所，名“温香渠”。渠外之人，争来汲取，得升合以归，其家人莫不怡悦。（《拾遗记》）

沉香，香气馥郁，确实能让中国士大夫体味到某种不可言传的含蓄优雅，符合中土士人的审美情趣。佛家经典《楞严经》记载：“纯烧沉水，无令见火。”为此，南朝梁国皇帝梁武帝萧衍从供佛仪式中得到启发，认为沉香具有纯“阳”之性，将它首次用于南郊明堂的祭天大礼中，并继往开来，形成正式礼制：

> 梁武帝制南郊，明堂用沉香，取天之质，阳所宜也。北郊用上和香，以地于人亲，宜加杂馥，即合诸香为之。梁武祭天，始用沉香，古未有也。(《北户录》)

入隋之后，史书中对于沉香的描述，不绝如缕，而且基本都为了衬托或者抨击反面人物的骄奢淫逸而加以记述。

隋朝权臣杨素，“宅内造沉香堂，甚精丽。新泥堂讫，闭之三日，后开视，四壁并为新血所洒，腥气触人。……后素亦竟以毒毙”。(《大业杂记》)

隋朝开皇十五年（595），黔州刺史田宗显为了礼佛佞佛，“造大殿一十三间，以沉香贴遍，中安十三宝帐，并以金宝庄严，又东西二殿瑞像所居，并用檀贴，中有宝帐花炬。并用真金所成，穷极宏丽天下第一”。(《三宝感通录》)

隋炀帝弟弟秦王杨俊，浪荡公子大玩家，“盛治宫室，穷极侈丽。又为水殿，香涂粉壁，玉砌金阶，梁柱楣栋之间，周以明镜，间以宝珠，极荣饰之矣。每与宾客妓女弦歌于其上”。(《隋书》)

隋朝有个和尚“筹禅师”，玩而悦之，喜欢喝沉香饮品，“常在内供养，造五香饮。第一沉香饮，次檀香饮，次泽兰香饮，次

丁香饮，次甘松香饮，皆有别法，以香为主”。(《大业杂记》)

在中国历史上，隋炀帝更是沉香消费的最大豪客，由于他爸爸隋文帝征伐林邑（今越南中部）获得了不少沉香原料，所以炀帝每年除夕都要在宫廷内外烧沉香取乐，成百车地烧燃沉香，骇人心目：“每至除夜，殿前诸院，设火山数十，车沉水香，每一山焚沉香数车。……以甲煎沃之，焰起数丈，香闻数十里，一夜之中，用沉香二百余乘，甲煎二百余石。”(《杜阳杂编》)

到了唐代，从始至终，沉香木都是富贵荣华的符号和象征。

女皇武则天堂姐的儿子宗楚客，贪得无厌，享尽人间鸿福，他家里用沉香装修的墙壁，让太平公主都自愧弗如，觉得自己堂堂大唐首席公主都白活一辈子：

> （宗楚客）造一新宅成，皆是文柏为梁，沉香和红粉以泥壁，开门则香气蓬勃。磨文石为阶砌及地，着吉莫靴（高级皮靴）者，行则仰仆。（宗）楚客被建昌王推得赃万余贯，兄弟配流。太平公主就其宅看，叹曰：“看他行坐处，我等虚生浪死。”(《朝野佥载》)

唐明皇与杨贵妃，作为中国历史上顶级奢侈品的消费符号，拿沉香在宫内盖亭子，这两人在沉香亭内赏木芍药，召李白为新词。李白奉上《清平调》三章，第三章中有句：“名花倾国两相欢，常得君王带笑看。解释春风无限恨，沉香亭北倚栏杆。”

杨贵妃堂兄杨国忠弄权，更奢靡无度，耗尽大材起沉香阁，“用沉香为阁，檀香为栏，以麝香、乳香筛土和为泥饰壁。每于春时，木芍药盛开之际，聚宾友于此阁上赏花焉。禁中沉香之亭，远不侔此壮丽也”。(《开元天宝遗事》)

五代时，后唐内乱覆亡，唐庄宗几个儿子削发为僧避乱于蜀地。由于自己老婆是后唐的福庆公主，后蜀皇帝孟知祥爱屋及乌，就厚待公主这些娘家人，赠予他们沉香制作的饭钵和勺子。可见，此时沉香越少越贵了：“厚待犹子，赐予千计，敕器用局以沉香降真为钵，木香为匙筯，锡之。”(《清异录》)

五代十国时期南楚君主马希范，横征暴敛，奢侈到把沉香当作建筑木材：“构九龙殿，以沉香为八龙，各长百尺，抱柱相向作趋捧势，希范坐其间，自谓一龙也。朴头脚长丈余，以象龙角。……凌晨将坐，先使人焚香于龙腹中，烟气郁然而出，若口吐然；近古以来诸侯王奢，俗未有如此之盛也。”(《续世说》)

至于南朝后主陈叔宝、五代后蜀后主孟昶、十国南汉开国皇帝刘龑，十国的南唐后主大诗人李煜，这些亡国孱主的横征暴敛和骄奢淫逸，都可以从史书中所载他们消耗沉香的数量上得以旁证。

沉香，不是某种木头或者木材，而是瑞香科沉香属的几种树木，被真菌侵入后寄生，逐渐发生内在变化并且经过多年沉积才能形成的香脂木。这几类树木，包括马来沉香树、莞香树、印度沉香树等等。也就是说，沉香这种东西，乃沉香类本木和油脂、树脂发生生物化学变化之后才能产生的物质。这类香树木材本身，木质松软，根本没有什么特殊香味。所以，沉香的成材过程，非常非常缓慢。

钩沉史籍，可以发现，从隋炀帝到唐玄宗的100多年间，沉香的消耗达到惊人的地步。岁月荏苒，到了唐朝中晚期，昔日能够炫耀帝国国力和王公贵族荣华富贵的沉香大木，即使在首都也成为罕见之物。

宋徽宗一代词客、画家、诗人、鉴赏家，百分百享乐主义者，大概从前辈南汉皇帝刘龑“南薰殿”镂雕殿柱内置沉香行为艺术中汲取了灵感，他对熏香享乐更加发扬光大：

> 宣政宫中用龙涎、沉脑屑和蜡为烛，两行列数百枝，艳明而香溢，钧天所无也。南渡后久绝此，惟太后回銮沙漠复值称寿，上（宋高宗）极天下之养，用宣政故事。然仅列数十炬，太后阳若不闻，上奉卮问此烛颇惬圣意否？（太）后曰：“尔爹爹（宋徽宗）每夜常设数百枝……”

每夜燃烧龙涎香、沉香混合特制的蜡烛百枝，如果不用“穷奢极欲”四个字，简直不好意思形容宋徽宗的荒唐和浪费。

可见，入宋之后，沉香再次勃勃大兴。浪子皇帝流氓臣，皇帝喜欢沉香，他手下大臣自然也发扬光大之。蔡京四度入相，权倾人主，而当初获宋徽宗青睐的，恰恰是他那双书法妙手和能闻玩好沉香的鼻子。宋徽宗是昏君，指其政治与治国方面，这位爷的艺术品位臻至妙境，为上上人，自然他的鉴赏眼光不会低。所以，在宋徽宗年代，能讨这位浪子皇帝欢心需要的肯定是高妙的艺术天赋和无双的生活享受，才能让书法绘画高手和闻香识女人的“天下第一人”一见倾心。今天，诸如下三滥那种单凭陪陪领导桑拿、打高尔夫、钓鱼等“后勤”小技，在赵佶面前肯定吃不开。

宋徽宗时代，承平日久，国库中钱帛堆积。蔡京导引宋徽宗大兴土木，追求“丰享豫大”四个字，“视官爵财物如粪土，累朝所储扫地（无遗）矣”。本来，宋徽宗在国宴上想用珍稀玉器盛酒，心中还怕引起国人议论。蔡京劝告说：“陛下当享天下之奉，区区玉器，何足计哉！”专拣宋徽宗爱听的说。所以，徽宗皇帝浪费起沉香来，更是责无旁贷！

蔡京本人消耗沉香，也与常人不同。他熏香，不似常人以香笼熏蒸，而是派人在堂屋旁边的屋子燃烧上好的沉香、龙涎香数炉，然后，突然撤帘，香雾如瀑，四涌而进。面对客人惊诧之色，蔡京总会对人说：“香须如此烧，乃无烟气。”（《悦生随钞》、《鸡肋编》所记载略同）

当朝一品大官蔡太师家里沉香袅袅，相比一般官员士大夫，可能香气稍稍“浩瀚”了一些，我们以他熏香爱好就说他奢侈浪费，似乎有些过分了，其实也不然——根据曾慥《高斋漫录》记载，当时有一种产于真腊（今柬埔寨境内）的极品沉香，名字叫“白笃耨香”，在宋朝京城东京开封流行的时候，每两值钱二十万——“蔡京一日宴执政，以盒盛二三两许，令侍姬捧炉巡执政坐，取焚之”。

按当时宋朝市民消费水平，二十万钱，能在东京城外购买几十亩好地。而蔡爷和他的几位政务同僚一次聚会商谈，就能烧钱六十万，一百多亩地就消失在轻烟之中，可谓骇人听闻了。

徽宗、蔡京哥俩好，一起玩儿，一起写书法，一起画画，一起熏沉香，其间乐景，可以从故宫所藏的一幅名画《听琴图》看得出。

这幅国宝级画作，惟妙惟肖地描绘了一种悠然自得的贵族生活。画面构图简单，设色古雅：松荫下，瘦竹间，杂花生树，青藤遍绕，画面中一人焚香抚琴，左右分别端坐红袍男子、青袍男子，还有一名痴迷于琴音萦绕的童子，似乎在场的一切一切都入定一般，进入艺术的陶醉状态……

这幅《听琴图》，北宋“院体画”风格明显，一般都说是宋徽宗画的，画面右上角还有赵佶特有的瘦金体“听琴图”三个大字，左下角还有这位浪子皇帝人所尽知的“天下一人”印章。细细思忖，让人大起疑窦的是，蔡京所题七言绝句诗，竟然在画面正正上方，压过赵佶的题款。这，就于礼制不合了！

无论作者真假如何，画面所描绘的，肯定是赵佶、蔡京君臣一起高雅玩乐的场景。

都说坏人有恶报吧，也不一定——宋钦宗继位后，金朝军队侵逼甚急。钦宗皇帝深知其奸，把蔡京贬至衡州安置，复贬岭南。行至潭州，年老多病又自觉恶贯满盈的蔡京终于死掉，终年81岁。这位一辈子浪费、消耗无数极品沉香的老坏蛋老才子临死，还做词一首：“八十一年住世，四千里外无家。如今流落向天涯，梦到瑶池阙下。玉殿五回命相，彤庭几度宣麻。止因贪此恋荣华，便有如今事也！”

蔡京身死，事未算完。其子蔡攸、蔡翛皆伏诛，蔡絛死于流放途中，“余子及诸孙皆分徙远恶郡”。报应虽不爽，却一点也不惨。因为，钦宗窜逐这些恶臣子孙后，汴京被金人攻陷，这些坏分子们因遭北宋政府贬窜而逃出大难，反倒是几个月前刚刚召还京城的从前正直大臣们的后代及家属，无不惨遭荼毒。即使有幸不死，也皆被金人掳至恶冻北方，死得更惨。想起这些事情，难怪让人觉得冥冥之中，苍天无眼！

当然，沉香享受者和浪费者宋徽宗的结局，怎一个“惨”字了得：

公元1128年盛夏的一天，一行装束奇怪的俘囚队伍被凶神恶煞的金朝兵将押送，在道上艰难行进。所有这些人，个个面黄肌瘦，男人面如死灰，女人遍体污垢，日复一日的轮奸，使她们的走路姿势呈现奇怪的外撇。凤子龙孙，帝胄皇戚，如今皆成为身披破烂羊裘的奴隶俘虏。

靠近队伍前部的一架破牛车上面，踉踉跄跄下来一位男人，大热天，仍然是一身肮脏到看不出颜色的老羊皮袄，内中没有任何衫衬，腰间系着条麻绳。如果近距离观看此人的容貌，就会发现这一张早衰的脸，正是昔日大宋帝国的皇帝——徽宗皇帝赵佶。过了一辈子精洁生活并且有洁癖的皇帝，现在沦落到连从前东京城内乞丐都不如的分上。

徽宗皇帝双腿已经麻木，喉咙冒火，当然再没有龙团凤团那样的顶级饼形压金的嫩茶，再没有云蒸霞蔚的沉香香气氤氲在鼻腔里面，他只能踮着脚，摘取路边树上的桑葚来食。

由于狼吞虎咽，老哥们差点没一下子噎死。他咳了许久，对身边跟从的侍臣曹勋说："我记得小时候两三岁当王爷时，我的乳母曾吃这种东西。当时也抓了几颗吃，食之甚美，随即被乳母劈手抢去。今天，是我这辈子第二次吃桑葚，不料落到如此境地！"言讫，徽宗皇帝泪下。

可怜之人，必有可恨之处！

作为帝王，赵佶沉溺和痴迷艺术与沉香，其本意，在于他有超越时空的哲学意识，那些笔墨芳华，那些持久、昂贵、难以言表的香气，是实现人类隔离污秽现实世界梦想的巨大手段和尝试。可惜，过犹不及，帝国脆弱的文明，不过是一种炫耀的骄傲，在野蛮人的马蹄下，连同所有的梦想和芬芳，都会被踏成齑粉！

南北混一。到了元朝，上层统治者虽然是蒙古人和色目人，依旧不改对沉香的喜爱。元朝首都大都宫殿群中，就有"沉香殿"，当然，没有文献实证，说忽必烈或者后期元朝皇帝使用整块沉香木料做殿堂。不过，元朝时代的沉香应用确实很广，饮食、医药，肯定离不开这些东南亚特产。当时的贵族士大夫和宋朝时期一样，都把焚香作为一种摆谱，是身份、地位、享受的符号和标志。就连番僧八思巴大和尚坐化后火化遗体，也大量使用沉香和檀香木当烧尸柴火。

元朝大诗人萨都剌《题四时宫人图》诗曰："锦屏三面围绣床，沉香椅上凤褥光。"为此，有当代学者望文生义，就认为元朝时期已经把沉香当顶级红木使用，开始制作椅子等家具了——"沉香椅上凤褥光"嘛。

大错特错！沉香木原木都是软木，根本不能做家具。诗中描绘，据我揣测，应该是指在凤形图案的丝织褥垫中，放入上好沉香等香料，以使得整个坐具都香气扑鼻。

最耐人寻味的，是元朝人还把沉香作为主料，做成一种流行保健药丸"异香丸"，详细配方如下——沉香一两、木香一两、丁香一两、藿香一两、没药一两、零陵香一两、甘松香一两、缩砂仁一两、官桂一两、白芷一两、细茶一两、香附一两、儿茶一两、白蔻一两、槟榔一两、人参一两、乳香五钱、檀香三钱、山奈五钱、系辛五钱、益智五钱、当归五钱、川芎三钱、乌药五钱、麝香两钱、朝脑两钱、薄荷一两、甘草八两。

这种神奇小药丸，制作工艺也很讲究，先要把甘草煮汁去滓，熬成膏，再把上面的配方中药材都细碾为末，炼蜜和膏，放在一起杵捣为丸，药丸大小如芡实。药成后，每日服用一丸，清晨以黄酒送下，忌生冷。

根据当时医书记载，初服这种药丸七日后，就能馨香遍体，身康体健，还有淡化皮肤斑点的功效。所以，今天谁犯了荨麻疹、玫瑰糠疹啥的，如果不怕麻烦，可以以此元朝沉香古方一试。

元顺帝遁逃漠北后，朱元璋建立大明。整个明朝期间，沉香依旧是顶级奢侈品。明成祖朱棣派郑和下西洋，除了访寻建文帝下落以外，对外采购是船队的主要任务，而沉香采买，是大太监为皇上要做的重中之重。

由于明朝物质水平和文明水平的提高，明朝王公贵族、士大夫阶层和市民阶层，对于沉香更是达到了沉迷的地步。

昏庸荒淫的正德皇帝驾崩，他的堂弟嘉靖刚继位，就没收正德皇帝宠臣朱宁的家产，其中金银财宝自不待言，仅仅香药一类，就查有苏木72扛，胡椒3500石，香椒30扛，沉香2盆——从这个查抄明细的比例就可以看出，当时沉香有多么贵重！

万历年间，有位扬州文人周嘉胄，著有中国香料类在当时最著名、最专业的《香乘》，这本书在“香料”专著中，几百年间，可谓无出其右者！这位周爷，考证严密，笔下香品300余种，单单沉水香一个品种，就有多达19条的最专业分析，从哲学角度，他考证沉香属阴属阳，从地理学角度和动植物角度，他也不厌其烦，该说该讲该分析的都说个遍，包括沉香的详细工艺制作流程、配方、剂量等等，无所不包。难怪到了以搜书为名大肆毁书的乾隆，也不好意思删毁这本书，基本原封不动，全须全尾收录在《四库全书》之中。

说起明熹宗朱由校，与这个缺德皇帝有关的一切事情，几乎没有一件是好事儿。

《旷园杂志》一书，曾经记载说："（明熹宗）尝于庭院中盖小宫殿，高四尺许，玲珑巧妙。"同时，还说朱由校曾在宫内做沉香假山一座，池台林馆，精雕细琢，技术之精妙，不减大匠。为此，每当这位皇上引绳弹墨、斫削得意之时，阉奸魏忠贤公公就拿上公文，奏请定夺。明熹宗当然不耐烦，马上挥手道："朕已悉矣！汝辈好为之！"由此，诸阉得肆其奸。

当然，阉人太监并非都是坏人，与魏忠贤同时代的公公刘若愚，就是个品性良善的好公公。

刘若愚原名叫刘时敏，良家子弟，他父亲还是明朝辽阳协镇副总兵。16岁时，这位刘爷做了"异梦"（估计是伴龙上天那种梦），挥刀自宫。结果，还真能伴"龙"了，身残志坚，被选入皇宫当公公了。由于知书达理，他深受当时司礼大太监陈矩喜爱。

明熹宗时代，权阉魏忠贤专擅朝政，他哥们李永贞任司礼监秉笔太监，对刘若愚这个当时很有时望的不合作者颇有猜忌。为韬光养晦和自我激励，刘时敏改名为"刘若愚"。

崇祯帝继位后，清算魏忠贤阉党，不分好坏，太监抓起一大堆，刘若愚也被处"斩监候"。看到真正魏忠贤阉党骨干分子王体乾等人以财买平安逍遥法外，刘公公悲愤难忍。正好他有文才和文采，现实版司马迁一个，就在监狱中发愤著书。十来年间，他写成极具特色的另类明朝真史《酌中志》，这本书，除了详细记载明朝帝宫内的制度、文物、礼仪等不少罕见的琐细史料之外，还有不少揭发魏忠贤阉党横霸嚣张的细节。

我前几年写明朝断代史《纵欲时代》，当时就注意到刘若愚书中有关奢侈品沉香的史料，其中极力刻摹明熹宗奶妈、魏忠贤情妇客氏的僭妄跋扈之态：

> 按自天启元年起，至七年止，凡客氏出宫暂归私第，必先期奏知，先帝传一特旨，某月某日“奉圣夫人”往私第云云。至日五更，钦差乾清宫管事牌子王朝宗或涂文辅等数员，及暖殿数十员，穿红圆领玉带，在客氏前摆队步行，客氏自咸安宫盛服靓妆，乘小轿由嘉德、咸和、顺德右门，经月华门至乾清宫门西一室，亦不下轿，而竟坐至西下马门。凡弓箭房带简管柜子，御司房、御茶房请小轿管库、近侍、把牌子、硬弓人等，各穿红蟒衣窄袖，在轿前后摆道围随者数日人，司礼监谈班监官、典簿、掌司人数等。文书房官咸在玉宁门内跪叩道旁迎送。凡得客氏目视，或颌之，则荣甚矣。
>
> 内府供用库大白蜡灯、黄蜡炬、燃亮子不下二三千根，轿前提炉数对，燃沉香如雾。客氏出自西下马门，换八人大围轿。方是外役（宫外轿夫）抬走，呼殿之声远在圣驾游幸

之上。灯火簇烈照如白昼，衣服鲜美俨若神仙，人如流水，马若游龙。天耶！帝耶！都人士从来不见此也！

“轿前提炉数对，燃沉香如雾。”可见，客氏每次出宫回家，都要浪费无数上好沉香，雾气香浓，穷极奢侈！

老娘们这种威风摆了七八年，明熹宗一死，她的死期就到了。崇祯皇帝上台后，查出客氏和魏忠贤还有在宫内养育外姓婴儿准备冒充明熹宗帝胤的阴谋，大怒之余，下旨把客氏以大棍子活活打成肉泥，还不解恨，再挫骨扬灰。唉，由此，这位奶妈界第一人，终于肉飞魄散，驾棍西归……

明朝气数尽，辽河铁马来。清朝立国，爱新觉罗家族的爷们，自顺治之后，康熙、雍正、乾隆，都是喜爱附庸风雅之人。沉香，必然成为皇家必需品。

清朝时期，沉香在中国已经被严格区分为15种，其实也是等级分类：一是黄沉（又名铁骨沉、乌角沉）；二是生结沉；三是四六沉香；四是中四六沉香；五是下四六沉香；六是油速；七是磨料沉速；八是烧料沉速；九是红蒙花铲；十是黄蒙花铲；十一是血蒙花铲；十二是新山花铲；十三是铁皮速；十四是老山牙香；十五是新山牙香。（屈大均《广东新语》卷二十六，李调元《南越笔记》卷十四）

可见，沉香之癖，已经深入士大夫和富民市民阶层骨髓。

泰山封禅，得文治武功到达一定境界的皇帝才敢干，乾隆肯定要做这样的事情，而且一做再做连着做，亲到泰山有 10 次之多。为了留名，他肯定不能空手去泰山，总共留下“咏颂”140多首，碑碣 130 多块。可这些东西，后世没人感兴趣，知道的人不多。

可是，乾隆在 1762 年“御赐”岱庙的一对儿沉香狮子，很有名，特别有名，成为“泰山三宝”之一（其余两件分别是温凉玉圭和黄釉青花葫芦瓶）。这对狮子，憨态可掬，相貌狰狞中透着可爱，后腿蜷坐，狮尾高翘，极其可爱生动，由大块沉香精雕细刻后粘合而成。

乾隆确实爱沉香，当时留下许多如意、壶瓶、朝珠、雕件等沉香工艺品。不过，当时好而大的沉香木太罕有了，一般宫廷皇室都让匠人把沉香做成各类工艺精细的文房器物，和刻雕犀牛角工艺差不多，一般使用浅浮雕和拼镶工艺制作沉香艺术品。

领导爱沉香，作为第一下属的和珅肯定也爱啊。

现在北京恭王府前身，就是原来和珅府邸。其中“嘉乐堂”，在和珅居住时就叫这个堂名，这位公款大爷至今还有《嘉乐堂诗集》存世。现存原和珅府邸西路的四合院内，主体建筑为“锡晋斋”和“葆光室”。尤其是锡晋斋，厅内存有雕饰精美的楠木隔段，乃当初和珅仿紫禁城宁寿宫式样修建。这位相爷当初居住的时候，厅内墙壁还贴有不少沉香木，极尽奢华。当然，如此超高级装修，自然也成为嘉庆帝判和珅“僭侈逾制”的一大罪状。日后和珅被丝绳赐死，未必不和沉香有关……

观史沉吟，沉香，这种奢侈极品，似乎为不祥之物。爱上这种东西，败家亡国，事事如昨……

肯定有看官不服——哪挨哪啊，人家乾隆不是活得好好的，死得也好好的吗？

确实，乾隆活得好好的，死得也好好的。但别忘了，他躺在装满金银珠宝地下大冰箱里面，全须全尾闻着沉香本来挺好。死了都100多年了，也难免遭受报应——忽然一天，炸药巨响，老家伙的尸身被孙殿英将军刨出来，尸身践踏如臭泥！

真实历史记忆中，静室焚香，闲中雅趣，莫过于冒辟疆、董小宛伴侣以及沈复、陈芸夫妇的哀婉凄美。

于我而言，我倒更喜欢冒辟疆、董小宛这两个人，冒辟疆虽然是蒙古后裔，纯然汉化，想象中的这对神仙伴侣身着大汉衣冠，巫山云雨，缠绵缱绻，总比《浮生六记》中沈复脑后大辫子、陈芸马甲俗旗装要如诗如画得多。

> 姬（董小宛）每与余静坐香阁，细品名香。宫香诸品淫，沉水香俗。俗人以沉香著火上，烟扑油腻，顷刻而灭。无论香之性情未出，即著怀袖皆带焦腥。沉香有坚致而纹横者，谓之横隔沉，即四种沉香内草沉横纹者是也。其香特妙，又有沉水结而未成，如小笠大菌，名蓬莱者。余多蓄之，每慢火隔砂，使不见烟，则阁中皆如风过伽楠，露沃蔷薇，热磨琥珀，酒倾犀斝之味。久蒸衾枕间，和以肌香，甜

艳非常，梦魂俱适……（冒辟疆《影梅庵忆语》）

伴侣情深，玉人一对。当玉帏四垂之时，红烛高烧，鼎炉袅袅，董小宛以独有的“隔砂慢火燃香法”烧燃沉香，静参鼻观，情调倍增……

金蟾啮锁一寸灰

讲了有关沉香的“历史记忆”，我该说我本人童年时代在天津的“人生记忆”了。

小时候，我父母房子在马场道，而我奶奶呢，住在公议大街附近的老宅子里面。由于自幼跟我奶奶长大，我几乎所有童年的记忆，都和河东区公议大街附近一带有关。更何况，我上的小学，校名就叫“公议大街小学”。

“公议大街小学”校舍，现在回忆起来，还真挺气派：四围青砖三层楼，堡垒般坚固，大概是上个世纪初兴修的建筑。

我上小学是上世纪70年代，彼时，老楼建筑依旧坚固无比——这座大楼还真没法不坚固，它本身从前就是天津一个有名的大典当行（可能是“天兴当铺”一个大分号所在）。

在我残存的童年记忆之中，在公议大街上面一间狭窄的临街房间内，住着一对夫妇。老头当时大概70多岁，半身不遂，基本瘫痪在床。他的老婆，淡眉细目，应该快50岁的样子，每天忙前忙后，伺候老头吃喝起居。他们姓什么，叫什么，我已经完全不记得，只记得他们夫妇有一个统一外号：“无人道”！

老头儿从前是当铺的东主之一，整条街道的房子大部分都是他们家财产。难道，这“资本家”老头儿和他老婆坏事做绝，天良丧尽，才被当时当地的人称为“无人道”吗？

完全不是！

作为当铺东主，大资本家，据说老头年轻的时候挺良善，挺和气。他老婆也是大家闺秀出身，待人有礼。即使那年代落魄到那份儿上，那女人天天也是一身补丁衣服干干净净。从公私合营开始，老头儿一家境遇越来越不行，房子慢慢都被迫分给附近穷人了，或者被穷人霸占了。尤其“文革”一开始，老头三天两头挨打挨斗。唯一一个闺女，不堪欺辱，还上吊自杀了。如此世道如此苦，难怪老头半身不遂。

穷到这份儿上，潦倒到这份儿上，周围的穷人子弟们还不停拿这对老夫妇找乐子。每天下午放学，都有几个半大不小的孩子站在他们家门口附近，用不大不小的砖头砍砸他们家的破门或者窗户玻璃——在我记忆中，似乎天天如此。

那些孩子的父母长辈就住在附近，也把这种事儿当作穷困时代的唯一娱乐，听到玻璃碎门乱响，都会出门袖手乐观。

凄冷寒风之中，每当有砖头砸入屋内，里面的老头都畏缩挤在床角落，他老婆就会含泪挡在屋门口，手里拿着一把扫帚挥挡。这女人也不会骂街，气愤难平之际，只能高声呼喝以作回骂之声，一口一个“无人道！”——所以，当时我们那些住在附近的孩子提起这对夫妇，就以“无人道”唤之。

我当时还小，没有加入过扔砸石头的行列，而且心中也很害怕那种行为，特别是那老头儿痛苦的呻吟声，真让人心惊肉跳。

一天晚上，我和小学同学“韩大头”路过“无人道”家，透过千疮百孔的玻璃窗，我们看到骇人一幕：“无人道”老婆，正从屋内角落处捡起一块木头一样的东西，吹吹土后，用水洗净，然后用刀细切，放入老头儿嘴里喂给他吃……

此种情景，对于我们当时的两个小孩来说，肯定大骇大奇。恰好，“韩大头”他奶奶，就是我们当地街道类似现在街道主任职务的“韩小脚”。于是，他带着我一溜烟跑回家，马上向他奶奶报告情况：老头正在吃“木头”，难道要吞木自杀不成？

乍听孙子一学舌，“嗷”的一声，“韩小脚”放下饭碗，召集几个铁杆小脚儿侦缉队老太太，兴冲冲恶狠狠而去，直接冲入“无人道”家中。

噼里啪啦大嘴巴子一顿猛扇，嘴里一口一个“老王八蛋”、“老破鞋”地骂，“韩小脚”和她的小脚老太太队员，在那对弱者面前淫威逞尽。

过足打人骂人的瘾之后，“韩小脚”等人从屋子墙角处找出那堆“木头”，放在大街上，一把火都烧了。

“老坏蛋，老破鞋，现在还敢吃沉香！……”“韩小脚”望见火起，依旧愤愤不平。彼时彼刻，是我平生第一次听见这个“词儿”——沉香！

火起未几，整条街道香烟缭绕，氤氲着让人这辈子都难以忘怀的莫名香气……

当然，童年的我，当晚惴惴，不可能为这件事情去问我奶奶，也不敢问我奶奶。在我心中，我也是“无人道”夫妇挨打的“帮凶”之一——毕竟我和“韩大头”一起发现“无人道”夫妇吃“木头”的事情啊……

长大之后，有一次和我父亲聊天，言及“无人道”夫妇。他也忘记那对夫妇姓什么了，但很清楚他们的来历以及和“韩小脚”的恩怨：

“老头的那个老婆，大概是三房，大老婆、二老婆解放前病死了，明媒正娶的良家妇女。现在想起来，老头落难那么多年，那女人一直陪着他，不离不弃的，难得，难得……

“‘韩小脚’那个婆娘，从前是天津‘落马湖’五等窑子里面的窑姐儿。‘落马湖’在三条石大街附近，是当时天津最低档的妓院。那附近好多机器厂，机器厂里面上好的机器，那时候都用香油润滑。附近干粗活的工人，常常会从厂子里面偷香油。他们只要拿一壶香油，就能到五等窑子里面嫖一次……

“‘韩小脚’当时‘靠人儿’，天津术语叫‘吃花台’，也就是暗中喜欢上了一个嫖客，就是身粗力大的‘韩大个’，她就天天偷妓院内的吃食给‘韩大个’吃，算是吃里扒外了……幸亏赶上解放，窑子解散，‘韩小脚’才没被窑主打死或者卖掉。当时‘韩大个’在公议大街当铺附近淘地沟捞泔水为生，穷得叮当烂响，还是找当时当铺东主‘无人道’借了一些钱，才能娶成‘韩小脚’。‘韩小脚’本不姓韩，嫁给‘韩大个’后，大家才叫她‘韩小脚’……”

“韩小脚那矬墩子一个，还当过妓女？”我听后很吃惊。记忆之中，那个老娘们一脸横丝肉，镶几个金牙，面目可憎。

“唉，人都有年轻的时候。‘韩小脚’当窑姐儿时，据说长得还行，白白嫩嫩的。我小时候，还看过她们窑姐儿‘遛弯’呢。这‘遛弯’，也是一个妓院术语。四五等窑子里面的妓女，除了冬天不出来以外，在春、夏、秋三季傍晚五点多钟，吃完晚饭，会被窑头、伙计带着，到大街上招摇过市，叫‘遛弯’。不是整齐排队逛，是嗑着瓜子，拿着花手绢儿，随意地走，随意地遛，目的就是招嫖，活动广告嘛。遛一个钟头左右，这些人再回到窑子门外，坐在小板凳上等客儿……”

“如此说来，‘无人道’夫妇还是‘韩小脚’恩人呢，怎么会对从前的恩人这么狠啊……”

大惑不解之余，我又向我父亲问起当时“无人道”夫妇家里最后被“韩小脚”带人烧毁的那些“木头”，也就是沉香的事情。

我父亲摇头，说他也不清楚。“你这么大的岁数，从小读课本，脑子里面都是书本里面的残存。别以为‘劳动人民’都多无辜、多善良，唉，那些从旧社会过来的人，复杂着呢，富人不一定坏，穷人也不一定好……嗯，那沉香吗，是一种很贵的中药，‘无人道’夫妇，解放前不仅仅是当铺的东主，似乎他们家在河东区还有几家大药店。解放后，金银财宝他们家肯定剩不下，沉香那种看上去像糟木头的东西，或许懂行的不多，就没人抢没人要，大概才残留下来。你小时候看到那一幕，估计是那女人正给老头儿拿沉香当药吃治病呢……”

可见，我童年时代残余记忆中有关沉香的这段往事，也不是什么好事儿……

观至此处，可能又会有看官问：你赫连勃勃大王写书看过沉香，小时候闻过沉香，怎么你老婆从越南买沉香手串给你，当时就没有任何感觉呢？

问得对，问得好！

我之所以没有感觉，就是因为当时那串珠子和我印象中的沉香大相径庭！我历史记忆和童年记忆中的沉香，应该都是大块糟朽木头形状的，根本和当时我老婆拿给我那串袖珍小木珠子对不上号儿！

寒暑忽流易，岁月掷人去！

2010 年的一天，距离我老婆从越南给我买沉香手串后的八年之后，我才真真切切对沉香有了崭新的认识，包括形状、质地、价格的崭新认识。

那是一个周末的下午，我和老友常务志、赵天授去深圳黄宝岭古玩城闲逛。

左看右瞧，二楼一家新开张的匾额为“博古斋”的店铺中，一个妖娆身段的女子首先吸引了赵天授的目光。我们这位赵天授兄平素喜欢给女人拍摄人体，在同行中号称“赵大尺”，当时我还不清楚这个外号的涵义，后来才得知，“大尺”者，“大尺度摄影”之谓也。

见有银装素裹的美丽胴体，赵天授自然怦然心动，吸溜着口涎，他拉着我和常务志走进那间刚刚新装修的新开店铺。

门一开，香气四溢，我闻到了一种莫名的芬芳。这种香气，似乎从遥远的记忆深处涌上，馨香无比，穿透了岁月，从我鼻孔中缕缕而入——恰如普鲁斯特的小马德兰点心一样，味觉和嗅觉是互通的，是和人深处的记忆及潜意识相联系的——暗香氤氲中，我想起了天津公议大街上被“韩小脚”点燃的那堆木头的香气——对，沉香木!

“哇，现在沉香好贵啊，我老婆最喜欢闻这种东西了。”常务志不打自招，犯了一个在古玩店买东西的大忌讳，也就是说出自己喜欢某种东西。

你喜欢哪种东西，店主肯定要把哪种东西贵卖给你!

店里妖妖娆娆的女人很年轻，坐在那里风情万种，招呼我们喝茶，闻香。在她面前，放着一台手提电脑，上面还净是些英文页面，显示着高级的层次和修养。

我们甫一落座，屏风后面闪出一个年轻男人，显然是男店主人了。此人瘦高个子，背略驼，留着艺术家一样的小山羊胡子，在室内还戴着一顶鸭舌帽，很另类很艺术的样子。此人自称姓谢，说起话来，柔声细气，态度无比客气和谦恭。

“奇楠沉香，古代叫‘琼脂’，要积三辈子的阴德，才能闻得到奇楠香！要修八辈子福气，才能品饮奇楠香加料的茶叶！”对常务志兄笑意殷殷，女子为我们各自端上一杯香茶。“您知道吗，市场上，就这几天，一块不到两斤重的奇楠原木，1500 多万元卖了，那价格都能买座豪华别墅！”

“我懂，我懂，奇楠是沉香中极品，非常稀缺非常稀缺。”常务志兄不懂装懂，做出一副很内行很在行的样子。他摸着桌子上面一块类似山子形状的沉香，说：“据说奇楠一般分为黑、红、黄、绿、白几类，越南出产的奇楠最好，每克都涨到 1 万元左右了。嗯，你这块东西不错，瞧，外观细腻，有泛在表面的油斑，用手摸摸，还不油腻不脏手……嗯，你炉子里面的沉香味道也好，若隐若现的，一点都不冲。烟色白白的，一条直线向上丝丝散发，幽香，幽香，好沉香……”

幽暗光线下，赵天授也探头探脑。当他看到妖娆女子屏风背后出现一爷们儿，兴趣顿失，大屁股如坐针毡，很坐不住的样子。

“梅爷，这个红木大桌子不错，苏工啊，问问价儿，考虑拿下！”

常务志劝我。根据我往昔经验，但凡他劝我买东西，肯定是他想买东西。先让我买大头儿，然后他接着买东西就会便宜些。

搭眼一看，跟前的红木八仙桌确实看上去不错，形制标准，老虎腿，用料扎实厚重。这么多年，我在广东买的几个八仙桌都是广式的，还真没有苏式做工。

“第一次做生意，我赔着卖，再低就不讲价了不卖了。”小胡子店主慢声细语，给出一个数儿：“46000。”

哦，我和常务志一对眼神，皆心中一惊。不是太贵，而是太便宜了——如此粗腿大拉钱纹饰的苏工老酸枝八仙桌，随便在网上查或者在北京、苏州、上海的古玩店里面看，最低都是七八万的价儿。

我脑子一热，手就开始松了。此时，我忘记了买古玩最关键的一个警语：便宜，就是当；越便宜，就越是一个大当！

想在深圳的黄宝岭古玩城捡漏，日后思之，几乎就是天大的笑话。

“赶紧拿钱，赶紧刷卡！”老友常务志催命一样劝我买。他在我和男店主讲价的当口，已经和女店主谈好了一公斤“顶级”沉香线香的价格，最低价15000。而这个价格，要以我46000买八仙桌为基础，是“一枪打”的价格。

女店主似乎不急于催我买桌子，而是秋波频转，和常务志、赵天授兄大谈特谈奇楠沉香：“奇楠香和普通沉香区别好大，上品中的上品，上等沉香入水就沉，你看看我这几片上等奇楠，看到了吧，放到水中半沉半浮，瞧，奇楠黏韧性特强，能用指甲掐下来呢。嗯，油脂就是多，烧起来香气更甘甜，更浓郁。闻到了吧，香味中是否有清凉气息？”

“好，好东西，买！”常务志刷卡。

趁着我们买东西，赵天授也看中了一件奇异的物件——一座民国时期大户人家使用的大红酸枝马桶！说是马桶，不如说是个马桶罩，肯定是当时崇洋的商人女眷罩在木质便桶外面当装饰用的，并非从抽水马桶拆卸下来的木料。

如果从稀罕角度说，这酸枝马桶挺少见，板厚形怪，上面的老酸枝盖板都有一寸多厚。从民俗角度看，博物馆啥的完全可以收藏，但作为普通收藏者个人，把这么一个盛装了几十年排泄秽物的东西买回家，真不知道赵天授是怎么想的。

当然，我这位赵大哥真是挺奇特的一个人，有一次逛地摊，他花300块还买过一张民国时候的全家福老照片，上面的人，都是西装革履的，男人头发梳得站不住苍蝇，女人腰身被旗袍紧裹如花瓶，人五人六的一家人，好不显赫威风。没多久，我们就看到他把照片装框，摆在自己办公桌上面炫耀，逢人就说他们家从前多阔多有钱。最后，还是我好心劝他说，那张照片上有伪满洲国图徽，肯定是当时伪满官员的"全家福"照片。你号称沪杭贵族世家后裔，又在武汉长大，和东北那疙瘩没有任何联系，但凡有人细问，肯定露馅……

别说，这位赵天授赵兄买的这件酸枝马桶真便宜，才4000块钱，还是找我先借钱，让我一起帮他刷卡。生意做成后，看着他捧抱着一个巨大的红木老马桶爱不释手的丑态，让人大发一噱。

我呢，看到常务志和赵天授两位老友都消费，自然也糊涂了，一时糊涂！

跟着常务志，帮着赵天授，我也刷卡了，也花钱了，把所谓的苏工老酸枝八仙桌买回去了。

日后追思，我当时之所以在深圳黄宝岭这对80后夫妻骗子那里一时兴起买了那八仙桌，价格便宜是一个因素，常务志兄死催是一个因素，还有另外一个因素，那还是让我当时意乱情迷的主要一个因素——忽然之间，发现沉香这么好，这么贵，我猛然想起了八年多前我老婆从越南旅游回来给我带回的那串沉香珠子手串——从质从色，它太像“奇楠”了！

但那串手串，到底现在在哪里了呢？

脑子里面正是不停翻滚着八年前那串珠子的影像，我才被常务志兄和店主忽悠着以为捡个大便宜买那个八仙桌。梦游一般，我稀里糊涂地刷卡交钱把桌子抬回了办公室——也只能暂时放到办公室，号称“自带办公家具”上班。因为，家里满满当当堆了不少老家具，已经放不下这么大件的东西。

够沉，够重，够扎实。

雇人把大八仙桌抬到办公室之后，我脑子里面依旧萦绕着奇楠沉香手串。思量复思量，我开始沏茶，在那张新买的苏工老红木桌子上面沏茶……

“坏了，你这个桌子不对！”

常务志首先发现了问题。他用纸巾揩抹着桌面，上面都是殷红的颜色——由此可以断定，那张桌子是新的，而且肯定不是酸枝的。因为老酸枝和新酸枝，都不会掉颜色！

赵天授仰头，开心哈哈大笑。花枝乱颤之余，他低头怜爱地看着他自己百分百包真的大红酸枝马桶，粲然解颐。

常务志一脸沉痛，埋怨说："店里光线太暗，离开的时候外面天又黑了，我们又没看桌子底板，唉，我们两个，都看走眼了……"

我暗中切齿。奶奶的，不是都看走眼了，都是你催命催的！

还好，没过多久，待常务志把他买来的沉香线香一点，我心里也稍稍感觉平衡了一些——哪里是沉香，味道乌涂涂的，烧破袜子一样，和我们在店里闻到的那种好沉香完全不一样。

常务志，呵呵，也受骗了！

买了这么多年东西，稍稍不留神，我们两个号称行家的老买手，竟然被两个80后小夫妻骗了！

哀怨咒骂之余，赵天授也来了精神，破口大声诅咒："这对狗男女，男为盗匪女为娼！卖假货不得好死，说不定哪天被人杀了，早晚要遭报应，早晚要遭报应……"

大概他感觉心虚，所以大骂奸商以安慰我和常务志两个人。

回想起来，如果他当时不是因为看到那个湖南女妖娆妹子起色心走进那个店铺，如果不是他自己为了便宜买那个马桶撺掇我们一起买东西，我和常务志还真不一定一时糊涂上大当呢……

上了如此大当，我还是心不在焉——我心里一直惦记着从前放在抽屉里面的那串沉香手串。

怏怏之余，我很快就离开办公室，开车飞奔回家，奔命一样，冲入卧室打开抽屉……

您猜怎么着？

没了！

翻遍我记忆中当年扔放沉香的地方，连毛都没有找到一根！于是，翻箱倒柜，悍匪一般，把家里大大小小的抽屉、柜子翻个底朝天，甚至把床屉都掀起来，还是找不到那串东西……

这几年来，老婆大人一直在上海上班，或许她知道那串沉香手串的影踪。战战兢兢，我打电话给她。

东绕西绕说了些废话，我慢慢试着套她的话儿，“……嗯，现在沉香好像都挺贵的，你还记得八年前你从越南买给我的手串吗，才 5000 块钱，我觉得价格不对，你肯定买假货了。下午我和朋友在黄宝岭古玩城的店里看，一串上好的沉香珠子，几十万的都有……”

“哦，那串东西啊，肯定是真的啦，奇楠，沉香中的极品，奇楠你懂吗？”电话那边传来了老婆大人不屑的音声，“哼，当时你还说那是串糟木头，现在知道好东西了吧……”

我咽了一口大唾沫，非常艰难地说：“哦，真是奇楠啊，更不对了吧，即使八九年前，你在越南花 5000 块也买不到奇楠沉香手串吧……”

“我当时怕你丑人多作怪，没告诉你实价，确实是 5000 买的，是 5000 美元！”

五雷轰顶。“……5000 美元？！你当时怎么可能花那么多钱给小的我买一串那种贵东西……”

“胸有成竹啰，你还记得我在法国上学时的同学吗，有个越南人，叫‘比埃尔’的。他有亲戚在越南，就是搞沉香买卖的，实打实推荐，所以我能买到真奇楠。哼，当时我巴心巴肝给你买了一串那么好的东西，瞧你讨厌的，瞧你不屑的，什么‘糟木头’啦，什么‘破东西’啦，谁敢告诉你真实价钱啊……”

女菩萨开始在电话里面数落我。

哦，确实，在巴黎读书的时候，她确实有一个越南人同学，名字叫“比埃尔”，是个瘦瘦黑黑矮矮的年轻小伙子，长相和广东人差不多。我休探亲假到过法国几次，和他混得还比较熟。说他是越南人吧，哥们一句越南话都不会说，据说是从小被一对法国夫妇收养的，黄皮白心那种。小伙子其实人倒挺温和挺开朗的，我对他印象还不错。记得第一次看他名字的法语拼写，我还和我老婆的几个中国同学开玩笑说，用英语说读上去，“比埃尔”这个名字，很像中文发音的“屁眼儿”。当时，男男女女几个人还笑着给我纠正：“法语的 p，不读‘屁’音，读英语国际音标的 b 音，应该念‘逼爱喝’……”

当时众人的大笑场景，我还历历在目。

意识流半天，我更加悚然大惊：“……那串沉香珠子手串，我怎么找不到了呢……”

电话那边，女菩萨沉默良久，恰似要爆发的火山一样，让我心惊肉跳。

“……嗯，就知道你不拿那串沉香当东西，我来上海的时候，顺便带过来了，现在放在我住处抽屉里面……怎么样，现在知道是好东西了吧，没事，别害怕，差不了你的，我回深圳带给你……”

虚惊，一顿大虚惊！

我抚膺暗自长叹息。得知已经涨价涨了几十倍的沉香手串依旧在人间，依旧在自己人手里，我一时高兴，差点都把下午上当受骗买做旧作假苏工酸枝大桌子的事情给忘记了……

后来，我和常务志兄、文华兄、赵天授兄、亚明兄等常常一起买红木家具的哥们一起研究，最终得出结论：从黄宝岭80后湖南骗子夫妇处买的所谓苏工老酸枝八仙桌，木材可能是“科特迪瓦紫檀”。这种非洲硬杂木，学名叫“双雄苏木”，属于苏木属，和紫檀一点关系也没有，常被无良商家冒充印度小叶紫檀或者老酸枝，虽然比重大木头沉，但非常容易开裂，根本不属于大类的红木。

“科特迪瓦紫檀”，原料价格才两三万元一吨，和百万元每吨的紫檀身价相差百倍，比俗称“老挝大红酸枝”的交趾黄檀也便宜一倍多。十多年前，本来是非洲某个公司收货后没钱支付，就把一堆“科特迪瓦紫檀”当抵押品，运给中国一个对木材一窍不通的服装老板。这枚苦主儿自叹倒霉，把这堆他根本看不懂的木头堆放仓库好久。恰好，一个福建人偶然“发现”这些木头，动起了坏脑子，把它们一下子变成仿制紫檀、大红酸枝家具的最好原料。

由于“科特迪瓦紫檀”原木颜色不深，需要在制作“老”家具之后染色。

刚开始的时候，常务志兄对于我买这个作假的八仙桌还表示同情，毕竟是他撺掇买的。时间过去几天，他作为购买假沉香的“受害者”，也开始拿我开玩笑：“唉，梅爷你都买了几年老红木、老酸枝家具了，我看走眼不稀奇，你这样的专家打眼，让人耻笑，让人耻笑……”

每每笑话我，哥几个还都各持一张纸巾，边说边揩，擦落的紫红颜色触目惊心。

忽然有一天，我再也忍受不住这种侮辱，恰值老友田颇到来，我就对他说：“如果在15分钟之内，你让人抬走这个桌子，让它在我面前消失，我就白白送你！”

众目睽睽，在场的哥几个都认为我疯了，确确实实是46000元买来的啊！

我之所以选择田颇兄来送，一是因为他和我买这个造假桌子完全无涉，二者田爷厚道人一个，所以我才出此言。

“嗽”的一声，连思连想都没有，田颇田爷飞身从凳子上面跃起，顿时消失。

也就5分钟不到，他就气喘吁吁带来两个浑身汗味的哥们——我们公司后门马路对面，整天停着数辆搬家拉货的面包车。田爷才出价100块，这么沉这么大的八仙桌子，就包了两个哥们，扛上扛下，包送到家！

仅仅10分钟，这个让我切齿痛恨的八仙桌就在我眼前永远消失了。从此，它成为我坊间受骗上当的一段“佳话”，也成为田颇家里一件重器！听说，他老丈人特别喜欢，天天爱抚不已，“一日三摩挲，剧于十五女”，样式好啊，分量沉啊，特像从前老家地主老财家里的物件……

回首往事，历历如昨，我更觉得沉香这种东西有些邪门。无论我写历史，还是小时候的经历，直到当下买假红木八仙桌受骗，似乎这种氤氲的香气，总会给人带来不快的回忆和感觉。

“或许，那小娘们在店里的沉香中放迷魂药了，难怪我们都上当……”过后，赵天授大发议论。

肯定不是什么迷魂药，利欲熏心和占便宜捡漏，才是上当受骗的心理基础。加上当时我一门心思追忆先前我老婆给我在越南买的那串沉香手串，难怪会上此大当。

此香销魂价更昂

修桥补路人早死，巨奸大骗活万年。和赵天授兄诅咒的相反，黄宝岭博古斋那对80后骗子夫妇，不仅没有关门大吉受报应，反而生意越做越大，顾客越来越多。

日后，我们再去古玩城，都知道这对湖南年轻骗子夫妇昭然名显，那小胡子已经成为令人羡慕的大能人大骗子，乃黄宝岭古玩城宰人“三大刀”之一。最让他风光无限的一次买卖，是他把一个价值也就20多万的民国白酸枝大画案，愣和老婆设套，连哄带骗，当作海南老黄花梨卖给了一个香港老头，得钱500万!

近期，我们路过这对骗子的店铺多次，发觉里面灯总亮着，却一直没人。玻璃窗里，摆了好几对油炸做旧的“老”核桃和驼骨冒充象牙口盖的做旧葫芦，标签上面写着“清朝核桃核”、“清朝官模葫芦”。听附近店铺店主说，这对狗男女了不得，如今做大了，不轻易开店接客，只钓港、澳、台“大鱼”了。确实，一笔买卖能赚近500万，够吃几年的了。

“沉水良材食柏珍，博山炉暖玉楼春。”至于沉香嘛，由于我手上戴着这串上好的奇楠，就再不对任何其它冒充沉香之名的木头感兴趣了。查了资料才知道，就是在以盛产沉香而闻名的越南全国，每年类似奇楠的极品沉香产量，也不过十多公斤左右。而放眼古玩市场和香料市场，到处都是沉香，到处都是奇楠，近百分之百都是假货。由于百多亿投机资本的介入，这个市场越来越混乱。

我所戴这串沉香珠子，即使是在国内专业的沉香市场，绝大多数店主也并不识货，稍稍懂行的，满口白沫，大讲“望闻摸烧”之余，也只是瞄着我的手串啧啧道：“嗬，这串东西真像真奇楠，如果是真的，怎么也要三四十万啊……”为此，我也随口漫应：“嗯，假奇楠，高仿的。”

而当我闲逛香港的摩罗上街、下街以及荷里活道，当地的古玩店老板不少人都做了几十年生意，大多还真识货，近距离看几眼我的手串，很快就做出判断，对我竖大拇指赞誉：好奇楠！

作为“诸香之王”，沉香涨价确实太离谱了，根据统计，20年间，高品质大块沉香竟然上涨了5万倍！

中国人喜欢跟风，什么东西价格越是飙涨，想买的人就越多，假货赝品就越多。即使真东西，为了多挣钱，也会刺上针眼往里面灌水银。而且，沉香鉴别有别于其它物品，一般人很难有足够的经验甄别真假。

大多数人看惯假沉香了，见到真东西，反而以为是假货。这种情况，很像乡镇干部喝茅台抽中华，平时都享受假货了，间或真有真茅台和真中华入嘴，他们肯定马上一脸不屑，嗤之以鼻……

说也奇怪，现在说起沉香，似乎都是越南、印尼等东南亚国家和地区沉香品质最高最好。而在我们宋朝的时候，海南沉香为上之上品。

苏东坡在《沉香山子赋》曾言：“矧儋崖之异产，实超然而不群。既金坚而玉润，亦鹤骨而龙筋。惟膏液之内足，故把握而兼斤。顾占城之枯朽，宜爨釜而燎蚊……无一往之发烈，有无穷之氤氲。”也就是说，在苏大才子看来，海南沉香品质最佳，脂腻膏肥，气味芬芳，相比之下，越南一带的沉香朽木，不过只值得用来燎烟驱蚊之用……

范成大也说：“大抵海南香气皆清淑，如莲花、梅英、鹅梨、蜜脾之类，焚一博投许氛翳弥室。翻之四面悉香。至煤烬气亦不焦，此海南香之辨也。北人多不甚识……舶香往往腥烈，不甚腥者，意味又短，带木性，尾烟必焦。其出海北者，生交趾，及交人得之海外蕃舶而聚于钦州，谓之钦香。质重实，多大块，气尤酷烈，不复风味，惟可入药，南人贱之。”(《桂海虞衡志·志香》)

可见，海南沉香油脂含量甚高，搁火熏香，即使不翻动，海南沉香也不会产生焦糊气，远远优于当时柬埔寨、越南等地的沉香。

海南沉香，古称琼脂。早在晋朝时期，任昉《述异记》就记载过：“香洲在朱崖郡，洲中出异香，往往不知名，千年松香闻十里，亦谓之十里香也。”可见，海南在古时就被称为“香洲”，盛产名香。

从唐朝开始，沉香就成为当地土产特供朝廷。古代社会，但凡一地有特产，最终必会成为当地人民负累，而且自宋代之后，商业发展，奸商猾贾，为了谋求暴利，也在海南大肆搜求，乱砍滥伐沉香资源，以至于被贬当地的苏东坡，对这种竭泽而渔的行为，都作诗感慨：“沉香作庭燎，甲煎纷相如。岂若注微火，萦烟袅清歌。贪人无饥饱，胡椒亦求多。朱刘两狂子，陨坠如风花。本欲竭泽渔，奈此明年何？”

延至明清，海南沉香过量滥采更为严重。李时珍在《本草纲目》中称：海南沉香，一片万钱，冠绝天下！瞧，这效用，这广告！康熙时期，崖洲知州张耀士曾上书朝廷，请求官府免去海南的沉香贡品。

岁月流嬗，到了1930年，陈铭枢挂名，曾蹇、郑任良编纂的《海南岛志》，就明白记载说："沉香中的上品，香味极佳的伽楠香（奇楠香），此物现出产已较稀。"而如今，野生的海南沉香更是罕有之物，而人工种植的沉香多为下品，昔日"香洲"之名，不符实矣！

我在深圳近20年，有些方面的知识却懵懵懂懂。直到近年才得知，周边地区，包括东莞和香港，在历史上都和沉香等香料大有关联。

很多人都知道孙中山是香山人，香山，后来改名为中山。古代香山地区范围很大，以现在的中山市为中心，包括现在的珠海市、澳门、斗门县等一大片区域。而且，东莞地区也是著名沉香产地，一直有"莞香"向朝廷进贡。东莞辖下香山岛，为"莞香"主要产地，一直有"香农"赖以为生，专门从事沉香种植、养护和采割。沉香统一收集之后，当地政府就会派人把沉香打包，然后在"香洲"装船。由于不少沉香要运送到伶仃洋对岸的大集散码头，所以当地称"香港"，地名延续至今。

包括我所在的城市深圳，本地山间，也一直有沉香木生长。2011年年底，梧桐山竟然出现犯罪嫌疑人盗伐沉香木。这几伙盗贼都是家族犯罪，一家几口人长期流窜在广西、云南、海南等地，技术熟练。他们入山选择好沉香木之后，并非把树木直接拦腰砍倒，而是在沉香木树干上锯出许多"伤口"，等待这些树木的切口风化后散发出香气出香的时候，再回来砍取木片。

可恨的是，在他们取沉香后，这些沉香木很快就会枯萎死亡。损人不利己，这些笨贼千辛万苦进入梧桐山盗伐，赚钱并不是很多。由于这种沉香没有香透，等级很低，每斤只能卖到5元钱。一大家子坏人上上下下忙几天，也就是砍伐窃取40斤左右，总共价值才200多元。但他们造成的沉香木损失，高达数十万元！

在这个浮躁、物质、每个人的内心都满是惆怅的时代，有时候，我会从手腕上摘下这串奇楠沉香。拿到鼻尖下，嗅闻之间，确实能在馥郁、幽婉、清扬、变幻莫测的莫名香气中，感受到某种神奇的特质。

屈大均在《广东新语》把沉香列为“阴”，奇楠列为“阳”，说这种极品沉香“味辛而气甜，其香勃发”，诚不虚也！难怪后来的文人李调元在《南越笔记》几乎全部照抄屈大均，也是如此笔墨形容奇楠的神奇和功用。

从科学角度分析，沉香，特别是奇楠的香气分子特别稳定，所以，它能长久地保持那种若即若离的幽香，同时似乎具有灵魂穿透力一般，玄谧中宣示着宇宙的幽杳。

“世界以痛吻我，要我回报以歌。”泰戈尔的诗句，其实用在总被焚之成灰的沉香身上最为合适。

黄昏或者静夜时分，奇楠手串放在我的枕边，那一刻，孤独似乎也变得无比芬芳。顿时之间，总会感觉一股幽深凉爽之气，沁于心肺，直灌灵台，继而沉于丹田，在五脏六腑间幽然回荡，于是，一颗浮躁之心，很快地沉静下来。

回忆，以气味为诱媒的回忆，最让人迷离恍惚，最让人刻骨铭心——“那些回忆并没有死，它们只是在等待一把钥匙的开启！”普鲁斯特如是说……

枕边手机短信铃声噼啪数声，让我从芬芳气味中猛醒。

拿起手机，发现老友赵天授给我发了几条彩信，张张照片，都有他以及他本人在黄宝岭80后骗子夫妇那里购置的红木马桶影像。

那个盛装着昔日无数大家闺秀白臀孔隙排泄的大红酸枝马桶，显然已经被赵天授揩拭一新，锃光瓦亮，安置在这位赵兄家里原本是茶寮的地方。赵天授本人坐在一个花凳上，手持细瓷茶杯，做拈杯微笑状，而他身边那个马桶红木盖子上面，安放着一个紫砂壶和一座钧瓷的香炉，香烟袅袅——好一幅摄影大师马桶茶台赏茶图！

看完彩信照片，我再看文字内容，赵天授如是说：

“遥想昔日绣花锦遮盖下的红木马桶盖圈，不知亲吻过多少美人香臀？今日缘来遇我，沉香为屑，香风拂面，岂非化腐朽为神奇乎！”

…………

第七章　指尖拈来醉如痴

余智也愚，性也懒，加之沉溺于研究古董、文玩，有好长一段时间不上网。忽一日，有个从前在天涯网认识的女网友“虞美人”打来电话，她喋喋不休，女秘书一样通知我说：

“赫连勃勃大王啊，从前混天涯网的两个网上‘巨星’，他们的网名，一个是‘肥淫僧’，一个是‘蓝水满江’，你记得吧？他们两个人要去深圳了，你可要好好接待一下……”

我乃天津人也，本来就好客好面子，人家都托美丽女网友打电话通知我了，当然要尽地主之谊！根本不用想，我马上一口应承下来。

“赫连勃勃大王啊，你可真要好好接待‘肥淫僧’和‘蓝水满江’这两个人啊。他们从前是天涯网名人，现在还是新浪的微博名人呢，都是坊间著名的‘公知’！”“虞美人”不放心，叮嘱我。

“‘公知’？”乍听这个词儿，我大惑不解。

“‘公知’，就是‘公共知识分子’的简称，网上骂官骂富主持正义那种人，粉丝可多可多呢……”“虞美人”给我扫盲。

哦，我恍然大悟。其实，即使“虞美人”不和我说他们是“公知”，不提他们是“名人”，我也会热情接待昔日天涯网的这两个老战友“肥淫僧”和“蓝水满江”。

“肥淫僧”好像姓徐，具体名字我忘了，乃前几年天涯网大闻人之一。此人知识丰富，上知天文，下晓地理，特别爱在天涯网几个论坛打架和骂人，言语咄咄逼人，似乎是个无所不会的天才；“蓝水满江”，这人真实姓名我完全不知道，只知道他属于那种网上写文章混生活的人，坊间什么畅销写什么，先是写励志书，再写婚姻感情方面的书，一度写过类似《看病不求人》的书，后来他看历史书畅销，又转写历史书，似乎有本《推背不求人》的预言书被书商卖得也不错。为了更有名更吸引眼球，他曾经让他在一个小出版公司当编辑的老婆（或者是情妇）在天涯网煮酒论坛骂过我，抨击我，说我嫉妒他的写作，当时马甲满天飞，其目的不过就是砸我以出大名，更好地出书卖钱。砸我骂我同时，这位爷还给我发短信，字字血泪，满含哀怜，让我理解他为码字挣钱而在网上骂我的“苦衷”。实话实说，我倒很理解他这样一个网上写书混饭吃写手的艰辛。一直以来，我还很宽容大度，即使他不停歇地在网上用马甲用他老情妇“爱桃花”的笔名骂我，我依旧以朋友待之。

闻名久，识面初。酒席包房里面真碰面，互联网上赫赫有名的“肥淫僧”和“蓝水满江”，真人露面，二人的长相让我大失所望。

“肥淫僧”，他的博客和微博上面一直有漫画头像，总让人以为他是肥头大耳肉嘟嘟的可爱样子。岂料，真人一见，原来却是一个四五十岁蔫巴老头，干皮老脸，脸上一层大烟鬼般的锈气，根本不“肥”，也看不出“淫”，只有“猥琐”二字可以形容他，真不知道他为什么取个“肥淫僧”网名；而那位“蓝水满江”呢，则是花白头发50多岁老头子，不肥也不瘦，相貌和“肥淫僧”差不多，属于超猥琐类型。

二人之中，“肥淫僧”那种猥琐，是见了一百次都记不住的猥琐平庸；而这位“蓝水满江”的猥琐，则让人过目不忘——他一字胡下面，长有一张奇异的歪嘴，真歪，非常歪。幸亏他留一字胡，如果这老哥们嘴唇上下都有胡子，肯定让人觉得某种私密器官长到他脸上一样。

估计我乍看到“蓝水满江”掩饰不住的“友邦惊诧”表情很夸张，这个爷们倒很直白很直爽，呵呵巧笑，对我说：“大王啊，你看我的嘴，这形状把你吓着了吧……呵呵，我这张歪嘴绝不是天生，最近我闹个小中风，变的，变歪的。这不，先前有个缺德书商为了卖‘畅销书’，让我帮他写《推背不求人》。那本解释《推背图》的书刚刚热卖，我嘴就歪了，天机不可泄露啊，天机不可泄露啊。呵呵，估计是刘伯温刘大人看我解密加揭秘，不爽了，看我泄露天机了，所以才让我中风歪嘴……”

我讪讪。

我没接话，“肥淫僧”先哈哈打趣“蓝水满江”。“说什么啊，你这歪嘴，肯定不是泄露天机变歪的，肯定是你那位50岁红颜知己‘爱桃花’给你吃国产伟哥大力丸让你脱力变歪的。你们啊，一对中老年夫妻了，就别吃药弄那事儿了，哈哈哈……”

“肥淫僧”所说的“爱桃花”，是“蓝水满江”的女编辑老蜜，她网上ID就是这看上去香艳绝伦的“爱桃花”，一度在天涯煮酒等论坛挺有名的，没事就骂人炒作卖书，并且撒娇卖嗲，勾引网上小青年群氓帮她骂架。

网上两位闻人，“肥淫僧”大连人，“蓝水满江”河南人，都是北方爷们，谈笑风生，嘻嘻哈哈，让我这个在岭南呆了20年的天津人很感亲切。

于是乎，小酒大菜，我一个劲地招呼他们。

陪同我来的老友常务志，见多识广，大肉脸蛋子一直沉着，不怒自威那种表情。菜小口吃，酒小口喝，在酒席开始的时候，他基本一言不发。

他不说话是不说话，说起话来还真一鸣惊人。“这位大哥，你手上怎么戴了一串女性生殖器啊？”

常务志观察力惊人，他眼望着“肥淫僧”手腕，幽幽发问。

顺着常务志目光，我果然发现“肥淫僧”手腕上缠了一串东西，其实刚进门我就看到了，以为是琥珀、黄花梨或者是什么菩提子手串，根本没仔细看。听常务志一问，我挨着这位猥琐哥们就近仔细看。嗬，还真是一串恰似小嘴儿的东西，缠满了“肥淫僧”的手腕。

“你眼睛毒，毒，一般人一眼真看不出来是什么！我这一串东西，共十个，女人‘十大名器’！你刚才说啥呢，‘女性生殖器’？不能这样称呼，这样说，听着似乎雅，其实大俗！在核雕商家那里，这东西叫‘生命之源’！”“肥淫僧”挨个珠子扒给我看，接着，他摘下来递给常务志看。

“你们看看我这串，真正秋人大师精雕细琢的‘十八罗汉’，这才是值大钱、有文化的东西！”发觉我和常务志对于“肥淫僧”手腕上那串核雕串儿很关注，“蓝水满江”也兴奋，摘下他自己腕上手串递给我观赏。

好东西！在小不盈寸的珠子上，十八个罗汉神态各异，无一重复，须眉毕现，喜怒哀乐，惟妙惟肖。难得的是，其雕镂之细腻，有呼之欲出之感。而且，经过长时间的佩戴和把玩，核雕珠子已现包浆，更显衬得罗汉头神采奕奕。

“大王，你别被‘蓝水满江’哄弄了，他‘十八罗汉’那种题材，臭大街了，到处都是，‘北工’学徒都会雕，没什么大不了的！”“肥淫僧”很卖弄，从常务志那里接过手串后，硬把这串“女性生殖器”核雕塞进我手里。“你仔细看看我这串东西，绝对神品！瞧瞧这核儿，藏了十多年的增城老核儿，油润光泽。瞧这雕工，鬼斧神工！”

别说，“肥淫僧”腕上这串奇物，真不同凡响，每个圆珠上雕刻的器官都有细微差异，精细传神，连二唇之间的褶皱凸粒都雕镂得清晰毕现。不捏不掐，都是满满一兜水儿的感觉。即便如此，毕竟是串“女性生殖器”。我虽不是冬烘老夫子，但真张不开口盛夸这串东西的妙处。

“我可不是淫人啊，我网上笔名是‘肥淫僧’，是当时为了吸引网友眼球才起的。我最近刚刚写完一本《婚姻启示录》，有关性和人生的，大悟之余，戴着这个，也顺便警醒一下自己和世人……性，不复杂不低级啊。《红楼梦》看过吧，贾瑞如果用好‘风月宝鉴’，可以治好自己的病；用不好，就要了贾瑞的命。我腕上这串女性‘名器十大全’，一串在腕，时时捻捏，我时时刻刻想着母爱啦，生命啦，圣洁啦，自己就提升了……淫者见淫，你们看着这串东西心里觉得龌龊，其实自己龌龊……”

“肥淫僧”这个东北汉子真能说，愣能把自己手上那串下流淫秽的核雕说成禅宗圣物似的。

我无话可说。

良久，被我带去“填饭桌”的胖子常务志兄拍板似的说了一句，评定出“肥淫僧”和“蓝水满江”二人腕上核雕手串的优劣：

“根据我的‘拙’见，觉得这串‘生命之源’雕刻得好！十八罗汉，雕刻得很精美，可和那句夸东西的词儿‘栩栩如生’一样，没啥新意思。题材陈旧，大匠小工都能刻；这‘生命之源’不一样呦，看似简单，其实难刻，和炒菜差不多的道理。高级饭馆招募大师傅，一般都是考他炒青菜的能力，寥寥数铲，随便几掂，要求味道十足。所以说，最简单，也最考功夫……况且，这题材也好，寓意深刻……”

“肥淫僧”仰天大笑以示满意。

“蓝水满江”呵呵小笑，悻悻之余以示不屑。“嘻嘻，不怕不识货，就怕不懂货，如果‘肥淫僧’兄那边手腕再戴上一串，就真正当2B了……”

“岂止2B，是20B!”志得意满，“肥淫僧”又一次震顶哈哈。他言语态度之间的淫邪和傲慢，总让人感觉哪里有不舒服的地方。

酒足饭饱，“肥淫僧”微醺，拍着我肩膀说：“大王，你从2003年就在天涯煮酒论坛码字写历史，先辈啊，前辈啊！这几年，天涯网站的论坛上，多少写手要靠砸你才能成名啊。呵呵，我此次到深圳来是找工作的，给一个房地产内刊当主笔，本来还替他们运营一个内部网站，准备拉你当管理员呢。一直以为大王你和‘蓝水满江’大哥一样，是靠码字赚钱的一枚穷逼。可我看你刚才开着奔驰来吃饭，应该不算穷，都不好意思开口让你帮我打理网站了……”

听此言，我赶忙解释：“在搞金融的同行来说，我确实穷逼一枚，但确实不是吃文字饭的。网站管理我更不在行，不能帮大哥你的忙了……”

一顿饭吃下来，送走这两位网上著名“公知”，我向老友常务志询问对他们的观感。

常务志摇头。“‘蓝水满江’，码字的老货，这么大岁数还写写炒炒混生活，老文丐一个，真不容易；‘肥淫僧’这个人我知道，从前我也上天涯，记得汶川地震，深圳有个企业家老总吝啬不捐款，人称‘王十块’，当时这个‘肥淫僧’在网上那个骂啊，站在道德制高点上，玩命领头骂。刚才听他说，如今他马上要投靠‘王十块’，要替人家搞文案策划了，恶狗变乖狗，你瞧他把‘王十块’给夸的，什么‘企业灵魂’啦，什么有‘正义感’的企业家啦，哼，下三滥文人嘴脸暴露无遗，有奶就是娘的主儿！这两人，在网上、微博上总冒充富有正义感的知识分子，伪装自己无权无势，把自己打造成一直受社会迫害的样子，其实削尖脑袋往‘主流’里面混，拼命巴结有钱有势的人，人品低下，属于那种端起碗吃肉、放下碗骂娘的欠修理之人。”

“你对网络知识分子有成见，呵呵，人家的著作写得都还不错嘛。”

常务志更摇头。“你不会对他们写的东西值几斤几两都掂不出来吧……那‘蓝水满江’老骗子基本就是一个文抄公，剪刀加浆糊，啥东西都是为了书商出书卖钱凑出来的；‘肥淫僧’的书，似乎高雅高级一点，也不过是抄袭了几本三联出版社出版的那种纯西方翻译书内容，然后加点俏皮网络流行语和东北话，印出来骗骗刚毕业的学生还行，哪里有什么真水平！总之，这两个老失败者，都 50 岁的人了，还天南海北四处颠簸混生活，今天骂这个，明天舔那个，肯定有极大的性格缺欠，肯定人品有大问题，我劝你还是对他们小心点……”

听常务志如此说，我还挺纳闷，似乎他对于“肥淫僧”、“蓝水满江”两个人比我还熟悉。

“……不过，这俩货色，人不是好人，东西是好东西！他们手腕上的核雕串儿，我喜欢，一见就喜欢，咱们也得玩玩这个了。”胖兄常务志若有所思地说。

我，何尝不作如是想！

核雕虽小，大有洞天！

方寸之间藏大千

每每爱上一种物事，我都会先给自己扫盲做功课。说起核雕，总会想起中学时代学过的课文《核舟记》，作者是明代作家魏学洢。我“童子功”极好，这篇课文，至今依旧能倒背如流：

> 明有奇巧人曰王叔远，能以径寸之木，为宫室、器皿、人物，以至鸟兽、木石，罔不因势象形，各具情态。尝贻余核舟一，盖大苏泛赤壁云。舟首尾长约八分有奇，高可二黍许。中轩敞者为舱，箬篷覆之。旁开小窗，左右各四，共八扇。启窗而观，雕栏相望焉。闭之，则右刻“山高月小，水落石出”，左刻“清风徐来，水波不兴”，石青糁之。船头坐三人，中峨冠而多髯者为东坡，佛印居右，鲁直居左。苏、黄共阅一手卷。东坡右手执卷端，左手抚鲁直背。鲁直左手执卷末，右手指卷，如有所语。东坡现右足，鲁直现左足，各微侧，其两膝相比者，各隐卷底衣褶中。佛印绝类弥勒，袒胸露乳，矫首昂视，神情与苏、黄不属。卧右膝，诎右臂支船，而竖其左膝，左臂挂念珠倚之——珠可历历数也。舟

尾横卧一楫。楫左右舟子各一人。居右者椎髻仰面，左手倚一衡木，右手攀右趾，若啸呼状。居左者右手执蒲葵扇，左手抚炉，炉上有壶，其人视端容寂，若听茶声然。……嘻，技亦灵怪矣哉！

当时青衫少年，学课文，背功课，没有彩图，更没见过核雕实物，所以，也根本想象不出核雕到底是什么尺寸的东西。

时隔三十年，竟然在“肥淫僧”、“蓝水满江”两个相貌猥琐爷们的手腕子上看见我少年时代课本中记述核雕的实物，不能不说是个奇迹。

当然，魏学洢《核舟记》里面记载的核雕，应该不是橄榄核，而是当时江南一带匠人喜爱的胡桃核。此果核虽非彼果核，但技法和意思是差不多的。魏学洢所记这件核舟作品，也成为后世果核雕刻名匠们争相仿效的典范和模板。

明朝戏曲大家李日华在《六研斋笔记》也记载过王叔远雕刻的核舟，但内容有异：

中作蓬栊，两面共窗四扇，各有枢可开合。开则内有栏楯，船首一老。皤腹匡坐，左右各一方几，一书卷，右几一炉，手中仍挟一册。船尾一人侧坐，一橹置蓬上。其一旁有茶炉，下仍一孔，炉上安茶壶一，仍有咮有柄。所作人眉目衣褶皆具。四窗上每扇二字，曰：“天高月小，水落石出”。

船底有款“王叔远”三字，仍具小印章，如半粟，文云：“王毅印”。

一个匠人的工艺品能够入得两个大文人法眼，可见王叔远的核雕在当时多么有名。

唐宋之前，查阅各种史料和文献，事关微雕和核雕的记载寥寥，似无所见。到了唐宋，微雕技艺开始成熟，主要是竹骨精刻和象牙微刻，都属于平面的微雕。明中期至清初这段时间内，微雕和核雕艺术大兴，名匠辈出，佳作纷呈。微雕艺人的作品，也被当时达官贵人视为奇物，将其作为佩饰的装饰品和文房用品。

而开始在笔记、书籍中确切记载核雕技艺的，确实以明朝文人居多。那时，核雕主要指在橄榄、桃子、杏仁、杨梅等果核上进行微雕和镂刻技术，立雕、浮雕等技术已经非常成熟。

除了魏学洢《核舟记》记载王叔远核雕之外，张衮、周晖、高濂、张应文等人都在自己的著作中记述过核雕技艺以及几位当时名匠的作品。

张衮在其《水南翰记》记载：“永嘉闺妇，以青梅雕剜脱核，镂以花鸟，纤细可爱。以手擘之，玲珑如小盒，阖之复为梅，谓之梅篮。李太白诗云：‘珍盘荐雕梅。’岂即梅篮欤？”

乍看上去，似乎是在4世纪的西晋永嘉年间，中国已经开始有核雕了。仔细研究历史研究民俗研究诗歌，李白诗中所提到的“雕梅”，其实应该不是张衮所说的青梅核雕，而是一种果脯。

这种“雕梅”果脯，从晋朝开始一直到唐代都很盛行，制作方法很简单，以石灰水浸泡盐梅，入味后取出晾干，用刻刀在梅肉上雕刻出连续曲折的花纹，接着从花纹空隙处挤出梅核，中空如缕，美丽少妇再以纤纤玉手轻轻压挤梅肉，摊成菊花状梅饼，继而放入清水盆中撒上少许食盐，入砂罐用上等红糖、蜂蜜浸渍。数月过后梅饼受浸呈金黄色，即可开罐开坛取食。所以，李白诗里所说“茗酌待幽客，珍盘荐雕梅”，乃唐朝时代闺阁女子消闲小游戏，不是指核雕。

明朝文人周晖在他《续金陵琐事》中，所记载明朝成化年间的匠人所制核雕已经很精细很贵重了：“成化间，一乐工能刘木为舟，大可二寸，篷、桅、橹、舵咸具。二人对酌于中，壶觞饭灯满案。一人挽篷索；一人握橹，一人运舵，皆有机能动。置之水中，能随风而行，略无欹侧。一舟必需白金一两。好事者竞趋焉。”

可见，成化时代的核雕，不仅仅能观赏，还能放在水中，能随风而动而不倾斜沉水。雕刻细节方面，巧夺天工，环环相扣，机械联动得很。

高濂在《遵生八笺·燕闲清赏笺》中，也记载过一位有名有姓叫“夏白眼”的核雕奇人：“我朝宣德年间，夏白眼所刻诸物，若乌橄榄核上，雕有十六娃娃，状米半粒，眉目喜怒悉俱。又如荷花九鸶飞去作态成于方寸小核，可称一代奇绝。”

也就是说，明朝宣德年间的核雕，已经开始使用今天最常用的橄榄核进行雕刻，而且入得当时文人法眼，想必精绝奇妙，雅趣非凡。

高濂所说的核雕名家夏白眼，另外一位明朝文人张应文在他著作《清秘藏》中也提及：“雕刻精妙者，宋高宗时有詹成，能于竹片上刻成宫室山水人物花鸟，纤毫俱备，细巧若缕，而且玲珑活动。余见其所刻一鸟笼，四面花版上雕山水花鸟及‘詹成制’三字，精巧之极。见者拟之鬼工。又宣德间，夏白眼能于乌榄核上刻十六哇哇（娃娃），状米半粒，眉目喜怒悉具，或刻子母九螭，荷花九鸶，其蟠屈飞走绰约之态，成于方寸小核。求之，四百余年仅二人耳！”

张应文的记述，又丰富了高濂所记核雕大家夏白眼的创作题材，这位能工巧匠不仅仅能刻娃娃和荷花九鸶，还能在一颗橄榄核上雕刻九条螭龙，母子各异，让人叹为观止。

明末清初文人陈贞慧在《秋园杂佩》有载：当时有位核雕大师名叫邱山，他的作品非常雅致精巧，已臻化境：

> 雕刻精工，所制胡桃坠、人物、山水、树木，毫发毕具。余见其有“渔家乐”、“东坡游赤壁”、“百花篮”，诗意有：“夜半烧灯照海棠”、“春色先归十二楼”数事。窗阁玲珑，疏枝密树，掩隐斐亹，即善绘者无逾其精巧，他有效者便见刀凿痕，终不及其雅熔矣。

掩卷思之，当时匠人巧思，赛过文人墨客，可见核雕在当时不仅仅是件工艺品，完全可称是极具艺术气息的大师级艺术品！

到了清代，核雕不仅没有衰落，更藉“康乾盛世”而大旺。研究中国工艺史，可以发现，有清一代，核雕名匠辈出。

清朝初期，山核桃雕刻已经蔚然成风。许衍灼编撰的《中国工艺沿革史略》记载称：

> 清初有以山桃核雕为念珠一百八枚者，圆小如樱桃，一枚之中，刻罗汉三四尊或五六尊，立者、坐者、课经者、荷杖者、入定于龛中者、荫下趺坐而说法者、环坐指划而议论者、袒跣曲拳和南面前趋而后侍者，合计之数五百……核坠一枚，五分许，横广四分，取“姑苏城外寒山寺，夜半钟声到客船”之句，计刻人凡七：僧四、客一、童一、卒一。宫室器具凡九：城一、楼一、招提一、浮屠一、舟一、阁一、炉灶一、钟鼓各一。影凡七：山、水、林木、滩石四、星月灯火三。而人事如传更、报晓、候门、夜归、隐几、煎茶统为六，各殊致意。且并其愁苦、寒惧、凝思诸态，俱一一肖之，可谓艺之至矣！

据清朝钮琇《觚剩》记载，康熙时代，姑苏“金老”（应该是艺名或者诨名）精于核桃核雕刻，最擅长《东坡游舫》：

> 姑苏“金老”，貌甚朴而有刻棘镂尘之巧，其最异者，

用桃核一枚，雕为东坡游舫。舫之形上穹下坦，前舒后奋，中则方仓，四围左右，各有花纹。短窗二，可能开合。启窗而观：一几，三椅，巾袍而多髯者为东坡；坐而倚窗外望，禅衣冠坐对东坡而俯于几者为佛印师；几上纵横列三十二牌，若欲搜抹者然；少年隅坐，横洞箫而吹者，则相从之客也。舫首童子一，旁置茶铛，童子平头短襦，右手执扇，伛而飏火。舫尾老翁，椎髻芒鞋，邪立摇橹。外而柁篙篷缆之属，无不具也。舷槛檐幕之形，无不周也。细测其体，大不过两指甲耳。

读毕全文，清人巧匠，还是承袭明朝王叔远核舟的题材和构思，更加发扬光大耳。

无独有偶，清朝文人金元钰所撰《竹人录》，所记载康熙时期的核雕艺人封锡禄，也是擅于核舟雕刻，题材呢，依旧不脱明朝艺人王叔远窠臼：

（封锡禄）又善镌桃核舟，大不过两指甲，中坐三人：袍而多髯，坐而倚窗外望者为东坡；禅衣冠，对东坡坐而俯于几者为佛印；少年隅坐，横洞箫而吹者，则相从之客也。两面共窗四扇，各有枢可开合。船首两人，一老皤腹匡坐，左右各有酒具。船尾一人执扇烹茶，有茶炉，腹一孔，炉上茶壶仍有咮有柄。舟底镌“纵一苇之所如，凌万顷之茫然”

两行细字。又于橄榄核上镌《草桥惊梦》，屋宇人物位置天然，间以疏柳藏雅，柴门卧犬，夜凉景色摹绘逼真，奇幻出人意表矣！

乾隆时代，正值承平岁月，乾隆帝本人喜爱风雅和工艺，甚至把有“鬼工”之誉的核雕艺人杜士元招入宫中供奉，为皇家雕核。杜士元除了擅长东坡赤壁类的核舟题材以外，还擅于象牙雕刻。北京故宫博物院收藏有“十八罗汉渡海象牙臂格”，仿竹臂格上，精雕细琢，雕有十八罗汉渡海。一颗象牙上，气象万千，除了神态各异的十八罗汉以外，山岳、海洋、树木、岛屿、风云，无不精妙奇巧。虽然没有确切款识，应该为杜士元作品无疑。

根据钱咏《履园丛话》记载，杜士元核雕题材多种多样，以《东坡泛舟赤壁》、《渔家乐篷船》、《运河官船》等最为著名，但总体风格，依旧还是承袭王叔远“核舟”大意。而这位杜爷作品，当时每枚值银五十两。也就是说，当时的人买杜爷一枚核雕，相当要花现在几万块钱！

有了乾隆皇帝这个大主顾，即使如此昂贵，王公巨贾依然趋之若鹜，求购不疲。和许多传说中的大匠一样，杜士元一生嗜酒，只有缺钱买醉时才肯动手雕刻。所以，这样的核雕大家，入宫之后，千两白银求其一枚核雕，也是难上加难。

云中白鹤难牢禁。皇宫虽美，银子虽多，杜爷依旧感觉自己是锦衣玉食的囚徒。忽然一天，晌晴白日，他冲上圆明园里一座假山，把一根紫竹一刀砍下，截去两头后，做了一支洞箫。而后，他三蹿两爬，爬到一棵大树上，贴膜上唇，呜呜咽咽，迎着旭日吹起箫来。

乾隆帝再爱艺术，也容不得一个“疯子”在宫内供奉，郁闷之余，就下诏把老杜遣返还乡。佯狂作颠，杜士元得以全身而退，返回苏州后，依旧我行我素，重归酒肉放浪生涯。

常熟市博物馆内，藏有杜士元一枚《渔乐图》橄榄核舟。多年摩挲盘玩加上岁月包浆，这枚橄榄核舟已呈深枣红色。核舟上，船篷舟楫，鱼篓缆绳，雕镂毕现；船中数人，米粒大小，有人烹茶，有人张网，有人闲坐，有人观天，其乐融融。核舟底部，刻有十个字：“乾隆乙丑造，先传杜士元”，雕款为行书，秀逸绝伦。珍而又奇，这个核舟还有一个水浪状象牙底座。底座上面，还有行书微雕诗句：“皮肉生来有益长，其中将他造船行。网船家家多子孙，渔翁得乐尝端阳。”

乾隆年间，广州匠人也大有名家，其中以陈祖章最为著名。他有一枚《赤壁夜游》橄榄核舟实物存世，现藏于台北故宫博物院。

陈祖章这件作品，为苏东坡泛舟夜游赤壁故事，估计被乾隆亲自盘玩过，颜色如琥珀，高 1.6 厘米，长 3.4 厘米。舟上桌椅、盘肴俱全，又有小窗镂空，可开可闭。舟上共八人，细如米粒。当窗者为东坡居士，一客依桌而坐。船右前侧，有一丫髻童子倚舷下望。船首三人，一戴帽老者短衫箕踞，一童子蹲于炉前烹茶，另一童子扶其肩戏玩。后舱两人，一船夫凝神掌舵，一文士凭栏内视，若回语状。全船八人，形态各异，呼之欲出。舟底微雕《后赤壁赋》全文，笔法不甚工秀，但细密井然，署款有"乾隆丁巳五月臣陈祖章恭制"。

乾隆帝确实喜欢赏玩核雕作品，废帝溥仪在其《我的前半生》中也有记载："在养心殿后面的库房里，我还发现了许多很有趣的'百宝匣'，据说这也是乾隆的玩物。"在溥仪描述中，那个百宝匣用紫檀木制成，其中一个格子里，还装有"一个雕着古代故事的核桃"，这个核桃，应该就是胡桃核雕。

故宫博物院成立之初，清点清宫文物，专家们还发现有一对核桃，装在一个乳黄色丝线编织成的网套内。此网套连绳带穗，总长 40 厘米。而装核桃的网兜，有 10 厘米左右，下垂乳黄色流苏丝穗约 14 厘米。显然，这对核桃乃当时宫内某人（或者是某个帝王本人）专门佩饰腰间的玩物，之所以装在网兜内，主要是为了携带方便，可以随时从中取核桃盘玩欣赏。网套内那对核桃，均长 4 厘米、宽 3.5 厘米、高 4 厘米。核桃皱脊上雕琢有两个仙人：一是胡须飞扬的老者，一是脚踩如飞云纹的稚童，显然是取材神仙传说中的人物。而且，两个雕琢的核桃色泽润红，肯定被宫内帝王或者妃嫔嬉玩过很久。

清朝核雕艺人作品之所以大受欢迎，确实因为有明朝的前人可以学习和借鉴，推陈出新。更重要的是，果核微型雕刻工艺在明末清初大兴，和当时的科技进步也大有关联。

西风东渐，西方传教士陆续东来，带来许多西方先进的科学技术和设备工艺，特别是显微镜、放大镜等仪器，琳琅满目。有了这些助力视力的东西，王公贵族和文人士大夫可以凭借这些能放大物事的工具，细细欣赏核雕艺术，以方寸容天地，凭毫厘观大千（王士祯《池北偶谈》、屈大均《广东新语》以及北京故宫博物院所藏“康熙朝宫中陈设帐目”档案，均有进口这些仪器的记载）。

二次鸦片战争过后，加上后来的太平天国战争，大清帝国一天差过一天，衰败日甚。世事凋零，核雕艺术家的成长空间也日渐萎缩，核雕艺术也逐渐走向低谷。即便如此，细观晚清核雕艺人杨芝山《西园雅集图记》(核桃雕)，可以发现这个作品依旧是一枚时代力作——小小一枚硬核之上，林木扶疏处，怪石参差间，方寸之间容辽阔，竟雕刻出三组人物，共 19 人，精微之妙，尽在刀尖锐锋中展现。

而光绪年间出生的核雕艺人都桂兰，技艺也很不凡。他是核雕名匠都渭南之子，其作品曾在 1915 年巴拿马博览会上获得银奖。1955 年周恩来总理出访，他携带赠送外国元首的礼品中，竟然有 7 件是都桂兰核雕作品。可见，新中国成立后，核雕当时竟然能够代表中国工艺之大成，作为国礼携往国外馈赠贵宾。1957 年，苏联领导人伏罗希洛夫访华，时已 75 岁高龄的都桂兰应外交部之请，又一次携带核雕作为礼物，入京当面赠送伏罗希洛夫。

近现代，果核雕刻分布其实还挺广，山东、江苏、广东、上海等地，名家多多。而且，当下玩核雕人根本不知道的是，山东潍坊桃核雕刻一度盛名鼎鼎，当时出现了许多大师名匠，包括丁念廷、高家俊、都渭南、张大眼、陈子和等人；由于岭南一直有象牙雕刻传统，而牙雕大师都可以“客串”核雕，特别是橄榄核雕。而广东增城橄榄核，乃核雕大师的不贰之选。广州名匠，以区桂来和弟子江泽流最为著名，他们以人物、花舫见长；20 世纪初，上海也有果核雕刻大师麦春华、殷根福等人。麦春华擅长雕刻楼阁、池沼、人物、器具、花鸟。殷根福对十八罗汉、八仙、观音、弥勒佛以及花木兰、穆桂英等女英雄人物情有独钟……

盘玩摩挲色愈润

既然我和老友常务志从“肥淫僧”、“蓝水满江”手腕上发现了核雕，又广搜博引买了一大堆书，仔细研究了核雕历史，那么，选购合心意的核雕作品，就成为我们二人不可耽搁须臾的事情。

可惜，和葫芦、文玩核桃一样，岭南地偏，虽然增城地区出产最好的核雕原料，但一直不是传统玩核雕的地方。深圳作为新兴城市，更没有北京、天津、上海那种消闲、慵懒的氛围。想找寻核雕商品，我们只能去黄宝岭古玩城碰运气。

花了周日一个上午时间，纵然有着鹰隼一般锐利的古玩探寻之眼，我和常务志东逛西遛，也没有找到一家专门售卖核雕产品的店铺。

踏破铁鞋无觅处，得来全不费功夫。

失望之余，我和常务志老兄就逛到一个灵璧石店铺。无他，我们和店主是熟人，随便逛逛，一点没有买东西的意思。喝了茶，聊了天，我和常务志兄从灵璧石店铺走出，发现过道斜对面开了一家新店铺，橱窗里面射灯闪耀，里面摆了不少象牙摆件。这些象牙类常见的东西，倒没有打动我们。奇怪的是，橱窗之中，还放置着两个鳄鱼皮制成的名牌皮包。

古玩城橱窗内，赫然出现带有奢侈品 LOGO 的皮包，很扎眼，很吸引眼球。

“我老婆最近又要去香港买名牌包了，不如我在这里给她买两个顶级 A 货，骗骗她算了，否则又要刷我大几万的卡……”常务志兄拉着我走向这家挂着“艳阳天”匾额的小店。

“不会吧，你老婆那么聪明伶俐，你买个 A 货假包，哪里能骗得了她！包装、发票你都没有啊……”

常务志兄胸有成竹。“就因为我们公司过年的时候买了几个送礼的奢侈品皮包，我这里有两张发票，还有没扔的包装，我照猫画虎，就给她买这个牌子的，A 货之真，简直和真货一模一样！”

嗬，进了这个“艳阳天”铺子，老板娘是个长着张面盆大脸的温州胖娘们，兀自端坐在柜台之后，俨然店主人；老板一河南汉子，瘦小枯干，一脸苦相，笑意盈盈，坐在橱窗后面的茶台前沏茶伺候，有若跑堂店小二，又似旧时“大茶壶”。

“这个济公象牙摆件多少钱啊？”常务志挺胸凸肚，面无表情，指着柜台里面一个20厘米高的象牙雕件问价。

咦，常务志不是给他老婆买假名牌皮包吗？他怎么会问象牙摆件的价儿呢？

这种买法，我作为常务志仁兄多年老友，当然知道，此所谓“声东击西”之法也。无论是地摊还是店铺，如果你看中了哪件东西，千万不要流露出任何喜爱、欣喜的样子。一旦面露急切想要的样子，肯定会被老板宰得鲜血淋漓。

所以，买假皮包，就不问皮包的价儿，而是去问和皮包完全不搭杠的象牙摆件。

老板娘上下打量了我和常务志两眼，先掂掂我们这两个待宰“猪肉”的分量。然后，她大脸蛋子开花，殷勤介绍说：“这可是我和我老公刚刚从英国回购回来的老东西啊，清早期的，属于回流文物……”

常务志色不稍动。

“……现在我们中国人有钱了，好多东西外国人都会乖乖让给我们，像你们二位这种大老板，就应该买这样的文物级别的老东西，好东西……价格吗，其实不贵，18万。”

“嗯，18万，还真不是很贵……”常务志微微颔首，装出很懂行情的样子，“一块象牙芯料整雕的，亚洲料，血牙，真润。‘笑纹’不是太多（指象牙因岁月久长而生出的裂纹），到不了清早期，估计是清中期……”

“太对了！”温州胖娘们一拍胖手，立刻附和，“老板真懂行，香港店主说是清早期的，我看就是清中期……哦，英国古董店店主，是个香港人……”

这个象牙雕件，估计女店主不过是从深圳隔壁香港窝打老道一带古玩店买过来的，如今，对我们号称从英国带回的回流文物，无他，意在增其珍贵之价也。

不厌其烦，看了牙雕济公之后，常务志又仔仔细细看了其它几件象牙雕刻的物件。啧啧之余，表示东西都不错。

“嗯，我收藏好几件象牙雕像了，都是近几年的佛山雕工，半手工的，味道不够，我很想买几个这样从前老匠人京工雕刻的……”常务志撂下一句话儿，以表示他是未来的大主顾。

温州胖娘们一张大脸笑成洗澡盆，吆喝着她河南老公马上沏茶，沏好茶。

我们两个人坐定，常务志品着热茶，忽然指着女店主身后的玻璃柜发问：“你们这里怎么还卖名牌皮包啊，都是A货吧，那件大红的‘爱马仕’多少钱啊？”

常务志问话很有学问，第一，贬低店主不专业，主业卖象牙之余还卖假名牌皮包；第二，直接点明店里面的皮包是假的，不给店主漫天要价的空间。

“我们夫妇前几年就是在东莞专门帮人生产贴牌皮包的，转行玩古董之后，仓库里面剩下不少好货，所以没事儿摆在店里，有客人买吗，我们也卖……您看中的那款，真鳄鱼皮的，实价 15000。”

说着话，女店主把那款皮包从玻璃柜子里面拿出，放在常务志面前。

别说，这个价钱还真不贵。这种型号的真货爱马仕皮包，都是几十万的价儿。里外翻看，鳄鱼皮是真的，里里外外都无纰漏，实在属于高仿 A 货。

常务志买东西玩“声东击西”，女店主也不傻，人家玩“欲擒故纵”。言谈举止间，她认定常务志是一个象牙大买主，所以就先以低廉价格卖给他假名牌包，价格自然便宜到让常务志笑，让这位新顾客心服口服，造成自己做生意实在的假象。过后，当常务志下次买象牙的时候再下大砍刀猛宰他。

待温州女店主刚刚拿开赝品爱马仕包的一瞬间，我和常务志都眼前一亮——难道，我们两个人同时看上这个价格 15000 几能乱真的赝品皮包了吗?

非也！那个假爱马仕皮包后面一个钉子上面，挂着几串核雕，紫红秀润，熠熠生辉！我们刚进门的时候，这个大包挡住了我们的视线。待女老板把皮包拿开，恰好露出了我们今天找寻半日的好东西——核雕串儿！

电光石火，灵物闪动，我和常务志兄迅速交换了一下迷离小眼神，皆不露声色。铁鞋踏破，正为这销魂一刻。

常务志连价儿都不讲，马上刷卡 15000，买下大红大

LOGO“爱马仕”真鳄鱼皮假包，露出那种一掷万金不皱眉的谱儿和派头。“唉，我老婆太爱虚荣，一年买包都要花我大几十万，现在又要学郭美美买‘爱马仕’，太过分了，太过分了，我给她买个假的算了……反正她开宝马，开辆宝马挎个‘爱马仕’，没人怀疑这包是假的……”

“肯定，肯定。”温州胖娘们和他河南瘦老公点头附和，“您和您媳妇儿这样的人，人一看就是真有钱人，什么假货放在你们身上，它也得成真的！何况，我们这皮包是百分百高仿。有客人买了我一个‘路易威登’包，拉锁坏了，拿去香港专卖店去修，店里还真当真货收下了，修得那个好啊……”

喝了茶，刷了卡，拿了包，常务志兄抬起肉臀，作逡巡欲走状。忽然间，他收住脚步，指定刚才被大红皮包挡住的几串核雕，似乎漫不经心，说：“我一下子就买了1万多块钱的东西，怎么也要赠送我点东西吧。那里挂的几串黑乎乎东西，送我一串吧，我回去给我家京叭狗戴脖子上……”

闻听常务志此言，再看他手指向处，温州胖娘们脑袋乱摇，拨浪鼓一般。“不行，不行，绝对不行！这几串东西贵着呢，比皮包可贵多了！”

“不会吧，这黑乎乎、脏兮兮的串儿，又不是金子做的，怎么比我买的这个高仿‘爱马仕’皮包还贵？”常务志装傻充愣。

胖娘们肉指轻挑，把三串核雕从柜子里面拿出来，放在我和常务志面前，说：“这几串核雕老贵老贵，你瞧，这串是‘十八罗汉’，真正清朝的东西，15000；这串是‘善财童子’，民国的，8000；这串是‘弥勒笑佛’，当代秋人大师的，20000。实在想买便宜的，我老公手腕上还有一串，不是大师雕的，真正苏工浮雕螭龙，5000。”

真正在市场上看到了核雕实物，听了价格，真让人心惊肉跳，核雕真不便宜啊。

也正是撞邪，精挑细选，几串核雕看下来，常务志最终看上了那串脏腻腻、油乎乎的所谓清朝核雕“十八罗汉”。讨价还价半天，温州女店主并没有因为他刚刚买了15000的假“爱马仕”皮包而便宜他分毫，号称半买半送，最终作价12000。

见常务志兄都出手了，我心痒难熬，搭买捡便宜一般，最终也花4800买了男店主腕子上那串九粒一串的浮雕螭龙。

“唉，这串儿核雕我都戴了七八年了，真舍不得啊，您瞧瞧，都戴红了，戴成琥珀色了。它跟着我去过多少国家啊，到哪里都被那些外国人羡慕死！土耳其一个卖古玩的老板，当时给我5000美金，我都没卖！……”男店主得便宜卖乖，收钱后不忘给我编故事。

贼不走空，皆大欢喜。我和常务志仁兄拎着大红‘爱马仕’假包，揣着刚刚买到手的两串核雕，谈笑风生，直说不虚此行。

鬼使神差。我和常务志兄下得二楼到了一楼，忽然瞥见有家店铺名为“徽商文化”。橱窗里面，东西琳琅满目，什么竹雕啦，歙砚啦，臂搁啦，很是有些非“河南造”的老东西。让人怦然心动，在一个小红木茶盘里面，还摆着数粒核雕，黑乎乎，紫润润。我们挪步近看，简直和常务志兄刚刚买到手的核雕一模一样，只不过他买的是串在一起的整串，这家店铺里面是散粒单卖的。

心里一咯噔，常务志兄大脸一沉，我心也一沉，于是马上冲入店铺观看。

没敢掏出那串刚买的“清朝老核雕串”，假装随意，常务志向店主询问橱窗里面那些核雕的价格。“你那盘子里面的核雕是批量生产的吧？怎么我们在几个店铺里面都看到过……”

看到常务志手上拿着一个簇新的皮包，手腕子上戴着一串和田籽料的手串，这个合肥老板大概认为我们只是对那些核雕好奇，就很热情地揭开竹帘，把那老红木盘子整个端上来，送到我们面前说：

“二位爷真是好眼力！这是北工高仿的核雕，不是苏工，是河北廊坊一带工匠雕刻的，先使机器，再手工打磨，还需要盐酸咬，酱油泡，手段上齐才能做出‘清朝’的意思。不过，这活儿还凑合，做旧做得也可以，如果一粒卖，就70一颗。如果十八个罗汉一枪打，就1200块钱。说句实话，我50一个进的货，南方没人认这个，放这里半年了。你们真想要，18颗，每个罗汉脸都不一样，其实不错，那就1100拿走吧……”

常务志兄把这些核雕粒粒拿起，细细观察，贴着眼睛看，用指肚猛搓，恨不得把这些东西捏成微粒，很想发现出不同之处——和他刚才在温州胖老娘们那里所买核雕的细微不同。

没有任何不同，完全一模一样，连油腻腻的哈喇气味都一样。

常务志喉头动了几下，不露声色。毕竟和我一样，这么多年都受骗受惯了，这老兄刚刚损失了1万多块钱，硬挺硬装没事人一个。

常务志那串核雕，一直藏在衣袋里面，没露；而我刚买的那串核雕，明晃晃戴在手腕子上，于是，我硬着头皮摘下来，递给那个合肥老板，说："你给我看看这串东西，是不是有七八年时间了，雕工怎么样啊……"

"咦，原来你们喜欢这些核雕啊。"合肥老板恍然大悟，似乎后悔刚才他报价报低了，"……嗯，这串东西也是北工，浮雕核雕，本来就比正常高雕要便宜得多。你仔细看看，这些螭龙好像一个模子出来的，一点都不活……至于年份吗，也就是去年雕的东西，还都是'奶油籽'，这种籽本来颜色都发黄，你这串东西，做过'手段'，低温油炸过……你多少钱买的？"

"几百块，几百块……"我嗫嚅着，不敢说出真实买价儿让合肥老板笑话，"这核雕虽然不老，颜色也挺红啊，不像是去年的新工啊……"

"嗨，这颜色儿好做，北京古玩城有几个人，专门做旧做老核雕，按年头算钱，只要15分钟，你要10年的给你做10年，要50年的给你做50年，要100年的给你做100年。呵呵，据说工艺挺保密，别地方人不会做……不过，您手上这串不算高仿做旧，您仔细看看，如果真是盘玩了几年的串儿，那些凹凸不平的地方应该有色差，您手上的每个核雕都是一个颜色，雕工和做旧水平都一般，太一般……不过，几百块钱呢，真不算贵，如果超过 300 块，就算上当了啊……”

呵呵，呵呵。

我和常务志老兄打掉牙往肚子里咽，兀自挺胸昂头，不好意思对这合肥店主说我们两个刚刚上了大当……

真邪门！但凡我和常务志兄开始喜欢某种东西，甫一出手购买，不上当者，鲜矣！

姑苏迢迢探宝物

杂项收藏是一种难以戒除的瘾。一旦喜欢上某种东西，有钱没钱，都会觉得要买，要拥有，体内勃勃欲望，烧得难受。欲望，占有、拥有的欲望，让人坐立不安。

自从喜欢上了橄榄核雕，我和老友常务志朝思暮想，最终都以受骗上当作为开始，而我呢，只在深圳黄宝岭古玩城骗子店主那里买到一串“动过手”浮雕螭龙核雕，这种状况，不得不让人着急上火。

想啥，啥来。

忽然间，我接到北京老友吴欢大哥电话，邀请我去常州，参加常州市政府主办的“常州吴氏三代画回乡展”。

“你写过辛亥革命方面的专著，又有‘深圳作协副主席’的头衔，是我私人朋友，所以一定要到常州来给我们吴氏画展捧捧场，顺便还能结识不少专家学者，对你日后写近代史史书大有帮助……”吴欢兄诚恳邀请我。

太好了，艳阳五月天，确实出游好时光！更好的是，常州距离号称核雕“圣地”的苏州舟山村，一百公里不到，很近很近。

去常州，我就能去苏州。去苏州，我就能到舟山村购买核雕。此行，可谓真正“不虚”。怀了这么一个“私心”，我就更加欢喜得近乎手舞足蹈了。

吴欢大哥他们吴家，作为常州望族，历史悠久。从明朝开始，这支吴氏曾先后出过 1 名探花、17 名进士。近现代以来，以吴殿英、吴瀛、吴祖光、新凤霞、吴祖强、吴欢为代表的吴氏家族，对中国革命史和文化艺术史都有突出贡献。这次活动，不仅仅是画展，还是一次别有深意的捐赠。吴欢在展览开幕式宣布，捐出吴氏三代 5 人书画作品共 26 件，其中包括吴欢祖父、故宫博物院创办人之一吴瀛的山水代表作《洞庭白波》等 4 幅字画，吴祖光的书法《生正逢时》等 4 幅，新凤霞、吴祖光合作《玉为风骨雪为衣》国画 4 幅，敦煌学家、文博专家吴曼公书法 1 幅，以及吴欢本人字画 13 幅（件），还有新凤霞、吴祖光戏服等 10 多件具有历史意义的物件。

单凭这些书画作品，市价都有几千万之巨。会后，我偷偷问吴欢大哥：“这么多画作捐出去了，如果拍卖，都能买座别墅了，你不心疼吗？”吴欢大哥笑言：“常州是我们吴氏祖地，我到这里捐赠，不谈价值，只谈感情……”

开幕式上，来宾多多，包括台湾国民党中央常委邱毅，故宫博物院专家魏殿松，武汉大学历史系教授冯天瑜，以及辛亥伟人黄兴之孙黄伟民和吴兆麟之孙吴德立等辛亥革命者后裔。由于我本人写过辛亥革命专著《1911，革命与宿命》，所以，惺惺相惜，和辛亥史专家冯天瑜教授以及黄伟民、吴德立二先生相谈甚欢。

其间，我和邱毅先生交谈，竟然得知他还是我在台湾的超级粉丝之一。台湾一家出版社在岛上出版过我《赫连勃勃大王历史文集》繁体字版，他一直在读，并对我的笔名“赫连勃勃大王”深感兴趣……

宴会之后，书画联谊。吴欢大哥，故宫魏殿松先生，包括冯天瑜教授，都现场挥毫濡墨，书法绘画一齐来。我本人呢，也技痒，当场献丑，绘钟馗扇面数幅，然后请吴欢、魏殿松先生题字于上。

常州之行，翰墨会友，不仅能够近距离观看名人画作，又能与吴欢、魏殿松、冯天瑜、邱毅等先生笔墨交流，真真获益良多。

转天大早，我就向吴欢兄告别，他一愣：“别忙着走啊，你不是喜欢紫砂壶吗，我下一站就去宜兴，咱们以诗会友，以画会友，还要带你去见几位工艺大师呢，肯定能淘上几把上好紫砂壶……”

“紫砂壶，我确实喜欢过，但那喜欢劲儿已经过去了，现在最喜欢的是核雕……”——当然，这几句“心里话”我没好意思说出口，只支吾说我要顺便去苏州办点事情。

辞别吴欢大哥之后，坐上一辆动车，“嗖”的一声我就到苏州了。寻一处酒店落脚，大脸都没洗一下，又“嗖”的一声，坐车赶赴舟山村。

刚开始听说“舟山村”这个地名，我还以为是坐落在浙江舟山群岛上面，细细研究，才知道以核雕闻名的这个村子在江苏，属于苏州吴中区。这个村子，距离苏州市区其实不是很近，大概二三十公里的样子。现在的舟山村，由原来的舟山村、黄渠村、塘村村和陈华村四个行政村二次合并后而成，共有人口5000多，占地面积嘛，仅仅8平方公里左右。

别说，姑苏处处是美景，舟山村也不例外。它坐落在穹窿山脚下，南临太湖，近村的大路还都是新修的，笔直宽阔，一幅社会主义新农村美景样子，让人心旷神怡。

入得村内，到处都是核雕广告。民国时期，苏州“光福镇核雕”已经非常有名。而光福艺人，历史上属于传统的“香山帮”。此香山，非广东那个“香山”。江苏“香山”区域概念，是指香山西南地区，主要范围如下：东以胥口、胥山（清明山）为界，以穹窿山为天然屏障；东南为白马岭，西南两边，一直延至太湖沿岸（包括长沙岛），面积大约40平方公里。而闻名遐迩的舟山村，也在香山区域之内。此村得名，源于春秋战国时期，吴王曾在此地建造战船、训练水师。

“香山帮”这一传统工艺帮派，源于春秋，成形于唐宋，盛行于明清，原本是一个具有鲜明个性和丰富文化内涵的建筑帮系。从明代开始，“香山帮”数位大师就曾参与北京紫禁城的设计营造，名闻朝野。舟山村作为“香山帮”嫡系，自古就以雕刻工艺著名。根据《香山小志》记载：“香山梓人，巧者居十之五六。又有雕工，专将竹根、竹节、黄杨、紫檀，以及象牙、牛角、桃核、橄榄核，刻山水人物、花卉鸟兽等玩品，精巧有致，雅俗称赏。”显然，从明代开始，舟山村就是一个以精雕象牙出名的“雕刻之乡”。

民国时期，光福镇第一代核雕高手殷根福，本来在上海从事竹雕和牙雕，偶然间，他用橄榄核雕刻消遣，忽然大有所悟。经过悉心琢磨，他在传统核雕“核舟”题材之外，创立核雕罗汉头像。为了使自己刀下罗汉逼真，这位匠人还多次前往东山紫金庵罗汉堂临摹，细细观察，终于形成自己卓尔不群的核雕人像风格。奇而又特的是，殷根福雕刻核雕罗汉从来不需要事先在橄榄核上画图打草稿，独创“吃准五刀法”，即拿来一颗橄榄核，看两眼之后，马上动手，鼻头一刀，眼睛两刀，耳朵两刀，作为“定位”，所雕罗汉，神态各异，传神异常。

后来，殷根福把自己的核雕技艺传授给儿子殷荣生、女儿殷雪芸以及徒弟须吟笙等人，并在舟山村形成了有组织、小规模的生产。当时，村内大概有 50 多个人从事核雕制作（还谈不上创作）。上世纪 70 年代，殷根福弟子须吟笙和钟年福等老一代艺人言传身授，进入当时吴县东山雕刻厂，并和上海工艺品进出口公司合作，使得舟山橄榄核雕开始销往香港、澳门及东南亚市场。即便做了“公家人”，当时工匠们也仅仅能够赚取微薄工资，聊以糊口而已。

上世纪 80 年代市场化之后，舟山核雕和许多传统厂家一样，基本处于关门状态，许多核雕艺人纷纷改行做象牙雕、竹雕等工艺，舟山核雕处于自生自灭状态。

2000 年左右，一串现在属于“名家大师”雕刻的橄榄核罗汉头，最多也就卖个二三百块钱。后来，由于北京、天津、上海玩家的热捧，核雕价格忽然飙升，随便一串有职称的青年工匠作品，每每都要几千元，名家作品更是动辄上万，还需要提前多日预订才可能拿到真货。

水涨船高，作为核雕原料的橄榄核，十年间竟然上涨了 200 倍！如今，无论是广东增城还是广西一些地方，从前论斤收购的核雕原料橄榄核，现在都按每枚收购。个大状奇者，动辄成百上千一枚。

有钱可赚，有利可图，自然引人趋之若鹜。近年以来，舟山村几乎家家户户都在生产核雕，从业人数近 2000 人，小小橄榄核，每年生产销售总量能达亿元。为此，附近一些从前从事木雕的艺人也纷纷转入核雕制作，舟山村周边的陈华、塘村、蒋墩等村，都以舟山核雕传承人名义加入核雕制作行列，当地形成了全国最大的橄榄核雕产业链。

和河北涞水出产文玩核桃的那些村落大不相同，舟山村很有南方山清水秀气息，让人甫一进村就有进入风景区的感觉。当然，按照指示牌左兜右转，到达所谓“核雕城”，还是让我有些失望——比起宜兴丁蜀镇那巨大无比的“紫砂城”，舟山村内零零散散的两三个“核雕城”，就小之又小了，基本是简易平房一片，密密麻麻，监狱小号一样排列的小作坊，每家每户有一两个人在内，工具齐全，货品有些不足，大多都是假模假式坐那里做雕核状，吸引外来客人购买正宗“舟山核雕”。

虽然才五月下旬，苏州天气反常至极，气温高达31度。冒着酷热走了许多路，着实汗流浃背。看了许多核雕，我倒也深有感悟：核雕之所以能独成一系，确实有其创作载体的独特性。以橄榄果核为创作原料，使得核雕一下子就同玉雕、石雕、牙雕、根雕等雕刻艺术产生极大区别。这门工艺在创作时随意性很小，工匠们必须在极其有限的方寸小核上，展现他们丰富的想象力和创造力。创作，以无限囿于有限，所谓戴着镣铐跳舞的感觉。

“如切，如磋，如琢，如磨。”相比雕玉，核雕完全不是简单工艺，匠人需要掌握浮雕、透雕、圆雕、线刻以及磨制等种种技艺。核雕虽然属于微雕范畴，但这门工艺与同属微雕的米刻、发刻又有很大区别——核雕，乃三维创作；米雕、发雕，属于二维平面刻划。为此，小小核雕，难上加难！

舟山村内，近距离观察匠人的手工刀具，长短粗细，各不相同。刀口刀刃，也是多种多样，直的、圆的、斜的、尖的、三角的、带钩的，种种用处皆不同。嗞嗞声中，艺人们刻之，镂之，钻之，切之，割之，冲之，剥之，让人眼花缭乱，可谓艺中有技，技中有艺。

橄榄核确实太小了，所以核雕一定要凝神屏气，这种工艺，对工匠手臂、手腕、手指的力气要求很高，特别是核雕工匠的手指头，在感觉度、灵敏度方面，肯定要超出常人数倍。所以，好的核雕作品，一定要慢工出细活，心浮气躁，根本做不出好作品。如果没有坚韧的毅力，没有良好的审美情趣，就只能雕些拙劣的摹仿货。

村内一处出租房，有一位原籍广西的年轻女士，大概二十五六岁年纪，正聚精会神进行创作。作坊虽然小，但她的作品我觉得却很“大”。询之，她原先学木雕，如今转搞核雕，具体而微，也能融会贯通。

我站在她身边，见她凝神静思，真正做到了“以神遇而不以目视”，移意于刀，意在刀先，刀尽意在。显然，她是在用“心”去镌刻。刀锋刀尖，似乎成为她神经末梢与橄榄核相交的中介物，艺术与情感的火花，恰在那刀核相触之时迸现！

在现场观看工匠亲手制作核雕，是一种享受，也是一种“折磨”。白刃起舞之处，眼看刀锋收放，俯仰，开合，宛转，钻镂，疾徐有度，巧匠了然于心。核雕质地硬度，其实和象牙差不多，不是想象中植物果实般柔软。在一个橄榄硬核上雕刻人物或繁琐山水题材，用刀技法非常关键。工匠手中之刀，有时候其实只是针尖般大小。以如此尖细刀刃，角度宛转，刺刻斜倚，人物、山水树木，随刃而出，瞬间可见神态各异，活灵活现。但稍不留意，往往一刀误下，就会造成切削厚度过大，会把大块核料崩掉，造成不可挽回的损失。

细看那位女工匠执刀方法，很似执硬笔书写。她的左手大拇指、食指和中指三指虚开，呈钳形捏住橄榄核，然后以无名指和小指抵于掌下；右手呢，则以持硬笔姿势仰锋入刀，同时，她以无名指和小指紧抵果核，防止滑刀。她刨削随意，善于捕捉瞬间灵感，有时直线，有时曲线，细细切削，顺势用刀，核屑迸飞，犹如彩色音符婉转于毫厘之间，让人赏心悦目。

蚂蚁搬山，不屈不挠。刻镂久之，硬硬的果核才会出现大致轮廓……

舟山村似乎不是很大，可如果要在村里家家户户作坊式铺子里面选购核雕，那可真要花费时间了。一路看，一路买，几个小时下来，我带去的几沓现金都化为乌有，变成了大大小小的橄榄核雕，被我放进了兜子。

此行，我自己买了数串核雕，价值不菲。顺便，也给老友常务志带了几串，最贵一串，要属“五伟人”核雕，每个人物核雕2000块，五个加起来总共10000块，分别雕着孙中山、毛泽东、朱德、周恩来和刘少奇五个人。此种核雕，为当地一位匠人独创，所雕伟人眉目清晰，真能用“栩栩如生”形容之。

花了近一整天的时间，我只逛了舟山村大概四分之一不到的地方。喉咙冒烟，胸内有火，几乎有中暑的症状。感觉不妙，我赶忙撤退，坐车赶回苏州所住酒店将息。

到晚间，我忍不住嘴馋，在街上一家饭馆又吃了一大盘苏州当地的名菜炒鳝丝，致使内火更旺。转天一大早，我发现自己两只手的手指上都长满了透明的水泡，又痛又痒。平生第一次，出现这种中了高级湿毒的症状。

饶是如此，转天上午，我依旧冒着高温，前往苏州文庙古玩城转了一大圈。恰恰在那里，我盲目的、不可遏制的核雕购买欲，终于在一家象牙店铺得以暂时消歇——这家店铺店主，原本就是舟山村人。他先前学过核雕，店里依旧有不少核雕作品在卖，从名家一万多一条的到北工一百多一条的，应有尽有。他对我所说一席话，让我茅塞顿开：

“您看，核雕这东西，不就是橄榄核嘛，怎么能比象牙雕刻贵这么多！你看看，我这里这么多核雕，只要能赚点钱，有一点利润，我马上就卖！哪天你们北京人、天津人、上海人不喜欢核雕了，这些橄榄核，肯定都会成为废物砸在手里。眼看着这些东西天天涨价，我心里一直害怕……橄榄核再金贵，竟然能贵过象牙料！我百思不得其解啊……你瞧瞧，精雕的这串象牙手串，十八罗汉吧，一串才8000。同样的东西，舟山村名人雕刻的橄榄核，竟然要卖18000！想不通啊，再怎么样，这些象牙东西窝在手里我心不慌。而这几串过万的核雕串，多留一天，我就心慌一天……”

听这位店主一说，我也有恍然之感。掂量久之，在苏州的文庙古玩城就没再买核雕，最终顺了几串苏工象牙手串和圆雕念珠回深圳。半年多时间内，细算这些象牙制品，涨了将近一倍多的价钱。

临走之时，路过一个装修堂皇的店铺，眼贱脚贱，踏入观瞧，马上为一件玳瑁团扇所迷，又开始走不动路，呆呆伫立，爱不释手。

女老板是一位50岁左右苏州本地人，能言善辩，大夸我识货：“……这么大的玳瑁团扇，太少见。您想想，制作扇面的玳瑁原料，现在哪里能够找出这么大料的，老金贵老金贵了。你看，上面这么多精雕细刻的云纹，还有八只仙鹤，每只仙鹤都能动，纯粹苏工嘞……”

唉，苏工，玳瑁，大料，能动的仙鹤——禁不住诱惑，老板开价12000，最后我以9800拿下。

临走，我又看到店铺的玻璃柜子里面还有两个黑乎乎的核雕，就向女老板询问。

这次女老板真爽快，探手拿出那两个核雕，递给我说：“老弟你买东西真爽快，交个朋友吧。这两个东西，看看，是清朝春宫核雕，就当礼物送给你了。真真正正老东西啊，我前几年专门收苏绣，在一个旧时大户人家里面收了一堆苏绣，当时，这两个核雕夹在那堆苏绣里面。别瞧它们黑乎乎，百分之一万是真的……”

仔细观察，这两个核雕挺有趣。其一，刻划细腻，房舍之中，有一对男女就榻快活；其二，树阴之下，有两个梳辫子的男子在玩“断背”。细看人物的开脸，古意盎然，应该是清朝中早期的作品……

望峰息心叹精工

回到深圳，显摆完我自己的收获之后，就给老友常务志兄“交货”。对于我给他带回的几串货真价实的核雕，他非常满意。待我把自己苏州买回的玳瑁团扇交给他欣赏，他却大摇其头，很懂行地马上就鉴明我这玳瑁团扇“高仿”的，是一种类似塑料材质做的。

“这种东西，我五年前就上过当。高仿玳瑁，市面上不多见，但数量也不少。如果是真玳瑁，这么大这么厚这么好雕工，怎么也要几万块。我告诉你啊，真玳瑁里面的黑颜色，拿起来对着光看，黑色还是透明的。你这把扇子，瞧，背着阳光看，也都是黑得不透光……这把扇子，看着雕工特别精细，都是河南人用机器整块压制出来的，那几个仙鹤稍微难一些，需要刻下来之后再插进去，其实工艺一点不复杂，只是你不懂而已，把河南工当成苏工了……”

听常务志兄一席话，看着手里这把玳瑁团扇，我真是欲哭无泪。9800，还不如当时在舟山村买串好核雕呢。

心有不甘之余，我拿出购买玳瑁团扇时买一送二的两个核雕，清朝核雕。待我们两个人仔细研究苏州黑心女老板送我的两个老春宫核雕，一致确定确实它们是原汁原味清朝老核雕。

上网查拍卖信息，这黑乎乎两个春宫核雕，竟然在2008年香港一次拍卖中，一个就拍出5000港币的价格。也就是说，虽然我那把玳瑁团扇吃了大亏，但女老板“赠送”的这两个老核雕，足能把损失弥补回来。

“唉，那个女老板肯定不太懂核雕，阴差阳错，骗了你，又白送好东西给你……”常务志一声长叹息，不知道是叹息我上当受骗，还是叹息女老板不懂行而“吃亏”。

失之桑榆，收之东隅。不冤不乐啊。收藏，果真大有乐趣。

老友赵天授看到我这两个春宫核雕，也爱不释手。“我能借你这两个核雕玩几天吗？我家里有个十年前购买的羊脂玉玉雕行乐春宫，两个小人儿抱一块儿，和你这两个老核雕题材简直一模一样，我回去凑凑对儿，拿这三个东西拍照一下，做个纪念……”

多年老友了，借去玩玩肯定没问题。加上当时我感觉自己没上大当还几乎捡个大便宜，就马上答应赵天授老兄，让他把两个春宫核雕拿回去拍照。

言而有信。也就隔了一周时间，赵天授老兄全须全尾把两个老核雕还回给我，还拿手机给我看他存下的“艺术”照片——两个老橄榄核春宫和他自己那个羊脂玉春宫，被红绳串在一起，挂在一个假红木的博古架上，相得益彰，美轮美奂。

“你看，为这三件东西，我还让深圳一个书法家给我家里书斋写了一个堂名——三春堂！”赵天授兄洋洋得意给我显摆，又调出手机中的书法作品给我看。

“呵呵，好，好，‘三春堂’，对你而言，不过是三个春宫雕品聚会，而对于一般人来说，还以为你多孝顺你妈呢……”我笑言。

“这是咋说？”赵天授老兄愕然。

“唐朝诗人孟郊有首五言古诗《游子吟》，耳熟能详，开始起句就是‘慈母手中线，游子身上衣’；接下去，‘临行密密缝，意恐迟迟归’；再接下去，就是‘谁言寸草心，报得三春晖’！所以，你给自己书斋取‘三春堂’名，别人不知就里，以为你的书斋暗合孝顺慈母之意了嘛……”

哈哈哈哈！赵天授兄恍然大悟后大笑不已。

手中有了舟山村购买的正宗核雕，我很自得。不久之后去北京，我腕子上面戴了两串核雕，遛逛十里河、官园市场等专门售卖把玩物件的地方，也敢招摇一二，基本不怕懂行识货的商家笑话。

毕竟，咱腕子上面的东西，都是从苏州舟山村正宗核雕产地请回来的啊。

货真容易得青睐。好几家核雕专卖店的老板，看过我的核雕，无不啧啧称奇。真正源头货，雕工就是正宗。

相比这些店主，从进货渠道方面讲，我真比他们都“专业”——他们都是靠二道贩子转手，我是直接到货源地购买，可谓货真价实得不行。

在十里河雅园国际古玩城，我有位相熟的安徽店主。他的店铺专门售卖葫芦、橄榄核雕以及文玩核桃。这位爷姓曹，眼神极好，看我腕子上面有新东西，他特别赞那串达摩头橄榄核雕手串。个个捻来，仔细揣摩后，他忽然低声说：“坏了，你这串核雕裂了！”

我不信！天天戴在自己手上，虽然没细看过，哪里会裂！我在舟山村购买的时候，每个核雕都一一用高光电筒和放大镜检查过，个个完好无缺。

待我接过来仔细看，嘀，真裂了，还裂得不轻——八个达摩脑袋，本来都是神态传神，小脸精妙的，现在却开裂了六个！

“哥们，你从苏州买回深圳，气候潮湿温和，肯定不裂。现在，你忽然把这两串核雕戴到北京，我们这里多干燥啊，你又没经过油养，不裂才怪！”安徽店主痛心疾首说。

哦，我从前一直听说过橄榄核保养不小心会裂，还以为是卖核雕的人为了显示核雕金贵故意忽悠。今天，裂核悲剧实实在在发生在自己身上，才知道所言非虚。但凡秋冬日到北京几个古玩市场购买核雕，稍稍细心的店主都会提醒买主：注意防裂，油养之前不要在外面冷空气中打开塑料袋。如果打开袋子后再进入暖气房间，核雕十有八九会开裂。而且，儆戒之语已经告知，出门概不退货！

如果是秋冬时分，我可能会小心些。哪里知道，春夏之际，腕上戴的核雕也会裂。南北气候差异，太害人了。

悻悻之余，我难免唉声叹气。

“这串达摩头核雕，你多少钱买的？”安徽店主问。

“8000。”我据实相告。

“你原价卖给我吧。”

“卖给你？！”我大惑不解。怎么着，买卖人变成活菩萨，肯出原价买走我已经开裂的核雕？

“呵呵，你这串东西雕工真好，你卖给我，我找人修补，根本看不出来，还能卖个好价钱！”

哦，原来如此。

“怎么修补啊，核雕这么小的东西？”我好奇。

“你这串核雕，裂痕不大，可以直接用502胶粘一下。用针尖仔细把胶水塞挤进去，胶水干后，用1000号砂纸打磨，上油；再用2000号砂纸打磨，裂痕就基本看不出来了；最后，用5000号砂纸打磨，那时候，你随便用放大镜看，裂痕也完全消失！如此这般，接着上油，然后上手盘玩几个月，这串达摩手串，还能卖个16000！”

哦，神奇，神奇，商家真是无所不用其极！俯首之间，我暗自思忖，从前我从这个店铺里面购买的文玩核桃或者是葫芦，是否哪件东西也有这般动过手脚呢？

当然，缺德亏心的事情肯定不能干，我自然不会原价把这串开裂的橄榄核手串转卖给这个安徽店主。唉，就当交学费了。回到深圳后，我把这串达摩头手串拆散，一一送出，都给身边朋友、同事当手机吊坠了。

也真奇怪，到了南方湿润空气下，原本在北京看上去比较明显的裂痕，基本消失不见。如果不细看，根本看不出任何开裂。

自己吃了核雕开裂的亏，回到深圳，我赶紧找来老友常务志、赵天授等人，祥林嫂一般，警告他们，务必严防橄榄核雕开裂危险。

“现在橄榄老核很少了，工匠都用橄榄新核雕刻。新核不稳定，特别容易开裂。新买的核雕，怕风，怕水，怕晒。”我谆谆教导，“所以，买来的新核，一定要上油！上油也是功夫，千万不能上太多，应该把油抹在指尖上，然后用牙刷蘸一点，慢慢刷在核雕上。这样做，油才能上得较均匀。”

“上啥油呢？”赵天授兄敏而好学。他刚刚让苏州老家的舅舅给他带来一串核雕，也宝贝似的天天攥在手里，使劲捏转盘玩。

“最好是硅油，护肤油也行，千万别用橄榄油和核桃油！核桃油和橄榄油，不属于干性油。如果上这两种油，油性很快就蒸发了，沉淀物还黏黏糊糊，一点好处也没有。给核雕上油，就为了防止干裂，橄榄核有一定油润度了就可以了，千万不要上太多的油。北京商家告诉我，如果核雕上多了橄榄油或核桃油，日子久了橄榄核颜色会变得发黑。如果上硅油或护肤油，核雕就不会变黑……新买的核雕上油，慢慢有一层包浆后，就要用汗来养核。我们身上的汗水，含有一定量的盐分。干燥季节，盐分可以吸收空气里一定量的水分，这对保持橄榄核一定量的湿度大有好处。如此，盘玩时间长了，用汗和自身的油保养出来的核雕，颜色会透红色，也就是琥珀色，那才是正根儿！”

赵天授听我一席话，顿时色变。“唉呦，坏了，我就是用家里橄榄油养核，一天涂几遍啊。照你这么说，日后会变黑？！”

没等我回话儿，常务志嘿嘿笑了。“你那串核雕，据说是你苏州舅舅带给你的？依我看，不过是北工核雕，一串的价钱也赶不上我们这一粒的价钱，别那么金贵，黑就黑了……”

“我这串核雕，绝对是我苏州舅舅从苏州本地买的，百分百苏工，南工，精工！”赵天授赌咒发誓般，咬牙切齿。

见老赵十分认真，我也劝他说：“现在玩核雕的人都有思维定势了，以为南工、苏工就是好工，以为廊坊、潍坊的北工就是差工，不一定！舟山村名家多，整体水平肯定高些，但好的北工雕刻匠人做出的东西，其实也不差。南北核雕最主要的区别，就是南工都是全手工使用刀子雕刻，北工主要先用手电钻刨活儿。验看一件核雕好坏，主要看最后找齐精修的活儿做得好不好。北工刨活儿用手工钻，其实省时省事，效率高。如果最后再用手工细雕好了，一点不比南工差！

“我在舟山村就听说，村里有店铺为了赚钱，就低价从北方进成品货，放在舟山村铺子里面，专门卖给慕名而来的买核人。

旅游者都有思维定势，以为在产地买的东西都是真的。呵呵，商家脑子可活了……根据我的眼光和经验，你舅舅从苏州买的这串核雕，你看看，这罗汉鼻子的刀工，生硬，一点都不细腻，肯定是北工，不是苏州当地南工……”

老赵腮边咬肌滚动，混浊大眼喷出仇恨火花，也不好发作，兀自举起手中核雕仔细对光验看。

常务志肉佛一般，稳稳坐在沙发上，两只手都不闲着，各自盘玩一串核雕，发表他自己的“高见”：

“梅大王啊，你刚才说新核容易裂，根据我这些天上网搜索的知识，根据我盘玩核雕的经验，也不尽然！橄榄核老料不容易裂吗？玩不好也会裂！我看网上一个玩家说过，他从增城买到手的5年橄榄核老料，直径2.5厘米，长5厘米，800块一枚原核，真正增城乌榄核，买回家自己一玩，也裂了！为什么呢，就是因为原先的藏家把老核一直放在玻璃柜子里面，柜子里面一直有碗水用于保湿，所以湿度还是较大。买回去盘玩，还是会裂！买家把这样的老核拿到手里之后，他马上捏在手里，人体温度肯定比橄榄核高，这就相当于暖气一样，忽然不停给橄榄核加温，那颗大橄榄核自身湿度就很快消失。湿度一消失，原核马上就会开裂。速度非常快，好像也就是仅仅拿在手里捏盘了三个小时，大核就裂了！所以，不管老核还是新核，买来的核雕，最要紧的事情，就是马上上油！梅大王，你刚才有件很重要的事情还没说，没告诉我们！”

“我啥事没告诉你们啊？”听常务志老兄语带责备，我有些愕然。

“呵呵，你知识还是不全面！这些天，我没事就和‘文玩天下’网站的商家打电话聊天，对于橄榄核雕的保护和盘玩知识，比你多多了！”常务志一脸自得，“新核虽然需要上油，但需要特别注意的是，要先薄薄只上一层，不能马上放入塑料袋包裹，还要仔细观察。如果新核表面有花点出现，要立刻用纸巾把油擦干。用手盘玩差不多了，然后再上油。然后，再仔细观察。否则，核雕花了皮，一分钱都不值了！”

常务志真细心，有关给核雕上油会花皮这方面的延展知识，我还真有许多不知道的盲点。

这位常务志常爷，真是一位天生大玩家，玩什么爱什么，爱好几乎和我同步，但总稍后一步，目的就是汲取我失败的经验。和他相识这么多年，唯一他先我一步吃了小亏的，就是玩核雕这次。当时他在深圳黄宝岭古玩城第一次先我出手，就误买了做旧的一串油炸核雕。

爱上核雕之后，不仅托我给他从舟山村捎货，常务志自己也在网上和商家、玩家不停交流、购买，故而相关知识迅速提升。他手上盘玩的东西，应有尽有，什么黄花梨手串，文玩核桃，菩提子手串，包括核雕，每天都换新东西，恨不得把他自己变成千手观音，能天天同时把玩所有的东西。

大大小小，常务志也是一个公司的老总，有权啊，于是，他就把自己玩不过来的东西发给下属盘玩。只要去到他公司，可以发现，上上下下几百号人，凡是长相肥头大耳的，人人手中都有东西——大肉手核桃叮当响，肥手腕串挂核雕串，肉脖子乱挂菩提子。

常务志之所以让他公司的那些胖人养玩那些东西，主要因为他认为那些人身上油多脂厚，养东西快且容易。

于我而言，感觉还是很有些恶心。我觉得，那些本来应该自己把玩的东西，这位常兄让他公司那些司机啦、保安啦、厨师啥的进行快速“包浆”，真有些过分，很似古时候变态大官人把美妾送给仆役先用的感觉。

脏油腻汗，哪里能包出好“包浆”呢。把玩之物，脏脏乎乎，根本成不了清玩！

不过，人家常务志老兄就喜欢别人盘玩过的东西，我也劝说不动他。唉，这就如同有人就爱娶寡妇，人家好这口儿，再说再劝也没用。

喝着好茶，吧唧着肥嘴，常务志志得意满，忽发惊人之语：

“现在玩核雕，人人都知道苏州舟山村，你梅大王还亲自去那里买核雕，其实啊，我们深圳附近，也有一个大大的核雕产地，只不过别人不知道不注意罢了……”

“哪里？”不约而同，我和赵天授发问。

“远在天边，就在眼前！增城！”

哦，增城，确实距离深圳很近，很近。开车走高速，不到一个小时就能到。

呵呵，我笑了。“增城是出橄榄核的地方，乌榄产地，可不是核雕产地啊……”

“梅大王，还历史学家呢，呵呵，终于露怯了吧！增城核雕，曾经和广东牙雕、广东刺绣一样，都是岭南有名的传统工艺！毕竟增城啦，广州啦，都距离香港近，你们知道吗，在1973年，当时工艺品出口特别好。那时候，增城兴办过艺雕厂，叫作‘增城二轻艺雕厂’，有四五十技术工人，年产核雕多达2500枚。当时每枚核雕，甲级品都能卖到6块钱。别笑，我知道现在说6块钱大家会笑，可当时是向香港出口一只鲜鸡的价钱啊……据说，增城核雕厂规模一度达到100多人，好景不长，到了上世纪90年代增城核雕就卖不动了，厂子也关门了……”

闻此语，我真感到吃惊，增城，近在咫尺的地方，我从来没听说过这个出产橄榄核原料的地方还曾经有人搞过核雕。“咦，增城的核雕还有甲级品，是什么东西呢？”

常务志显然经过细致研究，如数家珍。

“增城当时核雕厂出产的甲级品，是指人物和景物核雕，比如嫦娥奔月、松鹤延年等题材。这些‘高级’品种，单价6元一枚，在当时属于很贵很贵的了；而当时最便宜的东西，乙级品，就是我们课本上所学的那种‘核舟’，叫‘乙级双门船’，1元一枚。橄榄核个头大些的，也就3元一枚……上星期，我还专门开车去过增城一次，仙村的乌榄原核最好，我50块一斤，买了20

斤，先存起来再说，说不定日后还能涨价呢。不过，大个橄榄核真贵，直径2厘米以上的，4厘米长度的，四花四棱的，都要200块左右一枚原核。怪核更贵，有1000块一枚的！听当地人说，从前仙村到处都是橄榄，从地上随便捡起一个剥开取核都能雕刻。现在，找出能雕的大核太难了，越买越贵，越卖越贵！”

“既然从前增城搞过核雕，现在应该还有人弄这个，我们有空去那里仔细寻摸一下，或许能够找到核雕厂的老工人，雕几个，我们也珍藏一下……”听常务志如此说，我也来了精神。

“嗨，我都找了，仙村那个地方只产乌榄，从前核雕厂的工人，根本一个也找不到。据说原先厂长还活着，姓黄，可是那人住在新塘，我都到当地文化馆去找了，一时也找不到人……算了，我们还是近水楼台，先收藏些增城橄榄核再说吧……”

听常务志如此说，赵天授也面露崇敬，对常务志大竖拇指：“你真专业！买啥学啥研究啥！难怪你每次让梅大王带货都照单全收，也不怕他抽水加价乱带东西。你识货啊，你做功课啊，真货假货，产地高手，你都预先门儿清啊……”

“呵呵，老赵，你不能这样说，小人之心，小人之心。人家梅大王四处寻摸替我们买东西带东西，其实还是挺辛苦的。不过呢，他有时候确实太冲动，傻买。我挨骗挨多了，喜欢不出门在家里学习，在网上学习，买书学习。提前钻研，就不会上大当……”

“唉，常爷确实人精一个，玩一行，爱一行，学一行，钻哪门成哪门专家！”我由衷赞叹。

听我和赵天授如此夸赞，常务志也兴奋，大脸涨红，唾沫横飞，接着说：

“看看现在橄榄核雕，无论新老玩家，都张口闭口说舟山村哪位大师如何如何，一串东西卖1万、2万，好像多值钱似的。真正去查大公司拍卖的橄榄核雕，价格最贵的，也是增城核雕大师所雕！知道不，清朝时，增城有个核雕大师叫湛菊生，他存世作品现在有十多件。2004年，香港佳士得秋拍，湛菊生一件榄核核舟，约4.5厘米长，舫中雕有七人，这一颗作品，就拍了90多万港币！2005年，北京翰海春拍，他的‘先贤人物串’，成交价近140万人民币！你们想想，当时的140万，数目可是不小啊！当然，‘先贤人物串’有108个人物，相比起来，他的那颗核舟单核核雕最贵，现在也没人破这个纪录！”

听常务志如此说，我忽然觉得有了印象：“我从一本公司的拍卖图录上看过一系列的核雕拍卖，记得清朝有个叫‘湛谷生’的大师级核雕家，东西确实不赖，当时我还以为他也是苏州匠人呢，难道他和湛菊生是兄弟吗？”

常务志胖手一拍：“不是兄弟，就是一个人！湛菊生，原名湛茂兰，号谷生，本来是个秀才，八股文考试总考不上，失意之余，才去潜心搞核雕。文人不同于纯匠人，这个湛菊生所用刀具都是特殊精铁锻制而成，在家中书房里面专门有一窗东开，每天旭日初升之时，他才临窗雕刻榄核，一过中午就收工。为什么呢，人家就是认为精力已耗，从不赶工！这种精气神做出来的东西，能不好吗，能不精吗！他的作品文人气十足，所以，才价格高昂啊……”

经常务志一番言语启发，我对增城核雕和岭南大师大感兴趣。过后细看《广州府志》、《增城县志》以及《湛氏族谱》，发现这位湛菊生确是一代名家。而《广州府志》中所记载他的核雕作品，尤为传神：

> ……尝见其刻十八罗汉，山石树林，布置皆极疏落，罗汉亦各有神态。尤异者，中有罗汉手托一钵，上有一鸽，头向内，足站钵沿，鸽细小如初生之虱，而头足皆具，看确是鸽。真疑鬼斧神工矣！末有一牌，是双合而成。其边悉用工字雕通，一边刻有观音在莲花座上，左为“善才”，右为“龙女”，上边空处，左刻一瓶，上插杨枝，右刻一鹦鹉，口衔十八子念珠一串，有牌有珠。一边刻《多心经》全文，后有落款。图书皆阳文。牌后有二珠，一圆一尖，皆榄核所成。而珠中皆凿孔，孔内各藏一佛，观之不背，摇之则响。

而后，我找到 2005 年北京翰海春拍上那串拍得近 140 万人民币的核雕“先贤人物串”，更对湛菊生作品叹为观止：图画之上，那 108 粒核雕，包浆红润，颗颗大小匀称，每颗橄榄果核上都雕有一个中国历史上著名人物，或是忠臣良将，或是诗人儒士，从秦汉到明初，人人有来历，个个有故事。

每颗果核上面，人物都是高浮雕，不仅面目清晰，神态也无比生动，精雕细刻，微中见大。人物所穿衣着，刀法线条流畅，每个人物都有背景相称，或殿阁，或山石，或林木、树木，都与历史典故背景相符。每枚核雕上，还有阳文雕出的历史人物姓名，每字约 2 毫米大小。和舟山核雕字体稚拙风格不同，湛氏文人出身，字体清晰规整，极有唐宋小楷遗韵。

后来，找个周日闲暇，我和常务志、赵天授三个人开车，专门去一趟增城博物馆，见到了一枚湛菊生大师核雕实物，乃博物馆藏的湛大师于咸丰四年（1854）雕刻的《苏东坡夜游赤壁舫》：

在长 45 毫米左右的核雕小画舫上，桌案齐全，人物细致——东坡峨冠博带，他和两个人围案而坐，旁边蹲着一个小书童正在煮茶。茶香笑语，似在目前；船舱雕镂成两层，每层都“拾级可下”；船后，还有一位美丽船娘在摇臂把舵，风神秀丽；核舟两旁，有八扇通花雕窗，皆可自由开合；船头缆绳，也以“日”字技巧雕成，环环相扣，鬼斧神工；船底，还刻有苏东坡《赤壁赋》全文，总共 537 个字，蔚然大观！

睹物息心，窥谷忘返。天涯何处无芳草！

自从近距离看过了增城核雕大师湛菊生作品实物，我和常务志、赵天授等人对于核雕的购买欲渐歇。

人比人得死，货比货要扔。到过增城开过眼，再看各自手中这一年多来花费重金所买的当代核雕，几成鸡肋！

…………

人“鬼”情未了。距离初次见到那位腕戴“生命之源”核雕的网上闻人“肥淫僧”一年之后，再次有幸，我在深圳重见此人。

这次见面，非常具有戏剧性。本来，我陪同一友人前往一房地产公司新开发的房地产去看房。车刚停稳，正当我摇下车窗和友人说话之际，一辆宝马7系忽然风驰电掣般开来，“唰”的一声，忽然停下，恰恰顶在我汽车正前方，真吓了我一大跳。

正当我怒目扬眉之际，从那宝马车上下来一人，哈哈和我打着招呼。仔细一看，原来正是“肥淫僧”。

一年多不见，这厮已经变成了真胖子，从前那张霉气十足的猥琐瘦脸，在猪油膏里面浸润了一样，又肥又红，还剃个几乎见青青头皮的板寸。他那两只老鼠一样的小眼珠子，烁烁放光。现在，如果再称他为“肥淫僧”，很妥帖不过。

据说，“肥淫僧”来深圳之后混得不错，在那个房地产内刊做了一阵子之后，就投附了昔日地产大亨“王十块”手下一个副总经理，帮助那个人真名信、匿名信写了不少，投诉“王十块”贪污受贿啥的。最后，竟能逼得“王十块”不得不远走哈佛以“读书”为名避难。

副总经理变成总经理，为酬其劳，“肥淫僧”也被授予肥差，开始在那个房地产公司专门主管物业，实打实当起了高级管理人员，不再作内刊主笔以及文案策划等虚活儿了。人五人六，这东北爷们终于混成人物了。

传闻不如见面，今日得见这位爷，果真精神爽利，气势猖獗。

“哈哈哈，梅大王，我这宝马撞你奔驰，明天肯定上报纸，车当轮对，顺便也替房地产做广告了！”拍着我的车窗，“肥淫僧”笑语和我寒暄。

瞧瞧“肥淫僧”紧紧顶在我车头前刹停的宝马车，看车牌看品相，都挺有岁数的，但毕竟是宝马7系，乍人眼目。

低头再瞧，这哥们腕子上面依旧戴着一串“生命之源”。奇怪的是，这串核雕颜色黄黄的，干涩无光。按照常理，一年多不见，他手腕上这串核雕应该越养越红才对啊。

“咦，大哥，您手上这串‘女性生殖器’，还是去年我看过的那串吗？怎么没啥变化呢？”好奇心盛，我问。

“那串啊，我去年就转给别人啦。唉，先前我在北京呆了好几年，没事儿就爱戴养核雕消遣，玩嘛。喏，您猜怎么着，一旦养润养红了，我就卖掉。怎么着，梅大王，这串你喜欢不？我们是哥们，卖你便宜，12000……”

…………

图书在版编目（CIP）数据

梅毅休闲系列. 闲情偶尔寄/梅毅著. —上海：上海人民出版社，2013

ISBN 978－7－208－11381－7

Ⅰ. ①梅… Ⅱ. ①梅… Ⅲ. ①收藏-中国-文集 Ⅳ. ①G894－53

中国版本图书馆 CIP 数据核字(2013)第 081251 号

责任编辑　齐书深　黄玉婷　马瑞瑞
封面设计　傅惟本

梅毅休闲系列
——闲情偶尔寄
梅毅(赫连勃勃大王) 著
世纪出版集团
上海人民出版社出版
(200001　上海福建中路 193 号　www.ewen.cc)
世纪出版集团发行中心发行
浙江新华数码印务有限公司印刷
开本 787×1092　1/32　印张　34.75　插页 47　字数 665,000
2013 年 5 月第 1 版　2013 年 5 月第 1 次印刷
ISBN 978－7－208－11381－7/I·1132
定价　153.00 元
(全三册)

梅毅『休闲系列』

閒情偶介色

梅毅（赫连勃勃大王）著

上海人民出版社

1436

自序：

人性，太人性了！

——赫连勃勃大王眼中的《金瓶梅》

署名“东吴弄珠客”的明朝文人冯梦龙在《金瓶梅序》中如此说：

“读《金瓶梅》而生怜悯心者，菩萨也；生畏惧心者，君子也；生欢喜心者，小人也；生效法心者，乃禽兽耳。”

让人胸中暗自生惭的是，我，赫连勃勃大王本人，自从少年时代开始偷读《金瓶梅》以来，由少至长，青葱岁月到壮岁年代，执卷所生之心，往往深陷于对那位西门大官人大欢乐体位的“效法”上，且终岁为“欲”字所累，色眼望花花不语，乱红飞过时日去——以“道德家”目光视之，真真可谓禽兽不如也！

遥想当年，我年才十二，就为家中床底下一个黑森森的红木箱子所诱——那是一个外表糊了旧报纸的半大箱子，大概有肥皂箱那么大，原先的铜活一应俱全，只有箱锁是后配的铁锁。透过缝隙窥见，箱子里面，似乎塞满了躲过数十年惊涛骇浪的神秘书籍和一些杂物。据说，那些东西不是属于我大学教授的父亲，而是属于我那位刚刚解放就撒手尘寰的祖父。我那作为昔日绸布庄少东的祖父，去世之时才四十岁。老照片上的他，风流倜傥，儒雅温润，据说还能写得一手极其漂亮的小楷。

少年的我，好奇心和求知欲正旺。刚刚萌芽的荷尔蒙，皆化成了“探索”的冲动。于是，不顾灰尘和逼仄的空间，趁父母上班家中无人，我愣是在床下倒腾了几个小时，以少年福尔摩斯的缜密和细心，用小刀中锉完好地撬开了锈迹斑斑的铁锁。

最后，“嘎吱”一声，我成功掏出了一套散发着淡淡霉味的老书：嘉庆二十一年印制的八卷序刊本《新刻金瓶梅奇书》！

时隔二十多年，如玛德兰小点心于普鲁斯特的味蕾一样，在我鼻孔中，依旧氤氲着那尘土、岁月与古老油墨相混合后而发出的淡淡书香……

当然，对于一个十二岁的少年人来说，这堆让人大打喷嚏的发黄发脆旧书刚刚映入我的眼帘之时，带来的只有深深的失望和叹息。试想，一个天天脑子里面萦绕着《天方夜谭》和《海底两万里》的男孩，对于这几本页页繁体字密密麻麻且没有标点的古书，哪里会产生什么兴趣！相比这八本旧书，箱子底下静静斜躺着的一个稀奇古怪的紫檀达摩和一串奇异的红珊瑚念珠，对我有更大的吸引力……

正当我万分沮丧地信手把那些“破书”往回放的时候，惊鸿一瞥间，忽然发现，古书黑乎乎的文字内容，却不是古汉语“之乎者也”那样的“天书”，一块刻印紧密的文字内容，强烈地映入我的眼帘：

> （潘金莲）搽抹凉席干净，薰香澡牝，等候西门庆。……见妇人脱得光赤条身子，坐着床沿，低垂着头，将那白生生腿儿横抱膝上缠脚。换刚三寸恰半窄、大红平底睡鞋儿。西门庆一见，淫心辄起……
>
> ——赤条身子，白生生腿儿……

低头细看，我手中拿的是这套书的第五卷第五十二回“应伯爵山洞戏春娇　潘金莲花园看蘑菇”中的内容。

电光石火惊煞人，色影春色漫无边。于是，年少的我，人生观、世界观、价值观，在那个干燥的秋日下午，发生了天翻地覆的剧变！

从此，我这么一个原本天真有邪的天津大都市少年，就被这本“淫书”完全俘虏了。大概有一年多的时间内，只要有我单独一人在家的机会，就会不畏繁琐，不怕灰尘，满怀渴望和悸动，在家中大床下钻进钻出，绕来拐去，流连垂涎，最终把那八卷竖排没标点的奇书全部看完。

懵懵懂懂间，我从一个对于性完全无知的少年，在极短时间内，茁壮成长为一个脑海中日日闪烁白花花大腿和酥乳的邪恶的人。这种精神上的突变，比声带的变声还要迅速。

在初次自我纵欲的快感喷射之后，迷惘、孤寂、苦涩、失落、忧郁、凄苦一拥而上。回首往事，让人忽然觉察到，青少年时代，肉体的理性与克制太脆弱，它们在欲望的冲动下，能够在瞬间成为了真空；自渎的罪恶感，把骄傲与自信从我羸弱的躯体中抽离几尽……

当然，在这里拉拉杂杂铺陈我赫连勃勃大王的流水华年，绝对不是要向读者们显摆我是什么少年天才，也不是招摇说自己从十二岁就开始变成“研究”《金瓶梅》的什么神童。当时的我，最感兴趣的，全然都是书中那些淫秽描写。我稚弱的想象力小翅膀，全部因为那些让人心惊肉跳的性爱过程而扑闪。即使到了今天，我甚至能大段大段背诵诸如第二十七回“潘金莲醉闹葡萄架”中大概四千多字的“戏肉”内容。而且，一直到了二十岁左右真正有了性行为之前，对于西门大官人动辄扛着女人双腿在肩的动作，我每每遐想联翩——百思不得其解！

《金瓶梅》，恰似一个刺痛我生命的奇妙夜晚，在我面前展开了那么绚烂、那么妖娆、那么诡谲、那么神秘的动人画卷，让我在非常非常年轻的时候，心头就长满了星星白发……但是，无论如何，这本书，这本中国历史上第一部也是最后一部伟大的世情小说。

人性，太人性了！

这本奇书，让我洞悉了人性的虚伪，让我理解了生命的无常，让我深悟了生活的无奈，让我从少年时代开始就对任何虚浮的浪漫——无论是老太太还是老小姑娘的“爱情故事”，皆在内心深处嗤之以鼻，哪管她是琼瑶式的还是安妮宝贝式的……

往事已成空，还如一梦中。

这么多年来，成长就是一种无言的痛。我的足迹，遍布世界各地，并从遥远的北国最后来到酷热的岭南，多年来一直在金融圈子里熬生活，如意不如意，生活可称还算非常过得去。

于是，当萨特所说的“理智之年”悄然来临之际，我重新拿起了《金瓶梅》。怀着一颗千疮百孔的心，带着万分的崇敬，望着这本埋葬我童年美好憧憬、启迪我人生大智慧的奇书，我深深叹息着，试图换一颗“平常心”，来在这本我国最伟大的现实主义小说中去体悟那空中色，色中空。

活色生香，云霞满纸，那一个又一个“真人”，从书里面走了出来……

人生，真是一个巨大而虚无的“肉蒲团”。在我怀着十二万分的崇敬之心仔细研读了《金瓶梅》之后，如同李渔大师笔下的年轻孟浪的主人公未央生一样，在千锤百炼终于露出铄金本色的沉甸甸道德感映衬下，在苍茫岁月无尽的流淌和消逝中，生命中最奇妙的孔洞向我展开。对于那梦悬神绕的玄牝之门，我终于能够悟出如下哲理：

花蕊灿烂，既是生我之门，也是死我之户！

目 录

下 篇

上　　篇

1. 性情真人西门庆

但凡说起文学人物西门庆，数十年间，不管读没读过《金瓶梅》这本书，我们几乎所有人的“教科书”脑袋，都马上闪现这样的词语——恶霸、色鬼、奸商、贪官……

其实，西门大官人这种“酒色财气”一样不缺的人物，各朝各代屡见不鲜。在中国历史漫长进程中，除了1949年至1979年短短三十年间这类人在大陆地区基本销声匿迹以外，其余时间内，诸如“西门庆”之流的“成功者”，在社会各个层面都一直非常活跃。

思来想去，在历史、文学大兴“翻案风”的今天，想要从“道德”方面为西门庆翻案，肯定难比登天！当然，那位长相模糊乍看极像余秋雨大师的四川“鬼才”魏明伦大概恋母情结特切，竟然能从“妇女解放”角度，为“万古淫妇”潘金莲翻了案。但是，再走偏门，如果哪位想把西门庆的难填欲壑描写成为人性的正面，简直恍如痴人说梦。

托颐思之，在以“成功”二字处处衡量人的今天，下工夫去仔细梳理小说中的西门大官人，一定能得到这样惊人的发现——

西门大官人，确实是个物欲人间世真正的“青年才俊”，是许多时代受到尊崇的不折不扣“当代英雄”。

从27岁开始，短短五六年间，西门庆挥洒自如，长袖善舞，上可通天，最终混得家大业大。到他33岁撒手尘寰之时，已经得就金紫袍服着身，产业宏大，妻妾成群，家趁人值！

图1　西门庆热结十弟兄

这样的人，这样的事，这样的成功，对于我们今天形形色色出了大学就失业的青年人来说，遥想沉思，其实各自心中定能对他的“事迹”涌起汩汩无限因嫉妒而产生的胃酸。

表面上，说起文学史上的这位西门大官人，无论是学者还是俗人，我们都会拿起笔来作刀枪，言语琅琅詈骂高腔，声色俱厉，口诛笔伐，“色鬼”、“恶霸”的叫骂声，咻咻不止。

即使是小说作者，

有时候也跳不出俗人窠臼，写到第九十一回上，趁孟玉楼改嫁，借街谈巷议之口，指戳说道：“西门庆家小老婆，如今也嫁人了。当初这厮在日，专一违天害理，贪财好色，奸骗人家妻女。今日死了，老婆带的东西，嫁人的嫁人，拐带的拐带，养汉的养汉，做贼的做贼，都野鸡毛儿零挦了。常言三十年远报，而今眼下就报了……”

如果，如果我们能挣脱开人性的枷锁，摘下脸上僵硬、虚伪的面具，以每个真实个体角度的观察，从历史的现场感出发，用理智的解剖刀去割切人性的黑暗面，然后再代表着不同的归类人群去“客观”而真实地评价西门庆这个人，我觉得，可能会得出一个让我们许多人都瞠目结舌的答案：

图2　俏潘娘帘下勾情

文人学者们会说，相貌堂堂如此才，西门庆鲜活的生命力，短暂而灿烂的流星岁月，坦荡的胸怀，着实让人羡杀！他够狠，够黑，够厚，家大业大，美人盈室，吾辈穷酸做过多少白日梦才能达到的境界，都让这位“大官人”短短几年实现了。生命，讲求的是质量而不是数量；才能，讲求的是得遇当时而不是青衫蹭蹬；那话儿，讲求的是长度、力度而不是深度……

商人们会说，与官员们打交道不当冤大头，与穷酸知识分子交往财大气粗能当大哥大，与欢场女青年交往每每让人意切情深身体舒畅，加上他贷款有方，放账有利，对于金融风险防范到位，实业方面的公司治理具有十足的现代感，还能与各级官员把臂称兄道弟，这样的人才，吾辈推举全国工商奸商联合会会长，非西门庆莫属。

管理学家们会说，如今的市场，再到处宣扬“励志”的“心灵鸡汤”骗钱已经非常难，除了卡耐基和松下幸之助两个外国人以外，很难在国内业界找到成功典范。而西门庆的存在，正是活生生的国人成功案例——这位清河财主的发家过程印证了那句“谁说大象不能跳舞”。他管理丫环妻妾深具“执行力”，挣钱图利“魔鬼在细节”，上下打点让人“没有任何借口”，性生活、官生活“一个也不能少”……这才是吾辈管理学时代成功的典范！相比西门大官人，现代富商中有些人智商不如他高，有些人情商不如他强，有些人的拓展速度不如他快，有些人长得不如他好……

文艺女青年们会说，现实生活中能够遇到西门大官人这样的可意人儿，我辈作李瓶儿也心甘情愿。如此，我辈也能省得在书中搔首弄姿抒发怀才不遇的春情，更不会再在小说中去捂着胸口佯装现代林黛玉作白日梦去找什么高鼻深目的洋老二、大老二。估计，连我们的“美女”作家都会兴冲冲穿着“阿玛尼”蕾丝内裤从美利坚合众国飞回来，一头扑进这样如意郎君的怀抱……

赫连勃勃大王我本人，当然不是道貌岸然的虚伪政客，也不是胡思乱想骗人钱财的网络低级写手，更不是抛出概念掩饰自己无知的教授学者。

出于时代的需要，从现代感的意识形态立场上，摘掉数十年的“批判”有色镜，不任意贬斥，不别有用心地拔高，不居心叵测地为了讨好大众群氓而胡侃，冷冷静静地，我来说说我心目中的三个西门庆——商人西门庆，官人西门庆，男人西门庆。

- **商人西门庆**

西门庆小伙，英雄莫问出处，刚刚出场的时候，小商户出身的他，家境也很是一般：

> 看官听说，莫不这人无有家业的？原是清河县一个破落户财主，就县门前开着个生药铺。从小儿也是个好浮浪子弟，使得些好拳棒，又会赌博，双陆象棋，抹牌道字，无不通晓。近来发迹有钱，专在县里管些公事，与人把揽说事过钱，交通官吏，因此满县人都惧怕他。那人复姓西门，单名一个庆字，排

行第一，人都叫他做西门大郎。（第二回）

乍看上去，这位官人似乎仅仅是一个县城一般的能人类小号恶霸，并无特殊过人之处。

随着情节发展，西门庆作为明朝新时代商人的品质和他长袖善舞的才干，日趋鲜明。

首先，西门庆之所以能从一个破落户财主的“好浮浪子弟”成为一个“泼天富贵”的大财主，主要靠他灵敏而准确的商业天才。

也就是说，他的致富手段非常到位，非常了解他所处时代的消费需求。特别对于丝织品的贩运，西门庆下手稳准狠，常常一掷万银，到南方的杭州、南京等地大量买入高档缎绢绸布，到了清河一倒手就获利颇丰。最显他商人心计的，还属他那桩贱买贵卖湖州商人丝线的交易。趁人之急，他狠压价格，以区区 450 两银子购买后，开了一个绒线铺。仅仅几年的工夫，这个铺子就变成了本银 6500 两的大铺面——从此小小侧面，就能看出西门庆商业嗅觉几乎带有“天性”的成分。

至于“官家”方面的打点，西门庆更是轻车熟路——东京蔡太师那里自然少不了孝敬（第二十七回和第五十五回中的两次祝寿花费他巨额银两），朱巡按、侯巡抚他凑上去巴结，最实际的，还有大笔大笔银子洒向类似钞关头目“钱老爹”和两淮巡盐蔡状元那样的人物。所有这些政治投资所换来的，是能让他心感踏踏实实的“正当”漏税和比人提前一个月发放的几万盐引。

图 3　赂相府西门脱祸

就连娶亲纳妾，西门庆也有着浓厚的“商品”意识。乍听说寡妇孟玉楼家里有上千两银子，他马上买通了孟玉楼的婆家姑姑，飞一般把这个富有寡妇还有她的钱财娶回家中；至于仅仅住在自己一墙之隔的花子虚之妻李瓶儿，他更是不能放过。想钱心急，连拜把兄弟的脸面和情谊也顾忌不得，在花子虚死后不久，他巧施伎俩，很快把财丰物厚的李瓶儿纳入房中。

细大不捐，蚕食与鲸吞，西门庆皆工于心计，手到擒来。正是有了两个富婆的“嫁妆”，以及落魄女婿陈经济带到家中的箱笼，西门庆掘得了他富贵人生的第一桶金，“兼得了两三场横财，家道营盛，外庄内宅焕然一新，米麦陈仓，骡马成群，奴仆成行……"，路路通，逐渐成为清河县首富。

到了第六十九回中，经淫媒文嫂的嘴，给林太太所展现的西门庆，就变成了这样一个大人物：

> 西门大老爹，如今见在提刑院做掌刑千户，家中放官吏债，开四五处铺面：缎子铺、生药铺、绸绢铺、绒线铺，外边江湖又走标船，扬州兴贩盐引，东平府上纳香蜡，伙计主管约有数十。东京蔡太师是他干爷，朱太尉是他卫主，翟管家是他亲家，巡抚、巡按多与他相交，知府、知县是不消说。家中田连阡陌，米烂成仓，赤的是金，白的是银，圆的是珠，光的是宝。

媒婆的嘴虽然少不了夸张，却也基本件件实情。

西门庆除了巧取豪夺的经商才能使得经商资本越滚越大以外，还有他独特的、高利润的资本运营方式。

非常让人印象深刻的是，在"封建社会"的明朝（或者是小说情景中的宋朝），本来"货币"的概念是非常模糊的，土地才是大多数达官巨贾的财富象征。但是，胆识非常的西门庆，在商品流通极其发达的社会中，对货币的把握非常到位，使得手中金钱能水般流出，转过一圈过后，又能水般流入。得意之余，他对手下帮闲的兄弟应伯爵说：

“兀那东西（金银），是好动不喜静的，曾肯埋没在一处？也是天生应人用的，一个人堆积，就有一个人缺少了。因此积下财宝，极有罪的。”（第五十六回）

想想在明朝（或者宋朝），西门大官人就有如此素朴的货币理论，着实让我们今天的人大发一叹。货币，只有把它们投放到流通领域，让它们无限地“转”起来，才能产生“剩余价值”，有求者有所救，有欲者有所得，常常达到双赢。

货币的功用，在西门庆身上，还体现在他“会花钱”的能力上。晚明社会，物欲横流，大商豪贾更是穷奢极欲。他不仅能一掷千金大宴官员，还能花费银两包占王六儿等“良家”妇女和妓女，吃喝玩乐样样都舍得，银子如流水般泻出去，最终还能再流返转来。

言及西门大官人的能花钱，不少酸腐头巾多年来一直嚷嚷说他“拖着一根粗大的封建尾巴”云云，以“阶级”的有色眼镜看待西门庆，认为他不如葛朗台那样有金融投机和商业投机的大头脑。这些人忽略了这一点，中国社会，在每个阶段都有着鲜明的“特色”，西门庆再富，他也要当官，即“富不敌贵”根深蒂固的思想使然。再有钱再牛逼的人，官府衙门一张纸，就能要命要钱。

在封建时代，政府就是合法的黑社会，黑社会就是合法的政府。西门庆知道这个法则，所以他才会大把花钱，用于政治运作和跑关系卖官鬻爵方面，有了政治保险，家业才能越做越大。

作为封建时代的人，西门庆似乎脱出了特定时代买田置地获取地租的“阶级”局限，对于土地，他一直表现出惊人的冷漠。相比土地获取的欲望，远远比不上他混入官场人五人六的兴趣。

图 4　西门枉法受赃

在小说中西门庆有限的土地买卖描写中，他买地的目的，也与同时代的地主们大相径庭。比如，他花费 250 两银子买家族墓地隔壁的赵寡妇家土地，不过是为了“盖三间卷棚，三间厅房，叠山子花园，松墙，槐树棚，井亭，射箭厅，打球场耍子去处……”(第三十回）——根本不是求田问舍来扩充家财，不过是西门庆给自己建立一个私家游乐场而已。

除了纯粹倒买倒卖

的正常商人手段之外，西门庆对于高利贷的经营也颇具才干，这也是能保证资本大幅度增值的一个关键所在。所以，到他临死的时候，已经拥有一个两万两银子为底本的专门放贷赢利的“印子铺”。

此外，诸如“兴贩盐引”这种肆无忌惮倒卖政府批文的行为，也让他日进斗金。

正是几年来商业经营，才使得西门庆把人世上一切的关系都能够简化和换算为“金钱”。所以，他对自己的正妻吴月娘赤裸裸（不乏诚实）地说：

> “咱闻那佛祖西天，也止不过要黄金铺地；阴司十殿，也要些楮镪营求。咱只消尽这家私广为善事，就使强奸了常娥，和奸了织女，拐了许飞琼，盗了西王母的女儿，也不减我泼天的富贵！”

话语，赤裸裸，没有任何掩饰，没有任何矫饰。下三路的欲望和金钱关系，鲜活地交织在一起。完完全全的西门庆口吻，十十足足的欲望商人思维。

即使到了他最后病重弥留之时，马上要赶赴黄泉路，西门庆的商人脑子依旧运转得非常清楚，对女婿陈经济交待说：

> “我死后，段子铺是五万银子本钱，有你乔亲家爹那边

多少本利，都找与他。教傅伙计把货卖一宗交一宗，休要开了。贲四绒线铺，本银六千五百两；吴二舅绸绒铺，是五千两，都卖尽了货物，收了来家……李三、黄四身上，还欠五百两本钱、一百五十两利钱未算，讨来发送我。你只和傅伙计守着家门这两个铺子罢。段子铺占用银二万两，生药铺五千两。韩伙计、来保松江船上四千两。开了河，你早起身往下边接船去。接了来家，卖了银子，交进来，你娘儿们盘缠。前边刘学官还少我二百两，华主簿少我五十两，门外徐四铺内还本利欠我三百四十两，都有合同见在，上紧使人催去。到日后，对门并狮子街两处房子，都卖了罢，只怕你娘儿们顾揽不过来。”

大官人气息奄奄之际，肉身痛苦至极，犹对财产念念不忘，每笔进项都清清楚楚，丝丝入扣，不能不让人慨叹他身上的资本和财富基因。

从上述数字中，可以估算西门庆奋斗几年的进项，合计白银约七万两。如果按照每两白银大约合 300 元人民币计算（依据复杂的米价算得），西门大官人死前，很能算上一位千万富翁了。

所以，从商人这个角度判断西门庆，他是个百分百成功人士。

（由于如今国际市场白银价格浮动太剧烈，加上现在的银矿大工业开采成本相比古代低廉得多，所以不好用国际市场白银价格估算《金瓶梅》作者所处明代的银子价格。退而求其次，我们以米价来计白银价格，以明朝万历年间为例，当时一石米价格，在 7 钱到 1 两银子间浮动。一石米重量是 120 斤，而明代的 1 斤为 590 克，比今天的 1 斤重 90 克。所以，明朝的 1 石米，合现在的 141.6 斤。如果把我们现在的米价按照 2 元左右计算，明代一两银子的购买力，就相对于今天的 280 块钱左右。加上日益加剧的通货膨胀因素，应该在 300 元左右。）

• 官人西门庆

起家之后，西门大官人当然不会满足于“白衣卿相”的商人身份。“富不敌贵”乃中国最古老的法则，亦官亦商，才是能发大财的最佳途径。于是，冰雪聪明的西门庆，开始了官场的钻营之路。

入东京拜蔡京为义父，是西门庆发迹的一大台阶。头上有了乌纱帽，身上有了官服，借官生财，赚起钱来更加得心应手。既然作了官，贪赃自不必说，还要枉法赚钱。

早在他作提刑官前，西门庆已经能够通过东京的蔡京，替入狱的扬州盐商王四峰出头说情，使得这个犯事的商人获释。得到的回报，竟然是千两白金，相对于现在的 30 万元，获利不可谓不丰。最缺阴德的，还属他担任提刑官时包庇杀人犯苗青，使得这个害主恶奴逍遥法外。这次所受贿赂，也是千两白花花银子。

图 5　西门庆两番庆寿旦

官商合流所凸显的罪恶，在这桩案子里尤显突出。

虽然日后京中有官员就苗青一案对西门庆作过弹劾，但风波之后风助力，西门庆反而仕途更加一马平川，他先前交结蔡京、蔡状元等人埋下的“伏笔”，就此成为庇护的渊薮。官官相护之下，西门大官人风生水起，他搞长途贩运、鼓捣盐引倒卖、做古器生意、施放各种零星高利贷，种种“生意”，无不水到渠成，最终赚个钵满箱沉——所有这些商业成功，没有西门庆官场的人脉和活动，根本都是不可能的事情。

除了巴结蔡京以外，西门庆最成功的一项政治投资，还属对那位穷酸状元蔡蕴的“定投”。蔡蕴在最原始版本中，应该是蔡嶷，这个人是宋朝的一个真实人物，《宋史》列传第一百一十三中有他的传记。

蔡嶷确实是状元出身，因为姓蔡，攀附蔡京。史书记载如下一件事情，可见此人的狡黠和无耻：

> （蔡嶷）一意附蔡京，叙族属，尊为叔父。（蔡）京命（蔡）攸、（蔡）修等出见，（蔡）嶷亟云："向者大误，公乃叔祖，此诸父行也。"遽列拜之。

蔡嶷先和蔡京拉关系合族，拜蔡京为叔父。等蔡京唤儿子辈和蔡嶷相见，为了讨好蔡氏父子，他竟然又自降辈分，拜蔡京为叔祖，蔡京的儿子又都成了他的叔父辈。这种真装孙子的伎俩，一个状元能做如此事，人品想见其下作！

介绍这位蔡状元认识西门庆的，乃蔡京家中的大管家翟谦。翟谦为了感谢西门庆给他送去一个女孩作妾（西门庆伙计韩道国和姘妇王六儿的女儿），就把回籍探亲的新科状元蔡蕴牵头给西门庆相结识。翟谦此举，一方面，能使得蔡蕴这个穷状元顺便打个秋风感谢自己；另一方面，又可以让西门庆这位清河县巨富和日后的高官后备队苗子攀上关系。

对于翟谦让自己为蔡状元"留之一饭"的要求，西门庆心领神会。交结这位蔡京义子，不仅能进一步交好蔡太师，还能通过这位新贵为自己日后的发展布下"暗桩"。

蔡状元来时，打秋风心态严重，身边还带着新科安进士。二人穷酸，他们给西门庆带来的"礼物"，不过是书籍、茶叶和杭扇而已。而西门庆呢，则大摆宴席，不仅细巧果菜、好酒好肉招呼，还叫了四个苏州戏子作陪取乐。转天，送蔡、安二人上路之时，西门庆又大赠锦缎、领绢、合香和白银，喜得初出茅庐的蔡状元当场就表态："不日旋京，倘得寸进，自当图报！"

回报真快！小说中不过十几回，蔡状元已经换了身份——两淮巡盐御史。赴任途中，他自然又来"叨扰"西门庆。这位新任御史现身之时，又带来一个陪客——这个不再是穷进士，而是坐镇一方的东平府巡按宋御史。

> 只见五间厅上湘帘高卷，锦屏罗列，正面摆两张吃看桌席，高顶方糖，定胜簇盘，十分齐整。……西门庆垂首相陪。茶汤献罢，阶下箫韶盈耳，鼓乐喧阗，动起乐来。西门庆递酒安席已毕，下边呈献割道。说不尽肴列珍羞，汤陈桃浪，酒泛金波。端的歌舞声容，食前方丈。西门庆知道手下跟从人多，阶下两位轿上跟从人，每位五十瓶酒、五百点心、一百斤熟肉，都领下去。家人、吏书、门子人等，另在厢房中管待，不必用说。当日西门庆这席酒，也费勾千两金银。（第四十九回）

招待这两个"贵客"，西门庆仅在宴席上就花费千两白银！贵客，真是够贵！不仅仅是摆排场，酒足饭饱之余，两桌酒席上面全部的金银器皿，西门庆都安排人作为礼物给两位御史抬送过去。

宴间敲定了提前支取盐引的许诺后，西门庆又在自己宅中安排蔡状元留宿（如今是御史大人），提供绝色美女董娇儿供这位新进贵人使用。春风几度真销魂！蔡御史大爽之后，早上起身后，用大红包包了一封银子给妓女。董娇儿等御史走后拆看，却发现偌大大红包中只有一两银子，使得这位风月场上的妓女禁不住嗤之以鼻。相比豪阔大方的西门庆，蔡御史这位初入官场穷酸文职的嘴脸，就此暴露无遗。

此次花费虽大，西门庆收获的不仅仅是盐引，还有地方官宋御史的人情。现官不如现管。宋御史乃东平府巡按，有了这个顶头上司青睐，日后西门庆升官发财，无不得心应手。收到厚礼的当时，宋御史就拍着胸脯表示："徐容图报，不忘也！"日后，怀着对这个富有下属复杂的阴暗心理，宋御史三番五次狠狠"叨扰"了西门庆几次，让后者出钱替自己招待京城来的贵客黄太尉等大批过往官吏，为自己挣足了面子。这种依仗权势敲下属竹杠的势利，古往今来，一直在上演。

西门庆的反应，看上去大大咧咧。其实呢，宋御史和各路大官巨僚能亲自光临西门庆家宅，忙得当地各级官员团团转，就已经使得他们对西门庆更加刮目相看，心中暗暗敬服不已——这种欣羡，对于商人出身的西门大官人来说，其实也是一笔丰厚的无形资产。有了这种人气，无论对于西门庆的经商还是作官，都能收锦上添花之效。帮闲应伯爵一语道破说："哥就赔了几两银子，咱山东一省也响出名去了！"

西门庆的暴富过程，其实正是中国传统社会官商勾结巧取豪夺的过程。官因钱来，钱因官多，官帽能让人富可敌国，银子能让人神通广大——官越大，银子越多；银子越多，官越大。

与西门庆交结的各位官人，无论是宰相、太尉、太监、巡按、巡抚，还是知府、都监、团练、知县、驿丞，表面看上去无不道貌岸然。这些个大官小吏，作为那个时代的“执法者”，从智商方面讲，都是庸庸碌碌之辈。他们凭借着官场的“关系”，卖官鬻爵，贪财逐色，无不和西门庆打得火热，上上下下，简直一团和谐。依靠着金银，借助于这些人，西门庆总能逢凶化吉，遇难成祥！

有趣的是，在传统戏剧小说中，主人公一般都是“十年寒窗苦，一朝天子堂”。但《金瓶梅》主人公西门庆则完全不一样，他深信钱能通神，仅仅两次处心积虑的东京拜寿送金银，就能让他从白衣变成衣冠士人。

商人的政客化，在官人西门庆身上，表现得淋漓毕现。

特别值我们深思和回味的是，虽然是“奸商”出身，但西门庆的为官道德似乎比起他的同僚来要“高尚”得多。不仅经常对僚属的贪贿发表不满，对于和自己共事的夏提刑，西门庆更是觉得他有失官员的“体面”。在第三十四回中，从刘太监的弟弟案子说起，西门庆对应伯爵数落夏提刑说：

“有事不问青红皂白，得了钱在手里就放了，成什么道理！我便再三扭着不肯，‘你我虽是个武职官儿，掌着这刑条，还放些体面才好。’”

至于西门庆作提刑官后，他本人对于官事的处理，从刘太监弟弟刘百户的案子中，就可以见出端倪，还是很四平八稳，人情官情都能照顾到：

图 6　西门庆官作生涯

“刘太监的兄弟刘百户，因在河下管芦苇场，撰了几两银子，新买了一所庄子在五里店，拿皇木盖房。近日被我衙门里办事，依着夏龙溪，饶受他一百两银子，还要动本参送，申行省院。刘太监慌了，亲自拿着一百两银子到我这里，再三央及，只要事了。不瞒说，咱家做着些薄生意了，料着也过了日，那里希罕他这样钱！况刘太监平日与我相交，时常受他些礼，今日因这些事情，就又薄了面皮？教我丝毫没受他的，只教他相房屋边连夜拆了。到衙门里，只打了他家人刘三二十，就发落开了。事毕，刘太监感不过我这些情，宰了一口猪，送我一坛自造荷花酒，两包糟鲥鱼，重四十斤，又两匹妆花织金缎子，亲自来谢。彼此有光，见个情分。”（第三十四回）

相比夏提刑的贪婪，西门庆要“廉静”得多。当然，这还是因为大官人家里有钱腰杆子硬，帮闲应伯爵对此一语道破：

“哥，你是希罕这个钱的？夏大人他出身行伍，起根立地上没有，他不挝些儿，拿甚过日？”

● 男人西门庆

给读者展现西门庆堂堂相貌的，不是透过作者的笔，而是通过潘金莲的眼睛：

三月春光明媚时分，金莲打扮光鲜，单等武大出门，就在门前帘下站立；……自古没巧不成话，姻缘合当凑着。妇人正手里拿着叉竿放帘子，忽被一阵风将叉竿刮倒，妇人手擎不牢，不端不正却打在那人头巾上。妇人便慌忙陪笑，把眼看那人，也有二十五六年纪，生的十分博浪。头上戴着缨子帽儿，金铃珑簪儿，金井玉栏杆圈儿；长腰身穿绿罗褶儿；脚下细结底陈桥鞋儿，清水布袜儿，腿上勒着两扇玄色挑丝护膝儿；手里摇着洒金川扇儿，越显出张生般（脸）庞儿，潘安的（相）貌儿。可意的人儿，风风流流从帘子下丢与奴个眼色儿。……

（第二回）

相比之下，以作者眼光所看到的西门庆在第一回出场时候的描写，就太过简略和敷衍：话说大宋徽宗皇帝政和年间，山东省东平府清河县中，有一个风流子弟，生得状貌魁梧，性情潇洒，饶有几贯家资，年纪二十六七。

无论是潘金莲的主观印象还是作者的客观“白描”，不能否认的是，反正，西门庆确确实实有副俊秀好皮囊。仅

图 7　西门庆偷娶潘金莲

仅就这一项非脸谱非程式化的文学素养，明朝万历年间的小说作者笑笑生，就比上个世纪专门生产“高大全”的作家们高明万倍！

西门庆到底和多少女人发生过关系，究查《金瓶梅》中所记载的数目，除了正妻吴月娘以外，合计如下：

李娇儿，卓丢儿，孟玉楼，潘金莲，李瓶儿，孙雪娥，春梅，迎春，绣春，兰香，宋惠莲，来爵媳妇惠元，王六儿，贲四嫂，奶妈如意儿，林太太，以及三个妓女李桂姐、吴银儿、郑月儿……

掐指算算，大概有19个之多。绣榻锦闱吁吁忙，终究难免花下亡。

无论是家中五个妾、府内稍有些姿色的仆妇、丫鬟，还是外面的官宦妇女、伙计妻子、勾栏妓女，西门庆无不染指，交媾偷欢，无所不为。

纵观他的勾搭、诱引，却都不是霸王硬上弓的强占，特别是对于比他阶级属性低下的仆妇、丫鬟以及伙计之妻王六儿等人，他丝毫不吝惜银两，赠银送物，甚至连房子、丫鬟都包办，非常的“货银兑付”，从来没有提起裤子不给钱（东西）的时候。而他所有的性行为，也都是让对方得到性满足之后，小伙子才心满意足地“一泄如注”，情商和性商都很到位。

我们不要总骂西门庆是流氓恶霸。其实，在他和女人交欢的时候，从来没有拿对方当作简单的泄欲对象，从来都是带着征服的欲望和观赏的审美去实施性的行为。整部小说中，他总喜欢白昼宣淫，即使在晚间，也要灯烛耀亮，女性的美丽，在他明亮的二眸子里面烁烁生辉。

西门庆在如意儿、王六儿、林太太、潘金莲等人身上的烧香虐恋，以及在潘金莲、如意儿嘴里施溺的“变态”，一直被无数文学卫道士们当成攻击这个角色的最有力武器。为此，他们不停以此为把柄，认定西门大官人是个疯狂的、变态的、蛮横的、荒淫的恶棍。但是，只要我们从历史的、人性的角度审慎、客观地挖掘，应该能够认识到，虐恋、施虐、受虐，根本就是性爱游戏的形式变化，和“阶级压迫”完全无关。

相比西门庆，武大郎显得猥琐，武二郎显得粗糙，陈经济显得嫩雏，花子虚显得薄情。

“人无癖不可与之深交，以其无深情也！”张岱此语，放之西门庆身上，则这位有色癖的才俊，性海沉溺，诚然也有其可爱豁达之处。西门庆之所以“真”，就在于这个人物身上深蕴的人性深层的生物性。

追求性满足之余，西门庆也有一往情深的深刻，那就是李瓶儿的死亡给他情感上带来的巨大冲击。

西门庆与病重的李瓶儿生死离别之际，场面尤其感人：

西门庆见他胳膊儿瘦的银条儿相似，守着在房内哭泣，衙门中隔日去走一走。李瓶儿便道：“我的哥，你还往衙门中去，只怕误了你公事。我不妨事，只吃下边流的亏，若得止住不流了，再把口里放开，吃下些饮食儿，就好了。你男子汉，常绊住你在我房中守着甚么？”西门庆哭道：“我的姐姐，我见你不好，心中舍不的你。”

……李瓶儿道：“我的哥哥，奴已是得了这个拙病，那里好甚么。若好，只除非再与两世人是的。奴今日无人处，和你说些话儿：奴指望在你身边团圆几年，死了也是做夫妻一场。谁知到今二十七岁，先把冤家死了，奴又没造化，这般不得命，抛闪了你去了。若得再和你相逢，只除非在鬼门关上罢了。”说着，一把拉着西门庆手，两眼落泪，哽咽再哭不出声来。那西门庆亦悲恸不胜，哭道：“我的姐姐，你有甚话，只顾说。”

两个正在屋里哭，忽见琴童儿进来，说：“答应的禀爹：明日十五，衙门里拜牌，画公座，大发放。爹去不去？班头好伺候。”

西门庆道：“我明日不得去，拿我帖儿，回了夏老爹，自己拜了牌罢。”琴童应诺去了。李瓶儿道：“我的哥哥，你依我，还往衙门去，休要误了你公事。我知道几时死，还早哩。”

西门庆道：“我在家守你两日儿，其心安忍。你把心来放开，不要只管多虑了。刚才花大舅和我说，教我早与你看下副寿木，冲你冲，管情你就好了。”

李瓶儿点头儿，便道：“也罢，你休要信着人，使那憨钱，将就使十来两银子，买副熟料材儿，把我埋在先头大娘坟旁，只休把我烧化了，就是夫妻之情。早晚我就抢些浆水，也方便些。你偌多人口，往后还要过日子哩。”西门庆不听便罢，听了如刀剜肝胆、剑锉身心相似。哭道：“我的姐姐，你说的是那里话！我西门庆就穷死了，也不肯亏负了你。”……西门庆听见李瓶儿死了，和吴月娘两步做一步，奔到前边，揭起被，但见面容不改，体尚微温，脱然而逝，身上止着一件红绫抹胸儿。这西门庆也不顾的甚么身底下血渍，两只手抱着他香腮亲着，口口声声只叫：“我的没救的姐姐，有仁义好性儿的姐姐！你怎的闪了我去了，宁可教我西门庆死了罢。我也不久活于世了，平白活着做甚么！”在房里离地跳的有三尺高，大放声号哭。……西门庆搕伏在他身上，挝脸儿那等哭，只叫：“天杀了我西门庆了！姐姐，你在我家三年光景，一日好日子没过，都是我坑陷了你了！”（第六十二回）

这场面，没有任何惺惺作态，没有任何私心杂念，没有任何假情假意。

“死亡，给爱情贴上了封条。岁月和情敌不再能偷走，负心，又怎能抹掉！”

此后数回，但凡西门庆想起李瓶儿，无不唏嘘落泪，悲不自胜。

西门庆不忍遽舍，晚夕还来李瓶儿房中，要伴灵宿歇。见灵床安在正面，大影挂在傍边，灵床内安着半身，里面小锦被褥、床几、衣服、妆奁之类，无不毕具，下边放着他的一对小小金莲，桌上香花灯烛，金碟樽俎，般般供养。西门庆大哭不止，令迎春就在对面炕上搭铺。到夜半，对着孤灯，半窗斜月，翻复无寐，长吁短叹，思想佳人。（第六十五回）

自然，言及西门庆的“情”，总有腐儒会跳出来，煞有介事、洋洋自得地摘出这样一番“事实”来攻击这位大官人的绝情和虚伪——李瓶儿刚死不久，毕灵刚刚结束，热孝期间，西门庆就在房中与瓶儿房中从前奶孩子的奶妈如意儿通奸——其实，这恰恰是小说作者的高明处，也是西门庆的人性处。

作为性欲强人的西门庆，血气方刚，悲归悲，痛归痛，他那永无止歇的欲望，却勃勃不息，这，才是真正的西门庆！

白日间供养茶饭，西门庆在房中亲看着丫鬟摆下，他便对面桌儿和他（李瓶儿灵位）同吃。举起筯儿来：“你请些饭儿”，行如在之礼。丫鬟养娘都忍不住掩泪而哭。

奶子如意儿无人处常在根前递茶递水，挨挨抢抢，掐掐捏捏，插话儿应答。那消三夜两夜，西门庆因陪人吃得醉了，进来，迎春打发歇下。到夜间要茶吃，叫迎春不应，如意儿起来递茶，因见被拖下炕来，接过茶盏，用手扶被。西门庆一时兴动，搂过脖子就亲了个嘴，递舌头在他口内。老婆就咂起来，一声儿不言语。西门庆令脱去衣服上炕，两个搂接，在被窝内不胜欢娱，云雨一处。（第六十五回）

泪眼未干的西门大官人，当他咻咻着浑身大汗和奶妈如意儿挑灯夜战，抚摸着女人细腻洁白的肌肤忆念起李瓶儿的时候，那样立体的文学典型人物，才从发黄发脆的纸页上站立起来，活生生地在历史的昏黄中，默默发散着他们难以言表的魅力……

至于最终导致西门庆致死的原因，除了春药作用以外，可以这样说，他完全是为了满足自己的性要求，活活累死的。这位一向炫耀、展示性能力的汉子，最终也是死在了这个“性”字上。

凭借金钱的力量，西门庆总会大大缩短他占有一个女人的过程。但占有不是大官人的终极目的，他还要攻克女人肉体最深的内核。每次“上阵”，他都会携带一系列复杂的器具（淫器），借助这些附加的东西来武装自己的阳具和心灵，以使自己能在枕席间更富占有欲和统治欲。有的时候，大官人身上的行头过分累赘，甚至让人感到滑稽。增大增强阳具的努力，最终实际变成了

图 8　西门庆贪欲丧命

一种“自我”的否定。当他和一个女人交媾的时候，他的“真我”成为一个旁观者，我们读者甚至觉得，他连基本的性交乐趣都不能得到。

西门庆和潘金莲浓云密雨之际，忽然暴病，死因吗，应该不是中医所说的“脱阳症”。“脱阳症”一般会导致老年男人或者中年男人猝死，西门庆如此年轻，又没有当时立刻毙命，肯定不是“脱阳症”。

男女交合之时，人体神经内分泌系统高度兴奋。原来患有心脑疾患的人，如果性兴奋超过一定生理限度，时间过长，会使脑缺氧加重，造成植物神经失控，引起呼吸抑制、心跳骤停，最终造成意识丧失，这就是“脱阳症”的发病机理。但西门大官人何许人也，百炼钢枪，花阵勇将，不可能遭遇如此症状。

西门庆之死最大的祸凶，大王认为，应该还是胡僧药。这种淫药，能短时间内刺激、增强性欲，它和许多“仙丹”一样，药物成分中势必含有不少稀奇古怪的矿物质。现在的人，如果大吃新鲜海鲜的时候暴饮啤酒，都会引发急性肾衰。而春药中的矿物质，分量不轻，日积月累，肯定会可以引发慢性肾衰竭。所以，才会出现如下情况——西门庆服食胡僧药后，性能力虽然日益增强，他的身体和精气神却一天不如一天。

饿眼将穿，馋涎空咽。大官人死前，疯狂纵欲，竭力要超越那平凡的生活和现实肉身的束缚。终于，血涌精枯，带着灼灼内心中永不餍足的情欲，满怀征服女人的热切渴望，以及，对人生难以言表的无尽遗憾，西门庆撒手尘寰……

但是，西门庆的文学形象不朽，文学的魅力，正在于此！

清朝文艺评论家文龙虽然多少有些理学冬烘气，可他在书中第七十九回评注中，对于西门庆这个人物的不朽性，具有真知灼见：

世上何曾有西门庆哉？《水浒传》出，西门庆始在人口中；《金瓶梅》作，西门庆乃在人心中。《金瓶梅》盛行时，遂无人不有一个西门庆在目中意中焉。其为人不足道也，其事迹不足传也。而其名遂与日月同不朽，是何故也？

……西门庆何幸，而得作者形容，而得批者唾骂？世界上恒河沙数之人，皆不知其谁，反不如西门庆在人口中、目中、心意中，是西门庆未死之时便该死，既死之后转不死，西门庆亦幸矣哉！

2. 罪恶之“花”潘金莲

革命时代，每当谈起传统文学，每当鉴定《金瓶梅》人物，评论家们最感尴尬的，首先就是潘金莲这个人。

图9 饮鸩药武大遭殃

从“阶级”角度看，如果骂招宣府林太太这个贵族出身“淫妇”很容易，评论家们自可肆口狂詈，恣意宣泄。但说到潘金莲，确实一时间让人搔首踟蹰——她，乃极典型的草根“劳动人民”出身，虽然不是苦大仇深，也真的自幼家境贫寒、生活捉襟见肘。少女时代的潘金莲被张大户奸污后，被人倒来卖去嫁蠢汉，好不可怜。

让人很尴尬的是，这

位劳动人民女儿，成人之后，毒杀同为劳动者出身的丈夫武大郎，而后死心塌地卖身投靠地主阶级“恶霸”西门庆，大宅门内咽尿吞精，毒妒害人，乱伦滥交，冷酷害人，种种床上不堪、床下阴谋，无所不为。而且，她还虐待使女，残害同类宋惠莲，居心叵测谋害李瓶儿母子，真真干尽坏事！

以“淫妇悍妇”之帽加之于她，应该一点都不冤枉。

图 10　妆丫鬟金莲市爱

- **淫妇强妒人儿**

潘金莲苦孩子出身，由于家贫，9 岁就被卖到王招宣家里当弹唱丫鬟。本性聪明伶俐，故而她不仅知书识字，还琴棋乐曲兼通，丹青刺绣全能。小小年纪之时，她已经知道“描眉画眼”地“乔模乔样”。后来，转卖到张大户家里，金莲出落得日益美丽，终于被那个 60 多岁的糟老头子收用……

张大户老婆河东狮

子，日久自然容不得金莲，出于龌龊的报复心理，就把金莲如此一朵鲜花插在了武大郎这么一堆牛粪上，“嫁给”武大为妻。而后，就是众所周知的故事展开，武松、西门庆、陈经济，一个又一个男人，不断刺痛她生命的夜晚……

金莲勃勃的性欲，使她成为一个不可救药的淫妇。

《金瓶梅》从第四回开始，就有描写潘金莲性活动的内容，但似乎很委婉，隐晦而文雅：“妇人见王婆去了，倒把椅儿扯开一边坐着，却只偷眼睃看”。回答西门庆的问话，“妇人便低着头带笑的回道”，与西门庆调情的时候，“这妇人一面低着头弄裙子儿，又一回咬着衫袖口儿，咬得袖口儿格格驳驳的响，要便斜溜他一眼儿……”——种种迹象，显示出她是一个春心初动的含蓄良家妇女。

当然，最终潘金莲落入西门庆彀中，最大原因，是性的快感。

（西门庆）不由分说，（把潘金莲）抱到王婆床炕上，脱衣解带，共枕同欢。

却说这妇人自从与张大户勾搭，这老儿是软如鼻涕脓如酱的一件东西，几时得个爽利！就是嫁了武大，看官试想，三寸丁的物事，能有多少力量？今番遇了西门庆，风月久惯，本事高强的，如何不喜？

此种缘由，估计就落入上海才女张爱玲所称女人陷入情网的肉体逻辑判断：通向女人内心最近的距离，是阴道！

小说作者开始描写潘金莲的性活动，全无细节唐突，只以诗词委婉表白：

交颈鸳鸯戏水，并头鸾凤穿花。喜孜孜连理枝生，美甘甘同心带结。一个将朱唇紧贴，一个粉脸斜偎。罗袜高挑，肩膊上露两湾新月；金钗斜坠，枕头边堆一朵乌云。誓海盟山，搏弄得千般旖旎；羞云怯雨，揉搓的万种妖娆。恰恰莺声，不离耳畔；津津甜唾，笑吐舌尖。杨柳腰，脉脉春浓；樱桃口，微微气喘。星眼朦胧，细细汗流香玉颗；酥胸荡漾，涓涓露滴牡丹心。直饶匹配眷姻谐，真个偷情滋味美。

《牡丹亭》式唯美和暧昧，让人遐思而已。

到了第八回“潘金莲永夜盼西门庆　烧夫灵和尚听淫声”，金瓶梅作者笔下的潘金莲，由于西门庆刚刚娶了富婆孟玉楼没功夫搭理自己，性的焦灼，变成性的煎熬，忽然间，她似乎就变得“恶”了起来。

无聊独守空房之际，潘金莲便没来由虐待武大郎和前妻所生的女孩迎儿，行为尤其让人对她产生憎恶：

（潘金莲）身上只着薄纩短衫，坐在小杌上，盼不见西门庆来到，嘴谷都的骂了几句负心贼……

当下妇人打了一回相思卦，见西门庆不来了，不觉困倦来，就歪在床上盹睡着了。约一个时辰醒来，心中正没好气。迎儿问："热了水，娘洗澡也不洗？"妇人便问："角儿蒸熟了？拿来我看。"迎儿连忙拿到房中。妇人用纤手一数，原做下一扇笼三十个角儿，翻来覆去只数了二十九个，少了一个角儿。便问往那里去了。迎儿道："我并没看见，只怕娘错数了。"

妇人道："我亲数了两遍，三十个角儿，要等你爹（西门庆）来吃。你如何偷吃了一个？好娇态淫妇奴才，你害馋痨馋痞，心里要想这个角儿吃？你大碗小碗，哝搗不下饭去？我做下的，孝顺你来！"

于是不由分说，把这小妮子跣剥去了身上衣服，拿马鞭子下手打了二三十下，打的妮子杀猪般也似叫。

问着他："你不承认，我定打下百数！"

打的妮子急了，说道："娘休打，是我害饿的慌，偷吃了一个。"

妇人道："你偷了，如何赖我错数了？眼看着就是个牢头祸根淫妇！有那亡八在时，轻学重告，今日往那里去了？还在我跟前弄神弄鬼，我只把你这牢头淫妇，打下你下截来！"

打了一回，穿上小衣，放他起来，分付在旁打扇。打了一回扇，口中说道：“贼淫妇，你舒过脸来，等我掐你这皮脸两下子！”那迎儿真个舒着脸，被妇人尖指甲掐了两道血口子，才饶了他。

其实，毒死猥琐的武大郎，固然显示了潘金莲的“恶”，但她对未成年的继女尖指甲掐脸解恨，如此虐待，潘金莲人性中无法掩饰的“恶”，更是明晃晃地暴露出来。

而后，潘金莲得偿所愿，嫁入西门家为妾，即便入得大宅院，作者对金莲的“淫”字上似乎还没有下功夫，只是如此敷衍描写：“西门庆自娶潘金莲来家，住着深宅大院，衣服头面又相趁，二人女貌郎才，正在妙年之际，凡事如胶似漆，百依百随。淫欲之事，无日无之。”

后来，西门庆心上新人不少，又是家有大箱笼的李瓶儿，又是绝色妙人儿李桂姐等职业婊子，逐渐冷落了潘金莲。不甘寂寞之余，她就找机会和 16 岁小厮琴童苟合，以遣幽怀。凡此种种，其间作者依旧惜墨如金，对金莲养小厮的性行为却没有具体细微的描写。再后，金莲叫刘瞎子行厌胜之法，使西门庆对自己变嗔怒而为宠爱，其中也没有具体的性爱描写。到了第十回中，也只有白描的“品箫”而已。

拉拉杂杂，一直逶迤到第十八回，暑日里天热睡不着，潘金莲半夜烧蚊子，见西门庆正在玩“裸睡”，把他弄醒，“在下……”

由此，潘金莲的“淫”，在作者笔下才日益细节化和典型化，

图 11　为护短金莲泼醋

直到第二十七回“李瓶儿私语翡翠轩　潘金莲醉闹葡萄架”，逐渐形成一个小高潮。

渐行渐远，汁液四溅，潘金莲的“淫妇”形象，终于丰满、立体起来，让古今中外无数男性读者开始边读边惦记。

潘金莲的淫，全然是欲望的、生理的“淫”，和“物质”关联不大。当然，与西门庆弄那事的过程当中，金莲对于首饰、衣物也有索求，但最终目的，都是为了把自己打扮得更体面、让汉子赏心悦目而已，让自己更有面子而已，绝非是拿自己身子当换钱的物件来使用。

除了“淫”以外，潘金莲的“妒”，也最让人印象深刻。

初入西门大院，放眼扫视，西门庆一妻三妾皆入眼底：

金莲先与月娘磕了头，递了鞋脚。月娘受了他四礼。次后李娇儿、孟玉楼、孙雪娥，多拜见，平叙了姊妹之礼，立在傍边。……

图 12　潘金莲激打孙雪娥

这妇人坐在傍边，不转睛把眼儿只看吴月娘——约三九年纪，因是八月十五日生的，故小字叫做月娘。生的面如银盆，眼如杏子，举止温柔，持重寡言。第二个李娇儿，乃院中唱的。生的肌肤丰肥，身体沉重，在人前多咳嗽一声，上床赖追陪，解数名妓者之称，而风月多不及金莲也。第三个就是新娶的孟玉楼，约三十年纪，生的貌若梨花，腰如杨柳，长挑身材，瓜子脸儿，稀稀多几点微麻，自是天然俏丽。惟裙下双湾与金莲无大小之分。第四个孙雪娥，乃房里出身，五短身材，轻盈体态，能造五鲜汤

水，善舞翠盘之妙。这妇人一抹儿多看到在心里。（第九回）

潘金莲情商不低，开始就很卖力巴结西门庆正妻吴月娘，赖此稳住阵脚。“过三日之后，每日清晨起来，就来房里与月娘做针指，做鞋脚。凡事不拿强拿，不动强动。指着丫头，赶着月娘，一口一声只叫‘大娘’，快把小意儿贴恋。几次把月娘喜欢的没入脚处，称呼他做六姐。衣服首饰拣心爱的与他，吃饭吃茶都和他同桌儿一处吃。”（第九回）

数日观察后，潘金莲先拿愚笨的孙雪娥开练，撺掇西门庆对她施以暴打，由此显示了自己的能力。

不过，妓女李桂姐，西门庆朋友之妻李瓶儿相继入戏，害得金莲毒火攻心，特别是有钱的李瓶儿进入西门宅邸作妾后，金莲妒火中烧，几乎发狂。

未等金莲有效布置对李瓶儿的攻击，“逢着就上”的西门庆又开始和府内仆妇宋惠莲奸通，这让金莲恨得牙根痒痒，欲除之而后快。于是，她先以陷害宋惠莲的丈夫来旺开始，而后步步紧逼，不露声色，绵里藏针，终于逼得宋惠莲这个可怜的仆妇上吊自杀……

对于旧家庭的女人来说，敌人是没有止境的。大院宽屋，本是没有硝烟的战场。

未等金莲陶醉，更大的威胁马上出现——李瓶儿生了一个儿子，西门偌大家业，似乎都将成为李瓶儿的囊中之物。

这样的敌人，兼有美貌、财物和后嗣，母以子贵，纵然论作妾的先后次序李瓶儿靠后，但凭借着白胖胖的一块活肉，李瓶儿陡然成为金莲最危险的敌人！

恸哭、痛苦，都不管事，行动才是最现实的。毒妇人处心积虑，训练大白猫，先开始拿孩子下手，最终得逞，害得官哥气断身亡。李瓶儿做了一年零两个月的母亲梦，至此蒸然飘散……

妒忌，乃女人天性（其实不少男人也有此性），即使到此，似乎读者对金莲的所作所为还能理解，毕竟李瓶儿母子关系到她自己在西门府内的地位。但是，潘金莲得势不饶人，继续指桑骂槐，对丧子之后痛不欲生的李瓶儿继续肆意毒詈：

> “贼淫妇，我只说你日头常晌午，却怎的今日也有错了的时节？你斑鸠跌了弹，也嘴答谷了！春凳折了靠背儿，没的倚了！王婆子卖了磨，推不的了！老鸨子死了粉头，没指望了！”（第六十回）

如此雪上加霜，让人对潘金莲陡起满腔无尽的怒意。受尽欺凌，悲伤加上疾病，李瓶儿终于命丧黄泉。

此后的金莲，逐日算计，求神拜佛，吃胞衣，弄符药，一心要作个含珠大蚌，也生个儿子来固宠。而且，摆弄了李瓶儿之后，金莲连西门庆正妻吴月娘也日益不放在眼中，二人矛盾激化。

人算不如天算。正当一切都往有利于自己方向发展的时候，西门庆却因为淫欲过度撒手尘寰。

失去了惟一的怙恃，大雪化开之后，金莲发现自己如同一朵没有任何抵抗能力的花草，暴露在凛冽的严寒空气中。

如果行为端正，恐怕吴月娘也找不到驱逐金莲的借口。但金莲永远都不会消停，她和名义上的女婿陈经济的通奸不伦丑行，终于让西门府正妻吴月娘得到了堂而皇之的把柄。

> 妇人和经济并肩叠股而坐，春梅打横，把酒来斟。穿杯换盏，倚翠偎红，吃了一回摆下棋子，三人同下鳖棋儿。吃得酒浓上来，妇人娇眼乜斜，乌云半軃，取出西门庆淫器包儿，里面包着相思套、颤声娇、银托子、勉铃，一弄儿淫器。教经济便在灯光影下，妇人便赤身露体，仰卧在一张醉翁椅上儿。经济亦脱的上下没条丝，也对坐一椅，拿《春意二十四解》本儿，在灯下照着样儿行事。妇人便叫春梅："你在后边推着你姐夫，只怕他身子乏了。"（第八十三回）

到了这地步，金莲身上，只剩下赤裸裸的性欲。西门庆尸骨未寒，潘金莲夜夜偷欢，情何以堪！

如此肆无忌惮的偷汉，终于让遭受金莲虐待的丫鬟秋菊找到了报复的机会。丑丫头到月娘处多次告发终于成功，金莲被捉奸在房。

从终点又回到起点，潘金莲复又变成了“货物”，被发还到王婆手中准备变卖。

即使潘金莲害死了宋惠莲（包括其父宋仁）、官哥、李瓶儿等人，似乎我们都能为她找到这样做的理由，如果从人生深沉的角度思考，我们还会为她找寻借口……

但是，随着故事的发展，作者描摹的一个细节，却让人不得不拍案而起，痛詈这个千古淫妇的无情与残忍——金莲在西门庆在世的时候朝思暮想要怀胎，岂料一直不成事。和女婿偷情，却珠胎暗结，不得不偷偷让陈经济买药来打胎：

> 到晚夕，煎红花汤吃下去，登时满肚里生疼，睡在炕上，教春梅按在身，只情揉揣。可要作怪，须臾坐净桶，把孩子打下来了。只说身上来，令秋菊搅草纸倒将东净毛司里。次日，掏坑的汉子挑出去一个白胖的小厮儿。（第八十五回）

身为人母的潘金莲，对于身下掉下的这块肉，没有任何痛惜之情，只想着催陈经济去医生那里谋讨贴堕胎的药，“趁早打落了这胎气”。堕胎没多久，“经济进来寻衣裳，妇人和他又在玩花楼上，两个做得好”。

从潘金莲口中，在作者笔下，我们没有听到只言片语言及这个孩子。虽是孽障，毕竟是和心爱小伙子的骨肉结晶啊！

当初作武大郎妻子和西门庆通奸，毕竟“三寸丁”猥琐难耐，可以理解；入西门府作了“五娘”，和琴童小厮偷奸，毕竟西门庆负心，和妓女李桂姐如漆似胶，金莲因怒而淫，可以理解；在西门庆活蹦乱跳之时，对自己言听计从，金莲还对女婿陈经济起意，毕竟春闺寂寞无限恨，还是可以理解；而西门庆死后，赶忙拉着春梅和陈经济白昼宣淫，堕胎求乐，至此，我们再无借口替潘金莲掩饰，真乃淫而贱也！

窝在王婆家里待卖，潘金莲依旧欲心如炽，淫妇闲不住，很快就勾搭上王婆的儿子王潮儿。

这金莲次次日依旧打扮乔眉乔眼，在帘下看人，无事坐在炕上，不是描眉画眼，就是弹弄琵琶。王婆不在，就和王潮儿斗叶儿、下棋。那王婆自去扫面，喂养驴子，不去管他。朝来暮去，又把王潮儿刮剌上了。

晚间等的王婆子睡着了，妇人推下炕溺尿，走出外间床子上，和王潮儿两个干，摇的床子一片响声。被王婆子醒来听见，问：“那里响？”王潮儿道：“是柜底下猫捕的老鼠响。”王婆子睡梦中喃喃呐呐，口里说道：“只因有这些麸面在屋里，引的这扎心的半夜三更耗爆人，不得睡。”良久，又听见动旦，摇的床子格支支响，王婆又问那里响。王潮道：“是猫咬老鼠，钻在炕洞下嚼的响。”婆子侧耳，果然听见猫在炕洞里狼虎，方才不言语了。妇人和小厮干完事，依

旧悄悄上炕睡去了。(第八十六回)

这些近乎嘲谑的描写，当时读之，我对潘金莲这个只懂偷性而非偷情的“大淫妇”，齿冷不已。

成年之后，大王对生活阅历倍增，再读此段，忽然为古人担忧，平添愁苦心情。

人生，也不是简单而重复的循环。此时的潘金莲，非彼时西门府邸静谧深院锦衣玉食之潘金莲矣；王潮儿之粗蠢汉子，非西门庆、陈经济之甜口蜜意、意俊悠长之男人也；玉体依旧，年华逝去，沉重肉身之内，性欲肯定失去了激情；描眉画眼、帘下看人、肉棒厮磨，无非是金莲为填补心中无限空虚而生出的无意义零碎……

人生无聊到了窒息的地步，金莲半老妇人，不淫不荡，又能如何?!

● 争强好胜人儿

潘金莲争强好胜，嚗妒斗狠，除了在性方面力图在西门庆心中争取“独宠”的“把拦汉子”以外，最明显的在于她在钱财方面“爱面子”的方方面面。

出身不过是一个穷裁缝家庭，小小年纪被转卖两次，金莲童年，肯定充满了阴霾，回忆之中不可能有阳光和欢笑。

污泥浊水中长大的女孩，极度的自卑感肯定陪伴着她的一生。而由这种自卑感激涌起的好胜心，也贯穿了金莲全部的生活历程。

纵观西门庆正妻和各房姬妾，除了孙雪娥以外，潘金莲算是最穷的一个。比起孟玉楼陪嫁的千两白银和雕琢精美的南京拔步床，比起李瓶儿陪嫁的各种宝物和大笔财宝金银，潘金莲能够给与西门庆的，除了自己雪白身子以外，物质方面少得可怜，只有类似定情信物般的缎子鞋、护膝和并蒂莲发簪等可怜的物件。

对于西门庆来说，迎娶潘金莲入府，绝对是“赔钱”买卖，不仅要在王婆身上花费不少，毒杀武大郎，陷害武二郎，买通县衙胥吏仵作等人，包括迎娶金莲到家买这买那，全都真金白银生生自己往外掏钱。仅从这点上看，金莲甫到西门宅邸，囊中羞涩，心内就矮了半截。

最让人印象深刻并能产生酸楚的，当属小说中潘金莲对一件皮袄的痴迷与索要过程。

第四十六回，上元佳节，吴月娘带着西门府上众姬妾到亲戚吴大妗子家吃酒赏月。忽然，天降瑞雪，柳絮空飘，月娘马上吩咐手下小厮回府给各位娘子去取皮袄。想到诸人中惟独潘金莲没有属于自己的皮袄，月娘就让小厮把别人质押、准折在西门家典当铺子里面的一件皮袄先拿过来给潘金莲穿。

金莲很要面子，推辞说：“姐姐，不要取去，我不穿皮袄，教他家里稍了我的披袄子来我穿罢。人家当的，赤道好也歹也，黄狗皮也似的，穿在身上教人笑话，也不气长，久后还赎的去了……”

过了许久，皮袄拿过来，孟玉楼还打趣，与金莲戏道："我儿，你过来，你穿上这黄狗皮，娘与你试试看好不好。"

这个时候，金莲依旧嘴硬，说："（我以后）有本事，到明日问汉子要一件穿，也不枉的。平白拾人家旧皮袄来，披在身上做甚么！"

与潘金莲身披别人的典当准折的皮袄相比衬，"当下吴月娘是貂鼠皮袄，孟玉楼与李瓶儿俱是貂鼠皮袄，都穿在身上"……

这件皮袄，从此就成为金莲的一块"心病"。直到李瓶儿死后，有一次趁西门庆高兴，潘金莲才有机会向汉子索求："把李大姐（李瓶儿）那皮袄拿出来与我穿了罢。明日吃了酒回来，他们都穿着皮袄，只奴没件儿穿。"（第七十四回）

好说歹说，西门庆才答应，对金莲说："贼小淫妇儿，单管爱小便宜儿。他那件皮袄，值六十两银子哩，油般大黑蜂毛儿，你穿在身上，是会摇摆！"

恰恰是这件皮袄，日后生出无数风波，特别还惹起西门正妻吴月娘的猜嫌。她不仅为此和金莲大吵了一架，连做梦都梦到金莲和自己强梁，再夺李瓶儿袍子，就为日后月娘驱赶潘金莲出府埋下一根长而粗的伏线。

金莲争强好胜要面子，代价不可谓不大。

皮袄之外，金莲好强的另外一件事，还要属在金钱方面她对自己近乎苛刻的"要求"和自尊。

淫妒两个字，尽可以往潘金莲身上放。但是，相比王六儿、如意儿等伙计媳妇、仆妇们完全是为了银子讨汉子欢喜的“卖”，潘金莲不仅处理西门宅邸财物方面非常“廉”，而且相待自己生身母亲近乎变态般尖刻得不近人情。

在第三十三回中，金莲母亲潘姥姥到府上串门，厚道的李瓶儿为了向潘金莲示好，“见潘姥姥过来，连忙让在炕上坐的，教迎春安排酒席烙饼，晚夕说话，坐半夜才睡。到次日，与了潘姥姥一件葱白绫袄儿，两双缎子鞋面，二百文钱”。

岂料，如此一番好意，却让金莲觉得非常恼怒。她数落母亲说：“好恁小眼薄皮的，什么好的，拿了他的来！”

潘姥姥闻言也急：“好姐姐，人倒可怜见与我，你却说这个话。你肯与我一件儿穿？”

金莲道：“我比不得他有钱的姐姐。我穿的还没有哩，拿什么与你！你平白吃了人家的来，等住回，咱整理几碟子来，筛上壶酒，拿过去还了他就是了。到明日，少不的教人玷言玷语，我是听不上。”

金莲急嗤白眼的恼怒，就是嫌母亲丢了自己的面子。李瓶儿百分百善意的讨好馈赠，反倒让金莲深刻感受自己没钱的屈辱和自卑。

第七十八回中，金莲生日，潘姥姥坐轿子过来给女儿做寿，向金莲讨要六分轿子钱，金莲硬是不给。月娘看不过，让金莲从家账中扣取一钱银子当轿钱，金莲饶是不肯，不答应公款私用：“我是不惹他（西门庆）。他的银子都有数儿，只教我买东西，没教我打发轿子钱。”

回屋后，想起潘姥姥的不争气，激惹得妇人粉脸通红，对母亲破口大骂：

“指望问我要钱，我那里讨个钱儿与你？你看着，睁着眼在这里，七个窟窿到有八个眼儿等着在这里。今后你有轿子钱便来他家来，没轿子钱别要来，料他家也没少你这个穷亲戚，休要傲打嘴的献世包！关王买豆腐，人硬。我又听不上人家那等毯声颡气。前日为你去了，和人家大嚷大闹的，你知道？你罢了，驴粪球儿面前光，却不知里面受恓惶！”

劈头盖脸对老母一顿骂，想必金莲自己心中也如刀割一般难受。

过后，潘姥姥和去世的李瓶儿奶子如意儿提起自己女儿金莲，难免恨恨：

“你娘（指李瓶儿）好人，有仁义的姐姐，热心肠儿。我但来这里，没曾把我老娘当外人看承，到就是热茶热水与我吃，还只恨我不吃。晚间和我坐着说话儿。我临家去，好歹包些甚么儿与我拿了去，瞥没曾空了我……

正经我那冤家（指潘金莲），半个折针儿也迸不出来与我。我老身不打诳语，阿弥陀佛，水米不打牙，他若肯与我一个钱儿，我滴了眼睛在地。你娘与了我些甚么儿，他还说我小眼薄皮，爱人家的东西。想今日为轿子钱，你（指潘金莲）大包家拿着银子，就替老身出几分，便怎的？……归到屋里，还数落了我一顿。到明日有轿子钱便教我来，没轿子钱休教我上门走。我这去了不来了，来到这里，没的受她的气……”

还是一会过后金莲婢女春梅到来，才替金莲说了几句公道的话语：

“俺娘（指金莲）他争强，不伏弱的性儿。比不同的六娘（指李瓶儿）钱自有，他本等手里没钱，你只说他不与你。别人不知道，我知道。想俺爹，虽是抄的银子放在屋里，俺娘正眼儿也不看他的。若遇着买花儿东西，明管正义问他要。不恁瞒瞒背掖的，教人看小了他，他怎么张着嘴儿说人！他本没钱，姥姥怪他，就亏了他了。莫不我护他，也要个公道。”

归根结底，对于银钱的如此计较，还由金莲不服输的气性使然。也仅仅从这个层面上，我们还能看出潘金莲出人意料的刚烈性格亮点。

- **可怜人儿**

潘金莲之所以可怜，在于她爱得可怜，死得可怜。

爱得可怜。究潘金莲一生，她所深爱之人，一个是武松，一个就是西门庆。西门庆自不必说，风流浮浪的泛爱之人，当然他不会为一个女人的爱所束缚。大官人情爱滥遍，最后总算死在金莲裙下，也不枉金莲爱他一场。上损西门家族之门风，下杀西门家族之子孙，金莲和西门庆两不亏欠；武松则不然。在《金瓶梅》一书中，这个狠戾的汉子冷酷无情，他的世界，是我们普通人难以理解的强人世界。最后，他以迎娶金莲“一家一计过日子”为哄骗手段，把昔日嫂嫂骗回家中，生杀活祭了被毒死的哥哥武大郎。

以潘金莲之冰雪聪明，想必能看穿人世间一切骗人的大小伎俩，但她惟独对于杀心炽热的小叔子武松放松警惕，原因很简单——一往情深耳！

图 13　陈经济感旧祭金莲

害死了武大郎，嫁

给了西门庆，通奸了陈经济，耍弄了王潮儿，转了这么一大圈，最后帘下远远看到了欢喜冤家武二郎和王婆打听自己，金莲依旧心潮澎湃，没有任何忸怩作态，等不得王婆叫，自己赶忙主动出去和武松见礼，飞蛾扑火般，把白皙的喉头投向锋利的钢刀。

死得可怜。与女婿陈经济通奸被月娘发现赶出西门府门后，本来潘金莲开始新生活的可能性非常大——小伙儿陈经济四处找钱要娶这个心上“岳母”；顶补了西门庆在提刑院做掌刑千户的张二官要买金莲作妾；春梅受宠后，更是日夕撺掇周守备娶回自己昔日主母潘金莲回家和自己过生活。

可是，所有种种这些可能性，皆被贪心的王婆所打破——100两银子身价加上5两“手续费”，王婆王八嘴咬东西，死不松口。结果，陈经济远去东京找钱未归；张二官由得娶回家作妾的金莲昔日姐妹李娇儿枕边风吹，听说金莲原来是毒杀亲夫武大郎后进入西门家，又养小厮，毒杀瓶儿母子，吓得这位官人也不敢再打金莲主意；周守备被春梅催得紧，派手下随从三番两次到王婆家里谈价钱要买金莲（都谈到90两了），王婆就是死咬百两银子不放。回禀之后，周守备说：“明日兑与他一百两，拿轿子抬了来罢。”随从周忠气不过说：“爷，就添了一百两，王婆子还要五两媒人钱。且丢他两日，他若张致，拿到府中，且拶与他一顿拶子，他才怕！”

谁曾想，这两日蹉跎，遇大赦得还的武松就找上了门。潘金莲的命运，冥冥之中已经注定。

本来，王婆不相信武松这个穷配军能拿出百两银子。岂料，次日武松就上门，拿出事先准备好的原本小管营施恩让武松带给知寨刘高的百两银子，又自己凑了 5 两碎银，交与王婆。

那婆子看见白晃晃摆了一桌银子，口中不言，心内暗道："虽是陈经济许下一百两，上东京去取，不知几时到来。仰着合着，我见钟不打，却打铸钟？"又见五两谢他，连忙收了。拜了又拜，说道："还是武二哥晓礼，知人甘苦。"（第八十七回）

可悲的是，淫妇金莲本想旧梦重圆和自己心上人武二郎规规矩矩过日子，哪里想到，结果是她自上奈何桥……

人生自是有情痴，此恨不关风与月！

更让人抚膺叹息的，是潘金莲的死。

金莲的死，确实可怜！血雾氤氲间，佳人玉体，肢残体烂！

那妇人（潘金莲）见头势不好，才待大叫，被武松向炉内挝了一把香灰，塞在他口，就叫不出来了。然后脑揪番在地。

那妇人挣扎，把鬏髻簪环都滚落了。武松恐怕他挣扎，先用油靴只顾踢他肋肢，后用两只脚踏他两只胳膊，便道：

"淫妇，自说你伶俐，不知你心怎么生着，我试看一看。"一面用手去摊开他胸脯，说时迟，那时快，把刀子去妇人白馥馥心窝内只一剜，剜了个血窟窿，那鲜血就冒出来。那妇人就星眸半闪，两只脚只顾登踏。

武松口噙着刀子，双手去斡开她胸脯，扑扢的一声，把心肝五脏生扯下来，血沥沥供养在灵前。后方一刀，割下头来。血流满地。

《金瓶梅》作者，最善于细节刻画和描写。性与死，也是文学永恒的主题。作者大笔如椽，总能化腐朽为神奇，总能富有深意地给我们搬出热火烹油后的寂寥冷落，展开鲜花凋残，铺陈美人见血，善于用工笔把美丽的毁灭淋漓尽致表现出来。

无论是写李瓶儿崩裂而死，还是潘金莲腑脏迸散，这种近景摇闪镜头一般的贴近展示，让人触目心惊之余，心旌摇荡。

本来是屠夫杀猪的手法和场面，写的却是英雄残杀美人。饶是金莲该杀，作者也禁不住叹道："武松这汉子端的好狠也！"为此，《金瓶梅》绣像本的文人眉批也写道："读至此，不敢生悲，不忍称快，然而心实恻恻难言哉！"

而后，泼墨重彩描摹毕这个惨烈的杀人场景，作者又对仗工整地发出文学感慨：

可怜这妇人，正是：三寸气在千般用，一日无常万事休。亡年三十二岁。但见手到处，青春丧命；刀落时，红粉亡身。七魄悠悠，已赴森罗殿上；三魂渺渺，应归枉死城中。……好似初春大雪，压折金钱柳；腊月狂风，吹折玉梅花。这妇人娇媚不知归何处，芳魂今夜落谁家？

可惜的是，后来市井类说书腐儒窜入进词话本的一首歪诗，削弱了金莲被杀的惨酷和正剧的意义：

堪悼金莲诚可怜，衣裳脱去跪灵前。谁知武二持刀杀，只道西门绑腿顽。往事堪嗟一场梦，今身不值半文钱。世间一命还一命，报应分明在眼前。

字里行间，谐谑意味低俗，显然不是原有作者心内大慈悲的笔法。

潘金莲由爱生怨，由怨生愁，由愁生出对西门庆的情感转移，再由西门庆生出谋杀亲夫的意念和行动，而后拉拉杂杂，生活变得愈来愈复杂，最终在刀光血污中结束不平凡的一生，金莲终于在武二郎刀头惨死。

真个是：问世间，情是何物，直教生死相许！

3．温柔好人李瓶儿

《金瓶梅》第六十五回，西门庆酒酣耳热之时，吩咐优伶唱一曲《普天乐·咏世》：

洛阳花，梁园月，好花须买，皓月须赊。花倚栏杆看烂熳开，月曾把酒问团圞夜。月有盈亏，花有开谢。想人生最苦离别。花谢了三春近也，月缺了中秋到也，人去了何日来也？

这首小令，乃元代散曲家张鸣善所作，为《金瓶梅》作者穿越架空，转移到宋朝清河县西门府邸宴席上。意蕴悠长，淡者屡深。

歌声宛转，檀板清越，听得西门庆眼噙泪花。帮闲应伯爵看在眼中，马上说道："哥教唱此词，关系心间之事，莫非想起过世嫂子来？"

西门庆看见后边上果碟儿，叫："应二哥，你只嗔我说，有他在，就是他经手整定。从他没了，随着丫鬟撮弄，你看都相甚模样，好应口菜也没一根我吃！"

看似西门庆抱怨菜肴不适口，实则是他一往情深，怀念去世不久的美妾李瓶儿。

狂蝶绕花飞的西门大官人，对于李瓶儿如此念念不忘，确也难得！

整部《金瓶梅》，“好人”不多，惟独李瓶儿让人黯然神伤。

爱人得来不易

小说开始时李瓶儿甫出场，给人感觉还是一个很势利的女人。她最早家庭出身，小说中没有提及，只是隐隐约约提及她是梁中书爱妾。既然给人作妾，肯定出身贫寒或者来自小户人家。

《水浒传》里面，提过梁中书这个人，乃太师蔡京爱婿、大名府府尹，也是堂堂一方大员。金瓶梅有关瓶儿的介绍文字，是从《水浒传》第六十五回“时迁火烧翠云楼　吴用智取大名府”故事改移过来，不过，《水浒传》中并不曾提及梁中书有这样一位小妾。

《金瓶梅》简述道，由于梁中书夫人性甚嫉妒，李瓶儿只是作为一个外室为梁大人包养。政和三年正月上元之夜，李逵等梁山好汉放火杀人，梁氏夫妇各自逃生，李瓶儿趁乱，携带一百颗西洋大珠、二两重一对鸦青宝石，与养娘一起上东京投亲。后来，李瓶儿嫁给了花太监侄子花子虚。花太监告老还乡，就带着侄子花子虚和侄媳李瓶儿一同来在清河县住。后来，花太监死了，花子虚也死了，李瓶儿就成为一个富有的寡妇。

其实，字里行间，读者如果足够细心，就一定可以看出：李瓶儿被花太监娶为侄媳，实际上是花老太监把这个美娇娘当成自己的玩物。所幸的是，花太监死后，并无照顾侄儿花子虚，他家中财产全为李瓶儿所掌握。

金银的拥有，使得李瓶儿身体的自由就成为可能。而挂名丈夫花子虚的早死，更使得她有了与自己心上人西门庆比翼齐飞的机会。

花子虚兄弟几个打官司分花太监家财，李瓶儿暗中把数千两银子财物转移到西门庆府上。分家案尘埃落定，花子虚折了大笔家财和几处房产。小伙子出狱后，向李瓶儿要钱买房子，立刻遭受奚落，李瓶儿说他“得命思财，疮好忘痛”，推说西门庆到东京替他打点案件的时候，花费不少，银钱都蒸发了。

花子虚不死心，就安排酒席，想请西门庆来赴宴道谢的时候，追问这位结义兄弟那些银两下落。

> 依着西门庆这边，还找过几百两银子与他（花子虚）凑买房子，李瓶儿不肯，暗地使过冯妈妈子过来对西门庆说：“休要来吃酒，开送了一篇花帐与他，说银子上下打点，都使没了。”

房产拍卖一空，家里钱财不明不白打了大水漂，花子虚得了这口重气，很快就病重而死。而他的直接死因，关键还在于李瓶儿为了省钱，不肯延请医生治病，活活延搁死了。

由此可见，李瓶儿对待这位花花公子夫君花子虚，不可谓不薄。写到此处，同为男人的金瓶梅作者，也不得不发出感慨来：

> 大抵只是妇人更变，不与男子汉一心，随你咬折钉子般刚毅之夫，也难测其暗地之事。自古男治外而女治内，往往男子之名都被妇人坏了者为何？皆由御之不得其道故也。要之在乎夫唱妇随，容德相感，缘分相投，男慕乎女，女慕乎男，庶可以保其无咎；稍有微嫌，辄显厌恶。若似花子虚终日落魄飘风，谩无纪律，而欲其内人不生他意，岂可得乎？

看似埋怨“天下最毒妇人心”，其实对李瓶儿大有回护之意。

李瓶儿本人，性欲正常，并非潘金莲这样性欲旺盛的“淫妇”。她先嫁给梁中书为妾，梁妻悍妒，常常把婢妾打死埋在大后花园，所以李瓶儿一直战战兢兢被包养在梁府以外的地方。花太监为侄子娶李瓶儿为妻，带这二人到广南作官半年（书中只有第三人称单数的“她”，说不定花太监只带着“侄媳”上任），李瓶儿就成为变态老太监的玩物，风华正茂的女人成日要伺候一个尿骚老厌物，心情可想而知。

读《金瓶梅》，一定要具备第三只眼，要细读作者埋伏的线索。西门庆搞上李瓶儿之后，从她那里拿走两样东西向潘金莲炫耀，其一是“南方勉甸国出产”的淫器“勉铃”，其二是“内府画出来的”《春意二十四解》，也就是春宫图，并讲明是由花太监从宫里拿出来的。

一个没老二的太监拿这些东西给侄媳李瓶儿，双方的关系显然紊乱伦常。也许，正是在花太监床上那些隐秘、变态的日子，李瓶儿虽然没有得到性快感，却学会了许多性技巧。所以，她本人对于性的渴望，要比一般良家妇人强一些，焦灼一些，具体一些。

本来西门庆已经答应娶李瓶儿过门，不料西门家在东京的靠山杨戬事发被逮（西门庆女婿陈经济的父亲陈洪乃杨戬党羽），听从京城慌忙跑来投靠自己的女婿陈经济说朝廷要牵连亲朋加以处置，吓得西门庆惶惶不可终日，赶忙让人天天紧闭大门发昏当作死。

如此情形下，西门庆不得不把迎娶李瓶儿的事情往后拖。

其间，游方郎中蒋竹山瞧空，以治病为由，说了西门庆不少“坏话”，进而乘虚而入，得以入赘到李瓶儿家。

第十九回中，只消一回功夫，作者就把蒋竹山这个人品猥琐卑劣的小人物写透写完，也道尽了李瓶儿内心的势利和炎凉：

> 却说李瓶儿招赘了蒋竹山，约两月光景。初时蒋竹山图妇人喜欢，修合了些戏药部，门前买了些甚么景东人事、美女相思套之类，实指望打动妇人心。不想妇人在西门庆手里，狂风骤雨都经过的，往往干事不称其意，渐渐颇生憎恶，反被妇人把淫器之物都用石砸的稀烂，都丢吊了。又说：“你本虾鳝，腰里无力，平白买将这行货子来戏弄老娘家。把你当块肉儿，原来是个中看不中吃，腊枪头，死王八！”骂的竹山狗血喷了脸。被妇人半夜三更，赶到前边铺

子里睡。于是一心只想西门庆，不许他进房中来。每日聒聒着算帐，查算本钱。（第十九回）

笔者估计，蒋竹山床上功夫不行也就算了，他买那些坊间低廉的淫器，正勾起了李瓶儿在花太监床上那些痛苦的回忆，难怪佳人嗔怒顿起，再难以销泯。

图 14　李瓶儿许嫁蒋竹山

西门庆躲过东京杨戬案后，故态复萌，强人嘴脸重新暴露，立刻设计，遣派两个无赖地痞扭打蒋竹山，然后诬称他借债不还。结果，蒋竹山被官府判定赔付银两，这位郎中不得走到家，哭哭啼啼哀告李瓶儿拿银子换钱，情景自然可笑可怜：

被妇人啰在脸上，骂道："没羞的忘八，你递甚么银子在我手里，问我要银子？我早知你这忘八砍了头是个债桩，就瞎了眼也不嫁你。这中看不中吃的忘八！”

蒋竹山缴纳银两后拖着被杖打的血淋淋双腿回家，李瓶儿更是绝情，不仅把他赶出家门，还把当初用自己本钱置的货物都留下，只给可怜郎中留下原旧的药材、药碾、药筛、药箱之物，立刻催他走人。

临出门，妇人还使冯妈妈舀了一锡盆水，赶着泼去，说道：“喜得冤家离眼前。”

蒋竹山虽然确实够猥琐，李瓶儿确实够绝情，所作所为，真似负义粉头婊子所为。

但是，作者下述描写，倒给李瓶儿的行为作了注脚：

当日打发了竹山出门。这妇人（李瓶儿）一心只想着西门庆，又打听得他家中没事，心中甚是后悔，每日茶饭慵餐，娥眉懒画，把门倚遍，眼儿望穿，白盼不见一个人儿来。

仔细思之，真正让李瓶儿挂念的，确实还是西门大官人腰间那套的“独门暗器”。这一点，第十七回中，李瓶儿已经说得明明白白：

西门庆于是醉中戏问妇人（李瓶儿）：“当初有你花子虚在时，也和他干此事不干？”妇人道：“他逐日睡生梦死，奴那里耐烦和他干这营生！他每日只在外边胡撞，就来家，奴等闲也不和他沾身；况且老公公在时，和他另在一间房睡着，我还把他骂的狗血喷了头。好不好，对老公公说了，要打白棍儿也不算人！甚么材料儿，奴与他这般顽耍，可不呵磣杀奴罢了。谁似冤家（指西门庆）这般可奴之意，就是医奴的药一般。白日黑夜，教奴只是想你！”

西门庆闻言大喜。不过，这位爷也是疏阔之人，估计他就没有仔细思忖到李瓶儿和花太监之间那档子不尴不尬的事儿。而花子虚呢，不过是太监叔叔所娶美人的挂名丈夫而已。

如果说西门庆一生中有“爱情”的话，对于李瓶儿，那绝对算得上。所以，听媒婆说李瓶儿嫁给“矮王八”蒋竹山并且拿银子给对方开药店之后，他非常气恼，顿时恨恨言道：“苦哉！你嫁别人，我也不恼，如何嫁那矮王八！他有甚么起解！”

打马回家后，西门庆乘着酒醉，连平日惜怜的潘金莲都踢了两脚。他更恨月娘当初劝自己不要着急娶李瓶儿入府，着实冷落了这位正妻好长一段时间……

待得西门庆结交上太师蔡京重新找到了靠山，亲自设计狠搞了一把郎中蒋竹山，最后终于把李瓶儿娶到家里。即便如此，这位强梁汉子旧怒不忘，不仅花轿停在府门口半天没人出去接，而

图 15　李瓶儿情感西门庆

且连续冷落了李瓶儿长达三天之久。

听说新妇因怨上吊，他怒气才逐渐消散。

进入李瓶儿房内，不由分说，西门庆让妇人脱光了跪着，打了几马鞭后，喝问：“淫妇，你过来，我问你：我比蒋太医那厮谁强？”(只有西门庆才问得出这样的话。)

李瓶儿颤巍巍、娇滴滴一席话，算是彻底满足了西门庆的征服欲、占有欲，说得大官人怒气顿时飞到爪哇国：

“他拿甚么来比你？你是个天，他是块砖。你在三十三天之上，他在九十九地之下。休说你仗义疏时，敲金击玉，伶牙俐齿，穿罗着锦，行三坐五，这等为人上之人，自你每日吃用稀奇之物，他在世几百年，还没曾看见哩！他拿甚么

来比你？你是医奴的药一般，一经你手，教奴没日没夜只是想你。”（第十九回）

“你是医奴的药一般”，同样的话，第十七回中说过一次，这次又说了一次，出自李瓶儿之口，却一点不显得啰嗦，情意绵绵，发自肺腑。

李瓶儿对西门庆，可说是一见钟情。花子虚活着的时候，当初两个人还没怎么样，她就能把大批箱笼偷运到西门庆家里存放。日后勾搭上手，她也心甘情愿入西门府内作小老婆，绝对不是孟玉楼那种被骗作小的怨尤：“随你把奴作第几个，奴情愿服侍你铺床叠被，也无抱怨……”

一顿云情雨意过后，她和西门庆“两个睡到次日饭时”，似乎一夜间，李瓶儿就忽然成为一个好女人。

起床后梳妆过后，李瓶儿第一件事情，就是打开箱笼，“打点细软首饰衣服，与西门庆过目。拿出一百颗西洋珠子与西门庆看。原是昔日梁中书家带来之物。又拿出一件金厢鸦青帽顶子，说是过世老公公的，起下来上等子秤，四钱八分重”……

然后，她又拿出一顶重九达两金丝髢髻，让西门庆拿给匠人，为月娘打造一件“金九凤垫根儿”，还要“每个凤嘴衔一挂珠儿”……

风尘数载的美妇人，把自己钱财明明白白不留一分地摆给汉子看，没有任何功利私心。为了和和平平居家过日子，她还出金拿银打造首饰立刻巴结大老婆。这种行为言语，无论对于西门庆和李瓶儿来说，都是无声的“爱情宣言”。

想想先前对游方郎中蒋竹山那样的绝情，李瓶儿对西门庆简直是丹心全抛，泼辣、精明、放荡，一丝全无，对郎君无怨无悔，直到最终母子命丧西门府。

也别说，自从娶得李瓶儿过府，西门庆事业蒸蒸日上：

> 西门庆自娶李瓶儿过门，又兼得了两三场横财，家道营盛，外庄内宅焕然一新，米麦陈仓，骡马成群，奴仆成行。

幸福女人欢喜

李瓶儿在西门诸妻妾中，其实是惟一见过大世面的人。她有钱，有貌，嫁入西门府后，还变得有德性。为了讨好诸人，她在花钱方面的大手大脚，几近憨愚。大概好人有好报，李瓶儿一朝有娠，诞下儿子。在那个母以子贵的时代，她地位骤显，几与西门正妻吴月娘并肩。

岂料，正是如此“福无双至今日至”，才引得“祸不单行明日行”。

李瓶儿嫁给西门庆作妾后，整个人物焕然一新，可以用“脱胎换骨”来形容，再不见一丝先前她对花子虚和蒋竹山的无情与刻薄，全然是个慷慨大方、豁达随和、善解人意、温柔厚道、委曲求全的大好人。

自然，西门府中，哪个都不是省油的灯。凡是稍有姿色的丫鬟或者有头脸的家人媳妇、仆妇，几乎都和西门庆有一腿，妻妾群中，李瓶儿排行又靠后，稍有差池，也不会有好果子吃。

而《金瓶梅》作者写李瓶儿的“好”，非用重笔浓墨，反而随处渲染，灿若锦金绣银，遍布结构之中。不仅在情节、行动上比比皆是，借于小厮、仆妇之口，道出了李瓶儿的善良和“好”。

小厮玳安说：“说起俺这过世的六娘性格儿，这一家子都不如他，又有谦让，又和气，见了人只是一面儿笑。俺每下人，自来也不曾呵俺每一呵，并没失口骂俺每一句奴才，要的誓也没赌一个……”

奶子如意儿说：“娘可是好性儿，好也在心里，歹也在心里，姊妹之间，自来没有个面红面赤。”

刚刚入得西门府，玉箫和小玉两个丫鬟就把李瓶儿戏弄了一番，瓶儿似乎一进府门，就变得非常老实，近乎憨愚：

> 小玉、玉箫来根前递茶，都乱戏他。先是玉箫问道：“六娘，你家老公公当初在皇城内那衙门来？”李瓶儿道：“先在惜薪司掌厂御前班直，后升广南镇守。”玉箫笑道：“嗔道你老人家昨日挨的好柴。”小玉又道：“去年城外落

乡，许多里长老人好不寻你，教你往东京去。”妇人（李瓶儿）不知道甚么，说道：“他寻我怎的？”小玉笑道：“他说你老人家会告的好水灾。”玉箫又道：“你老人家乡里妈妈拜千佛，昨日磕头磕勾了。”小玉又说道：“朝廷昨日差了四个夜不收，请你老人家往口外和番，端的有这话么？”李瓶儿道：“我不知道。”小玉笑道：“说你老人家会叫的好达达！”把玉楼、金莲笑的不了。月娘便道：“怪臭肉每，干你那营生去，只顾傒落他怎的！”于是把个李瓶儿羞的脸上一块红一块白，站又站不得，坐又坐不住，半日回房去了。（第二十回）

两个丫鬟很大胆，特别是她们哪壶不开提哪壶，拿李瓶儿和昔日丈夫花子虚叔父花太监之间的秘密关系开玩笑。其中，柴是“阳物”的隐语，“水灾”暗喻李瓶儿向西门庆求饶，“达达”，暗喻性生活中间女方对男方的昵称。

西门府丫鬟如此嘴利心灵，显衬得李瓶儿一下子厚道、可爱起来。昔日她那口数落花子虚、蒋竹山的伶牙俐齿，一概消失无影踪……

多少年来，岁月匆匆，一直有读者对李瓶儿加入西门府后的这种性格突变大惑不解。其实，正是我们中国传统灌输好人坏人的简单文学人物分类，造就了这种惘惑心理——坏人一定坏，好人一定好。

对于李瓶儿来说，折腾多年，为人作妾作妻作太监玩物，终于找到了意中人西门庆，也算得偿所愿，圆了一梦，这是其一；西门大院幽静处，毕竟是个好归宿。特别是她诞下官哥，有子万事足，该有的都有了，满足之余，也不必再争再逗闲气。

一个女人，后半世有了着落，这种模模糊糊的幸福感，其实是李瓶儿性格突变的最大因由。

说到李瓶儿的美德，首先，她不妒。在古代，不妒是女人最大的美德。李瓶儿不仅不妒西门庆逛窑子，连面对潘金莲这位最有力的竞争对手，她也能做到不妒，这就太难能可贵了。小说当中，她屡次劝说西门庆到潘金莲屋里睡，目的就是怕激惹潘金莲的醋意。生下官哥后，李瓶儿体内母性因子日益浓厚，昔日性的渴望，暂时被为人之母的爱意取代，更是总把西门庆“赶”往潘金莲处歇息。

其次，是忍。忍字头上一把刀。西门府内，李瓶儿最大的欺压者就是潘金莲。瓶儿对潘金莲，可谓忍到极致。时时刻刻，潘金莲拿李瓶儿作大敌，她在月娘面前挑唆说坏话，当众暗示李瓶儿孩子不是西门庆的种儿，直至她逗训大猫吓死官哥之后，还得势不饶人，对丧子生病的瓶儿依旧指桑骂槐，呛气这位痛不欲生的母亲——即便如此，李瓶儿临死也没向西门庆说过潘金莲一句坏话。奶妈如意儿抱打不平说潘金莲的不是，她也要替后者回护。只是在与自己关系极好的西门大姐（西门庆与死去的妻子所生女）面前，她才稍作抱怨。直至最后病终前，为了月娘和西门庆的子嗣着想，她才拐弯抹角提醒这位大太太，让她日后注意孩子，“不要吃人暗算了”……

算来一场空忙

瓶儿的死，着实让人有放声一哭之感。

孩子官哥被潘金莲豢养的大猫吓死，是导致李瓶儿死亡的最大原因。宠物猫吓死小孩子，一般的读者都认为可能是一种艺术夸张手法。其实，在明代，贵族、豪门甚至宫廷高墙之内，肥猫吓死小孩子的事情特别多。

沈德符所著《万历野获编》补遗卷一的“内廷豢养”条目中，就有这样的记载：“猫性最喜跳蓦，宫中圣胤初诞未长成者，间遇其相遘而争，相诱而嗥，往往惊搐成疾。其乳母又不敢明言，多至不育，此皆内臣亲道之者，似变不妄。”而刘若愚在《明宫史》中也有类似记载：“凡皇子女婴孺时，多有被猫叫得惊风薨夭者，有谁敢言！”当然，因宠物猫而死的儿童，大概还有猫身上的细菌致病原因，只不过当时的人对此科学知识不是很懂，把儿童死亡原因皆归于猫跳。

而李瓶儿儿子官哥的死，绝对是因惊成疾。寄寓无限厚望的儿子死掉，李瓶儿自然伤悼过度，对身体造成莫大伤害。

温柔如水李瓶儿的死，仔细研读《金瓶梅》，可以发现，其实也和“性”大有关联。

如果看第六十回，似乎李瓶儿因为孩子死了，悲痛加上因潘金莲而生“重气”，使得“旧时病症又发起来，照旧下边经水淋漓不止……”；往前察看，第五十四回，李瓶儿初发病，医生说是“产后不慎调理……恶露不净……”；再往前，其实关键在于第五十回，西门庆得到胡僧的春药和淫器之后，先拿手下伙计韩道国的老婆王六儿作试验。而后，回到家里后，西门庆淫欲如炽，非接着和月经未净的李瓶儿行房。“原来是王六儿那里，因吃了胡僧药，被药性把住了，与老婆弄耸了一日，恰好过没曾去身子……”被缠不过，李瓶儿让丫鬟弄水进屋，洗得香喷喷之后满足郎君的性欲。

所以，金瓶梅这部书的作者，高明至极，凡事皆千里之外埋设伏线，总会让有心的作者嘿然兴叹。

第六十二回中，李瓶儿临死一节，透过种种描写，把李瓶儿的良善皆写出：

先透过奶妈如意儿的嘴，道出李瓶儿得病的“精神”缘由：“俺娘都因为着了那边五娘（潘金莲）一口气。他那边猫挝了哥儿手，生生的唬出风来。爹来家，那等问着娘，只是不说。落后大娘说了，才把那猫来摔杀了。他还不承认，拿俺每煞气。八月里哥儿死了，他每日那边指桑树，骂槐树，百般称快。俺娘这屋里分明听见，有个不恼的？左右背地里气，只是出眼泪。因此这样暗气暗恼，才致了这一场病。……”

李瓶儿死亡的第二个原因，还在于心理因素——对于花子虚的内疚使然。所以，重病期间，她总是梦到花子虚的鬼魂缠搅自己。第六十二回开始，她就悄悄对西门庆诉说：

“我要对你说也没与你说：我不知怎的，但没人在房里，心中只害怕。恰似影影绰绰，有人在我跟前一般。夜里要便梦见他（花子虚），恰似好时的，拿刀弄杖，和我厮嚷。孩子也在他怀里，我去夺，反被他推我一交，说他那里又买了房子，来缠了好几遍，只叫我去。只不好对你说。”

西门庆强横恶人，马上安慰瓶儿说道：“人死如灯灭，这几年知道他往那里去了！此是你病的久了，下边流的你这神虚气弱了，那里有甚么邪魔魍魉，家亲外祟。”

话虽如此说，西门庆心内也打鼓，继续说道：“我明日往吴道官庙里，讨两道符来，贴在这房门上，看有邪祟没有。”

当初算计自己的这位拜把子兄弟，西门庆着实有愧。否则，也用不着去道观里面求符镇祟。

饶是如此，小厮玳安儿讨了符来，贴在李瓶儿房中。

晚间李瓶儿还害怕，对西门庆说：“死了的（花子虚）他刚才和两个人来拿我，见你进来，躲出去了。”

虽然事先有应伯爵附和自己，说李瓶儿的病是体虚所致。但西门庆听后心内更惊，只得答应李瓶儿再请道性高的人来降服花子虚的邪祟。

> 西门庆道："你休信邪，不妨事。昨日应二哥说，此是你虚极了。他说门外五岳观有个潘道士，好符水治病，又遣的好邪。我明日早，教应二哥去，请他来看你。有甚邪祟，教他遣遣。"

可见，与潘金莲毒死武大郎的无畏相比，李瓶儿具有普通的常有、与生俱来的道德感。而恰恰是这种道德感，就是区分真坏人与常人的分野——真正的毒恶坏人，心内没有任何道德感而言。即使他们做了天大的坏事，只会感到成功的喜悦和勃勃喷涌的害人欢愉，从来不会感到自己是在做"恶"，更想不到什么"报应"。即使在普遍"迷信"的年代，他们也深信自己命"硬"，能克侵一切。

临死之际，李瓶儿与西门庆情感缠绵，依依不舍，她真心实意对丈夫叹命嗟运，而且一再劝西门庆不要因为自己的病而耽误公事。听说西门庆花钱给自己买了副棺材冲病，李瓶儿说："也罢，你休要信着人，使那憨钱，将就使十来两银子，买副熟料材儿，把我埋在先头大娘（指西门庆死去的第一个妻子）坟旁，只休把我烧化了，就是夫妻之情。早晚我就抢些浆水，也方便些。你偖多人口，往后还要过日子哩！"

由此，一向财迷心窍的西门庆，"听了如刀剜肝胆、剑锉身心相似，哭道：'我的姐姐，你说的是那里话！我西门庆就穷死了，也不肯亏负了你！'"

诀别之时，李瓶儿对于身边的姑子、媒婆、丫鬟、奶妈，一个也不少，皆有馈赠，非常细心地再三叮嘱她们日后如何作人，如何与西门府内的人打交道：

图16　西门庆大哭李瓶儿

李瓶儿教迎春把角门关了，上了拴。教迎春点着灯，打开箱子，取出几件衣服银首饰来，放在旁边。

先叫过王姑子来，与了他五两一锭银子、一匹绸子，"等我死后，你好歹请几位师父，与我诵《血盆经忏》。"王姑子道："我的奶奶，你忒多虑了。天可怜见，你只怕好了。"李瓶儿道："你只收着，不要对大娘说我与你银子，只说我与了你这匹绸子做经钱。”王姑子道，“我理会了。”于是把银子和绸子接过来了。

又唤过冯妈妈来，向枕头边也拿过四两银子，一件白绫袄，黄绫裙，一根银掠儿，递与她，说道：“老冯，你是个旧人，我从小儿，你跟我到如今。我如今死了去，也没甚么，这一套衣服，并这件首饰儿，与你做一念儿。这银子你收着，到明日做个棺材本儿。你放心，那边房子等我对你爹说，你只顾住着，只当替他看房儿，他莫不就撵你不成！”

……李瓶儿又叫过奶子如意儿，与了他一袭紫绸子袄儿、蓝绸裙，一件旧绫披袄儿，两根金头簪子，一件银满冠儿，说道：“也是你奶哥儿一场。哥儿死了，我原说的教你休撅上奶去，实指望我在一日，占用你一日，不想我又死去了。我还对你爹和你大娘说，到明日我死了，你大娘生了哥儿，也不打发你出去了，就教接你的奶儿罢。这些衣服与你做一念儿，你休要抱怨。”

……李瓶儿一面叫过迎春、绣春来，跪下，嘱咐道：“你两个……也是你从小儿在我手里答应一场，我今死去，也顾不得你每了。你每衣服都是有的，不消与你了。我每人与你这两对金裹头簪儿，两枝金花儿，做一念儿。那大丫头迎春，已是他爹收用过的，出不去了，我教与你大娘房里拘管着。这小丫头绣春，我教你大娘寻家儿人家，你出身去罢，省的观眉说眼，在这屋里，教人骂没主子的奴才。我死了，就见出样儿来了。你伏侍别人，还相在我手里那等撒娇撒痴，好也罢歹也罢了，谁人容的你！”

临死之人，心细无量，尤其瓶儿对贴身小丫头绣春絮絮叨叨的嘱咐，读之断人心肠！

嘱咐罢众人，李瓶儿再与月娘和西门庆其他几个姬妾诀别，其中也包括潘金莲。很奇怪，书中此时倒没怎么写潘金莲的表现（幸灾乐祸或者假仁假义），也没有讲李瓶儿如何自己可怜自己，反而进一步细致描摹李瓶儿恳求月娘照看自己的身边下人：

“奴与娘做姊妹这几年，又没曾亏了我。实承望和娘相守到白头，不想我的命苦，先把个冤家（指死去的孩子）没了，如今不幸我又得了这个拙病，死去了。我死之后，房里这两个丫头无人收拘。那大丫头已是他爹收用过的，教他往娘房里伏侍娘。小丫头，娘若要使唤，留下；不然，寻个单夫独妻，与小人家做媳妇儿去罢。省的教人骂没主子的奴才，也是他伏侍奴一场，奴就死口眼也闭。又奶子如意儿，再三不肯出去，大娘也看奴分上，也是他奶孩儿一场，明日娘十月已满，生下哥儿，就教接他奶儿罢。”

最关键的，到了生命最后的时刻，李瓶儿还是想着如何能够让夫君西门庆留下血脉的事情：

独月娘在屋里守着他，李瓶儿悄悄向月娘哭泣，说道："娘到明日好生看养着（腹中胎儿），与他爹做个根蒂儿，休要似奴粗心，吃人暗算了。"月娘道："姐姐，我知道。"看官听说：自这一句话，就感触月娘的心来。后次西门庆死了，金莲就在家中住不牢者，就是想着李瓶儿临终这句话。

人之将死，其言也善。瓶儿将死，其言尤哀！

不过，从某种角度看，瓶儿死得正当其时，子死，夫未亡，家未破，也没有潘金莲那样被开膛破肚的凄惨遭遇，没有孙雪娥自缢的下场，也没有春梅淫死的报应。

身死床箦，毕竟还算善终。

4．志高性傲庞春梅

《红楼梦》中，袭人一角，其实就是《金瓶梅》中春梅当丫鬟时候的摹仿翻版。

春梅本来是服侍吴月娘的丫鬟，潘金莲入西门府为妾后，春梅就成为金莲的贴身、贴心丫鬟。估计两个人心意相通，气场相和，大宅院内，春梅成为潘金莲的铁杆嫡系人物。妒悍的潘金莲，竟然能亲自允诺，主动答应西门庆收用春梅，二人关系之亲密，可见一斑。

自然，春梅所以见宠，也和她的性格有关系：

> 妇人（潘金莲）自此一力抬举他起来，不令他上锅抹灶，只叫他在房中铺床叠被，递茶水。衣服首饰拣心爱的与他，缠得两只脚小小的。原来春梅比秋菊不同，性聪慧，喜谑浪，善应对，生的有几分颜色。西门庆甚是宠他。秋菊为人浊蠢，不任事体，妇人常常打的是他。（第十回）

前半世伶俐丫鬟

得到家主西门庆收用，春梅自然就不是一般的丫头。为此，出于感恩的心情，她特别倚恃、偏向自己的主母潘金莲。孙雪娥与潘金莲交恶，故然出于妾和妾之间的位份之争，究其源头，与春梅向潘金莲的挑拨大有关联。

作为收房丫头，春梅敢和身为西门庆侍妾的孙雪娥斗气斗嘴，确实不是善茬。从第十一回开始，潘金莲因春梅之言，开始和孙雪娥争斗，并挑唆西门庆怒打孙雪娥一大顿。

第十二回中，由于西门庆被妓女李桂姐缠住，冷落了潘金莲，这位春心怨妇便去偷奸十六岁的小厮琴童。孙雪娥、李娇儿得知消息后，赶忙向西门庆告发，惹得这位大官人大怒。他先把琴童打了三十大棍撵出府门，然后严审潘金莲。

紧要关头，还是春梅看似公正的一席话救了主母：

> 春梅撒娇撒痴，坐在西门庆怀里，说道："这个爹，你好没的说！和娘成日唇不离腮，娘肯与那奴才？这个都是人气不愤俺娘儿们，作做出这样事来。爹你也要个主张，好把丑名儿顶在头上，传出外边去好听？"

当然，一是害怕家丑外扬，一是本来对潘金莲"花朵儿般身子"依旧留恋，加上春梅如此明轻暗重地劝说，西门庆顿时释然，丢了马鞭子，让潘金莲起来，三个人坐在一起吃酒。

潘金莲暗中偷汉，依理是西门庆万万不能容忍的事情。她之所以能躲过如此大劫，春梅是关键中的关键。春梅深知西门庆好面子，一句"传出外边去好听？"，点醒西门庆，使得大官人对自己府内的丑事不得不装聋作哑。春梅那句"和娘成日唇不离腮"的打保票，也不由得他不相信。

自然，小说作者似乎在开始的时候立意还没有太明朗，好像没有想太多渲染春梅的意思。直到第二十九回中，作者才透过吴神仙算命的嘴，透露出些许春梅父母双亡的身世。至于她的"庞"姓，还是到了第八十八回中，透过潘金莲鬼魂之口，读者才得以知悉她的娘家姓。

第二十二回，李娇儿的弟弟乐户李铭趁着教春梅弹琵琶的时候，捏按了一下春梅的手，惹得这位丫鬟勃然大怒，怪叫起来，立刻大声詈骂：

“好贼忘八！你怎的捻我的手，调戏我？贼少死的忘八，你还不知道我是谁哩！一日好酒好肉，越发养活的那忘八圣灵儿出来了，平白捻我的手来了。贼忘八！你错下这个锹撅了，你问声儿去，我手里你来弄鬼！等爹来家等我说了，把你这贼忘八一条棍撵的离门离户。没你这忘八，学不成唱了？愁本司三院寻不出忘八来，撅臭了你这忘八了！”

图 17　春梅姐正色闲邪

千忘八，万忘八，骂得那李铭拿着衣服落荒而逃。

得理不饶人，春梅还立刻去到后房，把此事张扬给潘金莲、李瓶儿、孟玉楼和宋惠莲等人，一时间大张旗鼓地展亮“贞洁牌坊”。潘金莲立刻把此事告诉西门庆，使得那小舅子李铭顿时断了财路。

同样一个春梅，西门庆死后，潘金莲和女婿陈经济偷情通奸，她完全是另外一副面目：

> 潘金莲早辰梳妆打扮，走来楼上观音菩萨前烧香，不想陈经济正拿钥匙上楼，开库房门拿药材香料，撞遇在一处。这妇人且不烧香，见楼上无人，两个搂抱着亲嘴咂舌。一个叫“亲亲五娘”，一个呼“心肝性命”。说“趁无人，咱在这里干了罢。”一面解褪衣裤，就在一张春凳上……
>
> 当初没巧不成话，两个正干得好，不防春梅正上楼来拿盒子取茶叶。看见两个，凑手脚不迭，都吃了一惊。春梅恐怕羞了他（潘金莲），连忙倒退回身子，走下胡梯。慌的经济兜小衣不迭，妇人正穿裙子。妇人便叫春梅：“我的好姐姐，你上来，我和你说话。”那春梅于是走上楼来。金莲道：“我的好姐姐，你姐夫不是别人，我今教你知道了罢：俺两个情孚意合，拆散不开。你千万休对人说，只放在你心里。”春梅便说：“好娘，说那里话。奴伏侍娘这几年，岂不知娘心腹，肯对人说！”妇人道：“你若肯遮盖俺们，趁你姐夫在这里，你也过来，和你姐夫睡一睡，我方信你。你若不肯，只是不可怜见俺每了。”那春梅把脸羞的一红一白，只得依他。卸下湘裙，解开裤带，仰在凳上，尽着这小伙儿受

用。（第八十二回）

可见，春梅的“贞洁”原则，非常灵活，因人变通。

至于当初对李铭的正言厉色，不少评论者言之凿凿，认为是春梅假正经博西门庆欢喜。

说是，也不是。

李铭这种人，现在说来是谙习各种乐器的“音乐家”，但在宋朝（或者明朝），他不过是下九流的倡优。春梅虽身为丫鬟，心中却万分看他不起。所以，出于对身份的势利，才是春梅叫嚷詈骂的最大原因。

有了潘金莲、西门庆撑腰，春梅在西门府日益猖狂。在那大堆丫鬟仆妇中，她可谓是不折不扣兴风作浪的人物。

第七十五回中，春梅使唤唱戏的瞎子申二姐来唱曲，听说申二姐陪吴大妗子不来，她立时暴跳如雷，气哼哼过来那一顿骂，其时毒辣撒泼之态势，几乎要超过潘金莲：

“你是甚么总兵官娘子，不敢叫你？俺每在那毛里夹着来，是你抬举起来，如今从新钻出来了？你无非只是个走千家门、万家户、贼狗攮的瞎淫妇！你来俺家才走了多少时儿，就敢恁量视人家？你会晓的甚么好成样的套数唱，左右是那几句东沟篱、西沟坝、油嘴狗舌、不上纸笔的那胡歌锦词，就拿班做势起来，直个就来了！俺家本司三院唱的老婆，不知见过多少，稀罕你这个儿！”

仔细倒扯起丫鬟春梅心高气傲的由头，和第二十九回中吴神仙的算命不无关联。当时，西门庆请吴神仙为自己的妻妾和女儿西门大姐算命，最后，他还让这个先生给丫鬟春梅也算上一卦。

吴神仙端详一番，当时猛夸乐一顿春梅：

“此位小姐，五官端正，骨格清奇。发细眉浓，禀性要强。神急眼圆，为人急燥。山根不断，必得贵夫而生子；两额朝拱，主早年必戴珠冠。行步若飞仙，声响神清，必益夫而得禄，三九定然封赠。但乞了这左眼大，早年克父；右眼小，周岁克娘。左口角下这一点黑痣，主常沾啾唧之灾；右腮一点黑痣，一生受夫爱敬。

天庭端正五官平，口若涂朱行步轻。

仓库丰盈财禄厚，一生常得贵人怜。”

算命的吴神仙走后，西门庆正妻吴月娘听了这番言语，非常不忿，对西门庆说：“（吴神仙）相春梅后日来也生贵子，或者只怕你用好他，各人子孙也看不见。我只不信说他春梅后来戴珠冠，有夫人之分。端的咱家又没官，那讨珠冠来？就有珠冠，也轮不到他头上！”

为此，西门庆笑着敷衍，说吴神仙可能把春梅当成了我们自家的女儿，所以才有这般说道。

吴月娘一席话，春梅非常心中不服。她背后对西门庆一席话，着实显示出她在丫鬟群中的不同凡响：

“常言道：凡人不可貌相，海水不可斗量，从来旋的不圆砍的圆。各人裙带上衣食，怎么料得定？（我）莫不长远只在你家做奴才罢。”

西门府中婢女不少，惟独这位庞春梅，让人刮目相看。才气、志气、勇气，一样儿都不缺。

第七十三回中，潘金莲回房，透过窗子窥到西门庆正和春梅“玩耍”，都恐怕搅扰二人，踮脚慢行退出，过了好久才回来。能让悍妒之妇潘金莲如此“宽容”和“退让”，丫鬟春梅的能量，让人印象深刻。

而同是第七十三回中一段描写，寸寸展开，春梅的傲气桀骜，秋菊的粗蠢懒馋，潘金莲不敢得罪贴身丫鬟的小心，活灵活现。

妇人（潘金莲）走到炕房里，搂起裙子来就在炕上烤火。妇人要茶吃，秋菊连忙倾了一盏茶来。妇人道：“贼奴才，好干净手儿，你倒茶我吃。我不吃这陈茶，熬的怪泛汤气。你叫春梅来，教她另拿小铫儿顿些好甜水茶儿，多着些茶叶，顿的苦艳艳我吃。”秋菊道：“他在那边床房里睡哩，等我叫他来。”妇人道：“你休叫他，且教他睡罢。”

这秋菊不依，走在那边屋里，见春梅歪在西门庆脚头睡得正好，被他摇推醒了，道：“娘来了，要吃茶，你还不起来哩！”这春梅哕他一口，骂道：“见鬼的奴才，娘来了罢了，平白唬人剌剌的！”一面起来，慢条斯礼、撒腰拉胯，走来见妇人，只顾倚着炕沿儿揉眼。妇人反骂秋菊：“恁奴才，你睡的甜甜儿的，把你叫醒了。”……春梅道：“他说娘要吃茶来。”妇人道：“我要吃口茶儿，嫌他那手不干净。”这春梅连忙舀了一小铫子水坐在火上，使他拙了些炭在火内，须臾就是茶汤。涤盏儿干净，浓浓的点上去，递与妇人。……

这妇人吃了茶，因问春梅：“我头里袖了几个果子和蜜饯，是玉箫与你姥姥吃的，交付这奴才接进来，你收了？”春梅道：“我没见，赤道放在那里。”这妇人一面叫秋菊，问他果子在那里。秋菊道：“有，我放在拣妆内哩。”走去取来，妇人数了一数，只少了一个柑子，问他那里去了，秋菊道：“娘递与拿进来，就放在拣妆内，那个害馋痨，烂了口，吃他不成！”妇人道：“贼奴才，还涨涩嘴！你不偷，那去了？我亲手数了交与你的。狗奴才，你看省手拈搭的，零零落落，只剩下这些儿，干净吃了一半。原来只孝顺了你！”教春梅：“你与我把那奴才，一边脸上打与他十个嘴巴子。”春梅道：“那贜脸蛋子，倒没的龌龊了我的手。”妇人道：“你与我拉过他来。”

春梅用双手推颡到妇人跟前。妇人用手拧着她腮颊，骂道："贼奴才，这个柑子是你偷吃了不是？你即实实说了，我就不打你；不然，取马鞭子来，我这一旋剥，就打个不数。我难道醉了？你偷吃了，一径里鋆混我。"因问春梅："我醉不醉？"那春梅道："娘清省白醒，那讨酒来！娘信他，不是他吃了？娘不信掏他袖子，怕不的还有柑子皮儿在袖子里不止的。"

妇人于是扯过他袖子来，用手掏他袖子，用手撇着，不教掏。春梅一面拉起手来，果然掏出些柑子皮儿来。被妇人尽力脸上拧了两把，打了两个手八，便骂道："贼奴才痞，不长俊奴才！你诸般儿不一，相这说舌偷嘴吃偏会。刚才掏出皮来，吃了，真赃实犯拿住，你还赖那个？我如今要打你，你爹睡在这里，我茶前酒后，我且不打你；到明日清省白省，和你算帐！"

春梅道："娘到明日休要与他行行忽忽的，好生旋剥了，教一个人把他实辣辣打与他几十板子，叫他忍疼，他也惧怕些。甚么斗猴儿似汤那几棍儿，他才不放心上。"

那秋菊被妇人拧的脸胀肿的，谷都着嘴往厨下去了。妇人把那一个柑子平掰两半，又拿了个苹婆、石榴，递与春梅，说道："这个与你吃，把那个留与姥姥吃。"这春梅也不瞧，接过来似有如无，掠在抽屉内。

春梅被唤醒，慵懒状态，煮茶，帮助潘金莲扭打秋菊，与金莲对口叱责秋菊，尤其是对于主母潘金莲所馈赠的果子蜜饯，她“接过来似有如无”，而后，一个“掠”的动作，就把这丫鬟争强好胜的所有傲气，全盘托出！

这个段落中，需要提醒读者的是，潘金莲之所以那样对“柑子”这种水果看得金贵，在于当时柑子的产地在华南和长江流域地区，贩运到山东，就属于非常名贵的水果。作为鲜果，时鲜的柑子自然价高物稀，所以潘金莲会对秋菊偷吃这种水果大发雷霆。

回到春梅身上，种种迹象表明，在西门庆生前，这位丫鬟的地位，远在西门庆两个妾李娇儿和孙雪娥之上。

西门庆死后，她和潘金莲共同与陈经济通奸，被吴月娘识破后卖掉。当时情景，最能深刻表现春梅个性，可谓铮铮铁骨，半点没有屈服、哀伤的意思。

对于春梅这个昔日受西门庆、潘金莲共同宠爱的丫鬟，吴月娘做的很绝情，贱卖急驱，她对媒婆薛嫂说：“那咱原是你手里十六两银子买的，你如今拿十六两银子来就是了。”又分付丫鬟小玉：“你看着，到前边收拾了，教她罄身儿出去，休要他带出衣裳去了。”

春梅闻言，镇定冷静，反而婉劝啼哭不已的潘金莲，她本人却滴泪未落：

> 那春梅在傍，听见打发他，一点眼泪也没有。见妇人

（潘金莲）哭，说道："娘，你哭怎的？奴去了，你耐心儿过，休要思虑坏了。你思虑出病来，没人知你疼热的。等奴出去，不与衣裳也罢，自古好男不吃分时饭，好女不穿嫁时衣。"（第八十五回）

等到拜辞妇人、小玉的时候，她反倒洒泪。临行，这丫鬟很是硬气：

这春梅跟定薛嫂，头也不回，扬长决裂，出大门去了。

任是侯门深似海。春梅对自己呆了几年、风光了几年的西门大宅院，没有任何依依不舍的留恋。

不顾盼，不啼哭，不哀乞，其中自然有赌气成分，但茫茫来日愁如海，面对陌生、不可预测的未来，春梅对于自己尊严的维护，让读者不得不心内生出敬意来。

后半世嚣张狠妇

不过，做了周守备老婆之后，金瓶梅作者对春梅的描画似乎失于生硬。她的面孔，除了淫荡以外，越来越模糊。给人感觉就是，作者要急于结束小说，不再细心雕琢这个西门庆死后的主要角色。

对于读者来说，确实，男主人公西门庆一死，似乎小说就丧失了主角，余下各人，行色匆匆，总让人提不起精神来追踪情节。而春梅这个角色，也似乎一下子“跳跃”得过快，让人倍感匆忙。

春梅命好，她被西门府的吴月娘卖出去后，很快就得以入得周守备家里做妾。那周守备的正妻是个瞎子，又吃斋念佛不管家事，春梅自然无人与之争锋。日后她得诞一子，守备正妻又死，自然炼成正果，成为周守备的大老婆。

听说潘金莲也被吴月娘逐出在王婆家待聘，正在得宠兴头上的春梅救人心切。

> 听薛嫂儿说，潘金莲出来在王婆家聘嫁，这春梅晚夕啼啼哭哭对守备说：“俺娘儿两个在一处厮守这几年，他大气儿不曾呵着我，把我当亲女儿一般看承。自知拆散开了，不想今日他也出来了。你若肯娶将他来，俺娘儿们还在一处过好日子。”又说他（潘金莲）怎的好模样儿，“诸般词曲都会，又会弹琵琶。聪明俊俏，百伶百俐。属龙的，今才三十二岁儿。他若来，奴情愿做第三也罢。”（第八十七回）

春梅这种完全忘我的忠诚和仗义，甘愿居于潘金莲后的主动，确实让人刮目相看。即使周守备这种“清官”，也架不住小娘子这番苦求，连忙差遣衙役前去王婆家讲价买人。

可惜的是，王婆贪财，死咬百两银子的价格不松嘴，最后活生生把潘金莲送到杀心正炽的武二郎手中。

潘金莲被杀后，尸身停在冷房之中，最后还是春梅以亲眷的名义，派人把潘金莲礼葬在永福寺坟地。念经烧纸，件件不差，总算让野鬼孤魂有了个安稳去处。

日后，吴月娘带着家人给西门庆上坟后途经永福寺，得遇昔日丫鬟春梅。此时的春梅，已经大异以往：

> 比昔时出落长大身材，面如满月，打扮的粉妆玉琢，头上戴着冠儿，珠翠堆满，凤钗半卸，穿大红妆花袄，下着翠蓝缕金宽斓裙子，带着玎珰禁步，比昔不同许多。（第八十九回）

见到当初无情绝意打发自己光身出门的西门家主母，春梅非常得体，依旧向月娘、孟玉楼等人“插烛也似磕头”，行主仆之礼。

尴尬之余，月娘表示歉意说：“姐姐，你自从出了家门在府中，一向奴多缺礼，没曾看你，你休怪。”

春梅答言：“好奶奶，奴那里出身，岂敢说怪。”

言及这段场景，从前不少评论家都从“阶级”立场出身，大骂春梅骨子里的“奴性”。

其实不然。评论家们缺乏历史的现场感和真实感，春梅这种态度，非常客观而立体地表现出了那个时代的礼仪和道德规范。

相比恶奴欺主，春梅的多礼符合那个时代的特性。

而后，春梅和西门家往来多次，直到后来陈经济调唆，关系才日趋冷淡。

乍看上去，春梅多情多义。但她对孙雪娥的报复心和复仇欲，又显现出复杂人格的另一面。

因为和来旺偷奸、盗取家财，西门庆的第四妾孙雪娥成了犯人，被官府拍卖。春梅听说后，马上唆使周守备，只花了八两银子，就把孙雪娥买回守备府作仆妇。对待这位昔日西门府的“四太太”(其实孙雪娥和春梅出身一样，都是由丫鬟出身而抬房作妾)，春梅完全别有一番嘴脸：

> 丫鬟领雪娥见面。那雪娥见是春梅，不免低头进见。望上倒身下拜，磕了四个头。这春梅把眼瞪一瞪，唤将当直的家人媳妇上来，“与我把这贱人撮去了鬏髻，剥了上盖衣裳，打入厨下，与我烧火做饭！”……孙雪娥到此地步，只得摘了髻儿，换了艳服，满脸悲恸，往厨下去了。(第九十回)

这还不算完，日后为了和陈经济偷奸方便，春梅找碴，设计逐卖孙雪娥。她鸡蛋里面挑骨头，借口孙雪娥做饭不合口顶撞自己，非要周守备当众把孙雪娥脱光了施以大棍。周守备有些不忍，春梅顿时使出泼妇悍蛮态势：

春梅不肯，定要去他衣服打，说道："那个拦我，我把孩子先摔杀了，然后我也一条绳子吊死就是了。留着他便是了。"于是也不打了，一头撞倒在地，就直挺挺的昏迷不省人事。守备唬的连忙扶起，说道："随你打罢，没的气着你。"当下可怜，把这孙雪娥拖番在地，褪去衣服，打了三十大棍，打的皮开肉绽。

打完之后，春梅派人半夜将薛嫂儿叫来，把雪娥即时罄身领出去办卖。更恶毒的是，她暗地叮嘱薛嫂说：

"我只要八两银子，将这淫妇奴才好歹与我卖在娼门。随你转多少，我不管你。你若卖在别处，我打听出来，只休要见我。"

春梅如此痛恨孙雪娥，内心更多是出于替潘金莲"报仇"的意念。毒怨于人，亦甚矣！毒辣心意，比起潘金莲，春梅可谓青出于蓝。值得读者深思的是，当初春梅被卖，中间人是薛嫂；如今孙雪娥被卖，中间人依旧是薛嫂。

第九十六回中，春梅以串门回拜吴月娘为名，回到昔日作丫鬟的西门府邸，巡游旧日池馆，很是风光了一次。此时的春梅，已经完全是个官太太、阔太太：

戴着满头珠翠，金凤头面钗梳，胡珠环子；身穿大红通袖四兽朝麒麟袍儿，翠蓝十样锦百花裙，玉玎珰禁步，束着金带；脚下大红绣花白绫高底鞋儿，坐着四人大轿，青段销金轿衣。军牢执藤棍喝道，家人伴当跟随，抬着衣匣。后边两顶家人媳妇小轿儿，紧紧跟着大轿。

图 18　春梅姐游旧家池馆

要排场有排场，要面子有面子，当初吴神仙所说她能带“珠冠”，今日果然。从前主母大当家吴月娘如今面对昔日丫鬟，一口一个“奴”的自称，肯定让春梅重泄了当初作下人的怨气。月娘问起周守备，春梅以奚落的语气，很是把自己当官的丈夫显摆了一次：

“他那里得工夫在家！多在外，少在里，如今四外好不盗贼生发，朝廷敕书上又教他兼管许多事情，镇守地方，巡理河道，提拿盗贼，操练人马，常不时往外出巡几遭，好不辛苦哩。”

当然，春梅回西门府，不是完全为了显摆，不是乍富逗阔，而是别有意绪———来睹物思人，很想弄回潘金莲昔日的一张大床回去作念想，怀念潘金莲、西门庆和自己的快乐往昔的黄金岁月；二来牵挂小伙子陈经济，借歌妓之口，抒己之幽怀。

让人深思的是，床，之所以在春梅心目中那样重要，其实也暗合了精神分析的“潜意识”——床，象征着情爱，象征着汗水，象征着从前的幽密好时光……

与满口叫穷叹贫的吴月娘相比，春梅举止，倒正像正经扎实的贵妇，绝非是那种骨子里面都低贱的奴才种儿。

此后，春梅巧遇陈经济，重叙前缘，通奸不辍。让人事后沉思的，乃春梅为陈经济娶妻之事。看似春梅大度，其实仔细思之，如此举止，恰恰是她变相纳陈经济为“外室”——守备之妻的名份当然丢不得，小伙子腰间那话自然不能少，所以，春梅为陈经济娶妻，一举两得，顾全脸面之余，又能满足自己的情欲。春梅如此行事，在当时的时代，可谓“大气”非凡，既无林太太的遮遮掩掩，也无潘金莲的情长意短。

陈经济被杀后，春梅不甘寂寞，又和老家人周忠年方十九岁的儿子周义通奸。周守备与金兵交战阵亡之后，春梅肆无忌惮，颐养之余，淫情愈盛，常留周义在香阁中，白昼宣淫。最终，她得了“骨蒸痨病症”，死在了周义身上，几乎是个女版西门庆的下场。

无论如何，春梅结局不算坏，寿终正寝，乐极而死。

5. 大老婆“典型”吴月娘

如果我们常人读过《金瓶梅》，对吴月娘印象应该都不会很差。但是，如果看了清朝的“著名评论家”张竹坡的“专业”断言，我们就会蓦然心冷：阴险主妇吴月娘。

张竹坡对吴月娘的全面否定，其实基本上给后代评论家定了调子。特别在“革命”时代，吴月娘作为“恶霸地主婆”一类的身份，使得生性懒惰而见风使舵的学者们更会乐见其成，于是，“阴险主妇”，便成为吴月娘的不二标签。

如果我们能够抛弃成见，仔细分析吴月娘这个人，可以看出，她身上最多的，不过是那种典型的“大老婆习气”；她的基本人性，也类似从前多子家庭中的“长子性格”。

所谓“大老婆习气”或“长子性格”，简单概括，有如下几点：没有机心，比较宽容，疏阔，不计较，稍许自负，没有多少防备心。

如果读者还不明白大王所说，可以看看弗洛伊德的著作，那位精神分析学家对家庭中的长子性格形成有着极其精到的分析。

此外，能获普通读者好感的，还在于整部《金瓶梅》中，吴

图 19　吴月娘扫雪烹茶

月娘一直作为“正面人物”出现。

作为家庭主母，她基本能够做到忍让不妒，而且，她本人和西门庆的性事，最多只是在第二十一回中有一次罕见的“细腻”描写。当时西门庆感觉出自己误会了月娘，前来赔罪、求欢：

于是（西门庆）脱衣，打发丫鬟出去，要与月娘上床宿歇求欢。月娘道：“教你上炕，就捞定儿吃。今日只容你在我床上就勾了，要思想别的事，却不能勾。”那西门庆把那话露将出来，向月娘戏道：“都是你气的他，中风不语了。”月娘道：“怎的中风不语？”西门庆道：“他既不中风不语，如何大睁着眼儿说不出话来？”月娘骂道：“好个汗邪的货，教我有半个眼儿看的上你！”

西门庆不由分说，把月娘两只白生生腿扛在肩膊上，……一任其莺恣蝶采，殢雨尤云，未肯即休。……不觉到灵犀一点，美爱无加之处。麝兰半吐，脂香满唇。西门庆情极，低声求月娘叫达达，月娘亦低声帏暱枕，态有余妍，口呼亲亲不绝。

相比潘金莲、王六儿、如意儿等人，月娘和西门庆的性行为，再“健康”不过。

仔细分析整部书，大王认为，吴月娘不仅不阴险、不狡诈，而且她几乎就是一个马大哈式没心没肺的人物——最早允许陈经济和西门庆众妾侍一起打牌玩乐、引狼入室的，是吴月娘；诸位人中丫鬟和小厮偷情而主妇不知的，是吴月娘；春梅发达之后尴尴尬尬低姿态奉迎的，是吴月娘；而当初暗中派自己贴身丫鬟小玉命令春梅净身出门的，也是吴月娘。这位主妇如此粗心，竟然不知道小玉是春梅的知己好友；家里潘金莲偷女婿，她竟然惘然不知，大大咧咧远去泰安碧霞宫烧香，差点被人强奸；不顾后果赶走陈经济，种下西门大姐日后饱受屈辱羞愤自杀的结局……所有这些，如果是个阴险有心机的主妇，绝对不会如此！

作为西门庆诸位妾侍的班头，大老婆吴月娘一直行得正、立得稳（也从侧面说明她没有情趣和乏味）。虽然西门庆死后她不是很会持家，但在妇道“道德”方面，月娘几乎没有瑕疵。

第七十五回中，看不过潘金莲强拦汉子，吴月娘对吴大妗

图 20　吴月娘拜求子息

子抱怨。潘金莲把门听到后，大吵大闹，为此，月娘一点也不怵，而且敢于在和潘金莲吵架的时候，拍着自己胸脯硬声硬气声称：

“我当初是女儿填房嫁他（西门庆），不是趁来的老婆。那没廉耻趁汉精便浪，俺每真材实料不浪！”（第七十五回）

任潘金莲再泼辣、再得宠，在吴月娘面前，无论是事实还是道义方面，这位毒死亲夫嫁入西门府的女人都兀自矮了半截，最终还是乖乖向吴月娘赔罪道歉。

最能体现月娘“妇德”的，就是她一直以来想为西门庆生个孩子承继家业的努力。为此，她不惜大抛钱财，求神拜佛，调动姑子，寻找符药胎衣，最终能够珠蚌暗结，为西门庆留下一丝血脉。西门庆身后有孝哥，也打破了旧时小说“现世报”的说教，给人留下无限的理性想象空间。

《金瓶梅》这部伟大的世情小说独到之处，也在月娘求子嗣的过程中得以体现。

本来是佛门净界代表的三个姑子，是月娘同上天沟通的中介。这三个女人，却没有一个是善茬，特别是薛姑子，本来就是一个以偷汉子为职业的淫妇，年轻时候以勾引寺庙和尚名著一时。西门庆当提刑的时候，她还撞过一次枪口，在地藏庵里面撮合富家千金和小伙子偷奸，着实被西门庆喝令衙役褪去裤子打了二十大板。

但也正是透过薛姑子这样的人，月娘和仙佛结上了“善缘”，念经祈祷，终于得产孝哥，为西门庆留得子嗣。人不值得信赖，佛却值得信赖。薛姑子是凡人，仙佛却无所不能。

透过薛姑子的奸猾、世故，恰恰反衬出月娘的痴憨、虔敬。

此外，月娘性格中的“厚道”因子，相比余人，也表露无遗。潘金莲奸猾，顺风使舵，她甫进西门府，就把月娘巴结得满心欢喜；而为了让丈夫高兴，她也无原则地认妓女李桂姐为干女儿，并促成了另一个职业婊子吴银姐作了李瓶儿的干女儿……

总之，西门庆的霸道、潘金莲的淫妒、孟玉楼的世故、李桂姐的势利、孙雪娥的小气，都反衬出月娘的贤德与宽厚。

作为一家主妇，月娘身上也很有真人“真”气，如同那个时代大宅门中的主妇一样，同样的，她贪财，她趋势，她记仇，她不会算计持家——所有这些，不仅不能展现其“奸”，反而愈发透露其“真”。

先说月娘的贪小便宜心态。无论是李娇儿还是李瓶儿，对于一个院妓和西门庆拜把子弟兄的老婆，她原本心内都不愿意。一俟听说对方各自带几千两银子入门，月娘很快就不再做声。贪财心态，代替了“原则”。

第十四回中，李瓶儿想把箱笼藏放在西门府，西门庆一口应承，就要派人来取。吴月娘此时很心细，为西门庆出主意：“银子便用食盒叫小厮抬来。那箱笼东西，若从大门里来，教两边街坊看着不惹眼？必须如此如此，夜晚打墙上过来方隐密些。”

> 西门庆听言大喜，即令来旺儿、玳安儿、来兴、平安四个小厮，两架食盒，把三千两金银先抬来家。然后到晚夕月上的时分，李瓶儿那边同两个丫鬟迎春、绣春，放桌凳，把箱柜挨到墙上；西门庆这边止是月娘、金莲、春梅，用梯子接着，墙头上铺苫毡条，一个个打发过来，都送到月娘房中去。

当然，月娘此时心细，非是居心叵测为了侵占别人财产，也不能说明她有多坏，反而透露出她总是为这个家、自己丈夫的脸面着想，出发点还是好的。

趁李瓶儿生孩子，月娘与乔大户攀亲，表现很势利。更衬出她“渺小”的，要紧在于她对待春梅的态度上。想当初得知春梅和潘金莲暗中联合与女婿陈经济通奸，月娘绝然赶走了春梅，恨不得连件衣服都不让对方带出府门；等到春梅成了守备娘子，二人寺庙相见，月娘臣妾意态，近乎低三下四："姐姐，你自从出了家门在府中，一向奴多缺礼，没曾看你，你休怪。"(第八十九回)

堂堂西门正妻，面对昔日家里丫鬟，竟然自降身架，自称为"奴"。

过后，月娘对春梅更是百般巴结，趁西门庆三周年之忌，邀请春梅来家，竭尽殷勤：

> 月娘叫小玉锁了花园门，同来到后边。明间内又早屏开孔雀，帘控鲛绡，摆下酒筵。两个妓女，银筝琵琶，在旁弹唱。吴月娘递酒安席，不必细说。安春梅上座。春梅不肯，务必拉大妗子同她一处坐的。月娘主位，筵前递了酒，汤饭点心，割切上席。春梅叫家人周仁，赏了厨子三钱银子。说不尽盘堆异品，酒泛金波。
>
> 当下传杯换盏，吃至日色将落时分，只见宅内又差伴当拿灯笼来接。月娘那里肯放，教两个妓女在根前跪着，弹唱劝酒，分付："你把好曲儿，孝顺你周奶奶一个儿。"一面叫小玉斟上大钟，放在（春梅）根前，教春梅吃："姐姐，你分付个心爱的曲儿，叫他两个唱与你听下酒。"（第九十六回）

这一幕，相比第八十五回驱逐春梅出门时情景，简直天壤有别：

到晚夕月上的时分，（媒婆薛嫂）走来领春梅。到月娘房中，月娘开口说："那（春梅）咱原是你手里十六两银子买的，你如今拿十六两银子来就是了。"分付小玉："你看着，到前边收拾了，教他罄身儿出去，休要他带出衣裳去了。"

吴月娘前倨后恭，何其势利也！当然，西门庆人死灯灭，吴月娘强自支撑一大家子，无识妇人，世道艰难，却也难怪。西门府日后生活的拮据，从吴月娘卖床的事情，就可见一斑——本来价值不菲的潘金莲大床，她只卖了 8 两银子；李瓶儿那架价值 60 多两银子的螺甸床，也只卖了 35 两。

当着昔日家里丫鬟的面，吴月娘丝毫不掩饰，告穷说："一言难尽。自从你爹（西门庆）下世，日逐只有出去的，没有进来的。常言：家无营活计，不怕斗量金。也是家中没盘缠，（把床）抬出去交人卖了。"（第九十六回）

正是有出无入的窘迫，使得月娘在西门庆死后特别捉襟见肘，往往尴尬。

女婿陈经济与潘金莲通奸被逐，变脸为泼皮无赖，跳脚大骂，索要昔日存放箱笼、银钱。为此，一大家子人要养活，月娘不得不"赖帐"。虽说是"赖帐"，主家婆的话，细品也大有道理：

“有甚金银财宝？也只是（西门）大姐几件妆奁，随身箱笼。你（陈经济）家老子便躲上东京去了，教俺家那一个不恐怕小人不足，昼夜耽忧的那心！你（陈经济）来时才十六七岁，黄毛团儿也一般，也亏在丈人家养活了这几年，调理的诸般买卖儿都会。今日翅膀毛儿干了，反恩将仇报，一扫帚扫的光光的。小孩儿家说话欺心，恁没天理，到明日只天照看他！”（第八十六回）

仓惶来清河避难的陈经济，当初虽然带得一些财物，但没有西门家的庇护，当时不知道会出些什么事情。

一般来讲，言之凿凿评说吴月娘阴险的人，都会拿一件事情来说事儿——第八十七回中，王婆到西门府送银子，说起潘金莲嫁给了武松，月娘一听，马上就对孟玉楼说：“（潘金莲）往后死在他小叔子手里罢了。那汉子杀人不斩眼，岂肯干休！”——如此说，好像月娘事先多么阴险，故意造成了潘金莲的非正常死亡。

其实呢，潘金莲一切的一切，都完全是咎由自取，她偷奸女婿陈经济在前，被逐出西门府后，通奸王潮儿，联系陈经济，最后飞蛾扑火，自己给小叔子武松送上门去——所有这些，于月娘一丝干系没有。

而且，听王婆说金莲嫁与武松，月娘第一个反应就是“暗中跌脚”，着急加惋惜。但是，以她当时的身份，也不可能跑过去提醒潘金莲要遭杀。

月娘的结局，表面看上去很风光——“寿年七十岁，善终而亡。”（第一百回）其实，亲生儿子孝哥白养了十五年，遁入空门，最后，她只能拿很有西门庆风范的小厮玳安过继当子嗣。而玳安的正头娘子，又是和潘金莲、春梅要好的月娘自己屋内丫鬟小玉。

> 月娘亲自走到上房里，只见玳安儿正按着小玉，在炕上干得好。看见月娘推开门进来，慌的凑手脚不迭。月娘便一声儿也没言语，只说得一声：“臭肉儿，不在后边看茶去！那屋里师父宣了这一日卷，要茶吃，且在这里做甚么哩！”……
>
> 过了两日……替玳安做了两床铺盖，做了一身装新衣服，盔了一顶新网新帽，做了双新靴袜。又替小玉张了一顶鬏髻，与了他几件金银首饰，四根金头银脚簪，环坠戒指之类，两套段绢颜色衣服。择日完房，就配与玳安儿做了媳妇。（小玉）白日里还进来，在房中答应月娘。只晚夕临关仪门时，便出去和玳安歇去。（第九十五回）

默认纵容间，也有辛酸的无奈。西门庆死后，树倒猢狲散，世态炎凉全得见，吴月娘一个妇人，不依靠平日熟悉的小厮丫鬟，她又能依靠谁来！

不过，只要是贯通读过全书的读者，都可以想见，淫邪小厮和伶俐丫鬟这对让人不放心的夫妻组合，又能善待月娘到哪里去！

6. 命比纸薄宋惠莲

宋惠莲这个人，《金瓶梅》小说中，仅仅活了半年。二十五岁风华正茂之年，她就自己上吊死了。但这个人物很有光彩，她给读者留下的印象，远远超过除潘金莲、李瓶儿以外的其他妾侍。

第二十二回《西门庆私淫来旺妇　春梅正色骂李铭》，宋惠莲才出现；到第二十六回，她含羞自缢。一个人物在百回小说中出现短短五回，看似不重要，但《金瓶梅》作者对她摹画细致，非常用心，使她成为闪闪发光一个流星式人物。正因为精彩呈现，掩卷之后，我们就总会想到宋惠莲这个人。

作为西门庆下辖荡妇之一，宋惠莲出身非常低下：

> 那来旺儿（西门庆仆从），因他媳妇自家痨病死了，月娘新近与他娶了一房媳妇。娘家姓宋，乃是卖棺材宋仁的女儿。当先卖在蔡通判家，房里使唤，又因坏了事出来，嫁与厨役蒋聪为妻小。这蒋聪常在西门庆家做活答应。来旺儿早晚到蒋聪家叫蒋聪去，看见这个老婆，两个吃酒刮言，就把这个老婆刮上了。
>
> 一日，不想这蒋聪因和一般厨役分则不均，酒醉厮打，

动起刀杖来，把蒋聪戳死在地，那人便越墙逃走了。老婆（宋惠莲）央来旺儿对西门庆说了，替他拿贴儿县里和县丞说，差人捉住正犯，问成死罪，抵了蒋聪命。后来，来旺儿哄月娘，只说是小人家媳妇儿，会做针指。月娘使了五两银子，两套衣服，四匹青红布，并簪环之类，娶与他为妻。（第二十二回）

可见，宋惠莲从小被卖到低级官吏“蔡通判”家里做丫鬟，和主人奸通事发“坏了事”，被驱逐后，嫁给厨子蒋聪；后来蒋聪被杀，她改嫁来旺。

对于下层社会的一个女人来说，她的婚姻，不是厨役就是干仆，都是没有社会地位的男人。如果这样的女人本分老实，自然不会出什么事情。如果她心比天高，结果必定是命比纸薄。

那么，宋惠莲何以不安分呢？

美貌害人。

《金瓶梅》作者，一直没有刻意用套路此语描写宋惠莲的美貌，也没有通过第三人的眼睛或者嘴巴渲染她。第二十二回中她刚出场，仅仅数笔白描：“生的黄白净面，身子儿不肥不瘦，模样儿不短不长，比金莲脚还小些儿。性明敏，善机变，会妆饰。”

不过，如果我们有足够的判断力，就可以见出，宋惠莲比潘金莲长得好看——她不仅比潘金莲白皙，而且拥有那个时代男人最在意的秀美小脚（潘金莲常常炫耀她的小脚，而宋惠莲的脚比潘金莲还小一号)。更主要的，她性格伶俐，又喜欢“妆饰”。如此人儿，递茶递水之余，自然就被西门庆“睃在眼里”。

第二十四回中，元宵之夜众妇联欢，渲染宋惠莲的词语也只是短短八个字：“月色之下，恍若仙娥。”

到了第二十五回，吴月娘花园中，扎了一架秋千。正是这架秋千，把宋惠莲的万千风情、无限活力，渲染得淋漓尽致：

> 蕙莲手挽彩绳身子站的直屡屡，脚跐定下边画板，也不用人推送，那秋千飞在半天云里，然后抱地飞将下来。端的却是飞仙一般，甚可人爱。

动人春色不须多。宋惠莲的美，充满青春活力和动感。清明艳丽天空下，丽人裙裾蝶翅膀般飞舞翩跹，那是怎样一种飘逸飞扬啊!

但无论如何，一俟宋惠莲从秋千架上下来，言谈坐笑，还是充满了下层阶级的俗脂粉气。

早在第二十二回中，作者一句话，就把宋惠莲喜欢照耀不甘寂寞的心态描写得活灵活现：

> 看了玉楼、金莲众人打扮，他（宋惠莲）把鬏髻垫的高高的，梳的虚笼笼的头发，把水鬓描的长长的。

以至于西门庆对这个新入府仆从媳妇第一句话，就是从审美角度加以褒贬：

西门庆因打帘内看见惠莲身上穿着红绸对衿袄，紫绢裙子，在席上斟酒，故意问玉箫："那个穿红袄的是谁？"玉箫回道："是新娶的来旺儿的媳妇子惠莲。"西门庆道："这媳妇子怎的红袄配着紫裙子，怪模怪样？到明日对你娘说，另与他一条别的颜色裙子配着穿。"

图 21　惠莲儿偷期蒙爱

褒贬是买主。不怕贼偷就怕贼惦记。入了西门庆的眼，宋惠莲自然会和这个天生色种发生肉体关联。

通奸发生的具体过程，自然而简单。而西门庆的话对宋惠莲的话，宋惠莲和玉箫的话，西皮流水般，把各个人物的性格勾勒毕细，活脱脱描绘出了宋惠莲的心态：又想，又怕，又贪，又担心，又心细，又有几分羞怯：

一日，月娘往对门乔大户家吃生日酒去了。约后晌时分，西门庆从外来家，已有酒了，走到仪门首，这惠莲正往外走，两个撞个满怀。

西门庆便一手搂过脖子来，就亲了个嘴口中喃喃呐呐说道："我的儿，你若依了我，头面衣服随你拣着用。"那老婆一声儿没言语，推开西门庆手，一直往前走了。

西门庆归到上房，叫玉箫送了一匹蓝缎子，到他屋里，如此这般对他说："爹昨日见你酒席上斟酒，穿着红袄配着紫裙子，怪模怪样的，不好看。说这紫裙子还是问我借的，爹才开厨柜拿了这匹缎子，使我送与你，教你做裙子穿。"

这惠莲开看，却是一匹翠蓝四季团花兼喜相逢缎子，说道："我做出来，娘若见了问怎了？"

玉箫道："爹到明日还对娘说，你放心。爹说来，你若依了这件事，随你要甚么，爹与你买。今日赶娘不在家，要和你会会儿，你心下如何？"那老婆听了，微笑而不言。因问："爹多咱时分来？我好在屋里伺候。"

玉箫道："爹说小厮角看着，不好进你这屋里来的。教你悄悄往山子底下洞儿里，那里无人，堪可一会儿。"

老婆道："只怕五娘、六娘知道了，不好意思的。"

玉箫道："三娘和五娘都在六娘屋里下棋，你去不妨事。"

当下约会已定，玉箫走来回西门庆说话。两个都往山子底下成事，玉箫在门首与他观风。（第二十二回）

前世冤仇一样，宋惠莲和西门庆第一次通奸，就被潘金莲撞个正着。

奸情为人所知，宋惠莲不得不尽心巴结金莲，替这位五娘缝缝补补，下厨弄汤饭，"常贼乖趋附金莲"；潘金莲为了图西门庆高兴，似乎也很容忍，甚至允许二人在自己眼皮子底下弄那事儿。

潘金莲忽然对宋惠莲生出嫉恨和警惕并萌生杀心，在于潘金莲窃听藏春坞宋惠莲的说话。凭着女人的直觉，潘金莲认定宋惠莲或许会和自己一样成为西门庆宠爱的第七房妾。更可怕的是，宋惠莲还很有可能取代自己在西门庆心目中的地位。

宋惠莲和西门庆在藏春坞幽会之时，不仅背后说潘金莲的那双引以为自豪的小脚大而歪，还唧咕潘金莲二婚头来路不正。这些，不得不让这位性本刚强的姑奶奶杀心顿起。

床上功夫比自己好，脚比自己小，这样的女人，必定是最危险的敌人！

小说中，藏春坞场景描绘丝丝入扣，摄影镜头一般，中景近景，推换得意：

潘金莲打听他（们）二人入港已是定了，在房中摘去冠儿，轻移莲步，悄悄走来花园内，听他两个私下说甚话。到角门首，推了推，开着，遂潜身徐步而入，也不怕苍苔冰透了凌波，花刺抓伤了裙褶，蹑足隐身，在藏春坞月窗下站听。

良久，只见里面灯烛尚明，老婆（惠莲）笑声说："西门庆，冷铺中舍冰，把你贼受罪不渴的老花子，就没本事寻个地方儿，走在这寒冰地狱里来了。口里啣着条绳子，冻死了往外拉。"又道："冷合合的，睡了罢，怎的只顾端详我的脚怎的？你看过那小脚儿的来相我没双鞋面儿，那个买与我双鞋面儿也怎的！看着人家做鞋，不能勾做。"

西门庆道："我儿，不打紧处，到明日替你买几钱的各色鞋面。谁知你比你五娘（潘金莲）脚儿还小。"

老婆道："拿甚么比他？昨日我拿他的鞋略试了试，还套着我的鞋穿。倒也不在乎大小，只是鞋样子周正才好。"

金莲在外听了："这个奴才淫妇，等我再听一回，他还说甚么。"于是又听勾多时。只听老婆问西门庆说："你家第五的秋胡戏，你娶他来家多少时了？是女招的，是后婚儿来？"

西门庆道："也是回头人儿。"

老婆道："嗔道恁恁久惯牢成！原来也是个意中人儿，露水夫妻。"

这金莲不听便罢，听了，气的在外两只胳膊都软了，半日移脚不动，说道："若教这奴才淫妇在里面，把俺每都吃

他撑下去了！”（第二十三回）

还好，此后的潘金莲，很有耐性，“觉人之诈而不形于言”，暗中伺伏，随时等待那劲猛一跃的机会，必定要一招致宋惠莲于死地。

宋惠莲呢，自以为把金莲低眉顺眼伺候得好，日益卖弄起来。“常在门首成两价拿银钱买剪截花翠汗巾之类，甚至瓜子儿四五升量进去，教与各房丫鬟并众人吃。头上治的珠子箍儿，金灯笼坠子黄烘烘的，衣服底下穿着红潞绸裤儿，线捺护膝，又大袖子袖着香茶，木樨香桶子三四个带在身边。见一日也花消二三钱银子，都是西门庆背地与他的。”（第二十三回）

更加猖狂的是，元宵放花炮，宋惠莲不仅当着金莲的面和陈经济打情骂俏，而且，她竟然为了防泥，用潘金莲的花鞋当套鞋，套在自已鞋子外面招摇。

此情此景，惹得冷眼人孟玉楼都看不下去，噤口不言。

灯火辉煌璀璨夜，那耀眼光芒瞬息即逝的焰火，预兆了宋惠莲的下场。

不久，当宋惠莲丈夫来旺从孙雪娥处知道她和西门庆通奸，就趁酒兴大骂，还扬言要杀死西门庆、潘金莲。

抓住如此大好机会，潘金莲马上挑唆西门庆设计陷害来旺。

西门庆虽是能断使狠之人，但在如何处置来旺的问题上，却犹犹豫豫。他在宋惠莲和潘金莲两个宠妇之间摇摆不定，显得非常耳软心活。后来，他还是听了宋惠莲的话，认定来旺醉话叫骂，依旧想保持原状，还准备派这位仆从为他外出东京送礼。

潘金莲瞧准了西门庆心理，百上加斤。她好像为西门庆和宋惠莲长久因缘着想，最终目的是先除来旺为快：

> “不争你贪他（来旺）这老婆，你留他在家里不好，你就打发他出去做买卖也不好。你留他在家里，早晚没这些眼防范他；你打发他外边去，他使了你本钱，头一件你先说不的他。你若要他这奴才老婆（宋惠莲），不如先把奴才打发他离门离户。常言道：剪草不除根，萌芽依旧生；剪草若除根，萌芽再不生。就是你也不耽心，老婆他（宋惠莲）也死心塌地。”（第二十五回）

句句有理，激使西门庆要剪草除根，置来旺于死地。

纵观宋惠莲在西门庆面前对自己丈夫来旺的种种回护，可以想见，她的野心并不是很大，并非潘金莲揣测那样要日后登堂入室给西门庆作第七房妾。在宋惠莲心目中，和主子西门庆通奸，目的还是在于能使得眼前的生活过得体面一些，能让自己有在仆妇丫鬟中间有炫耀的本钱，她最早的出发点，无非四个字：“人穷志短”。

如果宋惠莲有潘金莲的一半狠心，她肯定就会帮着西门庆置丈夫来旺于死地，至少要把来旺弄成重罪远流才安心。种种迹象表明，对于惠莲来说，来旺再不济，可能也是她最后赖以倚恃的去处。所以，她才那样央求西门庆、月娘等人放过来旺。而她如此一番话，确实让西门庆心软，准备饶过来旺：

“我的亲达达！你好歹看奴之面，奈何他（来旺）两日，放他出来。随你教他做买卖不教他做买卖也罢，这一出来，我教他把酒断了，随你去近到远，使他往那去？他敢不去？再不，你若嫌不自便，替他寻上个老婆，他也罢了。我常远不是他的人了。”

没想到，此事被潘金莲侦知，铺铺排排一席话，说得西门庆登时转了念头：

“你空耽着汉子的名儿，原来是个随风倒舵，顺水推船的行货子。我那等对你说的话儿，你不依，倒听那贼奴才淫妇（惠莲）话儿。随你怎的逐日沙糖拌蜜与他吃，她还只疼他的汉子。依你，如今把那奴才放出来，你也不好要他这老婆的了，教他奴才好藉口。你放在家里不荤不素，当做甚么人儿看成？待要把他做你小老婆，奴才（指来旺）又见在；待要说是奴才老婆，你见把他逞的恁没张置的，在人根前上头上脸，有些样儿！就算另替那奴才（来旺）娶一个着，你要了他这老婆，往后倘忽你两个坐在一答里，那奴才或走来根前回话做甚么，见了有个不气的？老婆（惠莲）见了他，站起来是，不站起来是？先不先只这个就不雅相。传出去休说六邻亲戚笑话，只家中大小把你也不着在意里。正是上梁不正下梁歪。你既要干这营生，誓做了泥鳅，怕污了眼睛？不如一狠二狠，把奴才结果了，你就搂着他老婆也放心。”（第二十六回）

细思潘金莲之语，件件窝心托肺，非常对西门庆心路，由此，同样是写信给夏提刑，内容却完全变样，来旺当然免不了重罚。好在衙门里面有个基层官员名叫阴骘的先生（阴骘，积阴德也）暗中排解，来旺把命保住，最后被解送徐州原籍劳改。

得知被骗，宋惠莲五雷轰顶般，气得寻死觅活，兀自先上了一回吊。被救番后，她大骂西门庆，很是剥皮见骨：

“爹，你好人儿！你瞒着我干的好勾当儿！……你原来就是个弄人的刽子手。把人活埋惯了，害死人还看出殡的！”

死过一次的人，依照我们常人的思维，再死第二次很难。可是，性刚的宋惠莲，愣是在孙雪娥的激骂下，活生生再把自己雪白的脖颈挂在脚带上面，二次投缳，烟消玉殒。

无论是前代还是后代腐儒们，读到惠莲自缢身死，无不由詈骂转为赞扬，说她死得好，死得烈，说她终于“觉悟”了，说她终于对恶霸色鬼封建统治开始“反抗”了，似乎转瞬间宋惠莲从一个偷汉老婆变成了铮铮烈妇。

真是这样吗?

未必!

来旺被解送事发后，宋惠莲骂西门庆，主要内容是埋怨对方没和自己沟通：

图 22　宋惠莲含羞自缢

“你成日间只哄着我，今日也说放出来，明日也说放出来，只当端的好出来，你如递解他，也和我说声儿。暗暗不透风，就解发远远的去了。你也要合凭个天理！你就信着人，干下这等绝户计。把圈套儿做的成，你还瞒着我。”(第二十六回)

最后写宋惠莲身死，也讲“这妇人忍气不过”，才上吊身死。

可见，气性大，好

面子，屈辱感，挫折感，毁灭感，加上孙雪娥的激骂，最终使得惠莲选择了死亡。

这种自戕，根本不是对丈夫来旺的殉情，应该是这个年轻妇人的一时想不开而已。如果宋惠莲脸皮再厚一些，如果阅历再多一些，如果西门府没有潘金莲那么“惦记”她的人步步紧逼，过了这个坎儿，郁闷稍歇，或许生活就会继续。

太阳照样升起。

宋惠莲死了，她父亲宋仁想趁机勒索讹诈未成遭到官府棒打，腿疮加重气，也死了。

西门府熙攘依旧。

暑日炎炎之际，花开烂漫。西门庆官财俱进，在花园内散发披襟避暑，好不开心；李瓶儿怀孕了；妻妾弹唱饮酒，其乐融融；潘金莲葡萄架上欲情如火，老和尚撞钟玩花活……

阖府上下，似乎没有发生过任何事情。

7.“好”人“好”报孟玉楼

清朝批评家、文学大腕张竹坡认为，孟玉楼这个角色，乃《金瓶梅》作者自况。

愚不佞，思来想去都摸不着头脑，一个小说中七八号人物，身上难道有什么血缘密码不成？

所以，大王认为清朝张学者此评，实为野驴放屁。

张竹坡喜欢孟玉楼，近代、当代的批评家似乎也很喜欢她，说她心地善良、为人宽容、勇敢追求爱情云云，似乎她的好结局就昭示了她的人品——显然，评论家、批评家们落入了善有善报的窠臼。

西门府的故事，从开始到结束，孟玉楼都不过是一个势利的人，一个为人圆滑、富于城府的人。当然，她作恶不多，却也没什么可爱之处。大王喜欢研读她，其实还是源于小说中她有“拔步床”。少年时代看到“拔步床”，百思不得其解。成年之后，醉心红木家具，恍然大悟，故而爱屋及乌，很是“追踪”孟玉楼一番。

西门庆和潘金莲如胶似漆之际，得知了富婆孟玉楼，立刻抛闪了前者，连蒙带骗，把孟玉楼娶回家中。

借媒婆薛嫂之口，孟玉楼第一次映入读者的眼帘：

> “这位娘子，说起来你老人家也知道，是咱这南门外贩布杨家的正头娘子。手里有一分好钱，南京拔步床也有两张，四季衣服妆花袍儿，插不下手去，也有四五只箱子。珠子箍儿、胡珠环子、金宝石头面、金镯银钏不消说。手里现银子他也有上千两。好三梭布也有三二百筩。不幸他男子汉去贩布，死在外边。他守寡了一年多，身边又没子女，止有一个小叔儿，还小，才十岁。青春年少，守他甚么！有他家一个嫡亲的姑娘，要主张着他嫁人。这娘子今年不上二十五六岁，生的长挑身材，一表人物，打扮起来就是个灯人儿。风流俊

俏，百伶百俐，当家立纪，针指女工，双陆棋子，不消说。不瞒大官人说，他娘家姓孟，排行三姐，就住在臭水巷。又会弹了一手好月琴。大官人若见了，管情一箭就上垛。”（第七回）

图 23　薛媒婆说娶孟三儿

如此美人如此财，西门庆乐不可支，“欢从额角眉尖出，喜向腮边笑脸生”。

其实，孟玉楼的这桩亲事，多属薛嫂一张逼嘴玉成。她先是哄骗玉楼婆家姑姑，说西门庆“是咱清河县数一数二的财主，西门大官人。在县前开着个大生药铺，又放官吏债。家中钱过北斗，米烂陈仓，没个当家立纪娘子”。

再哄骗玉楼：“他老人家名目，谁是不知道的！清河县数一数二的财主，有名卖生药、放官吏债西门庆大官人，知县、知府都和他往来，近日又与东京杨提督结亲，都是四门亲家，谁人敢惹他！”

自然，孟玉楼中意西门庆的“人物风流”，是她想嫁的第一个原因。商人世家出身的她，更看重西门庆的家大业大（孟玉楼前夫是个行商布贩子，她弟弟孟锐也是一个常年跑川广的买卖人）。作为有钱寡妇，她比起那个时代的其他妇女，无疑要幸运得多。但她最在意的，还是以为自己过门后可以当西门家主妇，对西门庆家里月娘主政的事情，不是很清楚。信息不对称之下，加之要匆匆摆脱死去的布商丈夫阴影，玉楼匆忙嫁到了西门府。

如果说起容止，西门庆妻妾中，孟玉楼应该算第一等人。月娘、李娇儿、孙雪娥、李瓶儿，都是“五短身材”（也就是“娇小玲珑”类型，不是现在意义上的没长利索的矮小），潘金莲皮肤不好，而这位孟玉楼，身材高挑，素额逗几点微麻，更显天然美丽。

读者对她的美丽之所以比较模糊，第一是被那几粒“白麻子”误导了，第二是小说中很少直接写这位美人和西门庆的床第之事。孟玉楼稍显琐细的性事，不过只在第七十五回中出现过一小段，相比此回开首之时奶妈如意儿以及孟玉楼和西门庆，尤显自然和“健康”。

> 西门庆在被窝内，替他手扑撒着酥胸……说着，一面慢慢掐起这一只腿儿，跨在胳膊上，搂抱在怀里。揝着他白生生的小腿儿，穿着大红绫子的绣鞋儿，说道：“我的儿，你达不爱你别，只爱你这两只白腿儿，就是普天下妇人选遍

了，也没你这两只腿儿柔嫩可爱。”

孟玉楼嫁到西门府后，潘金莲、李瓶儿相继加入西门庆妾侍队伍。树欲静而风不止，大宅内风起云涌，红粉硝烟，处处刀光剑影。红妆绿鬓，惟独孟玉楼明哲保身，和谁都好，和谁都亲，谁都拿她当好人。

人生经验告诉我们，所有人眼中的好人，一定是个虚伪的人。

孟玉楼的“稳重”，其实和她年纪有关。一般读者粗心，以为西门庆妻妾中吴月娘年纪最长，其实不然。孟玉楼嫁给西门庆的时候，她30岁，比西门庆大两岁；而当时第二妾李桂姐29岁，潘金莲和吴月娘都是26岁，李瓶儿年纪最轻，才23岁。孙雪娥丫鬟出身，估计也就26岁左右。所以，妻妾群中，孟玉楼是最“熟”的。

小说最能体现孟玉楼心机的，一个是宋惠莲的死，一个是陈经济的被抓。

第二十六回中，本来西门庆听从潘金莲的主意，设计把宋惠莲的丈夫来旺抓入牢中准备陷害。宋惠莲一番苦求，西门庆转意，就想饶过来旺。孟玉楼得知此事后，马上去挑唆潘金莲。火上浇油，惹得潘金莲使尽全力，非要宋惠莲、来旺夫妇好看。

小说之中，没有刻意把孟玉楼写得特别奸险，而是娓娓道来：

这妇人（宋惠莲）对了西门庆此话，到后边对众丫鬟媳妇，词色之间，未免轻露。

孟玉楼早已知道，转来告潘金莲说：他爹（西门庆）怎的早晚要放来旺儿出来，另替他娶一个；怎的要买对门乔家房子，把媳妇子（宋惠莲）吊到那里去，与他三间房住，又买个丫头伏侍他；与他编银丝䯼髻，打头面，一五一十说了一遍，“就和你我辈一般，甚么张致？大姐姐（吴月娘）也就不管管儿？”

潘金莲不听便罢，听了忿气满怀无处着，双腮红上更添红，说道：“真个由他，我就不信了。今日与你说的话，我若教贼奴才淫妇与西门庆做了第七个老婆，我不是喇嘴说，就把潘字吊过来哩！”

玉楼道：“汉子（西门庆）没正条，大的又不管，咱每能走不能飞，到的那些儿？”

金莲道：“你也忒不长俊（长进），要这命做甚么？活一百岁杀肉吃。他若不依我，拼着这命，摈兑在他手里，也不差甚么。”

玉楼笑道：“我是小胆儿，不敢惹他，看你有本事和他缠。”

绝大多数读者，都把宋惠莲的那条命算在潘金莲手里。如果仔细分析，孟玉楼的添油加醋，是导致最后宋惠莲自缢的非常重要的因素。

孟玉楼的机巧，尽藏不露。她善于作好人，还且曾经安慰过宋惠莲，答应说要在西门庆面前为她说好话。结果，她反而去到潘金莲处挑拨。

小说中只要把孟玉楼和潘金莲一起写，基本上孟玉楼都是“军师”角色，暗箭频施，而潘金莲不过是杆“枪”而已，显衬得这位毒悍的姑奶奶特别愚蠢和无知。

西门庆死后，孟玉楼很知道为自己打算，改嫁李衙内，带走了自己大部分箱笼，和小伙子过起了新生活。

而后，她计骗陈经济，把这小伙赚进监牢。这件事情，缘由是陈经济见色起意，他确实咎由自取。但从二人整个缠绕过程之中，也可以看出孟玉楼阴沉的心计：

（陈经济拿出从前在西门府花园中捡到的孟玉楼簪子，要当成二人有奸的“证物”来要挟）玉楼见他发话，拿的簪子委的他头上戴的金头莲瓣簪儿（暗想）：“昔日在花园中不见，怎的落在这短命手里？”

恐怕攘的家下人知道，须臾变作笑吟吟脸儿，走将出来，一把手拉经济说道：“好姐夫，奴斗你耍子，如何就恼起来。”因观看左右无人，悄悄说：“你既有心，奴亦有意。”两个不由分说，搂着就亲嘴。

这陈经济把舌头似蛇吃燕子一般，就舒到他口里，交他咂，说道：“你叫我声亲亲的丈夫，才算你有我之心。”妇人……约会下："你今晚在府墙后等着，奴有一包金银细软，打墙上系过去，与你接了，然后奴才扮做门子，打门里出来，跟你上船去罢。"

对于孟玉楼的将计就计，作者也挑明态度，以旁观者身份评说陈经济和孟玉楼：

看官听说：正是佳人有意，那怕粉墙高万丈；红粉无情，总然共坐隔千山。当时孟玉楼若嫁得个痴蠢之人，不如经济，经济便下得这个锹镢着。如今嫁个李衙内，有前程，又是人物风流，青春年少，恩情美满，他又勾你做甚？休说平日又无连手。这个郎君也早合当倒运，就吐实话泄机与他，倒吃婆娘哄赚了。正是：花枝叶下犹藏刺，人心难保不怀毒。

字里行间，作者其实表明态度，认为孟玉楼所为是花下藏刺的阴毒之举。所以，作者给这一章节（第九十二回）所取题目才是"陈经济被陷严州府"，讲的就是这小伙被孟玉楼构陷，平白押入大牢。

此外，第五十八回中，为了给病重的儿子官哥祈福，李瓶儿花了 50 多两银子让姑子印制 1000 多部佛经。

人家李瓶儿自己花钱替儿消灾，连心内毒恶的潘金莲没说什么，反而又是孟玉楼不咸不淡表态：

> 玉楼向金莲说道："李大姐相这等都枉费了钱。他若是你的儿女，就是狼头也椿不死；他若不是你儿女，你舍经造像，随你怎的也留不住他。"

图 24　孟玉楼爱嫁李衙内

如此言语，不厚道至极！

而后，日本作家芥川龙之介小说中，有许多描写女性细腻、阴暗心理的，想必从《金瓶梅》中孟玉楼这个角色借鉴不少。

言及孟玉楼下场，不少评论者言之凿凿，多说她如何幸福美满、善有善报云云，但从小说中，大王并看不出来有什么"圆满"之处。

陈经济被抓后，倒是严州的徐知府瞧出端倪，当众数落李衙内的父亲李通判，释放了被李衙内、孟玉楼设计当贼抓起的陈经济。

李通判羞愤难当，回到家中，命人把李衙内一顿大板子毒打，并要儿子把孟玉楼这个事儿婆逐出家门。李衙内啼哭哀告，李通判不听，用铁链子锁起儿子，准备“囚禁死他”。

最后，还是李夫人苦求说情，李通判才放得李衙内和孟玉楼，打发他们回老家真定府枣强县“攻书”去了。

自此以后，小说中再着笔孟玉楼，她的下落似乎很模糊。她所谓的幸福生活，都是凭第九十一回中算卦先生对媒婆薛嫂吹嘘出来的：“往后一路功名，直到六十八岁，有一子，寿终，夫妻偕老。”

充其量，孟玉楼不过是能得小安，回到乡下当一个地主婆，显然也没得多大的好。所谓的美满幸福，怎么也看不出来。

物竞天择，适者生存。能够最终存活下来的，不是最强壮者，而是适应者。而孟玉楼呢，在生活的林莽中，随波逐流，心机深稳，确实是个“适者”。

8. 可怜可恨孙雪娥

俗语道：可怜之人，必有可恨之处！此语，放在西门庆第四妾孙雪娥身上，再恰当不过。

孙雪娥原本丫鬟出身，乃西门庆死去正妻陈氏的丫鬟。由于善于烹调，人又有几分姿色，她被西门庆收为妾侍。充其量，不过是个厨房灶头娘子，阖府上下，似乎一直没什么人拿她当“四娘”看待。

日后，遇到潘金莲、春梅这个强强搭档，孙雪娥更算倒了血霉。

孙雪娥与潘金莲的矛盾，事起春梅。

> 一日，金莲为些零碎事情，不凑巧骂了春梅几句。春梅没处出气，走往后边厨房下去，捶台拍盘，闹狠狠的模样。
>
> 那孙雪娥看不过，假意戏他道：“怪行货子！想汉子便别处去想，怎的在这里硬气？”
>
> 春梅正在闷时，听了这句，不一时暴跳起来：“那个歪斯缠我哄汉子？”
>
> 雪娥见他性不顺，只做不开口。
>
> 春梅便使性，做几步走到前边来，如此如此，这般这般，一五一十，又添些话头道：“他还说娘叫爹收了我，俏一帮儿哄汉子。”挑拨与金莲知道。金莲满肚子不快活……（第十一回）

可见，这孙雪娥也是吃饱了撑的自找，主动招惹西门庆得宠丫头。

此后，以做饭迟误为口实，潘金莲告状，激起西门庆怒气，冲入厨房把孙雪娥一顿狠揍。

毕竟自己也是汉子一房妾侍，孙雪娥不忿，向月娘、李娇儿说嘴，说潘金莲怎的霸拦汉子、背地无所不为之事：

“娘，你不知，淫妇（潘金莲）说起来比养汉老婆还浪，一夜没汉子也不成的。背地干的那茧儿，人干不出，他干出来。当初在家把亲汉子用毒药摆死了，跟了来，如今把俺们也吃他活埋了。弄的汉子乌眼鸡一般，见了俺们便不待见。”

恶语伤人六月寒。毒杀武大郎之事，是潘金莲最怕人揭的伤疤。雪娥此语，被躲在屋外潘金莲听个正着，自此，金莲毒怨存胸。

下午，西门庆回家，潘金莲哭天抢地地告状，结果，“这西门庆不听便罢，听了此言，三尸神暴跳，五陵气冲天，一阵风走到后边，采过雪娥头发来，尽力拿短棍打了几下”。

一日之内惨遭主子两次痛打，孙雪娥也算倒霉到家。

不过，紧接着的第十二回，孙雪娥和李娇儿一起，联合揭发潘金莲偷奸小厮琴童，终于让金莲挨了揍，丢了脸。至此，孙雪娥似乎心内找回了一些平衡。

于潘金莲而言，仇恨的怒火，越烧越旺。

最让我们读者对孙雪娥感到厌恶的，是第二十六回。宋惠莲之死，诚和孙雪娥关系重大。最早挑拨惠莲丈夫来旺的，正是孙雪娥。而她本人，就和来旺有奸情。

来旺得知自己老婆和西门庆通奸之事后，乘醉大骂，由此激发了西门庆杀心。经宋惠莲苦苦求情，西门庆意转，就想饶过来旺，还答应给宋惠莲买房子、丫鬟，让她搬到外面去住，准备把宋惠莲长期包养起来。

潘金莲听说此事后，心生计谋，马上去和孙雪娥联合，唆使她去喝骂正躺在床上不吃不喝的宋惠莲。

孙雪娥中计，急扯扯到宋惠莲房中生事，二人大吵。

宋惠莲气不过，当晚自缢而死。

而宋惠莲死前痛骂孙雪娥的两句，很到位，很犀利："我养汉养主子，强如你养奴才！你倒背地偷我汉子，你还来倒自家掀腾？"

所以，如果说真正直接导致宋惠莲第二次自缢致死的凶手，属孙雪娥无疑。

宋惠莲死，孙雪娥没什么好处，倒为她的对手潘金莲除去一块大心病。倘若宋惠莲不死，其实完全可以作为孙雪娥和潘金莲之间一堵挡箭牌。

西门庆诸妻妾中，孙雪娥确实没有丝毫受宠的迹象和场景，想必当年西门庆没发迹那阵子，正妻死后无着，馒头当饭，才纳她为妾泄个欲、煮个饭啥的。所以，整部金瓶梅，基本没有正面描写西门庆和孙雪娥的性行为。

第五十八回中，只有一次写西门庆到她房里歇息，还是酒醉误错房的意思：

话说当日西门庆前厅陪亲朋饮酒，吃的酩酊大醉，走入后边孙雪娥房里来。雪娥正顾灶上看收拾家火，听见西门庆往后边去，慌的两步做一步走。……西门庆也有一年多没进他房中来。听见今日进来，连忙向前替西门庆接了衣服，安顿中间椅子上坐的。一面在房中揩抹凉席，收拾铺床，薰香澡牝，走来递茶与西门庆吃了，搀扶进房中，上床脱靴解带，打发安歇。一宿无话。

这婆娘忙活一大阵子，特意还去“薰香澡牝”，刻意殷勤伺候汉子；而大醉的西门庆，估计也鼓捣不了几下。所以，作者敷衍四个字：一宿无话。

西门庆死后，府内众情离散，潘金莲、春梅、陈经济三个人，抽闲偷奸在一处。丫鬟秋菊告发三人通奸后，春梅先被发卖。

本来，这些不干孙雪娥什么事情，她闲人淡操心，趁机向吴月娘出主意，赶走了陈经济，让王婆领走了潘金莲：

雪娥扶着月娘，待的众人散去，悄悄在房中对月娘说：“娘也不消生气，气的你有些好歹，越发不好了。这小厮（陈经济）因卖了春梅，不得与潘家那淫妇弄手脚，才发出话来。如今一不做，二不休，（西门）大姐已是嫁出女，如同卖出田一般，咱顾不得他这许多。常言养虾蟆得水蛊儿病，只顾教那小厮在家里做什么！明日哄赚进后边，老实打与他一顿，即时赶离门，教他家去。然后叫将王妈妈子，来是是非人，去是是非者，把那淫妇（潘金莲）教他领了去，变卖嫁人，如同狗臭屎，掠将出去，一天事都没了。平空留着他在屋里做什么？到明日，没的把咱们也扯下水去了。”

月娘道：“你说的也是。”当下计议已定了。（第八十六回）

从此，孙雪娥和潘金莲派系结下血海深仇。

两座山碰到一起的几率不大，两个人，就难说了。

潘金莲虽然很快就被武松杀死，但丫头春梅芝麻开花节节高，很快就成了周守备家宠爱娘子。

如果孙雪娥厚道、老实，任那庞春梅再出息，也和深宅大院西门府没什么关系。可恨的是，孙雪娥这婆娘姿色虽然属于陋质，但男子汉死后，她多年压抑的春心日益萌发。

宋惠莲丈夫来旺遇赦返回清河，婆娘的旧情复炽，两个人立刻勾搭在一起。

旱田遇水般，孙雪娥向往新生活，二人不仅通奸，还有了远走高飞的打算：

这来旺儿蹦着梯凳，黑暗中扒过粉墙，顺着遮洋摊子，雪娥那边用凳子接着。两个就在西耳房堆马鞍子去处，两个相搂相抱，云雨做一处。彼此都是旷夫寡女，欲心如火。……

图 25　来旺偷拐孙雪娥

事毕，雪娥递与他一包金银首饰，几两碎银子，两件段子衣服，分付：“明日晚夕你再来，我还有些细软与你。你外边寻下安身去处。往后这家中过不出好来，不如我和你悄悄出去，外边寻下房儿，成其夫妇。你又会银行手艺，愁过不得日子？”

来旺儿便说：“如今东门外细米巷，有我个婊娘，有名收生的屈老娘。你那里曲弯小巷，倒避眼，咱两个投奔那里去。迟些时，看无动静，我带你往原籍家，买几亩地种去也好。”

……等至天明，开了大门，挨身出去。……晚夕，依旧跳过墙去，两个干事。朝来暮往，非止一日，也抵盗了许多细软东西，金银器皿，衣服之类。（第九十回）

结果，野鸳鸯命苦，私奔路上没走几步，就被双双抓住。官府责打之后，把孙雪娥遣返西门府。

主妇吴月娘认定这个偷奴才的孙雪娥玷污家门，打发任由官府官卖。

消息传出，恰被报仇心切的周守备夫人春梅候个正着，马上让守备把孙雪娥买回家。

仇人相见，分外眼红：

> 雪娥见是春梅，不免低头进见。望上倒身下拜，磕了四个头。这春梅把眼瞪一瞪，唤将当直的家人媳妇上来，"与我把这贱人撮去了鬏髻，剥了上盖衣裳，打入厨下，与我烧火做饭！"这雪娥听了，口中只叫苦。自古世间打墙板儿翻上下，扫米却做管仓人。既在他檐下，怎敢不低头？孙雪娥到此地步，只得摘了髻儿，换了艳服，满脸悲恸，往厨下去了。（第九十回）

如果孙雪娥真能忍气吞声，安心认命，也就罢了。猫逮耗子的把戏，本来应该一直玩下去。可是，无意间，春梅一次见到了被抓入守备府的陈经济，很想和小伙重续旧情。由此，认识陈经济的孙雪娥就成为一个多余的人。

这雪娥又嘴欠，给一直找机会算计、报复她的春梅抓住了把柄，逐出卖掉前狠狠加以整治一番：

（春梅）分付道："我心内想些鸡尖汤儿吃。你去厨房内，对着淫妇奴才（孙雪娥），教他洗手做碗好鸡尖汤儿与我吃口儿。教他多放些酸笋，做的酸酸辣辣的我吃。"……

这（丫鬟）兰花不敢怠慢，走到厨下对雪娥说："奶奶教你做鸡尖汤，快些做，等着要吃哩。"原来这鸡尖汤，是雏鸡脯翅的尖儿，碎切的做成汤。

这雪娥一面洗手剔甲，旋宰了两只小鸡，退刷干净，剔选翅尖，用快刀碎切成丝，加上椒料、葱花、芫荽、酸笋、油酱之类，揭成清汤。盛了两瓯儿，用红漆盘儿，热腾腾兰花拿到房中。

春梅灯下看了，呷了一口，怪叫大骂起来："你对那淫妇奴才说去，做的甚么汤！精水寡淡，有些甚味？你们只教我吃，平白教我惹气！"

慌的兰花生怕打，连忙走到厨下，对雪娥说："奶奶嫌汤淡，好不骂哩。"

这雪娥一声儿不言语，忍气吞声，从新洗锅，又做了一碗。多加了些椒料，香喷喷教兰花儿拿到房里来。

春梅又嫌忒咸了，拿起来照地下只一泼，早是兰花躲得快，险些儿泼了一身。骂道："你对那奴才说去：他不愤气做与我吃。这遭做的不好，教他讨分晓哩！"

这雪娥听见，千不合，万不合，悄悄说了一句："姐姐几时这般大了，就抖搂起人来！”

不想兰花回到房里，告春梅说了。这春梅不听便罢，听了此言，登时柳眉剔竖，星眼圆睁，咬碎银牙，通红了粉面，大叫：“与我采将那淫妇奴才来！”

须臾使了养娘丫鬟三四个，登时把雪娥拉到房中。春梅气狠狠的，一手扯住他头发，把头上冠子跺了，骂道：“淫妇奴才，你怎的说几时这般大？不是你西门庆家抬举的我这般大！我买将你来伏侍我，你不愤气，教你做口子汤，不是精淡，就是苦丕子咸。你倒还对着丫头，说我几时恁般大起来，搂搜索落，我要你何用！”一面请将守备来，采雪娥出去，当天井跪着。前边叫将张胜、李安，旋剥褪去衣裳，打三十大棍。两边家人点起明晃晃灯笼，张胜、李安各执大棍伺候。（第九十四回）

这还不算完，毒打之后，春梅卖掉了孙雪娥，并且嘱咐媒婆薛嫂，一定要把她卖入娼门去受活罪：

“我只要八两银子，将这淫妇奴才好歹与我卖在娼门。随你转多少，我不管你。你若卖在别处，我打听出来，只休要见我。”

至此，孙雪娥开始了她万劫不复的悲惨生活。有读者可能不理

图 26　洒家店雪娥为娼

解，总会觉得春梅对孙雪娥的恨太过偏执。但是，只要想想第十一回中孙雪娥向月娘的一番说话，大致就能想到春梅心中仇恨的源头：“那顷，这丫头在娘房里，着实不听手，俺没曾在灶上把刀背打她！娘尚且不言语。可今日轮到她（潘金莲）手里，便娇贵得这等了！”

心高气傲如春梅者，少女时期遭受孙雪娥的斥打，必然铭刻在心，成为化不开的心结。日后仇隙根苗，均已在孙雪娥在厨房打她的时候种下。

孙雪娥继续她的“悲剧”。她先是被骗“嫁人”，很快就被卖到周守备亲随张胜小舅子地痞刘二的窑子里面当娼女。

卖笑接客了一段时间后，守备府的虞候张胜巧遇孙雪娥，就包占了她。二人还算情投意合，孙雪娥的人生，看上去似乎出现转机。

不料想，陈经济和春梅再续前缘之后，把张胜和孙雪娥的事情讲给春梅听。二人床上设计，要借周守备之手除掉张胜。

张胜鲁莽粗人，先下手为强，持刀把陈经济杀死在床上，但他本人很快遭到擒拿，被周守备下令乱棍打死。（周守备一直蒙在鼓里，以为和自己老婆春梅通奸的陈经济是春梅家亲戚。）

人在妓寨的孙雪娥听说出事，终于绝望，走到房中自缢身死——和宋惠莲一个死法。

观孙雪娥一生，丫鬟出身，有幸给西门庆当妾，算是她人生最辉煌的时刻；而后，她奸通仆人来旺，作帮凶害死宋惠莲；西门庆死后，她偷财养汉和来旺厮混，事发后，被春梅当作玩物买去，肆意侮辱；被卖到妓寨后，又和下层衙役张胜厮混在一起，最终落得身死异乡。

贱人贱命，似乎引不起我们读者多少同情和叹息。

人生没有假设，不过，我们还是喜欢假设。

假设，孙雪娥和来旺两个人远走高飞成功，估计她后半生也不会好过。依照这个来旺的性格和人品，钱花完了，应该接着打孙雪娥的主意。那种“你耕田来我织布”的快乐，福薄如孙雪娥，怕也享受不到……

9. 肉银交换王六儿

《金瓶梅》中描写最生动、人物性格最真实的，就包括王六儿。明朝往事越百年，我们似乎都能感觉到她身上油腻脂粉味道和铜臭气息相混合的气味。

王六儿名字映入读者眼帘，始于第三十三回，先不是正面出场，而是由她丈夫韩道国引出：

图 27　王六儿棒槌打捣鬼

西门庆新搭的开绒线铺伙计，也不是守本分的人。姓韩名道国，字希尧，乃是破落户韩光头的儿子。如今跌落下来，替了大爷的差使，亦在郓王府做校尉。见在县东街牛皮小巷居住。其人性本虚飘，言过其实，巧于词色，善于言谈。许人钱，如捉影捕风；骗人财，如探囊取物。因此街上人见他是般说谎，顺口叫他做韩道国。自从西门庆家做了买卖，手里财帛从容，新做了几件虼蚆皮，在街上虚飘说诈，掇着肩膊儿就摇摆起来。人见了不叫他个韩希尧，只叫他做“韩一摇”。

他浑家（妻子），乃是宰牲口王屠妹子，排行六儿，生的长跳身材，瓜子面皮，紫膛色，约二十八九年纪。身上有个女孩儿，嫡亲三口儿度日。

他兄弟韩二，名二捣鬼，是个耍手的捣子，在外另住。旧与这妇人有奸，要便赶韩道国不在家，铺中上宿，他便时常走来与妇人吃酒，到晚夕刮涎，就不去了。

这一回中，韩道国刚刚从西门庆手下谋得份差事。“八月中旬天气，身上穿着一套儿轻纱软绢衣服，新盔的一顶帽儿，细网巾圈，玄色段子履鞋，清水绒袜儿。摇着扇儿，在街上阔行大步，摇摆走着。但遇着人，或坐或立，口惹悬河，滔滔不绝。”

韩道国正得意洋洋向两个熟人夸耀，说到热闹处，有人来找，说他弟弟和老婆王六儿通奸，被几个光棍抓住，将要解送县衙见官。

魂飞魄散之余，他赶忙去找西门庆的铁哥们应伯爵商议，求大官人帮忙。其间过程，跌宕复杂，那应伯爵鬼灵精怪，吃了原告吃被告，从中赚了不少银两。最后，还是西门庆凭借官身，把那几个光棍打了一顿，保住了韩道国面子，使他老婆王六儿也免被责罚。

此段时间内，王六儿并未露脸，西门庆呢，也没拿这位与韩伙计亲弟弟通奸的老婆当回事儿。

到了第三十七回，东家蔡太师的大官家翟谦向西门庆索取小妾。东寻西找，经媒婆冯妈妈提醒，西门庆相中了韩道国和王六儿的女儿韩爱姐。

大官人对韩爱姐的长相不放心，就亲自到对方家里相看，这才有了西门庆和王六儿的第一次见面。

> 王六儿引着女儿爱姐出来拜见。这西门庆且不看他女儿，不转睛只看妇人。见他上穿着紫绫袄儿，玄色段红比甲，玉色裙子下边显着趫趫的两只脚儿，穿着老鸦段子羊皮金云头鞋儿。生的长挑身材，紫膛色瓜子脸，描的水鬓长长的。……
>
> 西门庆见了，心摇目荡，不能定止，口中不说，心中暗道："原来韩道国有这一个妇人在家，怪不的前日那些人鬼混他。"又见他女孩儿生的一表人物，暗道："他娘母儿生的这般人物，女儿有个不好的。"

西门庆口味确实混杂，既喜欢娇小玲珑、青春逼人类型的，又喜欢王六儿这种脸色红润健康、邻家熟女类型的。他搂草打兔子，刚把人家女儿送给东京翟管家作妾做了人情，又要耍弄女孩的妈妈，难怪媒婆冯妈妈都打趣说："你老人家，坐家的女儿偷皮匠——逢着的就上。一锹撅了个银娃娃，还要寻他的娘母儿哩！”

冯妈妈把西门庆所怀意思转告给王六儿，自然要以财动人：“这里无人，你若与凹上了，愁没吃的、穿的、使的、用的？走上了时，到明日房子也替你寻得一所，强如在这僻格剌子里。”

王六儿连忸怩都没忸怩，反而有些意料外的惊喜：“他宅里神道相似的几房娘子，他肯要俺这丑货儿？”

王八看绿豆，两厢缘来凑。

在这个熟妇身上，西门庆可以尽情驰骋，恣意而为，一点不用存有那种对自己妻妾害怕“用坏”的担心。

大喜之余，做完第一次，西门庆就花4两银子，给王六儿买了个使唤丫头。相比他在自己家勾引那些丫鬟、仆妇，出手

图28　西门庆包占王六儿

不可谓不大方。

第二次见面前，大官人就让小厮送来一坛价值不菲的、内廷太监作礼物送自己的竹叶清酒。二人闲话没几句，王六儿抱怨自己住在僻巷里面，居住条件差。话赶话，西门庆立刻答应要在狮子街为王六儿、韩道国夫妇买个宅院。

当然，这样做，也是西门庆为了行事方便，省得来往总要戴个眼纱遮掩。

为了迎合西门庆，王六儿无所不为，把这位大官人伺候得六体通泰。

不久，韩道国把女儿送到东京回家后，夫妻相见，王六儿一丝不瞒，把和西门庆通奸的事情全盘托出。

老婆（王六儿）如此这般，把西门庆勾搭之事，告诉一遍……

韩道国道："嗔道他头里不受这银子（指翟谦大官家给西门庆当谢礼的五十两银子），教我拿回来，休要花了，原来就是这些话了。"妇人道："这不是有了五十两银子，他到明日，一定与咱多添几两银子，看所好房儿。也是我输了身一场，且落他些好供给穿戴。"韩道国道："等我明日往铺子里去了，他若来时，你只推我不知道，休要怠慢了他，凡事奉承他些儿。如今好容易撰钱，怎么赶的这个道路！"老婆笑道："贼强人，倒路死的！你到会吃自在饭儿，你还不知

老娘怎样受苦哩！”两个又笑了一回，打发他吃了晚饭，夫妻收拾歇下。（第三十八回）

读毕这遭，即使我们今天如此开通、见惯市面的读者，还是有所惊讶：晚明人欲横流，竟然到了这样寡廉鲜耻的地步。绿帽老公韩道国，当他知道自己老婆和人通奸，不仅不愤怒，不责怪，反而鼓励赞成，并叮嘱老婆把“董事长”奉承好，伺候舒服。此种情怀，令人匪夷所思。

如果世道艰难，真的等锅下米过不下去，女人如此出卖肉身行事，我们常人还能理解。小康之家饭有余，为了更好的生活，如此轻松、如此没有心理负担地卖身卖肉，一方面让人感到讶然，一方面也体现出晚明社会平民阶层道德观的巨大变化。

有了王六儿这么一个心气相同的知己，西门庆自然满意。他刚刚得到胡僧淫药，第一个想到要试验的就是她。

二人玩耍期间，王六儿不忘自己丈夫韩道国的事业：

西门庆因对老婆说道：“等你家的（韩道国）来，我打发他和来保、崔本扬州支盐去。支出盐来卖了，就交他往湖州织了丝绸了，好不好？”

老婆道：“好达达，随你交他那里，只顾去。闲着王八在家里做甚么！”因问：“这铺却交谁管？”

西门庆道："我交贲四在家，且替他卖着。"

王六儿道："也罢，且交贲四看着罢。"

王六儿在纵欲之时，依旧有些漫不经心地询问韩道国所管铺子的事情。看似作者闲笔，实则大细腻妙笔。肉体和性，对于王六儿来说，是用来出卖的，不仅仅是用来享受的。

有大官人罩护，男人卖力，女人卖身，天地一家春。韩道国、王六儿夫妇日子，越过越红火。连带着王六儿的弟弟王经，也在西门庆家族的产业中找到了"工作"。

第六十一回，这对夫妇为了表达谢意，专门安排酒席，请西门庆到家招待。盛情难却，西门庆施施然来，听歌饮酒，和韩道国、王六儿夫妇宾主寒暄，气氛极其融洽。

饭毕，韩道国知趣，推托办事往铺子里面去睡，留下老婆王六儿和陪西门庆掷骰饮酒，自在玩耍。

为谋大官人欢喜，王六儿发出一派"肺腑"之言，令读者森然：

西门庆道："你既一心在我身上，到明日等卖下银子，这遭打发他和来保起身，亦发留他长远在南边立庄，做个买手家中已有廿伙计发卖，那里只是缺少个买手，看着置货。"老婆道："等走过两遭儿回来，却教他去。省的闲着在家，做甚么！他说道倒在外边走惯了，一心只要外边去。他江湖从小儿走过，甚么买卖客货中事儿不知道。你若下顾他，可知好哩。等他回来，我房里替他寻下一个，我也不要他，一心扑在你身上，随你把我安插在那里就是了。我若说一句假，把淫妇不值钱身子就烂化了。”

信誓旦旦，王六儿闪闪“忠心”，皆西门大官人银子铸就。

西门庆死前的一晚，心细要讨大官人喜欢的王六儿，还派弟弟送来示情信物。“西门庆打开纸包儿，却是老婆剪下一柳黑臻臻光油油的青丝，用五色绒缠就的一个同心结托儿，用两根锦带儿拴着，安放在麈柄根下，做的十分细巧工夫；那一件是两个口的鸳鸯紫遍地金顺袋儿，都缉着回纹锦绣，里边盛着瓜穰儿。”（第七十九回）

西门庆观玩良久，满心欢喜。凝思过后，当晚他就过去，和王六儿又大战一番。

无论如何，纵观王六儿一生，虽然下作，但从来没有害过谁。而韩道国呢，绿帽王八，应该心里不是特别好受。恰如他所雇的仆从胡秀醉中所骂：“你家老婆在家里仰擸着挣，你在这里合蓬着丢！宅里老爹包着你家老婆，佮的不值了，才交你领本钱出来做买卖。你在这里快活，你老婆不知怎么受苦哩！”（第八十一回）

韩、王贱人二人组，为了追求较好的生存条件，肉体、脸面一起卖，心中多少存在有一定的道德压力。他们夫妻两个，平生所谓的“大坏事”，最多就是在西门庆死后，昧了1000多两银子。

王六儿昧贪银两的起因，如果仔细读小说，可以发现和她到西门府吊孝挨吴月娘的骂大有关联。

> 韩道国妻王六儿，亦备了张祭桌，乔素打扮，坐轿子来与西门庆烧纸。在灵前摆下祭祀，只顾站着。站了半日，白没个人儿出来陪待。……吴月娘心中还气忿不过，便喝骂道：“怪贼奴才，不与我走，还来甚么韩大婶、逼大婶，贼狗攮的养汉淫妇，把人家弄的家败人亡，父南子北，夫逃妻散的，还来上甚么逼纸！”

吴月娘口无遮拦，张嘴一骂，千两银子打了水漂。

西门庆暴死前一晚，确实在王六儿处大耍了一回，但导致他最终死亡，和潘金莲为了满足一已淫欲喂吃汉子过量春药最有直接关系，王六儿倒担了骂名。

不究情由，乱骂人，月娘好不晓事。

西门庆死的时候，韩道国正在外面辛苦奔波作生意。运河上，二船擦身交过，对面船上一个清河老乡喊了一声：“你家老爹（西门庆）从正月间没了！”

韩道国心细，瞒住这个消息不让同行的西门庆伙计知晓，马上在半途卖了部分布货，换了1000两现银带在身上。

回家之后，韩道国和王六儿夫妻二人商量计议。显然，男人还有些对西门庆感念的意思，不想把银子都昧了，可王六儿不干：

> 韩道国一面把驮垛打开，里面是他江南置的衣裳、细软货物，两条搭连内，倒出那一千两银子，一封一封倒放在炕上，打开都是白光光雪花银两，对老婆说："此是我路上卖了这一千两银子先来了。又是两包梯己银子一百两。今日晚了，明日早送与他家去罢。"因问老婆："我去后，家中他先看顾你不曾？"
>
> 王六儿道："他在时倒也罢了，如今你这银，还送与他家去？"
>
> 韩道国道："正是要和你商议，咱留下些，把一半与他如何？"
>
> 老婆道："呸，你这傻才，这遭再休要傻了！如今他已是死了，这里无人，咱和他有甚瓜葛，不争你送与他一半，交他招韶道儿，问你下落，到不如一狠二狠，把他这一千两，咱雇了头口，拐了上东京，投奔咱孩儿那里。愁咱亲家太师爷府中，招放不下你我？"
>
> 韩道国道："丢下这房子，急切打发不出去，怎了？"
>
> 老婆道："你看没才料！何不叫将第二个（指韩道国的弟弟韩捣鬼）来，留几两银子与他，就叫他看守便了。等西门庆家人来寻你，只说东京咱孩儿叫了两口去了。莫不

他七个头八个胆，敢往太师府中寻咱们去？就寻去，你我也不怕他。”

韩道国道：“争奈我受大官人好处，怎好变心的，没天理了。”

老婆道：“自古有天理到没饭吃哩。他占用着老娘，使他这几两银子不差甚么。想着他孝堂里，我到好意，备了一张插桌三牲，往他家烧纸。他家大老婆，那不贤良的淫妇，半日不出来，在屋里骂的我好讪的。……想着他这个情儿，我也该使他这几两银子。”一席话，说得韩道国不言语了。（第八十一回）

王六儿如此绝情，昧占银两之时，距离她用自己头发给西门庆作精巧情物，十天都不到。

人走情寒，妇人世俗如此，让人骨冷。

回想第五十回中，西门庆曾把一对金寿字簪给了王六儿作为生日礼物。这种簪子，乃昔日李瓶儿送给西门庆做定情信物的。日后李瓶儿入西门府，为了讨好诸姐妹，给西门庆妻妾都送了一对。王六儿一个伙计老婆，也能得到同样的东西，可见西门庆还很是拿她当回事儿的。

相比丈夫韩道国这个男小人，王六儿这个女小人，更让人想起那句话来：世上最毒淫妇心。

没有道德感的人，是无所畏惧的人，是毫不利人、专门利己的人，是能干大事的人。

病死没过头七的西门庆，未能全寒的尸体还停留在西门府内。依照旧时说法，魂灵应该萦绕附近。倘若地下有知，得知以前在身上花了那么多银两的王六儿如此行径，不知道大官人情何以堪！

算算经济账，西门庆在王六儿这个熟妇身上真的花费多多——西门庆为韩爱姐到东京给翟谦管家作妾给了他们20两，翟管家“谢金”50两，西门庆给他们买丫鬟4两，狮子街住房120两，替谋杀主人的苗青说情拿好处费100两，陆陆续续每次幽会都有二两左右银子和好酒到手，加上最后昧得的一笔1000两银子——合在今天，来来往往如此多银子，差不多近30万元。

相比专业卖身、青春逼人的李桂姐、吴银儿等人，王六儿这半老徐娘，卖肉“回报率”，真是高出不少。

> 为此，张竹坡叹息说：“王六儿者，专为财能致色一着做出来。你看西门在日，王六儿何等奉承，乃一旦拐财远遁，故知西门于六儿，借财图色，而王六儿亦借色求财。故西门死，必自王六儿家来。究竟色财两空。”（《金瓶梅读法》）

大官人死了，王六儿、韩道国跑了，到东京住进女儿作妾的蔡太师大管家翟谦家，很是享了几年干福。这一年，按照《金瓶梅》纪年，应该是政和七年（1117年）。

随后几年间，小说作者没表王六儿一家人生活，他们应该过得不错。

过了七年，到了宣和六年（1124年），北宋朝中蔡京等人倒台，翟管家自然失势。树倒猢狲散，韩道国、王六儿夫妇只能带着女儿爱姐逃回清河县老家。

岂料，韩道国的弟弟韩二把当年西门庆花120两银子买的房子倒卖了，一家人无奈，只得流落到临清。在这里，韩爱姐和陈经济靠上，王六儿过起一楼一凤的真正卖身生涯，开始厮缠湖州商人何官人。最后，韩道国夫妇二人跟随“饭碗”何官人到了他湖州老家过活。

再三年，建炎元年（1127年），金兵南下掳掠徽钦二帝，中原大乱。韩道国死了，何官人也死了，女儿韩爱姐婊子变节妇，为陈经济守节而出家为尼。

王六儿完全失去倚恃之时，却有昔日一直通奸的小叔子韩二风尘仆仆找上门来。

二人乱世苟活，靠着王八头何官人留下的几亩薄田，虽然沉默，但平和地生存了下去。

这个结果，其实不坏，没有落入恶有恶报的中国传统小说窠臼和俗套。

10. 淫妇“丧门星”秋菊

秋菊，在整部《金瓶梅》中，绝对是个小人物，而且是个一般读者总会忽略的小人物。但是，正是这个小人物，最终把握着全书几个主角的生死。

秋菊，犹如投入人生水池中一粒粗劣的石子，泛起了一圈又一圈的涟漪……

这确实是个独特的文学典型形象。出现在读者眼前的秋菊，是个地位低下而且脑子有些问题的蠢笨丫头。她，似乎从来不知道“逆来顺受”是奴仆生存准则，更让人感到惊奇的，就是她性格中那种干事不计后果的倔驴般脾气，无知者无畏，以自己蚊虫不值的生命，终把潘金莲送入鬼门关，把春梅打发出西门府。

《金瓶梅》中，丫鬟不少，小玉（月娘房）、夏花儿（李娇儿房）、绣春（李瓶儿房）、小鸾（孟玉楼房）、翠儿（孙雪娥房）、中秋儿（西门大姐房）等等，惟独秋菊形象惹人注目。有资格进入《金瓶梅》书名中两个人物，潘金莲和李瓶儿，外加这个秋菊，生活场景一般同，一起住在西门庆府内潘金莲的小院落里面。

在这个小天地中，潘金莲乃妻妾中最得宠的，春梅是丫头中最伶俐的，以此反衬，乍看上去，浊蠢的秋菊，总是挨打挨骂，受尽欺凌和侮辱。她就像左拉小说中的陪衬人，生存的目的，似乎就是把金莲和春梅衬托得更加美丽、淫荡、机灵、凶残……

小说作者真乃天才。书中的秋菊，绝对不是以一个被压迫者深沉、隐忍的形象出现。她偷吃、懒惰，往往愚蠢得近乎下作。但是，当读者们看到潘金莲对她近乎变态的虐待，似乎也无法抑制内心中对这个丫鬟的同情和怜悯。

第五十八回中，潘金莲因为嫉妒李瓶儿，回到自己院子里之后，对秋菊又打又骂，同时指桑骂槐，怒骂生母，惊吓瓶儿重病中的儿子官哥：

潘金莲吃的大醉归房。因见西门庆夜间在李瓶儿房里歇了一夜，早辰请任医官又来看他，那恼在心里。知道他孩子不好，进门，不想天假其便，黑影中蹦了一脚狗屎，到房中叫春梅点灯来看，大红缎子新鞋儿上，满帮子都展污了。登时柳眉剔竖，星眼圆睁，叫春梅打着灯，把角门关了，拿大棍把那狗没高低只顾打，打的怪叫起来。

李瓶儿那边使过迎春来说："俺娘说：哥儿才吃了老刘的药，睡着了，教五娘这边休打狗罢。"这潘金莲坐着，半日不言语，一面把那狗打了一回，开了门，放出去了。又寻起秋菊的不是来，看着那鞋，左也恼，右也恼。因把秋菊唤至跟前，说："论起这咱晚，这狗也该打发去了，只顾还放在这屋里做甚么？是你这奴才的野汉子？你不发他出去，教他恁遍地撒屎，把我恁双新鞋儿，连今日才三四日儿，蹦了恁一鞋帮子屎。知道了我来，你与我点个灯儿出来，你如何恁推聋妆哑装憨儿的？"

春梅道："我头里就对他说：你趁娘不来，早喂他些饭，关到后边院子里去罢。他佯打耳睁的不理我，还拿眼儿瞟着我。”

妇人道：“可又来，贼胆大万杀的奴才，怎么恁把屁股儿懒待动旦！我知道你在这屋里成了把头。便说你恁久惯牢头，把这打来不作理。”

因叫他（秋菊）到跟前叫春梅：“拿过灯来，教他瞧！蹦的我这鞋上的龌龊。我才做的恁奴心爱的鞋儿，就教你奴才遭塌了我的。”哄得他低头瞧，提着鞋拽巴兜脸就是几鞋底子，打的秋菊嘴唇都破了，只顾揾着搽血。

那秋菊走开一边，妇人骂道：“好贼奴才，你走了！”教春梅：“与我采过跪着。取马鞭子来，把他身上衣服与我扯了，好好教我打三十马鞭子便罢。但扭一扭儿，我乱打了不算！”春梅于是扯了他衣裳，妇人教春梅把他手拴住，雨点般鞭子轮起来，打的这丫头杀猪也似叫。

那边官哥才合上眼儿又惊醒了，又使了绣春来说：“俺娘上覆五娘，饶了秋菊不打他罢，只怕唬醒了哥哥。”

那潘姥姥正揉在里间炕上，听见金莲打的秋菊叫，一砧碌子扒起来，在旁边劝解。见金莲不依，落后又见李瓶儿使过绣春来说，又走向前夺他女儿手中鞭子，说道：“姐姐，少打他两下儿罢，惹得他那边姐姐说，只怕唬了哥哥。为驴扭棍不打紧，倒没的伤了紫荆树。”

金莲紧自心里恼，又听见他娘说了这一句，越发心中撺上把火一般。须臾，紫涨了面皮，把手只一推，险些儿不把潘姥姥推了一交，便道："怪老货，你不知道，与我过一边坐着去！不干你事，来劝甚么腠子。甚么紫荆树、驴扭棍，单管外合里差！"

潘姥姥道："贼作死的短寿命，我怎的外合里差？我来你家讨冷饭吃，教你恁顿摔我！"

金莲道："你明日与我夹着那老毴走，怕他家不敢拿长锅煮吃了我。"

那潘姥姥听见女儿这等证他，走那里边屋里呜呜咽咽哭起来了，由着妇人打秋菊。

打勾约二三十马鞭子，然后又盖了十阑杆，打的皮开肉绽，才放出来。又把她脸和腮颊，都用尖指甲掐的稀烂。李瓶儿在那边，只是双手握着孩子耳朵，腮颊痛泪，敢怒而不敢言。（第五十八回）

脸蛋被掐烂，身上血乎流烂，秋菊不可谓不惨。她根本没犯什么大错，不过是潘金莲泄愤的工具。潘金莲打狗，也没有下手如此重。秋菊相比春梅，两人同属奴婢，命运却判若云泥。

作者写秋菊，并非用来让读者同情的，主要是通过她来渲染西门府邸某种喧闹、骚动和大事件的开端。只要这个丫鬟被掐被打，肯定喻示着西门府中会"出事"。

秋菊，这个看似普通的丫鬟名字，就暗喻着凋残和不祥的气息。确实，当西门府内热火烹油的时候，秋菊这个人似乎就完全

图 1　俏潘娘帘下勾情　胡永凯　绘

图 2　盼情郎佳人占鬼卦　胡永凯　绘

图 3　西门庆梳笼李桂姐　胡永凯　绘

图 4　西门庆择吉佳期　胡永凯　绘

图 5　陈经济元夜戏娇姿　胡永凯　绘

图 6　抱孩童瓶儿希宠　胡永凯　绘

图 7　潘金莲花园调爱婿　胡永凯　绘

图 8　潘金莲售色赴东床　胡永凯　绘

不存在。当男女主人公命运发生巨大转折的时候，她如同冒烟的幽灵一样，开始现身频频。

李瓶儿活着的时候，只要潘金莲一生气，作为小院专配丫鬟的秋菊就免不了挨打和受虐待，她几乎成为潘金莲最顺手的出气筒。

李瓶儿怀孕后，金莲感觉到自己面临失宠的巨大危险，郁闷愤恨之下，在第二十七回至第三十回中，不停打秋菊泄愤。此后十回中，秋菊忽然从读者的视野中消失，西门府中也喜气洋洋，西门庆得子、升官、东京给蔡太师祝寿，结交蔡状元、包占王六儿，可谓蒸蒸日上。

到了第四十、四十一回中，潘金莲见到西门庆夜宿李瓶儿房，妒心顿起，秋菊又被拽到了读者的眼前，嗷嗷嚎叫挨打。而此后十七回中，秋菊隐没，这一大家子的人高高兴兴，玩赏烟火、外出观灯、相识宋巡按、贪赃发大财，直至女家主吴月娘怀有身孕，福事多多，西门大官人加官晋爵，好不得意。

第五十八回中，秋菊又出场，被潘金莲折磨痛打，过程令人发指。早在第四十六回，卦婆给李瓶儿算命，就提醒说："又一件，你老人家今年计都星照命，主有血光之灾，仔细七八月不见哭声才好。"果然，这就给第五十八回埋下伏笔。这一回中，李瓶儿接二连三从金莲院落方向听见秋菊被痛打而发出"杀猪也似的"哭声，这，恰恰预示着李瓶儿自己命运的转折，为她日后的死亡作铺垫。看似一语成谶，实则作者巧妙安排。

恰恰从第五十八回之后，整个西门府邸陷入了命运的诅咒之中——先是官哥死病，不久李瓶儿病死，西门庆开始狂吃春药，身体出现不适的征兆。虽然从第六十四回开始，西门庆事业出现大转机，升官发财之余还能入京面君，林太太、郑爱月等女人也胯下称臣，但这一切的一切，似乎就是大灾难来临前的昙花一现，泰极必否来！

所以，秋菊如此憨痴的小人物，其实是个承上启下的一个“灾星”，成为小说中特意安排的桩结。作者借助这个人物，能够调整整个小说发展的节奏和结构。

早在第二十八回，潘金莲与和陈经济已经眉来眼去，开始调情。但是，他们之间无所顾忌的淫乱，是在西门庆死亡之后。而出事的根本，就是秋菊在第八十三、八十五回中艰苦卓绝的四次告密。

秋菊第一次告密，很有戏剧性：

> 秋菊在那边屋里，夜听见这边屋里恰似有男子声音说话，更不知是那个了。到天明鸡叫时分，秋菊起来溺尿，忽听那边房内开的门响，朦胧月色，雨尚未止，打窗眼看见一人，披着红卧单，从房中出去了。
>
> “恰似陈姐夫一般。原来夜夜和我娘睡。我娘自来人前会撇净，干净暗里养着女婿。”次日，径走到后边厨房里，就如此这般对小玉说。不想小玉和春梅好，又告诉与春梅

说："你那边秋菊，说你娘养着陈姐夫，昨日在房里睡了一夜，今早出去了。大姑娘和元宵又没在前边睡。"

这春梅归房，一五一十对妇人说："娘不打与你这奴才几下，教他骗口张舌，葬送主子，就是一般！"

"教你煎熬粥儿，就把锅来打破了。你屁股大，吊了心也怎的？我这几日没曾打你，这奴才骨朵痒了！"于是拿棍子向他脊背上尽力狠抽了三十下，打的杀猪也似叫，身上都破了。

图 29　秋菊含恨泄幽情

春梅走将来，说："娘没的打他这几下儿，与他挝痒痒儿哩。旋剥了，叫将小厮来，拿大板子尽力砍与他二三十板，看他怕不怕？汤他这几下儿，打水不浑的，只像斗猴儿一般。他好小胆儿，你想他怕也怎的？做奴才，里言不出，外言不入，都似这般，养出家生哨儿来了！”

秋菊道：“谁说甚么来？”

妇人道：“还说嘴哩！贼破家误五鬼的奴才，还说甚么！”几声喝的秋菊往厨下去了。（第八十三回）

秋菊浊愚，告密的方法也笨得让人生气。甚至她接连几次告状，都先告到和潘金莲、春梅关系良好的月娘丫鬟小玉处，不仅被后者唾骂，还挨扇了好大耳刮子。

而且，就连主母吴月娘，也对秋菊这种奴才告主的行为非常不满。

月娘喝了一声，骂道：“贼葬弄主子的奴才！前日平空走来，轻事重报，说他主子窝藏陈姐夫在屋里，明睡到夜，夜睡到明。叫了我去。他主子正在床上，放炕桌儿穿珠花儿，那得陈姐夫来？落后陈姐夫打前边来，恁一个弄主子的奴才！一个大人放在屋里，端的是糖人儿，木头儿，不拘那里安放了？一个汉子，那里发落？莫非放在毽眼里面不成？传出去，知道的是你这奴才们葬送主子；不知道的，只说西门庆平昔要的人强占多了，人死了多少时儿，老婆们一个个都弄的七颠八倒。恰似我的这孩子，也有些甚根儿不正一般。”

于是要打秋菊。唬的秋菊往前边疾走如飞，再不敢来后边说去了。

恰恰如此曲折的告密，延缓了潘金莲、陈经济、春梅三个人的淫行暴露过程，故事变得充满变数和戏剧性。

正是在这个过程中，作者从容安排，使得这奸淫三人组的关系得以合理的发展，也给读者的悬念设置了一个温和的缓冲，使小说充满了跌宕起伏的快感。

最终，一直被肆意凌辱的蠢婢秋菊，终于成为，她把西门府的两个女一号（潘金莲、春梅）和一个男二号（陈经济）扳倒，这三个人皆被逐出大宅门。此后，秋菊基本就隐没了。

第八十七回，潘金莲被杀前，作者非常随意地交待了秋菊的下场：

（月娘派小厮）春鸿往薛嫂儿家叫了薛嫂儿，见月娘，领秋菊出来，只卖了五两银子，交与月娘。不在话下。

中国古代，等级森然。《周易正义》就曾记载：“自下讼上，悖逆之道，故祸患来至。”《唐律疏议·斗讼律》也讲：“诸部曲、奴婢告主，非谋反、逆、叛者，皆绞。”对奴婢控告主人规定了非常严厉的处罚。所以，月娘心目中，虽然秋菊所讲都是实情，到底还是留不得这个告发主人的婢女在府中。

此后，小说作者对于这位婢女下落，再无任何交待。不过，我们可以想见的是，作为社会最下层人物，秋菊日后生活，再坏，也坏不到哪里去。她日后得遇的女主人再坏，也不会坏过潘金莲。而且，秋菊有没有任何姿色，也不可能会像孙雪娥被人卖到窑子里面受罪。

能把潘金莲、春梅、陈经济逐出西门府，并间接地送其中两个人入黄泉，秋菊也不枉为人一世。

11. 自然烂漫郑爱月

《金瓶梅》第八十回，西门庆死后，他原先所娶的第二房妾李娇儿在侄女李桂姐等人撺掇下，去心甚坚，不时偷拐财物出门，并一哭二闹三上吊，非要脱离西门府归院不可。吴月娘无奈，只得把她房中衣服、首饰、箱笼、床帐、家活都归还她，任这旧婊子远走高飞。

为此，作者发出一番感慨，代表了当时人众对妓女的普遍看法：

> 看官听说：院中唱的，以卖俏为活计，将脂粉作生涯。早辰张风流，晚些李浪子；前门进老子，后门接儿子。弃旧怜新，见钱眼开，自然之理。未到家中，挝打揪挦，燃香烧剪，走死笑嫁；泉到家，改志从良，饶君千般贴恋，万种牢笼，还锁不住他心猿意马。不是活时偷食抹嘴，就是死后嚷

闹离门，不拘几时，还吃旧锅粥去了。正是：蛇入筒中曲性在，鸟出笼轻便飞腾。

妓女卖笑生涯，自然以金钱、权势为取舍，无论是谁，只要有钱有势，就能让水波荡漾、玉体横陈。

《金瓶梅》中，妓女出现不少，包括丽春院的李桂卿、李桂姐，勾栏后巷的吴银儿，狮子楼的牛氏、包氏，东街口勾栏内的郑爱香、郑爱月、郑娇儿，以及韩金钏、韩玉钏、董娇儿、朱爱爱，等等。无论是清河还是临清，雕栏玉砌，画栋飞云，歌妓娼女，管弦呕哑，让人目眩神迷。

众多妓女中，郑爱月显得特别突出。在她身上，显然有着非常与众不同的喻意。恰恰这个妓女，千呼万转始出来，直到第五十八回西门庆开生日宴会，她才露面。在此之前，包括李桂姐、郑爱香、吴银儿、韩金钏等粉头，均已出场。不过，第三十二回中，郑爱月的姐姐郑爱香在西门庆家宴上曾经提起过她的名字。

西门庆生日，郑爱月本来订下到府中唱曲，不料鸨儿说她忽然被王皇亲拦去。西门庆大怒，要派人把郑爱月和老鸨一起抓起来。此时的西门庆，和当初为李桂姐怒砸丽春院相比，已经多了些城府和威仪，知道动嘴比动手还管事。

果不其然，没多久，郑爱月就来了。

郑爱月儿穿着紫纱衫儿，白纱挑线裙子头上凤钗半卸，宣髻玲珑。腰肢袅娜，犹如杨柳轻盈；花貌娉婷，好似芙蓉艳丽。正是：万种风流无处买，千金良夜实难消。

西门庆便向郑爱月儿道："我叫你，如何不来？这等可恶，敢量我拿不得你来！"

那郑爱月儿磕了头起来，一声儿也不言语，笑着同众人一直往后边去了。（第五十八回）

换了别的妓女，要不就吓得失魂落魄，要不就伶牙俐齿分辩。惟独这爱月憨憨自若，少女情态可掬，笑着到后边和众歌妓去拜见月娘等人去了。

如此娇憨之态，不比俗物，西门庆自然切记于心，心旌摇荡。很快，西门庆就找上门，送银送物买欢。往下性描写之前，作者铺陈从容，娓娓道来，显得爱月非常有情调。

西门庆坐下，看见上面楷书"爱月轩"三字。坐了半日，忽听帘栊响处，郑爱月儿出来：不戴鬏髻，头上挽着一窝丝杭州攒，梳的黑鬖鬖光油油的乌云，露着四鬓。云鬓堆纵，犹若轻烟密雾……上着白藕丝对衿仙裳，下穿紫绡翠纹裙，脚下露一双红鸳凤嘴，胸前摇瑂玎宝玉玲珑，正面贴三颗翠面花儿，越显那芙蓉粉面……望上不当不正，与西门庆道了万福，就用洒金扇儿掩着粉脸，坐在旁边。西门庆注目停视，比初见时节儿越发齐整，不觉心摇目荡，不能禁止。

不一时，丫鬟又拿一道茶来。这粉头轻摇罗袖，微露春纤，取一钟茶过来，抹去盏边水渍，双手递与西门庆，然后与爱香各取一钟相陪。吃毕，收下盏托去，请宽衣服，房里坐。西门庆叫玳安上来，把上盖青纱衣宽了，搭在椅子上。进入粉头房中……

西门庆坐下，但觉异香袭人，极其清雅，真所谓神仙洞府，人迹不可到者也。彼此攀话之间，语言调笑之际，只见丫鬟进来安放桌儿，四个小翠碟儿，都是精制银丝细菜，割切香芹、鲟丝、鳇鲊、凤脯、鸾羹。然后拿上两箸赛团圆、如明月、薄如纸、白如雪、香甜美口、酥油和蜜饯、麻椒盐荷花细饼。郑爱香儿与郑爱月儿亲手拣攒各样菜蔬肉丝卷就，安放小泥金碟儿内，递与西门庆吃。旁边烧金翡翠瓯儿，斟上苦艳艳桂花木樨茶。须臾，姊妹二人陪吃了饼，收下家火去，揩抹桌席，铺茜红毡条，床几上取了一个沉香雕漆匣，内盛象牙牌三十二扇，两个与西门庆抹牌。……

须臾收过去，摆上酒来。但见盘堆异果，酒泛金波。……姊妹二人递上了酒去，在旁筝排雁柱，款跨绞绡。当下郑爱香儿弹筝，爱月儿琵琶，唱了一套“兜的上心来”。端的词出佳人口，有裂石绕梁之声。唱毕，又是十二碟果仁

减碟，细巧品类。姊妹两个促席而坐，拿骰盆儿、二十个骰儿，与西门庆抢红猜枚。（第五十九回）

猴急如西门庆，也能耐下心来。

接下去，爱月还婉拒了西门庆的要求，樱口初绽，说得在情在理："慌怎的，往后日子多如树叶儿，今日初会，人生面不熟，再来等我替你品。"

换了别人，西门庆要恼；换了别人，也不敢如此对西门庆说。

张竹坡认为作者另用"香温玉软"之笔写郑爱月是为了彰显西门庆的粗鄙，很感武断。爱月的出现，自自然然，其实是为了作者日后写林太太作铺垫，她不过是作为情节推动者的角色而来。

当然，作者对郑爱月的描写非常用心，笔法超然，不像写别的妓女时那样纯粹白描。

第七十七回中，西门庆踏雪访爱月，场景描写近乎诗意：

西门庆见天色阴晦上来，但见彤云密布，冷气侵人，作雪的模样。忽然想起要往院中郑月儿家去，即令琴童："骑马家中取我的皮袄来。问你大娘，有酒菜儿稍一盒与你二舅吃。"琴童应诺。……于是带上眼纱，骑马，玳安、琴童跟随，径进构栏往郑爱月儿家来。转过东街口，只见天上纷纷扬扬，飘起一天瑞雪来。

西门庆踏着那乱琼碎玉，进入构栏，到于郑爱月儿家门首下马。

西门庆一面进入他后边住房明间内，但见绿穿半启，毡幕低张，地平上黄铜大盆生着炭火。西门庆坐在正面椅上。先是郑爱香儿出来相见了，递了茶。然后爱月儿才出来，头挽一窝丝杭州攒，翠梅花钿儿，金趿钗梳，海獭卧兔儿。打扮的雾霭云鬟，粉妆粉，香花琢。……笑嘻嘻的向西门庆道了万福。

图 30　西门庆踏雪访爱月

饮酒，美食，抹牌，欣赏书画，西门庆难得有条不紊和女人如此“慢”热。早在第六十八回，干真格的之前，看似漫不经心，郑爱月还策划了西门庆人生中的一个高潮桥段——偷奸贵妇林太太。

占有林太太，使得西门大官人潜意识中的一个绮色美梦得以实现。这种胜利，是二重的：一方面，他占有了“情敌”王三官的亲妈；另一方面，他又受林太太之托，堂而皇之地把王三官一伙从丽春院赶出。特别是林太太这块禁脔，身份尊贵，从前没有尝试过。和她的欢愉淫媾，使得西门庆的欲望之途攀上了一个高峰。

所以，西门庆爱郑爱月，是一种发自内心深处的欢喜。所以，他能忍受浅斟低唱的欢愉，能忍受风花雪月的拖沓。

虽然在小说中很晚才出现，但郑爱月惊鸿丽影，一下子就让西门庆的情欲出现了一个飞跃。听西门庆夸耀自己勾引林太太、降服王三官之事后，郑爱月更是“拍手大笑”，这种近乎天真的、不加掩饰的邪恶，特别让人印象深刻。

郑爱月之所以撺掇西门庆去勾引林太太，并非是要向社会示威、颠覆道德啥的，事件起因其实在于郑、李两家乐户的商业竞争。只有深合西门庆的“板眼”，才能赢得大官人的进一步欢心，才有可能打败李桂姐所在的李家粉头。

心细人读《金瓶梅》，还会发现这样一条线索：郑爱月刚刚成人的时候，开苞的第一个客人，是个“南人”，即来自发达商业地区的商人。正是从这位“南人”口中，她知道了林太太在外面找男人解渴的秘密。

郑爱月小小年纪，日益心机深刻，恐怕和她的这位“南人”恩客大有关联。而这位“南人”，阅世见识和偷鸡摸狗的深度远在一般人之上，甚至超过西门庆。他到底是谁，小说没有交待，成为一个耐人寻味的谜。

郑爱月是个可爱的小姑娘，妓女。她性格中，既有少女的娇痴，也有成年人的细腻巧慧。第五十八回她甫以出场，面对西门庆的训斥，笑笑而已，骄横的西门庆最终也对她无可奈何。她之所以能如此从容应对，无非是深谙男人好色的本性和官人疾言厉色的色厉内荏。这种大大咧咧，满不在乎，既包含不知利害的幼稚，也有漠视得失的豁达。

当然，郑爱月的豁达，不仅仅对财利而言。从小说情节发展看，许多别人作来看似机心险刻的事情，比如给西门庆策划勾引王招宣家婆媳，她都是随意脱口而出，没有任何纲常伦理的羁绊。所以，她人性中的恶，是一种简单的恶，是那种淡漠善恶的恶。

还是第六十八回，郑爱月帮助策划勾搭林太太事后，是这样的场景：

西门庆听了……亦发欢喜，说：“我儿，你既贴恋我心，每日我送三十两银子与你妈盘缠，也不消接人了。我遇闲就来。”爱月儿道：“爹，你若有我心时，甚么三十两、二十两，两月间掠几两银子与妈，我自恁懒待留人，只是伺候爹罢了。"西门庆道："甚么话！我决然送三十两银子来。"说毕，两个上床交欢。

从上述场景描写中，可以看出郑爱月真是个心思缜密的小丫头，对于西门大官人的性格，可谓摸个透实——你越不要，他越给！当然，相比贪得无厌的妓女李桂姐，郑爱月确有其天真烂漫和谦让廉取的一面。所以，日后西门庆病死，李氏姑侄臭不要脸拐带偷银，而郑爱月却蛾眉淡扫，飘然而过……

郑爱月的细心，还体现在另外一个细节上：李瓶儿死后，郑爱月特意亲自做了一碟酥油泡螺给西门庆，让大官人睹物思人，好不感动。不仅如此，还送去亲自用玉齿嗑的瓜子，个个都是"人心"——这些天真无邪小伎俩，超出了西门庆的想象力，自然让他迷恋郑爱月不已。

作为一个身陷名利场中不能自拔的人，西门庆只对贪婪的同类保持警醒和警惕，对于郑爱月的娇痴和心思，他当然无法理解得透彻。所以，这样一个绝色的风尘小姑娘，不仅在品位格调上胜西门庆一筹，对生活认知的许多方面，她也远在西门庆之上。

郑爱月的主要商业竞争对手是李桂姐。李桂姐被西门庆梳笼后不久，暗中很快就接交张二官等新客，惹得西门庆恼怒不已。后来，由于王三官娘子通过关系告了官，李桂姐惹上官司，不得不觍着脸皮向西门庆求告，处境很是尴尬；而郑爱月呢，当然不是单为了西门庆一个人独守空房，她也和王三官有勾搭，甚至闺房内的一幅画就是王三官送的，还被西门庆当场看到。但郑爱月聪慧乖巧，处事灵活，善于化死结为活结，让西门庆连怀疑一下都没有。

作为卖笑娼妓，郑爱月迎合讨好西门庆，暗接王三官，都无可厚非。但她对钱财的态度，显然比李桂姐辈大有节制，不会那样招人反感。果然，大官人病死后，李桂姐和姑姑李娇儿勾连，从西门府盗走不少财物，转投张二官怀抱，确实是“婊子无情”。

反观郑爱月，自然淡出，并且在西门庆病重的时候，还亲自前去看望，嘘寒问暖，很有实诚的意思。

> 那日不想郑爱月儿送了一盒鸽子雏儿，一盒果饼顶皮酥，坐轿子来看西门庆。进门花枝招飐，绣带飘飘，与西门庆磕头，说道：“不知道爹不好，桂姐和银姐好人儿，不对我说声儿，两个就先来了。看的爹迟了，休怪。”
>
> 西门庆道：“不迟，又起动你妈费心，又买礼来。”
>
> 爱月儿笑道：“甚么大礼，惶恐的要不的。”因说：“爹清减的恁样的，每日饮馔也用些儿？”
>
> 月娘道：“用的倒好了，吃不多儿。今日早辰，只吃了些粥汤儿，还没吃些甚么儿。刚才太医看了去了。”
>
> 爱月儿道：“娘，你分付姐，把鸽子雏儿顿烂一个儿来，等我劝爹进些粥儿。你老人家不吃，恁偌大身量，一家子金山也似靠着你，却怎么样儿的？”

月娘道："他只害心口内拦着，吃不下去。"

爱月儿道："爹，你依我说，把这饮撰儿逐日就懒待吃，须也强吃些儿，怕怎的？人无根本，水食为命。终须但用的有柱戗些儿。不然，越发淘渌的身子空虚了。"

不一时顿烂了鸽子雏儿，小玉拿粥上来，十香甜酱瓜茄，粳粟米粥儿。这郑月儿跳上炕去，用盏儿托着，跪在西门庆身边，一口口喂他。（西门庆）强打着精神，只吃了上半盏儿，拣了两筋儿鸽子雏儿在口内，就摇头儿不吃了。

爱月儿道："一来也是药，二来还亏我劝爹，却怎的也进了些饮馔儿！"（第七十九回）

正是有了郑爱月喂吃的最后一顿饭，西门庆才没作为空肚子鬼，这是他临死前最后的胃部温暖。垂死病中，大官人所受缠绵的爱意，竟然是个妓女所赐。相比之下，前一日，西门庆已经被医生诊断为脱阳症，肾囊肿痛，由于吃了庸医的错药，虚阳举发，"潘金莲晚夕不管好歹，还骑在他身上，倒浇蜡烛摋弄，死而复苏者数次"。

潘金莲为了自己的欲望，连丈夫性命都不顾，人性深层的丑恶，远远超出她的超群淫荡。而卖淫为生的郑爱月，反而显现出罕有的体贴和细腻，让西门庆带着最后一丝温暖进入黄泉。

介入西门庆的生活，郑爱月是被动的；让西门庆的情欲达到高潮和顶峰，郑爱月又是主动的。

生活的本质，就是如此怪诞，如此粗糙，如此出人意料，如此无可奈何……

12．一本“正经”林太太

《金瓶梅》中，人所诟病的贵族妇女林太太很有特色，她甫出场就不凡，妖妖娆娆间和西门庆见面，两个人起先开聊的，和风月完全无关，竟然是一本正经的子女教育问题。读来令人发噱之余，也会让人升起深思之意：

> 这西门庆一见，躬身施礼，说道：“请太太转上，学生拜见。”
>
> 林氏道：“大人免礼罢。”
>
> 西门庆不肯，就侧身磕下头去拜两拜。妇人亦叙礼相还。拜毕，西门庆正面椅子上坐了，林氏就在下边梳背炕沿斜佥相陪坐的。……
>
> 西门庆道：“不知老太太有甚事分付。”
>
> 林氏道：“不瞒大人说，寒家虽世代做了这招宣，夫主去世年久，家中无甚积蓄。小儿年幼优养，未曾考袭。如今虽入武学肄业，年幼失学。家中有几个奸诈不级的人，日逐引诱他在外飘酒，把家事都失了。几次欲待要往公门诉状，争奈妾身未曾出闺门，诚恐抛头露面，有失先夫名节。今日敢请大人至寒家诉其衷曲，就如同递状一般。望乞大人

千万留情，把这干人怎生处断开了，使小儿改过自新，专习功名，以承先业，实出大人再造之恩，妾身感激不浅，自当重谢。”

西门庆道：“老太太怎生这般说，言‘谢’一字。尊家乃世代簪缨，先朝将相，何等人家！令郎两入武学，正当努力功名，承其祖武，不意听信游食所哄，留连花酒，实出少年所为。太太既分付，学生到衙门里，即时把这干人处分惩治，无损令郎分毫，亦可戒谕令郎，再不可蹈此故辙，庶可杜绝将来。”

这妇人听了，连忙起身向西门庆道了万福，说道：“容日妾身致谢大人。”

西门庆道：“你我一家，何出此言？”（第六十九回）

孤男寡女深夜谈教育，怎么看怎么不是味道。而西门庆调弄林太太的初衷，说来更可笑：林太太的儿子、花花公子王三官攀恋西门庆梳笼的妓女李桂姐，西门庆生气，妓女郑爱月给西门庆出主意，告诉说王三官的母亲林太太本人也是个淫妇：

“今年不上四十岁，生的好不乔样，描眉画眼，打扮的狐狸也似。她儿子（王三官）镇日在（妓）院里，他专在家，只送外卖。”

而且，郑爱月进一步提供情报：

“王三官儿娘子儿，今才十九岁，是东京六黄太尉侄女儿，上画般标致，双陆棋子都会。三官常不在家，他如同守寡一般，好不气生气死，为他也上了两三遭吊，救下来了。爹难得，先刮剌上了他娘，不愁媳妇儿不是你的。”（第六十八回）

如此，不由得西门庆不心动。他立刻找来媒婆薛嫂，让她牵线搭桥，很快就得以和林太太幽会。

薛嫂媒婆嘴，死人都能说活。“（西门庆）不上三十四五年纪，正是当年汉子，大身材，一表人物，也曾吃药养龟，惯调风情；双陆象棋，无所不通；蹴踘打毬，无所不晓；诸子百家，拆白道字，眼见就会。端的击玉敲金，百伶百俐。”

林太太听此，自然半老芳心乱动。真正见到了西门庆，马上心生爱慕：

（西门庆）身材凛凛，语话非俗，一表人物，轩昂出众。头戴白段忠靖冠，貂鼠暖耳，身穿紫羊绒鹤氅，脚下粉底皂靴……

如此小伙，天生人样子，有钱有官，确实帅极。

不少读者受评论家所惑，以为林太太是个高级卖淫的主儿，其实是望文生义所致。招宣府虽然日益走下坡路，林太太还不至于靠卖肉谋生。她不过是闺中饥渴难耐，找些门当户对的稳当汉子败火过瘾而已。连儿媳妇都是东京太尉家亲戚，想必林太太肯定不是过不下去的那种人家。

果然，一见钟情，二人笑语寒暄之际，推杯换盏，渐入佳境：

图 31　招宣府初调林太太

看看饮至莲漏已沉，窗月倒影之际，一双竹叶穿心，两个芳情已动。……西门庆见左右无人，渐渐促席而坐，言颇涉邪，把手捏腕之际，挨肩擦膀之间。初时戏搂粉项，妇人则笑而不言；次后款启朱唇，西门庆则舌吐其口，呜咂有声，笑语密切。妇人于是自掩房门，解衣松珮，微开锦帐，轻展绣衾，鸳枕横床，凤香薰被，相挨玉体，抱搂酥胸。原来西门庆知妇人好风月，家中带了淫器包在身边，又服了胡僧药。……

这西门庆当下竭平生本事……妇人下床，款剔银灯，开了房门，照镜整容。呼丫鬟捧水净手，复饮香醪，再劝美酌。三杯之后，西门庆告辞起身。妇人挽留不已，叮咛频嘱。西门庆躬身领诺，谢扰不尽。（第六十九回）

半老徐娘林太太，风韵、风月都不输妓女。

不过，从始至终，初次幽会，西门庆一直礼数不亏，显然林太太的贵族身份让大官人不敢特别造次。

再怎么说，西门庆也是一个暴发户，林太太身上最吸引她的，就是她家招宣府的牌匾和内涵。相比如今的暴发户包玩这个星、那个星，西门庆的趣味，似乎要高得多。

招宣府的煊赫排场，肯定让刚进门的西门庆得到了无限的满足：

西门庆到后堂，掀开帘拢而入。只见里面灯烛荧煌，正面供养着他祖爷太原节度颁阳郡王王景崇的影身图，穿着大红团龙蟒衣玉带，虎皮交椅坐着观看兵书，有若关王之像，只是髯鬚短些。旁边列着枪刀弓矢。迎门朱红匾上“节义堂”三字，两壁书画丹青，琴书潇洒。左右泥金隶书一联：“传家节操同松竹，报国勋功并斗山。”

显然，小说中王氏府第的祖先乃宋朝开国先烈功臣，非同小可。王景崇这个人物应该是作者杜撰，宋朝、明朝都没有。五代时候，后汉倒有个凤翔巡检使名叫王景崇，后迁邡州留后，最后自焚而死。“招宣”的来历，应该是“招讨使”和“宣抚使”的合称。唐后期，政府派大臣巡视战后地区及水旱灾区，称“宣先安慰使”或“宣抚使”。宋代不常置，一般由二府大臣充，以后演变为一路或数路的军事统帅。皇祐四年（1052 年），枢密副使狄青任宣抚使，是武臣任宣抚使之始；招讨使，也是中国古代官名。此职置于唐贞元年间。后遇战时临时设置，常以大臣、将帅或节度使等地方军政长官兼任。宋代并不常置，主要负责镇压各地反叛及招降讨叛，军中如有急事不及奏报，可便宜行事。

《金瓶梅》弄出“招宣”这个官职，意在渲染王家祖上是个有大军功并能统制一方的大臣。

最令读者感到好玩的，是堂皇招宣府节义堂上那副对联，庄严肃穆，尤其是“节操”二字，让人发噱不已。

腐儒无知，总拿这段说事儿，唾沫乱飞，大讲作者多么煞费苦心，以此描写来讽刺“封建道德”沦丧啥的。

其实大不尽然。

作者通过西门庆主观之“眼”中所看到的这些物事，主要是渲染大官人亢奋、激动的情绪和跃跃欲试的性欲，来衬托他马上要弄个贵妇人的自豪感。

林太太最后一次在作者揭示场景中出现，是西门庆死前的第七十八回。他以拜节为名，借王三官不在家的机会，和林太太又“大战”一场：

西门庆一面唤玳安脱去上盖，里边穿着白绫袄子、天青飞鱼氅衣，粉底皂靴，十分绰耀。妇人房里安放桌席。须臾，丫鬟拿酒菜上来，杯盘罗列，肴馔堆盈，酒泛金波，茶烹玉蕊。妇人锦裙绣袄，皓齿明眸，玉手传杯，秋波送意。猜枚掷骰，笑语烘春。话良久，意洽情浓；饮多时，目邪心荡。看看日落黄昏，又早高烧银烛……妇人又倒扣角门，僮仆谁敢擅入。

酒酣之际，两人共入里间房内，掀开绣帐，关上窗户，丫鬟轻剔银缸，佳人忙掩朱户。男子则解衣就寝，妇人即洗脚上床。枕设宝花，被翻红浪。……

此次偷欢，相比初次幽会，西门庆放开了许多，没有那么多客套，满足了暴发户的征服欲和自尊心。

《金瓶梅》不是道德教科书，林太太这个人不过是小说中一个铺垫、支架类的人物，她只正式出现过两次。作者真正隐笔要展现的，是这样的目的：潘金莲9岁时候就在招宣府呆过。所以，洋洋洒洒林太太，都是在给潘金莲这位女一号的“童年”情节作铺衬。

但多年以来，林太太却被阶级意识特浓的道德批评家们屡屡当成靶子，口诛笔伐，咻咻不止。

即使西门庆敢在林太太身上烧虐为戏，其实也不能说他是在玩弄贵妇人；对于久旷渴思的林太太来说，她也在玩弄西门大官人。

让大王十分想不通的是，女权运动这么多年，从来没有一个女评论者站出来，替这位敢于突破禁欲主义传统和封建伦理道德的林太太说句话！

13．深情恶少陈经济

陈经济初次出现在《金瓶梅》小说中，是在第十七回。当时，他携妻西门大姐（西门庆死去的正妻所生女儿），逃难一样从东京跑到清河：

> （西门庆）只见后堂中秉着灯烛，女儿、女婿都来了，堆着许多箱笼床帐家伙，先吃了一惊。因问："怎的这咱来家？"
>
> 女婿陈经济磕了头，哭说："近日朝中，俺杨老爷（指同族显官杨戬）被科道官参论倒了。圣旨下来，拿送南牢问罪。门下亲族用事人等，都问拟枷号充军。……父亲慌了，教儿子同大姐和些家伙箱笼，就且暂在爹家中寄放，躲避些时。"

陈经济两口子来的时候，带着不少箱笼细软，都被西门庆安排，收拾到吴月娘房间里面去。虽然仓猝出行，毕竟事有准备，这些东西价值不菲，成为西门庆发迹的第一桶“金”之一。

依靠陈经济父亲陈洪派人附送的银两，西门庆打发仆人来保、来旺到东京活动，买通了蔡京儿子蔡攸和右相李邦彦。由此，杨戬名下依理该责罚的亲党名单中，西门庆名字被划去，使得这位清河大官人终于转危为安。

刚从东京来清河的时候，陈经济年方十七。他受过高等教育，人物风流，相貌儒雅，“诗词歌赋，双陆象棋，拆牌道字，无所不通，无所不晓”。（第十八回）

所以，有这个不要工钱的女婿在家里，西门庆很省心，把他安排在花园中，和手下仆从一起，负责新房建设工程，平时写写算算，算个高级帮佣，并不允许他入内宅。

陈经济惊魂未定，在岳父羽翼下感觉受到庇护，自然干活很卖力。西门庆何等样人，眼里不揉沙子，他也确实不敢造次。

主妇吴月娘不晓事，心内根本没有任何提防这位“实诚”女婿的意思。一次闲话，就主动请陈经济入内院和西门庆诸妻妾一起抹牌玩耍。这，就给陈经济和潘金莲的相遇、相奸创造了机会：

> 潘金莲掀帘子走进来，银丝鬏髻上戴着一头鲜花儿，仙掌体，可五貌，笑嘻嘻道：“我说是谁，原来是陈姐夫在这

里。”慌的陈经济扭颈回头，猛然一见，不觉心荡目摇，精魂已失。正是：五百年冤家今朝相遇，三十年恩爱，一旦遭逢。（第十八回）

大宅门内是非多。在成功调唆了西门庆和月娘斗气后（因迟娶李瓶儿），潘金莲开始勾引起“女婿”陈经济来。

潘金莲自西门庆与月娘尚气之后，见汉子偏听己，于是以为得志。每日抖擞着精神，妆饰打扮，希宠市爱。因为那日后边会遇陈经济一遍，见小伙儿生的乖猾伶俐，有心也要抅搭他，但只畏惧西门庆，不敢下手。只等西门庆往那里去，不在家，便使了丫鬟，叫进房中，与他茶水吃，常时两个下棋做一处。

……小伙儿就在他炕桌儿，摆着四碟小菜吃，吃着点心。因见妇人弹琵琶，戏问道：“五娘，你弹的甚曲儿？怎不唱个儿我听？”妇人笑道：“好陈姐夫，奴又不是你影射的，如何唱曲儿你听？我等你爹起来，看我对你爹说不说！”那经济笑嘻嘻慌忙跪下，央及道：“望乞五娘可怜见，儿子再不敢了！”那妇人笑起来了。

自此这小伙儿和这妇人，日近日亲，或吃茶吃饭，穿房入屋，打牙犯嘴，挨肩擦膀，通不忌惮。月娘托以儿辈，放这样不老实的女婿在家，自家的事却看不见。正是：只晓采花成酿蜜，不知辛苦为谁甜。

假如陈经济自己老婆美貌贤惠，估计小伙还不会这么快对“小丈母娘”起意。西门大姐这个人，在《金瓶梅》中面目非常模糊，她除了没事奚落陈经济以外，我们所能看到的日常活动，无非是和月娘等人抹牌、听戏或听姑子宣讲佛理。她和夫婿之间的关系，非常冷漠和疏淡。

图 32　陈经济儌幸得金莲

第二十四回中，西门府诸妻妾仆妇出外赏灯，宋惠莲和陈经济调情打闹，潘金莲有意无意讲出来，西门大姐回到房间后，冷脸怒骂说：“不知死的囚根子！平白和来旺媳妇子打牙犯嘴，倘忽一时传的爹知道了，淫妇便没事，你死也没处死！”

身在矮檐下，不得不低头。陈经济任凭西

门大姐骂詈。

西门庆活着的时候，陈经济从来不敢对西门大姐怎么样，回嘴都不敢回一句。而且，西门大官人的确不怒自威，陈经济即使淫欲烧得再旺，也只是在卷棚中草草和小丈母娘潘金莲真正发生过一次肉体关系（第五十三回，而这回根据许多学者考证，应该是“腐儒”篡加的内容）。

待西门大官人驾鹤西归，干熬了两年多的陈经济终于找到机会，夏日炎炎淫欲炽，和潘金莲、春梅弄到了一处。

> 潘金莲与陈经济，自从西门庆孝堂，在厢房里得手之后，两个人尝着甜头儿，日逐白日偷寒，黄昏送暖。或倚肩嘲笑，或并坐调情，掏打揪挦，通无忌惮。或有人跟前，不得说话，将心事写成，搓在纸条儿内，丢在地下，你有话传与我，我有话传与你。（第八十二回）

丈母娘、女婿隔着辈分，小情调玩得倒很到位。

好花不常开，好景不常在。丫鬟秋菊告密，陈经济和潘金莲奸情败露。

> 晚夕，西门大姐在房内又骂经济：“贼囚根子，敢说又没真赃实犯？拿住你，你还那等嘴巴巴的！今日两个又在楼上做甚么？说不的了，两个弄的好磣儿！只把我合在缸底下

一般。那淫妇要了我汉子，还在我面前拿话儿拴缚人，毛司里砖儿，又臭又硬，恰似强伏着那个一般。他便羊角葱靠南墙，老辣已定。你还在这屋里雌饭吃！”

经济骂道：“淫妇，你家收着我银子，我雌你家饭吃？”（第八十五回）

由此，陈经济终于撕破脸，要和西门家决裂。西门庆死后，能降服他的男人已经不存在，他和西门大姐的夫妻关系，也越来越僵。

陈经济见卖了春梅，又不得往金莲那边去。见月娘凡事不理他，门户都严紧，到晚夕亲自出来，打灯笼前后照看了，方才关后边仪门，夜里上锁，方才睡去，因此弄不得手脚。十分急了，先和西门大姐嚷了两场，淫妇前淫妇后骂大姐：“我在你家做女婿，不道的雌饭吃吃伤了！你家收了我许多金银箱笼，你是我老婆，不顾赡我，反说我雌你家饭吃！我白吃你家饭来？”骂的大姐只是哭涕。（第八十六回）

而后，他对着西门家的伙计，更是口出狂言，醒人说醉话：

“我把这一屋子里老婆都刮剌了，到官也只是后丈母通奸，论个不应罪名。如今我先把你家女儿（西门大姐）休了，然后一纸状子告到官；再不，东京万寿门进一本，你家见收着我家许多金银箱笼，都是杨戬应没官赃物。好不好，把你这几间业房子都抄没了，老婆便当官办卖。我不图打鱼，只图混水耍子。”（第八十六回）

再后，便是他在印子铺，当众自称是西门庆遗腹子孝哥的亲爹，影射自己和吴月娘通奸，即刻把这位丈母娘气得昏死过去。

在孙雪娥调唆下，陈经济被吴月娘率仆妇丫鬟打赶出家门。未几，潘金莲也被逐出，依旧回到王婆家里待嫁待卖。

患难见真情。此时此刻的陈经济，倒很有一番大情痴豁出去的味道：

陈经济打听得潘金莲出来，还在王婆子家聘嫁，提着两吊铜钱，带着银钱，走到王婆子家来。婆子正在门前扫驴子撒的粪，这经济向前，深深地唱个喏。

婆子问道：“哥哥，你做甚么？”

经济道：“请借里边说话。”

王婆便让进里面。经济揭起眼纱，便道：“动问西门大官人宅内，有一位娘子潘六姐，在此出嫁？”

王婆便道：“你是他什么人？”

那经济嘻嘻笑道：“不瞒你老人家说，我是他兄弟，他是我姐姐。”

那王婆子眼上眼下，打量他一回，说：“他有甚兄弟，我不知道，你休哄我。你莫不是他家女婿姓陈的，在此处撞蠓子，我老娘手里放不过！”

经济笑向腰里解下两吊铜钱来，放在面前，说：“这两吊钱权作王奶奶一茶之费，教我且见一面，改日还重谢你老人家。”

婆子见钱，越发乔张致起来，便道：“休说谢的话！他家大娘子分付将来，不教闲杂人来看他。咱放倒身说话：你既要见这雌儿一面，与我五两银子，见两面，与我十两。你若娶他，便与我一百两银子，我的十两媒人钱在外。我不管闲帐。你如今两串钱儿，打水不浑的做甚么？”

经济见这虔婆口硬不收钱，又向头上拔下一对金头银脚簪子，重五钱，杀鸡扯腿跪在地下，说道：“王奶奶，你且收了，容日再补一两银子来与你，不敢差了。且容我见他一面，说些话儿则个。”

那婆子于是收了簪子和钱，分付：“你进去见他，说了话就与我出来。不许你涎眉睁目，只顾坐着。所许那一两头银子，明日就送来与我。”于是掀帘放经济进里间。

妇人……扯住经济，只顾哭泣。王婆又嗔哭，恐怕有人听见。经济道：“我的姐姐，我为你剐皮剐肉，你为我受气耽羞，怎不来看你？昨日到薛嫂儿家，已知春梅卖在守备府里去了，才打听你出离了他家门，在王奶奶这边聘嫁。今日特来见你一面，和你计议。咱两个恩情难舍，拆散不开，如之奈何？我如今要把他家女儿休了，问他要我家先前寄放金银箱笼。他若不与我，我东京万寿门一本一状进下来，那里他双手奉与我还是迟了。我暗地里假名托姓，一顶轿子娶到你家去，咱两个永远团圆，做上个夫妻，有何不可？”

妇人道：“现今王干娘要一百两银子，你有这些银子与他？”

经济道：“如何要这许多？”

婆子说道：“你家大丈母说，当初你家爹为他打个银人儿也还多，定要一百两银子，少一丝毫也成不的。”

经济道：“实不瞒你老人家说，我与六姐打得热了，拆散不开。看你老人家下雇，退下一半儿来，五六十两银子也罢，我往张舅那里典上两三间房子，娶了六姐家去，也是春风一度。你老人家少转些儿罢。”

婆子道：“休说五十两银子，八十两也轮不到你手里了。昨日湖州贩绸绢何官人，出到七十两；大街坊张二官府，如今见在提刑院掌刑，使了两个节级来，出到八十两上，拿着两封银子来兑，还成不的，都回去了。你这小孩儿家空口来说空话，倒还敢奚落老娘，老娘不道的吃伤了哩！”

当下一直走出街上，大嘤喝说：“谁家女婿要娶丈母，还来老娘屋里放屁！”

这经济慌了，一手扯进婆子来，双膝跪下，央及：“王奶奶噤声，我依了王奶奶价值一百两银子罢。争奈我父亲在东京，我明日起身往东京取银子去。”

妇人道：“你既为我一场，休与干娘争执，上紧取去。只恐来迟了，别人娶了奴去，就不是你的人了。”

经济道：“我雇上头口，连夜兼程，多则半月，少则十日就来了。”

婆子道：“常言先下米先食饭，我的十两银子在外，休要少了我的，说明白着。”

经济道：“这个不必说，恩有重报，不敢有忘。”说毕，经济作辞出门，到家收拾行李，次日早，雇头口上东京取银子去。（第八十六回）

可见，此时的陈经济，气势很盛，似乎能给自己当家作主，但经济方面显得非常窘迫。收买王婆时，他能够拿出的，也只有“两吊铜钱”而已。

情深意切，陈经济前往东京取银子，铁定心要赎金莲，成其夫妇。到东京后，才得知他父亲陈洪已死了三日，满家戴孝。本来他要扶着灵柩回去归葬，又怕装载灵柩耽搁时日，就先诓了两车细软箱笼回清河。

小伙子置死爹于不顾，翻蹄亮掌，打了100两银子揣在腰里，另外又袖着10两谢王婆，来到紫石街要娶潘金莲。

晴天霹雳般，迎接他的是潘金莲的死讯。

这经济见那人已死，心中转痛不下……到晚夕，买了一陌钱纸，在紫石街离王婆门首远远的石桥边，题着妇人："潘六姐，我小兄弟陈经济，今日替你烧陌钱纸。皆因我来迟了一步，误了你性命。你活时为人，死后为神，早佑佑捉获住仇人武松，替你报仇雪恨。我在法场上看着剐他，方趁我平生之志。"（第八十八回）

咬牙切齿半日，陈经济连日心中依旧挂念潘金莲。待日后春梅收葬这位丈母之后，他还亲到永福寺祭奠：

这陈经济且不参见他父亲灵柩，先拿钱纸祭物，到于金莲墓上，与他祭了，烧化钱纸，哭道："我的六姐，你兄弟陈经济敬来与你烧一陌纸钱。你好处安身，苦处用钱。"

亲爹和亲肉肉，对于陈经济来说，还是美人（虽然已死）更让他挂念。无论如何，他对潘金莲绝对是有情有义。

自从潘金莲死后，陈经济由恨生怨，对西门家的人恨入骨髓。

第八十九回中，吴月娘来吊祭亲家陈洪并送西门大姐来陈经济家，被他好一顿阻拦喝骂：

话说吴月娘，次日备办了一张祭桌，猪首三牲，羹饭冥纸之类，封了一匹尺头，交大姐收拾一身缟素衣服，坐轿子。薛嫂儿押着祭礼先行，来到陈宅门首，只见陈经济正在门首站立，那薛嫂把祭礼交人抬进去，经济便问："那里的？"

薛嫂道了万福，说："姐夫，你休推不知。你丈母家来与你爹烧纸，送大姐来了。"

经济便道："我鬯鬏合的才是丈母！正月十六贴门神——迟了半月。人也入了土，才来上祭！"

薛嫂道："好姐夫，你丈母说：寡妇人，没脚蟹，不知你这里亲家灵柩来家，迟了一步，休怪。"正说着，只见大姐轿子落在门首。

经济问："是谁？"

薛嫂道："再有谁？你丈母心内不好，一者送大姐来家，二者敬与你爹烧纸。"

经济骂道："趁早把淫妇抬回去。好的死了万万千千，我要他做甚么！"

薛嫂道："常言道：嫁夫着主。怎的说这个话？"

经济道："我不要这淫妇了，还不与我走？"

那抬轿的只顾站立不动，被经济向前踢了两脚，骂道："还不与我抬了去，我把花子脚砸折了，把淫妇鬓毛都薅净了！"

那抬轿子的见他踢起来，只得抬轿子往家中走不迭。（第

八十九回）

吴月娘气得发昏，次日又安排一顶轿子把西门大姐送到陈经济家来。晚间，陈经济坟上回来，肆行踢打詈骂。此时的陈经济，凶相毕露，和昔日仓惶逃到西门庆门下避难的那个可怜女婿判若霄壤。

浪荡子不知世道艰难，也想效仿当年西门庆做买卖赚钱。可惜，陈经济手下所雇的杨大朗本身就是个地痞，天天骗他在临清娼寨酒楼流连。生意没怎么做，500 两本银倒基本挥霍一空，还花 100 两白银娶个妓女冯金宝回到家里。

陈经济的母亲张氏见此，一口重气没上来，呜呼哀哉。

搜罗张氏箱笼，找出了千两金银，小伙留 100 两给冯金宝在家过生活，自己和杨大郎等人前往浙江。此次外出，名义上是经商做买卖，真实目的，却是要以从前捡到的孟玉楼簪子做要挟，想勾引已经嫁给李衙内的那位从前三丈母娘，以求人财两得。

结果，孟玉楼将计就计，陈经济差点连小命都丢掉。他匆匆赶往自己货船处，发现杨大郎已经把货物拐带一空，害得这位公子哥只得和老仆乞讨回家。

回到家里，他仍不消停，对西门大姐非打即骂，最终逼使西门大姐自缢身亡。

吴月娘听说此讯后，立刻率领家人小厮、丫鬟媳妇七八口，把陈经济拿住，暴打一顿，连西门大姐房中床帐妆奁都还搬回西门府邸。

为避免日后陈经济再到西门府缠要从前寄存的箱笼，吴月娘把他一纸状书告到官府。最后，县官认定陈经济“夫殴妻至死”的罪名，拟绞罪。

五内俱焚，小伙吓得不得了，赶忙把铺子里面所有存货都发卖了，凑集了100两银子孝敬给知县，这才捡得一命。

图33　陈经济被陷严州府

不消几时，把大房卖了，找了七十两银子，典了一所小房，在僻巷内居住。……又过了不上半月，把小房倒腾了，却去赁房居住。……家伙桌椅都变卖了，只落得一贫如洗。未几，房钱不给，钻入冷铺内存身。花子见他是个富家勤儿，生得清俊，叫他在热炕上睡，与他烧饼儿吃。有当夜的过来，教他顶火夫，打梆子摇铃。

那时正值腊月残冬时分，天降大雪，吊起风来，十分严寒。这陈经济打了回梆子，打发当夜的兵牌过去，不免手提铃串了几条街巷。又是风雪，地下又踏着那寒冰，冻得耸肩缩背，战战兢兢。

临五更鸡叫，只见个病花子躺在墙底下，恐怕死了，总甲分付他看守着，寻了把草叫他烤。这经济支更一夜，没曾睡，就歪下睡着了。不想做了一梦，梦见那时在西门庆家，怎生受荣华富贵，和潘金莲勾搭，顽耍戏谑，从睡梦中就哭醒来。……

都说陈经济晚夕在冷铺存身，白日间街头乞食。（第九十三回）

到了此时，陈经济落魄到了极点，从一个锦衣玉食的公子，完全堕落成为一个乞食摇梆的叫花子。

观他之所以落到这个地步，完全是自找。放荡成性不说，又不安分，无事生非瞎折腾。社会底层的痛苦生活，也没能让他有任何幡然悔悟的感觉。他惟一表现出来的，就是以更卑鄙的心态和更卑微的心理去适应那个肮脏的社会。

还好，清河城内老好人王宣帮忙，施舍财钱，陈经济得以在晏公庙做了道士，给任道长作徒弟。

他（任道长）这大徒弟金宗明，也不是个守本分的。年约三十余岁，常在娼楼包占乐妇，是个酒色之徒。手下也有两个清洁年少徒弟，同铺歇卧，日久絮繁。因见经济生的齿白唇红，面如傅粉，清俊乖觉，眼里说话，就缠他同房居住。

晚夕和他吃半夜酒，把他灌醉了，在一铺歇卧。……这经济口中不言，心内暗道："这厮合败。他讨得十方便益多了，把我不知当做甚么人儿。与他个甜头儿，且教他在我手内纳些败缺。"一面故意声叫起来。

这金宗明恐怕老道士听见，连忙掩住他口，说："好兄弟，噤声！随你要的，我都依你。"

经济道："你既要勾搭我，我不言语，须依我三件事。"

宗明道："好兄弟，休说三件，就是十件事我也依你。"

经济道："第一件，你既要我，不许你再和那两个徒弟睡。第二件，大小房门上钥匙，我要执掌。第三件，随我往那里去，你休嗔我。你都依了我，我方依你此事。"

金宗明道："这个不打紧，我都依你。"

当夜两个颠来倒去，整狂了半夜。这陈经济自幼风月中撞，甚么事不知道。当下被底山盟，枕边海誓，淫声艳语，抠吮嗏品，把这金宗明哄得欢喜无尽。到第二日，果然把各处钥匙都交与他手内，就不和那两个徒弟在一处，每日只同他一铺歇卧。（第九十三回）

可怜佳公子，如今完全沦为一个男妓，瞧他和道士金宗明的三件约定口吻，完全像个妾妇，丧失了男性资格。底层社会中，凭借本能讨生活。

《金瓶梅》自第七十九回西门庆死后，可看点不多，读者往往越看越堵心，越看越郁闷。只有陈经济这个人，才能让人稍许体会到一些阅读的快感。

有了道观贪污的银子，陈经济故态复萌，重新去临清码头上招摇、游玩，得遇昔日爱妾冯金宝，再续前情。好景不长，地痞刘二作为周守备府中亲随张胜的小舅子，在当地欺男霸女，以冯金宝拖欠房钱为名，把陈经济、冯金宝二人痛打之后，用绳子锁了报官。

无巧不成书。陈经济在守备府正要挨大棍子，春梅所生的小衙内扑过去就要他抱，还哇哇大哭。春梅得知被抓的道士姓陈，心内存念，过来一看，果然是昔日和潘金莲一起享用的小伙陈经济，赶忙冒称是自己姑表兄弟，让周守备放人。

周守备吃惊不小，因为自己已经下令，大棍子打了陈经济十棍。为了补救，他连忙让人看住陈经济，准备请到后院和春梅相见。春梅沉吟了一下，若有所思，就让衙役先放走了陈经济。

当时春梅之所以有所顾忌，主要是因为孙雪娥还在自己府中当厨娘，怕她认出陈经济，使得自己和小伙关系露了馅。于是，她先把孙雪娥卖入娼门，然后想法找到陈经济再续前缘。

陈经济被从守备府中打了出来，欲投宴公庙。又听见人说师父任道士因为发现财物大半被盗气死了，就害怕不敢回庙来，又没脸儿再见推举人王宣，只得到处流浪，晚上睡冷铺，混一天算一天。

一天，陈经济街上站立，遇到拐骗自己货物跑走的杨大郎，就上前揪住对方，要他归还财物。双方扭缠之际，陈经济狠挨了几大马鞭子。

关键时刻，跳出一人打抱不平。陈经济仔细一看，原来是当初在冷铺和他一起睡的土方工程包工头侯林儿。

两人人酒馆叙旧，侯林儿给陈经济找工作，到城南水月寺修伽蓝殿抬土。然后，“同到坊子里，两个在一处歇卧”。（第九十六回）

这位年方24岁的小伙子适应能力确实比较强，吃得苦，受得累，白日抬土，晚上让人耍弄，光阴荏苒，又过了一个多月。

此种遭遇浮沉，节节相扣，互为因果。陈经济的兴衰际遇，在小说后几回中颇有跌宕，有时候看似无常，实则隐含宿命的意味。

一日，陈经济和众人抬出土来，懒乏之余，他在山门墙下倚着墙根，向阳蹲踞捉虱虮。忽然，春梅派出寻人的守备府亲随张胜正好看到了他。从此，他的命运再次发生了重大转机。

春梅找到小伙之后，对外假称是表姐弟，在军中给他讨得一个参谋职衔；为了掩人耳目，还替他娶妻葛氏；凭借周守备之势，为他夺回了昔日杨大郎哄弄走的财产；春梅自己出银500两，凑齐1000两本钱，在临清码头为陈经济开了一个大酒楼搞事业。

依理，陈经济至此，苦尽甘来，应该消停一下享受享受生活了。但逞强好霸的他，酒色财气四个字，每个都不缺。

春梅志骄意满之际，还能暂忘前嫌，和昔日西门府吴月娘等人常来常往。陈经济却非常记仇，得知消息后，他埋怨说：“姐姐，你好没志气。想着这贼淫妇，那咱把咱姐儿们生生的拆散开了，又把六姐（潘金莲）命丧了，永世千年，门里门外不相逢才好，反替他说人情儿！……他是你我仇人，又和他上门往来做甚么？六月连阴，想他好晴天儿！”（第九十七回）

几句话，说得春梅闭口无言。日后慢慢也和西门府旧人们冷淡了。

陈经济春风得意，巧遇韩道国、王六儿夫妇和他们的女儿韩爱姐。韩爱姐貌美知书，性情温顺，当下就是靠卖身养活父母，两个人眉来眼去，很快就春风缠绵。而后，二人诗书往来，小伙又陷入新一轮恋情之中。

一日，陈经济正在韩爱姐处休歇，地痞刘二忽然又乘醉砸门打户，把王六儿痛打了一顿。

惊吓之余，陈经济打听后得知，这个刘二就是当初自己作道士的时候打过自己的那个人。于是，安抚了王六儿、韩爱姐母子之后，他从临清赶回清河。

此时的陈经济，阅历日增，应该是历练过的人，还算沉得住气，暂时没有声张。事后，他终于打听到刘二的姐夫、守备府虞候张胜包占着春梅的仇人孙雪娥，觉得终于抓住了机会，向春梅大吹枕边风：

> “张胜那厮，好生欺压于我，说我当初亏他寻得来，几次在下人前败坏我。昨日见我在河下开酒店，一径使小舅子坐地虎刘二——专一倚逞他在姐夫（指周守备）麾下，在那里开巢窝，放私债，又把雪娥隐占在外奸宿，只瞒了姐姐一人眼目。昨日教他小舅子刘二打我酒店来，把酒店都打散了。我几次含忍，不敢告姐姐说。趁姐夫来家，若不早说知，往后我定然不敢往河下做买卖去了。”春梅听了说道：“这厮恁般无礼。雪娥那贱人卖了，他如何又留住在外！”经济道：“他非是欺压我，就是欺压姐姐一般。”春梅道：“等他爷来家，交他定结果了这厮。”（第九十九回）

隔墙有耳。陈经济和春梅说的这些私房话，正被张胜在窗外听得明明白白。

张胜本来就不是什么好人，诨名“过街鼠”，当初曾在西门庆手下混生活，曾经和另外一个地痞联手勒索巧娶李瓶儿的郎中蒋竹山，一直凭卖身投靠混生活。如今听说陈经济、春梅要害自己，他自然不会善罢甘休。

先下手为强，张胜提把解腕钢刀，径奔到书房内去杀人。

（张胜）不见春梅，只见经济睡在被窝内。（经济）见他进来，叫道："阿呀，你来做甚么？"张胜怒道："我来杀你！你如何对淫妇说，倒要害我？我寻得你来不是了，反恩将仇报。常言黑头虫儿不可救，救之就要吃人肉。休走，吃我一刀子！明年今日是你死忌！"那经济光赤条身子，没处躲，搂着被。吃他拉被过一边，向他身就扎了一刀子来。扎着软肋，鲜血就邈出来。这张胜见他挣扎，复又一刀去，攮着胸膛上，动旦不得了。一面采着头发，把头割下来。（第九十九回）

26 岁小伙子，青春，年少，美貌，却在光天化日之下被人杀死在被窝之内，脑袋也被活生生切下来。

如此惨烈之状，和潘金莲被武松杀死的场景有的一比。

总有人把陈经济当作"西门庆二世"。作为《金瓶梅》一书最后二十回的男主角，他确实有许多地方酷似西门庆——好色，喜欢热闹，爱做生意，流氓行径，等等。

但是，与那西门大官人相比，陈经济多有不如之处：

陈经济根本没多少经济头脑，基本上是个喜欢吃喝玩乐的多余人。他在才情、修养、智力方面，都要高过西门庆，但他没有真正经历过社会的熬煎，不会经商，更不会理财，因酒因色多次耽误大事，家产几乎完全被他一个人败光。

陈经济情商很低。被逐出西门府后，“气”在当头，六亲不认，不仅骂西门大姐，骂吴月娘，连他自己的舅舅都痛骂不已。与人稍谈不拢，即跳脚大骂，完全一副男泼妇的样子，狂徒样态。如此颠狂之人，死不远矣！

西门庆的一生，是芝麻开花节节高，最后乐极生悲，大叫一声，一泄如注；而陈经济的一生，是涧水落山处处低，结果死于非命，大叫一生，血流如注。

14．白嚼大腕应伯爵

《金瓶梅》有了应伯爵这样一个人物，才衬出西门庆的“好”来，才显衬出我们这位叱咤风云的西门大官人，不过就是一个常被人坑吃坑财的“大头”而已。

《金瓶梅》一百回，写到应伯爵的，倒有六十多回之多，其中写他“吃”的章节，更多达五十回。所以说，他是小说中仅次于西门庆、陈经济的三号男主角。

除了帮闲以外，应伯爵身上最大的亮点，还在于他是一个“知识分子”。据专家考证，古代东西方宫廷中最早的倡优和搞笑弄臣，就是日后“知识分子”最主要的来源之一。

应伯爵，“硬白嚼”之谐音也。西门庆热火泼油的火红年代中，他不仅白吃，还要硬吃，足显这位高级帮闲的才能和谐趣。

第一回中，应伯爵甫出场，就是一场硬吃。从他嘴中，还牵带出了武松打虎故事，吸引了西门庆的注意力，为日后他邂逅潘金莲做了必要铺垫，从而推动了整部小说情节的发展：当时三妾卓二姐病入膏肓，西门庆内心正烦闷中。应伯爵上门混饭，其实来得非常不是时候，主人翁肯定没有宴客的兴致。

出于若有若无的礼貌，西门庆偏偏在该吃饭的这个时间问了应伯爵一句："你吃了饭不曾？"

如此虚让，依据我们常人有限的想象力，应伯爵应该知趣，应该拍拍自己肚子，解个嘲，说自己吃过就算了。

应伯爵何等样人，他当然不能白来一趟。

于是，他不直接回答西门庆问题，而是非常油滑地反问："哥，你试猜？"如此，就把西门庆的虚头巴脑的假让饭轻轻化解掉了。

岂料，西门庆正烦呢，顺水推舟，直接说："你敢是吃过了？"一下子就把应伯爵逼得没回旋余地的地步，换个别人，都会觉得自己颜面发躁不好看。

按照常理，应伯爵会踟蹰之后，嘻嘻一笑了事。但我们老于世故的应爷根本不理这套，掩口嗤嗤，笑喷说了句："这等猜不着。"

大凡痛骂应伯爵帮闲的人，无不痛斥他这种硬吃乞食的丑态。其实，仔细思之，却也能看出应伯爵举重若轻的洒脱和那种顽童般的天真烂漫。虽然有些硬做作的娇羞意态，可淡淡一句，就愣能让西门大官人破颜一笑，非常人能及。

不过，待西门庆命令小厮准备饭菜，应伯爵忙挥手阻止，说出了武松打虎的故事，以逗引西门庆极大的兴趣。他最终目的，是要拉着西门庆到街上“大酒楼”坐坐。

吃，就要吃他一顿“大”的。

为了一顿好吃食，层层设套，钓得冰雪聪明的西门庆乖乖跟着自己走。应伯爵求食手段，不可谓不高。

应伯爵的吃，吃得硬气，没有多少嗟来之食的意思，也不像腐儒们思忖得那样满怀苦涩，更无为人奴才的内心羞辱。嬉笑怒骂间，他想得到的，都可以得到，而且一点都不掉价。

西门庆结义十兄弟中，应伯爵是有钱人出身，见多识广，吃过喝过，有作大闲人的本钱。

图 34　应伯爵追欢喜庆

《金瓶梅》前七十九回之所以那么好看，除了有西门庆、潘金莲、李瓶儿等人以外，出彩的还要属这位应伯爵。

西门庆酒席上，没有了应伯爵，就如同少了灵魂一般。

给大官人西门庆帮闲，“白吃”自然是第一实惠和最基本报酬。而后，才是在“白吃”机会前提下多出来的“外找”。

细细爬梳整部书，就会发现，应伯爵看似理所当然、轻松自如的蹭饭，其实是一种可以提升到艺术程度的煞费苦心。所以，西门庆不仅觉得应伯爵不是白吃，而且认为这位兄弟还吃得不够。

没有应伯爵的生活，肯定犹如没有调味料的宴席，寡然无味。

吃，只是肥了肚子，但挣不来银子。缺少银两，应伯爵是没法生活的。于是，在吹捧搞笑让大官人高兴的同时，这位爷时时刻刻不忘挣钱养家。

帮闲，一种纯粹的艺术

第二十回，西门庆娶了李瓶儿后摆“会亲酒”，应伯爵好一番表演：

> 应伯爵在席上先开言说道：“今日哥的喜酒，是兄弟不当，斗胆请新嫂子出来拜见拜见，足见亲厚之情。俺每不打紧，花大尊亲并二位老舅、沈姨丈在上，今日为何来？”
>
> 西门庆道：“小妾丑陋，不堪拜见，免了罢。”

谢希大道："哥，这这话难说。当初已言在先，不为嫂子，俺每怎么儿来？何况这个嫂子见有我尊亲花大哥在上，先做友，后做亲，又不同别人，请出来见见，怕怎的！"

西门庆笑不动身。

应伯爵道："哥，你不要笑，俺每都拿着拜见钱在这里，不白教他出来见。"

西门庆道："你这狗材，单管胡说。"乞他再三逼迫不过，叫过玳安来，教他后边说去。半日，玳安出来回说："六娘道，免了罢。"

应伯爵道："就是你这小狗骨秃儿的鬼！你几时往后边去，就来哄我！赌几个誓，直个我就后边去了！"

玳安道："小的莫不哄应二爹！二爹进去问不是？"

伯爵道："你量我不敢进去？左右花园中熟景，好不好我走进去，连你那几位娘都拉了出来。"

玳安道："俺家那大猱厮狗好不利害，倒没的把应二爹下半截撕下来。"

伯爵故意下席，赶着玳安踢两脚，笑道："好小狗骨秃儿，你伤的我好！趁早与我后边请去。请不将来，打二十栏杆。"把众人、四个唱的都笑了。

玳安到下边，又走来立着，把眼只看着他爹不动身。西门庆无法可处，只得叫过玳安近前分付："对你六娘说，收拾了出来见见罢。"

……琵琶筝弦，簇拥妇人，花枝招展，绣带飘摇，望上朝拜。慌的众人都下席来还礼不迭。

……应伯爵、谢希大这伙人，见李瓶儿出来上拜，恨不的生出几个口来夸奖奉承，说道："我这嫂子，端的寰中少有，盖世无双。休说德性温良，举止沉重，自这一表人物，普天之下也寻不出来。那里有哥这样大福！俺每今日得见嫂子一面，明日死也得好处。"

应伯爵一口一个"新嫂子"，让西门庆十分受用。其实呢，西门庆和李瓶儿前夫花子虚就是很要好的哥们。应伯爵呢，也一直给花子虚帮嫖，他口里的这位"新嫂子"，其实也是"旧相识"。

西门庆起先忸怩不想让李瓶儿出来，未必心里没有不安的成分在。最终，他还是顶不住应伯爵歪缠，才让李瓶儿出来见人。

可笑的是，西门庆娶朋友妻，别说应伯爵、谢希大这些花子虚从前的拜把子哥们们没有感到不好意思，连花子虚的亲哥哥花子由也来吃喜酒。所以，应伯爵才说这位花大哥是"花大尊亲"(花子虚之死，实由几个兄弟争产打官司引起)。

仔细思忖，旧嫂子变成了"新嫂子"，花子由变成了"花大尊亲"，应伯爵内心很有拿西门庆、李瓶儿找乐的意思。

待李瓶儿真出来见了面，有了见面人情，加上要让主人翁高兴，应伯爵等人自然过火地奉承，一句"俺每今日得见嫂子一面，明日死也得好处"的阿谀之语，连偷听的吴月娘和西门庆其他妾侍都不由火起，“骂扯淡轻嘴的囚根子不绝”。

虽然如此，也不得不佩服应伯爵能把这种话说得出口。

夸领导和夸女人，不怕过分，就怕不够!

活得这么夸，死了，应伯爵照样能夸。

第六十二回，李瓶儿病死，西门庆痛苦万分，一天滴水粒米未入口，谁劝都不行，还幸亏有应伯爵，三言两语，说得西门庆顿时止泪停悲，开始进水吃饭：

伯爵道：“哥，你这话就不是了。我这嫂子与你是那样夫妻，热突突死了，怎的不心疼？争耐你偌大家事，又居着前程，这一家大小太山也似靠着你。你若有好歹，怎么了得！就是这些嫂子都没主儿。常言：一在三在，一亡三亡。哥，你聪明，你伶俐，何消兄弟每说。就是嫂子他青春年少，你疼不过，越不过他的情，成服，令僧道念几卷经，大发送，葬埋在坟里，哥的心也尽了，也是嫂子一场的事。再还要怎样的？哥，你且把心放开！”

当时被伯爵一席话，说的西门庆心地透彻，茅塞顿开，也不哭了。须臾，拿上茶来吃了，便唤玳安：“后边说去，看饭来，我和你应二爹、温师父、谢爹吃。”

伯爵道：“哥原来还未吃饭哩。”

西门庆道：“自从你去了，乱了一夜，到如今谁尝甚么儿来。”

伯爵道："哥，你还不吃饭，这个就糊突了。常言道：宁可折本，休要饥损。《孝经》上不说的：'教民无以死伤生，毁不灭性。'死的自死了，存者还要过日子，哥要做个张主。"

劝人化悲，就要入情入理。此时此刻，应伯爵确实是个善解人意的朋友，既把西门庆对死者的情意着实渲染了一顿，又夸大西门庆对生者的重大责任，倍给大官人面子。宽慰生者之余，让西门庆觉得家大业大，门楣非他光大不可，不能再毁情灭性伤身体。

如此一番话语，顿时让大官人胃口大开。

第六十六回上，西门庆请道士为李瓶儿做法会。做完斋功，应伯爵更是大白天编造善意谎言，安生慰死：

"方才化财，见嫂子头戴凤冠，身穿素衣，手执羽扇，骑着白鹤，望空腾云而去。此赖真人追荐之力，哥哥的虔心，嫂子的造化，连我好不快活！"

一般评论者，都会挑出这段描写来，竭力丑化应伯爵，说他无耻奉迎，丑恶至极云云。

人云亦云，成见害人。

西门庆能有这样的兄弟，实属不易。从前总简单地拿西门庆当成恶霸色狼，自然恨和尚憎及袈裟，推而认定应伯爵必定就是帮闲坏蛋。其实，换位思考，客观看事实，应伯爵的身份属性，总体来说，其实是个“大好人”。

应伯爵是个有文化的混子，所有混子干的事情，他都干——骗吃赚喝，插科打诨，招揽说事，甚至逢迎拍马，睁眼说瞎话，等等，这些都是他谋生的手段，未可厚非。

图 35　应伯爵替花邀酒

纵观整部《金瓶梅》，大凡西门庆所做的坏事，诸如偷奸潘金莲，毒死武大，陷害来旺儿，枉法放掉谋杀主人的恶奴苗青等等，应伯爵却是一件都未参与过。他帮闲可以，帮凶却不能，而且没份。

当然，对于应伯爵，我们还用不着和人性评论家那样，说他什么嬉皮笑脸外表下掩盖着内心痛苦啥的，也不可武断说他“扭曲”人性中

"残存"未完全泯灭的人格尊严啥的。

应伯爵就是应伯爵——一个家道中落的落魄人，一个靠插科打诨谋生的智者，一个身怀绝技的帮闲妙手，一个满嘴冷讽不饶人的嫖客，一个见钱眼开的率直人，一个有奶就是娘的可爱俗人！

帮忙，一种不纯粹的人情

第三十四回，韩道国老婆王六儿和小叔子偷奸，被几个光棍捉个现行，一起捆了准备见官。情急之下，韩道国知道应伯爵和西门庆关系最好，赶忙过去求情。伯爵刚在勾栏妓院里面吃酒出来，心情不错，马上一口应承，带着韩道国就往西门府奔。应伯爵熟门熟路，直入西门内院，没人阻拦，狗都认识他（"狗也不咬"）。听说应伯爵到，西门庆很快现身：

> （西门庆）书房内见伯爵二人，作揖坐下……伯爵就开言说道："韩大哥，你有甚话对你大官府说。"
>
> 西门庆道："你有甚话说来。"
>
> 韩道国才待说"街坊有伙不知姓名棍徒……"，被应伯爵拦住，便道："贤侄，你不是这等说了。噙着骨秃露着肉，也不是事。对着你家大官府在这里，越发打开后门说了罢：韩大哥常在铺子里上宿，家下没人，止是他娘子儿一人，还有个孩儿。左右街坊，有几个不三不四的人，见无人在家，

时常打砖掠瓦鬼混。欺负的急了，他令弟韩二哥看不过，来家声骂了几句。被这起光棍，不由分说，群住打了个臭死。如今都拴在铺里，明早要解厢往本县正宅，往李大人那里去。见他哭哭啼啼，敬央烦我来对哥说，讨个帖儿，差人对李大人说说，青目一二。有了他令弟也是一般，只不要他令正出官就是了。”因说：“你把那说帖儿拿出来，与你大官人瞧。好差人替你去。”

韩道国便向袖中取去，连忙双膝跪下，说道：“小人忝在老爹门下，万乞老爹看应二叔分上，俯就一二，举家没齿难忘。”

慌的西门庆一把手拉起，说道：“你请起来。”于是观看帖儿，上面写着：“犯妇王氏，乞青目免提。”

西门庆道：“这帖子不是这等写了。只有你令弟韩二一人就是了。”向伯爵道：“比时我拿帖对县里说，只分付地方改了报单。明日带来我衙门里来发落就是了。”

伯爵教：“韩大哥，你还与大老爹下个礼儿。这等亦发好了。”那韩道国又倒身磕头下去。

西门庆教玳安：“你外边快叫个答应的班头来。”不一时，叫了个穿青衣的节级来，在旁边伺候。

西门庆叫近前，分付：“你去牛皮街韩伙计住处，问是那牌那铺地方，对那保甲说，就称是我的钧语，分付把王氏即时与我放了。查出那几个光棍名字来，改了报帖，明日早解提刑院，我衙门里听审。”那节级应诺，领了言语出门。

伯爵道：“韩大哥，你即一同跟了他，干你的事去罢，我还和大官人说话。”那韩道国千恩万谢……

由此，捉奸捉双的韩道国老婆王六儿和二捣鬼通奸案，经西门庆插手，几个捉奸的光棍变成了“越墙”私闯民宅，拟定罪名是“非奸即盗”。原告变被告，公堂上齐挨臭揍。

本来，四个光棍的父兄要去求吴月娘的哥哥说情，但想西门庆本来是富户不缺钱。百转愁肠，最后，还是想到了西门庆好哥们应伯爵。于是，众人凑齐40两白银，央求应伯爵给西门庆说情。应伯爵话不多说，马上收下银子，慌的他老婆急忙责怪说：“你既替韩伙计出力，摆布这起人，如何又揽下这银子，反替他（们）说方便，不惹韩伙计怪？”

应伯爵莞尔一笑，自有主意。他从40两银子里面拿出15两，送给西门庆的男宠书童，让他想办法把事情摆平。

书童精明能干小子，给李瓶儿送礼示好，求这位六娘帮着搞掂了此事，最终皆大欢喜。

吃了原告吃被告，应伯爵净得韩道国人情和四光棍的25两白银，而西门庆对此完全不知情。

特好笑的是，刚刚安排人纵放韩道国通奸的老婆和弟弟，西门庆就对应伯爵抱怨共事的上司夏提刑，“贪滥踰婪，有事不问青水皂白，得了钱在手里就放了”……

应伯爵附和，阿谀西门庆根基厚，不稀罕钱，和那武人出身的夏提刑天上地下云云，夸得西门庆大悦。

也恰恰在这一回，非常明显显示出西门庆对应伯爵的厚待，拿出当时非常稀罕的鲥鱼和太监刘公公送来的木樨荷花酒招待这位好哥们。喝着热酒吃着好肉，应伯爵说出了几句流传广远的奉承话：

“我还没谢的哥，昨日蒙哥送了那两尾好鲥鱼与我。送了一尾与家兄去，剩下一尾，对房下说，拿刀儿劈开，送了一段与小女；余者打成窄窄的块儿，拿他原旧红糟儿培着，再搅些香油，安放在一个磁罐内，留着我一早一晚吃饭儿，或遇有个人客儿来，蒸恁一碟儿上去，也不枉辜负了哥的盛情。”

这段话，包含着两个信息：首先，应伯爵知道别人的“好”，两尾鲥鱼如此珍惜，况友情乎？其次，应伯爵亲情方面不差，好东西知道和哥哥、女儿一起享用，显然非白眼寡情之人。

给人帮忙，尤其是帮助穷哥们，应伯爵真没耍过滑头。第五十六回，拜把哥们常峙节穷得急，房子都没得住，求到应伯爵。这位爷拍拍胸脯，拉着常峙节就赶往西门府。

应伯爵很机智，几句话，先夸西门庆家里有钱，几房娘子的衣服，一个人每季都是论箱子做，财大气粗，说得大官人眉开眼笑。

趁西门庆高兴，应伯爵马上提出："常二哥那一日在哥席上求的事情，一向哥又没的空，不曾说的。常二哥被房主催迸慌了，每日被嫂子埋怨，二哥只麻作一团，没个理会。如今又是秋凉了，身上皮袄儿又当在典铺里。哥若有好心，常言道救人须救急时无，省的他嫂子日夜在屋里絮絮叨叨。况且寻的房子住着了，也是哥的体面。因此，常二哥央小弟特地来求哥，早些周济他罢。"

西门庆对待应伯爵以外的弟兄，其实很抠门。特别是穷哥们借钱这种没利可图的买卖，总是想方设法推搪过去。但当下他高兴劲头还没过去，给应伯爵话赶话一撺掇，不失爽快，当场拿出12两碎银给常峙节，并答应说，只要常峙节找到房子，马上兑银过去。

事情办得利索，应伯爵高兴，半是夸奖，半是意味深长，对西门庆说："几个古人轻财好施，到后来子孙高大门间，把祖宗基业一发增的多了。悭吝的积下许多金宝，后来子孙不好，连祖宗坟土也不保。可知天道好还哩！"

西门庆也有同感，随即发出他那世人皆知的、有关"资本"流动的感慨来："兀那东西（银子），是好动不喜静的，曾肯埋没在一处？也是天生应人用的，一个人堆积，就有一个人缺少了。因此积下财宝，极有罪的。"

应伯爵一般帮人都不是白帮，但对哥们常峙节的这次雪中送炭，一点也没捞油水，真做了一次活雷锋。

评论家们从前和现在，都喜欢扎堆，骂应伯爵无耻帮闲，惟独对于应伯爵身上这些“闪光点”，总是有意识地遗忘或者故意视而不见。

与此相类，吴典恩向西门庆借贷，也是完全由应伯爵玉成。

由于吴典恩借银数目大得多（100 两），很让应伯爵动了一番大脑筋。

吴典恩东京见蔡太师弄巧得了一个“驿丞”小官，作官挣钱开始前，需要钱打点，而他本人穷酸一个，就只能哀求应伯爵帮忙。

应爷很仗义，见吴典恩债据上只写借七八十两，认为银子不够使，就让他把数字改成 100 两：“恒是看我面，不要你利钱，你且得手使了。到明日得官慢慢陆续还他也不迟。”

此后，为了能顺利从西门庆处借到钱，应伯爵绞尽了脑汁。借钱的关键，在于被借人的心情。

> 吃毕茶，那应伯爵并不题吴主管之事，走下来且看匠人钉带。
>
> 西门庆见他拿起带来看，一径卖弄说道：“你看我寻的这几条带如何？”
>
> 伯爵极口称赞夸奖，说道：“亏哥，那里寻的？都是一条赛一条的好带，难得这般宽大。别的倒也罢了，自这条

犀角带并鹤顶红，就是满京城拿着银子也寻不出来。不是面奖，说是东京卫主老爷，玉带金带空有，也没这条犀角带。这是水犀角，不是旱犀角。旱犀角不值钱。水犀角，号作通天犀。你不信，取一碗水，把犀角安放在水内，分水为两处。此为无价之宝。又夜间燃火照千里，火光通宵不灭。”因问：“哥，你使了多少银子寻的？”

西门庆道：“你每试估估价值。”

伯爵道：“这个有甚行款，我每怎么估得出来。”

西门庆道：“我对你说了罢，此带是大街上王昭宣府里的带。昨日晚间，一个人听见我这里要，巴巴来对我说。我着贲四拿了七十两银子，再三回了他这条带来。他家还张致不肯，定要一百两。”

伯爵道：“且难得这等宽样好看。哥，你到明日系出去，甚是霍绰。就是你同僚间，见了也爱。”于是夸美了一回，坐下。

西门庆便向吴主管问道：“你的文书下了不曾？”

伯爵道：“吴二哥文书还未下哩，今日巴巴的他央我来激烦你。虽然蒙你招顾他，往东京押生辰担，蒙太师与了他这个前程，就是你抬举他一般，也是他各人造化。说不的，一品至九品，都是朝廷臣子。况他如今家中无钱，他告我说，就如今上任，见官，摆酒并治衣服之类，也并许多银子使，一客不烦二主，那处活变去？没奈何，哥看我面，有银子借与几两，扶持他，周济了这些事儿。他到明日做上官，就衔环结草也不敢忘了哥大恩人！休说他旧是咱府中伙计，在哥门下出入，就是从前后外京外府官吏，哥不知拔济了多少。不然，你教他那里区处去？”因说道：“吴二哥，你拿出那符儿来，与你大官人瞧。”

这吴典恩连忙向怀中取出，递与西门庆观看。见上面借一百两银子，中人就是应伯爵，每月利行五分。

西门庆取笔把利钱抹了，说道：“既是应二哥作保，你明日只还我一百两本钱就是了。我料你上下也得这些银子搅缠。”于是把文书收了。才待后边取银子去……（第三十一回）

细观整个借钱过程，就是一段小品——应伯爵带着吴典恩见西门庆，上来并不提借钱的事情，而是煞有介事拿起西门庆一根腰带“欣赏”。他知道，西门庆喜好炫耀，肯定拿这腰带说事儿。

果然，西门庆问应伯爵这腰带来历，恰落其套内。伯爵口若悬河，把这条玉带夸个够，喜得西门庆这个暴发户内心无限满足。而后，伯爵拿捏得恰到好处，西门庆询问价格，他也佯装不知，目的就是让西门庆自己张口卖弄出来爽个够才行。

主人翁如此高兴，借钱的事情显然水到渠成。高兴之余，西门庆特给面子，连利息都一笔勾了，马上让人拿银子给吴典恩。转回头，吴典恩千恩万谢，封下10两保头钱给应伯爵答谢。

这10两银子，是应伯爵靠脑子、靠如簧巧嘴挣来的，乃应得之钱，很难说他是个不仁不义的贪婪小人。多起他帮忙的事情，从来没有见过他大敲谁的竹杠。应伯爵给人帮忙的主要目的，还是替人排忧解难。

有智有勇，应伯爵多有此类事迹。

第六十七回中，应伯爵自己家里新添了孩子缺钱，也要上演一出喜剧：

伯爵进来，见西门庆唱喏，坐下。西门庆道："你连日怎的不来？"

伯爵道："哥，恼的我要不的在这里。"

西门庆问道："又怎的恼？你告我说。"

伯爵道："不好告你说，紧自家中没钱，昨日俺房下那个平白又捅出个孩儿来……"

西门庆问："养个甚么？"

伯爵道："养了个小厮。"

西门庆骂道："傻狗材，生了儿子倒不好，如何反恼！是春花儿那奴才生的？"

伯爵笑道："是你春姨人家。"

西门庆道："那贼狗掇腿的奴才，谁教你要他来，叫叫老娘还抱怨？"

伯爵道："哥，你不知，冬寒时月，比不的你每有钱的人家，家道又有钱，又有若大前程官职，生个儿子上来，锦上添花，便喜欢。俺如今自家还多着个影儿哩！家中一窝子人口要吃穿盘搅，自这两日媒巴劫的魂也没了。……猛可半夜又钻出这个业障来！那黑天摸地，那里活变钱去？房下见我抱怨，没计奈何，把他一根银插儿与了老娘，发落去了。明日洗三，嚷的人家知道了，到满月拿甚么使？到那日我也不在家，信信拖拖，往那寺院里且住几日去罢。"

西门庆笑道："你去了，好了和尚，却打发来赶热被窝儿。你这狗才，到底占小便益儿。"

又笑了一回，那应伯爵故意把嘴谷都着不做声。

西门庆道："我的儿，不要恼，你用多少银子，一对我说，等我与你处。"

伯爵道："有甚多少？"

西门庆道："也勾你搅缠是的。到其间不勾了，又拿衣服当去。"

伯爵道："哥若肯下顾，二十两银子就勾了，我写个符儿（借据）在此。费烦的哥多了，不好开口的，也不敢填数儿，随哥尊意便了。"

西门庆也不接他文约，说："没的扯淡，朋友家，什么符儿！"正说着，只见来安儿拿茶进来。西门庆叫小厮："你放下盏儿，唤王经来。"

不一时，王经来到。西门庆分付：“你往后边对你大娘说，我里间床背阁上，有前日巡按宋老爹摆酒两封银子，拿一封来。”

王经应诺，去不多时，拿银子来。西门庆就递与应伯爵，说：“这封五十两，你多拿了使去。省的我又拆开他，原封未动，你打开看看。”

伯爵道：“忒多了。”

西门庆道：“多的你收着，眼下你二令爱不大了？你可也替他做些鞋脚衣裳，到满月也好看。”

伯爵道：“哥说的是。”将银子拆开，都是两司各府倾就分资，三两一锭，松纹足色，满心欢喜，连忙打恭致谢，说道：“哥的盛情，谁肯！真个不收符儿？”

西门庆道：“傻孩儿，谁和你一般计较？左右我是你老爷老娘家，不然你但有事来就来缠我？这孩子也不是你的孩子，自是咱两个分养的。实和你说过了，满月把春花儿那奴才叫了来，且答应我些时儿，只当利钱，不算发了眼。”

伯爵道：“你春姨这两日瘦的相你娘那样哩。”

装蒜、打闹、开玩笑，50两银子就到手了，应伯爵的智慧，让人印象极其深刻。也恰恰从西门庆的阔绰出手，体现出这位时刻保持商业头脑的大官人身上人性的、温情的一面。

妓女、王八、小厮总是在不同场合骂应伯爵，惟独被吃被喝的西门庆对他没有一句怨言，而且，还对老婆吴月娘这样评价过应伯爵：

“我这应二哥这一个人，本心又好又知趣，着人使着他，没有一个不依顺的，做事又十分停当。”

言简意赅，恰到好处。

特别对那些生活在社会下层的人们，应伯爵帮闲之余，总会热心去帮助他们。对那些运气特别不好的人，他能够做到不计报酬，不计得失，古道热肠，让人感动。单拿西门庆“公司”内的员工计，经应伯爵介绍找到“工作”的，就有三四个之多。

当然，本身处于生活底层，人穷志短，马瘦毛长，应伯爵家里也常有揭不开锅的时候，所以，他的许多猥琐低鄙的可笑行为，比如贪吃贪财的作派，到处占小便宜的丑态，确实不是故意装出来逗人乐的，而是他贫寒生活本质的表现。

西门庆暴死之后，平日蹭饭揩油的哥们们，纷纷远躲，还是应伯爵挺身而出，实实在在尽了朋友的情谊：

应伯爵约会了斋祀中几位朋友，头一个是应伯爵，第二个谢希大，第三个花子由，第四个祝日念，第五个孙天化，第六个常时节，第七个白来创。七人坐在一处，伯爵先开口说道：“大官人没了，今二七光景。你我相交一场，当时也曾吃过他的，也曾用过他的，也曾使过他的，也曾借过他的，也曾嚼过他的。今日他没了，莫非推不知道？洒土也迷了后人眼睛儿也，他就到五阎王根前，也不饶你我了。你我如今这等计较：每人各出一钱银子，七人共凑上七钱。使一钱六分，连花儿买上一张桌面，五碗汤饭，五碟果子；使了一钱，一付三牲；使了一钱五分，一瓶酒；使了五分，一盘冥纸香烛；使了二钱，买一钱轴子，再求水先生作一篇祭文；使一钱二分银子，雇人抬了去。大官人灵前，众人祭奠了……”

众人都道："哥说的是。"当下每人凑出银子来，交与伯爵整理，备祭物停当，买了轴子，央水秀才做了祭文。（第八十回）

应伯爵之所以如此算计，肯定也是从众人心理出发，对众帮闲来说，支出和收入持平，还有的可赚；对于西门庆家人来说，兄弟们前来吊孝，很能烘托气氛，为府门添个热闹和人气。

当然，从小说情节看，应伯爵最受人诟病的，要属他在西门庆死后改换门庭、投靠张二官的事情。

太阳照样升起。西门庆死了，应伯爵活着，家人活着，所以要去找和西门庆大官人差不多的人服侍。否则，醋打哪儿酸，盐打哪儿咸，又到哪里挣钱养家！

除了介绍西门庆家境，给张二官出主意谋娶潘金莲外，应伯爵没干什么缺德的事情。我们可以想像，张二官的大宅内，应伯爵那爽朗的笑声，势必在一段时间内，如春雷般滚滚，滚滚……

读者很少注意到，《金瓶梅》第九十七回，春梅想为陈经济娶妻，其中的一个候选就是应伯爵的小女儿。在那里提了一句："春梅又嫌应伯爵死了，在大爷手内聘嫁，没甚陪送，也不成。"

应伯爵也死了。他到底怎么死的，根本没有作任何交待。所以，这位爷的死，无声无息的。生如夏花之灿烂，死如秋风过耳吹（这时距离西门庆死已经是第四年，但说应伯爵小女儿都22岁了，年龄有误）。

可悲的是，西门庆送应伯爵两尾鲥鱼，他都不忘记孝敬他哥哥。可他哥哥见应伯爵的女儿、自己亲侄女在家里待嫁，却陪送全无。从德行上说，这位应大爷，确实不如应二爷。

15. 猥琐英雄武二郎

《金瓶梅》，由《水浒传》"武松杀嫂"故事衍化而来。但《金瓶梅》中的武松，和《水浒传》中的武松，区别很大。

总体说来，《金瓶梅》中的武松形象，看上去非常"现实"，不过是个报仇杀人的强梁人物，缺少《水浒传》中武松那种大义凛然的光彩。

当然，两本书由于作者所处时代背景不一样，善恶标准和人心尺度也不一样。

《水浒传》历经南宋、元、明三个朝代孕育，其中"存天理、

图 36　武二郎冷遇亲哥嫂

灭人欲”的理学思想色彩浓厚。而写定者施耐庵本人身处明初，彼时统治者为了政权巩固，特别强调“礼制”和女性的“贞节”。由此，《水浒传》所宣扬的价值观，是以赫赫皇权和堂堂男权为中心，突出表达禁欲主义、英雄主义思想，自然对奸夫淫妇大加抨击。

斗换星移。《金瓶梅》这部书，写于明代中后期，当时商品经济非常发达，特别是江南地区，资本主义绿意“萌芽”，市民阶级的人数日益扩大，越来越多的人，开始追求享乐主义时尚。在如此肉欲泛滥的时代背景下，相比施耐庵，《金瓶梅》的写作者，自然对人的理解大异旨趣。于是，在浓墨重彩地渲染声色犬马的同时，褪去笔下“英雄”武松面上的油彩，把他写得更类“正常人”。

武松在《水浒传》中，是响当当主角，景阳冈打虎英雄，狮子楼杀西门庆，杀嫂祭兄，凡事做得有条不紊，还捡在大白天，当着四邻街坊的面审问王婆、潘金莲，证据确凿。

《金瓶梅》中的武松，遇赦回乡后，假装没事人一样，性格阴戾了许多。

次日，（武松）裹帻穿衣，径出门来到王婆门首。金莲正在帘下站着，见武松来，连忙闪入里间去。

武松掀开帘子来，问："王妈妈在家？"

那婆子正在磨上扫面，连忙出来应道："是谁叫老身？"见是武松，道了万福。武松深深唱喏。

婆子道："武二哥，且喜几时回家来了？"

武松道："遇赦回家，昨日才到。一向多累妈妈看家，改日相谢。"

婆子笑嘻嘻道："武二哥比旧时保养，胡子楂儿也有了，且是好身量，在外边又学得这般知礼。"一面让坐，点茶吃了。

武松道："我有一庄事和妈妈说。"

婆子道："有甚事？武二哥只顾说。"

武松道："我闻的人说，西门庆已是死了，我嫂子出来，在你老人家这里居住。敢烦妈妈对嫂子说，她若不嫁人便罢，若是嫁人，如今迎儿大了，娶得嫂子家去，看管迎儿，早晚招个女婿，一家一计过日子，庶不教人笑话。”

婆子初时还不吐口儿，便道：“他是在我这里，倒不知嫁人不嫁人。”次后听见武松谢他，便道：“等我慢慢和他说。”

那妇人在帘内听见武松言语，要娶他看管迎儿；又见武松在外，出落得长大，身材胖了，比昔时又会说话儿，旧心不改，心下暗道：“这段姻缘，还落在他家手里。”就等不得王婆叫，他自己出来，向武松道了万福，说道：“既是叔叔还要奴家去看管迎儿，招女婿成家，可知好哩。”（第八十七回）

潘金莲春心兼痴情，飞蛾投火。

《金瓶梅》中的武松，写得很立体。比如他到景阳冈打虎，是明知故去，很有英雄气概；比如他打虎经过，都有猎户旁观旁证，非常真实；比如他对嫂子潘金莲的态度，从一开始就始终如一——没有一丝《水浒传》中那种开始见面时候的暧昧好感……真正写到武松为兄长报仇，心切意坚，都写得一点都不含糊。

武松在《金瓶梅》中的杀人，真实之处在于，这里没有《水浒传》中那种“想杀谁就杀谁”的英雄“理想环境”。《水浒传》中的官府，似乎只是小说中的虚设存在；《金瓶梅》中，官府是实在的、有威胁的、让强人也心生畏惧的法理存在，所以武松杀人之后，他想到的还是如何尽快逃脱。

本来，王婆不相信武松能拿出100两银子。可是，一待武二郎百两银子和“手续费”明晃晃摆在自己面前的时候，婆子连丁点警惕心都没起，欣然陪同潘金莲来到武大郎住处圆房。

王婆凿下20两银子，到西门府吴月娘处“交割”。月娘好奇，问潘金莲嫁给谁。王婆说：“兔儿沿山跑，还来归旧窝。嫁了他家小叔，还吃旧锅里粥去了。”听到王婆如此说，月娘“暗中跌脚”，和孟玉楼说，“往后（潘金莲）死在他小叔子手里罢了。那汉子杀人不斩眼，岂肯干休！”

吴月娘一向粗心大意，对潘金莲的这次预言却极其准确。让我们读者好奇和惘然的是，当时王婆在府内交银子的时候，月娘对她丁点都没有提醒的意思，而是待王婆走后转过头来和孟玉楼说此事，真不知月娘当时何种想法。

收了银子，自然要交人。王婆、潘金莲晚间自动送上门，重新来到武大郎住地。待她们看到灵堂摆设的气氛阴森和武松阴沉似水的表情，估计二人心内已经明白了一半：

> 进门来，见明间内明亮亮点着灯烛，武大灵牌供养在上面，先自有些疑忌，由不的发似人揪，肉如钩搭。进入门来到房中，武松分付迎儿把前门上了拴，后门也顶了。

而后就是我们耳熟能详的武松杀嫂血淋淋过程。

如武松般顶天立地男子汉，杀个女人和一个婆子，似乎有些猥琐。但作为封建时代大丈夫，为兄长报仇是他应该的凛凛行动，体现的正是那个时代的道德勇气。我们今天的读者，也不会觉得武松形象因为杀两个女人而渺小起来。

而让我们读者感到失望的，是他杀人后的举动：

图 37　武都头杀嫂祭兄

（武松）拖过尸首。一边将妇人（潘金莲）心肝五脏，用刀插在楼后房檐下。

那时有初更时分，倒扣迎儿在屋里。迎儿道：“叔叔，我也害怕。”

武松道：“孩儿，我顾不得你了。”

武松跳过王婆家来，还要杀他儿子王潮。不想王潮合当不该死，听见他娘这边叫，就知武松行凶，推前门不开，叫后门也不应，慌的走去街上叫保甲。那两邻明知武松凶恶，谁敢向前。

> 武松跳过墙来，到王婆房内，只见点着灯，房内一人也没有。一面打开王婆箱笼，就把他衣服撇了一地，那一百两银子（王婆）止交与吴月娘二十两，还剩了八十五两，并些钗环首饰，武松一股皆休，都包裹了。提了朴刀，越后墙，赶五更挨出城门，投十字坡张青夫妇那里躲住，做了头佗，上梁山为盗去了。

好汉做事好汉当。武松杀人无可厚非。问题在于，对于他的嫡亲侄女迎儿，如此堂堂大英雄，竟然只是说一句“孩儿，我顾不得你了”，把女孩倒锁于屋内，不顾而去。年青女孩子家，守着两具血淋淋死尸，孤独而恐惧。

临走前，武松不忘去王婆家里，翻出银两带走——一切都做得有条不紊，显然事先计划严密。但是，大英雄却对嫡亲侄女却没有丝毫看顾的意思，径自逃走上山做了强盗，禁不住让读者齿冷。

武松在《水浒传》中那种接近崇高的形象，黯然失色。

相比武松的冷酷与绝情，当我们读到一百回的时候，情不自禁会为韩二和韩爱姐的叔侄重逢而感动。

逃难途中，韩爱姐遇到穷困潦倒当挑夫的叔叔，二人“抱头相哭做一处”，而后韩二带着韩爱姐一路迢迢，往湖州寻找韩道国、王六儿夫妇，千辛万苦，最终王六儿、韩爱姐得以母子重聚……

《金瓶梅》中，韩二一直以“二捣鬼”的猥琐反面形象出现，既酗酒浪荡，又和嫂子王六儿通奸，最后连哥嫂让自己看管的房子也挥霍掉。但真正到了仓惶、危急时刻遇到了侄女，他还是尽到了一个叔父应尽的义务和责任，显现出他人性中的温暖和一丝亮色。

从对待侄女的态度上，武二，显然不如韩二。

可是，也恰恰小说中武松那种决绝和残忍无情，《金瓶梅》中这个罪犯英雄，才显得非常真实，才能让我们感受到宋朝那个社会真实的氛围。

下　篇

16.《金瓶梅》谁写的?

谁写的《金瓶梅》?

"肯定不是我写的!"

网络低俗搞笑作者,肯定会这样"穿越"历史搞噱头。

噱头虽然低级,回答吗,其实挺耐人寻味。

《金瓶梅》一书的作者,基本就是中国文学的"哥德巴赫猜想"。

林林总总,文学界、学术界诸多学者钻研多年,一般有如下共识:

《金瓶梅》大概成书于明嘉靖二十六年(1547年)到明万历二十四年(1596年)之间。同一时代,东西方文学巨人的文思似乎在共同喷涌。这个时间段上,英国莎士比亚(1564年—1616年)创作出美轮美奂的宏大戏剧,法国弗朗索瓦·拉伯雷(1495年?—1553年)撰写他风靡世界的《巨人传》,西班牙塞万提斯(1547年—1616年)开始写他洋洋大观的《堂·吉诃德》——人类群星闪耀时,我们中国这部伟大现实主义世情小说的作者却让人雾里看花,留下传奇般的猜想……

从明朝开始，有关《金瓶梅》作者是谁，就有五种说法：

1. 屠本畯《山林经济籍》记载："相传嘉靖时，有人为陆都督炳诬奏，朝廷籍其家。其人沉冤，托之《金瓶梅》。"

2. 谢肇淛《金瓶梅跋》记载："相传永陵中有金吾戚里，凭怙奢汰，纵欲无度，而其门客病之，采摭日逐行事，汇以成编，而托之西门庆也。"

3. 袁中道《游居柿录》记载："旧时京师，有一西门千户，延一绍兴老儒于家。老儒无事，逐日记其家淫荡风月之事，以西门庆影其主人，以余影其诸姬。琐碎中有无限烟波，亦非慧人不能。"

4. 沈德符《万历野获编》记载："闻此为嘉靖间大名士手笔，指斥时事。如蔡京父子则指分宜，林灵素则指陶仲文，朱勔则指陆炳，其他各有所属云。"

5.《金瓶梅词话》万历四十五年（1617年）刻本中，廿公《金瓶梅跋》首句云："《金瓶梅传》为世庙（嘉靖）时一巨公寓言。"

当代、现代研究者们为稻粱谋或者为兴趣谋，绞尽脑汁，折腾出来的《金瓶梅》作者候选人越来越多，最主要的，有王世贞、屠隆说、李开先、王稚登、徐渭等五说。此外，还有汤显祖说、冯梦龙说、沈德符说、李渔说、赵南星说、卢楠说、李贽说、冯维敏说、谢榛说、贾梦龙说、薛应旗说、臧晋叔说、金圣叹说、王采说、唐寅说、李攀龙说等等。

但凡上述诸说，各有各理，却没有一个能拿出让人心服口服的证据，都由间接推论而成。

研究者们下手处，基本都顺着“兰陵笑笑生”的“兰陵”入手，再琢磨“嘉靖间大名士”到底是谁，最后绕来转去，难免进入死胡同出不来，都难以自圆其说。

兰陵故地，在今天山东境内，即峄县（或临沂）；但江苏武进，晋朝的时候也设置过一个“南兰陵”侨郡，虽然明朝的时候已经废弃，但明人依旧有称常州旧地为“兰陵”者。由于《金瓶梅》故事叙述的是山东故事，研究者多认定“兰陵笑笑生”的“兰陵”是山东兰陵。特别是吴晗和郑振铎，信誓旦旦，断定《金瓶梅》作者肯定是个山东汉子。

其实未必。

《金瓶梅》小说虽然不少北方方言，但南方人或者是籍贯南方、在北方做过官的人，照样写得出。最明显例子，《水浒传》作者施耐庵，本人就是江苏兴化人（一说浙江钱塘人），如此南方爷们，并不妨碍他写出一本山东英雄传来。

大王是个通才，行过百万里路，读过千万卷书。根据我多年经验，倾向《金瓶梅》原作者应该是个大文学家级别的人。而且，我认定，小说初稿应该是个人创作，绝非《三国演义》那样是“集体累积”而成的著作。

值得注意的是，《金瓶梅》最后二十回文笔滞涩，行文匆忙，叙事风格和前面章节迥异，非常不似前八十回作者所写（前八十回中，第五十三回至第五十七回的某些风格也确实似别人窜入之作）。

特别是词话本中，有许多歪诗和唱曲似的东西，应该是后人或者曲书艺人掺入“私货”所致。《金瓶梅词话》中所载三百六十多首诗词，根据研究诗词格律的专家潘慎先生考察，认定为：“不少诗词其拙劣的程度，着实令人吃惊。”可见，小说流传过程中，说书艺人为了吸引大众群氓听众，肯定搞了不少自己即兴的“创作”。

而且，“词话”所用诗词，有很多都是抄自别人的书曲，比如从第五十九回到第八十回，就袭用明中叶文言小说《怀春雅集》中多达二十首诗。这种填充篇幅的作法，显然应该是坊间书商所为。

大王认为，《金瓶梅》应该有个“淫秽”描写比较适当的文学原稿。后来，经过晚明书商介入，在当时浓厚商品意识下，坊主刻意以“淫”作噱头，最终才形成今天我们所看到的这部书稿的样貌。

至于《金瓶梅》作者之谜，新一代研究者为了标新立异、独树一帜，往往标出“作者”下个定论后，不惜弄虚作假，弄些八竿子打不着的资料也当作“证据”，其目的无非是混淆视听，从而达到哗众取宠的目的。

我觉得，《金瓶梅》原作者，最大的可能，一个是王世贞，一个是屠隆。

王世贞说由来已久。明朝屠本畯《山林经济籍》与沈德符《万历野获编》，都最早透露王世贞可能是《金瓶梅》作者。清朝学者宋起凤的《稗说》，也认定作者为王世贞。而后，清朝学者大抵以王世贞为研究目标，形成类似定论的舆论氛围。

到20世纪30年代，鲁迅、吴晗、郑振铎等人纷纷撰文，对“王世贞说”加以深刻驳斥。王世贞说最离奇的，讲他为毒死严嵩之子严世藩而写《金瓶梅》，纸本是一大本纸页有毒的“毒书”，如此“复仇说”以及相关的“伪画致祸说”、“苦孝说”等——形同传奇故事，最为荒诞不经。

这个故事，载于无名氏所作的《寒花盦随笔》，内容曲折离奇，本身就像一篇小说：

> 世传《金瓶梅》一书，为王弇州（王世贞）先生手笔，用以讥严世蕃者。书中西门庆，即世蕃之化身。世蕃小名庆，西门亦名庆；世蕃号东楼，此书即以西门对之。
>
> 或又谓此书为一孝子所作，用以复其父仇者。盖孝子所识一巨公，实杀孝子父，图报累累皆不济。后忽侦知巨公观书时，必以指染沫，翻其书叶。孝子乃以三年之力，经营此书。书成，粘毒药于纸角，觊巨公出时，使人持书叫卖于市曰：“天下第一奇书。”巨公于车中闻之，即索观。车行及其第，书已观讫，啧啧叹赏，呼卖者问其值，卖者竟不见。巨公顿悟为人所算，急自营救，已不及，毒发遂死。
>
> 今按：二说皆是。孝子即凤洲（王世贞）也，巨公为唐荆川（唐顺之）。凤洲之父（王）忬，死于严氏，实荆川谮

之也。姚平仲《纲鉴挚要》，载杀巡抚王忬事，注谓："忬有古画，严嵩索之，忬不与。易以摹本。有识画者，为辨其赝。嵩怒，诬以失误军机杀之。"但未记识画人姓名。有知其事者，谓识画人既荆川。古画者，《清明上河图》也。

凤洲既抱终天之恨，誓有以报荆川，数遣人往刺之。荆川防护甚备。一夜，读书静室，有客自后握其发，将加刃。荆川曰："余不逃死，然须留遗书嘱家人"，其人立以俟。荆川书数行，笔头脱落，以管就烛，佯为治笔，管即毒弩，火热机发，镞贯刺客喉而毙。

凤洲大失望。后遇于朝房，荆川曰："不见凤洲久，必有所著。"答以《金瓶梅》。其实凤洲无所撰，姑以诳语应尔。

荆川索之切。

凤洲归，广召梓工，旋课旋刊，以毒水濡墨刷印，奉之荆川。

荆川阅书甚急，墨浓纸粘，卒不可揭，乃屡以指润口津揭书，书尽，毒发而死。

或传此书为毒死东楼者，不知东楼自正法，毒死者，实荆川也。彼谓"以三年之力成书"，及"巨公索观于车中"云云，又传闻异词者尔。不解荆川以一代巨儒，何渠甘为严氏助虐？而卒至身食其报也！

唐顺之一代大儒，抗倭英雄，不知为何被编排入《金瓶梅》

作者故事中，而且《寒花盦随笔》作者乃“佚名”，更让人起疑。

根据吴晗考证，《清明上河图》流传过程中，根本没有经过王世贞之父王忬之手。既然王忬没有得到过《清明上河图》，所以就不可能因《清明上河图》致祸，“伪画致祸”说不能成立。而严世藩本人是被处决而死，也不是被毒死，所以毒书“复仇”说也不成立。

至于唐顺之，乃因为抗击倭寇，在海上染病而死，死于国事，更非被人毒死。（也有佚名所作《秋水轩笔记》，被《金瓶梅》毒死的主人公也是唐顺之，估计是摘抄《寒花盦随笔》记述所写，故事大同小异。）

乾隆时期的文人顾公燮在《销夏闲记摘钞》卷上中，有《作金瓶梅缘起——王凤洲报父仇》一文，这样写道：

> （王）忬子（王）凤洲（世贞）痛父冤死，图报无由，一日偶谒（严）世蕃。
>
> 世蕃问：“坊间有好看小说否？”
>
> 答曰：“有。”
>
> 又问：“何名？”
>
> 仓卒之间，凤洲见金瓶中供梅，遂以《金瓶梅》答之。但字迹漫灭，容钞正送览。
>
> （王世贞）退而构思数日，借《水浒传》西门庆故事为蓝本。缘世蕃居西门，乳名庆，暗讥其闺门淫放。

而世蕃不知，观之大悦，把玩不置。

相传世蕃最喜修脚，凤洲重赂修工，乘世蕃专心阅书，故意微伤脚迹，阴搽烂药，后渐溃腐，不能入直。独其父嵩在阁，年衰迟钝，票本拟批，不称上旨。上寖厌之，宠日以衰。御史邹应龙等乘机劾奏，以至于败。噫！怨毒之于人，甚也哉！

明清这些文人也很好笑，似乎都是文科脑子，故事翻来覆去都和“毒药”毒死别人有关。

殊不知，除了氰化物这种剧毒马上毒死人比较容易以外，用别的“有机”类毒药慢慢毒死别人，技术非常难以掌握。古代文人缺少林林总总的化学试剂瓶子，配置那样准确能致人慢死的毒药，几乎就是 misson impossible。

不过，除上述类似小说的几处大漏洞以外，《金瓶梅》作者“王世贞说”确有不少能站得住脚的地方。

改革开放后，朱星撰《金瓶梅考证》一书，重提王世贞说，并列举出十条理由：

（一）王世贞这个人肯定是“嘉靖间大名士”；（二）他能写小说，而且传世量大，写出过一百七十四卷的《弇州山人四部稿》；（三）他有能力自己完成宏篇巨制，从他传世作品量就能判定；（四）从严世藩被杀到他本人逝世，总共有 24 年时间，有足够时间写完金瓶梅；（五）他是大官僚出身，有阅历写官场大场面；（六）他自幼随父在北京做官，与《金瓶梅》中的北方描写吻合；（七）他本人崇信佛道，《金瓶梅》到处是佛道描写；（八）他好色醉酒，《金瓶梅》中狎妓场面他非常熟络；（九）他祖籍山东琅琊，又曾在山东做官，具有运用山东方言的条件；（十）他知识面极广，具有写出《金瓶梅》这样大书的能力。……

所以呢，虽然王世贞是个复古派，却不妨碍他写出《金瓶梅》这样伟大的白话小说。

朱星根据王世贞为人写的一篇序言，考证出他当时手中确实有一本没有拿出来公开的“枕中之秘”——这部东西是否就是《金瓶梅》，当然有待进一步研究，暂时没有文献作支持。

总之，研读王世贞所有作品，发现他在诸多领域才能卓著，比如医学、食品、冠服式样、书画、弈棋、兵学等等，都为他创作《金瓶梅》提供了佐证。

《金瓶梅》作者除了王世贞以外，最有可能的就是屠隆了。屠隆说乃复旦大学黄霖教授首倡。

屠隆说主要依据有七条：

（一）小说第五十六回的《哀头巾诗》、《祭头巾文》，出自文人合集《开卷一笑》中屠隆的作品；（二）小说存有不少浙江方言，和屠隆籍贯相合；（三）屠隆祖籍武进，古称兰陵；（四）他多年潜心佛道，和小说描写主旨大致相同；（五）他中年时期以“淫纵”罪名遭到罢官，为人“佻荡不检”、“放荡风流”，最终死于性病，所以，屠隆为人格调方面“淫雅杂陈”，他的情欲观和《金瓶梅》小说相符；（六）他多年罢官在家赋闲，具备创作《金瓶梅》的生活基础和文学素养；（七）他和刘承禧、王世贞关系密切，而这两人家中均有《金瓶梅》抄本全稿，或当为屠隆所赠。

反对屠隆说者也很多，他们提出最“有力”的证据，就是认为：如果屠隆是作者，他不会在小说中拿自己的文章开玩笑——这恰恰是陋儒迂腐之见！

大王本人就是作家，时不时把自己从前所作文章当成屁文按在别人身上讥讽一番，由此可见，屠隆自己把自己文章塞进小说中，并非不可能。

黄霖《〈金瓶梅〉作者屠隆考》一文中，最大缺陷不是有关屠隆的考证，而是他把屠隆所作《与刘金吾函》中的“刘金吾”当成了刘承僖，其实是刘守有（刘承僖）之父。黄霖在考据中弄混了父子，以至于为反对者诟病，其余诸论据论点，还是颇有见地。

不过，屠隆说也有大漏洞——最早透露和揣测《金瓶梅》作者消息的是屠本畯，他在《山林经济籍》中谈到这个问题。但是，恰恰同样一本书中，也辑有屠隆的《娑萝园清语》。而且，屠隆和屠本畯关系非常密切，他们是同里同宗，屠隆和屠本畯的父亲屠大山是好友，屠隆为屠本畯的《霞爽阁空言》写过序，屠隆的儿子屠一衡为屠本畯这本《山林经济籍》也写过序言。二屠如此亲密的关系，如果屠隆是作者，屠本畯应该知道，最起码大概知道《金瓶梅》这部书，应该不会大老远跑到金坛的王宇泰那里去看那个人所收藏的抄本，更不会作如下断言：“相传为嘉靖时，有人为陆都督炳诬奏，朝廷籍其家，其人沉冤，托之《金瓶梅》……”

所以，屠隆之说，如果拿这个细节分析，一下子冰山消融。

那么，是否屠本畯真的知道屠隆是作者，为了迷惑当局或者读者，故意放的迷魂药呢？

这就是千古之谜了。

不管怎么说，如果作者是当时文学大家，王世贞、屠隆二人最有可能是《金瓶梅》“祖本”的写作者。原先这个本子虽然也有性描写，可能没有后来那么“黄”。

晚明风气越来越开放，商业气氛日益浓厚，到了后来出版的刻印本，估计和书商以及文人、说书者的加工大有关系。至于崇祯本《金瓶梅》，和冯梦龙这样的写作大腕大有关联。

此外，《金瓶梅》应该不是“集体”创作。它的抄本出现之前，除了“武松杀嫂”以外，找不到任何相关的流传、演唱的“金瓶梅”故事。而《三国演义》、《水浒》等书在成书定稿之前，存有世代流传、说讲的大量底本。

当然，明代中期以后，市坊文化发展迅速，特别是在经济繁荣的运河地区，民间艺人对《金瓶梅》加以渲染，增加感官刺激描写，都是可能的。但这个时间段非常短，不像《水浒》、《三国》那样延续那么多年，充其量只有十多年、二十多年的时间，所以，小说中有不少行文粗疏和时间、故事接不上的情况存在。后来，再经历文人墨客如冯梦龙、沈德符类似人等最后的润色加工，最终在明末崇祯朝有了最终两大系统的定稿。

至于《金瓶梅》作者为什么隐姓埋名，道理很简单：《金瓶梅》作者是大名士，不是为了糊口而写作。写《金瓶梅》这样一部泱泱近百万字的巨著，少则五六年，多则十年八年，要付出相当的精力和体力。

这部小说的功用，除了影射当时政治人物以外，自然还有发泄私怨的初衷。明朝的“名士”最看重的是诗文，自然也把小说当作宣泄类的作品，特别是这部作品多涉闺中秽事，存有违反名教的道德压力，作者自然要掩盖自己的名字。

至于刻印本上面的序跋，很有可能是书商声东击西，甚至无中生有伪造个“兰陵笑笑生”的名字也说不定，害得后人拼命在“兰陵”二字上大做文章，煞费苦心。

千针万线，同归一丝；千曲万折，不露一线。

读者对《金瓶梅》作者的好奇，估计许多人主要是想知道作者是否干过西门庆那些事情。其实，小说创作，不一定非要作者把自己的生活经历搬字过纸，主要是作家的灵感和创造力。恰如张竹坡所言：“作金瓶梅者，若果必色色历遍才有此书，则《金瓶梅》又必做不成也。何则？即如诸淫妇偷汉，种种不同，若必待身亲历而后知之，将何以经历哉？故知才子无所不通，专在一心也。”

所以，“假捏”和“幻造”的艺术虚构魅力，非俗人能解。作家写书，其实是替小说中的人物在现身说法，千百化身，寓意其中，“酒逢知己饮，诗向会人吟”，只有知音才能深得妙意。

万历二十三年（1595年）袁宏道在给董其昌的信中，非常好奇地问，非常好奇地评：“《金瓶梅》从何得来？伏枕略观，云霞满纸，胜于枚生《七发》多矣！”

四百年过去，这个问题历久弥新：《金瓶梅》从何得来？

17.《金瓶梅》写的是哪朝哪代的事情？

《金瓶梅》托写宋代，实际上所写内容，不少都是反映作者所处明朝的事情。而嘉靖朝、隆庆朝、万历朝，则是小说最有力的时代背景。

小说中，有名有姓人物有八百多，其中真实有据的明朝人物，就有20多个——狄斯彬、凌云翼、黄甲、赵讷、韩邦奇、罗万象、王烨、曹禾、徐嵩、吴铠、陈洪等等。

《金瓶梅》中所描写的重大历史事件，不少也是借宋朝影射明朝。比如第十七回中，写宋徽宗时北虏犯边，兵部尚书王黼贻误军机，涉及朝中奸臣杨戬，连累到杨戬亲党陈洪（即陈经济之父）。此回所写宋代故事，真假相杂。包括小说中所写蔡京父子误国之事，都是含沙射影明代政治。作者真实目的，主要是来影射嘉靖朝严嵩父子专政误国的事实。

嘉靖时代，北部蒙古鞑靼时常犯塞入边，甚至在嘉靖二十九年直捣北京，形成围城之势。当时，蒙古兵在城外大肆烧杀抢掠，京城大乱内外大骇。对此，主政的严嵩诫嘱党羽、时任兵部尚书的丁汝夔“勿轻战”，结果纵虏深入，贻害不浅。

第六十四回中，薛内相和刘内相两个太监对话，说起两件事情：一件是八月初十大雨雷电，把凝神殿上鸱尾震碎；另外一件是立冬那天，皇帝祭祀太庙，太庙地面砖缝出血，殿东北塌陷一角。

查找《明史·五行志》，曾经都有类似几次记载，嘉靖十六年、二十八年，隆庆四年，万历三年，都发生过雷震宫殿鸱吻的事情；此外，太庙地面“出血”虽然不见明史记载，但小说中立冬那天的时间和嘉靖四十年和万历四十六年的立冬日基本符合……

万历十七年，大理寺左评事雒于仁给万历帝上《酒色财气四箴疏》：“皇上之恙，病在酒色财气也。夫纵酒则溃胃，好色则耗精，贪财则乱神，尚气则损肝。”而且，他还以四箴为“药方”，让皇帝弃绝“酒色财气”之病：

《酒箴》：耽彼曲蘖，昕夕不辍，心志内懵，威仪外缺。神禹疏仪，夏治兴隆。进药陛下，酿醑勿崇。

《色箴》：艳彼妖姬，寝兴在侧，启宠纳侮，争妍误国。成汤不迩，享有遐寿。进药陛下，内嬖勿厚。

《财箴》：竞彼锣镣，锱铢必尽，公帑称盈，私家悬罄。武散鹿台，八百归心；隋炀剥利，天命难湛。进药陛下，贷贿勿侵。

《气箴》：逞彼忿怒，恣睢任情，法尚操切，政戾公平。虞舜温恭，和以致祥；秦皇暴戾，群怨孔彰。进药陛下，旧怨勿藏。

雒于仁“四箴”，惹起万历帝大怒，想即刻重惩雒于仁。幸亏阁臣申时行老奸巨猾，说雒于仁真正目的是“卖直取名”，惩罚他就是成全他，劝说万历帝道：“此疏不可外发，恐外人信以为真。臣等即传谕寺卿，令（雒）于仁去位可也……”不久，雒于仁被斥为民，逃过仗刑或杀身之祸。

而《金瓶梅》小说中，第六十五、六十七回中，两次出现了一个作者杜撰的名叫“陈四箴”的官员——陈四箴者，陈说“四箴”也，显然是专有所指，以此影射万历帝的“酒色财气”。

此外，小说中不少地方铺陈宋徽宗宠幸郑贵妃、放纵郑皇亲的事情，还在第八十七、八十八回中写过当时百姓欢喜“朝廷册立东宫”的事情，其实，这也是影射万历帝溺宠郑妃、久虚储君之位的明朝现实。

《金瓶梅》第七十回，写一个“朱太尉”到临清巡视，群随赫赫，排场盛大：

那时正值朱太尉新加太保，徽宗天子又差遣往南坛视牲未回，各家馈送贺礼，伺候参见。官吏人等，黑压压在门首，等的铁桶相似。……半日才远远牌儿马到了，众官都头带勇字锁铁盔，身穿搂漆紫花甲，青纻丝团花窄袖衲袄，红绡裹肚，绿麂皮挑线海兽战裙，脚下四缝着腿黑靴，弓弯雀画，箭插雕翎，金袋肩上横担销金令字蓝旗。端的人如猛虎，马赛飞龙。

须臾一对蓝旗过来，夹着一对青衣节级上，一个个长长大大，揞揞搜搜，头带黑青巾，身穿皂直裰，脚上干黄皮底靴，腰间悬系虎头牌，骑在马上，端的威风凛凛，相貌堂堂。须臾，三对牌儿马过毕，只闻一片喝声传来，那传道者都是金吾卫士、直场排军，身长七尺，腰阔三停，人人青巾桶帽，个个腿缠黑靴，左手执着藤棍，右手泼步撩衣，长声道子一声喝道而来下路，端的吓魄消魂，陡然市衢澄静。头道过毕，又是二道摔手。摔手过后，两边雁翎排列二十名青衣缉捕，皆身腰长大，都是宽腰大肚之辈，金眼黄须之徒，个个贪残类虎，人人那有慈悲。十对青衣后面，轿是八抬八簇肩舆明轿。

轿上坐着朱太尉，头戴乌纱，身穿猩红斗牛绒袍，腰横四指荆山白玉玲珑带，脚靸皂靴，腰悬太保牙牌、黄金鱼钥，头带貂蝉，脚登虎皮踏台，那轿底离地约有三尺高。前面一边一个相抱角带、身穿青纻丝家人跟着。轿后又是一班儿六面牌儿马、六面令字旗紧紧围护，以听号令。后约有数十人，都骑着宝鞍骏马，玉勒金鞧，都是官家亲随、掌案、书办、书吏人等，都出于纨袴骄养，自知好色贪财，那晓王章国法。

登时一队队都到宅门首，一字儿摆下，喝的人静回避，无一人声嗽。那来见的官吏人等，黑压压一群，跪在街前。良久，太尉轿到根前，左右喝声：“起来伺候！”那众人一齐应诺，诚然声震云霄。

乍看，朱太尉似乎乃宋徽宗手下一个钦差。实际上，小说影射的就是明武宗朱厚照，即大名赫赫的明朝正德皇帝。正德皇帝是明朝历史上最荒唐的一个皇帝，以爱玩著称。

正德十二年(1517年)，明武宗在江彬引导下，神秘兮兮地仅带几百人，急装微服小打扮，一大帮人连夜出京，“顺利”过关，飞抵至宣府。江彬呢，早已派人在宣府兴建了奢华骇人的“镇国府”，并把豹房内的珍玩奇物与美姬乐工运到这里“伺候”。不仅如此，君臣兴起，多次大半夜到官民之家“临幸”，只要发现有漂亮女人的，不管未嫁已嫁，皆一把搂住，摒去其家人，马上开干。《明通鉴》记载：“九月甲戌朔，车驾驻宣府，江彬营镇国府第，悉辇豹房，珍玩女御实其中，上遂忘归。时夜出，见高门大户，即驰入或索其妇女。富民率厚赂彬，以求免。军士樵苏不继，辄毁民房屋，以供。市肆萧然，白昼户闭。”

此种进入民家频频淫污妇女的帝王，中国历史上这位正德皇帝系第一人，也是最后一人。但从旧时代的“理论”上讲，“四海之内，莫非王土；率土之滨，莫非王臣”，推而思之，自然是“天下妇女，莫非王妾”。臣民妻女让天子“幸”了，还不好说什么，跪送谢恩高呼“好再来”而已。

武宗皇帝大乐之，乐而忘归，称宣府为“家里”。试想，明武宗居北京二十多年，从未这样爽快过。且民间妇女百态奇花，也非宫中木讷嫔妃能比。

十月间，江彬陪同明武宗自宣府驰奔大同，在阳和附近游猎。恰巧有蒙古诸部数万骑寇边，大掠应州。边将王勋等人知皇帝在附近，拼死力战，蒙古人败退而去。至于明武宗本人，率一哨人马，江彬陪驾，正好在途中遭遇一股蒙古兵，双方拼杀。大战近一个时辰，蒙古骑兵挡不住明军扈卫精骑，留下十六具尸首遁走。明武宗马上功夫了得，竟然以九五之尊，交战中手斩蒙古兵一人。从前的打仗作戏，今天果然得以实用。

此次实战，可把明武宗乐坏了，自此，他改换身份，自称为镇国公、威武大将军“朱寿”，实实在在融入真实游戏的角色中，还派人把“朱寿”大将军的胜捷喜报送达京城。

正德十四年（1519年）正月，明武宗自太原还归宣府。武宗东西游幸，达数千里之遥，乘骏马，持弓矢，涉险阻，冒风雪。随从卫士中途多病，而他丝毫无倦容。小伙儿体格真棒，他又渔色又长途奔波，竟丝毫不觉劳累。回京后，歇了一个月，明武宗又自己给自己下诏“命令”：“镇国公朱寿（他本人）南巡。”……

所以，《金瓶梅》所描绘的这位“朱太尉”如此隆重的排场和等级严格，肯定影射明武宗无疑。

《国榷》卷五十一记载：“（明武宗）至淮安清江浦，幸监仓太监张阳第，时巡幸，所捕鱼鸟分赐左右，虽一脔一毛，金帛谢，上渔清江浦累日。南京、河南、山东文武官员咸集，俱戎装徒行，不辨贵贱。”

这段历史记录，也暗合了《金瓶梅》中“朱太尉”到东昌府的经历。

更为“阴损”的是，小说还以其中两个倡优王相和李铭，来讽刺、影射嘉靖皇帝。

在封建时代，优伶地位低下，属于下九流的贱民。《金瓶梅》中第二十一回，写李铭到西门府，从这位倡优的举动，我们就可以想见他们当时的地位：

> 正吃茶中间，只见玳安进来报道：“李铭来了，在前边伺候。”
>
> 西门庆道：“教他进来。”不一时，李铭朝上向众人磕下头去，又打了个软腿儿，走在傍边，把两只脚儿并立。
>
> 西门庆便道：“你来得正好。往那里去来？”
>
> 李铭道：“小的没往那去，北边酒醋门刘公公那里，教了些孩子，小的瞧了瞧。计挂着爹宅内，姐儿每，还有几段唱未合拍，来伺候。”
>
> 西门庆就将手内吃的那一盏木樨金橙茶递与他吃，说道：“你吃了休去，且唱一个我听。”
>
> 李铭道：“小的知道。”一面下边吃了茶，上来把筝弦调

定，顿开喉音，并足朝上，唱了一套“冬景”[绛都春]“寒风布野”云云。

唱毕，西门庆令李铭近前，赏酒与他吃，教小玉拿团靶勾头鸡膝壶，满斟窝儿酒，倾在银珐琅桃儿钟内。那李铭跪在地下，满饮三杯。西门庆又在桌上拿了一碟鼓蓬蓬白面蒸饼，一碗韭菜酸笋蛤蜊汤，一盘子肥肥的大片水晶鹅，一碟香喷喷晒干的巴子肉，一碟子柳蒸的勒鲞鱼，一碟奶罐子酪酥伴的鸽子雏儿，用盘子托着与李铭。

那李铭走到下边，三扒两咽，吞到肚内，舔的盘儿干干净净，用绢儿把嘴儿抹了，走到上边，把身子直竖竖的靠着[槅]子站立。

虽然他本人是西门庆第三妾李娇儿的亲弟弟，但由于他身份是倡优，并没有与姐夫并坐的权利，喝酒跪着，吃饭站着，主人未召唤的时候，他还要直挺挺立着。

而就是李铭、王相这样的倡优人物，如果查明史，就可以发现，嘉靖皇帝的两个亲家公，一个叫李铭，一个叫王相。他们分别是嘉靖儿子裕王（后来的隆庆皇帝）和景王的老丈人。

特别是李铭，原本就是一个平头百姓，当了皇亲后，立刻坐直升飞机，当上了“副千户”，成为五品大员了。

为了解气，小说第二十二回，通过丫鬟春梅的口，大骂李铭，一口一个“王八”，共骂了二十二句“王八”，可谓痛快淋漓。

既然影射嘉靖帝的儿女亲家是“王八”，由而推之，凤子龙孙肯定都是“王八羔子”了。这正应了鲁迅所言：“明人小说之讲秽行者，人物每有所指，是借文字来报夙仇的。”

所以，估计《金瓶梅》作者对于明朝最高统治者不是很尊敬，说不定心内大有怨恨，才会在小说中给两个低级下贱的倡优安上两个皇帝亲家公的名字。

至于衣冠饮食、商业金融、休闲娱乐等方面，包括“网巾”、“皇庄”、“皇木”、“番子”、“时尚小令”等等，《金瓶梅》反映的时代影像，大多都是以明朝为背景和蓝本。特别是第七回中所说的“太仆寺马价银子”，只有明朝才设立过这种特殊的款项，宋朝根本没有。

山东《博平县志》曾经记载：“至正德嘉靖间古风渐渺。过去乡社村保无酒肆，亦无游民，由嘉靖中叶以来以抵于今，流风愈趋愈下，惯习骄吝，互尚荒佚，以欢宴放纵为豁达，以珍味艳色为盛礼。其流至于市井贩鬻厮皂走卒，亦多缨帽缃鞋，纱裙细袴，酒庐茶肆，异调新声，汩汩浸淫，靡焉不振。甚至娇声充溢于乡曲，别号下延于乞丐，逐末游食，相率成风。”

可见，明中叶社会风气已经和明初相比发生了巨大变化，尊崇富侈，男子服锦绮，女子服金珠，僭越逾禁，群相蹈袭。《金瓶梅》小说中，对于这些现象，描写得非常细腻、到位。

所以，虽然《金瓶梅》的故事发生在宋朝，但其间许多事件和事物，都是明朝的事情。借古讽今，想必是作者当时最原始的创作意念。

清朝乾隆时代，有个康亲王昭梿，是个文学中青年，他在《啸亭续录》中，对小说阅读颇有心得。特别是他评价《水浒传》，非常到位，细细透析水浒作者不谙地理，指摘出书中鲁智深、杨志行路曲折的谬误。但是，昭梿过于自负，往下接着评论《金瓶梅》的时候，他这样说：

“《金瓶梅》其淫亵不待言。至叙宋代事，除《水浒》所有外，俱不能得其要领，以宋明二代官名羼杂其中，最属可笑。是人尚不见商辂《宋元通鉴》者，无论宋元正史。弇州山人（王世贞）何至谫陋若是，必为赝作无疑也。”

昭梿怀疑王世贞为《金瓶梅》作者，尚有可原；但他以小说中宋代、明朝官职混写为由贬低《金瓶梅》，就显得过于傲慢。

小说创作不是历史考据，托宋写明，自然要混写。

昭梿是努尔哈赤次子礼亲王代善的第六世孙，原封康亲王。生于清乾隆四十一年（1776年），除了爱好文史以外，他还精通满洲民俗和清朝典章制度，与当时名流魏源、龚自珍、袁枚关系密切。嘉庆二十年，因为虐杀属下获罪，昭梿被革除王爵，判处圈禁三年。半年后，通过关系获释，但他的王爵没有恢复。病死之后，他的文稿《啸亭杂录》十五卷大多散失，后由端方搜集整理，才得以流传下来。

这个王爷虽然是文学二把刷子，但当时、身后影响不小。比如，洪承畴投降故事，《清史稿》中讲，皇太极亲入囚室，解其貂裘为洪承畴披上，温言劝降，其实过程子虚乌有。而这个故事的来源，就是昭梿的《啸亭杂录》笔记内容。而至于庄妃色诱洪承畴，则完全没有根据。作为崇祯信臣的洪承畴被俘初时大骂不屈，只求速死，但到沈阳后却腰软而降，剃发后被编入镶黄旗汉军。终皇太极之世，洪承畴并未被重用，形同软禁。日后多尔衮信用他，才显出这位降臣走狗的重要。

昭梿是个有闲有钱的贵族王爷，他能影响历史甚至是正史写作，为了拔高皇太极，可以把这个皇帝写成刘备。但言及《金瓶梅》这样更高级的文学，满洲王爷的稀疏底气就暴露无遗了。

18.《金瓶梅》故事发生地在哪里？

依照《金瓶梅》的叙述，故事的背景地应该是距离临清七十里地的清河县。

按照中国实际的地理沿革，清河一直属于河北（或者直隶）管辖，不属于山东。但小说却称清河附属于山东东平府，一直把清河这个地方往山东辖区靠。

仔细推究，发现作者目的其实很简单，因为，《金瓶梅》肇端于《水浒传》。为了和水浒故事严丝合缝，就必须把清河县写成山东所属。而且，故事中涉及的许多城市，比如临清、济宁、东平府、聊城等城市，都是山东境内运河边的城市。

也有学者撰文切切，认为《金瓶梅》所写的清河，是南清河，即明朝南直隶淮安所属的清河，也就是今天江苏淮阴。这一说法，虽然有些根据，但毕竟显得牵强——如此一来，《金瓶梅》就和水浒故事弄不到一块去，很是让人存疑。

当然，“清河”，还可能就是作者写作的一个地理符号而已，是对明朝“河清海晏”社会的巨大反讽。因为，就小说中清河与邻近地区的地理方位来说，总和实际的情况不太搭界甚至方向相反，一来可能作者写清河只是看着一张地图琢磨出来的，二来这就属于文学密码类的东西，看上去好像牵强，内中也有一定的隐含意义。

小说中描写的清河县没有甜水，县城距离临清钞关七十里距离等等，据此，笔者还是认为《金瓶梅》小说作者所写的清河，应该就是北清河。

有时候，《金瓶梅》还把临清和清河混写在一块。比如第九十四回，泼皮刘二把在一起鬼混的陈经济和妓女冯金宝捆了之后，转天地方保甲和巡河快手（捕快）就雇了牲口，把两个人“赶清晨早到府前伺候”。但二人被押到守备府的时候，时辰太早，周守备还没有升堂。如此看上去，守备府距离临清商业区特别近。其实，小说中所讲的守备府在清河，临清和清河相距七十里地，在明朝那个时候，骑马骑驴也需要约一天的时间。就这一章节上的时间描写看，似乎清河和临清就在一个地方。

如果仔细分析《金瓶梅》的地名，似乎在许多时候，清河就是临清。比如小说中清河县出现的真武庙、观音庵、狮子桥、灯市、土山、都督府、石佛寺、皇庄、清河左右卫、手帕巷等等，都是临清的地名。

研究《金瓶梅》的学者们绞尽脑汁去考察地名真伪，其实也是一种误区。写小说不是搞地理考据，作者往往东一榔头西一棒子，比如写西门庆在清河任副提刑，似乎提刑所就设在清河——按照道理，提刑所是省级的司法管理机构，应该设在省府济南府；再如写黄太尉从东平府过清河县，一帮官员黑压压跪地迎接，似乎给人感觉东平府和清河相邻。而真实情况是，这两个地方隔着东昌府、临清州等地，其间距离很是有一大段路程……所以，究查《金瓶梅》故事发生地不必太拘泥，应该是以临清为蓝本的运河沿岸城市的集合描写。

从山东这个地理省份考察，距离清河最近的“大城市”就是临清。三国时期，临清确实隶属过清河郡管辖（东汉时为刘姓诸侯所在的“清河国”），但一直不是很出名的地方。到明朝永乐年间，京杭大运河全线贯通后，山东境内运河逐渐成为明朝南北交通和商业运输的交通要道。

运河，就是古代的高速公路。而临清恰恰位于大运河中段，得天独厚的地理位置，使它一跃成为明代一个繁华大城市。“自开渠运，始为要津”。

在明代，临清这个城市的关税征收独占鳌头。万历年间，临清钞关的税收相当于杭州、扬州钞关税收的六七倍，享有“天下第一码头”美誉。鼎盛时期，临清常年居住人口近百万。从今人眼光看，百万人口不算多，但在明朝时期，全世界的百万人口城市，寥寥可数。

临清地名虽然古已有之，但城市真正建立在运河边上，是明朝立国后八十多年后的正统十四年（1449年）。明朝中期，大概在明孝宗弘治七年（1494年），在元朝淤塞的会通河得以疏浚，京杭运河成为南粮北调的唯一通道，临清开始成为“通两京之咽喉”要地，其繁华在彼时达到鼎盛期。

万历之后，漕粮停止海运，都通过运河北上，而且政府允许漕运船只携带货物进行贸易，大量的丝织品、食盐、香料以及其他商品都经运河往来。从此，临清作为交通枢纽，发展更为迅速，其间遍布绸缎店、布店、米店、瓷器店、杂货店、家具店、银店、古玩店、茶叶店，还有各种专门搞批发的药材行、畜禽行、棉花行以及焦石木炭行等，坐贾行商，熙熙攘攘。

由于临清漕运发达，下游行业就会带出仓站、闸站以及漕粮支运。而物流发达的地方，肯定人口越来越多。所以，《金瓶梅》看似以清河作故事发生的地理位置，许多场景都是以临清为依托而写成。

《金瓶梅》小说中，西门庆家里女人常常使用一种物器“杩子”，就是马桶。为此，不少学者争议，认为北方人不用马桶，就推测小说所写是以“南清河”为地理背景。

其实呢，正因为临清紧靠运河，所以“杩子”是船家必备用品，继而为附近地区妇女所使用。如今，临清依旧有条“箍桶巷”，据说从前就是专门做马桶的手工艺人聚集地。

而作为潘金莲吓死李瓶儿之子官哥主要“道具”的雪狮猫，也是临清特产之一。据《临清志》所载，雪狮猫比起寻常家猫的个头要肥壮，长长的白色长毛如雪，抖擞长毛的时候如雪狮子一般，故名雪狮猫。由于这种猫乃选择白色波斯猫杂交而成，所以当属“鸳鸯眼”（即两眼颜色各异）那一品种的品质为贵。这种猫，在当时就是贵妇所喜爱的宠物。

据民国二十四年版的《临清县志》所载当时人王屿的描述：“（临清）薄海内外，舟航之所毕由，达官要人之所递临，而兵民杂集，商贾萃止，骈樯列肆而云蒸雾涌，其地遂为南北要冲，巍然一重镇矣。”

所以，《金瓶梅》第九十二回，就这样描写临清：“这临清闸上，是个热闹繁华大码头去处，商贾往来，船只聚会之所，车辆辐辏之地，有三十二条花柳巷，七十二座管弦楼。”

特别是第九十八回中，透过陈经济的主观之眼，把临清商业区的繁华尽收眼底：

> （陈）经济上来大酒楼上，周围都是推窗亮隔，绿油栏杆。四望云山叠叠，上下天水相连。正东看，隐隐青螺堆岱岳；正西瞧茫茫苍雾锁皇都。正北观，层层甲第起朱楼；正南望，浩浩长淮如素练。楼上下有百十座阁儿，处处舞裙歌妓，层层急管繁弦。说不尽菜肴如山积，酒若流波。

此外，《金瓶梅》作者描写清河县的时候，出现过几次御用砖窑，还出现管砖厂的刘公公和黄主事这两个人物。而真实历史上，砖窑不在清河而是在临清。

明清两朝，临清都是大型京城御用砖的生产地，总共有御用官窑近四百家，每年能生产御用砖一千多万块，可谓产量巨大。北京紫禁城、天坛、定陵等建筑使用的大量砖料，均为临清一地产出。

清河县不靠运河，小说中描写那里有砖窑，其实就面临一个很大的问题：那么多御用砖，如何能够就近下水运输呢？如果不邻近运河这种水上高速公路，如此巨量沉重的砖料，运输成本就会高到无法承受。

自然，完全把临清作为《金瓶梅》的地理背景，也会使得研究者裹足不前。

从小说地名中，也可以发现有不少北京的地理特征，比如潘金莲口中的“白塔”，陈经济口中的“兵部洼”，妓女董娇儿口中的“王府井”，来旺、孙雪娥偷东西去投靠姨妈所在的“细米巷”……

如果从研究饮食入手，更可以发现小说里面所描述的糕点，比如艾窝窝、枣儿糕、椒盐金饼、花糕、八宝粥等等，都是典型的明朝北京食品。

从风俗习惯上入手，爬梳字里行间，更可以发现北京的一些特色，最明显的就是西门庆等人喜戴的“眼纱”。从元朝到明朝，只有北京才有这样戴眼纱的风俗习惯。

熊梦祥所著《析津志》记载："幽燕沙漠之地，风起则沙尘涨天，显宦有'鬼眼睛'者，以魫（即鱼脑中骨）为之，嵌于眼上，仍以青皂帛系于头。"这说明，从元代开始，北京人已经发明了类似墨镜般的东西来保护眼睛。而且，这个记载又在书中"风俗"条目中，说明这种东西当时颇为流行。

而清朝人汪启淑所作《水曹清暇录》中，也讲说："正阳门前多卖眼罩，轻纱为之，盖以蔽烈日风沙。胜国（指被灭亡的前明）旧例，迁客（被贬官员）辞阙时，以眼纱蒙面。"可见，明朝的北京眼纱是多么流行，甚至官员被下放之前面君，都要戴上一个表示某种类似负疚道歉的喻示……

从谚语上入手，书中又出现过明代北京俗谚："南京沈万三，北京枯柳树"等等。

当然，这样把北京地名作为小说背景考据的线头也很烦，大王梳理一番后，您猜怎么着，我发现西门大官人原来住在东单附近，呵呵……

林林总总，其实还是《金瓶梅》小说的作者显然见多识广，把许多地方攒到一起来说。

但说一千道一万，大王认为，《金瓶梅》中的清河，影子所托，应该还是以山东临清为主！

19.《金瓶梅》书名有何寓意？

《金瓶梅》书名，自从明朝以来解释多多，众说纷纭，大概分为三种。

第一种，也是最直接的解释，就是认为作者从西门庆所宠爱三个妇人潘金莲、李瓶儿、庞春梅名字中各取一字。这种最简单的，可能最接近作者的初衷。

明代大文学家袁中道《游居杮录》中记载：“所云‘金’者，即金莲也；‘瓶’者，李瓶儿也；‘梅’者，春梅婢也。”

署名“东吴弄珠客”的哥们（可能是冯梦龙化名）在《金瓶梅序》中认为：

> “然作者亦自有意，盖为世戒，非为世劝也。如诸妇多矣，而独以潘金莲、李瓶儿、春梅命名者，亦楚《梼杌》之意也（语出《孟子》注释：“嚚凶之类，兴于记恶之戒，因以为名。”）。盖金莲以奸死，瓶儿以孽死，春梅以淫死，较诸妇为更惨耳。借西门庆以描画世之大净，应伯爵以描画世之小丑，诸淫妇以描画世之丑婆净婆，令人读之汗下。盖为世戒，非为世劝也。”

清朝张竹坡说得也比较透彻：“劈空撰出金、瓶、梅三个人来。看其如何收拢一块，如何发放开去；看其前半部止做金、瓶，后半部止做春梅；前半人家的金、瓶，被他千方百计弄来；后半自己的梅花，却轻轻的被人夺去。”

现代以来，最著名评介当属鲁迅先生在《中国小说的历史的变迁》所指：“因为这书中的潘金莲，李瓶儿，春梅，都是重要人物，所以书名就叫《金瓶梅》。”

第二种，揣测《金瓶梅》书名具有更深的象征含义：“金”，喻指金钱、富贵，财源；“瓶”者，“酒瓶”也，喻指酒色财气之首的“酒”；“梅”者，喻指女色。由于小说开篇就是铺陈《四贪词》，全书宗旨在于戒示“酒”、“色”、“财”、“气”这人生“四贪”。但由此说来，书名《金瓶梅》寓意就少了一个气字，似乎有些牵强附会了。

第三种，《金瓶梅》书名喻示“金瓶插梅”。“金瓶”者，富贵荣华的象征；“梅”者，喻指女人美色。“金瓶插梅”意向，小说中多处出现过第十回、第三十一回中，西门庆大摆宴席，其间均有“花插金瓶”的摆设。第六十八回，作者描写西门庆常嫖逛的郑家妓院，房间摆设也是“花插金瓶”。第七十二回，描写西门庆书房的对联，上书：“瓶梅香笔砚，窗雪冷琴书。”第七十六回，更写西门庆让人“抬出梅花来，放在两边桌上，赏梅饮酒”……

由此推之，色乃美丽长久之物，贮于金瓶之中，喻示香销金冷之意。此外，丽梅怒放，芬芳鲜美，但翠嫩鲜艳之花，最终不免凋零，所以如瓶儿、春梅、潘金莲，包括西门庆本人，都是盛年死亡，喻示人生无常……

近年来，功底不深的专家、学者往往大放厥词，从谐音上大做文章，估计从“曹雪芹”来自“抄写勤”一说得来灵感，说什么《金瓶梅》书名，实际上就是作者暗自诅咒大明王朝“今平没”，此种评说，真是蠢人作灵态，让人发噱到发怒的地步。

更有愚蠢者，一叶障目，只在“梅”字上大做文章，认定“梅”乃“霉”之谐音，说《金瓶梅》是《金瓶霉》，以“金瓶”发霉来喻示大明朝的“变质”——不仅牵强，而且尽曝忖度者之孤陋寡闻。

梅花从宋代以来，就是文人墨客心目中高洁的代名词。把梅谐音为“霉”来解释《金瓶梅》，牵强附会不说，还有着乡愚痴人说梦的猥琐。

当然，还有一说，认为《金瓶梅》乃“今评梅”谐音，此说出自谢肇淛为《金瓶梅》所作跋中：“《金瓶梅》一书，不著作者名代。相传永陵中（嘉靖）有金吾戚里，凭怙奢汰，淫纵无度，其门客病之，采摭日逐行事，汇以成编。”

其中“金吾戚里”，“金吾”，即“执金吾”，官名，原指秦汉时率禁兵保卫京城和宫城的官员，此处代指皇帝辖下的锦衣卫官员；戚里，指亲戚关系。所以，谢跋中的“金吾戚里”有可能是指藏有《金瓶梅》全本的刘守有中表亲戚、湖北麻城名人梅国桢。

梅国桢是万历十一年进士，和汤显祖同年，又与大文豪李贽关系密切。这个人年青的时候才高八斗，潇洒倜傥。他每次进京的时候，在京城掌管锦衣卫的亲戚刘守有都会派出官兵给他撑排场，狎妓冶游。但是，同样一个梅国桢，后来在平灭宁夏哱拜造反过程中大有诸葛亮之风，名重当时。由于梅国桢行为不太谨慎，招惹了不少仇家，特别是一些仇恨、攻击李贽的人，也把他作为目标来攻击。所以，文人借写小说影射梅国桢作“今评梅”，也不完全是子虚乌有的事情。

“今评梅”与梅国桢有关系的说法，还因为这样的实际情况而引人遐想——《金瓶梅》全本，只有刘守有儿子刘承僖家里有，但他一直不愿意给别人借抄。说不定，因为这部小说影射自己亲戚梅国桢，他才一直不愿意拿出来散布……

据大王冒昧揣测，《金瓶梅》这个书名，应该包含两层含义。

第一，我认为《金瓶梅》作者当时就是出于非常简单的想法，随手拈出，把潘金莲、李瓶儿、春梅这三个女主角的名字当书名，这也符合明朝小说的起名规律，没什么大寓意在里面，简单吗，就是美。

第二，与明朝士大夫的禅宗观念有关。《金瓶梅》书名，或许是一种复杂意念的砌合。色即是空，空即是色。现世真实，看似金瓶，但人的生命其实匆匆，绚烂、短暂，如梅花，如朝露，而其间所释放的芬芳，恰如一阵晚风轻拂，余留淡然香气，氤氲萦绕，如梦如幻……

澄灿的金瓶，怒放的梅花，一切生命及色相世界，皆生住异灭，刹那而生，刹那而灭。所以，我们不能执著，不能为障碍烦恼所阻。花开不必喜，花落亦不必悲。深邃思想，曼妙活泼禅趣，尽在“金瓶梅”三字之中。

由此，展卷《金瓶梅》，大王联想到文益禅师应南唐主李璟邀请到宫中说法之时，对良辰美景日，观园中花卉，随口吟出的一首诗句：

拥毳对芳丛，由来趣不同。发从今日白，花是去年红。

艳色随朝露，馨香逐晚风。何须待零落，然后始知空。

20.《金瓶梅》是《红楼梦》“祖宗”吗？

我，赫连勃勃大王，从12岁就开始偷阅“万恶淫书”《金瓶梅》。过了十多年，2000年秋冬时分，我在巴黎待了几个月给老婆“陪读”作“慰安夫”。

凄风冷雨九月阑，当地除了短短几页纸的台湾背景《欧洲日报》、大陆背景的《欧洲时报》以外，看不到汉文字。口僵舌涩之余，翻箱倒柜，才拿出我老婆带到法国垫箱底的两本《红楼梦》来。

花了两天时间，总算硬着头皮把这本群氓小资大众“喜闻乐见”的“优秀作品”读完，并且真真切切得出一个结论：

相比明朝伟大的世情小说《金瓶梅》，《红楼梦》嘛，不过就是清朝一本“言情小说”，它从头到尾，从意念到细腻描写，都在跟风和抄袭《金瓶梅》！

好，行文至此，作为网上闻人，大王意识到，无论是在网上或者纸上，马上会有汹汹如潮的骂声冲着我来，从80岁糟老头到15岁小姑娘，那些《红楼梦》粉丝们更会呕血捶胸，青筋暴崩，跳脚控诉大王的低级趣味和无耻谰言。

为此，大王早有准备，而且拿出天津青皮混混的派头，抚膺大呼：“《金瓶梅》就是《红楼梦》的祖宗！”

这不是大王的狂言，而是伟大领袖毛主席的断言！

润之先生，人中之龙。文史哲样样精通的他，曾经在不同场合先后五次评价过《金瓶梅》这部书，而且总是拉着《红楼梦》与之比拟。

1956年，他第一次评价《金瓶梅》。当时的场合，是毛主席在听取重工业部门工作汇报时，同万里等人讲道："《水浒》是反映当时政治情况的，《金瓶梅》是反映当时经济情况的，是《红楼梦》的老祖宗，不可不看。"①

第二次评价，是在1957年。毛主席说："《金瓶梅》可供参考，就是书中污辱妇女的情节不好。各省委书记可以看看。"为此，他亲自拍板对《金瓶梅》在全国小范围解禁。当时，文化部、中宣部同相关出版部门协商之后，以"文学古籍刊行社"的名义，按1933年10月"北京古佚小说刊行会"集资影印的《新刻金瓶梅词话》为底本，重新影印了2000部，发行对象是各省省委书记、副书记以及同一级别的各部正副部长。影印本《新刻金瓶梅词话》两函21册，正文20册，原书的200幅插图辑为一册。所有的购书者均登记在册，每套都编有号码。

1959年底到1960年初，毛主席在读了苏联《政治经济学教科书》后发表的一次谈话中，将《金瓶梅》与《东周列国志》加以对比。他认为，《东周列国志》只"写了当时上层建筑方面的

① 《马瑞芳趣话〈金瓶梅〉》，上海文艺出版社2011年版，第317页。

复杂尖锐的斗争，缺点是没有写当时的经济基础”，而《金瓶梅》却更深刻，“在揭露封建社会经济生活的矛盾，揭露统治者与被压迫者的矛盾方面，《金瓶梅》是写得很细致的”。这是他第三次专门评论这本书。

1961 年 12 月 20 日，在中共中央政治局常委和各大区第一书记会议上，毛主席说：“你们看过《金瓶梅》没有？我推荐你们看一看。这本书写了宋朝的真正的历史。暴露了封建统治，暴露了统治和被压迫的矛盾，也有一部分写得很仔细。”[①]

毛主席第五次评价《金瓶梅》，是在 1962 年。当年 8 月，在中央工作会议核心小组会上的谈话中，他又将《金瓶梅》同《官场现形记》加以比较：“有些小说，如《官场现形记》，光写黑暗，鲁迅称之为谴责小说。只揭露黑暗，人们不喜欢看。《金瓶梅》没有传开，不只是因为它的淫秽，主要是它只暴露黑暗，虽然写得不错，但人们不爱看。《红楼梦》就不同，写得有点希望嘛。”

特别是第五次评价，毛主席高瞻远瞩，从一个伟大文学批评家的角度，昭示了《金瓶梅》不能广泛流传的根本原因，从政治学、经济学、心理学角度，提纲挈领释析《金瓶梅》，第一次振聋发聩般把《金瓶梅》这部百科全书式伟大的中国第一部现实主义小说定义为“谴责小说”，让人耳目一新。

---

① 《马瑞芳趣话〈金瓶梅〉》，上海文艺出版社 2011 年版，第 317 页。

俄国文学家车尔尼雪夫斯基曾经说过："生活中不是缺少美，而是缺少发现。"毛泽东就具有那双能穿透一切的发现慧眼。

《金瓶梅》中存有不少"真龌龊"，但对于真正审美的人来说，那种龌龊，也是一种美，一种感悟。过于肮脏的时代，经过美的琐细文学雕琢，会变得无比生动和鲜活。

当然，《金瓶梅》的世界，没有主人公对政治理想进行英勇献身，也没有人物对道德人格产生过孜孜追求，我们只能看到他们对财富和享乐歇斯底里的追求和无休止的攫取欲望。但是，毛泽东还是能从中发现这部千古奇书无法比拟的卓越价值，并且道出《红楼梦》对《金瓶梅》的承继关系。

《红楼梦》写情，《金瓶梅》写性。但无性，何以谈情？"情"不一定高尚，它只是未成熟男女的思想按摩而已；"性"不一定肮脏，有时候它赋形传神，让我们直接切入命运的根脉。

《红楼梦》风光无限写"情"处，《金瓶梅》酣畅淋漓写"性"。《红楼梦》性意朦胧，《金瓶梅》畅快淋漓，把人生的无奈和真实暴露给悲惨世界的众生审视。

如果文学能作为人生解毒疗伤良药，我宁可选择《金瓶梅》作为砒霜去以毒克毒，而不会拿《红楼梦》当成板蓝根来隔靴搔痒。

当然，清人陈其元在其《庸闲斋笔记》一语道破："淫书以《红楼梦》为最，盖描摹痴男女情性，其字面绝不露一淫字，令人目想神游，而意为之移，所谓'大盗不操干矛'也。……严行禁止，而卒不能绝，则以文人学士多好之之故。”

这是因为，清朝禁毁小说太盛，文字狱四起，才有《红楼梦》这样的《金瓶梅》模仿制作大肆流行，让道学家们在心中搔痒惬意之余破口大骂。

《红楼梦》的情，并非“性”的诗化，而是文人对市民口味投其所好的庸俗化；《金瓶梅》的性，并非完全为人生的写实，但精英知识分子读之过瘾，其间全是善意的譬解；《红楼梦》能让不谙世事的年青男女在“理性主义”言情境界中神游，《金瓶梅》却可使人在真实而靡丽的现世里得以徜徉。

与其在《红楼梦》空中楼阁中不合时宜地吟诗，不如在《金瓶梅》隐秘的后庭花苑中痛快淋漓地放纵。

《红楼梦》展现的不是深刻的灵魂，《金瓶梅》揭示的则是沉重的肉身。

《金瓶梅》即便展现如此鲜活的性爱，最终目的还是要劝世人：“休爱绿鬓朱颜，少贪红粉翠花钿。损身害命多娇态，倾国倾城色更鲜。莫恋此，养丹田。人能寡欲寿长年，从今罢却闲风云，纸帐梅花独自眠。”

那么，在什么地方能看出《红楼梦》对《金瓶梅》的模仿痕迹呢？从立意到描写，很多，很多。我只择其要者说几点：

第一点，生活场景方面，《红楼梦》完全刻意模仿《金瓶梅》，从闲处入笔，大写家庭琐事。如此脱胎换骨，大富韵致，充满了生活气息。《金瓶梅》写家庭，写琐事，写床上。这样的描写，以平实、细腻取胜，作家在写，读者在看，在读，在思考。

依靠生活琐事、家庭纠葛来写人，矛盾冲突虽然不像战争、神魔那样激烈，但文学戏剧性更加惊心动魄。

《红楼梦》第五回中，有这样一个细节：宝玉睡在秦可卿的屋子里，众人散去，“秦氏便叫丫鬟们好生在檐下看着猫儿打架”，这是一处；到第五回结尾时，写到秦氏正在房外，嘱咐小丫头们好生看着猫儿狗儿打架，忽然听到宝玉在梦中唤她的小名儿；第八十七回，妙玉走火入魔，打坐老静不下心来，忽然听到房顶上有两只猫儿一递一声地叫。如此细节闲笔，确实写得不错，但最早写这个场景的，《金瓶梅》就有。

《金瓶梅》第十三回，写西门庆和李瓶儿晚上约会。西门庆隔着墙等李瓶儿给他递消息过来，“良久，只听得那边赶狗关门。少顷，只见丫鬟迎春黑影影里扒着墙推叫猫”。赶狗叫猫，如此杂碎的描写，恰如张竹坡评所言：“只用‘只听得赶狗关门’数字，而两边情事，两人心事，俱已入化矣，真绝妙史笔也。”而新刻本《金瓶梅》无名氏一条评语就说：“赶狗叫猫，俗事一经点染，便觉竹声花影，无此韵致。”

第二点，从《金瓶梅》开始，作家开始大量描写室内陈设，其目的在于陪衬或反衬人物的性格特征，并且呼应接下去要发生的故事。比如第三十七回，写西门庆伙计韩道国的媳妇王六儿屋子里挂着个吊屏儿，所画内容“张生遇莺莺”，这个《西厢记》

故事画，喻示西门庆和王六儿的通奸；第四十九回，写西门庆厅堂里摆着一张桌子，说它“蜻蜓腿、螳螂肚、肥皂色、起楞的桌子”。估计是紫檀或者广作酸枝类的家具，当时一定是最时髦、最新奇的物件，来烘托西门庆暴发户的身份和年青富豪的气势；第八十四回，写碧霞宫道士吴伯才供着一幅画，内容是“洞宾戏白牡丹”，影指吴道士手下无赖子弟在道观里奸淫妇女。最出彩的是第六十九、七十二回，写林太太和西门庆通奸，把堂堂招宣府刻划得富丽堂皇，那副对联久久留在读者眼目中：“传家节操同松竹，报国勋功并斗山”，讽刺意味，尽曝无遗。

袭取了《金瓶梅》营养，《红楼梦》室内陈设的描写，则显得“诗意”浓厚一些。比如第五回，为营造了一种香艳氛围，作者在秦可卿住的那个屋子挂上了唐伯虎《海棠春睡图》，而且零零碎碎写了对联、宝镜、连珠帐、鸳鸯枕。其中《海棠春睡图》，大有淫亵之意；至于贾宝玉、林黛玉、薛宝钗三人的住所，《红楼梦》作者大概缺乏《金瓶梅》作者那种室内描写的笔力，只得在命名方面取胜，绛云轩，怡红院，潇湘馆，梨香院，蘅芜苑，等等，看似词语涵义深厚，其实是作者笔力欠深。

第三点，《金瓶梅》书中最爱用“嗑瓜子儿”等这种特别的闲暇肢体动作来表现潘金莲等女主人的心理和心情。第二十四回，正月十六间西门庆全家都在欢聚饮酒，惟独年青仆妇宋惠莲“坐在椅子里，嘴里嗑着瓜子儿”，传呼仆从丫鬟上酒，那种悠闲的样子，表现出这个人在仆妇丛中的与众不同和轻佻心性。当然，其中的潘金莲“嗑瓜子儿”最传神，《金瓶梅》中第十五回，正月十五元宵节，西门庆几个妻妾在楼上赏月观灯，潘金莲在楼上“探着半截身子，口里嗑着瓜子儿，把嗑了的瓜子皮儿吐下去，落在人身上”。不必浪费太多笔墨描写潘金莲多么轻浮，也不用心理刻画，白描一笔，勾勒完毕！

而“嗑瓜子儿”这个词语和许多琐碎生活细节描写，在《红楼梦》也时有出现，只不过从淫妇潘金莲等人换到了冰清玉洁林妹妹身上。第八回，宝钗劝宝玉不要喝冷的酒，宝玉听了，就不喝冷酒了。这时写到“只见黛玉嗑着瓜子儿，只管抿着嘴儿笑”……

第四点，潘金莲扑蝶和宝钗扑蝶。《金瓶梅》第五十二回中，潘金莲扑蝶，和陈经济调情；《红楼梦》第二十七回中，宝钗扑蝶巧遇两个丫鬟私说阴事。从文学的细节构成来讲，虽然一个是成年妇女勾引汉子，一个是未成年少女偷听闲话，但源流肯定是《红楼梦》袭用《金瓶梅》的写法。相比较而言，《金瓶梅》作者文笔老辣纵横，《红楼梦》则稍显稚嫩，为了“言情”和“通俗”，过于含蓄。至于被评论者们一直乱夸的宝钗大段心理描写，其实也是《红楼梦》作者白描功夫不到使然，绝对不是对《金瓶梅》的超越。

第五点，《金瓶梅》第六十三回买棺材，被《红楼梦》作者学到，用于第十三回贾珍给秦可卿买棺材，有心人一眼就可以看穿。所以，《红楼梦》最早评注者脂砚斋就批注说：“写个个皆到，全无安逸之笔，深得《金瓶》壸奥。”同样的棺材，却都是为了牵引日后的情节作铺垫，仅在这一点上，《红楼梦》确实后来居上。

第六点，《红楼梦》中鲍二妻的形象，如果读者有心会意，肯定能联想到《金瓶梅》中的来旺儿的老婆宋惠莲，这两个女人，都是和男主子私通（贾琏和西门庆），都是得罪了泼辣、悍狠的妻妾（王凤姐和潘金莲），下场都是自尽身亡。在描写上，《金瓶梅》作者显然更老到，他笔下的宋惠莲人物立体，处处浓烈厚味。而《红楼梦》在描写鲍二妻这个仆妇上面，显然功力有所不足。

此外，两部小说中，“金陵十二钗”和“金瓶梅”相对，太虚幻境和西门庆家中算命相对，秦可卿和李瓶儿相对……成双捉对，《红楼梦》中许多大情节，无不能看到《金瓶梅》的影子。

至于语言运用，《金瓶梅》所用更是《红楼梦》中屡见不鲜：

《红楼梦》：“红刀子进去，白刀子出来。”

《金瓶梅》：“白刀子进去，红刀子出来。”

《红楼梦》：“舍得一身剐，敢把皇帝拉下马。”

《金瓶梅》：“破着一命剐，便把皇帝打。”

《红楼梦》：“一个个像乌眼鸡似的。”

《金瓶梅》：“行动就是乌眼鸡一般。”

《红楼梦》：“千里搭长棚，没有不散的宴席。”

《金瓶梅》：“自古千里长棚没个不散的筵席。”

……

决然跳出《三国演义》、《水浒传》、《西游记》英雄传奇和神魔小说的窠臼，以西门庆这样的普通家庭作为主要场景来描写，《金瓶梅》细腻刻画人生百态，可谓是中国文学史上的一个里程碑式的飞跃。

《金瓶梅》一书，人物繁多，总共800人，男子553人，女子247人。而西门庆大宅门里面，“主子”一共10个人，其中男子3人，女子7人；奴仆一共是42人，男仆20人，女仆10人，丫环12人。在这些普通人之间，波澜横生，千娇百媚，横眉立目，演绎了出出悲喜剧。加之与西门府来往的官僚、和尚、尼姑、帮闲、妓女、媒婆、接生婆等等，千丝万缕，经纬绚烂，构成了一个现实华丽多彩而平实真切的生活场景。

从文学创作角度看，小说创作，描写琐细人生越细腻，文学程度则越高。所以，《金瓶梅》一改历史兴亡大叙事以及神魔斗争的奇幻，润笔磨墨，转而描写刻画闺阁纷争和个人荣枯，描写空间虽然缩小了，历史矛盾和虚幻世界的影子虽然黯淡了，但一下子拉近了文学和生活，使得我们读者能够进一步深入思考人、人生，以及我们所在的世界。

《金瓶梅》出现后，开家庭小说之滥觞，且逐渐成为小说创作的主流。清代《醒世姻缘传》、《林兰香》，都是类似的模仿制作，特别是《林兰香》，命名就是效仿《金瓶梅》。接下去，就是乾隆年间的《红楼梦》这种家庭恋爱小说。而后，从嘉庆年间

《蜃楼志》一直到近现代巴金的《家》、《春》、《秋》和林语堂的《京华烟云》、欧阳山的《三家巷》，无不有《金瓶梅》影子在，书香处处，无不从家庭角度透视社会和人生。

现在泛滥荧屏的家庭电视剧，也还是延续《金瓶梅》所开创的这条路子，赚尽无数看客的眼泪。

没有《金瓶梅》这样的先驱，就没有《红楼梦》这样的后学，更没有今天泛滥成灾的家庭伦理电视剧。我们当今读者很难想象的是，特别是在“曹雪芹”那个时代，真正可以借鉴的经典非常罕有，《金瓶梅》如此咄咄逼人的杰作在眼前，“曹雪芹”想不模仿都难!

近人苏曼殊也很早就说：“论者谓《红楼梦》全脱胎于《金瓶梅》，乃是《金瓶梅》之倒影云，当是的论！”

当然，成见就是成见。大王说《金瓶梅》如何如何好，除了从文学角度客观比较之外，也有个人的主观好恶在里面。

所谓淫者见淫，痔者见痔，希望《红楼梦》粉丝们也能够以大王般严谨的态度和细腻的考证，义愤填膺之余，网上网下砸砖痛殴，与大王本人过招。

21. 西门庆怎么发的财?

但凡杰出的小说，都以一种看似不经意的叙事，细腻入微地展现着特定时代下人物心理以及经济生活的种种细节。明朝中后期，朱元璋时代的重农抑商已经转为工商皆本，静悄悄中，传统中国社会发生了划时代的变革，而白银的货币化，在《金瓶梅》小说中得到了具体的体现。

小说中，存有大量描写明代市民和商人日常生活中白银交换的细节。初步统计，《金瓶梅》一百回中，银钱交换之处共有 456 笔，其中用银 430 笔，用钱 26 笔，共计约 18 万两白银，涉及日常生活各个方面，诸如丧葬嫁娶、吃喝穿戴、打卦做寿等等。

其中，用于家庭生活的如下：

1. 日用开支，包括酒钱、药钱、食品钱、过节、庆生日、请客、盘缠、上香、买丫头、赌钱、雇人、磨镜等 96 笔，约 550 两。

2. 婚丧嫖事 29 笔，约 5600 两；

3. 买卖房屋 9 笔，约 5500 两。

商业经营：

1. 做生意 22 笔，约 12 万两；

2. 高利贷 7 笔；约 3600 两；

3. 典当 2 笔，约 60 两。

礼仪交往：

1. 送礼贿赂 41 笔，约 6800 两；

2. 做善事 4 笔，约 600 两；

3. 赏赐酬劳 137 笔，约 700 两。

其他另类事情：

1. 买卖女人 13 笔，约 440 两；

2. 欠债拐财 8 笔，约 3100 两。

上述银两交换总额高达 18 万两，由此可见，《金瓶梅》小说中，或者说晚明时代的货币交换，基本上都以银为主。明朝正德以后，官俸九成用银，一成用钱。折合算下来，大明朝正一品官全年的收入，不过大约 730 多两白银，而正九品官全年的收入，连 50 两白银都不到。如此相较，清河大财主西门庆以及他的家庭所涉及的白银使用额，显然非常巨大，可以想见明朝经济发展之体量。

而且，《金瓶梅》中所描写使用银两的社会阶层非常宽泛，上至皇上、权奸、官吏、富人，下至妓女、僧尼，亲朋、家丁、小厮、商贩、车船店脚牙，可谓三教九流，皆纳其中。这是因为，从明朝中期开始，白银普及，国家层面上的许多活动都已经货币化——田赋货币化、徭役货币化、盐课货币化、关税货币化。

稍稍知道明朝历史的人都清楚，翻开任何明代有关典章制度，惟见“钞法”、“钱法”，没有“银法”，这说明白银在明朝的中晚期之前根本不是法定货币，明代初期，特别是朱元璋、朱棣两朝，朝廷只准百姓使用铜钱和纸币，禁止民间用金银做交易。由于政府大量发行“大明宝钞”纸币，投放量大，没有回笼，自然引起严重的通货膨胀，一时间“大明宝钞”几乎沦为废纸。弘治以后，钞票渐被废止。

明代官方货币本来有三大类：铜钱、纸币和银子。但是，由于纸币的滥发，铜钱私铸问题严重，从正统年间开始，朝廷不得不允许民间使用银钱，致使白银作为通用货币飞快流转起来。朝野交易基本用银，额度相对小额的才用钱，改变了明朝前期以钞为主、铜钱辅之的状况，变为白银为主、铜钱辅之。

当然，民间一直存在着金、银、钱币的流通。但是，黄金价值太大，不能当作真正的货币，难以大量流通，最终白银成为最主要的通货。到了张居正推行“一条鞭法”的万历时代，赋役皆按亩征银，中国白银货币化最终形成。

古代中国，从秦代开始，就将原始形态的布、刀、贝币统一成“圜钱”，确立了外圆内方的基本形制，俗称铜钱。万代施行秦制度。从汉朝五铢钱到明清制钱，基本都采用这种形制。铜钱适用的范围最广，时间也最长。但中晚明以来，明代完成向近代社会的转型，铜币经济过渡到白银经济，恰恰说明了社会重要的“质变”。

《金瓶梅》四项主要开支统计中，共有368笔，用银近15万两，约占小说全部关涉银两交换总额的大部。更明显的是，西门庆家族日用开支、赏赐酬劳这两项，多达233笔，几乎占社会总交往的2/3，但用银却少得可怜，只有区区1250两，大约占银两交换总额的0.69%。与之相比，商业经营的经济活动虽然笔数少，但用银量巨大，从一个侧面反映出明朝商品经济的繁荣。

随着白银的货币化，明朝也产生了早期金融机构的雏形。当然，“银行”一词，在《金瓶梅》中不是指金融机构，而是指制造银器的行业。小说中描写的银行，当时叫“钱铺”。第九十三回中，就有这样的叙述：

> 那时朝廷运河初开，临清设二闸，以节水利。不拘官民，船到闸上，都来庙里，或求神福，或来祭愿，或讨卦与筶，或做好事。也有布施钱米的，也有馈送香油纸烛的，也有留松篙芦席的。这任道士将常署里多余钱粮，都令手下徒弟在马头上开设钱米铺，卖将银子来，积攒私囊。

这里的“钱米铺”，也称钱铺。当时，钱铺最基本的金融功能是“兑换”。人们拿着散碎银子进行交易时，要称重量，要看成色，然后才能定出实际的货币价值。由此，自然形成集市中专门从事银钱兑换的机构，最早经营小规模银钱兑换的是小摊子，如“钱桌”、“钱摊”。随着商业活动的增加和扩大，逐渐有了固定门面和字号，产生了“钱店”、“钱铺”、“钱肆”、“钱庄”等等。

晚明时代，白银货币化进程日益加快，原有的典当行业逐渐也敷染了金融借贷性质。当铺这种东西不是明朝的新生事物，唐、宋时就有，当时起名“长生库”，主要的拥有者是寺庙僧徒。他们坐拥田园，不交赋税，收入甚丰，所以设库质钱，套取厚利。明朝时代，当铺依旧留存下来，政府规定当铺规则，各个大中型城市都有当铺。

《金瓶梅》第二十回，西门庆娶李瓶儿得到一笔横财之后，他最先想到的，就是要开间当铺。可见，当铺在当时是赚钱的一个主要路数。小说中，有关通过当铺套利，大概有数处之多。

当铺在接当的同时，也放款取利。西门大官人就长袖善舞，经常以借贷获取暴利。民间借贷套利，其实政府早有详细规定。《大明律》规定："凡私放钱债及典当财物，每月收利并不得超过三分，年月虽多，不过一本一利。"但真正到了民间，执行力很差，商人们想方设法盘剥，法律根本行不通。

当然，"借贷"现象的流行，说明明朝人货币财富观念陡然全新，不再是像从前那种采取窖藏守财奴方式保有财产，知道了"钱生钱"方式财富会积累得更快更多，并且不断把靠经营赚来的钱重新投入大利的金融经营中去。

这种金融赚取利润的观念，无论是官员还是商人，都是个个门清。第四十九回中，曾巡按给皇帝上表章，就提到"天下之财，贵于通流"；男一号西门庆更是人精，他认为银钱"那东西，是好动不喜静的，怎肯埋没在一处"；西门庆精明，他的妻妾也不傻。第七回，孟玉楼就说："常言：'世上钱财倘来物，那是长贫久富家？'"简直就是妙语连珠了，道尽资本以钱生钱的本质。

更一步，明朝商人擅用"借贷"方式套取更大利润，体现出那个时代货币财富向高利贷资本转化的迅速。小说中，西门庆几次贷款给李三和黄四，收取的都是"每月五分行利"。利润之高，让人瞠目结舌。即使到他临死，对借贷这种赚钱方式都念念不忘，嘱咐妻子吴月娘和女婿陈经济要守着当铺和生药铺过日子……

文学，无不是时代特征的体现。

明朝，是中国经济爆炸式大发展的年代。特别是嘉靖、万历之际，国内城市商品经济繁荣，国际市场商品流通盛行，不仅到处商贾纵横，连各地的贵族士大夫之家，都纷纷加入货殖浪潮。牟利发财，成为当时最当红的时尚。

西门庆因商致富，乃响当当"时代英雄"。商人蹿红，成为当时一股重要的政治、经济势力。根据宋应星的估计，万历年间，仅徽商的资本总额，就高达3000多万两白银，他们可以每年获利900多万，徽商收入，比明朝的国库税收要多一倍——仅此一例，就明白无误地表示，商人势力崛起之快，让人目不暇接。

明朝到了隆庆时期海禁开放后，中国的丝绸、瓷器等物品迅速流入国际市场，商人们雇船扬帆远渡，到达世界许多地方，海内外贸易不断扩张。同时，海外的白银滚滚流入，更进一步促进了国内商品经济的发展，使得明朝商业达到空前繁荣，商人们的财富积累加速度，可谓日进斗金。

市民阶层的扩大，商品经济的发展，流行趣味的嬗变，道德价值的异化，使得一向作为意识形态主旋律的程朱理学受到极大挑战，王艮、李贽等具有叛逆性的思想家，也随之出现，他们著书立说，宣传"异端"，封建宗法日趋解体。

如此大背景下，西门庆是以"时代弄潮儿"的面目登上舞台的。他独特的经营能力，他犀利的商业判断，他顽强的奋斗精神，都是他能脱颖而出的必要因素。

但金钱魔力在官场上的体现，才是西门大官人发迹的关键之关键。

银子能通神！

中晚明时期，“万般皆下品，惟有读书高”的口号，都成为过时的笑谈。正如东鲁古狂生在《醉醒石》第七回中借一个缙绅之口所言：“读甚么书，读甚么书！只要有银子，……三百两就买个秀才，四百是个监生，三千是个举人，一万是个进士。……读甚么书！若要靠这两句书，这支笔，包你老死头白。”

由此，原本四民之末的商人，可以靠银子买官，从前人们心目中的士子风流，变成了西门庆口中的“酸子”。

虽然看不起文人，但西门庆之辈当然知道，官人，是万万不能得罪的。

所以，西门庆发财最大的秘笈，无外乎四个字：官商勾结！

钱，可以买官；官，可以挣钱。明朝的资本主义小萌芽颜色再绿，毕竟作为新兴阶级的市民商人还不能形成强大的政治势力，他们单单凭借经济关系，在一个封建传统浓厚的社会中，是不可能取得成功的。

通过白花花的银子，就可以攀附上京城和地方的官僚。借力打力，才能借助上层官吏的种种关系，冲破宗法势力的密网，渗入庞大帝国躯体的内部，巧取豪夺，积累更多的财富。

明帝国时代，嘉靖为帝的时期是个分水岭。明朝文人陈邦彦曾著《中兴政要》，认为：嘉靖之前，做官还讲求名节和骨气，以政绩作为升迁的资本；嘉靖之后，官以银得，政以贿成，做官如同做买卖。

翻看《明史·循吏传》，可以发现如下有趣的现象：《循吏传》总共记载明朝循吏 125 人。从明朝开国的 1368 年到正德年间 1521 年，这 153 年间，有循吏 120 人；而从嘉靖年的 1521 年直到明朝灭亡的 1644 年，在这段长达 123 年明朝历史中，循吏只有 5 个人！

循吏少，肯定贪官就多！

当然，我们细心的读者都能发现，西门庆发家致富第一步，是“谋财娶妇”。孟玉楼、李瓶儿以及从东京避难的女婿陈经济，他们给西门府带来了“第一桶金”。贪欲和性欲，是西门庆勃勃生命力喷涌的源泉。由一个开生药铺的破落户子弟，最终金蝉脱壳，变成经济大鳄，西门庆那把胯间独门暗器，使用得炉火纯青。

西门庆成功第二步，就是能够把握商业时机。世路难行钱做马，放官债，放高利贷，开始当铺，细大不捐，既榨取没落贵族，也从同行的商人身上赚钱。《金瓶梅》中，那些世代簪缨的王招宣家、白皇亲家、向皇亲家，都显现出走下坡路的衰落。他们平素奢华靡丽的生活，完全要靠借贷典当才能支撑。正是有了这些“主顾”，西门庆如此一个商人出身的暴发户，才能和他们平起平坐，甚至能够偷云渡雨，在贵族林太太身上烧个“香疤”玩虐恋。

当然，西门庆对朝廷“工程”趋之若鹜，比如对艮岳这种超大型“国家基建”工程的参与，使得大官人不仅发了财，还升官一级；还比如得知朝廷派放东平府2万两银子古器买卖消息后，西门庆立刻讨回批文收办，如此，百分之百的利润铁定到手；比如西门庆所开设的当铺，典押了不少古玩、字画，他的目的，肯定不是为了自己附庸风雅，而是为了最大限度地求财取利。

违法、半违法之间，西门庆惯于打擦边球，资本加上算计，终于成为巨富一方的财主。

西门庆致富发财第三步，也是跨越性的一大步，就是借拜寿之际巴结上了东京的蔡京蔡太师。

朝中有人好做官，更好发财。金钱是封建时代无处不在的润滑剂。蔡太师见钱眼开，让西门庆有了赖以自傲的官身。商人变成了官人，权变钱，钱长权，可谓水到渠成。

做了提刑官的西门庆，长袖善舞之余，就可以靠身份和名气赚钱了。以色以银搞掂了新任两淮盐巡使的蔡状元，那种类似今日官方批文专卖许可证一样的3万盐引，被西门庆轻松提前获取。由此，他就能以“智力入股”的姿态，和乔大户合作开立缎铺，开张第一天，铺子就卖了500两银子的货物，半年内，绸缎铺的本利就达5万两，其“成长性”之大，令人瞠目结舌。

人情加银子，就能偷税漏税，这也是西门庆成功一大奥秘。

第五十九回中，伙计韩道国从杭州置办了1万两银子的货物回清河，到达临清钞关之前，西门庆给掌管钞关的官吏“钱老爹”（钱真是爹啊）写了封信，对方心领神会，结果皆大欢喜：

西门庆听见家中卸货，吃了几杯酒，约掌灯以后就来家。韩伙计（韩道国）等着见了，在厅上坐的，悉把前后往回事说了一遍。

西门庆因问：“钱老爹书下了，也见些分上不曾？”

韩道国道：“全是钱老爹这封书，十车货少使了许多税钱。小人把段箱两箱并一箱，三停只报了两停，都当茶叶、马牙香，柜上税过来了。通共十大车货，只纳了三十两五钱钞银子。老爹接了报单，也没差巡拦下来查点，就把车喝过来了。”

西门庆听言，满心欢喜。因说：“到明日，少不的重重买一分礼，谢那钱老爹。”

根据明朝税制，一般是三十税一，也就是说，1万两银子的货物，依理至少应该抽300两的税银。但西门庆一封书信过去，加上几十两贿赂，就省了那么多税钱；照葫芦画瓢，第六十回中，西门庆伙计来保从南京贩卖货物二十大车到钞关，西门庆准备了100两银子和羊酒金缎等礼物，提前给“谢主事”送去，自然不消说，马上又可以偷漏税款几百两银子。

由此，政府税金，白白流失许多，但私人腰包，渐渐肥厚不少。

明朝（宋朝），都是等级森然的封建社会。但是，金钱力量太大，什么天理伦常，都会被沉甸甸的银子压弯。有了银子，无论是太师达官，还是太监显贵，都会俯首贴耳，都会笑语寒暄，对着明晃晃的金银和它们的主人展现脉脉“温情”。

西门庆结交蔡京的过程，也是一个因祸得福的过程。西门庆亲家陈洪，本来因为京城杨戬集团的倒台而受牵连，甚至一度险些波及西门庆。于是，西门庆让仆人携带银两入京，以解祸为由，先和蔡京间接拉上了关系；然后，通过蔡太师府大管家翟谦的荐引，西门庆送去生辰贺礼，为自己捞得山东理刑副千户的官职，开始了为官之路；再后，大官人亲自去东京，带去二十大杠金银绸缎作寿礼，一下子得到蔡京的亲切接见，并拜太师为干爹，从此，他开始平步青云。财大气粗之余，有了如此大官后台，他在官场、商场就能混入更高层次的台阶，如鱼得水，游刃有余。光环之下，冠盖如云，地方、京城各种官宦、商贾竞相结识，西门庆行上他人生的顶峰。

无论是皇帝钦差六黄太尉，还是宋巡按、蔡状元，以及州县各级官员，都以结交西门庆为荣，一时间，西门府门庭若市，好不热闹。

顾炎武在回顾明朝政治的时候，曾经在《日知录》中这样讲过：“自万历以上，法令繁而辅之以教化，故其治犹为小康。万历以后法令存，而教化亡。于是机变日增，而材能日减……诚有如墨子所云，使治官府则盗窃，守城则倍畔，使断狱则不中，分财则不均。《吕氏春秋》所云，处官则荒乱，临财则贪得，列近则持谏，将众则罢怯。又如刘蕡所云，谋不足以翦除奸凶，而诈足以抑扬威福；勇不足以镇卫社稷，而暴足以侵害闾里者。”

看似繁华发达的社会，政出吏口，财入公门，人心大坏。为了银子，明朝各级官员无不贪渎成性，徇私舞弊。《金瓶梅》小说之中的杨时，乃历史上的理学名臣，依旧趋走蔡京门下，对于花氏家族众兄弟争夺财产一事，根本不问内情，蒙混了事；东平府的府尹陈文昭，号称“清廉”，但也贪赃枉法，纵放西门庆，流放误杀李外传的武松；清河知县霍大立，外有“耿直”之名，但他收取陈经济百两银子之后，把这个逼杀妻子的浪荡子由绞刑改为流刑；至于男主人公西门庆，更是一朝权在手，就把令来行，恣意掌控他人祸福。只要有银子收，连谋杀主人的恶仆苗青之辈也纵放出狱，使被害人沉冤不得申雪。

仁义道德，忠孝节义，在银弹轰击下，全部成为不堪一击的东西。

世态炎凉，在官商勾结下，无往不破！

22. 水秀才到底是何人？

《金瓶梅》小说中，有个人物特别神秘，他在第五十六、五十七、八十回中出现过，但都是被谈及过，并没有真正现身。

这个人，就是“水秀才”。

小说第五十六回中，西门庆想请门馆先生（高级秘书）撑门面，应伯爵推荐水秀才，此间描写用的篇幅很大；第五十七回中，西门庆和月娘聊天，描写仅淡淡一句，“把那应伯爵荐水秀才的事体，说了一番”；到小说第八十回，西门庆病死，应伯爵让那些个拜把子兄弟凑钱办祭礼，央求水秀才写了一篇祭文，很是大张旗鼓敷衍了一番，但水秀才本人，依旧没有出面。

由于水秀才主要在第五十六回中亮相，但据说《金瓶梅》第五十三回到第五十七回是补写的，所以，更让水秀才这个人物平添了多一层的神秘。

几百年来，研究《金瓶梅》的文人学者，无不绞尽脑汁去发掘，想知道这个神秘的水秀才是何等样人。

第五十六回中，应伯爵向西门庆推荐水秀才的过程，俏皮话层层剥茧，说一好再驳一好，如同单口相声一样，逗得西门庆不行：

> 再表应伯爵和西门庆两个，自打发常时节出门，依旧在厅上坐的。西门庆因说起：“我虽是个武职，恁的一个门面，京城内外也交结的许多官员，近日又拜在太师门下，那些通问的书柬，流水也似往来，我又不得细工夫，多不得了理。我一心要寻个先生们在屋里，好教他写写，省些力气也好，只没个有才学的人。你看有时，便对我说。我须寻间空房与

他住下，每年算还几两束修与他养家。却也要是你心腹之友便好。”

伯爵道：“哥不说不知。你若要别样却有，要这个到难。怎的要这个到没？第一要才学，第二就要人品了。又要好相处。没些说是说非，翻唇弄舌，这就好了。若只是平平才学，又做惯捣鬼的，怎用的他？小弟只有祖父相处一个朋友生下来的孙子，他现是本州一个秀才，应举过几次，只不得中。他胸中才学，果然班马之上；就是他人品，也孔孟之流。他和小弟通家兄弟，极有情分的。曾记他十年前应举，两道策，那一科试官极口赞他好。却不想又有一个赛过他的，便不中了。后来连走了几科不中，禁不的发白鬓斑。如今他虽是飘零书剑，家里也还有一百亩田，三四带房子，整的洁净住着。”

西门庆道：“他家几口儿也勾用了，却怎的肯来人家坐馆？”

应伯爵道：“当先有的田房，都被那些大户人家买去了，如今只剩得双手皮哩。”

西门庆道：“原来是卖过的田，算甚么数？”

伯爵道：“这果是算不的数了。只他一个浑家，年纪只好二十左右，生的十分美貌。又有两个孩子，才三四岁。”

西门庆道：“他家有了美貌浑家，那肯出来？”

伯爵道：“喜的是两年前，浑家专要偷汉，跟了个人上东京去了；两个孩子，又出痘死了。如今止存他一口，定然肯出来。”

西门庆笑道：“恁地说的他好，都是鬼混！你且说他姓甚么？”

伯爵道：“姓水。他才学果然无比，哥若用他时，管情书柬诗词歌赋，一件件增上哥的光辉哩。人看了时，都道西门大官恁地才学哩！”

西门庆道：“你才说这两桩都是吊慌。我却不信你的吊慌。你有记的他些书柬儿，念来我听。看好时，我便请他来家，拨间房住下。只一口儿，也好看承的，寻个好日子，便请他也罢。”

伯爵道：“曾记得他稍书来，要我替他寻个主儿。这一封书，略记的几句，念与哥听，《黄莺儿》：

书寄应哥前：别来思不待言。满门儿托赖都康健。舍字在边，傍立着官，有时一定求方便。羡如椽，往来言疏，落笔起云烟。”

西门庆听毕，呵呵大笑将起来道：“他满心正经，要你和他寻个主子，却怎的不稍封书来，到写着一只曲儿？又做的不好，可知道他才学荒疏，人品散弹哩！”

伯爵道：“这到不要作准他。只为他与我是三世之交。小弟两三岁时节，他也才勾四五岁，那时就同吃糖糕饼果之类，也没些儿争论。后来大家长大了，上学堂读书写字，先生也道：‘应二学生子，和水学生子一般的聪明伶俐，后来已定长进。’落后做文字，一样同做，再没些妒忌。日里同行同坐，夜里有时也同一处歇。到了戴网子，尚兀是相厚的。因此是一个人一般，极好兄弟。故此不拘形迹，便随意写个曲儿。我一见了，也有几分着恼。后想一想，他自托相知，才敢如此，就不恼罢了。况且那只曲儿，也到做的有趣。哥却看不出来：第一句说：‘书寄应哥前’是启口，就如人家写某人见字一般，却不好哩？第二句说：‘别来思不待言。’这是叙寒温了，简而文，又不好哩？第三句是：‘满门儿托赖都康健。’这是说他家没事故了。后来一发好的紧了。”

西门庆道：“第五句是甚么说话？”伯爵道：“哥不知道，这正是拆白道字，尤人所难。舍字在边旁，旁立着官字，不是个‘馆’字？若有馆时，千万要举荐。因此说‘有时定要求方便’。‘羡如椽’，他说自家一笔如椽，做人家往来的书疏，笔儿落下去，其烟满纸。因此说：‘落笔起云烟’。哥，你看他词里，有一个字儿是闲话么？只这几句，稳稳把心窝里事都写在纸上，可不好哩？”

西门庆被伯爵说了他恁地好处，到没的说了，只得对伯爵道：“你既说他许多好处，且问你有甚正经的书札，拿些我看看，我就请了他。”

伯爵道：“他做的词赋也有在我处，只是不曾带得来哥看。我还记的他一篇文字，做得甚好，就念与哥听着：

一戴头巾心甚欢，岂知今日误儒冠。别人戴你三五载，偏恋我头三十年。要戴乌纱求阁下，做篇诗句别尊前。此番非是吾情薄，白发临期太不堪！今秋若不登高第，踹碎冤家学种田。

维岁在大比之期，时到揭晓之候。诉我心事，告汝头巾：为你青云利器望荣身，谁知今日白发盈头恋故人。嗟乎！忆我初戴头巾，青青子襟；承汝枉顾，昂昂气忻。既不许我少年早发，又不许我久屈待伸。上无公卿大夫之职，下非农工商贾之民。年年居白屋，日日走黉门。宗师案临，胆怯心惊；上司迎接，东走西奔。思量为你，一世惊惊吓吓，受了若干辛苦。一年四季零零碎碎被人赖了多少束修银。告状助贫，分谷五斗，祭下领支肉半斤。官府见了，不觉怒嗔；皁快通称，尽道广文。东京路上陪人几次，两斋学霸惟吾独尊。你看我两只皁靴穿到底，一领蓝衫剩布筋。埋头有年，说不尽艰难凄楚；出身何日，空历过冷淡酸辛。赚尽英雄，一生不得文章力；未沾恩命，数载犹怀霄汉心。嗟乎哀哉！哀此头巾。看他形状，其实可矜：后直前横，你是何物？七穿八洞，真是祸根。呜呼！冲霄鸟兮未垂翅，化龙鱼兮已失鳞。岂不闻久不飞兮一飞登云，久不鸣兮一鸣惊人。早求你脱胎换骨，非是我弃旧怜新。斯文名器，想是通神。从兹长别，方感洪恩。短词薄奠，庶其来歆。理极数穷，不胜具恳。就此拜别，早早请行。”

伯爵念罢，西门庆拍手大笑道：“应二哥把这样才学就做了班杨了。”

伯爵道：“他人品比才学又高。如今且说他人品罢。”

西门庆道：“你且说来。”

伯爵道：“前年他在一个李侍郎府里坐馆。那李家有几十个丫头，一个个都是美貌俊俏的；又有几个伏侍的小厮，也一个个都标致龙阳的。那水秀才连住了四五年，再不起一些邪念。后来不想被几个坏事的丫头、小厮，见是一个圣人一般，反去日夜括他。那水秀才又极好慈悲的人，便口软勾搭上了，因此被主人逐出门来。哄动街坊，人人都说他无行。其实水秀才原是坐怀不乱的。若哥请他来家，凭你许多丫头、小厮，同眠同宿，你看水秀才乱么？再不乱的！”

西门庆道：“他既前番被主人赶了出门，一定有些不停当哩。二哥虽与我相厚，那桩事不敢领教。前日敝僚友倪桂岩老先生，曾说他有个姓温的秀才，且待他来时再处。”

大王这里不厌其烦抄引《金瓶梅》，其实，作者借小说中应伯爵之口，一直也在不厌其烦抄书。他所抄的，乃是明代大文士屠隆的作品。

应伯爵煞有介事向西门庆咏吟的水秀才所作有关士子“头巾”的一诗一文，本来出自《开卷一笑》，后来被书商删修为

《山中一夕话》。这部书出版于明末，是一部文人笑话及游戏文字的合集。

在《山中一夕话》版本中，上集所收诗赋等文，都有具体署名。其中署有“一衲道人”的，共有四篇，即卷四中《醒迷论》，卷五中《别头巾文》、《励世篇》及卷六中《秋蝉吟》。而“一衲道人”，就是屠隆的号。

仔细考察四篇文字内容，和屠隆一向以来的思想特点吻合，又和《金瓶梅》小说所体现的意旨殊为类似，所以，有关小说中水秀才《别头巾文》的考据，也成为《金瓶梅》作者“屠隆说”的最有力证据之一。

屠隆是明朝领风骚一时的文人大腕。他 14 岁考取秀才后，科场蹭蹬多年，时年 35 岁的屠隆才考取万历五年（1577 年）进士。在安徽颍上、江苏青浦这两个地方，他做过知县地方官。五六年间，在处理繁杂公事的同时，屠隆遍招当地名士饮酒赋诗，吃喝玩乐之余不废吏事。

后来，考评成绩优异，屠隆升任京官，做了吏部主事。

万历十二年，刑部主事俞显卿上疏，弹劾屠隆和西宁侯宋世恩等人“淫纵”，由于事关大明朝勋戚闺帏丑事，年轻的万历帝看后极为恼火，下旨将屠隆贬斥。当时，张居正刚死不久，年轻气盛的万历刚刚亲政，非常留意政事，所以刻意苛责，以此来显示他的“天纵英明”。

其实呢，作为一个六品礼部主事的屠隆，他本人是个大文学家，酷爱昆曲，能自编自演，常常在京城达官贵人的私人堂会玩票来一逞才情，由此得到明朝第十代西宁侯宋世恩和他年轻貌美夫人的赏识，这本来是比较稀松平常的一件事情。

明朝中后期，私下里面，道德气氛尤其宽松，酒席歌曲间，杯觞乱举，袖袍拂动，难保大才子、西宁侯以及西宁侯妇人之间有些暧昧举动，说穿了不过算是艺术共同爱好之间的狎昵。

但这种事情，经俞显卿这种人渣一渲染，上纲上线，就成为上升到道德层面的政治事件。为此，屠隆付出了非常沉重的代价，很快就被黜免失官。

那个劾奏屠隆的俞显卿，也不是纯粹的卫道士。他对于屠隆的弹劾，起源于私人恩怨。俞显卿未中进士前，乃松江举人。当时，屠隆在松江青浦做县令。一次，俞显卿趋名，前往县署干谒屠隆。估计当时宿醉未醒，加上名士气大，接见俞显卿的时候，屠隆言语轻慢，竟然为后者怀恨。

岂料，俞显卿这个松江人后来升迁快，几年后，他竟然和屠隆同朝为官，一个刑部主事，一个吏部主事，二人都是六品官。筵席间发现了屠隆道德的“硬伤”，从前受过冷遇的俞显卿自然不会轻易放过。

“秀才争闲气”的结果，其实两败俱伤，万历帝罢黜屠隆的同时，也把俞显卿放免。小人，枉为小人也。

封建时代，政治生命的丧失，对于一个文人的打击是致命的。罢官一刻起，屠隆的人生也发生了巨大转变，从飞黄腾达变为日益穷困潦倒。

官俸一失，八口之家只有十七亩水田作为经济依靠，屠隆只得鬻文卖赋为生，过了好大一段苦日子，最穷的时候，他甚至老婆得病都没钱请医生治疗，饱尝人世炎凉。

大概也正是他从小康堕入贫寒的这段人生经历，使得他比起别的文人来更能体会世道的炎凉聚散，进而对当时整个士大夫阶层和社会现实发泄出极大的失望和不满。如果他优哉游哉当大半辈子达官贵人，很难写出一部《金瓶梅》这样“骂尽诸色”的长篇暴露小说。

罢黜之后，屠隆曾经潜心佛道研究，在给朋友王敬美的一封信中，他表示：“仆年来万念俱空，一丝不挂，闲中无以自娱，稍三教理参订和合”(《栖真馆集·与王敬美太常》)。

究其实也，屠隆乃是怀着不得已的苦涩学道悟佛，其目的是追寻精神解脱，不可能真正持戒守律。因为情欲之嗜，乃屠隆不可能戒除的癖好。一盛一凋，一华一损，屠隆也真正对人生有了更深的感悟，恰如他在《婆罗馆清言》中所云：“风流得意之事，一过辄生悲凉，清真寂寞之境，愈久转有意味。”

人生惆怅郁结浓。这样的人，这样的经历，写成《金瓶梅》，应该很是靠谱。其实，屠隆的一生，颇似传说中他的文学前辈唐寅唐伯虎。不过，唐伯虎一生没有真正做过官，穷酸一个，而屠隆呢，则是当过京官见过大世面的人。

除了屠隆作品《哀头巾诗》、《祭头巾文》全文出现在《金瓶梅》中以外，在小说流传过程中，屠隆的书信都表明他和《金瓶梅》大有关系；而最早拥有《金瓶梅》的刘承禧、王世贞二人，都和屠隆关系亲密；加之屠隆籍贯宁波，商业传统浓厚，他本人可以说就是出身于商人之家。所以，对于描写大商人西门庆更是轻车熟路；屠隆考取进士之后，游宦四方，熟知商业内幕和市井风情，最后又从清贵京官沦为地方文丐一样的人物，自然对人生世道有着深刻的体悟。

凭着他的才能，他的阅历，他的性情，屠隆写出这部旷古世情奇书《金瓶梅》，应该不算稀奇。

万历三十一年（1603年），屠隆的粉丝、福州府推官阮自华为偶像在乌石山凌霄台举办了一次“无遮大会”。“无遮”两字，原出佛经，不是不穿衣服的意思，乃“自由论坛”之意。

屠隆时年59，花甲老翁，不顾自己年老体弱，亲率私家戏班从浙江出发，过温州，入闽境，跋山涉水，不辞辛苦，到达乌石山上参加尽显他毕生风头的大会。

时值中秋佳节，明月当空照，情欲石上流。在大家簇拥下，皓首屠隆，宽襟广袖，登上凌霄台，酹酒祭天敬地。而后，他双手举槌，奋力擂出《渔阳鼙鼓》的鼓点，一时间山云怒飞，海水起立。兴奋欲狂之余，老头子引吭高歌，台下众文士附和，山水回荡，百余人共同达到了文学性高潮，也成为屠隆活着时候亲眼所见的自我荣名“追悼”大会……

可见，屠隆一生都在穷折腾，此次大会，更是用心良苦。可是，如果他是《金瓶梅》的真正作者，当时他肯定不知道，无遮大会没意思，只有文学才能真正令人永垂不朽。

这次连开三天三夜的“无遮大会”，也算屠隆人生闭幕前的最后表演。三年之后，屠隆呻吟床榻多日后，面孔糜烂，死于梅毒。

当时的梅毒，类似现在的艾滋病，乃不治之症。不过，当时人对此种花柳病的看法和我们现在的人大异旨趣，认为那是风流病，即大文豪汤显祖所称的“情寄之疡”。

听说老友得病，汤显祖当时还写了一组七绝诗，总共十首，遥寄给他的好友屠隆，对比自己大六岁的文学前辈大加调侃，亲热中露出深切关怀之意。汤显祖这组诗歌标题很长：《(屠）长卿苦情寄之疡，筋骨段坏，号痛不可忍。教令阖舍念观世音稍定，戏寄十绝》。

年过花甲白头翁的屠隆，如此风流出格，成为中国历史上有史可据的、死于梅毒的第一个大文人。

当然，明朝中后期的风气非常开放，这种现在看来都是文人丑闻的事情，当时都属于风流的范畴。早在万历十二年 (1584年)，汤显祖在长诗《怀戴四明先生并问屠长卿》中，就曾经这样描写屠隆：

赤水之珠屠长卿，风波宕跌还乡里。
岂有妖姬解写姿？岂有狡童解咏诗？
机边折齿宁妨秽，画里挑心是绝痴。

古来才子多娇纵，直取歌篇足弹诵。

从诗中可以窥见，无论是同性恋、异性恋，屠隆都是个中好手。

转年，汤显祖作《送臧晋叔谪归湖上，时唐仁卿以谈道贬，同日出关，并寄屠长卿江外》一诗，又这样写屠隆：

君门如水亦如市，直为风烟能满纸。
长卿曾误宋东邻，晋叔讵怜周小史。
自古飞簪说俊游，一官难道减风流。
深灯夜雨宜残局，浅草春风恣蹴球。

这首诗，把屠隆在西宁侯府邸的佻达不检以及他平日龙阳同性恋之癖，都一体赞美成狂放的风流美事。可见明朝当时的时代风气，确实世风日下。

再说回头讲《金瓶梅》中水秀才。

有些学者对于“屠隆说”的最有力的反驳，就是言之凿凿称《金瓶梅》作者以“水秀才”影射屠隆，肯定是屠隆的仇家或者是对他人品不屑的人才能如此。

其实大误！

持这种说法的人，第一没有文学判断力，第二不知道明代文人雅士自我嘲讽的习惯。

把自己诗文按在“水秀才”头上自我调侃一番，观察屠隆一生所作所为，他肯定干得出来。否则，汤显祖也不会敢在这位老友痛苦呻吟床榻之际写那些调侃的歪诗寄给他。

拿自己找乐，是有深沉幽默感和大智慧的文士才能干得出的事情。穷酸腐儒，这种事情自然超乎他们的想象力。

从元末明初开始，其实社会对士人文人的态度已经大有改变，比如《水浒传》梁山聚义好汉中，可以说没有一个人是真正文人出身。即使那位在山上坐第三把交椅的智多星吴用，虽然被人称为“学究”，细考也是个戴方巾的豪侠。而真正的文人白衣秀士王伦，却是个行为猥琐的小人，真正百无一能，孱弱而下作。

而在《金瓶梅》主人公西门庆大官人眼里，士人阶层，不过是可以用银子任意驱遣的工具而已。

在士人努力变为商人、不择手段牟取利益的时代，文人墨客的社会地位关系和价值观念都发生了剧变。因此，晚明文人多出“狂人”，如王艮、李贽、屠隆、汤显祖、徐渭、三袁兄弟等等，他们都是叛逆了的儒家信徒。特别是“公安派”代表人物袁宏道，在谈及自己心目中人生五大快活之时，竟然把传统士人理想生活的著书立说和市井浪子的声色之娱相提并论，真可谓振聋发聩。

水秀才之“水”者，冷物也。

第五十六回中，正当西门庆家正热火烹油之时窜入“水秀才”这个人，作者肯定大有深意。屠隆呢，恰恰善于自我解嘲和嘲人，如果这样一分析，小说的有些写作谜底就都可以解释得通。

第八十回中，西门庆病死后，应伯爵等人央求水秀才作祭文，最后再泼一盆冷“水”。

这水秀才平昔知道应伯爵这起人，与西门庆乃小人之朋，于是包含着里面，作就一篇祭文……其文略曰：

维重和元年，岁戊戌二月戊子期，越初三日庚寅，侍生应伯爵、谢希大、花子由、祝日念、孙天化、常时节、白来创，谨以清酌庶羞之奠，致祭于

故锦衣西门大官人之灵曰：维灵生前梗直，秉性坚刚；软的不怕，硬的不降。常济人以点水，恒助人以精光。囊箧颇厚，气概轩昂。逢药而举，遇阴伏降。锦裆队中居住，团夭库里收藏。有八角而不用挠掴，逢虱虮而骚痒难当。受恩小子，常在胯下随帮。也曾在章台而宿柳，也曾在谢馆而猖狂。正宜撑头活脑，久战熬场；胡何一疾，不起之殃？见今你便长伸着脚子去了，丢下小子，如班鸠跌脚，倚靠何方？难上他烟花之寨，难靠他八字红墙；再不得同席而偎软玉，再不得并马而傍温香。撇的人垂头跌脚，闪的人囊温郎当。今特奠兹白浊，次献寸觞。灵其不昧，来格来歆。尚享。

根据大王揣测，很有可能的是，这篇祭文，乃当初屠隆活着的时候为自己所写。其中讽刺语句，充满了大无畏的自嘲精神，更对市井小人的面目刻画细腻入微，活灵活现！

23. 六黄太尉是谁?

《金瓶梅》小说中,“六黄太尉”不是主角,但他的出场,对于渲染男主人公西门庆来说,关系重大。

第五十一回中,说到林太太儿子、嫖客王三官时,应伯爵这样介绍:“王招宣府里第三的(指王三官),原来是东京六黄太尉侄女儿女婿。从正月往东京拜年,老公公赏了一千两银子,与他两口儿过节。”

“六黄太尉”这个词,在《大宋宣和遗事》中也出现过,和杨戬等人并列,听官职、看身份,肯定是个贵官。其实,这“六黄太尉”确实官不小,他真实名字叫黄经臣,是宋徽宗手下非常得宠的大太监。

之所以判断六黄太尉是黄经臣,主要是依据小说第七十回中的圣旨:

> 这神运奉迎大内,奠安艮岳,以承天眷,朕心嘉悦。你每既效有勤劳,副朕事玄至意。……蔡京、李邦彦、王炜、郑居中、高俅,辅弼朕躬,直赞内廷,勋劳茂著。京加太师,邦彦加柱国太子太师,王炜太傅,郑居中、高俅太保,各赏银五十两、四表里。蔡京还荫一子为殿中监。国师林灵素,知联叩宣,佐国宣化,远致神运,北伐虏谋,实与天通,加封忠孝伯,食禄一千石,赐坐龙衣一袭,肩舆人内,赐号玉真教主,加渊澄玄妙广德真人金门羽客真达灵玄妙先

生。朱勔、黄经臣，督理神运，忠勤可嘉。(朱)勔加太傅兼太子太傅，(黄)经臣加殿前都太尉，提督御前人船。

圣旨之中，蔡京、李邦彦、高俅、林灵素、朱勔等宋徽宗时候的这些个大奸巨猾，全在表扬序列，黄太尉也厕身其间，可见他当时官职了得。

“太尉”之名，最早见于《吕氏春秋》，秦朝以“丞相”、“太尉”、“御史大夫”并为“三公”。后逐渐成为虚衔或加官。西汉武帝建元二年（前139年）后，就不再设置。在西汉早期，设“太尉”此官，多半和当时军事战斗有关，故带有虚位性质，不同于丞相、御史大夫等官职。作为皇帝身边最高的军事顾问官，“太尉”并不直接领兵，事毕则改官。汉武帝时，改“太尉”为大司马，作为大将军、骠骑将军的加号。东汉时期，以太尉、司徒、司空为“三公”，太尉管军事，司徒管民政，司空管监察，分别开府，置僚佐。后来，曹操撤销三公制，自任丞相。曹丕时期曾短暂恢复，后又撤销。隋朝建立后，撤销开府与僚佐，“太尉”便渐次演化成朝廷优宠宰相、亲王、使相的加官、赠官。元朝不常置，从明朝开始，就废除了这个官职。

太尉这个职衔，在《金瓶梅》小说所托写的宋代“官、职、差遣”体系中，属于“官”的范畴，只表示官员本身的身份和级别，类似今天的军衔，并没有实际职务。其品阶在北宋中前期是“三公”之一，应该是正一品或从一品。宋神宗“元丰改制”后，一度撤销“太尉”，宋徽宗时恢复使用，为正二品。

小说圣旨中，黄经臣从殿前太尉升为都太尉，其实就是禁卫军总司令的意思。

《金瓶梅》第六十五回，西门庆正在为李瓶儿过二七，忽然有人报说“管砖厂工部黄老爹来吊孝”。这位砖厂的黄老爹，就是黄主事了。他来此目的，并非吊孝，而是替宋御史带话，让西门庆作冤大头，招待一下从山东河道过来的六黄太尉。

当时，这位黄太尉一路走来确实是办公事，和“花石纲”差不多，是为徽宗皇帝的园林艮岳运取一大块长二丈、阔数尺的“卿云万态奇峰”。

知道宋御史要宰自己，西门庆推辞不掉，只得答应做东，以宋御史和两司八府官员的名义“请六黄太尉一饭”。

小说渲染功夫很足，把六黄太尉到来的煊赫气势尽皆展现：

到次日，抚、按率领多官人马，早迎到船上。张打黄旗“钦差”二字，捧着敕书在头里走。地方统制、守御、都监、团练，各卫掌印武官，皆戎服甲胄，各领所部人马围随，蓝旗缨枪，叉塑仪杖，摆数里之远。

黄太尉穿大红五彩双挂绣蟒，坐八抬八簇银顶暖轿，张打茶褐伞，后边名下执事人役跟随无数，皆骏骑咆哮，如万花之灿锦，随路鼓吹而行。黄土垫道，鸡犬不闻，樵采遁迹。人马过东平府，进清河县，县官黑压压跪于道旁迎接，左右喝叱起去。随路传报，直到西门庆家中大门首。教坊鼓乐，声震云霄，两边执事人役，皆青衣排伏，雁翅而列。西门庆青衣冠冕，望尘拱伺。

良久，人马过尽，太尉落下轿进来，后面抚、按率领大小官员，一拥而入，到于厅上。厅上又是筝、纂、方响、云璈、龙笛、凤管，细乐响动。为首就是山东巡抚都御史侯蒙、巡按监察御史宋乔年参见，大尉还依礼答之。其次就是山东左布政龚共、左参政何其高、右布政陈四箴、右参政季侃廷、左参议冯廷鹄、右参议汪伯彦、廉访使赵讷、采访使韩文光、提学副使陈正汇、兵备副使雷启元等两司官参见，太尉稍加优礼；及至东昌府徐崧、东平府胡师文、兖州府凌云翼、徐州府韩邦奇、济南府张叔夜、青州府王士奇、登州府黄甲、莱州府叶迁等八府官行厅参之礼，太尉答以长揖而已；至于统制、制置、守御、都监、团练等官，太尉则端坐，各官听其发放，各人外边伺候。

然后，西门庆与夏提刑上来拜见献茶，侯巡抚、宋巡按向前把盏，下边动鼓乐，来与太尉簪金花，捧玉斝，彼此酬饮。

递酒已毕，太尉正席坐下，抚、按下边主席，其余官员并西门庆等各依次第坐了。教坊伶官递上手本，奏乐，一应呈应弹唱队舞四数，各有节次，极尽声容之盛。当筵搬演的《裴晋公还带记》。一折下来，厨役割献烧鹿花猪，百宝攒汤，大饭烧卖。又有四员伶官，筝、纂、琵琶、箜篌，上来清弹小唱。……

唱毕，汤未两陈，乐已三奏。下边跟从执事官身人等，宋御史委差两员州官，在西门庆卷棚内，自有桌席管待。守御、都监等官，西门庆都安在前边客位，自有坐处。

黄太尉令左右拿十两银子来赏赐各项人役，随即看轿就要起身。众官上来再三款留不住，都送出大门。鼓乐笙簧迭奏，两街仪卫喧阗。清跸传道，人马森列。多官俱上马远送，太尉悉令免之，举手上轿而去。

宋御史、侯巡抚分付都监以下军卫有司，直护送至皇船上来回话。桌面器皿，答贺羊酒，具手本差东平府知府胡师文与守御周秀，亲送到船所交割明白。

回至厅上，拜谢西门庆说："今日不当负累，取扰华府，深感深感。分资有所不足，容当奉补。"

西门庆慌躬身施礼道："学生屡承教爱，累辱盛仪，日昨又蒙赙礼，些小微物，何足挂齿。蜗居卑陋，犹恐有不到处，万里公祖谅宥，幸甚。"

宋御史谢毕，即令左右看轿，与侯巡抚一同起身。两司八府官员皆拜辞而去。各项人役一哄而散。

西门庆花了大把银子，顶多就是席间有机会在六黄太尉跟前献上一杯茶而已。对于这个清河大户来说，他最大的收获，主要是能让主管山东的宋御史开心，而且使得他自己在山东地界挣足了面子。

小说中有几个细节耐人寻味，一个是宴席间为了巴结六黄太尉而上演《裴晋公还带记》，一个是最后各项人役的“一哄而散”——大太监何德何能，敢拿唐代四朝宰相裴度比拟；宴席轰轰烈烈，最后曲终人散，还是“一哄而散”，官场炎凉，尽在此笔。

讲到这里，就涉及了一个今人难解的“技术”问题——黄经臣，黄太尉，干吗叫他“六黄太尉”？

所谓“六”者，“老大”之谓也！

解释这个，可以从《金瓶梅》小说中找到一些答案。第三十四回，应伯爵从西门庆东京礼单上看到这样的内容：“蔡老爷、蔡大爷、朱太尉、童太尉、中书蔡四老爹、都尉蔡五老爹，并本处州县、知府四宅……”

其中的“蔡五老爹”，就是蔡绦。

宋史记载，“(蔡京）子八人，儵先死，攸、翛伏诛，绦流白州死，鞗以尚帝姬免窜，余子及诸孙皆分徙远恶郡”。

这位蔡绦，流放过程中，还写有著名的散文集《铁围山丛谈》，其中有回忆蔡家极盛时篇章：

国朝（指宋朝）之制，待制、舍人以上，皆坐狨。杂学士以上，遇禁烟至清明日，则赐新火。吾家盛时，出则联骑，列十三狨座，遇清明得新火九枝。政和初，至尊（宋徽宗）踵唐德宗呼陆九故事，目伯氏（蔡攸）曰“蔡六”，至于嫔嫱宦寺亦从天子称之。目仲兄则曰“十哥”，季兄则曰“十一”，吾亦荷上圣呼之曰“十三”。而内人又皆见谓“蔡家读书底”。

可见，从唐朝开始，贵族们就爱玩此文字游戏，兄弟中老大呼为“六”，老二称为“十哥”，老三为“十一”，老四为“十二”，老五如蔡絛者，自然就是“十三”了。

绕了这么个大弯，才知道了六黄太尉就是“大”黄太尉的意思。

黄经臣这个太监，在《宋史》中没有单列的本传。只在《宋史·陈禾传》和《宋史·陈瓘传》中有他名字出现。特别在《陈瓘传》中，黄经臣对于被蔡京陷害的陈瓘，显然抱有同情叹息之意，所以在复审案件的时候手下留情，使得陈瓘免于一死。

小说中的“六黄太尉”，为虎作伥，为宋徽宗到处搜去奇峰怪石，弄得官员惶恐，百姓忧心忡忡，但真实历史中的这位黄公公，不仅仅和蔡京不是一党，而且死得光明磊落，倒不失为一条血性汉子。

《宋史·钦宗本纪》中，描写金兵攻取开封城时，有这么一句交待：“宦者黄经臣赴火死”。相比那众多投降金兵并且帮助金人搜刮京城财物的官员们，这位黄太尉要高尚许多。

再回头说说《金瓶梅》作者所处明代的宦官。

明代宦官之祸很烈，比如王振，比如刘瑾，比如魏忠贤，但都没有烈到像汉末以及中晚唐那样能把皇帝的废立死生皆操纵于手的程度。

明朝宦官如同寄生虫，他们的“寄主”皇帝一死，或者突然变脸发威，宦官本人权势顿时消散，汪直如此，刘瑾如此，冯保如此，魏忠贤也如此。这种情况，均同朱元璋当年废丞相制度有关，由于军权、政权分由六部分担，皇帝一人提纲挈领。这些举措，听着好听，皇权独握，其实真正遇到事情，天子本人也因结构的复杂无从完全对一切大事加以掌控。皇帝如此，“准皇帝”的九千岁大太监也是如此。弄权一时好办，狐假虎威，有皇帝招牌，但当这块招牌不管用或不挡风时，太监只有挨刷的份儿了。

明太祖朱元璋丝毫不掩饰他本人对宦官的印象：“此曹（宦官）善者千百中不一二，恶者常千百，若用为耳目，便为耳目蔽；用为心腹，即心腹病。驭之之道，在使之畏法，不可使有功。（宦官）畏法则检束，有功则骄恣。”

当时，老朱规定，内臣官阶不能高过四品，月给食米一石，衣食用品皆为“官给”，并在宫内设立铁牌，上铸：“内臣不得干预政事，犯者斩！”也正是在老朱皇帝当政期间，内监二十四衙门已经搭建完毕，即十二监、四司、八局。其中，最有威权的乃司礼监，其长官官称为“提督太监”。

我们现代人，一般把宫内的宦者统称为“太监”，年轻的叫“小太监”，其实，宦官等级森然，最高的一级才能叫“太监”，往下是“少监”、“监丞”，中级的有“奉御”、“听事”等，最低级就是杂役类，有“手巾”、“火者”之称。至于各个监局当中，除掌印太监、提督太监外，也有“经理”、“管理”、“监工”等职衔。那位看官不要笑，“经理”确实是宦官的一种称呼，单位哪位主管得罪你，多亲热地喊他几声“经理”就好了。

司礼监原本的职责是管理皇城内大小宦官以及关防关禁、长随当差等事务，逐渐地，由于明朝皇帝的惰于政事，司礼监太监反倒成了有实无名的“真宰相”了，监内一般有八九个宦官分别帮皇帝“御笔”批朱。对于自己想搞猫腻的宦官来说，他可以把内阁奉呈入内的阁票打返，令阁臣重拟内容。

宦官刘瑾气焰最嚣张时，就把这些公文带回自己家中，与门客商量官员任命和处理意见，更改好以后也不交回内阁，直接以御旨名义发出，可谓做到登堂入室，随心所欲。

有人观此可能产生疑惑，朱元璋不是严禁宦官学文化吗，怎么又有这些文人“宦者”呢？这种教宦官学文化的事情，首先始自明宣宗，他设置“内书堂”，专门派文官教宦者学习，内容为《百家姓》、《千字文》、《孝经》、《大学》、《中庸》、《论语》、《孟子》等，可惜的是，公公们忠孝节义入脑的少，奸诈使坏的心计反而因知识平添了“力量”。

入司礼监的宦者，一般必为“内书堂”毕业，入“文书房”办过事（“文书房”乃司礼监的“秘书处”），这样的公公，才能成为司礼监太监。但也有例外，比如魏忠贤几乎就是大字不识的老粗。

司礼太监有“议政”权，并非是关键，他们还掌管东厂、西厂等事，设想，一个衙门又管政事，又管监察，天下大事，皆入一司。东厂始设于明成祖朱棣时，一直至明朝灭亡达二百二十多年。这一“特务”机关，直接向皇帝负责。东厂的办事太监有时由司礼监主管太监兼任，有时由司礼监二把手兼任，全名是“钦差总督东厂官校办事太监”，属下人尊称其为“厂公”或“督主”。

东厂手下的“刑侦”人员和打手，均来自锦衣卫。

有人可能以为锦衣卫也是宦官机构。错！锦衣卫始于朱元璋朝代的“拱卫司”。洪武十五年，正式成立“锦衣卫”，乃“上十二卫”中的一卫。“服飞鱼服，佩绣春刀”，是皇帝私人卫队，兼秘密特务工作。

锦衣卫逮人，可以不经任何国家司法程序，他们不仅有逮捕权，还有审问权，不幸被逮的，即入“诏狱”或“锦衣狱”，十人入狱八九死，令人闻之生畏。锦衣卫下有十七个所，专门负责外出侦探的人员称为“缇骑”。人数最盛时，锦衣卫特务有十万人左右，加上各地流氓充当的“眼线”，达二十万人。

锦衣卫与“厂”并称，左称“厂卫”，但“厂”对锦衣卫有伺察之权。因为，太监多日夜在皇帝身边，一般来讲自然厂权要大过卫权。当然，厂卫权势此消彼长之际，相互勾结的时候为多，刘瑾、魏忠贤等大奸太监，均以自己的心腹亲信任锦衣卫使，完全把这些军棍当成大狼狗来使。刘瑾当政时，开设“内行厂”，把独裁发展到极致。他本人对厂卫“走狗”仍不放心，以

“内行厂”的宦官来监督东厂和锦衣卫，但这一机构存在时间短，只有四五年而已。至于“西厂”，乃明宪宗朱见深于成化十三年（1477 年）设置，乃太监汪直用事期间的事情，约五年多。其后，明武宗在刘瑾撺掇下又重设过一次，也有四年多时间，以后就未再设置过。

但是，但是啊，《金瓶梅》所本的嘉靖一朝，倒是明朝自朱元璋之后宦官们最倒霉、最为失势的时候。

嘉靖帝以地方藩王的身份从湖北安陆进京作皇帝，自幼就对京城的宦官印象非常差。所以，他入主朝廷后，在对文官集团大肆摧抑的同时，严格控制宦官们的行为，致使嘉靖当政四十年间，出现了“内官最敛戢”的奇迹。

嘉靖六年（1527 年）十月，大臣张璁征得嘉靖帝的赞同，将明朝各地的镇守太监尽行罢撤，使明代这一为害一百多年的大弊政，在嘉靖朝基本上得到消除。

小说之中，充当“兖州兵马都监”的温玺和阿附杨戬被抄家的陈洪，嘉靖年间确实真实存在过同名同姓这样两个太监。不过，真实的温玺和陈洪，一个因为建陵误工被革职，一个因为巴结嘉靖儿子裕王（日后的明穆宗）而升官为“司礼监掌印太监”。

由于嘉靖帝抑制宦官势力，《金瓶梅》小说中随处可见太监势力削弱的迹象。第三十一回中，西门庆宴请两个太监，可以从中窥见一斑：

西门庆在大厅上，锦屏罗列，绮席铺陈，预先发柬请官客饮酒。因前日在皇庄见管砖厂刘公公，故与薛内相都送了礼来。西门庆这里发柬请他，又邀了应伯爵、谢希大两个相陪。……

说话中间，忽报刘公公、薛公公来了。慌的西门庆穿上衣，仪门迎接。二位内相坐四人轿，穿过肩蟒，缨枪排队喝道而至。

西门庆先让至大厅上，拜见叙礼，接茶。落后周守备、荆都监、夏提刑等众武官，都是锦绣服，藤棍大扇，军牢喝道，僚掾跟随。须臾都到了门首，黑压压的许多伺候。里面鼓乐喧天，笙歌迭奏。

上坐递酒之时，刘、薛二内相相见。厅正面设十二张桌席都是巾围拴锦带，花插金瓶。桌上摆着簇盘定胜，地下铺着锦裀绣毯。西门庆先把盏让坐次，刘、薛二内再三让逊："还有列位大人。"

周守备道："二位老太监齿德俱尊，常言：三岁内宦，居于王公之上。这个自然首坐，何消泛讲。"

彼此让逊了一回。薛内相道："刘哥，既是列位不肯，难为东家，咱坐了罢。"于是罗圈唱了个喏，打了恭，刘内相居左，薛内相居右，每人膝下放一条手巾，两个小厮在旁打扇，就坐下了。其次者才是周守备、荆都监众人。

须臾阶下一派箫韶，动起乐来。怎见的当日这筵席？

但见：食烹异品，果献时新。须臾，酒过五巡，汤陈三献，厨役上来割了头一道小割烧鹅，先首位刘内相赏了五钱银子。教坊司俳官跪呈上大红纸手本，下边簇拥一段笑乐的院本。……

周守备先举手让两位内相，说："老太监分付，赏他二人唱那套词儿？"

刘太监道："列位请先。"

周守备道："老太监自然之理，不必计较。"

刘太监道："两个子弟唱个'叹浮生有如一梦里'。"

周守备道："老太监，此是这归隐叹世之词，今日西门庆大人喜事，又是华诞，唱不的。"

刘太监又道："你会唱'虽不是八位中紫绶臣，管领的六宫中金钗女'？"

周守备道："此是《陈琳抱妆盒》杂剧，今日庆贺，唱不的。"

薛太监道："你叫他二人上来，等我分付他。你记的[普天乐]'想人生最苦是离别'？"

夏提刑大笑道："老太监，此是离别之词，越发使不的。"

薛太监道："俺每内官的营生，只晓的答应万岁爷，不晓的词曲中滋味，凭他每唱罢。"

这段白描式的描写，非常富于言外意味。一是讽刺两个宦官没有文化，不识唱词中的含义，一是借他们二人所点“叹浮生有如一梦里”、“想人生最苦是离别”的词曲，彰显宦官当时的失势心境（这自然也是作者有意的精心布置，在西门庆生子加官的最盛时，插隐盛极而衰的伏笔）。

24.“万回老祖”是谁？

佛道，在《金瓶梅》中占据很重要的内容，毕竟在故事发生的宋朝和作者所在的明朝，佛教和道教不仅仅作为中国人文化心理的积淀，也是日常生活的一部分。

万回老祖，在小说第五十七回中出现，很奇怪的，作者看似不着边际，以西门庆布捐永福禅寺为背景，插了一大段描写，叙述永福寺开山和尚的事迹：

> 话说那山东东平府地方，向来有个永福禅寺，起建自梁武帝普通二年，开山是那万回老祖。
>
> 怎么叫做万回老祖？因那老师父七八岁的时节，有个哥儿从军边上，音信不通，不知生死，因此上那他老娘儿思想那大的孩儿，掉不下的心肠，时常在家啼哭。
>
> 忽一日那孩子问母亲，说道：“娘，这等清平世界，孩儿们又没的打搅你，顿顿儿小米饭儿，咱家也尽挨的过，你时时吊下泪来。娘，你说与咱，咱也好分忧哩。”
>
> 那老娘儿就说：“小孩子，你还不知道老人家的苦哩。

自从你老头儿去世，你大哥儿到边上去做了长官，四五年地，信儿也不捎一个来家。不知他死生存亡，教我老人家怎生吊的下！”说了又哭起来。

那孩子说：“早是这等，有何难哉！娘，如今哥在那里？咱做弟郎的早晚间走去，抓着哥儿，讨个信来回覆你老人家，却不是好。”

那婆婆一头哭，一头笑起来，说道：“怪呆子，说起你哥在恁地，若是一百二百里程途，便可去的；直在那辽东地面，去此一万余里，就是那好汉子，也走得要不的，直要四五个月才到哩，笑你孩儿家怎么去的！”

那孩子就说：“嗄，若是果在辽东，也终不在个天上，我去去，寻哥儿就回也。”只见他把靸鞋儿系好了，把直裰儿整一整，望着婆儿拜个揖，一溜烟去了。

那婆婆叫之不应，追之不及，愈添愁闷。也有邻舍街坊，婆儿妇女，捱肩插背，拿汤送水，说长道短，前来解劝。也有说的是的，说道：“孩儿们怎去的远，早晚间却回也。”

因此婆婆也收着两眶眼泪，闷闷的坐地。看看红日西沉，东邻西舍一个个烧汤煮饭，一个个上榻关门。那婆婆探头探脑那两只眼珠儿一直向外，恨不的赶将上去。只见远远的望见那黑魆魆影儿头，有一个小的儿来也。那婆婆就说：“靠天靠地，靠日月三光。若得俺小的子儿来也，也不负了俺修斋吃素的念头。”

只见那万回老祖一忽地跪到跟前，说：“娘，你还未睡炕哩？咱已到辽东抓着哥儿，讨的平安家信来也。”

婆婆笑道：“孩儿，你不去的正好，免教你老人家挂心。只是不要吊着谎哄着老娘。那里有一万里路程，朝暮往还的？”

孩儿道：“娘，你不信，不信么？”一直卸下衣包，取出平安家信，果然是他哥儿手笔；又取出一件汗衫，带回浆洗的，也是那个婆婆亲手缝纫的，毫厘不差。因此哄动了街坊，叫做“万回”。

日后舍俗出家，就叫做“万回长老”。果然是道德高妙，神通广大，曾在那后赵皇帝石虎跟前，吞下两升铁针儿；又在梁武皇殿下，在头顶上取出舍利三颗，因此敕建永福禅寺，做万回老祖的香火院，正不知费了多少钱粮。

细心的读者，看到这里，可能就会产生疑问，第五十三到第五十七回，是否真是后来插入的呢？因为，有关永福寺的来历，其实在第四十九回中，曾经透过一个和尚的口交待过：

“不满老爹说，这座寺原是周秀老爹盖造，长署里没钱粮修理，丢得坏了。”

西门庆道：“原来就是你守备府周爷的香火院。我见他家庄子不远。不打紧处，你禀了你周爷，写个缘簿，一般别处也再化些，来我那里，我也资助你些布施。”

放下这个疑虑不讲，这一回里面，对万回老祖的叙述，确实挺让人感兴趣的。

此庙如果真的建于梁武帝普通二年（521 年）左右，对于小说中的人物所处宋徽宗皇帝政和年间（1111 年—1118 年），也算是有六百多年历史的古迹了。可以想见，这样的寺庙原先是皇帝敕建，规模肯定大，西门庆花钱应该不能太少。

而小说作者所说的“万回老祖”神通，按照我们今人的“唯物”脑子，也让人颇感疑惑：和尚一日之内万里往返，坐法国那种喷气式协和飞机能够办到，靠脚靠飞，都办不到。如果当时真发生了这件事情，只有一个解释，就是万回和他母亲为了显示“神迹”，合伙骗哄村民，目的吗，应该是钱财和供奉，所以他日后才“下海”出了家……

观史书，究源流，万回的故事，其实不是作者瞎编，乃张冠李戴“创作”而成。

唐代小说《酉阳杂俎》，曾经讲过这个万回和尚迢迢万里跑到辽阳拜见兄长后当日返还的事迹（唐人胡璩《谭宾录》中也有类似故事）；元朝陶宗仪《南村辍耕录》中，曾经记载唐代有个和尚万回能到安西探望当兵的哥哥后，当日“万里而返”；宋人所撰《太平广记》的《异僧部》和《三教源流搜神大全》中，也记载玄奘大师见过这个名叫万回的高僧；到了清朝姚福均《铸鼎余闻》一书，万回和尚变成了“蓬头笑面、身着绿衣”的“和合之神”，演化为寒山和拾得的合成体了。

梁武帝萧衍好佛，和他有关系的大和尚，最有名的要属禅宗创始人达摩了。

禅宗历史涉及历史上“真人真事”的第一个公案，主人公有两个人——一个是达摩，禅宗历史上最大的传奇，似乎没做什么事情就成为中华初祖；另一个是梁武帝，乃中国第一个佞佛痴迷到亡国的皇帝，数次舍身到佛寺为奴，最后却被活活饿死。

据说，达摩曾经到达梁朝的首都金陵，得到梁武帝的接见。梁武帝很想得到别人对自己的佞佛的赞许，就问达摩：“朕造寺度人，建庙写经，功德应该够大了吧？”

达摩直率地回答：“陛下无功德。”

梁武帝不悦，接着问：“什么是佛教圣谛第一要义呢？”

达摩：“廓然无圣。”

梁武帝不解，怒气加重，接着问：“对朕言语者，又是什么人呢？”

达摩：“不知道！”

梁武帝大怒，即时把达摩遣出。

达摩见在南朝不能传法，就登乘一苇，飘然渡江，到达了北方魏国的洛阳（拓跋氏的北魏），到嵩山面壁修行。

这个故事，本来是宣扬禅宗的“本心自性”，因为禅宗最根本的特征就是它的超越性。一切善恶、迷悟、有无、色空、染净等相对立的二元观念，在自性澄明的本心中，都应该得到超越。如果黏滞于相对的概念，那就是妄念。

所以，梁武帝起寺建庙的功德念想，还是蒙蔽本心的情尘之思。达摩对此，断然予以否定，表示说这些事情并无功德可言。

梁武帝问“圣谛第一义”，就是问佛法的真谛（深妙无上的真理）是什么。

这个问题，对于僧人来说，其实最难回答。不料，达摩短短四个字，斩钉截铁：“廓然无圣！”

梁武帝没有什么慧根，自然心生恼怒。这位身登九五的帝王不理解，真正的本心，如同宇宙虚空，广袤澄明，无始无终，超凡超圣。言语根本不能表达，明心才能见性。所以，达摩才说是“廓然无圣”。

不解之余，梁武帝的气恼更加发散：既然你这个绿眼和尚说“廓然无圣”，外人都哄传你本人就是个得道的“圣人”，那么，站在朕面前的你，到底又是什么人呢？

达摩漠然，以“不知道”三个字回答。面对如此没有礼貌的答语，梁武帝自然动怒，把达摩轰走了事。

其实，达摩的回答，不是回答他自己是谁的问题，而是从禅的意义上回答梁武帝“自性”的问题：我的本心真性，完全是空性，它与万物合一，超凡入圣，超越任何名相。由此，必须要用“不知道”来表示。

执著于名相的梁武帝，对如此高妙的禅境，难以把握，错过了机缘，最终与达摩失之交臂。

现在，我们再来谈谈这个故事的真伪。

达摩见梁武帝，绝对是南宗禅宗弟子虚构的事情。

最早记载这个故事的文献，大概是《菩提达摩南宗定是非论》。而这本书中记述的内容，只是梁武帝问达摩自己造寺写经是否有功德，达摩说“无”，即被谴出。而后，《历代法宝记》、《祖堂集》等南宗所撰写的“文献”，日益添枝加叶，梁武帝和达摩的对话越来越多，人物和故事越来越“丰满”。

到了宋朝，禅宗弟子们又加入了达摩踩踏一苇，从金陵飘然渡江的“细节”。

仔细研究佛教的发展史，可以发现，达摩见梁武帝的故事，其实取材于印度僧人真谛得到梁武帝“亲切接见”的记载，但当时两个人的交谈详情，史书并无记录。

而这个真谛和尚，确实有轻功的功夫，他能端坐荷叶之上飘然渡水。

轻功坐荷叶，为什么后来演变成“一苇渡江”了呢？这个衍化，可能出自道宣和尚的叙述：“（我）居无常师，追千里如咫尺；唯法是务，跨关河如一苇。”

本来，道宣的“一苇”，是种比喻，喻指关河在道宣看来只有“一苇”之窄之小。但是，后人望文生义，把“如一苇”误认为是“渡一苇”，并把此嫁接到达摩的故事里面，慢慢地，就变成了碧眼胡僧“一苇渡江”了。

而《金瓶梅》小说中的万回，似乎国籍背景是中华，不是波斯（或印度）的胡僧。好玩的是，撺掇西门庆施舍银两的和尚，却是个来自西印度的胡僧。所以，作者心目中的万回和尚，肯定掺有达摩的影子。

给西门庆“伟哥大力丸”的是胡僧，让西门庆捐钱修庙做善事的，也是胡僧。

小说中的万回老祖，“曾在后赵皇帝石虎跟前，吞下两升铁针，又在梁武皇殿下，在头顶上取出舍利三颗”。

确实够穿越的——后赵石虎和南梁萧衍相隔一百多年之久，这和尚真是能活！

但是，在石虎面前显示神迹的和尚，确实历史上存在过这么一个人，而且在佛教史上非常有名的胡僧，即来自西域龟兹的佛图澄大师（232 年—348 年）。晋怀帝永嘉四年（310 年）他来到洛阳时，已经 79 岁高龄。史载，他能诵经数十万言，善解文义，知见超群，天竺、康居名僧以及中土的释道安，都曾拜在他的门下。

《高僧传》中，讲述佛图澄神通事迹颇多，这个人显密兼修，善诵神咒，彻见千里外发生的事情，还能预知吉凶，兼善医术。他最有名的“神迹”，主要和他的肠子有关：

佛图澄左乳房旁边有一个小洞，直通腹内。有时，他会把肠子从小洞中取出来；有时，佛图澄用棉絮把小洞塞住。如果他想读书时，就把棉絮拔掉，肚子上的孔洞，就会发出几百瓦灯泡一样的光亮，照得一室通明。每逢斋戒日，佛图澄都去到河边，把肠子从孔洞中掏出来，用水洗净，然后再装进腹中。莫高窟初唐第 323 窟北壁东侧中部下层左侧，所描画的，就是佛图澄在河边以水洗肠的情景。

五胡乱起，后赵羯族皇帝石勒屯兵葛陂时，佛图澄去见石勒，劝他少行杀戮。

石勒死后，他的侄子石虎自立为天王，这是一个中国历史上赫赫有名的大魔头，但他对佛图澄特别敬奉，称之为“大和尚”。而佛图澄正是凭借这种戏法一样的“神迹”，委婉劝说大魔头少杀了不少人。

后赵建武十四年（348 年），佛图澄在邺城坐化，时年 117 岁。

可见，《金瓶梅》小说作者简单描绘这么一个“万回老祖”，其实蕴含着不少佛教故事和传说，内涵很多很多。

讲了许多万回老祖神迹，作者笔锋一转，讲到了永福寺当下的情景：

> 不想那岁月如梭，时移事改。那万回老祖归天圆寂。那些得皮得肉的上人们，一个个多化去了。只见有个惫赖和尚，撇赖了百丈清规，养婆儿，吃烧酒，咱事儿不弄出来打哄了烧苦葱，咱勾当儿不做。却被那些泼皮赖虎，常常作酒捞钱。抵当不过，一会儿，把袈裟也当了，钟儿、磬儿多典

了，殿上椽儿卖了，没人要的烧了砖儿瓦儿换酒吃了。弄得那雨淋风刮，佛像儿倒了，荒荒凉凉，烧香的也不来了。主顾门徒，做道场的，荐亡的，多是关大王卖豆腐，鬼儿也的上门了。一片钟鼓道场，忽变作荒烟衰草。蓦地里三四十年，那一个扶衰起废！（第五十七回）

如此对比的描写和对当时和尚的谴责，体现出作者深刻的宗教理性主义成分，说明佛门其实根本不是一块净土。

而后，帮闲大腕应伯爵大力撺掇西门庆认捐，最后自己落个好人当：

（应）伯爵就说道："好个长老，想是果然有德行的。他说话中间，连咱也心动起来，做了施主。"

西门庆说道："二哥，你又几曾做施主来？疏簿（认捐簿）又是几时写的？"

应伯爵笑道："咦！难道我出口的不是施主不成？哥，你也不曾见佛经过来。佛经上第一重的是心施，第二法施，第三才是财施。难道我从旁撺掇的，不当个心施的不成？"

西门庆又笑道："二哥，只怕你有口无心哩！"

寥寥数笔，把应伯爵的大忽悠形象淋漓尽致描写到位。他撺掇大头西门庆多捐银两之后，自己分文不出，还比西门庆要高明，做了个第一重要的“心施”。

而后，估计是听说了印度胡僧从西门庆手中拿到了大笔银两，“王姑子同了薛姑子，提了一个盒儿，直闯进来”，二人以献佛果为名，也来趁机想到吴月娘处大打秋风。

“直闯进来”四个字，把两个姑子心如火煎的猴急心态描绘无遗！

再仔细读小说，读者还可以发现西门庆的性格变化。从昔日拜佛崇道的应付敷衍，到第五十七回中大洒银两的真心供奉，显然，西门庆做坏事多了钱多了之后，大官人真想花银子买取心中的平安念想和“赎罪券”。

25. 道士林灵素是谁？

道士，在《金瓶梅》小说中，达16个之多。

依据“说散本”《新刻绣像批评本》和《张竹坡批评第一奇书》中第一回，是“西门庆热结十兄弟”。（金瓶梅小说按照版本划分，分为两大系统：一个是“词话本”，一个是“说散本”。词话本，就是以《金瓶梅词话》所代表的版本；说散本，就是以《新刻绣像批评本》和《张竹坡批评第一奇书》为代表的版本。根据这两套版本的成书年代，也有学者把这两个版本系统分称为“万历本”和“崇祯本”。）

在这第一回里面，十兄弟初次登场亮相，他们拜把子的场所，就是一座名为“玉皇庙”的道观。

而且，小说开首中的“箴言”诗，也是冒名道家名人吕洞宾所作，为整部小说定了调子：

二八佳人体似酥，腰间仗剑斩愚夫。虽然不见人头落，暗里教君骨髓枯。

《金瓶梅》小说里，所描写道士大概有三类：

第一类，就是吴神仙、黄真人等人，他们具有预言吉凶的能力，相貌堂堂，深谙道家宗义；第二类，是林灵素等人，此等人身处官场，香火气不是很浓，俗世气味浓厚，利欲熏心，等同于凡夫俗子；第三类，完全就是形而下的披着道士外衣的流氓，比如碧霞宫的石伯才、晏宫庙的金宗明以及改名陈宗美出家的陈经济等人。他们蝇营狗苟，污秽不堪。

小说所提到的这些道士中，尤以林灵素深为研究者所注意。在宋朝历史上，这个道士确实存在过，而且非常有名。

《金瓶梅》第七十回，写西门庆到京城为跑官而到处送礼活动。由于事先西门庆不慎把消息泄漏，他原先的上司正职夏提刑得知自己明升暗降、被“提拔”到京城做管理卤簿虚职的事情后，马上拿钱到汴梁活动。夏提刑所找的“后门”，正是我们要说的“林真人”林灵素。

为此，太师蔡京的大管家翟谦，事成后对西门庆好一顿埋怨：

临起身，翟谦又拉西门庆到侧净处说话，甚是埋怨西门庆，说："亲家，前日我的书去，那等写了，大凡事要谨密，不可使同僚每知道。亲家如何对夏大人说了，教他央了林真人帖子来，立逼着朱太尉。太尉来对老爷说，要将'他情愿不官卤簿，仍以指挥职衔在任所掌刑三年。'情况，何大监又在内廷，转央朝廷所宠安妃刘娘娘的分上，便也传旨出来，亲对太爷和朱太尉说了，要安他侄儿何永寿在山东理刑。两下人情阻住了，教老爷好不作难。不是我再三在老爷跟前维持，回倒了林真人，把亲家不撑下去了？"

慌的西门庆连忙打躬说道："多承亲家盛情！我并不曾对一人说，此公何以知之？"

翟谦道："自古机事不密则害成，今后亲家凡事谨慎些便了。"

小说中，"林真人"林灵素没有正面出现过。除了这回提到他以外，还写过西门庆用人奶服送一种名为"百补延寿丹"的补药——原本药方，就是林灵素为徽宗皇帝配制的。

虽然作者着墨虽然不多，但林灵素这个道士，在北宋历史上确实对宋徽宗的影响非常大。

林灵素原名林灵蘁，字岁昌，温州永嘉人。据《历世真仙体道通鉴》中记载说，他少年时代曾经作过大文豪苏东坡的书童。一次，苏东坡问其志向，少年林灵素笑而答称："生封侯，死立庙，未为贵也；封侯虚名，庙食不离下鬼。愿作神仙，予之志也！”

但根据《宋史·林灵素传》以及陆游《老学庵笔记》记载，林灵素年轻的时候，身份寒微，在道观、僧寺游食，常常遭受侮辱。一次，他在给僧人当仆从时偷酒喝，遭受当众笞打，于是愤而改变身份，蓄发当了道士。

宋徽宗是个道教迷。政和末年，在道士画家徐知常推荐下，林灵素得以陛见。这人口才特好，熟悉道家典籍，又能配制丹药，加上他阿谀权臣巨阉如蔡京、童贯等人，很快就成为宋徽宗身边发紫的红人，被赐名“灵素”，赐号“通真达灵先生”。徽宗皇帝不仅授以他金牌，还为他特别建造通真宫居住，允许他随便往来宫禁。

政和七年二月，林灵素受命，在上清宝箓宫宣讲青华帝君夜降宣和殿异事，当时仪式隆盛，与会道士多达二千余人，为时人津津乐道。此后，徽宗皇帝日益沉迷道教，自称“教主道君皇帝”，封赐林灵素许多名号——“金门羽客”、“凝神殿侍宸”、“蕊珠殿侍宸”等等。

为了表示尊重，徽宗每次见到林灵素，都呼他为“聪明神仙”。

林灵素得势后，追忆旧恶，向宋徽宗进言说：“释教害道，今虽不可灭，合与改正，将佛刹改为宫观，释迦改为天尊，菩萨改为大士，罗汉改尊者，和尚为德士，皆留发顶冠执简。”

于是，宣和元年（1119年）正月，徽宗下诏，改佛为道，易服饰，称姓氏；左右街道录院改作道德院，僧录司改作德士司，隶属道德院。不久，又改女冠为女道，尼为女德。

纵观中国历史，每当皇帝信道教，他身边的道士就会撺掇毁佛；每当皇帝宠信佛教，国内道士的日子肯定不好过。佛道如此互争“大客户”，成为中国历史的常态。

宣和元年五月，京城开封水灾，林灵素登城厌胜做法的时候，遭到役夫袭击。此事为徽宗所知，才醒悟到这个道长民怨不浅。不久，徽宗皇帝得知林灵素和太子出行争道，大怒，下诏把林灵素驱逐归乡。

郁郁之间，林灵素转年就病死在家里，一点没有仙风道骨的意思。不过，林道士死的很是时候，如果他活到金人破城的时候，下场肯定更悲惨。

《金瓶梅》小说所写林灵素干涉朝政，作者真实目的，肯定是影射嘉靖皇帝身边的道教红人陶仲文。

明朝历代皇帝中，嘉靖皇帝最信道教。自继位起，他就迷信鬼神，渴望能长生不老。

当皇帝几十年里，嘉靖帝基本把皇宫变成了一个整天举行修炼的场所和提炼丹药的实验室。他最后死因，恰恰也是被道术所害，误食过多“仙丹”和春药。这些药物，主要由铅丹（四氧化铅）和砒霜（天然存在的三氧化砷）组成，配以其他药性模糊的中草药，然后做成丸子或小颗粒。

由于“仙丹”药物中可能含有少量鸦片和其他中亚以及其他

地区的麻醉剂，服用后会让人感到轻快、强壮，性欲大增。

而嘉靖帝身边这个陶仲文，最擅长的就是配制仙丹和扶乩。

陶仲文(1475年—1560年)，原名典真。湖北黄冈人，他年轻时候作县掾，喜好神仙方术。经由嘉靖身边宠信道士邵元节推荐，他有机会到宫中施展方术驱除妖孽，很快得到嘉靖皇帝的赏识。

嘉靖十九年(1540年)，陶仲文为嘉靖祷病有功，进封礼部尚书，特授少保，食正一品俸禄，封其妻为一品夫人，后又加少傅，仍兼少保。嘉靖二十三年(1544年)，大同捕获蒙古间谍王三，嘉靖帝认为是陶仲文祈祷之故，加授少师，仍兼少傅，少保。

一人兼领“三孤”。终明之世，只有陶仲文一人有此殊荣。

二十年间，陶仲文在嘉靖帝前一直得宠，位极人臣。他在京城之时，交结严嵩，关键时刻为严嵩说好话，使得嘉靖帝放逐了疏劾严蒿的刑部郎中徐学诗。而且，这位道士还勾结藩王，为嘉靖帝创制“二龙不相见”之说，致使皇帝东宫太子虚位二十年。

所谓“二龙不相见”，意思很简单：嘉靖是条真龙，太子是条潜龙，二龙阳盛，最好不要见面。否则，其中一条龙，就肯定要走霉运。

嘉靖长子朱载基出生后，嘉靖帝很高兴，马上去看，结果，两个月后孩子就夭折，使他更信陶仲文之说。所以，日后其子朱载壑、朱载垕、朱载圳诞生，嘉靖帝为了避免这个毒咒，很少和这几个亲骨肉见面，而且长年不封太子。

但储君乃国之大事，大臣们纷纷上书。无奈，嘉靖帝只好封朱载壡为太子。岂料，拖拖拉拉，这位皇太子 14 岁到了出阁讲学之时，刚刚上课就重病缠身，很快撒手归西。为此，嘉靖更信陶仲文所言，再也不立皇太子。

由此，按顺序应该当太子的裕王朱载垕，由于陶仲文这个“二龙不相见”的魔咒，此后终日担惊受怕。一直到嘉靖帝崩逝，他即位之前，没有当过一天的太子。而且，朱载垕自己生了孩子，更心内骇惧。因为自己府中又多出一条“龙”，让他忧心忡忡，生怕忌讳多多的父皇再听陶道士讲出新的“咒语”来……

深知嘉靖帝为人险刻聪明，陶仲文一直小心缜密，不敢恣肆妄为。对于嘉靖帝来说，陶仲文最大的功劳，就是向自己提供长生不死的新方法。

道教认为，只有经过长期的自我修炼才能够达到肉体的永生和不朽。这种修炼过程中，就需要提炼内、外丹。外丹吗，包括植物和矿物的合成物，笼统称为“不死药”。而内丹的提炼，就要依靠增强人身体内的“阳气”。所以，为了采阴补阳，在陶仲文教导下，嘉靖帝一直到处寻找第一次来月经的处女入宫，与之交媾，并且从初潮（天癸）中炼取药物服用，以达到长生的目的。其后果，就是多达千余名的少女，被采选入宫，充当嘉靖帝的药渣。

嘉靖二十一年（1542 年）阴历十月二十一日夜，在北京的皇宫中，发生了一件骇人听闻的谋弑事件，以宫女杨金英为首的十多名小姑娘，竟然在深夜准备把皇帝勒死，幸亏几个人慌乱之间把绳子结成死结，踏进阴曹半只腿的嘉靖帝才最终得活。

对于此事的经过，《明史》中的《后妃传》中简单记叙了几句，《明实录》中也是草草叙述，大概是为尊者讳，不想多说。

记载此事最详细的，当属当时任刑部主事的张合。张合文人，退休后著书《宙记》，记载了此事的详细经过：

> 嘉靖二十一年十月二十二日，奉懿旨（方皇后的命令）：“好生打着问！”
>
> 得（逮捕）杨金英，系常在、答应（低级宫婢）供说：“本月十九日，有王、曹侍长（指王嫔、曹妃即端妃，这是方皇后冤枉她，此人因貌美被嘉靖帝宠幸，对谋弑之事根本不知情）在东稍间点灯时分，商（量）说：‘咱们下了手罢，强如死在（皇帝）手里！’杨翠英、苏川药、杨玉香、邢翠莲在旁听说，杨玉香就往东稍间去，将细料仪仗花绳解下，总搓一条。至二十二日卯时分，将绳递与苏川药，苏川药又递与杨金花拴套儿，一齐下手。姚淑翠掐着（嘉靖帝）脖子。杨翠英说：‘掐着脖子，不要放松！’邢翠莲将黄绫抹布递与姚淑翠，蒙在（嘉靖帝）面上。邢翠莲按着（嘉靖帝）胸前，王槐香按着（嘉靖帝）身上，苏川药拿着（嘉靖帝）左手，关梅秀拿着（嘉靖帝）右手，刘妙莲、陈菊花按着（嘉靖帝）两腿，姚淑翠、关梅秀扯绳

套儿。张金莲见事不好，去请娘娘（方皇后）来。姚淑翠打了娘娘一拳。王秀兰打听（当作发）陈菊花吹灯。总牌（宫女官名）陈芙蓉说：‘张金英叫芙蓉来点着灯。徐秋花、邓金香、张春景、黄玉莲把灯打灭了。’芙蓉就跑出叫管事牌子来，将各犯拿了。”

嘉靖帝被数个宫女这么一勒，当时处于休克状态，方皇后唤来数位御医，没一个人敢用药，都怕担责任被诛九族。最后，太医院使许绅颤巍巍调了一副“峻药”，给已成死人的皇帝灌下。就这样，数个小时后，嘉靖帝吐淤血数升，缓过命来，静养多日，才能视朝。

对于几个宫女想谋弑嘉靖帝一事，后世学者或历史研究者往往忽略其因由，一般人读到此处，也总觉是事起仓促的“忽发”变故。

其实，细细钩沉当时人的笔记，加上细读《金瓶梅》中所应影射的陶仲文陶道士传记，才发现真实原因：

嘉靖帝希求长生，身边聚集了不少类似陶仲文的道士为他炼丹药，这些丹药中有不少属于春药。中国古代春药配方很奇怪，其中一味名叫“天癸”，即少女处女初潮经血，此物可提炼出一种名为“红铅”的粉剂。嘉靖帝后宫“饲养”了不少这种产“药”的少女，为了大量采集她们的经血，御医、道士们又强迫她们吃药，使她们经血过频过量，以供皇帝“炼丹”。

最有可能的是，宫中已经为此祸害死许多少女性命，杨金英等人觉得反正是死，不如先弄死这魔头皇帝再说，情急之下，才想出用绳勒帝的下策。只可惜，死结不能收勒至紧，又有人临阵逃脱告密，数位奇女子终于未得成功。

试想一下，十几个15岁左右的小姑娘，齐心合力在大龙床上想勒死一个三十六七岁正当壮年的皇帝，此情此景只能用“壮烈”二字来表示，但是如果上镜头上文学剧本的话，就稍显暧昧。

奇怪的是，经过如此离奇事变，陶仲文在嘉靖帝心目中更加重要，而且算是得保富贵始终。死后，他家里获得朝廷赠谥赙赗，恩礼有加。

不过，等朱载垕当了皇帝（明穆宗）后，深恨这个一直撺掇自己父亲嘉靖帝“二龙不相见”的陶道士。

甫一继位，隆庆元年（1567年），朱载垕下诏，追削陶仲文一切秩谥。

好在穆宗皇帝很厚道，没有对道士进行剖棺戮尸什么的。

林灵素＝陶仲文。《金瓶梅》如此明线暗写，暗线明描，以宋徽宗为幌子，把大明朝的嘉靖帝时代政治黑暗，加以到位写实的影射。

虽然《金瓶梅》小说讽喻色彩浓厚，宗教规劝多多，但作者一直以一个旁观者的冷峻，对佛道两教的道德观进行了辛辣和深刻的讽刺。

佛道意识，是明朝所有人的整体意识。作者本人却能跳出窠白，开明描写，非常客观和理性地对小说中人物的佛道信仰加以臧否，这一点尤为难能可贵。

26. 奶妈如意儿有丈夫吗？

《金瓶梅》是部到处埋伏琐细线头的奇书，其高明之处，在于作者四处布桩，汪洋恣肆，让读者自己在阅读过程中猜谜、领悟，从而产生“发现”的狂喜。

作为李瓶儿所生儿子官哥的奶妈如意儿这个人物，在小说中间部分表现特出。特别在李瓶儿死后，西门庆几次描写到位的繁琐性爱，都是和这个奶妈相关。作为李瓶儿的顶窝补缺的女人，如意儿可谓心思深沉。

第三十回，如意儿刚出现的时候，以作者主观之口介绍她的背景来历，似乎她是儿子死了，丈夫还在。

> 当日西门庆进房去，见一个满抱的孩子（官哥），生的甚是白净，心中十分欢喜。合家无不欣悦。晚夕就在李瓶儿房中歇了，不住来看孩儿。次日巴天不明早起来拿十副方盒，使小厮各亲戚邻友处，分投送喜面。
>
> 应伯爵、谢希大听见西门庆生了子，送喜面来，慌的两步做一步，走来贺喜。西门庆留他卷棚内吃面。刚打发去了，正在厅上乱着，使小厮叫媒人来，寻养娘，看奶孩儿。忽有薛嫂儿领了个奶子来。原是小人家媳妇

儿，年三十岁，新近丢了孩儿，不上一个月。男子汉当军，过不的，恐出征去无人养赡，只要六两银子，要卖他。

月娘见他生的干净，对西门庆说，兑了六两银子留下，起名如意儿，教他早晚看奶哥儿。

如此说，如意儿所生的孩子早死，丈夫当兵前不放心老婆一个人在家，为了谋生，卖她出来。

但是，到第六十七回，如意儿和西门庆床上大战之后，她主动表示，自己是个死了丈夫的人：

西门庆见老婆（如意儿）身上如绵瓜子相似……说："我儿，你原来身体皮肉，也和你娘一般白净，我搂着你，就如同和他睡一般。你须用心伏侍我，我看顾你。"

老婆道："爹没的说，将天比地，折杀奴婢，拿甚么比娘！奴婢男子汉已没了，早晚爹不嫌丑陋，只看奴婢一眼儿就勾了。"

为了讨刚刚上套的西门庆喜欢，如意儿说自己死了丈夫，一来博取西门庆同情，二来向西门庆表态，自己没有别的路，专门一条心在大官人身上。目的吗，无外乎要向西门庆表示奴才事主的耿耿忠心。

结果呢，没有不透风的墙。很快，潘金莲就知道了如意儿和西门庆奸情的深度，并去吴月娘处告状：

次日，潘金莲就打听得知，西门庆在李瓶儿房内和奶子老婆睡了一夜，走到后边对月娘说："大姐姐，你不说他（西门庆）几句，贼没廉耻货，昨日悄悄钻到那边房里，与老婆（如意儿）歇了一夜。饿眼见瓜皮，甚么行货子，好的歹的揽搭下。不明不暗，到明日弄出个孩子来算谁的？又相来旺儿媳妇子（指宋惠莲），往后教他上头上脸，甚么张致！"

月娘道："你每只要栽派教我说，他要了死了的媳妇子，你每背地多做好人儿，只把我合在缸底下一般。我如今又做傻子哩！你每说只顾和他说，我是不管你这闲帐。"金莲见月娘这般说，一声儿不言语，走回房去了。（第六十七回）

从此，在潘金莲眼中，如意儿就变成了潜在的敌手。

不怕贼偷就怕贼惦记，四处打探下，如意儿不少隐私被挖掘出来。经过一番殴打，气愤难消的潘金莲对孟玉楼道出情由：

"……什么好老婆！一个贼活人妻淫妇，这等你（指西门庆）饿眼见瓜皮，不管了好歹的，你收收揽答下，原来是一个眼里火、烂桃行货子，想有些什么好正条儿！那淫妇的汉子说死了，前日汉子抱着孩子，没在门首打探儿？还是瞒着人捣鬼，张眼儿溜睛的。你看一向在人前花哨星那样花哨，就别模儿改样的，你看又是个李瓶儿出世了！那大姐姐（指吴月娘）成日在后边，只推聋装哑的，人但开口，就说不是了。”那玉楼听了只是笑。因说：“你怎知道的这等详细？”

金莲道：“南京沈万三，北京枯柳树。人的名儿，树的影儿，怎么不晓的？雪里消死尸，自然消他出来。”

玉楼道：“原说这老婆没汉子，如何又钻出汉子来了？”

金莲道：“天下着风儿晴不的，人不着谎儿成不的！他不整撺瞒着，你家（指西门庆）肯要他！想着（如意儿）一来时，饿答的个脸，黄皮儿寡瘦的，乞乞缩缩那等腔儿！看你贼淫妇，吃了这二年饱饭，就生事儿雌起汉子来了。你如今不禁下他来，到明日又教他上头脑上脸的。一时捅出个孩子，当谁的？”

玉楼笑道：“你这六丫头到且是有权属。”说毕，坐了一回，两个往后边下棋去了。（第七十二回）

潘金莲是个包打听。她如此一说，如意儿不仅仅是有丈夫，连儿子还活着，根本就是个“潜伏”在西门府准备接班夺房的货。

孟玉楼似乎好性，没有太过于接潘金莲的话茬，但也浓淡相宜，挑拨探听，看似无心，其实有意，内心存下了对这个奶妈的新认识。

潘金莲活灵活现描述，作者并未出面评论，在此，就留下一个类似悬案的话柄，让读者们遐思无限——这奶妈到底有没有丈夫啊？

回思李瓶儿刚死的时候，如意儿确实很会来事儿：

奶子如意儿无人处常在（西门庆）根前递茶递水，挨挨抢抢，掐掐捏捏，插话儿应答。那消三夜两夜，

西门庆因陪人吃得醉了，进来，迎春打发歇下。到夜间要茶吃，叫迎春不应，如意儿起来递茶，因见被拖下炕来，接过茶盏，用手扶被。西门庆一时兴动，搂过脖子就亲了个嘴，递舌头在他口内。老婆就咂起来，一声儿不言语。西门庆令脱去衣服上炕，两个搂接，在被窝内不胜欢娱，云雨一处。

老婆说："既是爹抬举，娘（指李瓶儿）也没了，小媳妇情愿不出爹家门，随爹收用便了。"

西门庆便叫："我儿，你只用心伏侍我，愁养活不过你来。"

当下这老婆枕席之间无不奉承，颠鸾倒凤，随手而转，把西门庆欢喜的要不的。次日，老婆早辰起来，与西门庆拿鞋脚，叠被褥，就不靠迎春，极尽殷勤，无所不至。

西门庆开门，寻出李瓶儿四根簪儿来赏他，老婆磕头谢了。迎春知收用了他，两个打成一路。

老婆自恃得宠，脚跟已牢，无复求告于人。……这如意儿就不同往日打扮，乔模乔样，在丫鬟伙儿内，说也有，笑也有。早被潘金莲看在眼里。（第六十五回）

机会，是给有准备的人准备的。此话按在如意儿身上，诚然不虚。

发展到后来，西门庆玩得高兴，对如意儿说，如果她命好能生下孩子，就可以在西门府内作妾，顶李瓶儿的窝儿。眼看远大前程在即，如意儿更加尽心尽力。

到西门庆临死前的第七十八回，如意儿的丈夫这个虚拟的形象，又一次出现在读者面前，而且还有了具体的名字。场景吗，发生在西门庆以性虐待取得快感后：

西门庆便叫道："章四儿，淫妇，你是谁的老婆？"

妇人道："我是爹的老婆。"

西门庆教与他（说）："你说是熊旺的老婆，今日属了我的亲达达了。"

那妇人回应道："淫妇（如意儿自称）原是熊旺的老婆，今日属了我的亲达达了。"

由此可见，此时，西门庆不仅仅知道如意儿有老公，还知道那个活王八的名字。

西门庆在占有其他男人的妻子的同时，还要特意提起这个男人的名字，体现出他本身非法占有欲望的勃勃膨胀。他目的很简单，无非想从对另外一个鲜活男人老婆的占有行为中，得到一种极度变态的满足感。

但让读者好奇的是，西门庆是如何得知如意儿丈夫和那个男人名字的？小说中作者并无提及，也没有通过其中的人物之口讲给我们听。

如意儿那个绿帽王八丈夫到底活在何处？西门庆死后他为什么还不出现？到底这个奶妈有没有孩子在外面？

这些问题的存在，都留给我们读者丰富的、绵长的想象……

跋　空非色来色非空

《闲情偶尔色》这本小书，其实早在2009年我就写成。当时匆匆写毕后，由于忙于央视《百家讲坛》“梅毅话英雄”系列节目的录制，所以出版的事情就延搁下来。其间，上海人民出版社的齐书深先生到广东地区约稿，还特意到深圳找我。由于工作忙碌，加之每月都要到北京录制《百家讲坛》节目，与齐先生面谈的时候匆匆忙忙，竟然把这部写《金瓶梅》的“闲书”全然忘记了，只是答应齐先生日后一定找机会合作。

2012年，在写全、出版了我的《梅毅帝国真史》10卷本之后，稍稍得闲，我终于有时间仔细润色了《闲情偶尔寄》、《闲情偶尔禅》以及这本《闲情偶尔色》的书稿。仔细考虑之后，为了把这三本“闲情系列”做成自己满意的精品书，念及上海人民出版社的出版水平以及齐先生登门约稿的拳拳之意，我拒绝了数家民营出版商的高印数“橄榄枝”，最终决定把书稿交给齐书深先生。

酒逢知己饮，诗向会人吟。非常感谢齐书深先生对我“闲情系列”三本书的精心编辑，由于齐先生的删芜存精，使得这本书的最终稿更加精细、可人；同时，我还要特别感谢在华人世界久享盛名的画家胡永凯先生，感谢他能够授权本书使用他八幅《金瓶梅》大作。虽然寥寥数幅，但恰恰由于胡先生每幅作品都是精心力作，顿使本书生色多多！

为了凸显“精品”图书的意念，在齐先生建议下，本书从文学古籍刊行社1957年版影印本《新刻金瓶梅词话》200幅插图中选取了数十幅插图，作为书内黑白插图，基本与本书内容相呼应；同时，为了统一文字来源，本书中有关《金瓶梅》的引文均来自人民文学版的《金瓶梅词话》，特此说明。

梅 毅

2012年12月26日

图书在版编目（CIP）数据

梅毅休闲系列. 闲情偶尔色/梅毅著. —上海：上海人民出版社，2013

ISBN 978 -7 -208 -11381 -7

Ⅰ. ①梅… Ⅱ. ①梅… Ⅲ. ①《金瓶梅》-古典小说评论 Ⅳ. ①I207.419

中国版本图书馆 CIP 数据核字(2013)第 081249 号

责任编辑 齐书深 黄玉婷 马瑞瑞

封面设计 陈 楠

梅毅休闲系列

——闲情偶尔色

梅毅(赫连勃勃大王) 著

世纪出版集团

上海人民出版社出版

(200001 上海福建中路 193 号 www. ewen. cc)

世纪出版集团发行中心发行

浙江新华数码印务有限公司印刷

开本 787×1092 1/32 印张 34.75 插页 47 字数 665,000

2013 年 5 月第 1 版 2013 年 5 月第 1 次印刷

ISBN 978 -7 -208 -11381 -7/I · 1132

定价 153.00 元

(全三册)

梅毅『休闲系列』

閒情偶介禪

梅毅（赫连勃勃大王）著

上海人民出版社

1436

目录

中篇：28 个好玩的公案

下篇：42首愉悦的禅诗

引子

少年一段风流事　只许佳人独自知

——从“色”中领悟“空”

说到禅，人们马上会联想到至大的觉悟、心性的圆满、本心的澄明、永恒的超越、精神的故乡、妙有的境界，以及种种生命的本源。

而我本人，最早对禅宗产生兴趣，恰恰是由几首艳诗开始。

第一首，乃宋徽宗赐名“圆悟”的克勤禅师所作：

金鸭香销锦绣帏，笙歌丛里醉扶归。
少年一段风流事，只许佳人独自知。

第二首，乃克勤大师的师傅法演大师所作：

一段风光画不成，洞房深处恼予情。

频呼小玉元无事，只要檀郎认得声。

第三首，乃中仁禅师所作：

二八佳人刺绣迟，紫荆花下啭黄鹂。
可怜无限伤春意，尽在停针不语时。

第四首，乃著名的“浪子和尚”惠洪禅师所作：

上元独宿寒岩寺，卧看青灯映薄纱。
夜久雪猿啼岳顶，梦回清月上梅花。
十分春瘦缘何事，一掬归心未到家。
却忆少年行乐处，软红香雾喷东华。

第五首，乃道潜禅师所作：

寄语巫山窈窕娘，好将魂梦恼襄王。
禅心已作沾泥絮，不逐春风上下狂。

第六首，大奇大俗，乃志明和尚的打油诗：

春叫猫儿猫叫春，听它越叫越精神。

老僧亦有猫儿意，不敢人前叫一声。

如此绮语丽句，如此孟浪唐突之言，出于印象中庄严肃穆的大和尚之口，乍读之下，着实骇异。

但是，如果深悉禅宗的色空概念，我们一定会对这些意味深长的艳诗会心一笑：

“色不异空，空不异色；色即是空，空即是色。受想行识，亦复如是。”《般若波罗蜜多心经》

语言，不过是思维的一种外化表现。禅那，乃真正脱离垢染的清洁自性，远远超越了语言文字。所以，《楞伽经》才会指出：“如来藏”，是“真实离名字”的圣境。

言语，在禅家看来，生灭法而已，不过是相对意识的产物。真正的禅悟妙境，是真如本体，是绝对如如。

但是，参禅的人，如果要自悟，如果要导悟别人，却又不能离开文字。

以佛相为例，真正的佛，乃有法、报、应三身。所谓法身，不生不灭，无形无象，无所不在；所谓证得佛果之身，乃报身；而如来随终生机缘应化呈显之身，乃应身。所谓的佛相，是如来为了防止世人生“断灭”心而暂时呈现的假相。

无相的实相，才是真佛。如此说，泥塑木雕，涂抹饰金，乃虚妄的外相而已。

所以，如来的“三十二相”、“八十种好”，与禅师们的话头、颂语、禅诗以及一切言语，都是开悟众生的“工具”。

无论是佛像庄严，还是词语秀丽，都是化导大众的方便法门。也正因为如此，一直号称“不立文字”的禅宗，后世却留下汗牛充栋的洋洋巨著。

禅，超越千年的神秘微笑，超越了一切！

在人类生活日益“全球化”的今天，在所谓的“第五文明时期”，楼价高启，股市升落，七情六欲，生老病死，柴米油盐酱醋茶。人生，面对着一个又一个要解决的问题——焦虑、紧张、恐惧、困惑、惊惶，不停地困扰着当代芸芸众生。

身处这种“多元”的困境中，如何从压抑和边缘状态中自我解脱出来，如何突破生活的陈旧模式，确实需要精神层次的彻底“刷新”才行。

怎样才能生活得更好，自古以来就是人生一个大问题。古代的中国人，特别是居住在山野寺院的大德高僧，当然不会比我们思维在质的层面上浅陋或者简单。智慧，是人的心灵的体证和感悟，每一代人都有一代人特有的体验，但每一代人也有自上而下叠加的烦恼。

我们生活中的个体，在科技以几何速度高度发展的今天，在表面上看生活日益安适的当下，其实，内心之中，不仅没有更多的满足，恰恰相反，我们感到的反而是更多的失落。

为什么呢？我们越来越“理性”了！刀锋如此锐利，桎梏却如此坚牢。表象思维，最终带给我们是“上帝死了”的迷失，是无家可归的茫然。在我们的大脑深处，已经失去了昔日诗兴安居的家园。

真实不虚的消极“虚无主义”，绝非“后现代”的高科技所能解决。

禅宗，具有一种贯通古今中外的共性。当我们思考、阅读禅的故事的时候，我们会发现：古人，距离我们根本不遥远。他们的大智大慧，他们的精灵通透，是那么的亲切，那么的有趣味，那么的发人深省，那么的催人莞尔。

古代禅师的公案、机锋，古人的禅诗悟词，对于我们当代人来讲，就是一座蕴藏无尽宝藏的矿山，其中的体验、灵感、智慧，取之不竭，用之不尽。

在光怪陆离、日益异化的世界里，我们恍然发现，济世良方，原来就在那些发黄的古卷之中。

古人不见今时月，今月曾经照古人。很有可能，古代禅师、大德可能没有现代人如此明晰的批判意识和理性思维，但是，他们醍醐灌顶的禅心禅悟，却能远隔千年的黑暗岁月，点燃我们垢蒙已久的智慧之灯。

慧能大师的“顿悟”，神会禅师的“无念”，马祖道一的“非心非佛”，赵州和尚的“无处不禅”，临济义玄的“叱佛骂祖”，都随着时间的流逝，愈加光耀照人。

今日的人类，处境尴尬。

科学，日新月异地发展。人类的精神，却日益陷入窘境。

人与自然，越来越疏离；人与人，越来越冷漠；人与自己的内心，越来越分裂。

技术的唯我独尊，工具理性对人性的宰治，以“自然”为中心而忽略个人的“自然主义”，价值标准的沦丧，价值终极根基的溃摇，使得我们现代人面临着前所未有的巨大精神危险。

面对绵绵不绝、扑面而来的危机和困惑，我们的心花枯萎。

路到绝处开生面，终于，我们穿越了岁月的迷雾，重新发现了禅！

禅，是一种无与伦比的超越。它超越哲学，超越理性，超越历史，超越语言，超越文字，超越时间，超越一切意识形态。

通过愉悦的禅悟，我们可以把握住虚无的隐蔽本质，从“空”的哲学高度出发，超越时代局限的氛围，真正进入人性的实存体验之中，从而去认识那种超越于相对性的“有”以及相对性的“无”的相对性的存在！

禅风禅悟，导引我们臻至最大的和谐。当六祖慧能高诵“本来无一物，何处惹尘埃”的时候，就是实在的同一性（真如）存在于事物的表象被夺取后而呈现出的绝对无（空）的精彩刹那。

不过，对于我们今人来讲，谈禅论道，已经不是为了获取“禅定”的宗教体验。在振聋发聩的公案和缥缈神奇的诗句中，我们最想得到的是那种难以言表的禅悦。

其实，这种乐受的“禅悦”，在真正的禅宗境界中，还只是中等的层次，不是证悟的最高层级。不过，对我们芸芸众生来讲，禅机能臻于此境，我们已经非常满足。

虽然涅槃的境界非常美好，天花乱坠，但我们滚滚红尘间的凡夫俗子，仰望那种绝对真理的顶峰，我们就不必固执地再向上进行“理性回溯”了。

春有百花秋有月，夏有凉风冬有雪。
若无闲事挂心头，便是人间好时节。

平常心是道。本来面目是禅。

禅宗的高情远韵，禅师的锦心绣口，已经带给我们无限的愉悦。这些，已足够我们受用不尽！

上篇：佛禅七宗问

1. 怯怯地发问之一：什么是佛？

佛，是外国的舶来品；禅，却是我们中土佛教的一个分支。

追根溯源，佛教是由古印度一个小国王子释迦牟尼创立的一种宗教。佛教有“三宝”，包括佛、法、僧。

三宝具备，才构成完整的佛教。

佛，本意是“觉”。佛教的基本教义，包括“四谛”、“十二因缘”等等。

“四谛”指“苦”、“集”、“灭”、“道”，也就是人生的四种真理；十二因缘即人生的十二个部分：无明、行、识、名色、六处、触、受、爱、取、有、生、老死。

佛教本来是出世法，要从根本上灭除无明，让人摆脱十二因缘的束缚，从轮回中解脱出来，脱离苦海。

在古代印度地区，佛教经历了从原始、部派、小乘、大乘、密教等发展的阶段。我们这本书不是讨论佛教的，所以不想就此展开。

为释疑解惑，我们简要谈谈佛教在中土流传的过程。

佛教入中国，大概在公元一世纪，即东汉明帝时代。明帝本人吃饱了发呆，晚上做了一个梦，见一神人，浑身发光，飞在殿前。转日，他询问群臣，一个叫傅毅的大臣表示说：“天竺（古印度）有得道者，号为‘佛’，飞行虚空，身有日光。陛下所梦，大概就是‘佛’了”。

于是，汉明帝派人取西域等处抄写佛经，而后又在洛阳城外起白马寺。

无论这个故事是否真实，但是，此说见于东汉末年的《离惑论》，大致就说明了佛教对中土产生影响的时间。

佛教初入中国，时人都把它当作方伎的一种，中土信奉的人也不多，也没有职业的僧尼。

三国两晋时期，随着译经活动的展开，逐渐出现了专门的出家人。西晋时期，僧尼已经有数千人之多。

东晋十六国期间，外来僧人相继进入中土。其中最有名的，要属那位娶了十多个美女的大翻译家鸠摩罗什。而大师佛图澄、道安、慧远、支遁等人出现，更使得佛教在中上层广为流传，影响越来越大。

南北朝时期，佛教在中土大爆炸般地发展。原因很简单，皇帝们纷纷开始信佛。虽然经过北魏太武帝和北周武帝的两次“灭佛”，在中土，佛教一直呈上升势头，并深入到平民百姓家。

隋、唐、五代，一直到两宋，只有唐武宗、后周世宗排过佛，大多时间，佛教都非常兴盛。元、清两朝统治者虽为少数民族，皇帝却都信奉佛教。明朝的皇帝朱元璋，本人就是和尚出身。所以，佛教在这三个朝代都发展得还算不错，僧尼生活也不赖。只是，随着国家政权的强盛，佛教不再以单独的政治势力存在，而日渐成为皇权的附庸。

明清之时，佛教与现实生活和社会人群的关系日渐疏远，佛教真正潜在的社会价值日益沦落，慢慢降格为超度亡灵的教门。加上僧尼素质的下降，僧团形象日渐模糊，“人间佛教”的印记非常黯淡，由此，佛教的社会地位也一落千丈，它的生机越来越微弱。

特别是清朝的雍正帝，他阴蛮十足，以帝王之尊，插手佛教内部事务。从那时起，佛教便完全变成政治权力的从属了。

在佛教传入中土之前，在我们广大的汉族聚居地，其实没有真正意义上的宗教。道家的逍遥，儒家的礼乐，仔细推究，还不算宗教层次的信仰。佛教传过来以后，在隋唐前与道家合流，玄谈为主；隋唐之后，它找到了儒家理论作为伙伴，把天命、忠孝也当成招牌。如此一来，佛教就满足了不同阶层的不同需求，自然涓滴成流，一发不可收拾。

佛教，有大乘佛教和小乘佛教之分。这个简单的常识性问题，一定要讲一讲。

“乘”是梵文 yana 的意译，大概是“乘载”、“道路”的意思。公元一世纪左右，古印度佛教内部有些人自称能普度众生，并能运载大众从生死的此岸到达涅槃解脱的彼岸，于是他们就自称为“大乘”，而把原始佛教和部派佛教贬称为“小乘”。

在信仰“小乘”佛教的国家，比如泰国、缅甸、斯里兰卡等国，他们当然把自己的信奉称为“南传上座部佛教”，不会自认为是“小乘”。

大乘和小乘的区别，第一，是有关释迦牟尼佛的观点方面。大乘佛教把释迦牟尼看成是法力无边的全能神，小乘佛教只是把释迦牟尼当成一个宗师和完全觉悟的人；第二，大乘与小乘的修持方法不同。大乘偏重菩萨行，即要普度众生，把释迦成佛前的菩萨阶段当成自己修行的榜样。小乘主张“三学”，即“戒、定、慧”，要通过持守戒律而获取大智慧。第三，从教义上说，大乘佛教认为“人法两空”，“性空幻有”，既否定人的主观精神，又否定客观存在；小乘佛教则“人空法有”，只是否定人的精神主体。第四，大乘和小乘的修行目的也有差异。大乘佛教要普度众生，以成佛为最高境界；小乘佛教则追求个人解脱，最终想证得“阿罗汉果”。

其实，大乘佛教是在小乘佛教的基础上发展起来的，二者互为联系。从分布情况看，从印度传入中国、朝鲜、日本、蒙古等地的佛教，属于大乘佛教。而传入泰国、缅甸、柬埔寨、斯里兰卡等地（包括我国云南傣族地区）的佛教，属于小乘佛教。

从宗派上讲，我们的中土佛教大致分为十个宗派，即律宗、俱舍宗、成实宗、三论宗、天台宗、贤首宗、法相宗、禅宗、密宗、净土宗。

这些大宗下面，还分为不少支派。有时候，这些支派对外也称“宗”，比如禅宗下面又有临济宗、曹洞宗等。

所有佛教的大宗派之中，最影响我们中国人精神的，无疑，就是禅宗。

大乘佛教的许多宗派，一直没能把佛性和人性混而为一。而禅宗，在最大限度上，为我们解释了“佛心”与“人性”的关系问题，把佛国净土安置于每个信仰者的心中，使得佛心与人心的距离越来越短。

最终，禅宗使得我们能够冀望自己：在日益沉沦的俗世泥沼中，有可能解脱出来，在“即心即佛”的追求中达向超越的彼岸。

2. 怯怯地发问之二：禅是怎么回事？

即使唐朝初年的玄奘大师那么有名，又翻译了那么多著名的佛经，但是，他所创立的“法相宗”，也只是昙花一现而已。玄奘死后仅仅几十年，繁琐唯识的法相宗就逐渐泯灭无闻了。即使有《西游记》的文学传播，但也只能把这位大和尚演义成赫赫有名的“唐僧”而已。

相比于玄奘，由岭南和尚慧能发扬光大起来的禅宗，就成为中土佛教的蔚然大宗。

说到禅宗，大家一定会首先想起那个“一苇渡江”的碧眼老胡僧达摩，更会想起他“面壁十年”的传奇。

无论是真实历史的唐太宗，还是虚构小说中的西门大官人，都是吃了胡僧的药而驾鹤西归的。所以，胡僧给中国人的印象并不是很好。但是，说到佛教在中土的最初传播，这些大胡子绿眼睛的汉子们功不可没。

其实，如果讲早期的禅法，东汉的安世高大师已经开始宣讲《禅行法想经》以及《佛说禅行三十七品经》等经文。东晋十六国时期的鸠摩罗什，也通过翻译《坐禅三昧经》《禅秘要经》等经典，大肆弘扬禅法。

禅，原始的含义，是梵文“Dhyana”（禅那）的简称。对于这个词汇，鸠摩罗什翻译为“思维修”；玄奘大师精益求精，翻译为“静虑”。意思其实都差不多，是指安详、宁静的深思。

人，通过禅定，可以摆脱“欲界”诸等欲望的困扰，从而为宁静的思虑提供一种精神层次的保障。与这个概念相类似，我国古代荀子所说的“虚壹而静”，庄子的“守神”、“坐忘”、“心斋”、“守一”等说法，都与“禅那”的意思非常接近。

正因为如此，禅法，加上它本身特有的神秘主义的诱惑和非常的体验，比如它奇特的“呵佛骂祖、自性是佛”的反佛价值取向，比如它“运水搬柴、无非妙道”的行为规范，使之在中国佛教的哲学、心理、道德等一系列领域，激发了前所未有的大震荡，反而吸引了更多人的好奇和关注，得到迅速的普及。

当然，禅，并非是禅宗一家独有的专属品。但是，自慧能开始，以“禅”为“宗”，自成一系，这不仅仅是在中土特定历史条件下的固有产物，也是我们中国人对这个具有特殊价值取向的宗教派别的必然选择。

在汉地，以及中国古代文化圈中，禅宗的影响，可以说没有任何宗派能超过它。

禅宗，也成为汉地佛教文化的代名词。

禅宗的真正创始人，自然是慧能。即使从菩提达摩开始算起，下面还有慧可、僧粲、道信、弘忍等“四祖”，但真正“禅学”意义上的中华“始祖”，仍然首推慧能。

达摩当时只称他所宣扬的是“南天竺一乘宗”。从慧能开始，才正式以“禅宗”为自己的宗派命名。

禅宗为什么能从众多的宗派中脱颖而出、独树一帜呢？

无他，禅宗简单明了，妄尽心静，任性随缘，更能让大众接受。也就是说，无论是张秃子还是王麻子，只要相信自己的内心，就能成佛。即使是日日嗜血的屠夫，放下屠刀，也可立地成佛！

如此速成得道的快捷方式，使得古代那些自认精英的上层贵族以及芸芸众生的劳苦大众，都不能不喜闻乐见！

试想一下，你可以不背诵繁冗的佛经，可以不布施财物，可以不经过累世的长久修行，可以不青灯苦坐，可以不遵守清规戒律，只要去求助于自己的内心，就可以成佛。

这样的“以心觅菩提”，人人心向往之。

如果从哲学方面来甩“大词”，那么，慧能以后的禅宗，也就从“客观唯心主义”，变成了“主观唯心主义”。

发展到后期，禅宗把人世间一切事物，一切现象，都看成解脱苦海的妙道。也就是那几句话：

“青青翠竹，尽是法身；郁郁黄花，无非般若。”

从此，禅的存在，不仅仅使得僧侣的生活世俗化，而且佛教中的名相，也越来越多开始延用中土的意象。

儒道杂糅，诗史互现，精彩陈现，即便是那些对佛教没有兴趣的人，也能够从此对“禅”爱悦赏玩不已。

而禅宗，不仅仅影响了宗教，它对于中国的哲学、文学、艺术，都产生了难以估料的巨大影响。

我们无法想象，如果没有禅，是否还会有王维的“月出惊山鸟”；如果没有禅，是否还有苏东坡的“恰似飞鸿踏雪泥”；如果没有禅，是否还能有陆游的“今年睡足向禅房”；如果没有禅，是否还能出现唐伯虎的“徒倚藤床对夕晖”；如果没有禅，是否能有纳兰性德的“人生若只如初见”……

3. 怯怯地发问之三：禅宗是“农禅”吗？

提起禅宗，当代人肯定马上联想起高雅的神秘，昂贵的精舍，不俗的谈吐，玄奥的机锋，放荡不羁的诗人，等等。

但是，禅宗肇始之初，远远不是今天这个样子。

南北朝时期，是中国历史上最痛苦、最黑暗的时期之一。在那个血与火的年代，由于频繁的战乱，产生了大量流民。这些人中的“顺民”，加入了僧侣队伍，于是为禅宗的产生和形成做足了人员方面的准备。

此外，两晋玄学，着重于清谈。而大乘禅法中放荡不羁、破旧立新的思想，也恰恰促成了佛禅分道，对于士大夫阶层也构成了极大的吸引力。

汉魏以来，血与火的洗礼，使得中国思想界形成了一种特别适宜于宗教滋长的环境，人们对于心灵的关心和沉溺，甚至超过了对外在痛苦俗世的热情。因为，当人们能在此世中体悟到人生的终极境界的时候，那体悟的瞬间，也就成为了永恒。

当然，最早从“国家”的高度崇仰佛法的，是羯族石氏所建立的后赵。而后，鲜卑、羌族、氐族等民族建立十六国中的不少国主，都纷纷拥推佛法。

这些五胡国家，之所以如此推崇佛教，无非是看重外来大和尚们拥有的“神迹”：手里流香水，平地生莲花，热油捞石块……在宽大袈裟下变戏法，以物理、化学知识大肆显摆，总能唬弄住不少人。这些戏法，不仅仅能让民众倾心若狂，也为胡族君主们祈祷福瑞大增光彩。

佛法能有禁欲、神异、调心的功能，各层人士都对此大加注意。正是在这样的情况下，鸠摩罗什、觉贤等人才纷纷被拜为上宾，敬受供养。如此，逐渐在北朝形成了“官禅”。

尤其是鲜卑人建立的北魏，佛寺数万所，僧尼人众达几百万。除了国家供养的高级僧侣以外，还有不少为了逃避兵役和沉重的赋税而出家为僧的普通大众。

那么多行脚僧人，为了糊口，在民间化缘游动，逐渐形成了一个人数众多的游僧队伍。与漫无目的的流民不同，这些人不会轻易参与造反，所以，王朝的统治者对他们多采取听之任之的态度。

隋唐之际，虽然官府严格控制度牒的发放，打击私度，但依然阻止不了平民出家的热潮。而真正受国家供养的寄生僧侣，毕竟属于少数。大多数沙弥和下层僧侣，必须依靠劳动才能糊口——他们出家的目的，本来就是为了衣食。

为此，从楞伽宗的道信禅师开始，他们在为了避祸强调“坐禅”的同时，开始召集门人开始抓佛法、促生产。也就是说，他们开始改变原始的佛教教义中鄙视劳动的做法，把耕田打工也当作禅法修行的必须内容之一。

道信禅师的弟子弘忍，将其师的教义发扬光大，开辟了黄梅禅系。这位大师在禅宗史上那么出名，并非因为他多么精于佛法，也不是因为他是什么理论宗师。他最大的贡献，在于后勤到位，保障有力，使得大批僧众解决了吃饭问题。

自弘忍大师开始，劳动和生产，这种看似世俗的内容，成为僧人的必修课。从此，各地流窜的下层禅众，也有了聚居地，他们的衣食住行，都有了最基本的保障。

这样，作为一个宗教团体，一来可以能静心参禅，二来更可以免遭官府的苛责和怀疑。

日后，达摩法系得到唐王朝国家的承认，全靠被禅宗南宗一派歪曲得一塌糊涂的北宗首脑神秀禅师。

神秀，乃弘忍的弟子。正是因为神秀和他的几个大弟子都被唐朝皇帝拜为国师，禅法才一跃成为官禅。从彼时起，达摩一系才被真正地推崇为佛法正宗。这一点，笔者稍后在讲解偈语颂词的时候再详细解说。

当然，禅宗之所以能在慧能之后广泛流传，完全是因为它植根于普罗大众。所以，南宗得势后的禅宗，禅宗成为“农禅”的肇始和扬波掀浪的开端。

这样一来，僧侣们就能够成为自给自足的经济独立体。稍后，百丈怀海禅师制定的“百丈禅规”，更是从理论上为农禅定下了范式，真正使得本来是穷究义理的佛家禅门，变成了许多劳苦大众避苦就安的乌托邦。

4．怯怯的发问之四：达摩是什么人？

说到达摩这个“老骚胡”，从禅宗历史上讲，恰恰可以概括为五个字：真实与谎言！

说到禅宗的传承祖系，最早给脑上围绕光环的光头和尚排座次的，是慧能的大弟子神会（不是神秀）。

神会编造的祖系名次，其实也不是他自己首创，基本抄袭自慧远的《禅经序》。他从如来开始，把达摩列为第八代祖师。后来，《坛经》、《宝林传》等禅宗书籍，出于自身标榜的原因，更是不断添油加醋，反复往名单里面添加人物，最后，形成了所谓的禅宗“二十八祖”。

如果对此仔细研究，就会发现其人物编排混乱，漏洞百出。至于那“二十八祖”的名字，除了如来、迦叶以外，笔者不想浪费笔墨写出来，因为不仅读者记不住，笔者也记不住。

还好，岭南本地为慧能树碑立传的《曹溪大师别传》删繁就简，虽然也罗列“二十八祖”，标示禅宗的源远流长，但对于中土谱系却因陋就简，直接把达摩尊为“中华第一祖”。

那么，达摩，到底是个什么人呢？

最早记载达摩的史籍，应该是杨衒之的《洛阳伽蓝记》：“西域沙门菩提达摩者，波斯国胡人也。起自荒裔，来游东土。”作者还说，达摩当时自称已经一百五十岁，吹嘘自己一辈子走南闯北，游历诸国。到达洛阳永宁寺后，达摩看见建筑物弘盛壮丽，倾慕之下，大绿眼珠子烁烁放光，就在那里住了下来。

从这个记载看，达摩还没有像后来那样被神化得踩根芦苇就能飘然渡江什么的，也不过就是个从波斯来的骗饭吃的和尚。

他的套数嘛，还是老套，编排简历，六十岁的人号称一百五十岁，肯定给人一种错觉：绿眼胡僧肯定有神仙大力丸、回春丹什么的。由此，达摩一定能在洛阳广取布施。

笔者认为，达摩真正的目的，不过是他这个大胡子外国老头羡慕永宁寺的大宅院和好厨房，想赖住不走而已。

到了后来，道宣禅师给达摩作传，就开始对这个人的出身进行渲染，一下子把他祖上给变“阔”了，达摩变成了“南天竺婆罗门种”，国籍嘛，也就从波斯变成了古印度。

道宣禅师为了增添达摩的“职业背景”，还说他先到过南朝的宋国，后来才北渡到魏国。这样一来，达摩的游方乞食，就成为有目的性的随处传法。此外，道宣还大讲达摩活了一百五的神迹，写得神乎其神。

不过，纵观南北朝时代的佛教史料，特别是当时僧人们所撰写的著作，竟然没有一个人提到过达摩这个相貌奇特的外国老头。北齐的大文豪魏收是史学大家，他所撰写的北魏《释老志》，也根本没有提到达摩。

种种迹象表明，从真实的历史上看，达摩这个人是否真的存在过，非常值得商榷。而且，直到隋末唐兴，以达摩为名的禅法才兴盛起来。

说一千道一万，即使人世间确实有达摩（或者菩提达摩）这个人，他的禅法也属于楞伽宗，而并非禅宗。当然，日后的禅师神化达摩的同时，也开始神化他的弟子，纷纷为他们涂脂抹粉。其中，尤其以“慧可断臂”最为有名。

这个故事讲，为了能给达摩当徒弟，慧可雪夜立于门外表决心，“喀嚓”一下子把自己一条胳膊卸了下来，红血洒白雪，表达赤诚。其实，慧可这个人，确实存在。不过，他的那条胳膊，是年青时候走夜路，遇见强盗抢东西，一刀给劈落的，不是自己玩死掐剁掉的。而断臂、剁指、燃肉等自残行为，是隋唐时期佛教信众的一种常见行为而已，跟“追求真理”无关。

达摩，是否真正有这个人，诚乃悬案。至于后世所传的达摩著作，更全属伪造。不过，记在达摩名下的禅书确实不少：《达摩论》、《二入四行论》、《证心论》、《血脉论》等，洋洋大观。这些书目其中的理论，形成了后期系统的“心学”体系。渐渐地，它们弄假成真，被日后的禅师们当成导师著作来研读。至于所谓的“达摩面壁”，原本是指一种修行理念，即讲“心如墙壁，可以入道。”也就是说，“面壁”的原意本来是一种譬喻，本来是默想观心性的，后来却被讹传为老和尚动真格，大臀坐地对着堵大石墙瞎琢磨。

“壁观”心法，可能是早期禅宗一种修行方式，目的在于屏除杂念。具体如何操作，是否像气功一样默想导引，还是一种像“五段锦”一样的自我行气，今人不知。不过，以达摩为名的禅宗，确实与传统的佛教修行有所不同。禅宗强调静坐默想的作用，以“身证”或者“现观”的方式，通过禅思悟道。

由于达摩禅法把悟道和禅思的过程统一起来，就把佛教的理论和实践捏和在一起。由此，禅宗就成为人们成佛悟道的惟一法门了。

当人们用这种超越追寻的态度和奇特的思维方式思考宇宙万物以及探索人生终极所在的时候，退无可退，思想丧失了任何“执着”的落脚点，最终就达到了至高的般若“空空”的境地。难怪，打着达摩旗号的禅宗，越来越吸引众人。

5．怯怯的发问之五：六祖慧能在禅宗历史上那么重要吗？

慧能，一个大字不识的岭南农家子弟，竟然能冲出重围，成为达摩禅系的正宗嫡传。这，不能不说是个奇迹。

慧能，关于这个人，有一点真实无欺：他的的确确是历史曾经存在过的真实人物。如果我们现在到广东韶关的南华寺去旅游，还能看到他坐化后的“肉身”。慧能的真实历史存在，绝对无法否认。不过，有关他的生平，在他南宗弟子日后的添油加醋下，那则是真真假假，虚虚实实。

慧能此人，最早见诸于文字的，当属大文豪王维所撰的《六祖能禅师碑铭》。这个碑铭，写于安史之乱后，是王维受慧能大弟子神会所托而写。而后，唐代文章大家柳宗元、刘禹锡等人，都曾为慧能写过类似的墓志铭。真正把慧能、神秀两个人比试偈语诗句的故事弄得世人皆知的，乃慧能的门人法海禅师所撰的《坛经》。在这个故事中，慧能因为一首偈诗，从一个大字不识一个乡巴佬，最终成为弘忍大师的正宗传人，得到了象征嫡传的“祖师袈裟”。

这样的“传奇”，早在唐代就有许多人表示怀疑。因为，从王维所撰的碑铭和慧能弟子神会所传的《神会语录》中可以看出，根据慧能的年龄，他其实和神秀根本没有同时在弘忍门下为徒的机会。后来的慧能系弟子，为了使争嫡的故事更像真的，他们甚至去篡改王维碑铭中的语句，来去填塞漏洞。如此，反而欲盖弥彰，暴露了禅宗各个派别争夺正统、党同伐异的意图。

不过，随着时间的流逝，慧能与神秀呈偈争嫡的故事不仅没被拆穿，反而越来越像真的。在汗牛充栋的禅宗书籍中，无论翻开哪本，只要说到慧能，就一定会煞有介事地提到那个故事。

当然，抛开慧能、神秀师兄弟赋偈诗、争嫡统的真假不谈，这个故事本身，确实包含着丰富的禅宗哲学内容。以后讨论公案的时候，笔者会仔细介绍。

从原始文献看，慧能不过是个出身于岭南新州的普通百姓，百分百“劳动人民”。他去黄梅一见到弘忍大师，马上就遭到迎头劈问：

“你来自岭南，又是蛮夷乡巴佬，怎么有成佛的念头呢？”

“人虽然来自南北不同的地方，佛性本无南北之分；蛮夷乡巴佬于和尚僧侣不一样，佛性有什么差别吗？”慧能理直气壮地反问。

如此见面，给弘忍留下深刻印象，让大和尚深知这位新来的穷人根器与众大大不同。

后来，慧能离开黄梅，近二十年窜迹于市坊山林。究其原因，大概两种：一是因为他为了逃避政府的徭役和兵役；

二是他当时太寂寂无闻，与所谓南宗禅弟子们传说中的争夺祖师嫡统没有任何关系。而慧能的师兄神秀，更是根本从来没有派过人去追杀他。神秀禅师品性厚道，又是唐朝政府正式承认的“领导人”级别的大和尚，不可能对自己偏居岭南的师弟干出那样下三滥的事情。另外，这二人，根本不是同在一个时间段内在弘忍座下为徒，他们连碰头见面的机会都没有，何谈仇怨。

慧能后来弟子所编造的故事，无非是想通过文学加工，来把他们的师傅传奇化，真实目的，还是想神化慧能，弘扬南宗，竭力想使广大信众对于作为南宗祖师的慧能更加心悦诚服。

历史，确实也给了南宗禅最大的机会。安史之乱后，一直在北方广受尊崇的北宗京派官禅遭到沉重打击。南宗趁机发难，后来者居上，趁势争取到了与北宗平等的地位。他们日后更上一层，最终把南宗禅变成了“正宗”禅宗。

可能有人会问，既然从法海、神会开始，他们就开始极力神化慧能，为什么又在各种记述中渲染慧能大字不识的故事呢？世人都爱攀龙附凤，乱编家谱。势利之心，禅徒不免，就连达摩本人的传说到后来也身家暴涨，波斯老头的祖上被描画成贵族婆罗门。但对于刚刚驾鹤西归的慧能，咋就成了文盲穷百姓了呢？

这不是丢祖师爷的脸吗？

无他，南宗禅的徒众们是为了迎合普通老百姓的心理而已。如同现在的市场写手们号称“草根”的目的是为了赚取真正草根手中的银两一样，当时南宗禅师们大肆渲染祖师慧能是文盲，也是“统战”手段之一，以此来博取更多百姓的支持、布施和同情。

当然，这种文盲成佛的故事，也蕴含着另外一个深层的意思：“佛性之理，非关文字能解！”所以，慧能的不识字，又变成了大彻大悟的关键所在。此外，对于警惕性一直保持得很高的王朝中央和地方官府来说，由于南宗禅宗一直强调“万事忍为先”，号召人们作“顺民”，这自然为当权者所喜推，从而最大程度上又避免了政治风险。

南宗禅宗这种农民式的狡黠智慧，不可谓不大。

慧能，无知者无畏的砍柴匠，终于成为禅宗历史上的中天艳阳。他所开创的曹溪禅，不仅在中华大地上生根发芽，还影响到日本、朝鲜，禅风流渐，甚至远到欧美。特别是慧能的那种“不修为修”的自然主义，对后世的影响甚为深远。这种在当时看来极为极端的思路，却成为日后禅宗的不二法门。当然，慧能本人并不是我们后人想象的那样破经弃论，在禅修方法方面也没有完全流于放任，他还常常教人“忍苦”，所谓禅宗真正潇洒自如和振聋发聩的时代，在他本人活着的时候，还远远没有到来。

但是，由于中国士大夫阶层对于抽象的、玄虚的、形而上的空灵境界一直非常推崇和沉迷，所以才给了禅宗向智识阶层渗透的机会。禅宗那种文人化的趋势，导致了它日益与刻板的日常宗教生活和意识脱节，反而让士大夫越来越把禅宗放到了值得肯定的位置上。

曹溪一滴水，而后导出了曹洞宗、云门宗、沩仰宗、法眼宗、临济宗等五宗。传到宋朝，临济宗大盛，宗下又繁衍出杨岐、黄龙二支，中土佛教的所有流派，几乎都被揽于禅门之下。

禅，基本成为中土佛教的代称。

6. 怯怯地发问之六：禅宗如何变成士大夫的“宗教”？

禅宗，追根溯源，本来是失地农民、游方僧人和避乱流民的吃饭宗教哲学。随着时间的推移，它怎么又成为士大夫官僚贵族阶层的精神慰藉了呢？

自从道信禅师在黄梅双峰山中聚众，热火朝天的建设“大锅饭”集体主义模式以后，作为团体宗派的禅宗，就开始成型。可以想见，一向蔑视劳动的佛教徒，忽然成为拿着锄头自给自足的劳动者群体，这种观念上的革新意义，那真是非常巨大。

禅宗的基础人众，除了那些武则天时代被招安、羁縻的北宗禅师以外，多数还属于一直处于颠沛流离境况的劳苦游僧。存在决定意识。他们这些人，相对于当时那些“正统”的佛教徒，肯定具有更强烈的批判精神和反潮流思想。饱经苦难的头陀游僧们对人世间的观察，肯定一直带着冷峻、犀利的眼神。在与“传统”格格不入的同时，农禅的僧侣们，也日益享受着他们凭借自己双手创造出的“桃花源”。

当然，早期禅宗中，崇拜怪力乱神的“神通”痕迹还很明显。禅众坐禅的目的，大多还是想获得达致那种上天入地、移海搬山等无所不能的法力。世易时移，水足饭饱后，禅师们逐渐不再竭力弘扬那些神异奇事，而是把禅定当成追求。他们在宁静的心理境界方面大下功夫，通过不断的实践，排除各种痴迷的妄想和“禅病”，以禅治禅，灭除幻想幻念，最终想达向心灵的圆满。渐渐地，这些山野中自由僧侣们恬淡、自然、与世无争的生活场景，他们能给人以方便的“无念”与“顿悟”，以及他们内省的精神自疗法和潇洒的超脱，使得那些一直饱受名教束缚和官场倾轧的士大夫阶层，蓦然产生了悠然神往之情。在清净无垢到自然适意的递进过程中，那种对心灵纯明澄澈的追求，吸引了越来越多的具有“慧根”的士人。而且，禅宗本身特有的叱佛责祖的犀利批判精神，也越来越受士人所青睐。于是乎，士大夫们争相仿效跟风，追随禅师，遁入山野寺院，钻研经书典籍，去揭批外间的世事人情。

“达则兼济天下，穷则独善其身”，这种中国士人骨子里的老庄主义，最终与禅宗的山林田园主义合流。

中国的士大夫，终于在老庄以外又找到了一条安全的、舒适的避世自欺之路。

禅宗虽然是宗教，但是它具有着鲜明的、建立在无常观念基础之上的怀疑主义哲学体系。由此而衍生出来的广具神秘主义的禅语机锋，更让自诩为智识阶层的士大夫们心仪、兴奋不已。

派系的倾轧争斗，改朝换代的血肉杀戮，蛮族的马蹄蹂躏，皇权的刀锋劈砍，在禅语和梵音之中，逐渐得以淡化和消解。越来越多的读书人，加入到禅宗的“炒作”活动中去。

所以，从唐朝开始，在禅林的霭霭烟雾缭绕中，绰约着那么多风神俊秀的士大夫身形。到了北宋、南宋时代，中原王朝的崩溃和文明的高度发展相并而行，中国人精神深层的忧患意识和消沉意志，也与禅宗纠合在一起，互为影响。

禅宗，作为社会学意义上的一种宗教，肯定离不开时代的变迁。所以，从前朴实无华的“农禅”，到了宋朝，一变而成为文采蔚然、锦绣斑斓的机锋妙语。在禅宗神秘主义的诡秘微笑中，士大夫们终于长吁出一口大气，禅修之中，缓释了他们内心的惶恐与紧张。而且，传统佛教那种把人的心灵分成性与情的两半，根本不符合中国文人的人生情怀，更与士大夫们的生活态度格格不入。禅宗对佛教的“简单化”，恰恰在摆脱神迹和魔力的同时，把枯燥的佛学义理变成了人的缥缈感受。禅宗，使得中国文人能够把宗教修行变成一种生活体验，也使他们把高深莫测的精神终极境界转化为让人愉快承受的艺术境界。

暂且不谈“即心即佛”的“心”到底是绝对空明的佛性抑或自然的人性，仅仅禅宗的顿悟与空观，就让文人士大夫把中华思想世界的终极意义最终能够内心化和自主化。通过禅宗，儒家的“道不远人”与道家的“寂漠无为”，完美地与佛教的“心色俱离”糅合在一处。最终使禅宗变成文人士大夫文学内容和“精神保健品”的关键的，当属宋代《景德传灯录》的刊行和流传。这本书中，那些传奇话本一般的众多“公案”故事，让文字禅顿然而兴。

奇文丽句，遍布典籍；颂古评唱，挂于众口。玄妙的禅境，更把禅宗从青灯枯座中解放出来，成为“拈花微笑”的神秘快意。非理性主义的禅宗，反而成为文人墨客摆脱烦恼的欢喜奇妙根源。

禅宗的活泼，又化解了士人心中此岸与彼岸以及世俗与神圣的尖锐对立，使得文人士大夫在信仰之外拥有了某种非常超越姿态的精神世界，也使得他们日常生活的情趣大为生色，以至于禅宗在中国知识分子中间扎根极深。

回顾过后，我们可以发现：禅宗，一直是随时代的发展而发展。南北朝、隋唐、五代的禅宗，还是流民阶层的“农禅”为主流；而两宋时代的禅宗，就振衣抖袖，变成了文人士大夫书橱中的高级精神治疗剂。

正是在中国古代社会特有的氛围中，禅宗才那么悠远绵长地流传着，才把农民和士大夫两种截然不同的人群，拉到同一口皇皇大钟之下。

元代而后，由于统治阶层处心积虑地加强控制，专制的阴影日益厚重，无论是农民还是士大夫，都越来越丧失精神独立性，作为特立独行的禅宗，自然也随之日益沦落。所以，给与我们精神以极大愉悦意义的禅宗，其实应该属两宋时代的经过艺术加工的文人禅。

当沉重的信仰，变成了潇洒的生活哲学，人生，也就变得温情脉脉而且好玩了。在看似玄奥的机锋话语中，在谜语一样的譬喻和场景设置中，禅宗，随之时代的变化，它的意义和形式也在不断变化，让人觉得越来越亲切，最终融化在我们中国人的文化血液之中。

至今，禅宗仍然塑造着我们的民族性格。

7. 怯怯地发问之七："禅"的基本要义是什么？

禅宗的宗教哲学，汪洋恣肆，上通下达，绝非仅仅是公案故事中那些禅师们让人会心一笑的话语和机锋。

传说中的达摩，在对徒弟宣讲的时候，总是手中高举《楞伽经》。到了弘忍和他的弟子们，也依然把这部经书当成"红宝书"。

《楞伽经》处处讲"心"，与禅宗讲求的"万法唯心"理念，完全符合。而且，此经一直强调"无相"的观念。它依靠无相，来破除妄念，并且以无相来显实相（涅槃、法身、真如）。也就是说，《楞伽经》主要想给人以证悟，一切常识的觉和知都是不真实的，只有破除“执”后的空寂，才是真实。

但是，慧能的大弟子神会，迈出了关键性的一步。神会认为，人间世，不仅物质实体是虚幻的，连“心”(精神）也是虚幻的。也正是从神会开始，《金刚经》取代了《楞伽经》的地位，成为禅宗的“最高指示”。然后，《圆觉经》、《楞严经》相继成为禅宗的哲学理论依据，构成支撑禅宗的鼎力三足。

说到禅宗最重要的经典著作，尤属《大乘起信论》最为独特。

这本禅宗典籍之所以有名，在于它在宣扬出世追求同时，又温情脉脉，大力体现了随俗人世的高远不羁的情怀。由此，高妙不可企及的天国，完美地展现于人们内在的心灵之中。这部化名“马鸣菩萨”所作的禅学巨著，达成了印度佛学与中国文化的巧妙结合。

《大乘起信论》，可称是凝聚了《华严经》、《楞伽经》、《涅槃经》等佛教“如来藏”思想的精华，它发展了印度原有的空、有二宗，认为染净同于一心，宣扬“心性不二”。在方法论方面，《大乘起信论》利用“一体二面”等中国哲学理路，通过体、相、用的不二关系，沟通了生灭变化的现象与永恒真理，揭示出“在世”与“出世”的二面，由此克服了印度空、有二宗的各自局限性，创造性地提炼出“心性本觉”的学说。

这部禅宗著作，为佛学的“中国化”，开拓了一个崭新的境地。

“诸佛与一切众生，唯是一心。”禅宗的“心”，就是自性。也就是说，人的二自性，从来未曾生过，也不曾灭过，无形无相。所以，自性就无所谓有与无。(禅宗的“有”、“无”与道教的概念不一样)

禅宗从五祖弘忍开始，就强调“守本真心，妄念不生”，这完全出自《起信论》“一心即摩诃衍”的说法，特别突出了当下悟人心真如门的顿悟方式。六祖慧能的“无念为宗，无住为本”，是从生灭门直下悟入“真如本觉”的证悟方法。相比其师兄神秀禅师由生灭门出发经由“始觉”到“究竟觉”的渐修，慧能“见自本性”的顿悟，迈出了更大的一步。

禅宗南北二宗的基本区别，正在“顿悟”、“渐悟”之间。至于顿悟的法要，百丈怀海禅师一席话最为画龙点睛：

“汝等先歇诸缘，休息万事。善与不善，世出世间，一切诸法，莫记忆，莫缘念，放舍身心，令其自在。心如木石，无所辨别。心无所行，心地若空，慧日自现，如云开日出相似。……是非好丑、是理非理，诸知见情尽，不能系缚，处处自在，名为初发心菩萨，便登佛地！”

总之，相比佛教的其他宗支，禅宗具有下列卓尔不群的理论特征：

第一，“缘起”的理论。从辩证法来说，就是因果论。禅宗认定世间万法，皆是循因而起，因果相依。

第二，“无神”的概念。禅宗与一般的佛教不同点在于，它崇佛，却不佞佛。因为，它强调："佛是众生，众生是佛。"

第三，"无常"的观念。也就是动态观。禅宗认为，世界万物，皆流转不定，所以，所有的事物都处于永恒不息的运动和变化之中。

至于禅宗的理论最核心的内涵，无外乎两个字："空"与"无"。这种"实相般若证入"的理论，是一种超越了表象、深究世间万象原由的认识论。

禅宗对"诸法空相，是为实相"的强调，反而使得禅宗成为了一种灵活、辩证、活泼、深邃的哲学，并最终蔓延到了整个东亚的文学、艺术、建筑、音乐等各个领域。

南宗禅，在《般若经》和老庄哲学的基础上发展，最终使得禅宗的信仰者能从宗教苦修中解脱出来，得到更加明快、简洁的修证路径，使得禅宗理论摆脱了早期原始佛教的束缚，进入了海阔天空的中国禅的世界，也打通了世俗世界与宗教世界从前完全隔绝的藩篱，把佛性与人心最大限度地融合在一起。

一旦禅宗消解了鬼神与来世的概念，把自心的清净当成终极目标，逻辑与理论的束缚就得以最大限度的消除。宗教信仰成为了自觉的事情，修行形式顿化为简捷的感悟，戒律与道德的桎梏变为自心澄明的佛陀境界，于是，宗教的光荣，反而容易因"即心即佛"的纯智慧的心灵感悟而得以更加普遍的弘扬，并从世俗的尘嚣中秀然而出。

当禅宗南宗以“自然”为终极世界的思想沟通了此岸世界和彼岸世界，宗教就实现了人间化，般若达成了生活化。由此，相比于北宗禅那种让修行者通过苦修而追求解脱的浓重的宗教色彩，南宗禅更能对症下药，对于中国人偏重实际的态度做出了巨大的倾斜，缓解了文人士大夫的心理重负。

六祖以后，五宗分灯。也就是说，在慧能之后，相继发展出沩仰宗、临济宗、曹洞宗、云门宗、法眼宗等五个支系，他们各自分花散叶，使得禅宗的理论不断得以发展和丰富。也正是从那个时候开始，中土佛学就把“禅”作为了核心LOGO；中国的寺庙，也几乎都被称为“禅林”。

自中唐以后，南宗禅已经完成了佛禅中国化的进程，般若之空，老庄之无，相依相联，融会贯通，成为日后中国文人士大夫不可或缺的心理基因之一。

当然，禅宗由于其内在理路的缺欠和自然主义的放任倾向，也促成了它日后宗教性的内部瓦解。大动乱时代后散乱的人心，需要强有力的戒律去束缚和重整。而禅宗宗教性的逐步衰减，使得它不能担负起一种宗教重建世俗秩序的重任。

无论如何，禅理与中华文化水乳交融，让人爱悦不已。同时，禅宗给中华古代的文人士子留下了相当丰厚的、精彩绝伦的艺术思想和人生思想，成为大变动时代的镇痛剂和止血剂。

曹溪一滴水，巨浸竟连天。

禅宗传法世系表

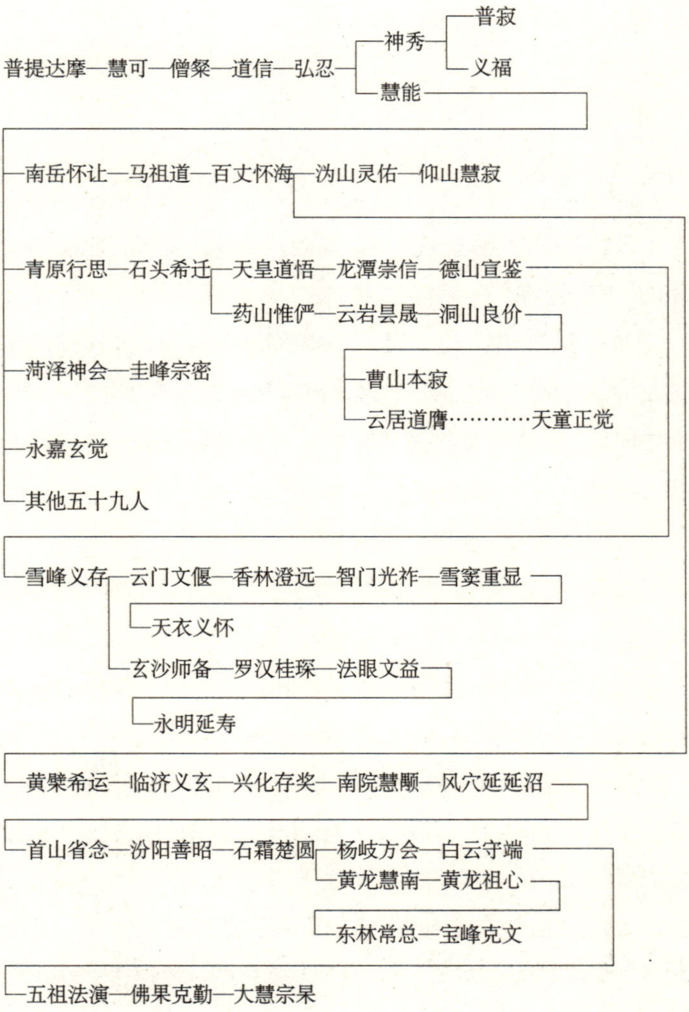
普提达摩—慧可—僧粲—道信—弘忍
神秀
普寂
义福
慧能
南岳怀让—马祖道—百丈怀海—沩山灵佑—仰山慧寂
青原行思—石头希迁
天皇道悟—龙潭崇信—德山宣鉴
药山惟俨—云岩昙晟—洞山良价
曹山本寂
云居道膺…………天童正觉
菏泽神会—圭峰宗密
永嘉玄觉
其他五十九人
雪峰义存
云门文偃—香林澄远—智门光祚—雪窦重显
天衣义怀
玄沙师备—罗汉桂琛—法眼文益
永明延寿
黄檗希运—临济义玄—兴化存奖—南院慧颙—风穴延延沼
首山省念—汾阳善昭—石霜楚圆
杨岐方会—白云守端
黄龙慧南—黄龙祖心
东林常总—宝峰克文
五祖法演—佛果克勤—大慧宗杲

中篇：28 个好玩的公案

什么是“公案”

公，“官方”的意思；案，律条，法条。公案，也就是禅宗的“官方律条”。

禅宗用“公案”这个词，来作譬喻，作样板，作榜样，目的是为了旁敲侧击地揭示真理，破解学人的执着，化迷为悟。有些时候，公案也被称为“机锋”，也就是刺解学人迷惑的话锋、刀锋。

由于禅宗一直标榜“直指人心，见性成佛”，强调从人内心去觅取佛性，所以，就很难有典籍可作为真理性的东西去依循。长久以往，禅宗中的古僧大德，他们教化学人的时候，有问有答，千奇百怪，棒喝拳击，机峰相对。于是，徒众将这些问答、行为记录下来，就成为后人修学的“公案”。

禅宗公案，林林总总，能摆上台面的大概有近两千个。笔者从中拮取了 28 个，主要是从南宗禅中选取，以彰示禅宗大师们那些快刀斩乱麻式的、使人顿悟的本领。

公案的迷人之处，在于它的诗喻特点和象征意义。通过研习、解读古代禅师的公案，我们从他们的诗情画意中和电光石火的机锋中，可以发现浑如的意境，高华的风格，玄妙的禅机，能发现那些生命中流动的轻灵和灿若朝霞的感悟。

公案多多，有些可解，有些不可解；有些悟性高的人，一眼就可看穿；有些悟性低的人，至死也不明白。当然，这其中也不排除故弄玄虚的，瞎胡扯的，歪门邪道的，离奇无理的，特别是越往后，“公案”就越不好作，只能去博更大的离奇出位来表示禅师自己的道行高深，弄不好吧，就过犹不及，让人觉得是丑人多作怪。

禅宗历史上那些真正的“顿悟”案例，如果不加以禅宗典籍的解读和解释，现在我们这些在滚滚红尘中追逐名利的人，要通过“公案”中电光石火的三言两语，去实现、去理解禅悟和禅证，真比骆驼穿过针眼还难！

1.“廓然无圣”的胡僧

禅宗中涉及历史上“真人真事”的第一个公案，主人公有两个人——一个是达摩，禅宗历史上最大的传奇，似乎没做什么事情就成为中华初祖；另一个是梁武帝，乃中国第一个佞佛痴迷到亡国的皇帝，数次舍身到佛寺为奴，最后却被活活饿死。

据说，达摩曾经到达梁朝的首都金陵，得到梁武帝的接见。梁武帝很想得到别人对自己佞佛的赞许，就问达摩：“朕造寺度人，建庙写经，功德应该够大了吧？”

达摩直率地回答："陛下无功德。"

梁武帝不悦，接着问："什么是佛教圣谛第一要义呢？"

达摩："廓然无圣。"

梁武帝不解。怒气加重，接着问："对朕言语者，又是什么人呢？"

达摩："不知道！"

梁武帝大怒，即时把达摩谴出。

达摩见在南朝不能传法，就登乘一苇，飘然渡江，到达了北方魏国的洛阳（拓跋氏的北魏），到嵩山面壁修行。

达摩离开后，梁武帝向梁朝的大和尚志公问起达摩的为人。志公和尚说："陛下你错过大好机会了，此人是观音大士化身，来中土传佛心印的。"

梁武帝大悔，立刻下诏让人去北朝请达摩回来。

志公和尚说："别说陛下您遣使去召唤他，就是我们梁国全国的人去请，他也不会回头啊。"

我们假设这个故事是真的，先讲讲这个公案的寓意。

达摩与号称"佛心天子"梁武帝的问答，着重体现出禅宗的本心论。

禅宗认为，本心自性，最根本的特征就是它的超越性。一切善恶、迷悟、有无、色空、染净等相对立的二元观念，在自性澄明的本心中，都应该得到超越。如果粘滞于相对的概念，那就是妄念。所以，梁武帝起寺建庙的功德念想，还是蒙蔽本心的情尘之思。所以，达摩对此，断然予以否定，表示说这些事情并无功德可言。

梁武帝问“圣谛第一义”，就是问佛法的真谛（深妙无上的真理）是什么。这个问题，对于僧人来说，其实最难回答。不料，达摩短短四个字，斩钉截铁：“廓然无圣！”梁武帝没有什么慧根，自然心生恼怒。这位身登九五帝王不理解，真正的本心，如同宇宙虚空，广袤澄明，无始无终，超凡超圣。言语根本不能表达，明心才能见性。所以，达摩才说是“廓然无圣”。不解之余，梁武帝的气恼更加发散：既然你这个绿眼和尚说“廓然无圣”，外人都哄传你本人就是个得道的“圣人”，那么，站在朕面前的你，到底又是什么人呢？

达摩漠然，以“不知道”三个字回答。

面对如此没有礼貌的答语，梁武帝自然动怒，把达摩哄走了事。

其实，达摩的回答，不是回答他自己是谁的问题，而是从禅的意义上回答梁武帝“自性”的问题：

我的本心真性，完全是空性，它与万物合一，超凡入圣，超越任何名相。由此，必须要用“不知道”来表示。

执着于名相的梁武帝，对如此高妙的禅境，难以把握，错过了机缘，最终与达摩失之交臂。

梁武帝后悔吗？梁朝人后悔吗？后代的人替他们后悔吗？

对此，宋朝的雪窦禅师吟唱道：“休相忆，清风匝地有何极！”并对徒众大言：“达摩祖师存在过吗，如果有，让他过来给我洗脚！”

这种境界，才是真正的大悟境界——真正彻悟澄明的本心，根本不需要外物，更不需要什么“祖师”，这才是到家的“廓然无圣”。

所以，廓然无圣，最能表现出禅宗那种超越本心的高妙。禅悦的神髓，尽显其间。

这种语言般若的智慧，不是一般人能得悟的。

金屑虽贵，落眼为翳。

管他帝王、神王，只要没有悟性，照样不受禅宗大德的待见。

现在，我们再来谈谈这个故事的真伪。

达摩见梁武帝，绝对是南宗禅宗弟子虚构的事情。

最早记载这个故事的文献，大概是《菩提达摩南宗定是非论》。而这本书中记述的内容，只是梁武帝问达摩自己造寺写经是否有功德，达摩说“无”，即被谴出。而后，《历代法宝记》、《祖堂集》等南宗所撰写的“文献”，日益添枝加叶，梁武帝和达摩的对话越来越多，人物和故事越来越“丰满”。

到了宋朝，禅宗弟子们又加入了达摩踩踏一苇，从金陵飘然渡江的“细节”。

仔细研究佛教的发展史，可以发现，达摩见梁武帝的故事，其实取材于印度僧人真谛得到梁武帝“亲切接见”的记载，但当时两个人的交谈详情，史书并无记录。

而这个真谛和尚，确实有轻功的功夫，他能端坐荷叶之上飘然渡水。

轻功坐荷叶，为什么后来演变成“一苇渡江”了呢？这个衍化，可能出自道宣和尚的叙述：“（我）居无常师，追千里如咫尺；唯法是务，跨关河如一苇。”

本来，道宣的“一苇”，是种比喻，喻指关河在道宣看来只有“一苇”之窄之小。但是，后人望文生义，把“如一苇”误认为是“渡一苇”，并把此嫁接到达摩的故事里面，慢慢的，就变成了碧眼胡僧“一苇渡江”了。

梁武帝的佛教信仰，说实话还是非常纯正的。但他建寺造庙，持斋讲经，过度佞佛，禅宗北宗的神秀禅师在《观心论》中已经对此展开批评，认为他这种做法还是执着于“事相”，没有注意修心的实践。

南宗禅宗对梁武帝进行大肆抨击，并非是攻击他修建寺庙的举动——如果公家不建寺庙，教团和尚们住哪里去！南宗禅众讥讽梁武帝的真正用意，在于他们否定梁武帝那种皇家寺院的“官禅”气味，认为宗教价值应该高于国家政权。

当然，南宗禅宗对于梁武帝的各种讥评，也有势利的因素在内。唐朝以来，上有明君唐太宗，下有名臣韩愈，都对梁武帝“事佛求福，乃更得祸”的佞佛亡国竭力批判。为了避免给当权者“佛门害政”的印象，南宗禅宗自然要作表态。

所以，现实之中，要真正达到公案中绿眼达摩“廓然无圣”的境界，其实很难。

2. 本来无一物　何处惹尘埃

提起禅宗的六祖慧能，无论是基本的扫盲，还是深入的释疑解惑，都离不开他和师兄神秀的那一段比赛偈诗得传法袈裟的公案。

我们既然来谈这个公案，就不再细缠这个故事的真假问题，而是通过这两首禅宗历史上著名的禅诗，去领悟禅宗，去把握精髓。

这个故事，这两首偈诗，能把我们一般的读者从佛教烦琐的名相分析中解脱出来，以文学的愉悦心情，去领悟禅宗那轻灵的文字，去感受顿悟的灵感。

先来讲讲慧能去弘忍大师那里学法的经过。

慧能这个人，籍贯据称是范阳（今河北涿州）。后学为了给祖师拔高，在《坛经》上讲，慧能的爸爸曾是朝廷官员，犯事被贬到岭南的新州（今广东新兴）。

慧能的父亲早死，他很小就与母亲相依为命。后来迁移到南海，在市上卖柴过活，艰辛贫乏，一直过苦日子。

一次，慧能送柴到客栈给一个旅客，听客人正诵念《金刚经》，心下大悟。他急忙问客人何处得经，对方告知是从蕲州黄梅县东禅寺来，说那里有个弘忍大师，常常劝服僧俗众人修持《金刚经》，可以见自性，能成佛。

慧能慧根大动，马上安顿了老母，晓行夜宿，翻蹄亮掌地玩命赶往黄梅去见弘忍。

弘忍见到慧能，就问："你是哪里人，来此何求？"

慧能："弟子乃新州百姓，远来敬礼大师，惟求成佛，不求其他！"

弘忍："你是岭南南蛮，怎么能成佛！"

慧能立刻答言："人虽分南北，佛性本无南北；我身为南蛮，与大师您不同，但佛性有什么分别吗？"

弘忍大师知道对面来人不是凡器，见周围众人嘈杂，就佯装呵斥，让慧能去碾房干活去。

这种劳改一样的苦工，一干就是八个多月。

上述这种"文学"描述，很有"天降大任于斯人也"的意味。

此后，弘忍大师暗中对慧能说："我知道你这个人不同凡响，怕有恶人害你，所以不当众和你对话，你应该知道我的心意。"

种种铺垫，无非是为后来的神秀出场和慧能续偈打底，牵出日后禅宗南北两宗的矛盾。

一日，弘忍大师唤来诸弟子，表示说："你们可各作一偈来呈给我看，如果有人真能领悟佛祖大意，我会把袈裟传给他，让他接替我当第六代祖师。你们赶紧去作，不得迟滞。见性明悟之人，肯定言下可为。如果思量踌躇，谈不上大悟。”

众弟子退下后，私下都表示说：我们这些人，根本用不着费事去作偈语呈给师傅。神秀和尚是教授师，为上座门人，他众望所归，我们就等着看他的偈语吧。

不料，神秀自己心中打鼓：“诸人都不呈递偈语。如果我不呈偈，弘忍大师不知道我对佛法理解的深浅；如果呈递偈语，求法证心是件好事，可如果被别人揣测为我是要苦求六祖的名分，那就不好了。但是，如果不呈偈，大法终不可得……”

犹豫再三，神秀数次想到禅堂呈偈，却前后四天、多达十三次，就是腿肚子转筋，彷徨犹豫，没有敢直接把偈语递呈给弘忍大师。

最后，神秀想出了一个自以为是的馊主意：半夜执灯，摸黑在南廊的墙壁上偷偷写下偈语。

他这样想：如果弘忍大师看到后叫好，我就挺身而出；如果弘忍大师说不好，我也就无脸再在黄梅呆下去，准备溜下山去走人。

于是，神秀半夜鸡叫，在南壁上写下如下四句偈语：

身是菩提树，心如明镜台。时时勤拂拭，勿使惹尘埃。

弘忍大师见到偈语后，当众表示说要把此偈语留在南壁上，夸奖此偈可以帮助人免堕恶道。

私下里，弘忍把神秀单独唤至堂内，明白对他表示说：

“你所作偈语，未见本性，只到门外，还未能真正入门。你先回去，仔细思忖，再作一偈，拿来我看。如果偈语能参透佛法大意，我就把衣钵传给你。”

神秀回去后，百转愁肠，精神恍惚。

对慧能来说，千载机会，从空而降。

寺内有一童子看了南壁上的神秀偈语，口中朗诵。恰恰他从慧能干活的碾房路过，被慧能听到。

慧能要求童子带他到南壁去看看偈语。

当时，南壁前有个名叫张日用的小官正在朗读神秀的偈语。慧能就对他说，“我也有一偈，请您帮我写在墙壁上”。

张日用见慧能不识字，穿戴又破旧，觉得很可笑。“你这样的也想作偈语，真是稀罕事！”

“下下人有上上智，上上人有没意智。如果随便轻蔑别人，那可要犯无量无边罪！”

张日用闻言大惊，感觉面前的这个粗汉智力不凡。“好，你说你的偈语吧，我为你写在墙上。日后你得大法，别忘了先度我得道啊。”

于是，慧能大声诵偈：

菩提本无树，明镜亦非台。本来无一物，何处惹尘埃！

寺内僧徒见此偈，大相惊讶，都啧啧称奇。

弘忍大师怕有人对慧能不利，就当众用芒鞋把南壁上慧能的偈诗擦去，表示说：“这首偈语，也未见性。”

而后的事情，越来越故事化，一般人也耳熟能详。就是半夜弘忍大师再去暗中去找慧能，认为他已经“识尽本心”，就把衣钵传给他，让他当第六祖。然后，为了怕别人害慧能，弘忍大师连夜自己划船，把慧能送到安全地带，让他远走高飞，离开是非之地。

到此，我们先回过头去讲讲神秀和慧能的这两首偈诗。

神秀的偈诗，其实作得很不错，体现了禅宗的“渐”悟和“渐”修。其实，禅宗虽然一直推崇电光石火的顿悟，但是平常人要顿悟，也不能总依靠灵光一闪。

传统的禅法，确实一直强调人心本净，要防止客尘侵染，坐禅的目的也是来铲除污垢，还达清净。但是，神秀的“时时勤拂拭”，显出他还没有把“净”、“垢”分别的意识擦掉，还想去清除与“清净”相对立的“尘埃”抹去。

如此，神秀自己把自己绕在了相对的泥沼里，自己内心反而不“清净”了。

据敦煌本的《坛经》，慧能当时其实写了两个偈：

菩提本无树，明镜亦非台。佛性常清净，何处惹尘埃！

心是菩提树，身为明镜台。明镜本清净，何处染尘埃！

如果从这个早期本子看，一句“佛性常清净”，证明了慧能的见识不会比神秀高出多少。但是，到了宋朝惠昕本的《六祖坛经》，慧能的偈被后人改编，变成了我们现在流行的一个偈语，原先的两个偈子被压缩成一个。

看似简单的压缩，却使得慧能的偈语一下子出神入化起来。

因为，在神秀偈语基础上发展起来的慧能的偈语，把净与垢的相对意识完全扫除掉，真正把佛性归于完全的清净。

南宗弟子把慧能的“佛性常清净”改成“本来无一物”，如此，慧能的偈语，就一跃成为最透彻的禅悟妙境。

清风明月天然调，抱得琴来不用弹！

禅宗认为，人的意识发展过程，其实就是人自我迷失的过程。随着人越来越长大，他从婴儿时代那种本真的状态脱离出来，固执地一步一步迈入二元的世界，陷入是非、得失、美丑、善恶等迷惘之中不能自拔。由此，不尽的焦虑与痛苦，就伴随着人的一生。

为此，禅宗的目的，就是要恢复人的“本来面目”！

只有抛弃一切相对的知识，摒弃所有的自我意识，消灭对了的概念，六根休歇，回到“无心之心”，才能找到“本来面目”，才能找到我们自己的“佛心”，也就是“主人公”，也就是“真我”。

当然，禅宗的“本来无一物”，不是“什么都没有”，而是指无染无净、不生不灭、无来无去的精神存在，绝对不是枯井死水一样的顽空和断灭空。

所谓的“一念不生”，不是“心如死水”，而是潇洒地证悟纯真的本心，回到涅槃妙心。

消泯了主客对立，我们就会有真正明澈的心去感知世界万物，而且直达万物的根本内核。由此，瞬间顿悟永恒，冲破生死，毁誉不惊，八风端坐，抛弃执着，真正持有恬淡的心怀。

一花一草，一木一石，真空妙有之中，都能让我们发现生命的永恒。清纯无染之下，来去自由，心体无滞，我们就能回到心的原始清净本态，高度诗意地栖居在大地之上。

今天，如果去广东韶关的南华寺，我们还可以见到慧能的号称千年不坏的“肉身”。香烟缭绕中，无数信众顶礼朝拜。

其实，如果看过广东省考古所所长徐恒彬作《南华寺六祖慧能真身考》以及法国人戴密微（Paul Demiéville）的《Choix d’études sinologiques》一书，就会知道，慧能的“肉身”，太近似于雕塑。

制造慧能大师肉身的这种雕塑方法，就是“夹苎雕塑法”，乃我们中国独特的造像方法。

慧能大师圆寂前，他身披袈裟，双腿盘屈，打坐入定，不吃不喝多日，体内营养和水分逐渐耗尽，最终坐化圆寂。

他的徒弟，大雕塑家方辨等人，将慧能遗体放在两个盖密的大缸之中的木座上，座上有漏孔，座下放置生石灰和木炭。慢慢地，内脏和和腐烂的有机物流滴到生石灰上，水分被吸干，遗体就变成保持坐姿的肉身干体。

在此基础上，方辩开始加工塑造。他们先上香泥，其次加布，再以铁叶、漆布固颈。

由于雕塑方法独特，技艺高超，所以，中国有这么多肉身，惟独慧能的肉身栩栩如生，俨若真人。

“本来无一物，何处惹尘埃。”

慧能大师地下如果有知，对于信众对他自己生漆壳子肉身的崇拜和执迷，不知做何感念？

3．色即是空　空即是色

> 拥毳对芳丛，由来趣不同。发从今日白，花是去年红。
> 艳色随朝露，馨香逐晚风。何须待零落，然后始知空。

一日，文益禅师应南唐主李璟的邀请，到宫中说法，二人相谈甚欢。良辰美景日，花园赏花时，法眼禅师随口歌诗。

这首诗，既有深邃的思想，又有曼妙活泼的禅趣。

生命如此短暂，绚烂、短暂得如朝露一般，而释放的芬芳，恰如一阵晚风。由此，我们一定要把握现在，实现生命的意义；更重要的，一切生命及色相世界，皆生住异灭，刹那而生，刹那而灭。所以，我们不能执着，不能为障碍烦恼所阻。花开不必喜，花落亦不必悲。

文益禅师的诗，单刀直入，直指本心，空色之喻，尽显其中。

《心经》，在汗牛充栋的佛教经典中，字数寥寥，仅仅二百六十个字，其中属玄奘大师所译最为精到，基本凝缩了《大般若经》六百多万字的精粹：

观自在菩萨，行深般若波罗蜜多时，照见五蕴皆空，度一切苦厄。

舍利子，色不异空，空不异色；色即是空，空即是色。受、想、行、识，亦复如是。

舍利子，是诸法空相：不生、不灭；不垢、不净；不增、不减。是故空中无色。无受、想、行、识；无眼、耳、鼻、舌、身、意；无色、香、声、味、触、法。无眼界，乃至无意识界；无无明，亦无无明尽；乃至无老死，亦无老死尽。无苦、集、灭、道。

无智亦无得，以无所得故。菩提萨捶，依般若波罗蜜多故。心无挂碍，无挂碍故。无有恐怖，远离颠倒梦想、究竟涅槃。三世诸佛，依般若波罗蜜多故。得阿耨多罗三藐三菩提。

故知般若波罗蜜多，是大神咒，是大明咒，是无上咒，是无等等咒。能除一切苦，真实不虚。

故说般若波罗蜜多咒，即说咒曰："揭谛！揭谛！波罗揭谛！波罗僧揭谛！菩提萨婆诃！"

《心经》最后的咒语，是梵语音译，意思是："去啊！去啊！到觉悟的彼岸去啊！大众都去啊！愿速速证菩提啊！"

“般若”，梵语“智慧”的意思。其实，佛经中有些词语是不能翻译的，般若，不仅仅是狭义的“智慧”，而是真智妙慧。运用“般若”来观照和禅悟，就可以最深邃、最透彻地领悟佛法。

“五蕴”，也称“五阴”、“五聚”，即色、受、想、行、识。我们的性德，总是受这五种因素残害。“五蕴”，由于属于因缘所生法，其实都是没有实体的，所以称为“空”。

“五蕴”的设立，正是要破除众生的“我执”。

“一切苦厄”，包括自我和外在的两种。自身的苦，就是生老病死；外在的苦多一些，包括怨憎会、爱别离、求不得，等等。

众生有苦，正是以为自我乃实体，凡事以自我为尊，故而产生如许多的痛苦。如果彻悟了无我之境，一切皆空澈澄明。

“舍利子”，就是佛性，告诉我们说，一切有形质的万物（色），与其相对的“空”，都是相辅相成的，相互对应的。所以，“色即是空，空即是色”！

这种“空”，不是我们能见到的“天空”的空，“天空”的“空”，还是属于“色”。禅宗中的“空”，认定万物虽然有实相，但都是因缘相聚的假体。真体显现的时候，一切“相”都归于空寂。

值得我们注意的是，禅宗所谓的“空”，不是什么都没有的断灭顽空，是真正的妙“空”，也就是色蕴的本体所在。

大千世界，没有离开“五蕴”的“空”，也没有离开“空”的“五蕴”。

如果真正能参悟色空，我们就能明悟“烦恼即菩提”、“生死就是解脱”、“人世就是涅槃”的妙意，就能避免沉溺于不可解脱的破灭顽空，就能认识至妙的“真空”，就能消泯无明的烦恼、破除虚妄执着的“我”。

如果能达到色空明悟的境界，自然能回机起用，自度度人，双运大慧。

经过对“五蕴”、“十二缘起”、“四谛”、六根、六尘、六识等一切法的否定后，扫清云翳，《心经》让人能深悟“诸无”的妙趣。

同时，我们还可以体证“诸法缘生假有”。在此种宗教实践的指导下，我们重新观照世界，就能发现“三界唯心，万法唯识”，深谙一切都是梦幻空花，都是心灵的变现。

能体证了诸法之空，就会破除执着，收取智慧之果。如此，必能深入浅出，明心见性，臻至如下境界：

声色头上睡眠，虎狼群里安禅。荆棘林内翻身，雪刃从中游戏。竹影扫街尘不动，月穿潭底水无痕。(《五灯会元》卷十六)

4. 利剑斩却万根丝

话说六祖慧能得到弘忍大师的祖师傅衣钵后，返回岭南，隐居起来。这一隐，就长达十五年之久。

唐高宗仪凤元年（676），慧能才公开露面。正月初八，慧能去到广州法胜寺礼佛。当时，印宗大师在此住持。

暮夜时分，晚风吹扬起寺庙的旗幡，庙内的两个僧人就开始争论。一个说，是“风在动”；一个说，是“幡在动”。两个人往复争论，使出看家本领，引经据典，互不相让。

争吵间，引来不少僧人围观。

衣服鄙劣、貌不惊人的慧能，忽然在旁边插嘴说了一句：

“不是风动，不是幡动，是你们的心在动！”

众人闻言大惊。

印宗法师得知此事后，认定慧能不是凡器，很快就为他落发剃度，并广召僧徒，为慧能举行特别隆重的授戒仪式。

尽显头角峥嵘后，慧能在第二年春天离开了法胜寺，北去南华寺，开山传法。三十七年间，他广传禅法，度人无数。

幡动，风动，心动。这个公案，看似简单，其实蕴含幽深的禅理在里面。

一般人肯定会认为，幡动的原因，当然是自然界的风吹幡动。但根据佛教理论，风，其实隐喻“空界”（法界）；幡，隐喻的是“色界”（有界）。

风从何起，幡为何动？两个争论的僧人都是一叶障目，只见其一，不见其二。

万有的动变，其实在于本体的推动使然。这种力量，不可见，但又不是不存在。

慧能大师根器大利，他深知两个僧人强自辩解，还是对立意识未泯，兀自谈空说有，各持所执。二僧之所以陷于迷执，都是因为他们的“心”动。

如果能向上一路，明悟“色即是空”，认识本体自性，一定就会得到真正的开悟。

慧能大师一句话，恰似利剑，顿把万千烦恼斩断。

这种悟，就是顿悟。

人的本心，广大空寂，无相可得，包含一切诸法。所以，前念迷即凡夫，后念悟即是佛；前念著境即烦恼，后念离境即菩提。

人的自性，本来清净，犹如日月常明。只是由于执着的业障遮掩，恰似那阴厚浮云遮蔽日月。倘若有禅悟惠风吹拂，云开雾散之际，宇宙间万像森罗，肯定一时皆现。

顿悟，到了慧能的弟子神会禅师那里，更加发扬光大。只有能顿悟，才能一了百了，才能真正的明心见性。

神会禅师在他的著作中，指出了九种“顿悟”的境界（借慧能大师之口）：

自心从本以来空寂者，是顿悟；

即心无所得者，为顿悟；

即心是道，为顿悟；

即心无所住，为顿悟；

存法悟心，心无所得，为顿悟；

知一切法是一切法，为顿悟；

闻说空不住空，即不取不空，是顿悟；

闻说我不著（我），即不取无我，是顿悟；

不舍生死而入涅槃，是顿悟。

九种顿悟，都源于般若思想。自性本空，一切皆空，只有从顿悟入，才能进入最高的佛陀智慧境界。

见念不起，空无所有，才是“正慧”所在！

如果仔细研究神会禅师的著作和论点，其实我们也可以从中窥见一点端倪——神会所顿悟的“空”，还差一点火候：

《金刚经》所倡导的般若智慧，不仅仅强调“空即是色，色即是空”，最终还有一句——“空亦是空！”

到了这种浑然一片的境界，才是真正的“空”。

所以，相比于言简意赅的慧能大师，弟子神会还有拖泥带水之处。

5. 磨砖成镜

这个公案，主人公是马祖道一。

马祖道一（688—763），俗姓马，汉州什邡人（今四川），他是慧能弟子南岳怀让的弟子，也就是六祖的徒孙。

南宗禅师中，以俗姓前缀，后面称“祖”，可见此人地位的重要性。

从马祖道一开始，慧能一派平实的禅法，日趋走向“艺术化”，变得奇峭险峻，开始以激烈的方法使得徒众去顿悟。而马祖本人，也成为一代宗师，即“洪州宗”的开创者。他这一系最有名的徒弟，包括百丈怀海、南泉普愿等人。

据说，六组慧能在世时，曾对他的弟子怀让禅师预言，说他门下会出一匹马驹，将“踏杀天下人”，果不其然，这匹后来居上的“马驹”，正是马祖道一。

在磨砖成镜的公案中，马祖道一其实是被点拨者。

大唐开元年间，马祖道一还是个年青的和尚，在衡岳的般若寺学习坐禅。

寺内的主持怀让大师，认定这位道一是个可塑之才，就趁道一坐禅之际，飘飘然来，站在当地问：

“和尚，你坐禅，目的是为了什么啊？”

道一：“我想成佛。”

怀让大师听罢，也不和道一争辩，径自移步，从寺内的地上捡起一块砖头，蹲在道一附近，撅着屁股哼哧哼哧地开始把砖在地上猛磨。

道一诧异，问：“你磨砖干什么？”

怀让大师不住手，回答说：“磨砖作镜子。”

道一不禁莞尔：“磨砖岂能成镜？”

怀让顺口回道：“磨砖不能成镜，坐禅哪能成佛！”

电光石火间，道一恍然开悟，立投怀让门下为徒。此后，他精研十年禅理，探玄究奥，佛法大进。

可见，这个公案中，明显地看出《楞伽经》“真实离名字”理论的影响。对学人言语、行动的点拨，恰如对人以手指月，本来人应顺指观月，却往往因自身的愚蒙，目光仅停留在指头上。

马祖道一乃明悟之人，在怀让大师导悟下，自然一点就通，因磨砖而悟道。

值得注意的是，道一磨砖成镜的顿悟，其实也包含了“渐”的成分在里面。这反映了南宗禅初期受《楞伽经》渐修顿悟理论的影响。正如宗密禅师所言：“犹如伐木，片片渐砍，一时顿倒；亦如诣远郡城，步步渐行，一日顿到。”

活泼轻灵的南宗禅，有了“净除”的渐修，加上“顿净”的顿悟，自然能灵光闪现。

人的自性，乃至上的妙道，本体自全，其实无法言说。怀让大师自己也说过：“说似一物即不中。”人的本心只要不受污染，就如莲花出于淤泥，依然会保持其至纯至洁的本性。

依据如此往下深推，怀让说：“磨砖不能成镜，坐禅哪能成佛！”似乎也稍逊于真正的禅悟至境，因为言语已经落了草，等而下之，还是停留在知解的层面上。好在马祖道一有大慧，闻言便悟。

此外，禅宗的“平常心是道”，一般人都以为出自赵州从稔请教师父南泉普愿禅师的公案。赵州曾问南泉：“什么是道？”南泉回答说：“平常心是道。”

其实，这种说法，最早也是出于马祖道一：

“道不用修，但莫污染。何为污染？但有生死心，造作趋向，皆是污染。若欲直会其道，平常心是道。何谓平常心？无造作、无是非、无取舍、无断常、无凡无圣。经云：非凡夫行、非圣贤行，是菩萨行。只如今行住坐卧、应机接物，尽是道。……一切法皆是佛法，诸法即是解脱，解脱者即是真如，诸法（无）不出于真如，行住坐卧，悉是不思议用，不待时节。经云：在在处处，则为有佛。”

所谓“平常心”，也就是马祖道一所说的要眠即眠，要坐就坐，热时取凉，寒时向火。

只要能做到不矫饰，不刻意，以超越染净的态度对待自然和人生，我们本来清净的自性，就能顿然彰显。

倘若着意追逐客尘，攀求造作，反而可能因为丧失平常心而颠倒和谐。那样的话，反常心、异常心顿生，烦恼多多。

马祖道一得悟后，日后他自己导悟别人，也用与怀让禅师类似的方法。

越州的慧海禅师（大珠和尚），远来参拜马祖道一。

道一问他：“你从何处来？”

慧海：“我从越州大云寺来。”

道一：“你来此要做什么？”

慧海：“我来求佛法。”

道一：“我这里一物也无，你求什么佛法？你自家宝藏不顾，抛家散走干什么！”

慧海："什么是我慧海的宝藏呢？"

道一："即今问我者，正是你的宝藏。你一切具足，更无欠少。如果你使用自在，何用去外求？"

慧海大悟。

此处，马祖道一以其峻烈的机锋，单刀直入，直指心性：自身佛性，每一个人本来就有，没有欠缺，修道人正应从自性入手，不可抛却自家的"佛性"宝藏，向外寻求。

悟道关键，在于能不能当下息却分别心、取舍心，如果敢于承担，肯定会得悟大道。

慧海禅师在马祖道一门下学习六年，日后，他对马祖道一的禅法大加弘扬，特别是对"平常心是道"的禅理，承继得淋漓尽致。

有人问慧海："和尚您修道，还用功否？"

慧海："当然要用功。"

问："如何用功？"

慧海："饥来吃饭，困来即眠。"

问："一切人都是这样啊，他们的用功，难到和大师您不一样吗？"

慧海："当然不同。"

问："有什么不同？"

慧海："他们吃饭时不肯吃饭，百般思虑；睡时又不肯睡，千般计较。所以他们和我不同。"

真正的“平常心”，正如颂古诗中所说：劝君不用苦劳神，唤作平常转不亲。冷淡全然无滋味，一回举起一回新。

也就是说，要“平常”到连“平常心”的意念都不存于胸，才是真正淡泊、清淡的悟心。

马祖道一依据般若思想，把“心”也不加分别，也看成是“空”，无论垢净，都是自家宝藏，“心外无别佛，佛外无别心，不取善，不取恶”。显然，他的理论中已经把老庄的“空”揉入了般若的“空”，“即心即佛”，终于有了完全合理的解释。

但是，走到了这一步，聪明人可能会看到，既然“心”、“佛”都是“空”，又何必去“求”呢？因为，求“心”，就被“心”缚；觅“佛”，就被“佛”迷，弄不好就会变成“口头禅”。

马祖大师冰雪聪明，他为此还解释说，“即心即佛”，不过是一时的权衡之举，犹如止息小儿啼哭的空拳黄叶，目的是方便接引学人。真正的禅悟，就是还要向上一路，那就是“非心非佛”！

6．山花开似锦，涧水湛如蓝

马祖道一大师患重病，气息奄奄，在禅床上阖目。寺庙院主听闻，前来探问，关切地询问：“大师近来可好？”

马祖道一微微张开双目，笑言：“日面佛，月面佛。”遽尔永逝。

大师最后说出的六个字，如果有佛学知识，理解不难。但如今，好多把禅宗当成“励志书”来瞎抄瞎编的“作者”，胡乱解释马祖道一临终的话语，有的还煞有介事地“翻译”成：“我白天是佛，晚上也是佛”。如此说法，完全胡说八道，不知所云。

根据佛教经典，日面佛的寿命，有1800年之久，而月面佛的寿命，仅为一昼夜。

马祖道一临终所言，其实是想表达这样一种意思：人，只要活着的时候，明心见性，开悟生死，不管他有日面佛的寿命，还是有月面佛的寿命，都不枉度此生！

院主问病视疾，马祖道一却作如此意味深长的回答，完全断绝了生命修短以及生灭的名相，深刻表达出自身的佛性所在。

与生命相比，佛性是永远存在的，不垢不净，不增不减，无生无灭，无始无终。始终能放下执着，望穿生命的母源，认清自己的“本来面目”，如此通灵的体证，只有马祖大师这样的禅悟者才能臻于这种至境。

生死融汇，让人悠然神往。

北宋的临济宗杨岐派诗僧五祖法演（1024—1104），曾作《颂马祖日面佛月面佛》一诗：

丫鬟女子画娥眉，鸾镜台前语似痴。

自说玉颜难比并，却来架上着罗衣。

这位法演禅师，绵州巴西（四川绵阳）人，俗姓邓。他35岁出家，在成都游学，精通《唯识》、《百法》诸论。

有人会问，唐朝的南宗禅祖师爷慧能大师，才是禅宗“六祖”，这位北宋的禅师，怎么变成了高于慧能的“五祖”了呢？其实，法演禅师晚年住蕲州（湖北蕲春）五祖山禅寺，所以以山寺为名称为“五祖法演”，和禅宗的论资排辈没有关系。

法演禅师的诗，涵义玄远，构思独特，他以青春少女上妆契入禅悟，看似风情袅袅，实际上在讲体证的过程：

青春美少女对美的无限追求，恰似参禅者对真如自性的迫切回归。她对自身绝色美丽的虔诚和自信，譬喻参禅者对本有佛性的承担和认可。少女对境顾影，看见自己难与伦比美貌如此，还要穿上锦绣着罗衣，就是暗喻禅者百尺竿头、更进一步的涅槃追求。

诗中，没有一个字提到马祖临终的嘱托，却淋漓尽致地表现了马祖那种伟大的禅悟。

与此相类的公案，还有《碧岩录》所载“大龙法身”的故事。

有学僧问大龙禅师：“色身败坏，什么才是坚固的法身呢？”

大龙禅师面色恬然，回答到：“山花开似锦，涧水湛如蓝！”

一问一答，就成为禅宗历史上禅悟生死的著名公案。

发问的学僧，显然道性浅薄，没有意识到色身即是法身，法身即使色身。他把两者掰成两截，当成问题来提出。

大龙禅师心境澄然。不惑不迷，答以两句艳丽卓然的诗句：

山花开似锦，涧水湛如蓝！

如画如歌的风景，顿在眼前。

大龙只是卖弄才情吗？当然不是。

这个问题，如果想从言语上直接回答学僧，根本无法回答。所以，大龙禅师才见兔放鹰，看孔择楔，以两句清丽灵秀的诗句来塞堵学僧的口目。

如此大用大机，照用兼修，人境俱夺，双放双收。

大龙禅师敲枷打锁之时，如果学僧乃浑金璞玉之才，定能当下明悟。

大龙的诗句，其实告诉学僧，色身之外，哪里还有什么法身！山花涧水，流动绚烂，都是金刚不坏的法身。如果人境合一，哪里还有败坏的色身和坚固的法身之分！

当法身、色身以及败坏、坚固等相对的常识以及情尘意想，都被大龙的语言巨掌所击碎，本来面目，就顿然显露出来。

暖语清风中，生死得到融汇；锦心绣口下，烦恼得到解脱。

7．长空不碍白云飞

有学僧问石头希迁禅师："如何是解脱？"

石头希迁反问："谁缚汝？"

学僧还问："如何是净土？"

石头希迁还反问："谁垢汝？"

学僧接着问："如何是涅槃？"

石头希迁接着反问："谁将生死与汝？"

其中深意，表达的就是禅宗一念心歇的解脱主张。

芸芸众生，缠缚由心。恰似春蚕作茧，都在妄想的苦海执著不悟，对名相难舍难离。如悟大道，哪里会有什么束缚，哪里有什么解脱！

自性本无事，作茧只自缚！

《楞伽经》云："凡愚妄想，如蚕作茧。以妄想丝，自缠缠他。有无有相，续相计著。"

学僧心念不歇，狐疑未息，所以他才参问石头希迁大师，婆婆妈妈地询问如何才能解脱、才能心地安宁的事情。

石头希迁不接话头，反而暴风骤雨般反身喝问，把疑问退回给学僧自己，让他在对自身的起疑中能得到真正的禅悟。

如果石头大师絮絮叨叨，漫扯葛藤，可能会使得学僧因疑生滞，更陷入名相的纠缠中。

石头大师不答而答，不说而说，利用犀利的机锋，为学人"解粘去缚"，达到了真正的开示，把学人作茧自缚的荒唐痴迷，一扫而空。

这个公案，就把《楞伽经》中"谁缚谁解脱"的深入反思，进一步形象化，增添了无穷的禅趣，最终使得学人一念心歇，顿悟菩提，归于那纤尘不染、万物皆空的生命源头。

这个公案的主人公石头希迁禅师（700—790），唐代禅僧。他俗姓陈，端州高要（今广东省高要县）人。

年轻时，希迁投在南宗大师慧能门下，受度为沙弥。后来，他又在清原行思禅师处学禅。再后，往学于禅宗大宗匠南岳怀让。

天宝初年（742），希迁离开青原山到南岳，在衡山南寺住持。寺庙东边有大石一块，平坦如台，他就在石上结庵居住，时人称之为“石头和尚”，又被称为“无际大石”禅师。

石头希迁的弟子非常多，特别有名的有法嗣，有药山惟俨、天皇道悟、丹霞天然、潮州大颠等人。药山惟俨得受石头大师的衣钵，他再传法于云岩昙晟，昙晟传洞山良价，良价传曹山本寂和云居道膺。后曹山一脉中断，仅赖云居门下单传，到南宋而再次勃兴。另一方面，天皇道悟传龙潭崇信、崇信传德山宣鉴、宣鉴传雪峰义存，最终续传于云门文偃。而法眼宗的开山祖清凉文益，也是石头希迁的一系，乃五宗中最后所出。

文益禅师的大弟子永明延寿（904—975），著有《宗镜录》一百卷，尽导天台宗、唯识宗、贤首宗归于宗门，可称集禅理之大成。他还用禅宗来融摄净土法门，开辟后世“禅净如一”的风气，可称是中国佛教从教、禅竞弘转入诸宗融合的一大宗师。

由此观来，可知石头希迁大师在禅宗历史上的独特地位。

希迁的弟子天皇道悟曾问石头大师：“如何是佛法大意？”

石头希迁回答：“不得不知。”

天皇道悟：“向上更有转处也无？”

石头希迁：“长空不碍白云飞！”

天皇道悟接着问：“如何是禅？”

石头希迁：“碌砖。”

又问：“如何是道？”

石头希迁：“木头。”

此番师徒问答，与第一个故事大同小异。

作为已经证道的智者，石头希迁禅师能以他的慧眼洞烛世事的虚幻。一切法，生灭无常，犹如梦幻，而这一切，不过皆从人心意识所煌变。

心灵的体验，是禅宗的精髓所在。真正见心见道的禅悟者，在这个色尘世界之中，看待自身和外物，也会亲证到如梦似幻的存在，得到妙不可言的存在并超越的宗教体验。

如果深悟“性归自己”，持有“万物非真”的般若空观，洞悉物我同根，同归虚假，就可以发现名相的相互关系。

佛教侧重的是心灵的体证，是以悟者之心对万物的体验。真正见道的悟者，处在色尘世界之中，看待自身和外物，会亲证到如梦似幻的存在。

禅宗常常宣扬这样的观点：“尽乾坤大地，只是一个自己。

寒，则普天普地寒；热，则普天普地热；有，则普天普地有；无，则普天普地无。”(《碧岩录》)

石头希迁大师是真正的智者，他日后创作《参同契》，把性空观点发挥到极致。他认为，天地、万物和“我”，皆因缘所生，依照一定的法则变化，无所谓永恒。正所谓“缘起性空，性空缘起”。正是因为其性本空，广具可变性，在不同的条件下，千变万化，也造成了宇宙万有生生不息的原因。所以，无论是物质世界还是精神世界，其性皆空!

与石头希迁相仿佛，在一个天朗气清的夜晚，南泉普愿禅师曾经指着庭院中的一树梨花，对他的俗家弟子说：“当一个人，本心清净到了极点，他的整个身心，一定充满了光明，寂照之时，涵盖了整个虚空。如此，再回头来看这株花，就仿佛是梦中所发生的事情。”

天地与我同根，万物与我一体。

石头希迁和南泉普愿的言语，都是指向这样的意念：有心缘想，万境纵然。无念忆持，纤尘不现。

他们纷纷以超越相对、不落言筌的语言，来开示我们所处的这个由无明恶习熏染藏识而变现的虚幻世界。

在禅宗的“五宗”中，沩仰宗很早就不传，其余四家，除临济外，曹洞、云门和法眼三宗，在传承上都渊源于石头希迁。曹洞宗后来传入日本，至今传习不衰。法眼一宗，在朝鲜曾经大为流播。

上个世纪初，据称一个名叫山崎彪的日本人，在福建漳州发现一尊肉身，旁边有“无际大师肉身”的木牌，他就认定这是石头希迁大师，就把这个肉身偷运到了日本，后来供奉于总持寺内。

直到上个世纪末，经过多方查验，中国的佛教史学家认定，石头希迁大师活着的时候，从来没有到过漳州，最终证明，日本人偷走的肉身，不过是唐宋年间当地一位也叫“无际”的普通和尚的肉身。而石头大师的真正肉身，一直在南岳埋葬，从来没有“出国”过。

倘若石头希迁禅师示寂后有知，得悉身后熙熙攘攘这样的事情，他肯定也会莞尔一笑，道言：

本来无一物，何处惹尘埃！

8．野鸭子飞过去了

百丈怀海（720—814），是马祖道一的高足。他是福建人，俗姓王，小时候就出家为僧，与南泉普愿等同时，追随马祖道一学禅。

怀海开悟后，住持洪州大雄山，当地岩峦峻极，号称“百丈山”，所以世称怀海为“百丈怀海”。他的弟子也很有名，有沩山灵祐、黄檗希运等人，开一代宗风。

怀海在马祖道一门下为徒的时候，一日，二人出游。头上，碧空万里，忽然有野鸭子飞过去。怀海仰头观望。

马祖问："那是什么？"

怀海："野鸭子。"

马祖："向何处去了？"

怀海："飞过去了。"

马祖忽然伸手，死命扭住了怀海的鼻头，拧得光头小和尚嗷嗷大叫，鼻涕眼泪齐下。

马祖笑言："怎么说它飞过去了呢。"

至此，怀海忽然大有所悟。

回到僧房后，怀海哀哀大哭。

同舍的僧人见状，问："哭啥，想家了吗？"。怀海摇头。"被人叱骂了吗？"怀海依旧摇头。

"那你哭个什么？"僧人不解。

怀海说："我鼻头被道一大师拧得巨痛！"

僧人："你与大师有什么意见不合吗？"

怀海："你去问大师吧。"

僧人去马祖道一处，询问师徒二人是否之间有摩擦。道一笑言："怀海已经有所悟了，你去问他自己吧。"

僧人回到僧舍，对怀海说："师傅说了，你已经有所领会悟道了，他让我问你。"

怀海呵呵大笑。

同舍僧人摸不着头脑。"刚才你哭，如今为何又笑？"

怀海所答非所问："刚才哭，如今笑。"

别说当时与怀海同学的僧人惘然，我们现在的读者看了这段故事，百分之九十九的人也惘然。

什么意思嘛?

其实，马祖道一第一次发问的时候，问的是“现在”。怀海回答说“野鸭子”，丝毫无错。但是，当马祖再问：“向何处去了？”问的却是怀海的“心”。怀海当时不悟，以为马祖还是问野鸭子，就回答说“飞过去了”，连皮粘骨，一点没有顿悟的意思，完全歪曲了马祖道一心境如一的境像。所以，他被马祖狠狠地拧了一下鼻子，目的想使他马上醒悟。

大叫痛声中，百丈怀海本人的“主”和野鸭子的“客”，界限俱泯。

一拧一叫，禅宗的微妙和不可言传的性质，活灵活现。

根据禅宗的意念，浩瀚宇宙，其实没有空间和时间的分别，野鸭子飞过，不过是一种虚妄的象征。心是真如，哪里能飞过来、飞过去的！未悟时的怀海，执著于虚妄之相和差别意识，所以难以开悟。

马祖道一大手一捏，大机大用，立时粉碎时空的分界，破除了怀海的迷执。

从禅宗的哲学意义上说，马祖道一把百丈怀海肯定生灭法的错误以奇特的手段拧转过来，铲除了弟子的分别情识，让他最终回到心境一如的玄妙禅境。

而后，怀海在僧舍对同学僧人说自己“刚才哭，如今笑”，就是表达说，自己的时空观念一变，永恒本体顿现。如此一来，我与这个世界，都完全不一样了。

顿悟之间，怀海认识了自我。

禅宗，正是侧重心灵的体验，用悟心去体证万物，所以才是一种参玄的妙境。

百丈怀海禅师，还是一位“社会主义”大师。他所制定的“百丈禅规”，把禅僧从法相宗、天台宗这样贵族色彩浓厚的佛教教派中完全独立出来，使得禅宗最终成为一个独立的佛教宗派。而且，他的禅规，也是对随心所欲的“狂禅”起到了抑制作用。他意识到，过多的“顿悟”，肯定会最终使得宗教修行丧失根据，自然适意，听上去很美，弄不好就变成放纵轻佻。

怀海大师强调的“一日不作，一日不食”的农禅生活方式，也促使禅僧通过劳动实现了经济上的自给自足，激使禅宗顿时前景开阔。而百丈规定的禅居，恰恰建立在无私有财产、共同劳动、平均消费的基础上，所以说他是“社会主义”大师。

百丈怀海禅师还提出“不立佛殿，唯树法堂”的观念。从经济上讲，这减少了大量浪费和开支，也促使禅宗从崇拜外在偶像更加转向沉重内心修持。由此，禅宗从精神品格上讲，更显得傲然不群，独立不羁。

9．庐陵米是什么价？

青原行思禅师（671—740），唐代禅师，吉州安城（江西安福）人，俗姓刘。他幼年出家，在六祖惠能门下学法，个性沉默寡言。在侍奉惠能几年后，行思回到故乡江西的青原山静居寺宣扬禅法，所以号称“青原行思”。

他和慧能的另外一个弟子南岳怀让开创了禅宗两大支派。“青原下”这一法系，后来衍生出云门、曹洞、法眼等三系。行思大师门下，以石头希迁最为有名。

初见六祖慧能的时候，行思禅师发问：“大师，我该怎样修行，才能不落渐悟学说的层层阶梯，直接通过正道进入佛教正法呢？”

六祖慧能反问道：“你从前做过什么？你到我这里想求什么呢？”

行思禅师：“我一直都在参四圣谛——即苦、集、灭、道，如今，我都忘了，我什么也不做了。”

“你现在到达什么层次了呢？”六祖追问。

“四圣谛我都忘了，还谈什么层次呢。”

对行思的回答，六祖慧能赞叹不已。

通过行思的一番回话，慧能知晓他已经达到了大悟的境界。于是，慧能就委任行思为寺中首座。

所谓层次（原文是“阶级”二字），指的是建立在分别知见基础上而形成的高低不同的阶位。从佛教分别知见的角度来看，圣谛，要比俗谛（或世谛）的位次要高。但是，如果从空性的角度来看，这一切高低、优劣的分别，全都是妄念。

对于禅众来说，只有证得了般若空性，泯灭了有无、凡圣、真俗、生死涅槃、烦恼菩提等对立的分别，才能契入实相，获得大解脱。

如此，行思所言“四圣谛我都忘了，还谈什么层次呢”，明明白白地表示他已经远离对立概念，获得了中道实相。

慧能很高兴见到这样一个弟子，觉得他已经契入佛心，才让他当了寺中的首座。

日后，行思禅师在青原山弘法之时，曾与荷泽神会禅师有过机锋往来。

这两个人，从辈分讲是同门师兄，都为六祖慧能的入室弟子。

一日，荷泽神会远道来来参谒，青原行思。

青原行思：“你从哪里来啊？”

神会道：“我来自曹溪。”

青原行思问：“曹溪，意旨如何？”

神会来了精神，振身而立，并会回言。

青原行思点点头。“你身上还不干净，犹带瓦砾。”

神会好奇：“和尚这里，莫非有什么真金与人么？”

青原行思：“如果我这里有，你把真金放在哪里呢？”

师兄弟二人，一问一答，让旁人摸不着头脑。

而青原禅师扑朔迷离的禅风，也由此可见一斑。

与此相类的公案，还有“庐陵米作么价？”

有学僧问："如何是佛法大意？"

青原行思反问："庐陵米作么价？"

常人见此更迷惑：庐陵大米，与佛法有什么关系！

其实，如果在这个问题上百般计较纠缠，肯定永无出头之日。

"庐陵米作么价？"这个问题本身，是活语，不是死语。

佛法大意在哪里？只在庐陵米价中！

对于那些身在江西庐陵的人，肯定没有不知道米价的。他们天天吃米，日日长大。青原行思禅师，漫言说俗世米价，却推开了禅悟的出世智慧之门，接引有缘之人。

青原行思看似所答非所问，就是教导别人，凡事自己领悟，不能依靠师傅和外物。如向外觅，有求皆苦！

小根小智的，或者粘皮带骨的学人，都如傻狗追肉，死死咬住名相，对"佛法"、"法身"、"来世"、"轮回"等等概念死抓不放，繁复意念纠缠于心头，杂念不能剔除，所以到处是钟声雀噪的烦恼，永无休歇。

"祖祖相传传底事，佛佛授手不唯他。若存情识论知解，耳里尘沙眼内花。"

《圆悟录》的这首诗，表达出对语言和知性的彻底否定。

我们知道，言语，在表达本体心性的时候，往往无能为力，顿显苍白。特别是参禅的人，一定要在恰当的时候摒弃语言，超越语言。如果胶着于文字、语言，一定会拖泥带水，迷失本心真我。

青原行思禅师，三言两语，截断来人、学僧的意路，其实是要导引对方进行超越对立的诗意禅悟，让人在一念不生的情况下，顿息万缘，真正会悟到自身的“平常心”。

如果依旧粘连在行思禅师所说的言语上，只能是泥里洗土块，越洗越不清！

10. 内有星星火

沩（wéi）山灵祐禅师（771—853），俗姓赵，福州长溪（今福建霞浦县南）人，是禅宗“沩仰宗”的开山祖（其弟子乃仰山慧寂，所以二人所创宗门为“沩仰宗”）。

唐宪宗元和年间，灵祐禅师到湖南大沩山弘扬禅风，兴建同庆寺。由于门徒广众，连宰相裴休也前来闻道，更加使得他声誉大扬。他敷扬宗风四十年余年，世称沩山灵祐。

灵祐二十三岁的时候，云游江西，参见百丈怀海禅师。百丈一见，即许之入室为徒。

一日早晨，严寒凛冽，百丈禅师在坐榻上对侍立在旁的灵祐说：“你拨拨炉中，看有火否。”

灵祐拨拉几下，回答：“无火。”

百丈禅师自己起身，弯腰以炉钳拨动，深拨灰炭，觅得一粒火炭，夹而示之，对汝灵祐说：“这不是火吗，你怎么说没有呢。”

灵祐当下发悟，礼谢百丈禅师。

次日。灵祐同百丈禅师入山中砍柴。

百丈问："你带火来了吗？"

灵祐："带来了。"

百丈："在哪里？"

灵祐信手拈起一枝干柴，放在嘴边吹了两吹，递与百丈。

百丈非常高兴，赞许说："如虫御木，偶尔成文。"

这个故事中，"火"，是来比喻本体的心性。也就是说，人原本自身就已具备纯洁的本心，迷时不见，悟时则逢。

山中砍柴，师徒二人言语相接，禅意盎然。而百丈禅师所说如虫御木，偶尔成文"，是讲人对于本体心性的了悟，恰似小虫蚀木一样，虽然是偶然，经过点滴积累，总会得到了悟。

沩仰宗的特色，总是体现在师徒之间的问答应对方面，默契十足。所以，《五家宗旨纂要》就认为："沩仰宗风，父子一家。师资唱和，语默不露。明暗交驰，体用双彰。"

作为百丈怀海的弟子，沩山灵祐深得师傅的机用；而仰山慧寂作为沩山灵祐的弟子，也深得师傅的玄心妙用。

二人殷勤问答，你来我往，息息相通。

一天，仰山慧寂问沩山灵佑："什么是祖师西来意？"

灵佑仰头指着灯笼说："好个灯笼！"

慧寂又问："莫非这就是？"

灵佑反问："这是什么？"

慧寂说："好个灯笼！"

灵佑说："果然不见。"

在这个公案中，沩山并不正面回答弟子慧寂什么是祖师西来意，指着灯笼说事，目的是为破除仰山对"祖师西来意"的迷执。

慧寂自以为领悟了师傅的意旨，就附和说，西来意就是"好灯笼"。不料，沩山禅师却说他尚未领悟。

为什么呢?

这是因为，慧寂自作聪明，其实还处于鹦鹉学舌的境地，仍是落于知解，没有真正明悟师傅所说"好灯笼"的真正含义。

沩仰宗一直强调"忘所知"在禅悟中的重要，还注重"忘能知"，如此，就可以把影响禅悟主体（人）进行直觉观照的逻辑、理性清除出禅悟之门。这，才是沩山灵祐真正的意旨所在。

禅悟观照，最大的本事是"能所俱泯"。能所俱泯，典出《楞严经》卷六：菩萨最初在能闻的境界中，入于能闻的自性之流，弃去所闻的声音之相，再经过了无所闻的寂灭中悟修。由此，有声与无声的动静两种境象，了然无碍，一念不生。如此，渐加精进，能闻与所闻，皆涣然冰释，达到了能所双无，尽闻无相的境界，也无所住。

所觉与能觉，荡然一空；空性与觉性，浑然一体，臻至圆明之境。

这个境界，空与所空，一时都灭。而灭尽生灭的作用后，寂灭自性，兀然立现。

人，作为观照的主体，是能；观照的客体，是所。例如，能闻到声音的耳朵，称为能闻；被耳朵所听到的声音，称为所闻。

在沩山灵祐看来，禅不可说，且存在于声色之外，根本不能用语言来表述，也无法从声色中寻求。而禅宗的真理，如同虚空，无相，无不相。

所以，日后的沩仰宗禅师在接机说法时，惯常采用截流法，以此来将学人的妄念之流截断。

禅心应质直无伪，自心如秋水澄渟，方可称为禅心。这种人，才可称为“无事人”。

强调顿悟的同时，沩仰宗禅师还认为，禅者悟道之后，必须保持善自护持、长养圣胎的修习过程。

一时的见道，绝不意味着终身大事就到头了，不意味着禅就不用再修了。

由此，沩山灵祐禅师对他的弟子见桃花而悟道的诗偈，大加赞赏：

三十年来寻剑客，几回落叶又抽枝。
自从一见桃花后，直至如今更不疑。

据《沩山语录》记载，沩山禅师圆寂前曾对徒弟们说：

“老僧百年后，向山下作一头水牯牛，左肋下写五字，为

‘沩山僧某甲’。那时候，唤作沩山僧，又是水牯牛；唤作水牯牛，又是沩山僧。毕竟唤作什么才确切呢？”

沩山大师这种敢“向异类中行”的无惧无畏，才是真的大乘菩萨行。

虽行畜牲行，不得畜牲报。他要舍弃已证的涅槃位，目的是要乘愿再来此土，度化众生。这种胆识和志向，只能用“伟大”二字来形容了。

11．藏头白，海头黑

禅宗有两个公案，专门讲禅悟中“不立文字”的大用禅机。

第一个，是“世尊升座”；第二个，是“拈花微笑”。

首先，世尊释迦牟尼一日升座。文殊用椎猛敲磬，高言说道：“谛观法王法，法王法如是。”世尊闻此语，一言不发，便下座而去。

其次，根据《大梵天王问佛决疑经》记载：

“梵王至灵山，以金色波罗花献佛，舍身为床座，请佛为众生说法。世尊登座，拈花示众。当时，信众百万，都茫然怅然，不知道佛祖的意旨。其中，独有金色头陀，破颜微笑。世尊说：‘有正法眼藏，涅槃妙心，实相无相，’就把手中花交给了金色头陀。”

上面两个公案，其实在最早期的禅宗文献中是没有的，是为后来的禅宗弟子所悉心“创作”出来的。主要目的，无非是想要后学者理解：真理，一定会是超越相对语言、概念等的绝对性。

后来，这种禅悟，落实到真实的禅宗大师个人，就有马祖道一“藏头白，海头黑”的公案。

有学僧问马祖：“大师，离四句，绝百非，请您告诉我佛祖西来意。”

马祖道一：“我今日劳倦，不能为汝说，你去问智藏吧！”

学僧跑去问智藏。

智藏很奇怪，问学僧：“你为什么不去问师傅？”

学僧说：“师傅让我问你。”

智藏忙说：“我今日头痛，不能为汝说，你去问取怀海师兄去吧。”

学僧屁颠屁颠又去找怀海禅师问。

怀海根本不思虑，马上回答：“我这里根本就不会回答你的问题！”

学僧大惑，返回去问马祖道一大师。

大师慨言：“藏头白，海头黑！”

言毕，叱学僧出门。

马祖所说的“藏头白，海头黑”，好多人不解。这本来是一个典故：有两个强盗，一个戴黑帽，一个戴白帽，黑帽强盗每每聪明，精心设计，最终总把白帽强盗的抢来的财物据为己有。

所以，两个强盗相比，黑帽强盗更凶狠无情。

藏头白，就是把智藏禅比拟成“白帽强盗”；海头黑，就是把怀海禅师比拟成“黑帽强盗”。

二人相比，智藏以头痛作推诿，其实他内心还想对别人说一说；而怀海和尚直截了当，就说自己什么都不会，尽显出禅宗无情而透彻的禅悟，所以他才大为马祖道一所赞许。

到这份上，禅宗言亡虑灭的自我内证，不仅被怀海禅师在推个干净的过程中表达出来，而马祖道一短短六个字，也截掉了学僧的意根，显示出老和尚无上的才情。

怀海妙，马祖更妙。

如果学僧能体悟二人的妙境，自然可以超越了人世间假名的概念，返回语言之前的开天辟地前的混沌之境。这样的话，断尽纠葛，可以直入真如本体。

由此，再回到那个“世尊升座”的公案。

佛祖讲法当天，倘若有哪个弟子彻悟，在释迦牟尼升座前就有所表示，如此，还用得着佛祖费事升座吗？还用得着文殊菩萨费事敲磬吗？

世尊无言，不如世尊在文殊敲磬前无言。

悠悠苍天，天何言哉！

所以，相比之下，拈花微笑，这个公案，更要显得上了一个新的档次。

如此无言的妙境，不凝滞，不干涸，随缘而生，让人默冥之中，冰雪澄明！

小智小慧的人，即使凭借外力，可能也找不到自己的本心。哪怕他是积德行善的菩萨，如果不能有所大觉悟，如果不能体证华严境界，也会像那些跳不过龙门的大鱼一样，曝腮浅滩之上，焦头烂额，最终一事无成。

倘若能明心见性，就恰似透网金鳞，心性无染，不拘文字，全离妄缘，达到大解脱的身心自由的高妙境界。

12．南泉斩猫

雪窦禅师曾作颂：

> 尽力提持只一刀，狸奴从此脱皮毛。
>
> 血流满地成狼藉，暗为春风染小桃。

这首颂偈所讲，就是禅宗著名的“行为艺术”公案：南泉斩猫。

据《传灯录》记载，南泉普愿禅师，一日偶立庙宇台阶，看见东西两堂僧人为了一个小猫发生争执，互相喧叱，都想把小猫归于自己堂下。

普愿见状，说：“这个小猫，有佛性吗？你们谁能说得出，我就把小猫给谁。说不清楚，我就斩却此猫！”

众人愕然无对。

普愿禅师手起刀落，立斩小猫于堂上。

晚间，徒弟赵州从谂禅师从外面回来，南泉普愿就把日间发生的事情重述了一遍，看赵州从谂的反应。

赵州从谂禅师没有说话，他立即把自己脚上穿的鞋子脱下，放在头上顶着，转身而出。

观此，南泉普愿禅师感叹：“如果你先前在场，就能救得那只猫了。”

南泉普愿禅师（748—834）俗姓王，郑州新郑（今河南新郑县）人。此人天生慧根，九岁即跪请父母同意他出家。三十岁后，他成为马祖道一的弟子，因为刻苦勤勉、守志不渝，被师傅赞誉为“独超象外”。

唐朝贞元十一年（795），他离开马祖后，到达南泉山（今安徽贵池市），填谷平地，砍伐山木，烧草种粮，建造佛寺“南泉禅院”。

此后，他身披蓑衣，头戴笠帽，放牛砍柴，一直过着自耕自食的清修生活，在南泉山居住长达30年，人称“南泉禅师”。由于他俗姓王，人们也尊称他为“王老师”。

“南泉斩猫”这个公案，千余年来，一直是禅门大难关，被后人广泛议论。

那些参不透的人，往往根据俗心俗情，心中起疑。毕竟和尚斩猫是犯了杀戒，乃修行人的大忌。如此犯戒奇行，不得不让后人议论纷纭，莫衷一是。

要理解的是，中华的禅，其实并非只是一种慈悲的教化，它最大的目的是让人把世间一切的精神枷锁和物质羁绊都抛却掉。

南泉斩猫，一刀两断，正是大契佛法。大和尚这信手一挥的、鲜血淋漓的一刀，斩断了争执的对象。因为，两堂禅僧争猫，都是属于迷执：对外认为有猫可得，是法执；对内认为我要得猫，是我执。

南泉普愿，白刃一挥，把猫儿斩却。血光过后，争执的对象，又何能在！而且，冒着杀生入果报的危险，南泉禅师毅然一刀，斩断相对的念头，此种壮举，恰似绿雨蕉借唐诗《陇西行》为的颂偈那样：

誓扫匈奴不顾身，五千貂锦丧胡尘。可怜无定河边骨，犹是春闺梦里人。

道行肤浅的两堂僧众们，为区区一只猫生起争执，恰恰说明他们浮躁我执心、我慢心还太重。

挥刀斩猫，可以一下子让他们惕然醒悟，真正认识到一切无常的道理。这种杀，是一种“活杀”。如果众僧学人中，有能体味其中机锋者，一定会疑团尽碎，彻见本心。

南泉禅师斩猫，大智大勇，抛开了佛教平常的修持，不顾果报，触境成机，随时施教，意图把满堂俗僧由兔马变成龙象，可谓用心良苦。而后，赵州从谂禅师把鞋顶在头上的怪异之举，更是深具奥妙。

依据常理，鞋，本来应穿在脚上。赵州从谂一反常态，置于头上，顶戴而出。这种不落言诠的禅机，就是告诉南泉普愿和尚说：猫有佛性也罢，无佛性也罢，众俗僧的愚蠢举动，恰似头上穿鞋一般的本末倒置。可见，赵州从谂禅师不仅深得南泉和尚心意，能参活句，而且举一反三，两个人心灵感应，机锋相合。

两堂僧人执幻为真，妄生争执，就是本末倒置。赵州无言的、看似荒唐的举动，恰恰将颠倒了的世界再颠倒过来。鞋置于顶，南泉和尚的杀人刀，顿时变成了活人剑。如果往仔细深处想，赵州和尚还有更深的意思：他头上戴鞋的举动，不仅把两堂愚僧的妄执偏颇呈现出来，也把南泉禅师罩入其中。

猫儿无知，干卿底事！

南泉、赵州师徒，趣事多多。除了“斩猫”以外，还有“平常心是道”的著名公案。

一日，赵州从稔向师傅南泉普愿发问：“什么是道？”

南泉普愿：“平常心是道。”

赵州从稔：“道，可有趋向所指？”

南泉普愿：“拟向就趋，就是乖逆。”

赵州从稔又问：“那该如何了解道呢？”

南泉普愿：“道，不属于知，也不属于不知；知是妄觉，不知是无记。”

闻言，赵州从稔禅师颜色欢和，胸中顿时廓然洞明，

对这种“法尔随缘”的彻悟，宋朝的无门慧开禅师写下一首非常有名的诗偈，赞颂这段公案：

春有百花秋有月，夏有凉风冬有雪。

若无闲事挂心头，便是人间好时节。

13．放下！

严阳尊者（赵州和尚的弟子）初次参问赵州从谂禅师，问："我抛弃了一切，双手空空，又能怎么样呢？（一物不将来时如何）？"赵州从谂："放下！"

严阳尊者："我手中什么都没有，还要放下什么？"

赵州从谂："如果放不下，就挑起来走吧。"

顶灌醍醐。严阳尊者大悟。

这位赵州禅师的法嗣，日后云游天下，身边常有一蛇一虎相随。从今人的眼光看，严阳尊者是个动物保护主义者，日日手饲虎蛇。但在时人眼中，蛇虎相伴，倒是禅师的神异之事，他们认定华阳尊者是得道高僧。

日后，有后学僧人问华阳尊者："如何是佛？"

华阳尊者很有他老师赵州的风范："土块。"

又问："如何是法？"

华阳尊者："地动。"

又问："如何是僧？"

华阳尊者："吃粥吃饭。"

果然是青出于蓝，不减于蓝！"放下"，这个公案，看似简单，实际非常不简单。赵州禅师要严阳尊者"放下"的，其实正是这个弟子来问的“一物不将来时”这个念头。

严阳尊者起先并没有开悟，接着向老师问问题。见境发机，赵州就说了句反语：“如果放不下，就挑起来走吧。”

点拨到位，严阳尊者疑情顿释，豁然大悟。

严阳尊者“两手空空”，这种空境，确实已经是到达了某种悟道的层次。但是，如果在这个“死水顽空”的层次上面恋恋不去，依旧执着胶着，甚至沾沾自喜，就又成为新的负累，衍生新的妄念，最后反而会变成了新的禅悟障碍。

赵州从谂（shěn）禅师（778—897），唐代山东曹州人，俗姓郝，拜禅宗大师南泉普愿为师。年过八十以后，赵州和尚由于道行高深，被请往赵州的观音院作住持，因此，世称他为赵州从谂禅师，享有“古佛”之称。

这位智慧深湛、语言幽默的大师非常高寿，唐昭宗乾宁四年才圆寂，时年一百二十岁，朝廷敕谥为“真际大师”。示寂前，曾有学僧问他：“师父高寿多少？”赵州和尚诙谐地说：“一串念珠数不尽。”

赵州从谂禅师，机锋淳厚，随境施机。他举手投足，行动坐卧，甚至举谈笑骂，都蕴含无尽的禅意。在穿衣吃饭的看似普通的禅境中，他总是以平实的话语导引学僧和大众，为后世留下许许多多发人深省、趣味盎然的公案和话头。

遥想释迦牟尼，二十九岁离家苦修。到他三十五岁时，恍然悟道，完全摒弃了苦与乐、迷与信、是与非、对与错等对立观念的相对知识，超越人我界限，达到真“空”，那个时候，他连修行本身也一概不谈。

释迦在菩提树下坐禅的时候，有一个人，拿着两个花瓶敬献给他。

释迦说：“放下。”

来人放下一只手中的花瓶。

释迦又道：“放下。”

来人放下了另一只手中的花瓶。

见此，释迦依旧说：“放下。”

来人茫然，“我现在两手空空，你还让我放下什么？”

来人是俗人，没有华阳尊者的悟性，他当然不理解释迦的用意：让他放下的，是献花瓶的这颗“心”。

所以，赵州禅师的“放下”，来历大不俗，源头大不凡。

与“放下”相类的公案，赵州从谂禅师还有不少，现择取两个典型的“案例”：

第一个公案。有女尼来访赵州禅师，问：“禅门秘意，到底是什么？”

赵州禅师伸手，在尼姑如雪肌肤上轻施指爪，掐了她一下，笑道：“就是这个。”

女尼登时脸升桃云：“没想到，你心中还有这个。”

赵州禅师面无表情，回道：“不！是你心中，还有这个！”

也就是说，女尼依旧没有抛却男女意识，自然没有上升到禅悟的真境。

第二个公案。弟子文偃在佛殿拜佛，赵州禅师路过，就用手中拄杖打了他一下，问："你在做什么？"

文偃忍痛，回答："我在拜佛啊"

赵州大声呵斥："拜佛干什么？"

文偃不服："佛门弟子，拜佛是好事呀！"

赵州禅师一脸淡然："好事，不如无事。"

拜佛，确确实实是好事，但如果心存执着，非要当"好事"来刻意去做，反而不如无事。

禅悟的"空"观，一问一答，言来语往中，尽显生趣。

赵州禅师对禅宗最大的贡献，在于彻底把"心"与"境"收归一心。

在佛学中，"境界"一词，有两种含意：一是指心色二法构成的经验世界；二是对佛法第一义的体证的深浅。

从慧能开始，"境界"，就是指第二义而言。

中国禅宗的发展，主要经历了三个阶段：第一阶段，是传统禅学阶段，即"舍有限而入无限"的无我之境；第二阶段，就是六祖慧能阶段，即"于有限体中认无限"的有我之境；第三个阶段，就是马祖、石头二系为代表的、赵州禅师为主流的阶段，也就是"即有限为无限"的存有之境。

赵州禅师，他深刻理解人心受到理性意识浸染以后那只非本真状态对禅悟的危害，数十年间，孜孜不倦，一直点拨学人，言传身教，清风化雨，以“真如之心”取代那些“内滞于念、外执于相”的“执着之心”。

赵州禅的禅风，明快简洁，趣味盎然，所以，对东邻扶桑的矮禅师们也大有教益。

日本明治时代，有个非常有趣的坦山禅师，此人从不遵守戒规，要吃就吃，要睡便睡，抽烟喝酒，样样都不耽误。一日，坦山禅师和一个禅友外出，在山间突遇大雨，近处的一条溪流，顿成小河。二人准备横穿过河之际，发现了一位仪态万方、身材窈窕的姑娘。她身穿漂亮和服，正打着一把细花雨伞，左顾右盼，站在河边为难，显得楚楚可怜。

坦山禅师知道姑娘踩木屐过河有危险，大手一挥，召唤道：“我来抱你过河，姑娘。”姑娘忸怩半晌，最终怕和服被河水浸脏，羞红小脸，小脚一蹬，一个背空翻，被坦山禅师抱起，渡过了水流湍急的小河。

过河后，姑娘致谢：“俺一鞠躬你妈就死嘎！（日本话）”挥舞小白手告别。坦山禅师扬手拜拜。姑娘走了，坦山也走。而他的禅友，却大脸耷拉，霜打茄子，闷闷不乐，腮边咬肌滚动。两个矬子无话，一直默默行走。最后，到了晚上，该挂单寄宿时，禅友憋不住，忽然以叱责的口吻，大声对坦山发问：

“巴嘎牙鲁！你良心大大地坏了！我们出家人，最忌讳亲近女色，特别是白天所见那种年轻美貌的花姑娘。你怀中抱着她过河，已经犯了色戒。你说，难道你就不怕佛祖惩罚吗？”

坦山脸不变色心不跳，坦然道："咦，你是说那个过路的女子吗？我的这里，早就把她'放下'了，你，怎么心里还抱着她呢！"

坦山的"放下"，与赵州禅师的"放下"，禅机彷佛，相映成趣。

14. 庭前柏树子

时间：唐朝。

地点：赵州观音院佛堂前。

人物：赵州从谂禅师，一个大和尚。一群小和尚。

场景：万里晴空，风和日丽。古柏森森，枝摇条曳。大殿内，僧众列集，表情肃穆，都在聚精会神，听赵州禅师讲禅。

赵州从谂禅师："老僧我，年青的时候，曾到沩山灵祐禅师处学习，恰好，有学僧前来拜谒。学僧问沩山：'如何是祖师西来意？'。沩山不回答问题，反而对来人说：'把禅床给我搬过来'。据我看来，作为得道宗师，当时他不应该这样来回答学人的问题，应该以本分事来来开示和导引。"

话音刚落，马上有学僧起立，当庭发问："请问师父，如何是祖师西来意呢？"

赵州禅师抬头，仰望着风中摇曳的古柏，意味深长地回答道："庭前柏树子。"

学僧又问道："师父，你不要用境界开示来人。你还是请您明确告诉，如何是祖师西来意呢？”

赵州道：“好吧，我不用境界开示，我会明确告诉你。”

学僧追问：“如何是祖师西来意？”

赵州正色，朗声答言：“庭前柏树子！”

学僧所问：“如何是祖师西来意？”话中的“祖师”，是指禅宗的中土初祖达摩。

自慧能以后，禅门弟子们反复参究为什么达摩从西土而来，急切地感悟达摩来中土弘扬禅法到底意趣如何，所以，“如何是祖师西来意？”，一直成为禅门中的热门话题。答案，林林总总。其中，唯独赵州禅师的回答，最为情趣盎然，最为合情合理，最让人咀嚼不已。

“至道无难，唯嫌拣择。才有语言，便是拣择。”赵州禅师的这些话，就是指出：语言，即是分别妄想。眼前的学僧刨根问底，死死咬住“如何是祖师西来意”，就是一种分别妄想。

如果赵州禅师像日后的大梅法常禅师说“西来无意”，显然就缺乏活的机用，堕入无事的死水，微澜不起。所以，赵州禅师并不接学僧的话头，他随口一句“庭前柏树子”，其实是张牙舞爪，抖擞威风，目的就是想促使学僧能悚然惊醒，顿断理路。

学僧性愚，不依不饶，认为赵州和尚是“将境示人”，以譬喻还譬喻，怀疑赵州禅师的答言模棱两可。

赵州禅师很有耐心，表示说“我不将境示人”。学僧自以为得计，再次追问。不料，赵州禅师依旧是那句“庭前柏树子！”

如果尽剥禅悟的隐语不深究，赵州禅师所说的“庭前柏树子”，只是随意表达的一种物体罢了。如果他当时看见迎头飞来一只乌鸦，肯定会回答“一只大乌鸦！”所以，他所说的是“柏树子”，只不过用这个概念来推翻学僧粘连于物的执着，来表达禅不可言道的精髓所在。

至此，这个公案还不算完。

那个学僧慧根短浅，但是喜欢刨根问底。隔了几天，他看到赵州和尚坐在院子里面晒太阳，就问：“柏树子，有没有佛性呢？”

赵州禅师：“有。”

学僧：“柏树子既然有佛性，它什么时候能成佛呢？”

赵州禅师：“待虚空落地时。”

学僧：“虚空几时落地？”

赵州禅师：“待柏树子成佛时。”

学僧惘然，耷拉着脑袋，丧家犬一般，悻悻而去。

其实，赵州禅师的“虚空落地时”，不是实指，而是借喻禅宗至境中那种能够泯灭心和境等种种妄想差别的境界，也就是身处“妙高峰顶”的感觉。

佛教的“三界唯心”、“万法唯识”，指出一切都是境由心生。所以，学僧以俗眼观之，柏树子是境；但赵州禅师以佛眼观之，柏树子就是心。正因为如此，在前一个语境中，赵州禅师言之凿凿，说他自己并没有“将境示人”。学僧不是知名达慧的根器，他转头再问赵州禅师“柏树子可有佛性？”显然，他还是固执于“有情”。柏树子在“有情”的前提下，才能探究它是否有佛性。如果柏树子属于“无情”的类别，当然它就没有佛性。

赵州禅师泯灭差别，消除六根，想给学僧打通凡圣，断言柏树子有佛性，能够成佛。这是因为，境即是心，心即是境，所以，“无情”的柏树子，也是“有情”之心的外现。

那个学僧的问题，恰恰是不少初入禅悟之门的人们的问题，正是他们自己内心中对于问题、名相的执着，最终成为了自己修禅悟道的最大障碍。

赵州禅师的“庭前柏树子”，就是让愚顽的人们去掉蔽遮在心中的云翳，把握眼前，之下人心，契入禅境，从根本上截断一切妄念。

与此相类，赵州和尚还要口头禅：“吃茶去！”。

话说有一日，有两位外来僧人来寺院参访赵州禅师，态度极其礼敬。

赵州禅师问他们：“你们以前来过这里吗？”

一僧躬身回答：“未曾到。”

赵州禅师：“吃茶去！”

另一僧忙说：“我曾到过这里。”

赵州禅师：“吃茶去！”

一直侍立在一旁的监院，大惑不解，就问：“师父，这两个人，来过的、没来过的，为什么您都要他们吃茶呢？”

赵州扭头，大叫监院的名字。监院应诺。

赵州立刻说：“吃茶去！”

曾到的和尚，未曾到的和尚，还要本来就在寺庙的监院，为什么都要吃茶去呢？

要去吃什么样的一碗茶呢？

这碗“赵州茶”，盛装着赵州禅师的一颗滚烫而平静的禅心。

“我法无别”。体证禅悟，关键是不同个人独特的体验与实证。所以，如果以语言来表达，难免隔靴搔痒。

“吃茶去！”各吃个人茶，各饮各人水。冷暖浓淡，苦甜酸咸，都是自己的实在体悟。

所以，赵州禅师的禅法，在无尽的回味当中，还有一种众生平等的意念在里头。

参禅悟道，修心最难。

禅宗的机锋话头，到了宋代，就从赵州和尚的淡泊，到日趋激烈和浓艳。

宋朝的张九成，是个状元郎出身的大理学家。那时的文人，都喜欢参禅讲道，一次，他去寺庙造访喜禅师。

禅师问张九成：“你来这里，想干什么啊？”

张九成自觉很诙谐，拿着肉麻当有趣，回答说：“打死心头火，特来参喜禅。”

喜禅师，就是大慧宗杲禅师。他的法号叫“妙喜”，所以张九成说自己“特来参喜禅”。

眼见面前这个人面露得色，自以为是，大慧宗杲禅师知道他禅悟的根基不深，机缘未至，就反唇相讥道：

“缘何起得早，妻被别人眠？”

男人就怕戴绿帽，张九成火气顿起，大怒回言：

“无明真秃子，焉敢发此言？”

见小张发怒，大慧宗杲禅师莞尔，笑看对方，说：

“轻轻一扑扇，炉内又起烟。”

号称已经“打死心头火”的翩翩状元郎，暴跳如雷之下，“炉内又起烟”，浅薄的智识，顿时显现。

听妙喜禅师如此讲，张九成不得不低头，深感惭愧之余，大有所悟（故事见褚人获《坚瓠集》）。

可见，无论是“庭前柏树子”，还是“妻被别人眠”，都是禅宗大师们信手拈用的即兴点染。如果学人悟性高，自然从中受益匪浅。

多嘴一句，那个张九成，乃宋代理学发展过程中从二程到朱陆的关键性人物。由于他早年多与禅宗大师交游，受禅学影响颇深，而被理学家讥讽为“改头换面，借儒谈禅”。朱熹更进一步，把他的见解斥为“洪水猛兽”。

由于张九成是秦桧的政敌，宗杲禅师日后也受牵连，被秦桧强迫还俗，一直到权奸死后才重新披上袈裟。

如果秦桧秦大人胸中有“柏树子”，哪里会干那么多缺德事！

15．烧木佛取暖

丹霞天然禅师云游，挂单于洛阳慧林寺。时遇天气大寒，冻得哆嗦之余，他从佛殿上搬取一塑木佛，点燃后，向火取暖。

慧林寺方丈闻讯大怒，拄杖而来，呵斥说：“你怎么敢烧毁我寺庙内的木佛！”

丹霞天然禅师不慌不忙，用木枝在火间拨拉，回答道：“我正在烧取佛舍利。”

方丈更怒：“木头里面哪里会有佛舍利！”

丹霞天然闻此语，恬然起身：“既无舍利，我再取两个木佛烧烧无妨！”

方丈闻言，耸鼻瞬目，眉毛脱落。

丹霞烧木佛，就成为禅门最著名的公案之一，日后还被称为“最上乘法门”，几与释迦牟尼拈花示众相仿佛。

天然禅师（738—824），唐朝邓州（今河南南阳市）人，南宗第四代禅师。他年青的时候，曾经发愤图强，埋头苦读，想考取进士。赶考途中，遇到一个和尚，劝他说：“选官何如选佛！”天然聆听一番教诲后，毅然放弃对功名的追求，前往江西拜谒马祖道一大师。

道一大师欢喜，推荐他去南岳，让他先从石头希迁禅师学习禅法。而后，他再回到马祖道一处，也不直接前去参拜，而是骑在庙殿中的罗汉塑像脖子上哈哈大笑。马祖听说后，心知此人已经达到色相皆空的境界，大声叫好：“我子天然！”天然顿时从塑像上飞身跃下，跪拜马祖大师：“感谢大师赐我法号！”

唐朝元和年间，天然禅师云游回河南，止脚于洛阳慧林寺，就上演了方才一幕“烧木佛”公案。

历史上，天然禅师还是一位很会推销自己的和尚。

他得知洛阳郑留守的车驾常常路过洛阳的天津桥，就故意找机会横卧在桥中间。

一天，郑留守的仪仗从天津桥上过，见一和尚倒卧路中间。轿中端坐的郑留守生怒，大声喝问：“何人大胆，敢阻我路！”

天然禅师恬然而答：“我乃无事僧。”

“无事僧”三个字，看似平易，包含着真正的禅髓在其中：无事即贵人！这种人，才是自性圆满、与佛无别的人！

郑留守闻言大异。他立刻下轿与谈，倾心不已。

日后，郑留守月供米面，岁施香火，常常赠送衣物银两给天然布施。从此，天然禅师在洛阳名声大震。

由于天然本人就是举子出身，学洽内外，善书能诗，以至于士大夫们争相交结，清漪潇洒，名震一方。

元和十五年（820），天然禅师南下到南阳的丹霞山，见群山竞秀，万壑争流，大喜林泉高致的他，兴致勃发，栖止于此地，创建寺院，最终定名丹霞寺。

起名“丹霞”的原因，在于此地早晚之际，彩霞赫炽，色若渥丹，灿如明霞。所以，天然大师，日后就被人称为天然丹霞。

整个禅宗历史上，叱佛喝祖的事例不少，但真正把佛像当劈柴少的，就天然禅师一个人。故此，他可谓是一烧成名。

赵州禅师有言：“泥佛不渡河，铁佛不渡炉，木佛不渡火。”万万千劫，世人执迷不悟，总是把自性内心向外攀缘，恰如如猎狗逐兔，从无止歇。

其实，拜佛、供佛，其实都是形式上的仪式，最主要的，在于人心中有佛。泥塑的木雕，丹青的彩绘，只是帮助信众修行的工具而已，佛像偶像本身，并没有任何灵性。

可以这样理解，在丹霞大师内心中，佛的法身，遍于整个宇宙世界，早已超越了形质。他烧佛的举动，不过是为破除一般人把物当成佛的谬误，也是帮助旁观者和后来者断烦恼、见自性，破执着、明佛性。

而且，真正的佛教，本来是不讲偶像崇拜的。《金刚经》中反复强调：“不可以（凭）身相得见如来”；“凡所有相，皆是虚妄。若见诸相非相，即见如来。”

而且，禅宗常常强调“佛性本空”、“理佛无相”，这也是佛教的主流观点。佛教主张“破相”，即要打破信众因不明真理而认为“因缘所生的事物”是永存不变的错误观念。

佛像木偶，其实也在佛教所要破除的“相”之列，因为这些泥塑铜铸的偶像，不过是一种因缘所生的假合体，根本不能永存不变。推论而言，它们的本体，当然是“空”，所以也要破其“相”。

寺庙内的佛像，是一种方便法门，只起着随俗引导的作用，因为普通信众只会对佛像跪拜，他们不会跪拜一块顽石——从“本体为空”的佛教原理讲，一块顽石与一尊佛像无丝毫分别。

寺庙供奉佛像，在于引导信众去礼拜偶像所象征的精神和真理。从佛理上讲，不仅不能把看见佛像当作是见到佛，即使是释迦牟尼在世的时候，都不能认为看他的肉身而以其为师，否则，就会犯“著相”的错误。

佛，是超感觉的理念境界，乃高级的精神境界，而不是凝固的、静止的、可见的物质形象。

慧林寺的方丈，一念嗔心起，百万业障开，才落得眉毛堕地的下场。虽然描写有些夸张，却也给人以极其强烈的文字视觉印象。

当然，后人，特别是现在的人，无论是僧人还是信众，如果模仿丹霞天然大师的举止，不仅仅是东施效颦，而且会因为毁坏文物而遭拘捕。惊世骇俗之举，可一不可再，可遇不可求！

丹霞天然大师这种“革命性”的举止，发展到后来，就出现了临济宗禅僧“逢佛杀佛，逢祖杀祖，逢罗汉杀罗汉”的峻烈机锋。

16. 髑髅里眼睛

香严禅师，乃百丈怀海大师的得意弟子。

百丈大师圆寂后，香严到师兄沩山灵佑处学禅。

某日，沩山师兄一句问话，让香严禅师顿陷迷惘：“师弟，我知道你在师傅面前一向以智慧出名，现在只想问你，父母未生前，你的本来面目是怎样的？”

香严百思百端，想破脑袋，也回答不出。懊丧之余，他只好跪下，求问沩山师兄。

“无可奉告。如果我真有什么东西可以告诉你，那自然也是我的东西，不是你的东西。”沩山说。

香严大失所望。一气之下，他烧毁了身边所有的经卷，准备隐姓埋名，过苦行僧的生活。于是，四处兜转过后，他隐居于南阳国师慧忠禅师的墓地附近。

一天，除草扫地后，稍事休息，香严禅师不经意抛出一块瓦砾，忽然击中了一根竹子。

当啷，清脆一声响，香严顿然大悟！

在那瞬间，香严禅师终于超越了一切时空、因果，幡然而悟。那个时候，他跨过了物我的界限，与万物凝为一体，与清脆的声音合而为一，真正进入了存在的深处，把他自己融进了宇宙的万有。

那一刻，香严本人，就是脆响的声音，就是葱郁的翠竹，就是宇宙万物，他真正的本体自身，煌然耀于心中。

终于，他洞悉了什么是自己父母未生前的本来面目！

大悟之下，香严禅师作了一首偈诗，在感谢师兄沩山的同时，表达了自己获得顿悟的欣喜之情：

一击忘所知，更不假修持。

动容扬古路，不坠悄然机。

处处无踪迹，声色外威仪。

诸方达道者，咸言上上机！

这种真正的体用双彰开悟方法，显示了香严禅师本人独特的深邃的禅悟体验。只有在体用两方面圆融通透，相即相离、相离相即、不即不离的关键当口，才能超越体用！

香严禅师成名后，一日，他对大众讲法，言及本体界（即父母生前的本来面目）时，表示说：

“若论此事，如人上树，口衔树枝，脚不蹋枝，手不攀枝，树下，忽有人问：‘如何是祖师西来意’，如果不答吧，违他所问；若开口回答他吧，嘴松手颤，立刻丧身失命。那个时候，该怎么办呢？”

当时，一位虎头上座从众人中闪出，朗然答道：“树上的事情，就不要讨论了。请大和尚明示，没有上树的时候，又是怎么一回事呢。”

香严知道眼前之人已经悟道，呵呵大笑起来。

香严的譬喻中，“树上”代表的是向上门，是本体界；“未上树时”，代表的是“父母未生前的本来面目”，其实也是本体界。

本来香严禅师预先设置一个答与不答皆非的触背关，想逼使学人处于一种开口闭口俱不能的两难境界，由此，举头无路之时，学人才能发现语言文字的支离破碎，才会领悟以情识意想去揣度的情怯。

这种导悟的手法，确实奇特。真正的禅悟，即使是师傅亲切的言传身教，也不能够让弟子真正体悟。恰似一个人口衔树枝，系吊在半空，只要他一开口，就会丧身失命（纯如本真）。因为，明心见性，亲证真如，才能认知自己的“法身”，但只要是开口道出，法身即应声而灭。

虎头上座大悟慧根，他不接香严禅师的话头，一句“没有上树时”的反问，轻轻化解了香严咄咄逼人的追问，反而使得香严自己也陷入两难之境：只要他一开口，即使他是在“未上树前”，也会在言语间跌得粉身碎骨。

所以，“香严上树”的公案，说也不是，不说吧，也不是。言默踌躇之际，却恰恰显示了禅宗注重内心验证的悟境。

虎头上座一句话，恰有浮云见日之效。有根器的学人，顿能拨开妄念，绕开死路头，走向智慧的禅悟。

一旦人的妄想熄灭后，佛性肯定能显示出活泼、天然的妙用。

香严禅师把这种悟道的功夫，浓缩为日后的“枯木里龙吟”。学人中有人不解，他又提出一个新的譬喻：“髑髅里眼睛”。

也就是说，无论是谁，只要能泯灭自己的肉眼凡识，心眼大开，正如开启枯木、髑髅中的慧眼，从超理性、超逻辑的意念中，凭借禅定的般若波罗蜜直觉意象，必能洞见宇宙中的真谛。

“髑髅里眼睛”，也象征死中得活。情识分别断去后，自然能获得新生。由此，白骨生肉，死而复生，妄念顿除，般若觉醒。

大智慧的禅师之间，善于利用这种大智大慧的机锋。有一天，沩山灵佑午睡起床，恰值仰山禅师来问讯。沩山就说：“我刚才作了一个梦，你帮我圆圆梦吧。”

仰山禅师不为所动，只是拿来一盆水和手巾，让沩山洗脸。

不久，香严禅师也来问候，沩山灵佑又说：“我作了一梦，仰山刚才已经给我圆过了，现在，你再帮我圆圆这个梦吧。”

香严不言，从炉边提水，沏茶奉给沩山灵佑。

至此，沩山灵佑大师点头颔首，不得不对刚才两个人的做法大赞不已。

仰山、香严两个人，心知肚明，沩山和尚让他们圆梦，不过是对他们设下一个关隘而已。如果二人傻不叽叽地充当解梦人，肯定会钻入粘滞执迷的圈套；如果二人用言语婆婆妈妈地解释，又会耽于言语表象。

为此，二人不动神色，倒水沏茶，以行动对沩山灵佑的机锋做了回答。这样一来，起心动念的妄心根本没有，轻微飘忽的痴念自然消却。由此，自性本觉的澄明，恰似沉埋久远的明镜，尘垢尽拭！

17. 汝道阿谁是后人！

天皇道悟禅师，读者不要望文生义产生误会，此人和倭国的矮子皇帝没有任何联系。

道悟（748—807），乃唐代禅僧。他是婺州东阳人（今浙江东阳），俗姓张。道悟十四岁出家，建中元年（780），他去江西钟陵（今南昌）去拜见马祖道一。翌年，他又去衡岳参见石头希迁。由于道悟后来兴建荆州城东天皇寺并担任主持，所以被称为“天皇道悟”。

天皇道悟禅师，潇潇洒洒美男子，身长七尺，神韵孤杰，顶骨犀起，模样比玄奘大师还英俊逼人。如此天资颖悟、仪表出众的禅师，参禅悟道一点也不马虎。十多年间，他严持戒律，参学诸方，曾拜在径山国一、钟陵马祖、南岳石头等大师门下，还在余姚的大梅山修习过禅定。

径山国一，就是法钦禅师（一名“道钦”），这个人是牛头法融门下的第六代法裔。由于道行深厚，径山国一得到唐代宗、唐德宗两代帝王的礼遇，被皇帝钦赐为“国一”的法号。

牛头宗的禅学思想，以大乘“般若空观”为主旨，深受中国老庄哲学的影响，提倡“无情有性”。道悟在径山大师指导下，禅悟大进。

唐德宗建中元年（780），道悟离开大梅山，跋涉到江西进贤县，向马祖道一参学。在牛头禅的基础上，道悟又把马祖道一的神髓尽纳于心：即心即佛，非心非佛，平常心是道。

转年，道悟去拜访石头大师。石头希迁禅师乃《参同契》的作者，他的禅法，体用兼赅、圆融无碍。有这样的大师点拨，道悟禅师功力倍进，禅悟的境界日益提升，禅机阅历，圆熟通融。

道悟禅师在注重心性修持前提的同时，坚持禅定修习，对各家禅法博采兼融，最终将洪州系、石头系两个不同的宗门合并，可称对石头一系的发扬光大出了不少力气。

初次拜见石头希迁大师，道悟禅师劈头就问：“如果超脱了定慧，那用什么方法去开示别人呢？”

石头大师不为所动：“我这里本来就没有奴婢，超脱什么？摆脱什么？”

天皇道悟：“你这句话让人如何理解呢？”

石头希迁：“你知道什么是‘空’吗？”

天皇道悟：“我得到过‘空’，非是从今日开始。”

石头希迁：“不料你原来是从那边来的啊！”

天皇：“我道悟不是那边人！”

石头希迁："我早就知道你的来处！"

天皇道悟："大师您没来由，何故诬赖我呢？"

石头希迁："你本身就是证据啊！"

天皇道悟不情愿地说："虽如此，我们如何去教导后人呢？"

石头希迁挥袖："汝道阿谁是后人？（你说说看，谁是你的后人？）"

瞬间，大汗淋漓中，天皇道悟得以顿悟。

可见，在见到石头希迁大师之前，虽然曾在径山大师和马祖道一大师两人门下学习，天皇道悟的"有所得心"，还是没有从根本上完全消除，参禅而未悟道。

禅修之中，定与慧，是必不可少的。因定，才能发慧。但是，真正参悟过程中，学人又不能执着于这些名相。所以，石头希迁大师的接机语里才有这样的话："我这里本来就没有奴婢，超脱什么？摆脱什么？"此话一出，就把道悟所执着的名相尽皆打散。

而后，师徒话锋相接，层层剥茧，石头大师最后一语"汝道阿谁是后人"，把天皇道悟禅师的一切"有所得心"，彻底清扫得干干净净。

"我早就知道你的来处！"，石头大师劈头一句话，看似激烈、咄咄逼人，其实蕴含着无限的期许和慈悲；而最后一句"汝道阿谁是后人？"如雷贯耳，把天皇道悟的妄念击得粉碎雪散。

禅悟者最大的毛病，就是连自己都不能超脱的时候，还妄想着如何去开示、度化后人。

这种自心的妄念，其实早已经把自己禁束住，哪里还谈得上悟道呢。

悟道后，道悟住持天皇寺。他入室弟子中，最有名的当属龙潭崇信。

龙潭崇信，原本在天皇寺旁边卖饼为业。出于信仰，他每天都送天皇道悟禅师十个饼作为供养。对此，道悟收纳不误。但每次食毕，他都要留下一个饼回赠给崇信，还得便宜卖乖地说："吾以此饼照顾你，荫及你子孙！"

时间一久，崇信大不高兴，直截了当地对道悟禅师说："这些饼，都是我送给你的，你怎可每天还我一个，有什么意思呢？"

天皇道悟禅师微笑解释道："你能每天送我十个，为什么我不能每天还你一个？"

崇信怒气冲冲："我既能每天供养你十个饼，哪里还在乎你还我一个饼？"

道悟禅师大笑："一个你还嫌少啊？十个我都不嫌多，一个你却还嫌少？"

听此言，崇信恍然有所悟，他便低头沉吟起来。

见此，道悟立刻唤醒崇信："觉悟只是当下的事情，稍有杂念，就不是纯粹的顿悟了！"

道悟禅师接着说："一生十，十生百，乃至能生千万，世间诸法，皆从一而生。"

悟道后的崇信朗声答言："一生万法，万法皆一！"

二人符契，相视大笑。

由此，崇信最终下决心，入于道悟禅师门下，出家为僧。后来，他在龙潭结庵居住，故而世称他为龙潭崇信禅师。

你的，是我的；我的，是你的。多少不二，心物不二，你我不二，有无不二。宇宙万有，千差万别，但最后皆归惟一的禅心。

由一个烧饼引发的公案，让人禅心起悟，灵机大动。

与马祖道一禅师当头棒喝式激烈的禅法相比，道悟教导学人的方式，在于解黏去缚，平和蔼如，春风化雨，娓娓道来。但是，天皇道悟举手投足间，言谈话语间，也处处包藏深意，绝对不允许弟子学人在禅悟中有丝毫犹疑。因为，哪怕是片刻的时间空隙，那些杂秽平常的妄念，就会闪闯入内，干扰悟道的过程。同时，道悟还提倡："恰恰无心用，正是用心处"，认为禅修的关键，就在于接机圆融。

有时候，学人往往会出惊人之语，询问禅悟的有关问题。对此，天皇道悟禅师常用一句话来回答："不要说我理解佛法啊！"

大用机锋，暗流迸发，波涛汹涌。

如此平淡而惊人的一句话，顿时把学人凝滞沉积的相对情识全部消除干净，尽释其疑！

即使到生命肉身的最后，天皇道悟禅师的“死”，也不同凡“死”。

他圆寂前，告知徒众，他将于四月晦日坐化。时辰一到，弟子们齐集榻前。

道悟忽然摆手，招来典座大弟子，问：“会么？”

典座弟子仓惶，回答道：“不会。”

道悟闻言，就把头下的枕头拿起，抛在地上。然后，他平静圆寂。

天皇道悟最后这个举动，到底是什么意思呢？生死事大，所以，道悟才问典座“会么”。这，就是问他，你是否理解生死无常啊？典座本人，还没有修行到家，依旧执着于生死，所以，他仓惶中回答说“不会”。为此，天皇道悟禅师做出最大的临终对别人的关怀，立刻抛枕示寂。

此举，其实就是开示弟子，告诉他们：生死之事虽大，也应该以平常心来对待！

18. 月下披云笑一声

一天晚上，月色如水，寒霜侵人。

药山惟俨禅师揽衣登山，越走越快，登上一座高峰。

他放眼望去，层林如墨，灯火如炽。仰头而观，轻云缥缈，明月乍现。胜景如此，药山惟俨禅师心内澄明，情不自禁大笑一声。好这一声笑，如雷而滚，划过长空，山谷回绕，此起彼伏。

日后，有好事者传得神乎其神，说禅师这一笑，竟然声达澧东九十多里。

当时，诗人李翱为朗州刺史，听说惟俨禅师此事后，立刻挥毫泼墨，作诗一首：

选得幽居惬野情，终年无送亦无迎。

有时直上孤峰顶，月下披云笑一声。

药山惟俨禅师（751—834），唐代禅僧，出自青原行思禅师的法系。他是山西绛州人，俗姓韩。他以上，师傅辈有慧照、希操、马祖、石头这样的大师；他以下，法脉绵延，又出现了曹洞宗的两位开始大师，可谓是影响深远，层层升华。

药山的来历，据《宋高僧传》，说惟俨在“朗州药山”。而《五灯会元》，则称他在“澧州药山”。按照现在的建制，则是在湖南省津市药山，具体地点位于津市南端与鼎城区交界的棠华乡药山村。唐朝贞元初（约790年），其地首建慈仁寺。太和年间，惟俨禅师住锡此寺长达40多年，更名药山寺。所以，他被称为“药山惟俨”。

惟俨禅师，属于大器晚成类型。大历八年（773），他已经三十岁，才在希操禅师处受具足戒。惟俨本人精通三乘十二分教的佛理，基础扎实深厚。但他对于这些“文字禅”，内心不屑，常常慨言：“大丈夫当离法自净，谁能屑屑事细行于布巾邪！”显然，他对自己成日沉湎于佛经律藏很不满足。于是，他受戒后不久，就告辞希操禅师，跋涉迢迢，去湖南衡岳去见石头希迁禅师，想投在石头门下修炼。二人见面，便产生了一段“公案”。

惟俨禅师见到石头希迁后，开门见山便问：“三乘十二分教，我已经粗知大意。我曾经听说，南宗禅宣扬‘直指人心，见性成佛’。对此，我不是很明白，希望大师能给我指点一二。”

石头和尚道：“恁（nin）么（这样）也不得，不恁么也不得，恁么不恁么总不得。你该怎么办呢？”

听完石头希迁这段“绕口令”，惟俨禅师成了丈二和尚，完全摸不着头脑。

石头希迁知道惟俨机缘未到，就对他说：“你的禅悟缘分不在我这里，还是先往道一大师那里去修行一下吧。”

惟俨禅师一直想当佛门“大丈夫”，就是一直想脱离法、我二执。所以，在他看来，三藏十二分教，都只是权巧方便的工具。只有向外驰求，才能自见本性，才能成佛。

石头希迁禅师属于青原行思法系，乃六祖慧能的法孙。他所持禅法，圆融涵括了佛教其他宗门以及世法，富于哲理思辩。但相比承继南岳怀让法系的江西马祖道一这位师兄，希迁认定师兄的禅法更适合惟俨。

马祖道一禅法奇特，他主要把六祖惠能“当下即心”、“明心见性”加以发挥，利用喝、打、竖拂、画地等灵活多变的方式，触境随机，启发学人自悟。所以，马祖道一的禅法，“行”大于“理”。

惟俨依照石头希迁禅师的指示，前往江西参见马祖道一。

在马祖座前，惟俨把曾经问过石头和尚的问题重新提出来，再问马祖。

马祖道一：“我有时教伊（他们）扬眉瞬目，有时不教伊（他们）扬眉瞬目，有时扬眉瞬目者是，有时扬眉瞬目者不是。你怎么办呢？”

这个回答，虽然和石头禅师的“绕口令”差不多，也是“吃葡萄不吐葡萄皮，不吃葡萄倒吐葡萄皮”风格，但惟俨然禅师却能当即恍然大悟。

他立刻跪下，在马祖座下欢喜礼拜。

惟俨之所以能顿悟，就是因为马祖道一的禅语，比起石头禅师的话头，更加具体，更加有指引性。其实，二者的意思都是一样的，无非是告诉惟俨，不管别人如何教导你，不管你自己通过什么方法，都是别人的、外在的东西，只有自己启动自身的佛性和心性，才能真正禅悟。

看到惟俨倒身拜舞，马祖问：“你从我这里，获悉了什么道理，就下跪礼拜？”

惟俨禅师回答：“我在石头禅师处，如同蚊子叮咬铁牛。”

马祖微笑：“汝既如是，善自护持。”

由此，惟俨禅师留在马祖身边，一呆就是三年。

仔细看惟俨的回答，似乎他没有直接说出自己为什么顿悟。其实，他那一句“如同蚊子叮咬铁牛”，饱含深意：

我先前太愚笨，功名心切，总想一口吃个胖子，想立刻速成“明心见性”。这种作法，恰似蚊子叮铁牛，根本找不到入处，枉费心机。如求开悟，还是应该依靠自己的体证。

弹指三年飞逝。

有一天，马祖问惟俨：“你近日见地，有何长进啊？”

惟俨回答：惟俨禅师道：“皮肤脱落尽，唯剩一真实！”

也就是说，惟俨心悟，更上一层楼。他所剩的“真实”，就是佛法中所讲的“实相”，也就是空掉一切后，自心寂静不动的最高真实。

马祖赞许道：“你现在心中所得，可谓协于心体，布于四肢。既然如此，你将三条篾束住肚皮，可以找个山门去住持了。”

也就是说，马祖道一大师给他发了一张口头毕业证书。

惟俨禅师谦虚：“我是何人，敢言住山？”

马祖道：“不是这样说！没有常行不住的，也没有常住不行的。想增无所增，要作无所作。你还是宣法去做条渡人的航船吧。不要总呆在我这里。”

于是，惟俨禅师辞别了马祖，戴笠而去。

不过，他没有找山头建庙当住持，而是返回到石头希迁禅师那里。

惟俨再谒石头希迁的场景，很似武侠小说或者电影中的场面。

那一日，艳阳当空，万籁俱寂。惟俨端坐于大石之上，阖目打坐，衣带飘飘。

石头希迁大师闻讯，抖擞精神，大踏步而来，大袖扬扬，径自坐于惟俨面前。

石头希迁喝问："汝在这里干什么？"

惟俨微开二目："一物不为。"

石头希迁："恁么即闲坐也。"

惟俨："若闲，即为也。"

石头又大声喝问："汝道不为，不为个什么？"

惟俨双目如电："千圣亦不识！"

听罢此言，石头希迁大为赞赏，知道惟俨禅师已经彻悟，就作偈赞道：

从来共住不知名，任运相将只么行。

自古上贤犹不识，造次凡流岂可明？

与中国道家所讲的"无"不同，佛家的"空"观，是"非有非无"，既不舍有，也不取无，随心任运而行，那才是彻底的"空"。而道家的"无"，只是要消除心中的杂念烦恼。这种观点，在禅家看来，只是"住"无。因为，道家想得到的"无"，还是一种"有"，还是有所为。

惟俨所讲的"千圣亦不识！"，境界高妙，正是禅宗那种

“非有非无“的中观境界。所以，石头希迁夸他“任运相将”，就是大赞惟俨这种谁也不能认识的境界（千圣亦不识）。既然无思无虑，认识当然就成为不可能的了。特别是偈的后两句，石头禅师认为惟俨的修证妙法天然，甚至超过了佛门的“上贤”。

清风吹拂之际，石头希迁又展现咄咄机锋：“言语动用没交涉。”

惟俨禅师道：“非言语动用，亦没交涉。”

石头和尚道：“我这里针扎不入。”

惟俨禅师道：“我这里如石上栽花。”

石头禅师所谓“言语动用没交涉”，就是说，言语一类的东西，不过只是心性的显现，它们与能显现这些东西的心性本体，其实是没有交涉相关的。石头这样说，只表达了“肯定”的一面。

惟俨爱师，更爱真理，所以他说：“非言语动用，亦没交涉。”

在这里，惟俨胆大心细，在石头禅师的基础上，又补充了“否定”的一面：不言语，不动作，与心性本体也没有交涉相关。

如此一来，这个命题就达到了圆融全面的境界。

至此，石头禅师拍胸脯说：“我这里针扎不入。”

惟俨笑而答言：“我这里如石上栽花。”

如此犀利的譬喻，都是二人在引证自己所证到的金刚般坚实不坏的空空实相。

禅门机关之设，表面上容易，其实大难。其中的关键，在于造成勘问的突然性，在对方其毫无准备之时，猛然当头棒喝，使对方根本没有时间寻思动念之时，忽受刺激。如此，却往往可能使人灵机顿开。

由于在宗门观点上各有所持，石头希迁对马祖道一的“一切施用、皆是菩提”之说不是十分同意，所以他提出了批评。惟俨当仁不让，指出石头禅系那种固守灵智、沉空执寂也有偏僻。石头禅师不甘心，就拍胸说自己心如木石，已经是针扎不入，喻示烦恼外尘，皆不得侵。惟俨禅师借力打力，高言自己可以顽石上面栽花，就是明明白白告诉对方：你不要说我大石上无处植根，我自春意盎然秀挺。

参禅的悟路上，惟俨步步高。他从“蚊子上铁牛”，到“扬眉瞬目”；从“针扎不入”的“石头”，飞跃到能在“石上栽花”。一向给人以“石头路滑”不好对付的希迁禅师，最终看着在自己面前定定站立的惟俨，也对他的勇猛精进不得不表示由衷的钦服。

如此心心相印，如此暗合默契，古代禅师那令人一击三叹的智慧，让后人真的悠然神往不已。

此后，惟俨在药山弘法，长达四十多年。

说来好笑，本文开始的时候，那个作诗赞誉惟俨禅师的刺史李翱，原本是个激烈反对佛教的士大夫。

李翱，是唐朝古文大师韩愈的弟子。韩愈这个人，因为上书皇帝要“灭佛骨”，以至于“一封朝奏九重天，夕贬潮阳路八千”。可以想见，这对师徒最初对佛教是多么的排斥。

李翱开始的时候，与老师一样，认定“佛法害人”。但这个人喜欢“实践出真知”，认为既然主张排佛，自己一定要先钻研佛理，才能“以毒攻毒”，进行更有力的反击。

岂料，他深入研习佛教后，立刻被禅学所深深吸引，学得上瘾，欲罢不能，反而投入了禅宗大德的怀抱。

李翱初见惟俨禅师，很有三顾茅庐之风，躬亲拜谒。

惟俨知道刺史来，根本不理会，犹自执经不顾。

小和尚禀告了好几次，说：“太守来了。”惟俨依旧不理不睬。

李翱急性子，觉得惟俨又臭又硬，就没好气地大声说：“见面不如闻名。”言毕，拂袖便出。

望着李翱的背影，惟俨禅师笑言：“太守为什么贵耳而贱目啊？”

心知惟俨禅师言语不凡，李翱回转。他直接就问：“大师，如何是道？”

惟俨指指天，又指指地，问：“你懂了吗？”

李翱摇头：“不懂。”

意会不得，惟俨只得言传：“云在青天水在瓶。”

李翱诗人，自然对文字很有悟性，当下大悟。

他拜礼已毕，作偈曰：

“练得身形似鹤形，千株松下两函经；我来问道无余说，云在青天水在瓶。”

“云在青天水在瓶”，这句禅语，很有石头希迁回答天皇道悟的风范：心空不碍白云飞。

这两句偈语，都在暗示：学人一旦悟入以后，机境可以无限开拓，自在运用。

惟俨所说的“云”、“水”，究其“自性”，都是“湿性”。科学也可以解释，空气中的水蒸气上升到天空，遇冷凝聚而成云，再遇冷就会聚凝集成水点，然后落下来就是雨。至此，云和水的湿性并未改变。所谓“自性能生万法”，它们的自性，即湿性，仍未生灭，从未动摇。

云在青天飘摇，水在瓶中安静，天真自然，心无二用。对于修道者来说，高下在心，既能如云一般潇洒自如，又能像瓶水一样安适自在，才能得入禅悟之境。

好玩的是，在惟俨禅师使李翱低首的同时，他的师兄大颠禅师，在岭东也和一向憎恶佛教的韩愈结为莫逆。

禅之引人，莫过于斯！

药山惟俨禅师的终局，也很有戏剧性。

唐文宗太和八年（834），惟俨预感自己尘世之缘将尽，就对众徒说：“乘邮而行，及暮而息，未有久行而不息者。我的世路，马上要走完了，也该休息了。”

圆寂前一刻，药山惟俨大师大声喊：“法堂要倒！法堂要倒！”众僧人惊惶，立刻搬来柱子和木板来顶撑法堂屋顶。惟俨大师微笑，摆手说：“你们不明白我的意思啊。”

言罢，他安然而逝。

19．始随芳草去　又逐落花回

景岑，唐朝禅师，湖南长沙人，是南泉普愿的弟子，法号“招贤大师”，时人称之为“长沙和尚”，又称“虎和尚”。

一日，天朗气清，景岑禅师游兴大发，出去游山，兴冲冲转悠了大半天。

夕阳斜照，景岑禅师返回寺庙。

寺内首座仰山禅师见他满面红光，兴致正浓，就问：“和尚，你去哪里啦？”

景岑答：“我去游山了，刚刚归来。”

仰山禅师点头，又问：“到什么地方去了啊？”

景岑说：“始随芳草去，又逐落花回。”

仰山禅师也受感染：“大有春意啊。”

景岑一脸春色：“也胜秋露滴芙蕖（荷叶）！”

二位禅师，宾主互换，当机直截，各不相饶。

仰山禅师知道景岑去游山，依旧问他：“到什么地方去了啊？”其实是巧妙的禅机问辩，想得知景岑当时的修行到达哪种层次。

景岑禅师心知肚明，一点也不拖泥带水，顺口就答："始随芳草去，又逐落花回。"藻丽意佳，洒脱清幽，说明自己已经从色界得入空界，显示出他得悟禅味的高妙意境。

仰山禅师闻言慨叹，心中知道景岑由凡入圣，而且，他那种"又逐落花回"的潇洒，还体现了由圣返凡的慧根，起伏往返有致，并没有任何自得，说明他虽然居于圣位，却没有落入顽空死寂。为此，仰山禅师心中也洋溢起真道证悟后的洋洋春意，夸奖景岑说："大有春意啊！"

岂料，仰山禅师的这句话，虽然也有机锋在其中，却依然在现象界中没有跳出。为此，景岑禅师得禅不饶人，又加上了一句："也胜秋露滴芙蕖（荷叶）！"就是表示说，他自己体悟了至妙禅境，来去自如，枯境活返，譬喻自己恰似秋天受寒露侵袭的荷叶，已经超越繁华凋零，由色悟臻入空界。

景岑禅师如此天真烂漫，尽得圆融空有，真让人刮目相看。

景岑与仰山，确实像一对活宝。他们之间的公案，还不止这一出。

一年仲秋，月朗星稀，寺内诸僧一起观赏天生的明月清辉。

仰山禅师手拿一轮圆月，对众僧说："这个东西，我们大家都有，只因无明，不能充分使用啊。"

景岑禅师马上反驳说："既然大家都有，你怎么知道没有人能充分使用？今天机缘会合，如此大好明月，正好等你使用，你来试试看吧！”

仰山禅师推辞：“你说的话，着实有趣，如何身试这明月清辉，还是你先试试看吧！”

景岑禅师闻言，也不客气，他奋身跳起，飞起一脚，就把仰山禅师迎头踢倒在地。

仰山禅师一骨碌爬起，掸掸袈裟上的灰尘，一点没有生气懊恼的意思，反而夸赞景岑禅师说：“虎虎生气，真似大虫！”因此，后来大家都管景岑禅师为“岑大虫”，也叫他“虎和尚”。

厚道的仰山和尚以皎月为譬喻，就是指我们人的内心往往会被浮云所遮，被无明烦恼所掩。

景岑超脱，他认为高下在心，体证在于自己，只要能有真正的禅悟，定能挥云退雾，显出清纯的自性。

仰山不大相信，让景岑试试看。景岑大脚一踢，把仰山踢翻在地，就是以行动来告诉他，如此清辉如此月，何必你来老婆舌头多言多嘴！

如果仰山着恼，就露怯了。而他一句“你真似大虫”，反而夸奖景岑的功力深厚，能静能动，神悟禅力，犹狮如虎。

至此，虽然仰山挨了一脚，二人其实打了个平手。

说到景岑，还不得不说一个典故：“百尺竿头，更进一步。”

百尺竿头四个字的最早出处，源出唐朝诗人吴融的《商人》诗："百尺竿头五两斜，此生何处不为家。"但最后变成八个字，就是景岑的禅宗典故了。

据宋代释普济《五灯会元》记载，景岑禅师应邀到佛寺讲经的时候，有学僧发问，请他解答关于佛教最高境界即"十方世界"的问题。

禅宗大师们，都是形象思维大师，景岑禅师没有直接回答学僧的问话，而是作了一首偈诗：

"百尺竿头不动人，虽然得入未为真。百尺竿头须进步，十方世界是全身。"

这个偈诗的意思是，即使禅悟道行的修养，到了百尺竿头那样的绝高境地，如果不再继续前进，那就还不是纯真妙如。所以，纵使修炼到百足竿头的顶端，还是不能放松，应该继续前进，从而由凡入圣。

至此，学僧的困惑未解，他又问："百尺竿头，如何进步？"

景岑禅师依旧不直接回答，淡然道："朗州山，澧洲水。"

学僧还不明白："弟子我还是不能理会。"

景岑禅师进一步点拨说："四海五湖王化里。"

出空入有，似言非言，所答非所问。但禅修的顿悟之境，豁然而出。

学僧迟钝的根机，被景岑大师锐利的箭镞，射得七零八落。

"百尺竿头"，境界确实已经到了极高。但是，它否就是绝顶呢？是否到此就可万事大吉了呢？答案是："虽然得入未为真。”无上的一真实界，还没有达到，还没能成为完全契入诸佛智慧觉海的“无上士”。

什么是“无上士”？《涅槃经》中解释，无上士即超越常无常、乐无乐、我无我、净无净之诸佛不二境界。

所以，百尺竿头的顶端，仍是有道可求，有法可得。参悟者应该继续向上，不可得少为足。到了“十方世界”的地步，才可以亲证如来涅槃至境。

景岑禅师类似的机用，还有如下的案例：

有僧人问景岑：“您的老师南泉普愿，他圆寂后，人到哪里去了？”

景岑禅师回答：“东村作驴，西村作马。”

僧人非常不解。如果作驴作马，岂不堕入了畜牲道？所以，他赶忙又问：“这是什么意思？”

景岑答言：“要骑就骑，要下就下。”

经此一答，僧人不仅没头脑，更加不高兴。

因为，僧人根本不了解景岑的话外之意。

景岑的一番答话，就是告诫僧人，不必执着地去问人死之后到什么地方去，一切都要顺应自然。

在禅悟的妙境里，神与魔，生与死，无常与地狱，都是一回事。空有交彻，性相融通，空有无碍。

电光石火间，景岑大师为我们指出了一个全无迷惑和恐惧的开悟世界。

20．寸丝不挂

唐朝的宣州（今安徽宣城）刺史陆亘，南泉普愿禅师的俗家得法弟子，曾历任兖州、蔡州、虢州、越州、宣州刺史。南泉禅师晚年在池州传法，与这位陆亘大夫交往密切。在南泉禅师的不断点拨下，陆亘感觉自己越来越悟明心性。

一天，陆亘对南泉禅师表示："现在，弟子也略懂一些佛法啦。"

南泉禅师就问："陆大夫，你在一天十二个时辰当中，是处于一种什么样的状态呢？"

陆亘有些得意："寸丝不挂！"

南泉禅师摇头，说："你还是阶下汉，对禅法未能登门入室。"

因为，佛家真正的"寸丝不挂"，象征修行者已经臻于四大皆空、一尘不染的高妙境界，明心见性，洒脱无碍。当时的陆亘，其实还只是空心大萝卜，对禅法还并没有真切的体会，只会搬弄些现成的话头，善弄小智，未入真禅。在他沾沾自喜标榜自己"寸丝不挂"时，其实正被"寸丝不挂"的念头给"挂"住了。

禅宗的大智慧，是随说随扫的金刚般若。为了避免世人执著，禅宗强调人要把"空"的念头也要放下。就是说，要连"寸丝不挂"的意念都"不挂"于心，才是真正的"寸丝不挂”。

南泉禅师也机锋锐利，对陆亘及时加以钳锤，最终使他禅悟大进。

与此公案相类，还有温州玄机尼师和雪峰义存禅师的公案。

玄机尼师，一直大日山石窟里修习禅定。一天，她忽然感悟：“真如法性，澄明剔透，无去无住。我在深山老林，厌喧趋寂，哪里是真正的禅悟啊。”

得知雪峰义存名高，她就迢迢而来，到福州参访雪峰禅师。

望着堂下亭亭玉立、却面显憔悴的女尼，雪峰禅师问：“你从什么地方来？”

玄机说：“我从大日山来。”

雪峰禅师：“大日山？日头出来了吗？”

玄机：“如果日头出来，就会把雪峰融化掉啊。”

雪峰禅师一捋如雪长髯，哈哈一笑，问：“你叫什么？”

“玄机。”

雪峰颔首，接着问：“既然是玄机，一天能织多少布？”

玄机正等着这个话头，马上欣然作答：“寸丝不挂！”

雪峰禅师默然，好长时间不说话，自顾自低头沉吟。

看见雪峰禅师如此，玄机心内忖度：所谓大师，原来不过如此。

于是，她合掌行礼，转身告退。

才行了几步，雪峰禅师突然在玄机背后说道："你袈裟一角拖地了。"

玄机闻言，赶紧回头，又低身察看自己的袈裟。

雪峰禅师笑了。"好一个寸丝不挂！"

沾沾自喜的玄机，终于在大和尚之前显露出"万缕千丝"。

雪峰义存（822—908），是唐代至五代的僧人，乃洞山良价大师的弟子。他12岁出家，遍游吴、楚、梁、宋、燕、秦，最后落足于福州雪峰山，创立五禅院。他的门下，出了云门文偃、玄沙师备两个高徒。文偃创立"云门宗"，师备的徒孙清凉文益创立"法眼宗"。所以，禅门五宗，云门、法眼二宗出自雪峰，可以想见其宗风之盛。（也有人认为这位雪峰是岭南雪峰，此人曾直谒六祖慧能。如此的话，他辈分就更早了。到底是哪个"雪峰"，并无所谓，我们只是就这个公案说事。）

我们现在仔细分析这个公案。

雪峰禅师问女尼玄机"从何处来？"看似平常，实际是发机的禅机。

玄机冰雪聪明，她知道雪峰禅师话里有话，也只是用看似平常的话来回："从大日山来。"

第一个回合，二人平手。

"日头出来了吗？"雪峰禅师依旧是以话赶话，但也给了女尼玄机一个难题：实相的言语际断，是没有层次的回答，授人以柄。因为，是、否、有、无，都乖于实相。

因此，她接着雪峰禅师的话头，说：“如果日头出来，就会把雪峰融化掉啊。”此句一出，咄咄逼人。

玄机没有正面回答雪峰禅师日头是否出来，反而用假设来回答，既夺人又夺境：如果日头出来的话，光芒遍照，连“雪峰”也没有了，人境双泯；如果日头出来的话，我玄机和你雪峰就双双沦寂。所以，她这一答，实际是告诉雪峰禅师：“姑奶奶我，已经明心见性！”

至此，玄机尼师巧用文字禅，人境双夺，似乎逼使雪峰禅师哑口无言。

雪峰禅师何许人，当然不能就此打住。他跳出原头，提出新机锋：“你叫什么名字？”

这一问，问得突兀，玄机来不及仔细思考，就回答：“玄机。”

玄机，恰恰是双关语，它又指当时家妇人织布用的木制机子。

为此，雪峰禅师接着问：“一日能织多少布？”

这一问，从语言逻辑上讲，话赶话，顺理成章。

眼看女尼玄机似乎要落在下风，不料，她奇思顿起，朗然回答：“寸丝不挂！”

这种境界，按理，应该是一种高妙之境。因为，禅宗常用“寸丝不挂”的意象，象征修行者臻于四大皆空、一尘不染的那种境界。

雪峰禅师默然。

女尼玄机见好就收，心想大师也不过如此，就想转身离开。

殊不料，雪峰禅师苦口婆心，老婆心切，惟恐玄机落入浅薄的文字禅中。所以，他趁女尼精神放松的时候，忽然大声说：“你袈裟拖地了！”

玄机一回头，破绽顿出。

真正的禅悟，不仅仅是口头的见解，不仅仅是侃侃而谈的口头禅，而是那种拟议便乖，是那种不落思量。

回头低头间，女尼玄机已经暴露了她其实不能悟证一如。

为此，雪峰禅师冷笑：“好个寸丝不挂！”

后发制人，人境双夺！

玄机至此，方了玄机！

长久以来，禅宗一直提倡“不立文字”，却又留下了汗牛充栋的公案。这些公案的对话，完全不能用思维逻辑来揭示。

禅，不是能以文字的理解和观念上的接纳所能简单领会的。如果想达到彻底的禅悟，必须经过深刻的体验，摈除情见执固，这样，才能从虚幻、贪执和成见中遁逃出来。否则，就会变成玄机那样，喜欢对人炫耀自己的悟境，最终可能堕入魔境。

其实，仔细思量，大德禅师的“寸丝不挂”，依旧有令人怀疑的余地。

比如，临济宗门就发生过这样的事情：

有学僧拜谒首山有念禅师，问：“我听说大和尚您一直宣称‘寸丝不挂’，等我到了山门，忽然想问，您为什么有山可守？为什么有庙可居？这还叫‘寸丝不挂’吗？”

听此言，首山禅师脸色发红，急赤白脸地大声说：“你说什么呢？”

学僧不退步，应声大喝。

首山禅师也大喝。

学僧礼拜告辞。

首山禅师看着学僧的背影，呵呵一笑：“饶你三十大棒！”

首山禅师乃临济宗第五代高僧，他对“寸丝不挂”的佛典，当然比常人理解深刻。可是，那位弟子更不简单。他直截了当，斥问首山师傅，提出“有”、“无”两个选择题，逼使首山禅师作出选择。

寸丝不挂？对此，说“有”不是，说“无”也不是。

绕到这里，首山确实刹不住车，只好气急败坏，“你说什么呢？”

学僧得理不饶人，应声大喝。

首山和尚复大喝，却已经包含有赞许对方的意思。

学僧了解，于是拜辞而出。

到此，首山禅师如果不说话，还好。结果，他看似不依不饶地讲了句“饶你三十大棒！”

多余的一句，完全是首山禅师给自己找面子下台阶罢了。

21．看棒！

谈起禅宗的机锋迅疾，不能不说到德山宣鉴禅师。

德山宣鉴（782—865），唐代禅僧。他是剑南（四川）人，俗姓周。宣鉴年少出家，精究律藏，大小乘通吃。因他常对大众讲《金刚般若经》，时人美称他为“周金刚”。

宣鉴在四川的时候，听说南宗禅方盛，特别对于南宗“直指人心，见性成佛”的说法，由于与自己平时所学不相类同，他大为不平。一天，他对同寺僧人说：“出家人，千劫学佛威仪，万劫学佛细行，还不能成佛。而那些南方魔子，敢言‘直指人心，见性成佛’，我现在要到南方去，搂其窟穴，灭其种类，以报佛恩！”

宣鉴如此说，并非是要去烧庙杀人，而是要去与南宗禅众分辩，宣扬他自己从前所学的“正宗”佛法。

于是，宣鉴携带着《金刚经》，自出蜀道，往南方而来。

行至澧阳路上，宣鉴看见一个老婆婆卖饼，顿时感觉饥饿，就拿出钱来，指着担子，对卖饼婆婆说要买“点心”。

老婆婆看宣鉴一身和尚打扮，就问他：

“你行李中的经卷，是什么文字啊？”

宣鉴说：“《青龙疏钞》。”

阿婆又问：“所讲何经？”

宣鉴：“金刚经。”

阿婆点点头，说：“我有一问，你若答得出，我就给你点心当施舍。你若答不出，就去别处，我这里不卖你东西。”

宣鉴同意。

阿婆：“《金刚经》上说：‘过去心不可得，现在心不可得，未来心不可得。’点心，点心，不知和尚你，要点哪个心啊？”

这一问，可把宣鉴禅师问住了。他哑口结舌，无言以对，只能喟然而去。点心吗，当然也没有吃到嘴。

稍有所悟后，宣鉴禅师就到澧阳，前去参谒龙潭信禅师。

刚进入法堂，宣鉴性躁，大声嚷嚷：“久闻龙潭大名，到此一看，即不见潭，也不见龙！”

龙潭禅师很客气，躬身言道：“你已经亲身来到龙潭了。”

德山找不到话由，只得留了下来。

一天夜里，宣鉴侍立在龙潭师傅身旁，龙潭禅师忽然说：“夜深了，你怎么还不回去啊？”

宣鉴道声珍重，就往外走。没走几步，他又回来对龙潭禅师说：“外面好黑。”

龙潭禅师立刻点起一支蜡烛给宣鉴。

宣鉴刚刚要伸手接蜡烛，龙潭禅师猛然一口，吹熄了蜡烛。

烛灭烟飞之际，宣鉴禅师从缘悟达，顿时大悟。

转日，龙潭禅师对寺内僧众说：“我们这里有个汉子，牙如剑树，口似血盆，一棒打不回头。日后他向孤峰顶上，宣讲我的真如道法。”德山宣鉴开悟后，就把《金刚经疏抄》等经书在法堂上一把火烧了，然后作偈道：

穷诸玄辩，若一毫置于太虚。
竭世枢机，似一滴投于巨壑。

这首偈诗的意思是：我即使穷尽了玄理佛论，也不过像放在虚空中的一根毫毛；我用尽了世间机巧，也不过像巨壑中的一滴水珠。

礼辞龙潭禅师后，宣鉴直抵沩山，往灵佑禅师处问道修禅。

到了沩山，宣鉴和尚在法堂里里外外转了几遍，自言自语道：“无也！无也！”言毕，他就走向寺庙大门口，想不辞而别。

沩山灵佑禅师一直坐在堂上，冷眼观瞧，什么也不说。

一条腿刚跨出门，宣鉴禅师转念。他又对自己说：“即使如此，也不能草草而去。”

于是，他掸尘整服，昂头挺胸，严具威仪，重新进入法堂，要正式与沩山禅师相见。

沩山端坐，目中无人。

于是，宣鉴禅师就提起一个坐具，大声喊道：“和尚！”

沩山禅师并不为所动，侧身要去拿拂尘。

见状，宣鉴禅师大喝一声，拂袖而出。

日间无话。到了晚上，沩山禅师问寺庙的首座和尚：

“那个今天新来的和尚，到哪里去了？”

首座和尚回答：“他当时就背对法堂，穿着草鞋离开了。”

沩山禅师点头，叹道：“以后这个人，肯定在孤峰顶上盘结草庵，呵佛骂祖！”

离开沩山以后，宣鉴禅师回到龙潭禅师座下，一直在那儿住了大约三十年之久。

大中初年（847），武陵太守薛廷望资重修德山精舍，号“古德禅院”，就想方设法把宣鉴禅师请到那里，驻锡于德山精舍。所以，宣鉴禅师就被称为“德山宣鉴”。

德山宣鉴禅师和沩山灵佑之间的公案，看似德山禅师勘破妙境，其实不然。

德山大喝，大闹，大跳，掀床背门而去，一直动个不停；而沩山禅师，风平浪静，只是闲坐，冷眼观看德山和尚的表演。到了晚间，沩山禅师心平气和，准确预言了日后德山宣鉴禅师“呵佛骂祖”举动，种种情境表明，沩山禅师其实已经完全参透了德山的伎俩。

所以，在这个公案中，德山宣鉴和尚并没有真正占据上风。

德山宣鉴的禅风，最以棒喝和呵佛骂祖闻名天下。他曾经当中高言：

“这里无祖无佛，达摩是老臊胡，释迦老子是干屎橛，文殊普贤是担屎汉，等觉妙觉是破执凡夫，菩提涅槃是系驴橛，十二分教是鬼神簿、拭疮废纸，四果三贤、初心十地是守古冢鬼，（这些人皆）自救不了！”

德山宣鉴禅师的呵佛骂祖，绝对不是“反潮流”地否认佛教，其真实目的，还是在于想帮助学人解粘去缚，放弃向外驰求的妄念，回归清净自性。

干屎橛，原本指那种揩屁股用的厕筹（隋唐五代的时候，人们还没有奢侈到用纸去擦屁股）。德山宣鉴等禅师把佛譬喻成“干屎橛”等肮脏平常的东西，是要粉碎凡夫俗子的迷执，让他们开启禅悟的心灵。

自我的“无位真人”虽然宝贵，佛虽然神圣，但是，为防止学人执着名相，防止学人受到情识的污染，禅宗大师们总是千方百计，耐着性子，随施机锋，就要打通凡圣，而且随说随扫，机锋鲜活。

一切妄情执着，即使是那种把佛当成清净法身的想法，也是一种妄执。

凡属妄执，就是烦恼的源头，就要被破除。

由此可见，禅宗大师对于知性的清除，峻烈陡峭，千奇百怪，不可思议，不遗余力。

除了“干屎橛”的奇言，德山宣鉴禅师还有“逢人就棒打”的异行。

棒打学人，其实从六祖慧能开始已经开始运用。但真正形成一代风气，肯定非德山宣鉴禅师莫属。

他日后接引学人，无论是谁，入门就抡起大棒猛打：

“说得出要打三十棒，说不出也要打三十棒！”

为什么呢？德山宣鉴禅师是虐待狂吗？

当然不是！

人的自性，圆满无亏，不可言说。所以，说出来，要打；说不出来，显然是自性痴愚，当然也要打。

棒打呼喝，德山宣鉴禅师其实用来测试学人的悟境功底。

当德山大棒挥出的时候，呼呼风声中，学人根本没有思考拟议的时间余地，恰似轮王握万机，如晴天雷吼，振聋发聩，尽断学人的是非妄念。

不过，如此杀威棒，是福是祸，也依靠学人的悟性。

倘若遭遇凡愚之人，就是把他打死，他也悟不了道。

所以，德山禅师临终，对弟子们慨言：

“扪空追响，劳汝心神。梦觉觉非，竟有何事！”

就是说，如果你们追逐虚空幻响，只会劳费你们的心神。梦觉醒来，察觉道凡事尽是虚幻。人世大道，本来无事！

所以，禅修者，就怕错用功，修错法门。如果把不了义当成了义，以识为智，最终只能是白耗心神。

梦是识用，是染污，净化幻梦，何故有梦！当下即觉，故称梦觉。诸法无我，空性不可得，故称觉非。

能所双无，心境一如。行住坐卧，不沾不染，运作了无痕，竟有何事！

所以，下面这首诗，非常能表达德山要说的境界：

饥来吃饭困来眠，行住坐卧了无痕。

心空境寂开正眼，相逢原是本来人。

22. 佛是麻三斤

有学僧问洞山良价禅师："如何是佛？"

洞山良价正在称胡麻，信口答言："麻三斤！"

有学僧问云门禅师："如何是超佛越祖之谈？"

云门禅师："胡饼！"

两个公案，异曲同工。

洞山良价禅师（807—869），唐代僧人，中国曹洞宗开祖。他是筠州会稽（浙江会稽）人。俗姓俞。年青时代曾师从名僧南泉普愿、沩山灵祐以及云岩昙晟。

在初始之时的禅习路上，洞山禅师凝滞丛生，不是很顺利。日后，他过水睹影，豁然开悟。由于他一直在豫章（江西）洞山普利院传法，世人称之为"洞山良价"。承继他法脉的本寂禅师，因住曹山，就与洞山良价合称为"曹洞宗"。

那个问洞山禅师"如何是佛"的学僧，确实是个执拗之人。由于听不懂"麻三斤"的意思，他就猪颠疯地跑去智门禅师处，接着问："洞山师傅说佛是麻三斤，为什么说佛是麻三斤呢？"

智门禅师正在山坡上赏花玩草，信口回言："花簇簇，锦簇簇。"

学僧一脑子浆糊："我还是不明白。"

智门禅师又说："南地竹兮北地木。"

学僧差点晕倒，只能再次猪颠疯，跑回洞山禅师面前，气喘吁吁地问："为什么佛是麻三斤啊？"

……

这个公案，日后解释的人很多，不少人错会其意。

有人说，洞山当时在称量胡麻，由此及彼，故而答称"麻三斤"；有人说，洞山是要学僧见性成佛，所以故意顾左右而言他。

其实，"麻三斤"本身没有意义，洞山"绕路"回答的目的，就是要截断学僧的分别意识。

学人，如果只从句中觅求，肯定陷入执迷。

与此相类，学人问云门禅师："如何是超佛越祖之谈？"云门回答说是"胡饼"。二个公案，一个意思。

学僧发问的时候，问题本身就漏洞不少，当时已经被"见闻觉知"相隔碍。所以，云门禅师用"胡饼"，洞山禅师用"麻三斤"，都是来填补学人心中的缝隙和漏洞。

如果学人能超越二位大师的答话，不去思量"胡饼"和"麻三斤"，就是找到了禅悟的活路，清淘了"分别"的渣滓，那样的话，就可以超越受佛拘束的见解，也会超越受法拘束的见解。

因此，看似平淡无味的回答，反而彰显了禅宗妙语的轻灵跳脱。

话说回头，再谈谈洞山睹影开悟的事情。

洞山禅师当年离开云岩禅师的时候，下山，途经一条河流。

时值春天水暖，碧波荡漾。洞山忽然看见自己水中的倒影，恍然大悟。他立刻作了一首诗偈：

切忌从他觅，迢迢与我疏。
我今独自往，处处逢到渠。
渠今正是我，我今不是渠。
应须与么会，方始契如如。

渠，古汉语中，是“他”的意思，这里指自身的影子。

偈诗的禅悟就是：自性是佛，我即如来，更不别求！

洞山禅师临水睹影，忽然感悟“我”的宝贵，自性至尊至贵，本来具足，诸佛不能过，千圣也不能移。所以，自家的“宝藏”，自是受用不尽，根本用不着向外去觅求——切忌从他觅，迢迢与我疏——越是外觅，越是苦求，反而离道越远，越得不到。

“我今独自往，处处得逢渠”，我不用刻意追求他（影子），只管独往独来，任运而行，如此，他（影子）肯定时时跟随着我，我也处处可以看到他。我是主，他是从，万物皆备于我，不行而成，不求而至。

“渠今正是我，我今不是渠”，这句是全偈的诗眼！影是形的化身。有什么样的形，一定就有什么样的影。作为本体的“我”，才是根本。外相是完全依附于我并由我决定的，他不可能背离我。我为主，影为宾。“我”不可混同于影，恰似法身不同应身一样。

“应须与么会，方得契如如”，你们要这么去体会，才能与真如吻合！

佛教中的“如如平等”，本来强调的是“理事不二”，却往往忽视每个事物都有本身的自性，矫枉过正者，则认为强调平等了，就不能说差别，更不能论层次（阶级）。洞山禅师打破了这一偏见，指出有主有从，各有自性，这才是真正的如如平等之道。

所以，任运随缘，并不是放任自流。禅者的极端自由，与极端的自律，相辅相成，缺一不可。

理解了洞山禅师的偈诗，再返回头去理解“佛是麻三斤”，别有一番滋味在心头。

制心一处，事无不办！

洞山禅师圆寂前，也作偈一首：

学者恒沙无一悟，过在寻他舌头路。

欲得忘形泯踪迹，努力殷勤空里步。

然后，他剃发澡身，俨然坐化。

僧徒号恸，长久不止。

忽然，洞山大师开双目，对弟子们说："出家人心不附物，是真修行。劳生惜死，哀悲何益？"

过了七天后，洞山禅师和僧众们一起吃斋后，再次嘱咐道："僧家无事，大率临行之际，勿须喧动。"

而后，他返回方丈，端然坐化。

大师飞升后，留下的公案"麻三斤"，经过千年，依然被后人揣摩、追思。

23．大嘴巴子也能让你悟

雪窦重显（980—1052），宋代云门宗僧人。这个人学问博大，精于翰墨文章，诗情超迈，灵秀特达。他圆寂后，弟子将他历年来所拈提的禅门故事及诗作整理为《雪窦和尚拈古》一百则、《雪窦和尚颂古》一百则，还有《瀑全集》一卷、《祖英集》二卷。

重显禅师巨著泱泱，功力很深，情景交融，境界高迈，可谓独具机杼，所以在后世广为流传。

重显禅师年轻的时候，在湖北随州的智门光祚禅师门下参禅。他的顿悟，也非常有戏剧性。

一天，重显似有所悟，忽然对师傅智门光祚发问："心中不起一念，为什么还有过错呢？"

正在默坐的智门光祚禅师，忽开法眼，寒光迸现。他没有答话，招手示意重显走近些。

重显走上前，即刻遭到智门光祚禅师抡圆甩出的一个大嘴巴！

这个大嘴巴，让重显莫名其妙。他刚想开口争辩，智门光祚禅师又手扬拂尘，甩打而来。

嗖嗖声中，重显顿悟。

重显该挨打吗？

当然要挨！

他"不起一念"问话的本身，就是一直妄执的心念。

智门光祚打重显的嘴巴，就是用行动来提示重显：禅法妙意，当然不能用概念和语言来表达！

禅悟之妙，正在妙不可言！

开悟后，重显在智门光祚继续深修，达五年之久。而后，他遍游洞山、鼎州、庐山等地，拜参各位著名的禅师。

在池州景德寺作首座时，重显遇到了老朋友曾会。当时，这位翰林学士曾会恰恰被朝廷派在池州当太守。二人终日研讨禅理，非常融洽。不久，重显起身，欲再向南游。曾会说："钱塘灵隐寺，天下胜处。寺中住持珊禅师，是我好友，你可以去他那里当首座。"于是，曾会修书一封，让重显带在身上。

重显迢迢云游，到达杭州灵隐寺，但他根本没有去找珊禅师走后门，反而隐姓埋名，在寺内充当掏大粪的净头。

三年后，曾会到浙西作官，就去灵隐寺找重显。可怪的是，灵隐寺内千余僧众，没有一个知道重显是谁。曾会着急，挨屋察看，最后竟然在净头僧里找到了重显。曾会有些埋怨地说："我三年前写信交给你，你放到哪里去了？"重显摸索袖中，掏出了那封依旧未拆封的信，交回曾会："多谢明公美意，我这个行脚僧，可不是邮差啊。"

二人相视大笑。

重显禅师，臻至禅悟妙境，自然抛弃掉一切外相，荣辱利害，皆不存于心。所以，他当然不会拿出曾会的书信走后门在灵隐寺当首座。

又过三年，曾会到福建明州作官，就请重显转住明州的雪窦山资圣寺，世人就称其为"雪窦重显"。

雪窦禅师常对僧众说："如果大众都能以本来面目相见，我又何必升堂说法呢？"所以，他的教化手段，总以开启学人的自性为务。

宋代禅门，总是习惯用棒喝手段来教化禅僧。对此，雪窦禅师大感缺憾。正好当时的"文字禅"蔚然成风，据此，他编成《雪窦和尚拈古》、《雪窦和尚颂古》各一百则，想促使参禅者从中领悟古德参禅的妙意。

"颂古"与"拈古"，是文字禅的两种形式。"颂古"非常具有文学性，就是以韵文体对公案作赞颂性的解释。特别是《颂古百则》，雪窦禅师选编了一百则公案，每一则公案后，都作一首偈颂发挥禅旨，词藻优美华丽，寓意深长。

雪窦禅师把“颂古”这一形式推向了真正成熟的高峰。他的颂古诗，旁敲侧击，左引旁证，绕路说禅，不仅深受禅宗学人的喜爱，也令文人士大夫流连忘返。

即便如此，在圆寂之前，雪窦禅师留下最后一句话：“平生惟患话语多！”

他是高智的禅悟大德，深知禅宗不立文字的奥妙。但毕竟自己老婆心切，由于太希望天下的人能够觉悟成就，才留下那么多书卷和话语在世。

雪窦禅师的临终遗偈，却也道出他的遗憾：说法者，本来无话可说，本来要破除大众对于文字语言的执著，可自己如此多言多语。

他殷切希望，后来大众不要执着于他留下的语言和文字，能究自性清净之源，得到真正的禅悟。

24. 何须待零落　然后始知空

禅宗五家中开宗最晚是“法眼宗”，由清凉文益禅师开创于五代时期。

读者会好奇，为什么叫“法眼宗”而不叫“清凉宗”呢？因为，文益禅师圆寂后，南唐国主赠谥为“大法眼禅师”，故而他开创的宗门就称为“法眼宗”。

文益禅师（885—958），俗姓鲁，余杭（今浙江杭州）人。他七岁出家，在越州（浙江绍头）开元寺受具足戒，同时习儒，多与儒生相往来。

青年时代，他外出参学的时候，途中遇大雪，受阻于漳州罗汉院，遇到了恩师桂琛禅师。

文益初参桂琛的时候，桂琛一眼就看出此人不是凡器，就问：

“请问和尚，你要到哪儿去啊？”

文益：“我行脚参禅去。”

桂琛问：“什么叫行脚啊？”

文益想了想，摇头说：“不知。”

桂琛微笑点头：“不知最亲切！”

转天，道中积雪融化，文益向桂琛禅师辞行。

桂琛指着院内的一块石头，问文益：“参禅为僧，总说‘三界唯心，万法唯识’，这块石头，是在心内呢，还是在心外？”

文益：“在心内。”

桂琛摇头：“你这个行脚僧，装块石头在心内，不觉得很沉重吗？”

文益闻言，大有所悟。他赶紧放下行李，请求桂琛禅师明示。

桂琛语重心长地说：“若论佛法，一切现成。”

文益心中疑山顿摧，当下顿悟。

日后，南唐国主敬佛，就把文益禅师请到金陵的清凉寺，所以后人称其为“清凉文益”。

所谓“一切现成”，就是以心、识为万法之本：

> 三界惟心万法澄，盘环钗钏同一金。
> 映阶碧草自春色，隔叶黄鹂空好音。

文益本人所作的诗偈，就是讲三界都以心为本体。从心的角度看，三界万法，都归于空。恰似盘环钗钏同一金，本体为一。而春日赏听鸟鸣，背后的主宰，依旧是“心”。

“心”，作为万法的主体，随缘而生，眼识缘起色，耳识缘起色，如果没有这种心识的缘起作用，就绝对不能体认万法惟空的本性。当然，文益并非完全否认声色等现象的存在，他主张从空幻的现象本身，去体认那个主体。作为理事圆融的“心”，也就是“真实之理”，从本质上讲，是不可说的。所以，文益的老师桂琛才讲“不知最亲切！”

后来，一旦有学僧问文益“如何是佛家‘等一义’”的时候，他就会说：“我向你说，就变成第二义。”因为，佛法“第一义”，根本不可说，需要参禅者亲证亲悟。别人向你说的，显然是过去时的第二义了。

文益禅师在金陵的时候，一天，他陪同南唐中主李璟在园中共赏牡丹，参禅论道。见牡丹盛开，如梦似幻，为此，文益禅师意味深长，吟出这样一首诗：

拥毳对芳丛，由来趣不同。
发从今日白，花是去年红。
艳冶随朝露，馨香逐晚风。
何须待零落，然后始知空？

“拥毳（cui）对芳丛，由来趣不同。”毳是毳袍，本来指僧服，这里是文益自称。开宗起义，他表示自己作为僧人，春日赏花，所见所感，肯定与世俗之人（包括国主李璟）不一样。颔联，“发从今日白，花是去年红”，比喻兼象征，非常巧妙地把花和人纠缠在一起写，大显禅境的玄奥。“艳冶随朝露，馨香逐晚风。”还是继续铺垫，把百花之王的雍容华贵和袭人香气渲染到最浓艳处。

心随物转。在国主与大臣们黯然魂销、精神恍惚的那一刻，文益禅师陡然结尾：

“何须待零落，然后始知空？”

《金刚经》中讲：“一切有为法，如梦幻泡影，如露亦如电。”一切皆空，别说是牡丹花，大千世界，王侯将相，富贵荣华，概不能免。

大师就是大师。他们能从斑斓的感性世界中，证悟到当体即空的无常之理。在牡丹花盛开的时候，大师丝毫不为色相所染，直透本源，预见到花儿凋谢，即从色相直接进入到“空”的本质。牡丹虽艳，本性为空。无论丽与艳，都是幻影。不要等到花落之后才知道它的空，应该当体就认识牡丹的空。

文益的偈诗，以实喻空，从衰飒之中见出澹然，以现象喻本体，确实妙之又妙。

从当时的实际政治角度看，在“五代十国”中，南唐在开国君主李昪时期还能安静无事，保境安民。中主李璟继位后，自恃国富兵强，常欲开疆拓土，耗伐民力。鹬蚌相争，渔人得利。在后唐与周围小国杀伐的时候，北方的后周皇帝柴世宗勇武绝伦，一直对南唐虎视眈眈。正是在这种历史背景中，文益禅师因机说法，大有诤谏的意思在其中。

文益禅师本着一颗飘渺的出世之心，更能洞察红尘帝王的勃勃欲望之火的炽烈，他一句“何须待零落，然后始知空”，谶言有征，回响万古，显示出他超级清醒的洞察力。

25. 大雄山下出猛虎

话说有一日，唐朝的宣宗皇帝赏观瀑布，诗兴大发，于是让身边一个禅师起唱。

这位禅师，气貌奇特，额间隆起一串肉珠，珠圆玉润，音辞朗润，倜傥不羁。他接旨即诵：千岩万壑不辞劳，远看方知出处高。

唐宣宗李忱联唱：溪涧岂能留得住，终归大海作波涛！

二人相视，哈哈大笑。

禅宗大德中，鲜有能与帝王一起吟诗作赋的。而且，这个人，在禅宗历史上的地位还非常显赫，因为，他上有“好爹”，下有“俊儿”。这个人，就是黄檗希运禅师。

说他上有“好爹”，指他有个鼎鼎大名的师傅百丈怀海；说他下有“俊儿”，指他的弟子是临济宗的开创者、更加赫赫有名的临济义玄。

希运禅师（？—855），福建福州人。他年幼时即在洪州高安黄檗山寺出家，所以人黄檗希运。

作为临济禅的先驱，黄檗希运承上启下，蔚然大观。

黄檗禅师年青时，本来赶到南昌要从马祖道一大师学禅。岂料，他到达后，马祖禅师已经圆寂。怅然之余，黄檗禅师登上石门山，在马祖的坟塔前凭吊。

听说马祖的大弟子百丈怀海禅师就在附近一处庵堂内守塔，黄檗禅师便参谒百丈禅师，请求对方向自己传授心法。

百丈禅师想验看他的才识，就问：“巍巍堂堂，从何方来？”

黄檗禅师：“巍巍堂堂，从岭南来。”

百丈禅师：““巍巍堂堂，当为何事？”

黄檗禅师道：“巍巍堂堂，不为别事。”言毕，礼拜。

百丈禅师无语。

若有所思了一会，黄檗禅师接着问：“从上宗乘，如何指示？”

百丈禅师默然不对。

过了好大一会，黄檗禅师对百丈禅师说：“你只是如此沉默不言，以后你的法门就没人承继了。”

听黄檗禅师这样说，百丈禅师忽然大喝：“本来还以为你是个人物，原来也是这般浅见！”

百丈起身，往庵堂后面就走。

黄檗禅师心知肚明，跟随着百丈禅师，小声说：“我特来参拜师傅。”

百丈禅师点头：“既然如此，以后你不要辜负我啊。”

由此，黄檗禅师得以在马祖道一法师的禅院住下。百丈禅师并不给黄檗禅师讲说禅法，却讲了他自己从前在马祖门下为徒的一个故事：

一日，百丈禅师侍立在马祖大师的旁边。马祖拿起绳床边的拂子，高高擎起作势。

百丈禅师问：“即此用，离此用？”

马祖把拂子放回原处。过了一会儿，马祖问百丈禅师：“日后你开口教导学人，用什么方法呢？”

百丈禅师有样学样，也擎起绳床边的拂子。

轮到马祖反问：“即此用，离此用？”

怀海禅师不说话，也将拂子放回原地。

此刻，马祖大师忽然开嗓大喝……

说完这则公案，百丈禅师对包括黄檗在内的徒众说："佛法皇皇。老僧昔日受马大师一喝，竟然三日耳聋。"

一旁侍立的黄檗禅师一听，不觉吐舌。

见此，百丈禅师就问："你日后教人，是学习马祖大师的方法吗？"

黄檗禅师："不然。今日我听您如此说，得知马祖大机之用，但我本人不会效仿马祖。如果我处处模仿他，以后就教不出好弟子好儿孙了！"

百丈禅师闻此语，当众赞叹说："好！好！见与师齐，减师半德；见过于师，方堪传授。你悟性已经超出老师了！"

黄檗禅师很虚心，依旧日日勤修，在百丈禅师处参究马祖道一的禅法。

一天，见黄檗禅师自外归来，百丈禅师问："你从哪里来？"

黄檗禅师："我大雄山下采蘑菇回来。"

百丈禅师问："见到大虫（老虎）了吗？"

黄檗禅师立刻作大虫吼叫声。百丈禅师陡然而立，拈起斧头，作出要砍斫老虎的样子。黄檗禅师毫不相让，袍袖飞舞，迎面就给了百丈禅师一大巴掌。百丈禅师颔首微笑。他知道，黄檗禅师算是彻悟了。

转天上堂，百丈禅师对僧徒宣布："大雄山下有一大虫，你们这些人好好留神，我百丈老汉昨天也遭它咬了一口。"

日后，黄檗禅师在洪州驻锡，洪州刺史裴休对他非常景仰，执弟子礼待之，并作诗赞美黄檗禅师：

自从大士传心印，额有圆珠七尺身。挂锡十年牺蜀水，浮杯今日渡漳滨。一千龙象随高步，万里香花结胜因。拟欲事师为弟子，不知将法付何人？

裴休不仅仅是黄檗禅师的粉丝，他还亲自为大师整理了《黄檗山断际禅师传心法要》和《黄檗断际禅师宛陵录》法要。

黄檗禅师和裴休之间，还有一个“黄檗安名”的公案。

一天，裴休派然雕塑了一尊佛像，然后，他携带着佛像，到黄檗处，跪请大师给佛像起名字。

黄檗指着佛像，马上说道：“裴休！”

裴休很诧异，抬头看黄檗禅师。

黄檗禅师说：“我已经给佛像起名了。”

裴休大悟，赶忙礼拜。

如果不懂禅法的人，对于黄檗禅师把佛像命名为“裴休”的举动，会认为是巴结大官的势利之举。

其实，从禅宗理论上看，人人自身都有清净的佛性，裴休当然也有。所以，起名叫“裴休”，自然是让他承担自身佛性的意思。

裴休那诧异的一抬头，显然他心中还有凡圣之分。经过黄檗稍稍点拨，他终于大悟。

早先，黄檗希运虽然对百丈禅师说，他日后不会模仿马祖道一的方法教导学人，其实，他依旧继承了马祖“即心即佛”

的观点，坚持“此心即是佛，佛即是众生”。他认为，一切众生，本来是佛，不用借住修行，只要识取自心，见自本性，根本用不着向外驰求。

值得注意的是，惠能、马祖禅系所讲的“心”，主要不是指抽象的本体之心，而是指人们当下的一念之心。这种革命性的禅悟，就把传统佛教作为抽象本体的“心”，一变为更具体、更现实的“人心”。而黄檗希运言传身教的“即心即佛”的“心”，就是指人们当下的即真即妄的一念之心。

除了“即心即佛”思想以外，黄檗还强调“无心是道”。前者为众生解脱成佛提供了解脱的根据，后者为众生解脱指明了方法和途径：

“无心者，无一切心也。如如之体，内如木石不动不摇，外如虚空不塞不碍。无能所，无方所，无相貌，无得失。”

黄檗禅师的“无心”，就是无执着之心、无分别之心。因为，心、佛，心、法本来一如，只是恰恰因妄念情执，才分出种种差别相来。所以，要当下无心，顿悟成佛，就必须脱离一切言语文字经教。

道在心悟，岂在言说！

黄檗声言：“终日吃饭，未尝咬着一粒米；终日行，未尝踏着一片地。”

正是有了黄檗禅师这么一个自由自在、无拘无束、即世而出世的“老爹”，日后才出现临济义玄那个“俊儿”。

临济义玄那种排斥三藏、毁佛毁祖”、棒喝交驰的峻烈风格，其实正是对黄檗禅师“一切皆空”禅悟最好的发扬光大！

26. 逢着便杀！

什么是禅宗的黄金时代？慧能时代吗？神会时代吗？马祖时代吗？

都不是。

禅宗的黄金时代，是临济宗大盛的时代！

那个时代，“杀”声四起，经久不息。

义玄（？—867），俗姓邢，曹州南华县（今山东东明县）人。他落发受戒后，精研佛典。好男儿志在四方，义玄遍游名山，参学名僧大德。他最早前往参谒的，就是洪州黄檗山（今江西宜丰西北）的希运禅师。

得悟黄檗禅师心法后，义玄返回黄檗山，精研达二十年。唐朝大中八年（854），他到镇州（今正定）临济院，住持普化禅师主动让位与他。

义玄住持临济院后，一直弘扬黄檗宗风，用“四宾主”（通过师徒问答方式来衡量对方悟境）、“四料简”（导引学人悟入的四种方法，即“夺人不夺境”、“夺境不夺人”、“人境俱夺”、“人境俱不夺”）、“四照用”（针对悟境程度不同的参学者各自施教）的宗旨接引禅人。

临济禅风，单刀直入，机锋峻峭，活泼动人。

临济宗的开山祖义玄禅师，常以“棒喝”接引学人，声名远播，日后蔚然大宗。两宋之后，天下丛林，多是临济“儿孙”，几乎成独霸禅门之势。

义玄禅师开悟，也是一个大奇的公案。

初到黄檗禅院，义玄还是一个小心翼翼的学子。他在寺内砍柴烧水干了三年，默默无闻。后来，在首座睦州道明禅师的鼓励下，他鼓起勇气，向住持黄檗希运大师参问。

当时他参问的内容，确实也落入俗套：“如何是祖师西来意？”

结果，问了三次，遭到黄檗大师三顿老拳痛打。

鼻青脸肿之际，义玄禅师一脸倒霉相，走去对禅院首座睦州道明抱怨：“我向大师参问，连遭痛打，显然是我本心愚鲁。我不能在这里呆着了，准备到别的地方去游学。”

睦州道明和尚认为义玄是可造的大才，就去黄檗大师处，说：“义玄这个人，虽然年轻，根器不凡。希望他来辞行的时候，大师您能提诱于他，使他早早能禅悟。”

黄檗点头。

岂料，转天义玄来辞行，黄檗大师并没有对他进行特别的导引，只是让他去瑞州的大愚禅师那里去学习。

见到义玄小和尚风尘仆仆来参学，大愚禅师就问：

“你从什么地方来？”

义玄：“我从黄檗大师那里来。”

大愚禅师："黄檗大师对你有何言教啊？"

义玄很委屈地回答："我向他参问如何是祖师西来意，问了三次，遭到三次痛打，也不知道我犯了什么过错？"

听义玄如此说，大愚禅师有些痛心疾首地说："黄檗这老家伙，真是老婆心切，他已经彻底地为你解除了困惑，你居然还到我这里来问你犯了什么过错！"

仅此一句话，义玄恍然大悟，他失口叹道："佛法精谛，原来也就是这么一点点啊！"

大愚禅师闻言，伸手揪住义玄的衣领，呵斥道："刚才你还说自己愚鲁，现在又说佛法精谛就这么一点点。到底佛法精谛有多少，你赶紧对我说！"

已经开悟的义玄并不答话，伸手在大愚禅师肋间猛筑一拳。

大愚和尚大笑，推开义玄，说："去吧，你应该向黄檗参学，与我无关！"

义玄马上离开瑞州，返回黄檗大师处。

黄檗看他回来，劈头就说："你这家伙，回来得太快了吧。"

义玄回答："只因为我老婆心切。"

然后，他便把自己与大愚禅师对话的经过讲给黄檗大师听。

黄檗莞尔，说："这个大愚，真是多嘴，等老汉我见到他的时候，一定痛打他一顿！"

义玄心快手也快，马上说："等，等，等到何时！现在就打吧！"

说着话，他扬手就拍了黄檗大师一掌。

黄檗大师知道这个徒弟了得，吟吟大笑起来。

临济应声大喝……

从此，义玄在黄檗禅语安心呆了下来。

一次，义玄正在抡锄掘地，看见黄檗大师走过来，就直腰站起来，插锹于地，靠在锹柄上看着老师。

黄檗又想考验义玄的悟性，就说："你这家伙，累了吧。"义玄："我连锄头都未曾举过，怎么会累。"

黄檗大师举棒就要打，义玄抓住棒的一端，猛力往回一送，就把黄檗大师一个屁股墩，摔倒在地上。

黄檗大师的老身子骨摔得生疼，却也不恼不怒，唤身旁的学问僧扶他起来。

那学问僧很不忿，对黄檗说："师傅，您怎么能容这疯子如此无礼？"

黄檗直起身，听如此说，劈头盖脸就给扶他起身的学问僧一顿乱棒。

此时，义玄若无其事，他一边继续锄地，一边自言自语地大声说："诸方火葬，我这里活埋！"

这一句话，恰似空堂狮子吼！

黄檗连连点头，满意而去。

义玄"活埋"自己的话，就是说，尘世的"我"，已经被"活埋"掉，惟有"真我"自性，才能永存！

义玄开悟前，就是个精通佛教典籍的大师。他彻悟后，却勇敢地扫除一切经论和偶像，发出了这样离经叛道、振聋发聩的怒吼：

“……尔欲得如法见解，但莫受人惑，向里向外，逢着便杀！逢佛杀佛，逢祖杀祖，逢罗汉杀罗汉，逢父母杀父母，逢亲眷杀亲眷。(如此，) 始得解脱，不与物拘，透脱自在。”

义玄的杀，当然不是真杀。佛教中，以不杀为第一戒，所以他的杀，不是真去杀人，何况佛祖已“死”，无从杀起。临济宗的杀，是劝诫学人，扫除对名相的执着，扫除佛、祖、罗汉等一切“圣谛”观念，把挡在禅悟路上的一切东西，都无情抛弃掉！参悟途中，即使是佛祖、父母，无论什么偶像还是权威，只要成为障碍，就要毫不留情地把它们破除掉，这才能得到真正内在的绝对自由。大砍大杀过后，风正帆悬，江河任我行。刺捅劈剁之后，惟心独在，大地真干净。

心不附物，才能有真正的自由。

正如毕加索这样的大师看似胡描乱抹的涂鸦是真艺术一样，临济义玄禅师的离经叛道和破坏偶像，绝非反宗教，反而是最虔诚的宗教精神的体现。他每每扬言要打佛三十大棒，目的恰恰是为了“报答佛祖的深恩厚德”。

义玄禅师所代表的临济宗，还有一个重要的理念：“无位真人”。这个“无位真人”，不生不死，超越时空，就是“真我”。

一次法会，义玄对徒众们说：“在你们的赤肉团里（肉身），有个无位真人，常从你们的门面前出入。你们中还没有这种体验的人，请闭眼试看看。”

这时，一个学僧傻不拉唧地出来问：“啥是无位真人啊？”

临济立刻跳下禅床，直扑那个学僧，抓住他的袈裟，喝问：“你说！你说！”

学僧正待开口，义玄禅师却一把推开他，说：“这样一个干屎橛，也是无位真人吗？”

言毕，义玄禅师飘然而返。

可见，那个学僧还没有打通凡圣，他心中还把“无位真人”看成是一种奇异的圣贤，完全没有意识到他自身的“真我”所在。此外，大棒以外，义玄禅师的“喝”，名目多多，各有所用：“有时一喝如金刚王宝剑，有时一喝如踞地狮子，有时一喝如探竿影草，有时一喝不作一喝用。”棒喝之法，到了宋代以后，渐成形式。寺庙和尚，逢人就喝，见徒就打。恰似现在不少连美术基本功也没有的人，把胡乱涂鸦当成“超现实主义”一样，大笔涂画布，反正就是要卖钱。

模仿之下，赝品劣品多多。

临济义玄禅师，言行虽然奇特，但大道至朴，他常常引用南泉普愿禅师的“平常心是道”来教导学人：

“佛法无用功处，只是平常无事。着衣吃饭，屙屎送尿，困来即卧。愚人笑我，智乃知焉。”

也就是说，无事即贵人。

奇言异行的显摆，并非真正的禅悟。

自义玄之后，临济宗风遍天下。

为什么能有这样大的影响呢？不在于临济宗的“棒”，也不在于临济宗的“喝”，而是在于由义玄大师的禅风所展现出的那种发人深省、回味悠长的机智和活泼。

临济义玄禅师自己是个大智慧之人，他自己反而强调要作“无事人”、“平常人”。这种境界，又是一种高层次的、不能言传的大悟之境。

27. 焰里寻飞雪　水下火烧天

《景德传灯录》中，曾记载这样一个公案：一天，道家“八仙”之一的吕洞宾云游途中，看到一处地方，云蒸霞蔚，光芒万丈。他好奇心顿起，就赶过去，熙攘间，发现黄龙禅师正在对禅众说法。

黄龙禅师看到吕洞宾仙风道骨，相貌不俗，就大声喝问：“来者何人？”

吕洞宾傲然而答：“云水道人！”

黄龙禅师不给吕洞宾思考余地，马上又问：“云尽水枯时何如？”

吕洞宾傻了，答不上来。

黄龙禅师给吕洞宾台阶：“你既答不上来，就问我吧。”

吕洞宾以子之矛，击子之盾，问了同样的问题：“云尽水枯时何如？”

黄龙禅师掀髯大笑：“黄龙出现！”

确实，云尽了，水枯了，我“黄龙”大师肯定就出现了……

不用详究，这则公案，肯定是佛门子弟为夸耀禅门高于道门而编造出来的。

千余年来，佛道一直争风吃醋，文打武斗，互相编故事挤兑、埋汰对方，头破血流。

最后，双方谁牛逼呢？皇帝喜欢谁，谁当时就牛逼！

我们这里，抛开佛道争斗不谈，也不谈五迷三道的吕洞宾，重点谈谈那位黄龙禅师。

义玄禅师创立临济宗以来，发展到唐末五代的时候，后继乏人，宗门法系越来越弱。然而，入宋之后，临济宗门忽然大耀，主要是因为临济宗老树开新花，繁衍出“黄龙”和“杨岐”两个支派。

而黄龙派的开山祖师黄龙慧南禅师，就是本篇我们要讲的主人公。

黄龙慧南禅师最著名的招牌，就是禅门中著名的“黄龙三关”。

黄龙慧南禅师（1002—1068），俗姓章，信州玉山（今江西省玉山县）人。他自幼深沉有大志，19岁正式落发，随即受具足戒。这个临济宗的禅师，威仪严肃，坐必跏趺，行必直视，多拜名师。他在瑞州新昌黄檗山（在今江西宜丰县）作住持时，就开始用“三关”方法法接引学人。

北宋治平二年（1062），慧南应隆兴府（府治在今江西南昌）太守程师孟等人之请，入主黄龙山黄龙寺（在今江西修水县）。所以，他日后被称为“黄龙慧南”或“黄龙禅师”。

禅宗禅悟的公案多多，黄龙禅师的“三关”公案，相对更为复杂深奥一些。

所谓“三关”即用来导引学人的“生缘”、“佛手”、“驴脚”三个问题：第一个问题，就是黄龙禅师首先问学人为什么出家，籍贯哪里，然后就问：“人人尽有生缘处，哪个是上座生缘？”当机问答之时，如果学僧争锋驰辩，黄龙禅师就会伸出手来问：“我手何似佛手？”经过一番理论，他又会垂腿下床，问：“我脚何似驴脚？”

三十余年间，无论对谁，黄龙禅师只问这三个问题，但天下人几乎没有答对过。为此，禅林之中，对黄龙禅师的这三个问题，就称为“三关”。

黄龙禅师曾经以谜解谜，自作三首偈诗来解释三关：

第一首：

“生缘有语人皆识，水母何曾得离虾。但见日头东畔上，谁人更吃赵州茶。”

第二首：“我手佛手齐举，禅流直下荐取。不动干戈道处，自然超佛越祖。”

第三首："我脚驴脚并行，步步踏着无生。会得云开日见，方知此道纵横。"

第一关的"生缘"，看似平常的探问，黄龙禅师就要把话头分两截，主要想试探学人是否有吃"赵州茶"的本领，也就是他是否有禅悟的慧根。

第二关的"佛手"，黄龙禅师以理设问，验看学人对禅法的感知程度，暗设机锋，剔其法执。

第三关的"驴脚"，黄龙禅师以此来启发学人去完全把握自性，抛弃我执、法执，达向涅槃无生、驰骋自在的自由境界。

"黄龙三关"，看似平常人手，其实步步为营，层层深入，环环相扣，牢机暗扣，关卡险置。

更奇的是，他对学人所答，一向不置可否，只是敛目危坐而已，高深莫测。

故弄玄虚吗？当然不是。黄龙禅师这样解释：

"已过关者，自当掉臂而去，安知有关吏在此？倘若谦卑向关吏探问可否，其人肯定没有禅悟，自然过不了关！"

纵观黄龙禅师一生，真正能过他三关的人，寥寥无几，惟独隆庆闲禅师能跳出窠臼。

一日，黄龙慧南禅师问隆庆闲禅师："人人有个生缘，上座生缘在什么处？"

隆庆闲禅师："早晨吃白粥，至晚又觉饥。"

黄龙禅师："我手何似佛手？"

隆庆闲禅师："月下弄琵琶。"

黄龙禅师："我脚何似驴脚？"

隆庆闲禅师："鹭鸶立雪非同色。"

这个公案，大有深意。

第一句，黄龙慧南禅师问隆庆闲禅师法身慧命因缘这样的大问题。隆庆闲禅师避重就轻，以家常话回答，一下子就会悟见性了。第二问黄龙禅师说："我的手怎么就好像是佛的手一样呢？"隆庆闲禅师也轻轻会过，说黄龙禅师是月下弹琵琶。黄龙禅师第三句把自家的脚比成驴脚，隆庆闲禅师依旧淡然："白色鹭鸶站在白雪上面，看起来好像一个颜色，其实还是不同。"

参悟之中，脑子中的思维转得越快，纠葛就越多，越麻烦，层层加码，最后就越难体悟。在黄龙三关的公案中，隆庆闲禅师尽量避免用直接胶着的语言去落入圈套，以所答非所问去参究，用禅心去观照，看似匪夷所思，其实保持住了定力，终于让黄龙禅师抓不住话柄。

自从黄龙禅师高举"三关"大旗后，天下学人闻风而动，兴奋而来，拖拽而去，最终皆望风而遁，多"死"于黄龙"三关"之下。

黄龙慧南禅师的禅法，对马祖道一大师的"道不借修，但莫污染"理论发扬光大，认为："禅不假学，贵在息心。心息，故心心无虑；无修，故步步道场；无虑，则无三界可出；不修，则无菩提可求。”

只要一念常寂，凡心不动，自然随处作主。

而且，黄龙慧南禅师虽然是临济门风，他对于出家僧众却要求很严，训导弟子们注重息心，专心恒一，勤奋不懈。

禅宗强调的“空”，确实把人性与佛性分明的界限消泯，使得芸芸众生都有了能够成佛的企盼和颇足可及的冀望。穿衣吃饭，拉屎撒尿，砍柴担水，都成为了佛性的自然流露。“平常心是道”的口号，响彻禅林。

但是，细思之下，一旦抹去了佛性与人心之间的天渊之隔，人心很可能无所依附。世俗世界中的僧侣们，很可能都去追求简洁的“顿悟”而放弃了对佛教经典的研习，如此，思想解放，最终会变成放任自流。

在宋代“文字禅”日益蔓延的情况下，不少僧人专事文句雕琢，舍本逐末，误己误人。为此，黄龙禅师痛心疾首：

“……石头、马祖，马驹踏杀天下人；临济、德山，棒喝疾如雷电。后来儿孙不肖，虽举其令而不能行，但呈华丽言句。”

所以，他拉挽时俗，教诫僧众说，学佛法，悟禅门，不在言句本身。追求道外的华丽机锋，最终落得一个结果：寻声逐色转劳神！

熙宁二年（1069）春日的一个夜晚，慧南禅师对弟子们作辞世偈：

"得不得，传不传，归根得旨复何言。忆得首山曾泄漏，新妇骑驴家人牵。"

言毕，溘然长逝。

28．山是山　水是水

禅宗公案，下面这一个特别有名。在这个公案中，禅悟思维那隐秘的、难以言传的、精妙的过程，以及禅宗的迷失论、本心论、开悟论、境界论，等等，都淋漓尽致地显现于中。

青原禅师对大众说：

"老僧三十年前未参禅时，见山是山，见水是水；及至后来，亲见知识，有个入处，见山不是山，见水不是水；而今，得个休歇处，见山只是山，见水只是水。"

观林林总总的禅宗著作，不少人都把这个清原禅师当成了青原行思，即唐朝六祖惠能的弟子。其实，这个清原禅师，乃青原惟信，宋朝人，为六祖慧能往下数第十四世的禅师。

禅机禅意，微妙法门，尽在其间。

如果俗人心中存在"意解识想"和分别知见的凡情妄念，很难真正理解和体证清原惟信禅师的见山见水三段论。

考察一个人的悟境层次，清原惟信的这个公案就是最好的考卷。

未得悟，初得悟，恍然彻悟。这，就是清原见山见水三阶段的真正含义。

开始，见山是山，见水是水。这个时候，山不是水，水不是山。区别判然，有肯定，有否定；第二步，见山不是山，见水不是水。完全否定了区别，但有否定的挂碍；第三段，见山只是山，见水只是水。终于到达了一个更上层次的区别和肯定。

在第一段的时候，人，处于参禅前“我”，属于寻常普通的知见。就是一般的“自我”。

在第二段，由于有了万物皆空的观念，有了一个入处，意识产生了一步飞跃，达到了“无我”。可是，这个阶段，由于存在着意识的否定性，还是不能说全然泯灭了分别意想。

第三个阶段，恍然彻悟，终于找到休歇处，返回了“真我”的本原。那个时候，山只是山，水只是水，“自我”的主观分别性，全然烟消云散。由此，人才能真正明心见性。

只有到达了第三个阶段，才能称上进入人境俱夺、二执破除后的性空境界。

此中有真意，欲辩已忘言！

第一个阶段的素朴之心，属于悟性与知性还没有渗入的原始感知，处于混沌状态，其实还存有受污染的“无明心”在内。所以，见山是山，见水是水。

第二个阶段，有了禅悟的体验，知道否定“自我”情识了，主体的自我和客体的山水都被破除掉。所以，山不是山，水不是水。可是，在这个层次上，容易矫枉过正，堕入顽空。一旦沉溺于否定，有可能又生新的挂碍。

第三个阶段，是否定之否定。就是把断灭虚无的顽空，再否定掉。如此，萧萧肃肃，爽朗清举。完全消除了知见的熏染，又消除了顽空以及与之相关的情识，成为一个“无事人”，当然见山只是山，见水只是水。

此种彻悟的体验，就是超悟的境界。

清原惟信禅师的见水见水“三阶段”，与临济宗导引学人入门的“四料简”联系密切。

临济宗的“四料简”，是指“夺人不夺境”、“夺境不夺人”、“人境俱夺”、“人境俱不夺”四种方法。

这里，临济宗所讲的“人”，就是指哲学概念上的“主观存在”；而“境”，指“客观存在”。“夺”，就是“破除”的意思。

“四料简”，四种方法，目的都是要破除人对于主观和客观两方面的执着和粘滞。

清原禅师的第一阶段，夺人或者夺境；

第二阶段，人境俱夺；

第三阶段，人境俱不夺！

到了“人境俱不夺”的境界，悟者转身而出，明心见性，天朗气清。扬眉瞬目之间，举手投足之际，抖落一身烦恼，跳出色界色尘，无主无宾，无凡无圣，随缘涉世，尽断执着。

我们在对“夺境”、“夺人”等方法的参学中，细细品味，就会对清原惟信禅师的“见水见水”三段论，产生更深刻的体证。

扫荡过后，虚空澄净，心国太平。山水之间，任性逍遥，随缘放旷。

下篇：42首愉悦的禅诗

1．诗为禅客添花锦　诗是禅家切玉刀

宋代大诗人黄庭坚曾经作禅诗一首：

渠侬家住白云乡，南北东西路渺茫。
几度欲归归未得，忽闻岩桂送幽香。

诗中的“白云乡”，譬喻着我们人类精神的故乡。

歧路茫茫之际，我们漂泊之心，无所归依。徘徊踌躇间，岩桂幽香，沁人心脾，氤氲飘绕，灵犀乍透。禅悟间，我们被遮蒙的本心明性，顿然显现。

禅，不仅仅藏蕴佛教精神的精髓，也盛开出诗学殿堂的奇葩。

激荡融合之下，禅宗“清静空远”的境界，与中华诗歌中的不确定性意境，一拍即合，交叉扭结，词简意丰，产生了大量圆融文学性、思想性于一体的“禅诗”或“诗禅”。

语言，在禅家看来，本来具有非常大的局限性。诗歌，诗偈，也只能无限地接近宗教圣殿，却永远无法到达真理的核心。

所以，禅宗才强调“不立文字”，诗家才认为“诗无达诂”。

无论什么一种思想，只要传播，就必须有工具。因此，对禅宗来讲，最简约、最传神的工具，无疑就是诗歌了。

禅悟的过程，其实就是在象征、譬喻、暗示的路上曲折行进的过程。无论“不着一字，尽得风流”，还是“不涉理路，不落言诠”，这些，并不是说完全放弃语言，而是要在诗词画意，在浅斟低唱中，保留最大的想象空间。

探寻、思考、愉悦之间，常常会让人灵光一现，登时大悟。

诗与禅，含蓄朦胧，借景生情，非逻辑，非理性。二者互动之时，电光石火间，经验的世界，瞬间转化为心灵的世界。

无论是情感特征、思维方式、语言表现，诗和禅都有着惊人的一致性。

诗，抒情达意；禅，睇视内心。二者，都是人们从反射到心灵的色尘世界里，发现、窥探、审视到的那一种难以言表的灼人秘密。

诗为禅客添花锦，禅是诗家裁玉刀！

由于语言的非逻辑性特点，以及禅、诗的非理性色彩，它们具有的共性的奇妙莫测的灵感，幡动心动的意境，使得二者能够共存共荣。

自两晋南北朝时期起，佛教和诗学俱盛，禅与诗就已经紧密结合在了一起；到了唐朝，禅僧们以禅入诗；及至宋代，诗人们以禅喻诗。

能所俱泯，是禅一直强调的妙悟体验，目的在于打破日常性的二元对立。恰巧，语言文字，又是二元世界的产物。所以，哲学家维特根斯坦这样感慨过：“有些事物无法放入词语中，它们是神秘之物。”

佛教早期的经典，强调“文字是魔事”，告诫信众“般若离文字相”。《杂阿含经》、《百喻经》等原始佛教经典，都认为追求文字容易陷入魔障，因为，绮迷的文辞让人不能专心领略佛法真谛。达摩以后，教禅分离，就从“不离文字”，逐渐发展到大立文字的“文字禅”。

佛教日益中国化之后，《华严经》、《究竟大悲经》等典籍，一改昔日观念，反而认为，虽然文字和其他形式都不能惟妙惟肖地传达佛法的妙用，但开导世人，文字依然是不可或缺的方便法门。由此，“不立文字”，转为“不离文字”。

到了六祖慧能，他强调“入语言而不着语言相”，入空不着空，其实也是变相肯定了文字为入道之阶梯。禅宗，如果脱离了文字，势必不能呈现“实相无相”的“涅槃妙心”，

从唐朝开始，经历了“诗为外事”、“诗禅并举”、“诗禅合一”的三个重要的阶段，僧人们渐趋以诗论禅，以诗说经。北宋初期，临济宗、云门宗禅师大量采用诗歌偈颂的方式开悟示道，诗禅趋向合流。经由苏轼、黄庭坚等文人士大夫的发扬光大，诗歌终成禅证，般若与文字，融会贯通，相济相成。

“禅言难后到诗言，坐石心同立月魂。”

日复一日，年复一年。禅诗文化，蔚然大观！

诗与禅，在本质上共通，它们都关注内心世界，都追求顿悟和灵感，都想对宇宙敞开心扉，都要展现卓尔不群的体验，都在孤独、淡泊的世界里，展现出晴朗天空下那一朵迎风盛开的花儿。

在澄明宁静中，在大彻大悟间，轻灵的诗，活泼的禅，共同呈现出寂寥无边的永恒。

2. 身是菩提树　心如明镜台

身是菩提树，心如明镜台。
时时勤拂拭，勿使惹尘埃。

这首诗的作者神秀禅师，北宗禅宗师，是中国历史、中国思想史上遭到涂污最甚的人物之一。

南宗禅坐定佛林第一把交椅后，只要提到神秀禅师，提到他的偈诗，都会成为南宗弟子为凸显六祖慧能以及他那一首看似高神秀一等的禅诗的铺垫。

不仅如此，在南宗弟子逐渐添枝接叶编造的故事中，神秀禅师还日益被描摹成一个逼走慧能、非法夺嫡的大恶人。

在历史的迷雾中，在以讹传讹的话语霸权中，神秀大师，这位中国禅宗北派的一代开创性宗师，变成了篡位冒名的十足卑鄙小人。

果真是这样吗?

当然不是!

笔者在写趣味禅诗的开始之时，上来首先就写神秀的这首偈诗，目的无他，正是要为这位北宗禅的大师平反!

神秀禅师，唐朝陈留尉氏人（今河南尉氏县)，他早年博览经史，19岁即在洛阳天宫寺受具足戒。直到五十岁，他才去蕲州黄梅县双峰东山寺（在湖北黄梅县东北三十里)，投在弘忍禅师（602—674）门下求学。

弘忍门下，神秀苦学苦修，足足六年。他勤学好问，打柴汲水，孜孜求法。

神秀到弘忍大师身边的时间，是公元656年。662年，他就离开了东山寺。而慧能拜投弘忍大师的时间，是公元672年，距神秀离开东山寺的时间相隔了十年。

可见，神秀和慧能两个人，在历史上根本没有真正见过面，当然就谈不上他们之间比试诗偈、争夺承继弘忍大师衣钵的事情。

弘忍大师圆寂后，神秀到江陵当阳山（今湖北当阳县东南）的玉泉寺弘扬禅法。二十多年的时间内，他吸引了无数信众。

后来，武则天得知他的盛名，在久视元年（700）遣使隆重迎请，把已经九十多岁的神秀禅师请到了东京洛阳，极其礼遇。唐中宗即位后（705)，更把神秀大师拜为国师。

神秀一共在洛阳呆了六年，于神龙二年（706）在天宫寺示寂，年过期颐，谥号“大通禅师”。

正是由于百岁人瑞神秀大师的努力，禅宗才成为佛教主流，才算真正进入了最上层社会。

既然神秀和慧能没有见过面，那两首禅诗，真假又如何呢?

神秀是否做过“身是菩提树”这首偈诗，并不重要。但是，这首偈诗，确实代表了禅宗北派的渐修思想，是北宗禅体系的高度浓缩。

在早期禅宗中，佛性的境界，还是处于世人无法企及的缥缈高度。人心到佛性的距离，可望而不可能及。由此，从弘忍到神秀，都一直强调通过逐渐的修行，使得人性得以朝往佛性的方向去趋奔。

到了神秀禅师那里，其实，佛教早期那种苦修的痕迹已经非常模糊了。修行禅定，已经实实在在拉近了佛与人的距离。所以，神秀主张“时时勤拂拭，勿使惹尘埃”，就是强调凝然守心，强调妄念不生，强调坐禅对于证悟的基本功用。

如果研究过禅宗的发展历史，可以发现，神秀的北宗禅，才是达摩思想的禅门正脉。因为，北宗禅一直坚守这样的原则：如果要超越世俗，如果要达到佛的境界，一定要有一个艰难的苦修过程。

与日后的南宗禅一样，神秀也强调心的作用，但他不敢声言“佛心即人心”。在他看来，人心毕竟还不是佛心，需要清扫蒙在上面的尘垢，才能趋于佛心的澄明清澈。所以，神秀的北宗禅，并没有填平佛与人之间不可逾越的鸿沟。如此一来，目的是使得世俗的人心，依旧有所敬畏和附丽。

南宗禅的刹那顿悟，听上去很容易，看上去很美，似乎穿衣吃饭、拉屎撒尿都是佛性，平常心也是佛心的最高层次。但是，仔细想想，一旦俗人在佛陀面前找到了尊严和感觉，那就根本不需要什么戒定慧，也不需要任何的限制了。

流波趋下，一代不如一代，难免会流于无法无天的“狂禅”。

相比之下，神秀的北宗禅，是一种真正的宗教理性主义，它在遥远的彼岸，精心设置一个永恒的理想天国让人追求，以此来让人知善知恶，让人产生敬畏，让人以一生的信念去努力。

同时，北宗禅还超越了早期佛教自残自虐的苦修形式，它从人性的角度出发，在坚守佛教信仰防线的基础上，沟通了老庄与孔孟，以真正的平衡和中庸之道，让人在内心理性自觉的状态下，渐修渐悟，对于人的心灵给予了高度的重视。

特别重要的是，北宗禅一直保持着对佛陀的敬畏，这种超验的境界，保持了严肃的宗教境界。这样，宗教才更能赢得虔信者的真心信仰。所以，观如今的禅门寺庙，其实还是北宗禅的天下。

历史上，即使在最推崇南宗禅的宋儒那里，他们的“安坐瞑目，用力操守，夜以继日”的功夫（陆九渊），其实还是北宗禅的功夫。南宗禅的刹那顿悟看似容易，从实际操作角度，远远不如北宗禅渐修渐悟的拂尘净心那么实在。

神秀与慧能，都把对“心”（清净之心）当作一种真空的追求目标。如果我们把这种“心”当成实在的“佛”去苦苦寻觅，其实也会成为一种“执”。

如果“心”分为“清净之心”与“污染之心”的两半，就又陡生出“分别”的意识。按照这个理路推演下去，南宗禅所谓的“常清净”，就永远不会实现。相比之下，神秀北宗禅的佛性论与渐修观，反而能更加自圆其说。

神秀寂后，他的弟子普寂、义福等人在帝王的支持之下，继续阐扬他的宗风，盛极一时。两京之间，皆宗神秀。

安史之乱爆发后，北宗禅遭受沉重打击。本来势力平平的南宗慧能一系，由其弟子荷泽神会趁机发难，编排故事，扬此抑彼，宣扬达摩宗的正统法嗣是慧能而不是神秀。而且，神会还处处贬低神秀之禅是渐门，不如慧能之顿悟迅捷。

南顿北渐，油然而判。

好人不如好机会。恰恰南宗禅的简单易学，契合了当时佛教徒舍繁趋简的要求，所以，南宗日见其盛。

倒霉的神秀大师，门庭日稀，法脉仅仅传了几代，就断绝不续。

子孙灭绝不说，在中国佛教思想史上，神秀大师还被描黑成为慧能“光辉思想”的对立面。

千余年来，神秀大师一直遭到误解、误读和大批判，至今不休。

惜哉！

3．吾心似秋月　碧潭清皎洁

吾心似秋月，碧潭清皎洁。

无物堪比伦，教我如何说。

谈诗论禅，寒山的这首诗，绝对必不可缺。

寒山，又称“寒山子”，唐代长安人。据考证，此人可能是隋朝皇室后裔杨瓒之子杨温。由于多次投考不第，他愤然出家，三十岁后即隐居于台州始丰（今浙江天台）的寒岩（即寒山），故号“寒山子”。

仁者寿，寒山禅师活了一百多岁。

寒山和拾得一样，都是富于传奇色彩的诗僧。上个世纪五十年代，美国“垮掉的一代”（*The Beat Generation*）运动兴起，太平洋彼岸，忽然卷起一阵寒山热的狂潮，并迅速席卷到欧洲和日本。这位从唐朝以来一直被世人冷落的白话大诗人，终于在死后一千多年后，在白人世界大火了一大把。

寒山为人看似疯癫，其实修养深厚。他的诗斑驳杂陈，似儒非儒，非儒亦儒；似道非道，非道亦道；似僧非僧，非僧亦僧；似俗非俗，非俗亦俗。

寒山诗文中，蕴藏着神秘的禅机哲理，有工语，有率语，有庄语，有谐语。在平淡诙谐中，他的诗歌还具有民歌那种通俗、质朴和生动的特色。

在寒山这首诗中，“心月”，就是指“心珠”，即本心的圆明。“吾心似秋月”，指本心圆融透朗，本性光明磊落，没有任何情尘意垢的污染。

第一句看似平易，其实大有出处。《菩提心论》中曾讲：“照见本心，湛然清净，犹如满月，光遍虚空，无所分别。”所以，常圆之月，就是指人固有的、澄明的本心自性。

秋月照碧潭，自然是不随物动，彻见本心。这种皎洁和澄明，是自上而下的通透和清澈，是无法用语言来形容的一种光吞万象的孤圆。特别要注意的是，寒山在诗中，并不落于死语，他随说随扫，超出了思维的计度。秋霜明月，交相辉映，碧潭人心，澄澈分明。

心月，也就是心珠，如此光明亮丽，起坐相随，尘尽光生。在此之前，本心常游五蕴，情生翳障。彻悟之时，根尘震落，孽缘皆尽。在这种用语言无法表达的高妙意境中，人，终于能识取到自性的宝珠，成为自己的主宰。

寒山大师的这首诗，超越了主客的对立和分别，能所俱泯，给人以叹为观止的禅悟感受。

对于这种高妙的境界，永嘉禅师曾经赞美道：

心是根，法是尘，两种犹如镜上痕。

痕垢尽时光始现，心法双亡性即真！

除了“吾心似秋月”这首诗以外，寒山大师另外一首诗，意境也相类：

碧涧泉水清，寒山月华白。

默知神自明，观空境逾寂。

收摄乱意的禅定之心，跃然纸上。

当然，随着日月的迁递，寒山和拾得这二位伟大诗僧，逐渐被民间“恶搞”和庸俗化。在评书中，他们竟然被描绘成滑稽搞笑的“和合二仙”，喝酒吃肉，佯狂假癫，还几乎成为遁世避世的代名词。

有一段流传很广的对话，据说在寒山和拾得两个人之间发生：

寒山问拾得：“世间有谤我、欺我、辱我、笑我、轻我、贱我，如何处之乎？”

拾得笑言：“只要忍他、让他、避他、由他、耐他、敬他，不要理他，再过几年，你且看他。”

到了后来，拾得和尚明哲保身的答话越来越添枝加叶，成了他高唱“弥勒菩萨”偈语，絮絮叨叨劝说寒山和世人。

由于编排的内容有趣，故而摘录于下：

老拙穿破袄，淡饭腹中饱，补破好遮寒，万事随缘了。

有人骂老拙，老拙只说好，有人打老拙，老拙自睡倒。

有人唾老拙，随他自干了，我也省力气，他也无烦恼。
这样波罗蜜，便是妙中宝，若知这消息，何愁道不了？
人弱心不弱，人贫道不贫，一心要修行，常在道中办。
世人爱荣华，我不争场面。名利总成空，贪心无足厌。
金银积如山，难买无常限。古今多少人，那个活几千。
这个逞英雄，那个做好汉，看看两发白，年年容颜变，
日月像抛梭，光阴如射箭，不久病来侵，低头暗嗟叹，
自想年少时，不把修行办，得病想回头，阎王无转限。
马上放下手，回头未为晚。也不论是非，也不把家办，
也不争人我，也不做好汉，骂着也不觉，问着如哑汉，
打着也不理，推着混身转，也不怕人笑，也不做脸面，
几年儿女债，抛开不再见。好个争名利，转眼荒郊伴。
我看世上人，都是精扯淡。劝君即回头，单把修行干。
做个大丈夫，一刀截两段。跳出红火坑，做个清凉汉。
悟得真常理，日月为邻伴。

好玩归好玩，但这种为人处世、唾面自干的圆滑，哪里能和寒山大师“吾心似秋月”的境界相比论呢！

4. 不是一番寒彻骨　争得梅花扑鼻香

尘劳迥脱事非常，紧把绳头做一场。
不是一番寒彻骨，争得梅花扑鼻香？

这首诗的最后两句，由来传唱已久，一般中国人都耳熟能详，多当作“励志诗”来用。

其实，此诗原本是禅宗大师百丈怀海的弟子黄檗希运禅师所作，乃教导弟子在禅悟时拈提之用。后来，却成了俗世入世拼搏的“口头禅”。

起始的两句诗，对多数人来讲，都很有些难度。

“尘劳迥脱事非常”，尘劳，指的是尘念劳心；迥脱，超脱的意思。“尘劳迥脱”，即要超脱尘世的情尘意想，脱胎换骨，抱着大死一回的决心去修禅悟道。“紧把绳头做一场”，紧紧把握，恰似死死握住牵牛绳头的功夫，努力参悟！

对于禅家来讲，牧牛的意义，就是喻指养心以悟道。如果读过南泉普愿禅师的牧牛颂诗，就能很好理解“紧把绳头做一场”的深刻含义了。

在南泉牧牛的公案中，牧养水牯牛，恰恰是养摄心性的象征。为了彻底摆脱有始以来无明烦恼根性，参悟之人一定需要刻苦的修行。只要人的“心牛”落入见取之草，肯定要拽紧鼻头。

如此，严格自砺，俨如寒梅绽放于雪野，经过一番寒透骨髓的磨炼，觉悟的艳梅，肯定会芳香四溢。

这首诗的最后两句，以梅花作譬喻，无非是劝诫学人不要放松，不要受到欲念的驱使，努力向前，以免落于色界之中。

达到雪野寒梅的境界，剔除了见闻的粘着性，自然就能与万法为侣，超脱世俗的尘劳。

春天温暖，百花齐放，却不能开出冷艳的梅花。惟有冰雪红梅，才显淡雅真红！松柏后凋，腊梅独绽。火中红莲，泥里菩提。立功立名，成佛作祖，必需水沁火煎，霜打雪凌。

这种超越世俗的圆觉妙心，任运随缘，与澄明的心性交相辉映，如同净莲绽放在污淖之中，如同梅花盛开于雪野之上，至善至美，尽得净妙！

5．潇洒剑客悟得禅

三十年来寻剑客，几回落叶又抽枝。

自从一见桃花后，直至如今更不疑。

这首诗，看似是武侠所写，其实是诗僧所作。

作者志勤禅师，唐朝人，乃沩山灵佑大师的弟子。他诗中的所谓“寻剑客”，不是什么大侠，而是比喻修行悟道的明白人。

年年岁岁花相似，岁岁年年人不同。

多少年来，春去秋来，志勤禅师一直在苦苦追觅佛法大意。

寺里桃花，开了又谢，谢了又开。但是，禅师从来没有对眼前的景色有所留心，熟视无睹。

风风雨雨，三十年过去了。

春打六九头。风和日丽的一天，志勤禅师无意中踱到殿庭，桃之夭夭，灼灼其华！碧空如洗，高日在空，耀人眼目的艳丽桃花入得和尚的双眼，他忽然大悟：

空即是色，色即是空！

如此大道，就在眼前。妙有空无，顿时圆融。

三十年来，志勤和尚容色枯悴，精神昏昧，沉溺于妄执寻求的死路上。这位身心疲惫的禅师，在艳丽桃花迎风招展的刹那，终于看透生命的虚幻，顿悟五蕴皆空，四大非有。他愉悦地反思自己多年来南辕北辙的妄执，终于从圣境转身而出，显示出他高人一头的高情远韵。

只有跳出红尘，才能实现真正的超越。

其实，即是真把这首诗当成与剑术相关的诗，也未尝不可。

真正的大侠剑客，在击剑的过程中，如果能达到我剑合一，剑我两忘，无心，忘我，那么，剑客本人的内心就能得到彻底的净化。如此，他“本心”所发挥出巨大的能量，肯定会突破体能的限制和障碍。

这样的话，剑客肉体的潜力无限，当禅悟的境界呈现的时候，生命的真流，源源不绝。寒光剑影中，剑术，就成为至上至美的艺术。

6. 借景示法钓金鳞

千尺丝纶直下垂，一波才动万波随。

夜静江寒鱼不食，满船空载月明归。

这首《钓鱼偈》，乃中晚唐时代的诗僧德诚所作。此人一直在华亭（今上海市松江县）隐居，跟随药山惟严禅师学法。由于他常乘小船往来松江朱泾间，踏船舞棹，随缘而度，摆渡百姓，纶钓度日，人称“船子和尚”。

在禅宗历史上，参禅与钓鱼，大有关联。钓趣与禅趣，相映生辉。

“千尺丝纶直下垂，一波才动万波随”，钓者稳坐，居高临下。垂纶入水，波纹扩散。风景人物，生动传神。虽然这两句写“动”，衬托的却是那种万籁俱寂的禅悟氛围，展示出一种佛家禅定的最佳境界。由此，钓境与禅境就臻于合一。

“夜静水寒鱼不食，满船空载月明归。”由于天寒水冷，钓鱼无获。无获之中，钓者却大有所获：月明的空境，意遥旨深。由此，禅宗“四大皆空”的境界，即时显现，涅槃之门，轰然中开！

垂钓求鱼，正似参禅求道。

证悟大道，无所不在；波波不绝，鱼不易得，道不易悟。圆融之时，大道顿悟。

船子和尚的诗，意境深远，全程展现了一个从欲界到禅界的顿悟过程。在如此宁静清虚的境界里，我们得以超越欲望，解脱烦恼，体证菩提。

在满载美丽月色归来的旅途中，我们愉悦满怀；在悠然心会的禅意里，我们的心灵得到顿悟。

据此，宋朝大诗人黄庭坚诗曾写过一首词《诉衷情》：

一波才动万波随，蓑笠一钩丝。锦鳞正在深处，千尺也须垂。吞又吐，信还疑，上钩迟。水寒江静，满目青山，载月明归。

除了这首诗外，船子和尚另外一首七绝也非常有禅意：

三十年来坐钓台，钩头往往得黄能。

金鳞不遇空劳力，收起丝纶归去来。

“黄能（tai）”，指传说中藏于深渊的一种神兽。锦鳞，指鱼，譬喻禅悟的刹那。

水天连碧间，船子和尚常常慨叹：“棹拨清波，金鳞罕遇。”

这位度人渡人的禅师，一生作诗多多，笔者更择其意境深远、富蕴禅意的三首，以飨读者：

别人只看采芙蓉，香气长粘绕指风。两岸映，一船红，何曾解染得虚空。

水色春光处处新，本来不俗不同尘。着气力，用精神，莫作虚生浪死人。

终日江头理棹间，忽然失济若为还，滩急急，水潺潺，争把浮生作等闲。

好个一念顿悟，足以彻见诸法空性。到达了这种境界，禅者肯定能作到如下：入色界不被色惑，入声界不被声惑，入香界不被香惑，入味界不被味惑，入触界不被触惑，入法界不被法惑。

超越世俗，面对春花秋月，证悟自己的自由之身！

7. 只此浮生一梦中

来时无迹去无踪，去与来时事一同。

何须更问浮生事？只此浮生是梦中。

此诗的作者，名字非常奇怪：鸟巢禅师！

鸟巢禅师，俗姓潘，法名道林，乃道钦禅师的弟子。他九岁出家，二十一岁受戒，修行多年，终成一代名师。由于他行为怪异，栖止树上，与鹊为邻，所以世称“鸟巢禅师”。

在文学史上，这个鸟巢禅师鼎鼎有名。第一，他与大诗人白居易交往多多；第二，名著《西游记》中有他的身影。

提起《西游记》，读者肯定马上有人眼中一亮，心中一沉：咦，我怎么没有看到过这个乌巢禅师的名字？

《西游记》中第十九回，题目是“云栈洞悟空收八戒　浮屠山玄奘受心经”，那一章节就讲到过乌巢禅师这个人。

唐僧在高老庄收了猪八戒后，继续西行，路过一座叫浮屠山的高山。山上有棵大树，树上有一个大鸟巢，里面就住着这位禅师。不过，吴承恩给他起名“乌巢禅师”，鸟不带眼，变成了“乌”。而人物原型，就是乌巢禅师。

在《西游记》小说中，乌巢禅师鼓励唐僧西行，预言了他一路上会遇到孙悟空、沙僧以及许多妖魔鬼怪，并且口授了唐僧270个字的《摩诃般若波罗蜜多心经》。再仔细看，这部《西游记》中一字不落全搬照抄的经文，原文正是“唐僧”玄奘自己翻译的。

回头再说鸟巢禅师的诗。

人，生而何欢？死又何惧？赤裸裸生，赤条条去。所以，“去与来时事一同”。作为彻悟的禅师，鸟巢禅师以空观入念，泯灭死生，生即死，死即生，正所谓四大皆空。

《金刚经》有云：“一切有为法，如梦幻泡影。”也就是说，一切诸法，一切眼见耳闻的物质现象，都如幻如梦，没有实体。如此，浮生是梦，一切法缘，一切景色，一切生命，都为梦幻而不真。

值得注意的是，鸟巢禅师的观点，与悲观主义的诗人所表现的落寞和“世纪末”黑色情绪不同，他的“只此浮生是梦中”，不是消极的意绪，而是澹然的超脱。因为，在佛典中，常以“梦”、“幻”作譬喻，目的是比喻世间一切法，都不是实有的空幻。

所以，禅师们的“世界观”，与常人大异。为此，才有赵州从谂禅师的《鱼鼓颂》：四大由来造化功，有声全贵里头空。莫嫌不与凡夫说，只为宫商调不同。

在禅家眼中，宇宙万有皆由“四大”（地水火风）因缘和合而成，地是硬性，水是湿性，火是暖性，风是动性。一切事物，都离不开这“四大”，缘起则有，缘尽则灭。正因为空性的存在，宇宙万法才得以建立。

凡夫俗子，很难了解缘起性空的真谛。我们常人，拘于凡情知见，总被烦恼障、所知障遮蔽，很难真正看清佛陀开示的诸法实相。

只有仔细体味类似鸟巢禅师这样的禅诗，才能感受如此智慧的甘露，涤荡心中的万丈红尘，洗去心头的无明尘垢。

心中具有如此的禅悟，才能发出如下意清神明的大言：

举手攀南斗，回身倚北辰。
出头天外看，谁是我般人。（五台智通《示寂诗》）

大彻大悟，自在洒脱。宇宙存乎手，万物由乎心。南攀北倚之暇，竟把脑袋伸出了天地之外，一览众境小！如此境界，只昭示了两个大字：自由！

心中自有圆觉妙心，自然可以傲兀宇宙！

大诗人白居易在杭州做太守的时候，仰慕鸟巢禅师的大名，入山求见。

二人见面，白太守劈头就问了一个很俗的问题：“如何是佛法大意？”

鸟巢禅师倨坐在高树上的“鸟窝”中，仅仅回答八个字：“诸恶莫作，众善奉行。”

白居易大嘴一咧，笑言：“三岁孺子也识得这个道理，禅师你回答太简易了。”

鸟巢禅师居高临下：“三岁孺子能懂得，八十岁老翁却做不得！”

好在白居易不是愚人，听罢大有所悟。

鸟巢禅师不再搭理白太守，悠悠掉头，自向青山而卧。

如此心闲至境，很似唐朝另外一位诗僧可止禅师的诗境：

空门寂寂淡吾身，溪雨微微洗客尘。
卧向白云情未尽，任他黄鸟醉芳春。（《精舍遇雨》）

微雨清溪，自能洗却蒙蔽自性的烦恼尘埃。所谓“客尘”，就是烦恼。因为，那些本非心性固有的东西，都是由迷理而起，故称之为“客”；烦恼能污染人的心性，犹如尘埃染污万物，故称之为“尘”。众生心性，本来清净无染，一无尘垢。而妄境现象纷沓，妄执妄着，使得心生烦恼。

大千世界，林林总总。只要能悟见本来面目，随缘放阔，必能观到至高之上的真如实相！

五代时的怀浚禅师有一首《家在闽山》，也非常独特了反应了这种人生如梦的意趣：

家在闽山东复东，其中岁岁有花红。

而今再到花红处，花在旧时红处红。

花在旧时红，花已非花，红却依旧。旧日之花，譬喻生灭之法。肉身破灭，宛如一场幻梦而已。在生灭的当下，不生不灭的，只有那种本真、恒常的不变之“红”——本心自性。

8．焰里寒冰奇意象

焰里寒冰结，杨花九月飞。

泥牛吼水面，木马逐风嘶。

此诗乃曹洞宗的创始人之一曹山本寂（840—901）所作。作者是泉州莆田（今福建莆田）人，他十九岁入福州云名山出家，二十五岁受具足戒，日后跟随禅宗大师洞山良价学习禅法，终成曹洞宗开始祖师。

曹山禅师的诗，绝思虑，泯分别，看似不符合常理，其实显现了禅宗的真如理体境界。

根据曹洞宗“五位君臣”的禅理，此诗阐述了正偏五位中的“正中来”——即能彻见非染非净、非正非偏、现象界不可能存在的事情，到达法身真如之境。

内外一如的境界中，禅者证悟法身。妙机大彰之时，泥牛何妨叫吼？木马不碍嘶鸣！

时间与空间，是所有现象中最能让人能够直接感知的。禅诗，恰恰能把过去、现在、未来三种时间，回互交融，体现出禅家特殊而奇特的时间圆融境。在这种多维的涵容互摄中，时间的区别和对峙完全消除，现在被回置到了过去，过去又忽然变成了未来。时间的单向流动，被禅师扭转，往往瞬间变成了双向互摄。所以，才有“焰里寒冰结，杨华九月飞”、“三冬阳气盛，六月降霜时”以及“半夜日头明，日午打三更”等等奇特的超悟诗境意象。

曹山禅师的诗，能剿绝思量，包藏时间圆融的至妙禅境。

与此相类，傅大士的偈语也让人眼前一亮：

空手把锄头，步行骑水牛。
人从桥上过，桥流水不流。

这首诗的作者，诗梁朝的傅翕。他是一位非常有修为的禅者，世称“傅大士”、“善慧大士”。

他的这首偈语，其实赞颂自性这个“主人公”，提醒我们认识我们真正的自心，不要错认假相。

“空手把锄头”，即指拿东西的手（即肉体），就等于锄头，是“主人公”指使我们生息。“步行骑水牛”，指我们走路、奔跑，也是“主人公”驱使肉体的结果，等于人骑在水牛上赶牛走路一样。“人从桥上过”，肉身就好比桥，自性就是“主人公”，人的肉体在世上不过住一段时期，等于在桥上走过去。“桥流水不流”，指我们这肉身壳子无法长久，随时变迁。人生在世，生生死死，这“桥”一直在流转，一直在变化。水呢，就是譬喻我们纯洁的自性，是指自我的根本，它是不流动的，不动摇的，所以就无所谓来和去。

这些奇特的意象，乍看上去，矛盾而且对峙。为什么呢，正是由于我们用了俗世区别的逻辑二分法。这种经过思维意识过滤过的逻辑经验，在禅家来讲，已不是纯粹的经验。

禅家认为，真正的“桥”，存在于“桥”的概念之前。当概念干预现量后，桥，只有依赖于非桥，才得以成为桥。所以，禅宗的圆融体验，往往存在于概念化作用之前。要想充分体会禅悟的精髓，就必须跃出逻辑，自由自在。禅宗的般若智慧，总是能把矛盾、对峙的世俗意象，转化为圆融、和谐的直觉意象。

禅悟是一种超越，它超越了一切对立，消解了一切焦虑，脱落了一切黏着的澄明之境。这种一段论的直觉方法，如果用“科学”的二元相对的眼光来看待，一切都变成荒谬和反常识的了。如此，恰似蚊子叮铁牛，何可参透！

禅师们通过奇特的意象，把时间现境化，体证过后，小我融入“大我”，自性融入宇宙，由此，个体生命就与宇宙生命成为一体。在万古长风之中，人类对于时间的焦虑，可以完全得以克服。

红尘滚滚，人世浮沉。宇宙万象，互为缘起，各住自位，千奇百怪。只有体证了圆融之境，才能超越一切对立的生命样态。

由此，高峻与深幽，光明与黑暗，有情与无情，它们在我们眼中纵横交错，珠珠相含，影影相摄。

一旦时间被空间化以后，我们对时间流逝的忧虑，最终会消融于对自然、对空间的纯粹经验中。因为，令人焦虑的时间之流，已经被禅悟奇妙的悟境断然截切！

究其根本，曹洞宗禅诗的圆融境界，有着华严思想的巨大影响。华严宗思想的基础，就是圆融。

圆融妙喻，出自《华严经》奇妙的“帝释天”之网。这个譬喻，取材于印度神话：

天神帝释天宫殿装饰着绚烂华丽的珠网，缀联着无数宝珠。每颗宝珠，都映现出其他珠影，同时交相往复，再映现出别的宝珠内所含摄的无数珠影。珠珠相含，影影相摄，重叠不尽，无穷无尽的法界，光怪陆离。如此，博大圆融的绚丽景观，华丽非凡。

了解了禅宗特殊的生命观，回头再看“焰里寒冰结，杨花九月飞”的奇妙，顿觉它们充满了生机圆趣！

9. 心未有尘何用洗

心本绝尘何用洗，身中无病岂求医。

欲知是佛非身处，明镜高悬未照时。(《上堂偈》)

汉语中，有个洗心革面的成语，比喻彻底悔改。至于出处，《周易·系辞上》有："圣人以此洗心，退藏于密。"《周易·革》："君子豹变，小人革面。"《抱朴子·用刑》："洗心而革面者，必若清波之涤轻尘。"

看来，抱朴子的解说，最为与禅宗接近。

这首禅诗的作者，乃龟山智真禅师。读者们不要望文生义，看见"龟山"，就以为是什么倭人。龟山智真禅师，唐代扬州人氏，俗姓柳。由于他住持福州长溪龟山，所以被称为"龟山智真"。

龟山禅师除了这首玄妙的诗外，在别的诗句和诗偈中，他自己没有多讲"心"。而与白居易同时代的惟宽禅师，却对此似乎更有悟性。

白居易问："身、口、意三心，既无分别，何以修心？"

惟宽禅师："心本无损伤，云何要修理？无论垢与净，一切念勿起。"

白居易："垢，可以拂拭，不可起念；净，能无念可乎？"

惟宽禅师："如人眼睛上，一物不可住。金屑虽珍宝，在眼亦为病。"

白居易："无修无念，又何异凡夫？"

惟宽禅师："凡夫长无明，二乘长执着。远离无明和执着的二病，才是真的修禅。真修者，不得勤，不得妄。勤者近执着，妄即落无明。”

惟宽禅师的解释，恰恰能题解龟山禅师的诗。也就是说，只有泯灭了净垢对立的观念，心地无非、无痴、无乱，力持住自性的戒定慧，此时的觉悟之心，不增不减，会成为能摧毁一切烦恼的锐利无比的金刚心。

所以，慧能大师讲：“何其自性，本自清净！何其自性，不生不灭！何其自性，本自具足！”

我们再回到龟山禅师的诗，就可以发现这样的真理：众生的圆觉妙心，通彻圆融，无有尘垢，哪里有洗与不洗之分别。既然如此，身中无病，也不用求医。

“欲知是佛非身处，明镜高悬未照时”，这两句，禅悟直达而上：

我们内心晶莹的自性，皎皎明月一般，光芒万丈，不增不减，超出时空，永恒存在。

龟山禅师的诗，也是通过对二分法的否定，使人顿然禅悟，契入了诸法空相的澄明之境。

如果仔细参详，就会发现，在龟山禅师平淡的语境中，机锋斗起。涅槃妙心，终日不变而随缘，终日随缘而不变。不疑生，不疑死，不疑佛，不疑祖，连洗心、息心的念头都消除，才能真正体悟至妙的禅境。

心禅到凝然，万事皆一般！

10．一片闲云入户来

心地须教合死灰，藏机泯迹绝梯媒。

芳兰只为因香折，良木多从被直摧。

寒逼花枝红未吐，日融水面绿全开。

支颐独坐经窗下，一片闲云入户来。

此诗的作者，乃五代宋初时著名的永明延寿禅师。

仔细研读他的禅诗，清新俊逸，回味深长。其深远的意境，水平只比大儒高，不比大儒低。

确实，永明禅师本人生活于飘摇乱离的五代季世，看人来人往，朝代兴灭，自然感触多端。

永明延寿禅师（904—975），俗姓王，浙江余杭人。五代吴越王钱镠崇尚佛教，故而延寿禅师幼年即心向佛教。青年时代，他曾为库吏，做过华亭镇将，管理军需。而立之年，吴越王钱元瓘得知他慕道心切，就听其出家。延寿禅师舍弃妻儿，剃度受戒，后参谒韶禅师，成为清凉文益大师再传弟子。五十七岁的时候，他受吴越王钱俶之请，住持杭州灵隐寺，为该寺第一世。次年，受请住持永明寺（即净慈寺），为该寺第二世。

延寿禅师本人，在宗教史上以撰写《宗镜录》闻名。这本禅宗巨著，长达一百卷，有八十多万字之多。

延寿禅师的《山居诗》，首先表达了他斩断名利之心的意愿。禅师心如死灰，不藏一念。纵或有所思，也要藏机灭迹，断绝与外界世俗的交往沟通。兰花被人采摘，因为香气袭人；良木被人砍削，因为材质太直。看来，乱世生存，给禅师也上了人生的大课，很有些明哲保身的意思。

诗的最后四句，意境大开：幽深山坳，寒逼花枝，娇红未吐；寂静池塘，日融水面，新绿全开。良辰美景奈何天，明窗之下，手捧佛经，支颐独坐，心旷神怡。心中旷远，再看闲云一片，飞飘牖户。那种澄明的心境，难以言表！

诗情画意中，禅宗那种收摄一心、明心见性的理念，跃然纸上。

除上述文首所载的一首《山居诗》外，延寿禅师另外三首也淡泊清幽，非常可观：

其一：

幽斋独坐绝参详，兀尔何如骤世忙。
拯济终凭宏愿力，安闲须得守愚方。
柴门半掩花空落，苔径虚踪草自荒。
最好静中无一事，翛然养得道芽长。

其二：

青山一座万缘休，努力应须与古俦。
散诞襟怀因绝趣，消疏活计为无求。

花明小砌和春月，松暗前轩带雨秋。

景象自开还自合，怡然何必更忘忧。

其三：

旷然不被兴亡坠，豁尔难教宠辱惊。

鼓角城遥无伺候，轮蹄路绝免逢迎。

暖眠纸帐茅堂密，稳坐蒲团石面平。

只有此途为上策，更无余事可关情。

表面看上去，似乎是写景摹物。其实，在对无边景色的现量描摹中，浓缩着高僧的禅学感悟。但是，禅悟的心，如波中月影，似镜里花光，不着痕迹，玲珑澄澈，可称是即目即真。这样的诗，纯乎天籁；这样的人，才是真正的“无事之人”；这样的心，才是明珠闪烁的自性之心！

诗僧观览美好的物境，仅仅是观照而已，他心中并无杂念。所以，他才能做到遍地菩提，触目皆美！

11. 一道神光万境闲

唐朝的龙山禅师曾作诗偈：

三间茅屋从来住，一道神光万境闲。

莫作是非来辨我，浮世穿凿不相关。

幽幽诗情，画意浓艳！

龙山禅师是潭州人（今湖南湘潭），马祖道一大师的法嗣。由于他一生栖隐深山不出世，人又称之为“隐山禅师”。

一日，曹洞宗的开山祖师洞山良价与一个弟子游山，迷走云山深处，不辨方向。寻路之时，师徒二人忽然看到一片菜叶顺溪流而下，这让洞山禅师很纳闷：

“如此荒凉深山，竟然有青菜叶子逐波随水，莫非上游还住有人家吗？”

于是，洞山二人拔草斩棘，顺着溪畔溯流而上。蜿蜒数里地后，他们忽然看到了一位松鹤身形、相貌奇异的僧人，正闲情逸致，袖手观瞧。

二人大异，赶忙上前合十问讯：“和尚可住在此山？”

“是啊，我住在这里。此山蜿蜒险僻，人鸟绝迹，二位是怎么进得山来的？”和尚也稍感吃惊。

“此山无路，和尚您又怎么入得此山呢？”洞山反问。

“我本来一直就住在此山中，不随云水去，日日浮云来，哪里谈得上出入？”

洞山又问：“和尚住在此山有多少日子了？”

“荒山有鸟啼，岁岁不知春。”

洞山更好奇。“是和尚先住在此呢？还是先有这座山呢？”

和尚摇头：“不知道。”

“为什么您不知道？”洞山紧问。

“天日茫茫，从何而知？”和尚莞尔。

洞山知道此人一定是得道的高僧，就又问：“和尚得到何种禅悟，才隐居此山呢？”

“泥牛入海无消息！”

听到和尚机锋如此锐利奥妙，洞山禅师心中钦佩，只得敛衣而拜。

龙山禅师临别，赠送了洞山禅师一首偈语：

三间茅屋从来住，一道神光万境闲。

莫把是非来辨我，浮生穿凿不相关。

洞山走后，龙山禅师烧掉草庵，退隐人迹罕至更加深邃的幽壑，从此，不复见他人。

龙山禅师的诗偈，超然物外。他完全消泯了是非、善恶、美丑、贵贱等世俗分别，通过绝对的否定，离思辨、泯是非，不思善，不思恶，真正到达了和光同尘的境界。

与此相类，马祖道一的弟子大梅法常，也写过与龙山禅师境界几乎完全相同的诗偈：

一池荷叶衣无尽，数树松花食有语。

刚被世人知住处，又移茅屋入深居。

这种幽居深山的做法，其实，仔细推敲，与马祖大师提出的“平常心是道”，并不矛盾。

禅家大道，既在深山幽境，也在世俗的声色风景之中。

“鹤立松梢月，鱼行水底天。风光都占断，不费一文钱”。

其实，禅宗自从马祖道一以来，一直对离开日用俗情而别求玄妙的倾向保持着批判的态度，而是主张随缘任运，强调学人要把禅道落实于日常生活，要把奥秘深邃的禅宗，化为亲切平易的人生境界。

我们这里列举龙山禅师和大梅禅师的幽居诗偈，其实主要是为了展现平易以外的禅宗诗歌的美学新境界，展现另外的一种新悟境。

真正探索禅宗，无论是临济喝，还是德山棒，都追求圆融的境界。在那种饥餐困眠、秋到风凉的自在自为中，所有的刻意修为，都脱落无痕。人的“本来面目”，如同虚空，不可刻意修作。一旦起了修道之心，就会将道作为修的对象。此时，无为法就变成了有为法，有心就成为妄念。在运水搬柴，吃饭喝茶当中，禅宗随缘任运、率性适意的精神境界，兀然而出。

临济义玄禅师说得更直白：“佛法无用功处，只是平常无事，屙屎送尿，着衣吃饭，困来即眠。”

所以，在领略幽居深山的一种妙境的同时，我们不可离开饥餐困眠而追求禅道的悟境。如果为求而求，刻意追求，与真正的禅悟，无异于南辕北辙。

大音希声，大象无形，至味无味。

但是，如果参禅者自以为有了“平常心”，处处护理，心境也会蒙上闲尘。因为，大慧禅师有过这样的诗偈：

劝君不用苦劳神，唤作平常转不亲。
冷淡全然没滋味，一回举起一回新。

也就是说，不要深山，不要幽居，不要平常心。

如果有了“平常心”的念头，反而会失却平常心！

总之，禅宗活泼的机趣，天然自得，素面朝天。凡是修饰的东西，都是“伪”的矫饰，都不是人的自性和本心。

如果我们能够回到自然，回到本来面目，肯定就会像宋朝的显万禅师吟出这样的诗句：

万松岭上一间屋，老僧半间云半间。
三更云去作行雨，回头方羡老僧闲。(《庵中自题》)

12. 雨霁长空净　云收一色真

文悦禅师曾作有三首《山居》，意境深远，词雅语秀：

片片残红随远水，依依烟树带斜阳。
横筇石上谁相问，猿啸一声天外长。

静听凉飙绕涧溪，渐看秋色入冲微。

渔人拨破湘江月，樵父踏开松子归。

耄麦重重覆紫烟，太平时节见丰年。

野云忽散孤峰出，列派横飞落涧泉。

在此，先给读者来个作者的背景链接——云峰文悦禅师（997—1062），俗姓徐，南昌人。他出家后，在瑞州（今江西高安）大愚守芝禅师（汾阳善昭法嗣）参禅。

参禅数日，大愚禅师似乎没有讲什么大道理，只是埋头穿衣吃饭，几乎不与徒弟们讲禅论法。

一天，大愚禅师在堂上说："大家相聚吃茎齑（ji），若唤作一茎齑，入地狱如箭射。"说完，起身下座。

文悦禅师知道大愚说的是禅偈，但对其中的譬喻和暗示根本不明白。

当天晚上，他悄悄到方丈室，请求大愚禅师开示。

大愚禅师顾左右而言他，让文悦去外面为寺庙乞食。文悦无奈，只得听从。

过了许久，文悦感到火候差不多了，再去大愚处参问。大愚依旧不答，让他外出为寺庙乞炭。

文悦不敢有违，冒着天寒，连日外出乞炭。

数日过去，文悦又去大愚禅师处拜问。

大愚禅师还是不接话茬，反而说："负责接待答疑的堂司缺人，你去那里吧。”

惟惟之余，文悦心中怏怏，不由得暗恨大愚禅师，觉得他有所保留，不肯开示自己。

无聊穷愁，文悦郁闷不已。

一天，他腹内发胀，就蹲在厕所里面方便，使劲提气，奋力放松。发泄之余，呆呆发愣。

突然间，一个挂在木架上盛水的木桶桶箍断裂，大木桶轰然滚落在地上。

当啷一声，使得文悦参悟的念头被打断，反而在刹那间令他大悟。

他欢欣雀跃，到方丈室去拜谢大愚。

大愚禅师似乎已经有所预见，他亲自迎出，笑着对文悦说：“恭喜啊，你大事已毕。”

先前，大愚禅师之所以找各种理由和借口要文悦外出去乞食、乞炭，一方面是要这个徒弟积累福报，另外一方面就是暗示文悦：参禅修行，应该在日常生活中自己亲自去体证，别人无法替代。

无可奈何作苦力的间隙，文悦在大号如厕的时候被落桶所惊，能所俱夺，意识产生了飞跃，恍然开悟。

当然，文悦禅师的慧根大，障碍薄，换了别人，大桶落地一声巨响，有可能吓出毛病来。这种开悟，和看见桃花悟道、听见石头击打竹子开悟的公案一样，都是因缘所成。

该来的，一定会来。

理解了文悦禅师本人的一些背景资料，再看这三首诗就更加容易领悟。

第一首，描写的是禅者春憩图。暮春时节，落英缤纷。烟笼青翠，宁静温馨，确是胜景桃源。这种境界，譬喻禅者的精神家园和心灵故乡。如此孤芳自赏，高情远韵，天然素朴。

第二首，乃渔樵晚归图。初秋乍凉，千山叶落，层林尽染，渔人樵父，垂丝弄斧已毕，当下无事，正在踏往归家稳坐的途中。这种境界，表达了禅众机心全泯的闲适任运。

第三首，乃是农家丰年图。地气温润，垄麦重重，紫烟盖覆，野云迸散。这样的大好丰年，飞泉溅玉，人们喧闹欢腾。但是，无论喧噪与恬静，对禅者都毫无影响。这，喻示着参悟者澄明的心境和自性。

在文悦禅师的诗中，妄念全歇，本真顿显，心地澄净，不落纤尘。这种至高至妙的境界，就是“无事是贵人”的境界。

真正的禅学感悟，得来不易。但是，一旦顿悟，立刻会自性圆满，与佛无别。

风花雪月中，我们会发现，一切都不需造作，本来现成。

饥餐困眠，日用是道。有求皆苦，歇即无事。

当然，这种“无事是贵人”，目的是歇阻外向驰求之心，并不意味着让人沉溺于一潭死水的断灭空。无心之境，也并不是枯木死水的顽空。所以，才有文悦禅师《原居》所表达的更深一层的意境：

挂锡西原上，玄徒苦问津。千峰消积雪，万木自回春。

谷暖泉声远，林幽鸟语新。翻思遗只履，深笑洛阳人。

初春，暖雪、春水、万木、百鸟、花谷、丛林。暄腾之中，文悦禅师甚至连禅的意念都剔除净尽，从而得到了真正的禅。

总之，我们在欣赏禅师诗歌的时候，既可以将它作为纯粹的写景诗欣赏，也可以从中品味出深邃的禅意。只有仔细沉吟叹赏，我们才能真正读懂诗人其中浓缩的禅学感悟。

特别可称的是，禅师的禅诗，不着痕迹，波中月影，似镜光花。如果真正懂得，必然会有心地澄明的彻悟。

其实，真正的大彻大悟，是那种“关门即深山”的境界。无论清凉万仞山，还是红尘纵横街，都可以出世、入世任我游。

法演禅师有诗偈：

白云相送出山来，满眼红尘拨不开。

莫谓城中无好事，一尘一刹一楼台。

万丈红尘，在真正的悟者心中，也是菩提道场！怕初学者不懂，法演禅师进而解释道：

但得心闲到处闲，拘城乡与溪山。

是非名利浑如梦，正眼观时一瞬间。

也就是说，慧根短浅的人，除境而心不忘；慧根深厚的人，忘心而境不除。如此，圣凡如一，天人合一，身在现象界，又端然凝然，不为生灭法所染。这，才是真正禅悟的至境。

13．禅思何妨在玉琴

禅思何妨在玉琴，真僧不见听时心。

秋堂境寂夜方半，云去苍梧湘水深。

《听琴》的作者，大名鼎鼎，乃唐朝诗人刘禹锡。

刘禹锡（772—842），字梦得，晚年自号庐山人。彭城（今江苏徐州）人，自称汉朝皇裔，其实是西晋末期匈奴刘氏一支的后代。

这首《听琴》诗，表达了诗人对佛理禅意的独特理解和体悟。

禅思，指禅心，就是寂定清净的心；玉琴，指用美玉装饰的琴。真僧呢，指有造诣的精妙禅师。

情景交融下，诗人名虽听琴，实际是悟禅。在有声、无声之间，诗人解空而离相，体证了禅宗的大理。

诗、酒、琴，为中国古代文人的“三友”。所谓“声音之道可与禅通”，琴诗之乐，尤其是士大夫的高级精神享受。由于古琴与文人密切相关，古代诗人的诗中，就存有大量描写欣赏古琴的篇章。在这些诗篇中，诗人们通过琴与禅、琴与声、音与意等等，体现出禅宗无我、性空、顿悟等禅髓。

在浓郁的禅意中，诗人们明心见性。

唐朝诗人在琴诗中，总是潇洒地开发自性，以求悟得自己本来面目。他们想在欣赏中去掉心灵的执著，自觉到本来自己具有的佛性。

琴声悠扬中，参禅之人自可穷玄极妙，达到独脱自在的境界：

晚年惟好静，万事不关心。
自顾无长策，空知返旧林。
松风吹解带，山月照弹琴。
君问穷通理，渔歌入浦深。

——王维《酬张少府》

江上调玉琴，一弦清一心。
泠泠七弦遍，万木澄幽阴。
能使江月白，又令江水深。
始知梧桐枝，可以徽黄金。

——常建《江上琴兴》

蜀僧抱绿绮，西下峨眉峰。

为我一挥手，如听万壑松。
客心洗流水，馀响入霜钟。
不觉碧山暮，秋云暗几重。

——李白《听蜀僧濬弹琴》

谢家门馆似山林，碧石青苔满树阴。
乳鹊眄巢花巷静，鸣鸠鼓翼竹园深。
桔槔转水兼通药，方丈留僧共听琴。
独有野人箕踞惯，过君始得一长吟。

——李端《题元注林园》

孤桐秘虚鸣，朴素传幽真。
仿佛弦指外，遂见初古人。
意远风雪苦，时来江山春。
高宴未终曲，谁能辨经纶。

——王昌龄《琴》

扣舷不能寐，皓露清衣襟。
弥伤孤舟夜，远结万里心。
幽兴惜瑶草，素怀寄鸣琴。
三奏月初上，寂寥寒江深。

——杨衡《旅次江亭》

禅宗，视有为无，视生为灭。这种对无声无形和不生不减的理解，恰恰与音乐能达于一实。

琴声也是一样，真实即虚无，“谐无声之乐，以自得为和”。在音乐欣赏之中，诗人们最终会体悟到禅髓大道。

琴声，恰如《楞言经》所言：

声无既无灭，声有亦非生。生灭两圆离，是则常真实！

14．铁衣着尽换禅衣

四十年前马上飞，功名藏尽拥禅衣。
石榴园下擒生处，独自闲行独自归。

三陷思明三突围，铁衣抛尽衲禅衣。
天津桥上无人识，闲凭栏干望落晖。

《智度师二首》，是与白居易齐名的唐朝大才子元稹所作。

元稹，（779—831），字微之，河南（今河南洛阳）人。此人一生浮沉，唐德宗贞元中，他明经及第。唐宪宗元和初，授左拾遗，升为监察御史。后得罪宦官，贬江陵士曹参军。唐穆宗时，迁中书舍人、翰林学士，曾做过三个月宰相。在当时，元稹与白居易倡导“新乐府运动”，世称“元白”。

元稹所认识的并在诗中加以渲染的智度禅师，似乎在历史上没有什么名气。但是，这位禅师奇特的人生经历，却让人思味不绝。

从诗中可以想见，四十年前，这位禅师曾是一位叱咤风云的大将军，曾与安史之乱中的叛军浴血奋战。“三陷思明三突围”一句，更是神来之笔，把当时大英雄的勇敢无畏表现得淋漓尽致。

“独自闲行独自归”、“闲凭栏干望落晖”，两个“闲”字，最终把得道禅师老年的禅悦之境一展无遗——血与火，刀与剑，寒光照铁衣的战斗，都消泯于无形，只余下禅悟的恬淡和宁静的大自在！

诗人妙笔生花，寥寥数语，把智度师往昔的勇敢描写得酣畅淋漓。而后，笔锋一转，“天津桥上无人识”，看似孤独凄凉、消极无聊，其实是红尘脱身，自得其乐。这种描摹，把诗中人物的感情变化，通过一种姿势，在瞬间的时空中造像般予以定格，使得我们追思回味不已。

浮华世间得忘我，旷达洒脱任我游！

元稹的这首禅诗，后世还弄出一场笔墨“官司”。

宋代的文人陶穀，在他的《五代乱离记》一书中称：黄巢败后为僧，附依于从前的下属张全义于洛阳，并在寺内绘像自题诗：

记得当年草上飞，铁衣著尽著僧衣。

天津桥上无人识，独倚栏干看落晖。

也就是说，陶穀认为黄巢失败后没有被杀，自髡为僧得脱，并在寺内题诗言志。

再后来，以讹传讹，宋人王仲言在《挥麈录》中也把此事再加以渲染。

其实，这两个文人看来显然都没有读过元稹的《智度师二首》。特别是陶穀，他根据传言，把元稹原诗篡易割裂，合二为一，最终差点造成一桩历史悬案。

15．茶烟轻扬落花风

觥船一棹百分空，十载青春不负公。

今日鬓丝禅榻畔，茶烟轻飏落花风。

这首杜牧的禅诗，前两句写往昔漫游酣饮的豪兴，后两句写今日参禅品茶的悠闲。

从诗句的字面上看，看似出语平淡，实则对比鲜明，隐隐约约，显示出诗人对于逝水华年所透露出的无尽的惋惜之情。诗中没有说寂寞，没有讲辛酸，却在看似轻松的禅悟中，无意中泄露了诗人政治上不得意的沉重痛苦。

杜牧为人，平生以英豪自诩，留心当世之务，论政谈兵，卓有见地。时兮命兮，他却一直被朝廷投闲置散，始终未能施展自己的政治抱负，只能听任大好年华在漫游与酣饮中白白流逝。

仔细观察，诗中“茶烟”与“觥船”相应，“落花”与“青春”呼应，恰恰说明了“一生襟抱未曾开”的诗人，其时已经步入衰老之境。鬓染霜丝之余，不仅施展抱负无从说起，可能就连酣饮漫游也不复可能。寂寥之中，杜牧只有靠参禅品茗来消磨剩余的岁月。

饮酒茗茶，看似洒脱的禅悟，却有这么多无奈与悲苦。

与此相类，杜牧还有一首《题扬州禅智寺》的“禅诗”：

雨过一蝉噪，飘萧松桂秋。
青苔满阶砌，白鸟故迟留。
暮霭生深树，斜阳下小楼。
谁知竹西路，歌吹是扬州。

“雨过一蝉噪，飘萧松桂秋。”“蝉”、“秋”二字，显然是秋日时分。秋风起处，摇曳的松枝、桂树也露出了萧瑟秋意。“蝉噪”，反衬出禅智寺的寂静，静中见闹，闹中见静，最终还是为了凸显秋雨秋风中禅智寺的冷寂。

“青苔满阶砌，白鸟故迟留。”台阶长满青苔，行人罕至，寺内白鸟徘徊，暗示寺院的空寂人稀。如此景致，没有愉悦的禅悟，反而是凄冷和孤单。

"暮霭生深树，斜阳下小楼。"在浓荫暮霭的幽暗中，深树幽幽。"斜阳下小楼"，暗中见明，一抹斜阳余晖，却反衬得寺庙格外的暗和冷入骨的静。

最后两句，诗人别开生面："谁知竹西路，歌吹是扬州。"以歌舞喧闹、市井繁华的扬州来作衬托，更显出禅智寺中诗人"斯人独憔悴"的伤感。

杜牧的禅诗，凄凉静美，但也蕴含着任运随缘、日用是道的美感特质。在他的笔下，虽然不能彻底摆脱情感的胶着，却往往具有禅意的精髓。

潇洒文士的禅思，有时候自信无求，有时候雄猛奔放，有时候澄明空灵，有时候艳情寓禅，有时候境像玲珑。细细品味，具有奇特的感悟和潇洒的体证因素。

触目菩提，水月相忘，杜牧诗中丰赡饱满的盎然禅意，正蕴于那种种幽幽的、难以言表的美感之中。恰似青春的爱情，让人刻骨铭心，无法忘怀。

16. 春光明媚梅花尼

尽日寻春不见春，芒鞋踏破岭头云。
归来笑拈梅花嗅，春在枝头已十分。

这首诗的作者，是一位悟道的尼姑。至于她所处的年代，有说是唐末，又有说是宋初，至今没有定论。尼姑的真实姓名，也无人得知。甚至，我们今人连她的法号，都无从知晓。

福兮祸兮，这位尼姑，只是因为这首诗，她就拥有了一个非常美丽的名字——梅花尼！

从诗歌表面看，好像是首风景诗。其实，此诗乃禅门的悟道诗。

战乱年代，梅花尼南北东西，辗转艰辛，芒鞋踏破，四海托钵。数十年间，她参谒无数禅师智者，就是想得到至妙的禅悟。结果，一无所获。

为什么呢，因为她本末倒置，舍己求人，忘记了清纯的自性和内心。心包太虚，涵括宇宙。世界大，我们的自性内心更大！

行行重行行。怅然归来，她偶然拈起一枝梅花，嗅闻之下，馨香入脑。

刹那之间，梅花尼顿然彻悟。

原来，道不远人，就在身边。任运随缘，无处不是道，无处不是禅！

刹那禅机的触发，竟然发自一枝梅花！

动人春色哪需多！

只要除去执着，只要归于自性，禅悟的美妙时刻，就会顿然出现。

踏破铁鞋无觅处，得来全不费功夫！

禅宗诗歌中，描述这种把漫长修行历程简单化的，还有

《颂古》中一首《庵颜颂》。

这首颂古诗，歌颂了阿难看到祝融峰顶万年松悟道的事情：

东西南北捉虚空，海角天涯信不通。

力尽神疲无处觅，万年松在祝融峰。

顿悟成佛，直达本心！

漫长而艰苦的悟道旅程，得到瞬间的顿悟，那种欣喜和快乐，即使我们凡人，也能通过这些诗偈得到身临其境的真切体会。

明朝的莲池大师，曾作有一首诗偈，描写赵州和尚七老八十还四处游走寻道的事情。

此诗诗意，与梅花尼和以上的颂古诗正好相反。这可以让我们从另外一个方面，去理解涅槃之门和大解脱之路。

赵州八十犹行脚，只为心头未悄然。

及至归来无一事，始知空费草鞋钱。

大彻大悟如赵州从谂禅师，耋耆之年，也有迷惑的时候。一瓶一钵垂垂老，千山千水得得来，他费尽心思，四处游走，参悟佛法妙谛。颠沛流离过后，赵州禅师终于知道，一切的一切，都“本来现成”。

在能所俱泯中，禅悟的光闪，正在那梅花绽放的刹那！

17. 弥勒大肚诗也禅

手把青秧插满田，低头便见水中天。
心地清净方为道，退步原来是向前。

这首诗，在没有纯粹宗教信仰的人的心目中，总把它当作是一首具有阴柔人生艺术的励志诗。其实，在我们国人的世故哲学中，以退为进，目的就是秋后算帐。

追根逐本，找寻作者，我们却发现，此诗原本是禅师作的一首悟道诗。

诗的作者，乃契此禅师。对于这个名字，大家肯定非常陌生。如果说“布袋和尚”、“弥勒佛”，肯定不少人就会恍然大悟了。啊，是他啊！

契此和尚，五代后梁人。流离战乱年代，他的幼年更非常不幸。洪水袭过，家破人亡。时年七岁的契此，浮在一块薄冰上，才捡得一命，后被农人发现救下收养。

早年，契此在岳林寺出家。兵荒马乱时代，他常以杖荷一破布袋，四出行走乞食。那时的他，出语无定，随处寝卧，肮脏遍体，形如疯癫。特别引人注目的是，契此和尚还不忌口，鱼肉荤素，照吃不误。凡有剩饭剩菜，他都倒入背后的大袋子里。如此乞丐行僧，时人以讹传讹，后人演义，他就成为了

“布袋和尚”。

据说，契此酒足饭饱之余，曾作有一偈：

我有一布袋，虚空无挂碍。展开遍十方，入时观自在。

这还不算神奇，他圆寂的时候，提笔留下遗偈：

弥勒真弥勒，化身千百亿。时时示时人，时人自不识。

根据这个遗偈，人们讹讹相传，进一步把这位吃了满肚子垃圾饭食的契此和尚当成了“弥勒佛”的化身，并按照他的模样，塑成了大肚弥勒佛，供奉在各地庙宇中的天王殿中。

如今的中国寺庙，无论你到哪里，开门迎接你的，肯定是契此和尚这张袒胸露怀的大笑脸。塑像旁，还总挂有这么极具中国特色的楹联：

“大肚能容，容天下难容之事；慈颜常笑，笑世间可笑之人。”

当然，宗教史上真正的弥勒佛，根本不是这么回事。由于本书不是细讲宗教，故而略过不表。

回头再谈契此和尚的悟道诗。

禅师手中的“稻”，其实就是“道”，即浩荡的佛理。而倒映水中的青天，喻示人本心的纯净和澄明。

“退步原来是向前”，即要求学禅者要谦卑，要有勇于回头的勇气和气魄，虚怀若谷，能低头，能弯腰，去真正地认识世界。

我们人类，在原始的童年时代，天人合一，与我们所在的世界浑然一体。而后，随着分别意识的冒升，日益追名逐利，心染垢尘，以至于无论是精神还是肉体，都疲惫不堪。

所以，只有看得破，放得下，能舍得，能后退，抛离妄念，最终，才有可能得到般若智慧！

18．看取莲花净　方知不染心

山头禅室挂僧衣，窗外无人水鸟飞。

黄昏半在下山路，却听泉声恋翠微。

这首《过融上人兰若》，作者是唐朝诗人孟浩然（698—740）。

禅趣、情趣，融于一诗。

诗中的“融上人”，指当时的高僧融公禅师。“上人”，自南朝后泛用于对和尚的尊称。兰若，即“阿兰若”，梵语“佛寺”的音译。

诗人去拜访融公禅师，主人不在，只见僧衣闲挂，窗外无人，溪鸟轻飞，闲适、飘逸至境，顿然而出。

后两句，写诗人自己访友不遇，兴起而来，兴尽而归。黄昏时分徜徉于山间路上，青翠满目，泉水叮咚，山山水水，充满了盎然的禅意。

我们知道，孟浩然一生没有作官，与禅僧们往来密切。除了融公以外，和他经常诗歌唱酬的诗僧，还有“空上人”、“皎上人”、“湛法师”等人。

至于写禅的诗，孟浩然还有《题终南翠微寺空上人房》、《登总持寺浮图》、《宿业师山房期丁大不至》、《题大禹寺义公禅房》、《陪姚使君题惠上人房》、《登龙兴寺阁》等，总共大概有二十余首。

孟浩然常在禅寺僧房栖宿，和禅师们谈禅论道，其诗风也深受禅风熏染。所以，他的诗作，往往充满了“淡远”的情趣：“北涧流恒满，浮舟触处通。沿洄自有趣，何必五湖中。”“移舟泊烟渚，日暮客愁新。野旷天低树，江清月近人。”“何如石岩趣，自入户庭间。苔间春泉满，萝轩夜月闲。”“夕阳度西岭，群壑倏已暝。松月生夜凉，风泉满清听。”“约竿垂北涧，樵唱入南轩，书取幽栖事，将寻静者论。”……。

把盏细读，真个是：

夕阳连雨足，空翠落庭阴。
看取莲花净，方知不染心。（《题义公禅房》）

19. 山河天眼里　世界法身中

不知香积寺，数里入云峰。
古木无人径，深山何处钟。
泉声咽危石，日色冷青松。

薄暮空潭曲，安禅制毒龙。

谈禅论道，这首诗肯定会言及。

王维（701—761），字摩诘，官至尚书右丞，原籍祁（今山西祁县），后迁至蒲州（今山西永济）。此人虽为儒家士大夫，一直崇信佛教。中年以后，由于在安史之乱的时候曾经被迫“从贼”做官，王维政治失意，晚年居于蓝田辋川别墅。

王摩诘不仅能诗，而且擅画，但今天他已经没有画作真迹传世。苏轼曾对他予以高度赞赏：“味摩诘之诗，诗中有画；观摩诘之画，画中有诗。”

王维的字，“摩诘”，显然是因笃佛而取，源自于佛教的人物——维摩诘居士。据《维摩经》记载，维摩诘是古印度昆耶城一位大乘居士，生活时代大约与释迦牟尼同时。由于他富于辩才，善于应机教化，这个人物备受崇佛之人的尊崇。

王维晚年的诗，禅趣盎然，以至于后人称之为“诗佛”。

王维的这首《香积寺》诗，看似写景，实则写心，非常好懂。只是“潭曲”、“毒龙”稍稍难解些。

“潭曲”，佛经中指毒龙蛰居的宅窟；“毒龙”，此诗里譬喻人脑中的杂念和妄念。

香积寺的故址，在现在陕西长安县的南边。诗人信步而来，闲适四顾，见白云缭绕，古木参天。寂寂钟声，流泉幽咽，日光照在幽深的松林上，生出淡淡寒意。如此静谧的环境下，当暮色降临，豁然禅悟，各种喧腾的欲望，一时均被降服。

王维的晚年，洗尽繁华，生活清简，家中只有茶铛、药臼、经案、绳床而已，几乎就是过着僧人的生活。

王维的诗歌，能把佛学义理和自然景观交叉融和，浑然一体，已经臻至圆融无碍的境界。由于他长年修佛安禅，一般文人那种为作山水诗而强作禅悟的形迹，已经消泯入于圆融。

诗情画意，禅趣佛旨，在王维笔下，都是自然的流露，已经进入一种由圣入凡的境界：

明月松间照，清泉石上流。（《山居秋暝》）
行到水穷处，坐看云起时。（《终南别业》）
白云回望合，青霭入看无。（《终南山》）
独坐幽篁里，弹琴复长啸。（《竹里馆》）

空即是色，色即是空；空空色色，色色空空。

从王维的诗歌中，我们可以看出如下禅宗境界：借物观性，任运随缘，无念无欲。

禅意佛思中，诗人超然物外，心地澄明，高洁的情怀和对理想境界的追求，跃然纸上。

20. 金粟如来是后身

青莲居士谪仙人，酒肆藏名三十春。

湖州司马何须问，金粟如来是后身。

这首诗的题目，《答湖州迦叶司马问白是何人》，李白作。

李白，仙风道骨，一生中两度受箓为道士，号为谪仙人。在京都长安失意后，他流连山水，遍游名山大川，名气愈来愈大。

为此，他称誉日隆，道风飘飘。诗人们纷纷作诗赞美：昔年有狂客，号尔谪仙人（杜甫）；谪仙游梁园，爱子在邹鲁望（魏万）；天外常求太白老，金陵捉得酒仙人（崔成甫），等等。

好道慕仙的李白，怎么又会自称“金粟如来是后身”呢？

其实，李白早年好道，中年以后，他却与佛、禅结下了不解之缘。

“谪仙人”在他四十二岁的时候，获得道士吴筠和玉真公主的推荐，被召入京城，获唐玄宗“亲切接见”。很快，由于恃才傲物，仅仅三年不到，他就被皇帝“赐金放归”。由此，李诗人的仕途就画上了句号。

饱受打击下，李白求仙学道、采药炼丹的热情受挫，对笃信大半生的道家开始怀疑：“海客谈瀛洲，烟涛微茫信难求。”(《梦游天姥吟留别》)“仙人殊恍惚，未若醉中真。”(《拟古》其三)“惟见碧水流，曾无黄石公。”(《经下邳圯桥怀张子房》)……

羽化飞升的梦破碎后，李白忽然觉得佛法博大精深，很快就沉迷其间。

我们再回到文首的诗歌。

乍看诗中的“青莲居士”，可能不少人以为李白首先表明自己的慕道思想。其实，清朝的学者王琦已说得十分清楚：“青莲花出西竺（印度），梵语谓之‘优钵罗花’”。

青莲花清净香洁，不染纤尘，所以李白以此花自号。

莲花，在佛典中，是佛法的象征。据说，佛诞生时就“步步生莲花”；佛菩萨说法，身坐莲台；西方极乐世界有七宝莲池；《华严经》中有莲花藏世界……古印度，人们把莲花分为青、黄、赤、白四种，青莲被称为“优钵罗”(梵语 *Utpala*)，在四种莲花居于首位。此外，佛教典故中还常以“青莲”喻佛眼。不难见出，李白的“青莲居士”，实际取材与佛典，与道教无涉。

至于此诗题目中的“湖州迦叶司马”，有些学者一直以为指西域天竺人迦叶在当时于地方做官的后代（唐朝贞观年间有太常卿迦叶济），实则多心。迦叶，乃佛陀大弟子。李白所指“迦叶司马”，不过是喻指一位信佛的司马。

李白自称“金粟如来”后身，更是与佛禅完全有关系——金粟如来，就是指维摩居士。这位大士在过去世已成佛，得号“金粟如来”。(王维也自号“维摩诘”，李白和他在“天上”有得一争)。

进入摄纳万有、圆融无碍的禅悟精神领域后，诗人李白大悟真空妙有，深谙缘起性空，对于禅师们那种怡乐于山水之间、追求内心觉悟的无拘无碍生活方式，大为艳羡。而且，禅家的生活作风，与他一贯崇尚的老庄哲学那种崇尚自然、清静无为、反璞归真的精神，大有相通之处，这自然使得李诗人找到了新的精神寄托。李白禅悟诗的创作灵感也因此犹如泉涌：

花将色不染，水与心俱闲。一坐度小劫，观空天地间。（《闻族侄评事黯游昌禅师山池二首》）

澄虑观此身，因得通寂照。郎悟前后际，始知金仙妙。（《与元丹丘方城寺谈玄作》）

我寻青莲宇，独往谢城阙。霜清东林钟，水白虎溪月。天香生虚空，天月鸣不歇。冥坐寂不动，大千入毫发。湛然冥真心，旷劫断出没。（《庐山东林寺夜怀》）

作为抒情主体的诗人，孤芳自赏中，其高情远韵，尽悉传出。

李白笔致天然，毫无刻凿之痕。在宁静温馨、清纯洁雅的意境中，一词一句，无不显现出诗人澄心内视、静观自心的禅悦源头。

天地间，清莲宇，都是诗人的精神家园和心灵故乡！

21．浮天沧海远

上国随缘住，来途若梦行。浮天沧海远，去世法舟轻。
水月通禅观，鱼龙听梵声。惟怜一灯影，万里眼中明。

这首诗，是唐朝才子钱起所作的《送僧归日本》(又名《赠日本僧》)。

钱起(710？—782？)，字仲文，吴兴（今浙江湖州）人。他于天宝十载(751) 得中进士，与郎士元、司室曙、李益等人合称“大历十才子”。

钱起擅长五律、七绝，诗作含蓄清丽，饶有韵味，有《钱仲文集》传世。

安史之乱后，钱起任蓝田县尉，一直与退隐辋川的王维相唱和。

此诗中，钱起的禅意十足，他所使用的“随缘”、“法舟”、“禅寂”、“水月”、“梵声”等词语，都是佛禅术语，非常贴切表达了送僧人远行的诗眼。

在前两句中，诗人不提送归之意，渐渐深入，到三、四句时才暗示归途邈远。而后四句，也不明写送归，反而着墨于海上景物，境界大宽。

“上国随缘住，来途若梦行。”这里的“上国”，是指中华；“浮天沧海远，去世法舟轻。”浮天，指舟船浮于天际。法舟，喻指僧人所乘的船。

“水月通禅寂，鱼龙听梵声。”诗人绘声绘色：清澈空明的月亮，也通晓清寂澄静的禅理。而海中的鱼龙，也会出来倾听僧人诵经的佛音。水月，佛教用语，比喻一切像水中月那样虚幻。

“惟怜一灯影，万里眼中明。”最可爱，是那船头一盏佛灯，纵然是万里之遥，它也光照人心，让人眼前璀璨光明。灯，此处是双关语，是以舟灯喻禅灯。

在中日文化交流中，隋唐，一直到宋元明，对日本的影响，都非常巨大。隋唐文化影响了日本奈良和平安文化，宋元明文化影响了鎌仓、室町乃至江户时期的文化。特别是在宋元明文化输入日本的过程中，中日禅僧起到了不可替代的媒介和桥梁作用。到了宋代，日本来华僧人众多，带回了禅宗，回国发扬光大。

钱起的禅诗，笔者认为，写得最好的当属《同王鏥起居程浩郎中韩翃舍人题安国寺用上人院》：

慧眼沙门真远公，经行宴坐有儒风。
香缘不绝簪裾会，禅想宁妨藻思通。
曙后炉烟生不灭，晴来阶色并归空。
狂夫入室无馀事，唯与天花一笑同。

安国寺故址在今天的西安。“用上人”，指当时名僧藏用大师。

在此诗中，钱起把藏用禅师比拟为东晋的高僧慧远，夸赞他儒释兼修，能寂然入禅。由于禅师的高名远扬，使得诗人这几个来访禅的“狂夫”悠然神往，在谒见之时，他们得听大师论道，仿佛聆听佛祖讲经一样，脑海中诸色天花乱坠。

钱起的诗，理致清赡，诗格新奇。特别是他写景的诗，清空闲雅、流丽纤秀。

笔者还非常喜欢他的一首《归雁》诗：

潇湘何事等闲回，水碧沙明两岸苔。
二十五弦弹夜月，不胜清怨却飞来。

静景动态，夜色乐声，诗人动静相宜。对于禅修的人来讲，如果被恬静所影响，即溺于断灭空；如果被喧闹所扰乱，即粘于躁动境。

诗人的心灵，高妙澄明。了了感知之下，于物于景，毫不粘着。这种禅悟的诗歌，在描写寂境时，却没有丝毫“一潭死水”的枯寂，反而流漾着波光潋滟的无限活泼生机。

幽幽禅意，不尽而来！

22. 诗思禅心共竹闲

诗思禅心共竹闲，任他流水向人间。
手持如意高窗里，斜日沿江千万山。

这首《题道虔上人竹房》，作者乃唐朝诗人李嘉佑。

李嘉佑，赵州人，天宝七年（748）进士及第。他的诗，写得非常好；人，运气非常不好，屡受贬挫。

李嘉佑时有佳句，常常被人摘抄，比如他的五言诗“水田飞白鹭，夏木啭黄鹂”，巧夺天工，后来被王维在句头加上“漠漠”和“阴阴”，就剽窃走了。如今，读者只知道王维的狗尾续貂（或者是狗顶毛续貂），没人知道李嘉佑的原创的“本来面目”。

文章起始引用的禅诗，风格婉约秀丽，非常容易读懂。只不过，应该扫盲的是，其中的“如意”，大有来头。

如意，我们今天看得太多了，无论是在展现元朝、清朝的电视剧中，还是亲自到故宫参观珍宝馆，这曲里拐弯、镶金嵌宝的东西到处都是。

其实，如意，原本不是中国原有的东西，它自古印度传来，梵语音译名为“阿那律”。在最早的时候，和尚讲经做课，把如意（当时如意的质地有木头、竹子、象牙，等等）拿在手中，上面记着要讲的内容，以备遗忘。后来，特别是传入中土后，如意日益演变，丧失了实用性，成为象征吉祥的陈设玩物。

李嘉佑此诗最后两句，“手持如意高窗里，斜日沿江千万山”，把一个随缘安恬、心无旁骛僧人的潇洒风度和寂寂禅心，表达得淋漓尽致。

诗中有景，诗中有情，诗中有人，诗中有禅。

如此禅风流动的佳作，李嘉佑还有一首《寄王舍人竹楼》：

傲吏身闲笑五侯，西江取竹起高楼。

南风不用蒲葵扇，纱帽闲眠对水鸥。

这首诗中，傲吏其实就是诗人的自称。简单的四句诗歌，把简傲清闲的小官员清逸洒脱的心态，描摹得活灵活现。

不过，笔者最喜欢的一首诗，是他的《同皇甫侍御题荐福寺一公房》：

虚室独焚香，林空静磬长。闲窥数竿竹，老在一绳床。

啜茗翻真偈，然灯继夕阳。人归远相送，步履出回廊。

这首诗，意境深远，回味悠长，禅心独到。

空幻静寂中，诗人禅心恰似磐石，无边的宁静，消除了妄念，犹如野云崩散。一种疏野、恬淡的气息，氤氲满纸，使读者感受到繁华刊落见本真的意趣。天机一片，不受纤尘。恬淡祥和之境，油然而生。

23. 一轮明月到窗前

因僧问我西来意，我话居山七八年。

草履只栽三个耳，麻衣曾补两番肩。

东庵每见西庵雪，下涧长流上涧泉。

半夜白云消散后，一轮明月到床前。

这首《山居颂》，乃宋初云门宗禅僧灵澄所作。他是南岳怀让第八世法嗣，住洪洲酹潭。其为人洒脱不羁，时人称之为“散圣”。

此诗，开门见山，由于有学禅人问作者“何为祖师西来意”，灵澄禅师因此娓娓自道。“居山七八年”，“草履三个耳”，“麻衣曾补肩”，看似寻常话头，其实是以此淡然之句剿绝学人的妄念，大讲“平常心是道”！

何为祖师西来意？其实就在眼前！

穿衣吃饭，拉屎撒尿，从东庵到西庵，涧水潺潺之间，不造作，无是非，任运天真，随其自然，这就是祖师西来意！

“半夜白云消散后，一轮明月到窗前”，诗句中的“白云”，譬喻杂想妄念，而“明月”，譬喻自性清净。

倘若参透妄尘，诸翳尽去，人的本性清净，圆融顿现，恰似明月一轮，当窗朗照！

与此相类，比灵澄禅师稍前的太原孚上座的禅诗更意境悠长：

忆着当年未悟时，一声号角一声悲。

如今枕上无闲梦，大小梅花一样香。

这位“石头系”禅师，诗中所表达的文学意境，更能触动我们的心弦。

诗中，太原孚上座先是说他自己未悟道时的状态，“一声号角一声悲”。为什么呢，正是因为人生迷昧苦短，转瞬即逝。所以，执迷之中，作者一念想起，当然会悲从中来。其实，这还包含这样的一层意思：“此心未明，如丧考妣；此心更明，更如丧考妣。”处在参禅的第一层和第二层，都未为到家，都还没有真正参透生命的本源，所以才可悲、可叹、可怜。

“如今枕上无闲梦”，这个境界，是开悟后的境界，行住坐卧，皆自然随缘，也就再没有闲愁恶梦包缠。“大小梅花一样香”，看似平淡平常，其实蕴意深刻。《华严经》表示，若有菩萨安住于一切众生，一切法、一切刹、一切深心、一切善根、一切菩萨、一切愿、一切波罗蜜、一切行、一切佛等十种平等，可得一切诸佛之无上平等法。

“大小梅花一样香”，就是指十方世界共享此“香”！

由此，在澄明灵韵的大自然中，我们万虑皆忘，机心顿失，才能真正忘情于虚空自在的禅境里，恰似秋月澄江，心无纤尘，于染于净、于圣于凡，俱无所得。

此种禅境，才是真僧大德追求的妙境。

人，行于径路窄处，留一步与人；诗，作在浓艳处，减三分滋味与文。

佛禅的淡泊、宁静，往往能让人在花繁柳密处拨得开，能让人在风狂雨急时立得定。

真正的禅意盎然，在于走出喧嚣，脱离宠辱，如此，清净自在，窗前明月，分外皎洁！

24．居士弹指华年过

> 东郊魏仲先，生计只随缘。任懒自扫地，更贫谁怨天。
> 有名闲富贵，无事小神仙。不觉流光速，自将半百年。

这首《抒怀》诗，乃宋朝诗人魏野（960—1019）所作。

魏野，字仲先，号草堂居士，原为蜀地人，后居住陕州（今河南省三门峡市郊上官村）。此人在陕州东郊自筑草堂，终日以弹琴赋诗，是个真正的名士隐者。

魏野的诗，风格似贾岛，苦心求工，但比后者平朴闲远，没有艰涩苦瘦之弊。

魏野虽然号称“居士”，实际上属于宋朝特有的那种“处士”类型，即“梅妻鹤子”林和靖一类的隐士，与东坡居士的“居士”类型有很大不同。

佛教典籍中，由于维摩诘、庞居士这样的“居士”形象，使得早期中国那些在家信佛的人往往自称居士。

“居士”一词，早已有之，在古代中国典籍中，它原来指士大夫的品位。佛教入中国后，随着典籍经书的翻译，梵文中的“迦罗越”、“优婆塞”就被格义成“居士”。

追根溯源，古印度的“居士”，在种姓制度中属于“吠舍”，即处于婆罗门、刹帝利之下的第三等级。最早的佛教典籍，言及“居士”，都是指古印度人。东晋开始，才有人称那些信奉佛教的隐士为“居士”。到了宋代，“居士”开始蔚然大观，各种居士（或者“道人”）层出不穷，官僚型的、隐士型的、文人型的，五花八门，似乎文人们把此称呼当成时髦，各个人都号称“居士”。就连大英雄韩世忠，晚年自号“清凉居士”，女才子李清照，也自号“易安居士”……魏野呢，是个隐士型的居士，究其一生，他其实对于佛禅兴趣不是很大，更接近道教多一些。

大中祥符四年（1011），宋真宗封祀汾阴东归，路过陕州的时候，他得知大隐士魏野隐居于此，立刻派官员让魏野面驾。当时，魏野悠闲自得，正教仙鹤跳舞。得知皇帝要召见自己，魏野马上在屋壁题诗：

达人轻禄位，居处傍林泉。洗砚鱼吞墨，烹茶鹤避烟。

闲唯歌圣代，老不恨流年。静想相寻者，还应我最偏。

写毕，魏野逾墙而去。

悻悻之余，宋真宗只得命令手下的画匠把所见到的魏野草堂绘成画图，常常临图静观，以抒清幽之怀。

魏野的诗中，最有禅意的，要属《寻隐者不遇》：

寻真误入蓬莱岛，香风不动松花老。

采芝何处未归来？白云遍地无人扫。

此诗尽显幽寂之趣，意境开阔澹远，清逸中有飘然的禅风，与唐朝大诗人贾岛的同题诗有异曲同工之妙：

“松下问童子，言师采药去。只在此山中，云深不知处。”

宋代佛教，在理论上远远不如南北朝时期和隋唐时代。但更加世俗化的佛教却完全进入了文人士大夫的日常生活中，形成了独特的“士大夫佛学”。

在宋人眼中，佛禅与其说是宗教，不如说是哲学或者艺术。也恰恰是在宋代，佛教脱胎换骨，完全被中国化、禅宗化了。尤其是文风大盛的北宋时期，魏晋时代的“名士”类型文人，都变成了士大夫津津乐道的“居士”。

值得注意的是，宋代文人的佛禅，充满了理性主义和人本主义思想，其本质上有着极其浓厚的儒学色彩。

所以，宋朝的禅宗再兴盛，它也没有能成为意识形态类型的宗教狂热。

25．禅心不为窈窕摇

多谢尊前窈窕娘，好将幽梦恼襄王。
禅心已作沾泥絮，不逐东风上下狂。

尊前，就是樽前；窈窕娘，身材妙丽的美女。关汉卿在《裴度还带》中曾有“雾鬓云鬟窈窕娘，绣球打中状元郎”之句；娘，乃古代美丽女子的代称。

这首《子瞻令官伎媠媠乞诗席中口占》的作者，乃北宋禅师道潜（本名昙潜，苏轼为他改为“道潜”）。他俗姓何，字参寥，于潜（今属浙江临安）人。

大文豪苏轼在杭州当太守时，与道潜禅师结为莫逆。日后，苏轼遭贬谪，道潜也受牵连，被迫还俗，谪居兖州（今山东省内）。崇宁末年，道潜归老于江湖，被皇帝赐号“妙总大师”。

交代一下这首诗的背景：

苏轼在徐州时，道潜从杭州特地去拜访他。酒席上，酒酣耳热，苏轼乃性情中人，想跟道潜和尚开开玩笑，就从满席红妆中，选叫一个美貌歌妓去向他讨诗。

道潜端坐，当时就口占此诗作为回复。

禅者之心，对于世间的五欲六尘，自然能做到寂静不动。“江郎才尽”典故的主人公江淹曾在《吴中礼石佛诗》中说：“禅心暮不杂，寂行好无私。”唐朝的栖白禅师也作诗：“至今寂寞禅心在，任起桃花柳絮风。”(《寄西山景禅师》)

道潜自称自心是“沾泥絮”，譬喻本心恰如沾黏在泥上的柳絮，当然不会随意飘飞，显示出他自己已经能做到心如古井水，不复波动。

柳絮在天，如人浮于世；絮堕沾泥，恰如人已经出世。

所谓“不逐春风上下狂”，是讲道潜自己的禅心已经达到静寂的程度，不会再作轻狂之态。

面对诱惑，心静如止水，任它春风上下狂。

当然，道潜也是豁达人。此诗的前两句，他是劝说美丽的歌妓，让她把心思放到那位苏学士身上，好似神女对襄王那样。然后，他才讲到自己，展示了不会随起妄念的境界。由此，道潜禅师明明白白告诉苏东坡，作为禅师，自己已经尽知了生灭无常。

这位禅师，文学修养非常高，他的一首《江上秋夜》，风韵独特，境界高致：

雨暗苍江晚未晴，井梧翻叶动秋声。
楼头夜半风吹断，月在浮云浅处明。

先写无明妄见遮蔽心灵，如同雨暗苍江。最后峰回路转，指经过修行后，顿悟禅意，如明月当空，明心见性。

即使不作禅诗看，这首诗的高雅意境，也让人低首细思不已。

26. 闲学维摩坐禅定

县斋东面是禅斋，公退何妨引鹤来。
长爱座中如洞府，却惭衣上有尘埃。
竹声冷撼秋窗雨，山影青笼晓院苔。
最忆去年飞雪里，煮茶煨栗夜深回。

此诗，名为《武平寺留题》，作者是宋初名家王禹偁。

王禹偁（954—1001）字元之，济州巨野（今属山东）人。此人神童出身，九岁能文，于宋太宗太平兴国八年（983）中进士。他在朝之时，敢于直言讽谏，屡受贬谪。

王禹偁是北宋诗文革新运动的先驱。他的诗，风格平易流畅，简雅古淡。他特别推崇杜甫和白居易："本与乐天为后进，敢期子美是前身。"

宋朝的文人，多流传谁是谁"后身"之说，与王禹偁"敢期子美是前身"的说法相类。这种观念，其实也是源于佛教的灵魂转世说。比如，梅尧臣推举诗人郭祥正是"李白后身"；苏东坡被时人目为"五祖法演后身"；徐铉自称"东方朔后身"……

仔细研读《武平寺留题》，可以发现，诗中没有特别浓郁的参禅拜佛的味道，只是洋溢着一种淡淡的禅悦。整首诗中，言辞中涉佛不多，意兴寥寥，而那种发自内心的安详淡雅的意思，却不绝如缕。

与其说作者参禅礼佛，不如说作者是在学坐禅定以养道心。这种淡淡的禅心和禅意，在宋初的文人士大夫当中尤其常见。而且，入宋之后，随着道学的发展，道禅互相影响，儒释道之间严格的界限几乎全泯。

宋儒在法门传嗣、教学方式、修养功夫等方面，与禅家的衣钵相递、接引理路、禅定默坐非常近似，甚至道学家口中的专有名词“主人翁”，也原汁原味地取自佛教（本指“自性”）。

在宋代，宋儒的理性主义到达了古代中国的一个高峰阶段。佛教进入到宋代，对于外在神灵的信仰和膜拜日益弱化，佛教“天堂”、“地狱”的吸引、恐吓逐渐为道德自律的心灵修养所替代。在这样一种理性主义的影响下，文人士大夫对于个体生命意义的追求尤其显得与以往不同。

所以，王禹偁的“禅诗”，虽然有禅悦，却不沉湎于禅悦。公退闲暇，诗人于禅斋独坐，静悟尘世因缘。静寂之中，禅宗真如的意境和情趣，一一缓释，体现出那种独特的幽远深邃、宁静空灵的禅定境界。

后半阙的四句，竹声、山影、秋雨等等看似凄苦的意境，却由于作者自己心向佛境，心寓禅趣，宛转带出幽幽的禅意情怀，让人随之进入无尽禅意的绝妙清境。

在清幽冷僻的孤芳自赏中，“最忆去年飞雪里，煮茶煨栗夜深回”，一下子让诗歌的色彩欢快起来，沉重的压力顿时得以释放，滚滚红尘安然静落，凋敝的现实忽然被蒙罩上由温暖禅意而带来的温情脉脉的心灵慰藉。

在对雨雪霏霏的追忆中，生命得以完美的诠释，这种崭新的生活方式和表达方式，让人心旷神怡。

空灵玄妙、多变多幻的禅机禅趣，使得宋代诗人得以创作出更为新奇、瑰丽的意象和意境，从而使得作品增添了更为丰富的灵魂表现。

典雅的语言，清幽的诗风，淡远的禅意，空灵的意境，精练的语言，构成了这首禅诗独特的风格和审美意象。

王禹偁晚年所作的《赠朗上人》一诗，禅意明显浓厚：

净刹霜髭展旧真，自疑容貌是前身。
僧中独守三千戒，诗里闲销七十春。
僻寺藓深人少到，故山云好梦归频。
禅斋近日谁还往，衹有西垣放逐臣。

如此，诗人的凡心得以收摄，而涅槃彼岸的目标，似乎近在眼前。在这种貌似自怨自艾的语境中，其实蕴含着虚融淡泊，粘连着去留无染，喻示着滞碍全除。

内在超越的心性，任运随缘的禅悟，皆表露无遗。

27. 八风吹不动　端坐紫金莲

苏轼在江北瓜洲做官的时候，与江南金山寺隔江相望。寺里的住持，乃当时著名的佛印禅师。平素里，苏轼特别喜欢与这位大师谈禅论道。

苏大文豪感觉好，自认为什么都行，悟性天下第一。于是，一天，苏轼趁着酒兴，濡笔挥毫，写下一首禅悟诗：

稽首天中天，毫光照大千。

八风吹不动，端坐紫金莲。

说句实话，这首诗境界不低。

佛教的“八风”，是指利、衰、苦、乐、称、讥、毁、誉。人生在世，只要喘气，确实离不开这八种烦恼。“称”，别人当面的称颂；“讥”，别人对自己当面的讥讽；“毁”，别人对自己背后的毁谤；“誉”，他人对自己背后的赞誉；“利”，自身获得的利益；“衰”，自身遭受损害；“苦”，自己遭逢的痛苦；“乐”，平时所获的快乐。

可以发现，前四项与名相联，后四种与利相关。这八种境界，成为人生名利、得失、盛衰成败的总和。

苏东坡号称自己已经悟道，达到了宠辱不惊、端坐禅云的境界。左看右看，苏东坡得意得不行，就派从人带着他这份墨宝，过江去让佛印禅师赏鉴。

佛印禅师反应特别快，提起毛笔，飞快地在信签后面写了两个大字。然后，他封缄起来，交与苏东坡的从人带回去。

苏轼得意忘形之际，也想不到，佛印禅师能与自己如此心心相印，这么快就把赏誉的回信送回，连草稿都不打。想到此处，苏东坡非常高兴。

岂料，苏学士打开信笺，翻看自己所作诗文背后佛印的批示，赫然发现两个大字：狗屁！

东坡居士看到这两个字的评语，勃然大怒。他嗷的一声蹿起，命从人备船，直奔金山寺而来，兴师问罪。

他气冲冲冲进佛堂，看到佛印禅师正端坐啜茗。

见东坡怒容满面，佛印禅师莞尔一笑，对他说道：

“大慈悲的居士，你号称‘八风吹不动’，现在却‘一屁打过江’啊！”

“狗屁”的批语，让苏轼愤然过江。所以，佛印禅师讥笑他是被“狗屁”击恼，狗急跳墙，人急过江。

苏轼闻言，知道自己着了佛印禅师的道儿，悻悻然而去。

佛印禅师（1032—1098），乃北宋名僧。他是江西浮梁人，俗姓林，法号了元。这个人是个神童，三岁能背诵《论语》，五岁就可以背诵诗歌三千首，青少年时代精通儒学五经。后来，他心慕佛法，十九岁入庐山开先寺出家，成为一代名师。宋神宗钦仰他的德风，亲赐给他珍贵的袈裟，赠号“佛印禅师”。

佛印一直号称“道冠儒履佛袈裟，和会三家作一家”，所以，他与文人士大夫往来密切，苏轼、苏辙、黄庭坚等大诗人，都是他的座上客。这些心心相印的大家们，诗句酬酢，禅言往来，称为一时佳话。

日后好事者，编了不少苏东坡和佛印之间的故事，真真假假，很是有趣。

事实上，佛印禅师作为方外之人，非常了解苏东坡。二人惺惺相惜，很喜欢和对方讲掏心窝子的话。佛印知道东坡官场失意，常常写信劝导他：“时人忌子瞻作宰相耳！三十年功名富贵，过眼成空。何不猛与一刀两断！”又谆谆相劝：“子瞻胸中有万卷书，笔下无一点尘。为何于自己性命便不知下落？”佛印禅师的苦口婆心，就是不能为苏轼解粘去缚——后者太自恃聪明，最终反被聪明所误！

苏东坡本人，佛学禅宗的修养确实很高，从他著名的庐山两首诗作中，就可以看出端倪：

其一：横看成岭侧成峰，远近高低各不同。
不识庐山真面目，只缘身在此山中。
其二：庐山烟雨浙江潮，未到千般恨难消。
到得还来无别事，庐山烟雨浙江潮。

第一首诗，千百年来，我们常人都以为是风景诗，其实是禅悟的偈诗。此诗无非是说明：只有超越了分别与偏执，才能真正回归自性。其中蕴含的典故，被清原惟信禅师大大加以发挥，即见水见山三段论。

第二首诗，首句和尾句一模一样，但与鲁迅先生的“两颗枣树”的平俗全然不同。苏轼的这首诗，表现出修行前后所达到的不同境界，也就是从一心执著于外物，递进到彻悟后的不染尘缘。庐山烟雨浙江潮中，前后风景相同，心境殊异，由此，诗人忽然而悟。

后世流传的佛印禅师与苏东坡斗机锋的故事中，似乎总是佛印占上风。

第一个故事。一次，苏东坡撒酒疯，就要骑坐在佛印禅师的身上。他叱喝和尚趴下让自己坐："和尚，既然你号称身为四大五蕴，让我坐坐也无妨！"佛印禅师不急不恼："四大本空，五蕴非有，请问苏学士，你要坐在哪里呢？"东坡无语。无奈下，只得把自己腰间的玉带输给了佛印。

第二个故事。东坡有一次在金山寺坐禅，长达一个时辰之久。感觉自己遍体通畅，上下舒泰，他就得意地禅印："和尚，你看我坐禅姿态如何？"佛印看了看，点头赞道："真像一尊佛！"然后，佛印反问东坡："苏学士，你看我的坐姿如何？"苏东坡就爱打趣佛印，马上说："你坐禅的样子，真像一堆粪！"佛印无语。苏轼自以为占了便宜，兴高采烈回家，对妹妹讲了坐禅问答的经过，洋洋自得地说："我终于胜了秃驴一回！"苏小妹禅学底子很厚，忙对哥哥说，"你今天又输了！佛家认为，人自身心中有佛，看别人如佛；人心中有粪，看别人才是粪。"

第三个故事。乃佛印和苏小妹之间的故事。故事中，佛印禅师百无禁忌，曾戏谑地对小妹说："我这里有个上联，烦请女施主对一下：'一女孤眠，纵横三只毛眼。'"苏小妹向来争强好胜，立刻回口对下联："二僧同榻，颠倒四个光头。"

黄段子是吧？

故事，自然是后人编造的。佛印禅师端正大才，苏小妹子虚乌有。

但是，如果谁认为故事“很黄很暴力”，显然识见不够，禅悟未达，沾泥带水，落于词语表意之上。

28. 火候足时他自美

苏东坡有篇《猪肉颂》：

> 洗净铛，少着水，柴头罨烟焰不起。待他自熟莫催他，火候足时他自美。黄州好猪肉，价贱如泥土。贵者不肯食，贫者不解煮。早晨起来打两碗，饱得自家君莫管。

诗文十分口语化，类似打油，但却十分形象地揭示出苏轼性格中一个闪光的侧面。

此诗的历史背景：北宋元丰二年十二月（1080），苏轼因“乌台诗案”被朝廷罚贬，到黄州任团练副使的小官。由于职贬薪俸少，苏东坡只能在黄州城东旧时营防废地开出数十亩荒田，自耕自种。

苏轼属于肉烂嘴不烂的人，躬耕之余，他在荒地树林里筑起草房，亲自在房壁上绘上雪景，穷开心地起名为“东坡雪堂”，并由此自号“东坡居士”。

中国文人总是这样，达则起兼济天下之心，穷则想着如何独善自身。苏东坡无事找人赋诗下棋外，闲暇时就研究起如何吃好喝好，煮肉喝酒，吟诗唱酬，最终还是宣泄政治上的失意苦闷。

黄州物产很丰富，粮多猪多，富人不屑吃猪肉，穷人不知道如何烹制猪肉。这种世况，恰恰被苏东坡捡了个大便宜。他常常低价买上好猪肉，猛放调料，微火慢煨，终于做成了色泽红润、汁浓味醇、糯而不腻的“东坡肉”，并留下了这首著名的《猪肉颂》。

苏轼，乃学问大家，精通禅学。但是，他骨子里，儒家精神还是最深厚的。特别是黄州之贬，许多老友旧朋不敢与他联系怕受牵连，反而是昔日与他诗文唱和的不少道人、禅师朋友，千万里书信殷勤。谆谆相慰，自然让苏东坡对佛禅更起留恋之心，一时间成为精神支柱。

当然，苏东坡天生奇才，他对佛禅的理解，深入且透彻，并且依旧怀有十足的宋代理性主义精神。

虽然苏轼自称“东坡居士”，并不妨碍诗人自己大吃猪肉。杀生犯戒，相比解嘴馋，肯定是小事了。

苏轼是个猪肉迷，他嗜爱这口。自黄州以后，他每次去好友佛印禅师处，这位金山寺的大和尚都会烧猪肉给他吃。

一次，佛印为苏轼烧好的猪肉被人偷吃，苏轼还做《戏答佛印》一诗：

远公沽酒饮陶潜，佛印烧猪待子瞻。

采得百花成蜜后，不知辛苦为谁甜。

诗里，苏东坡自比陶渊明，而将佛印禅师比作晋朝的名僧慧远。可见，宋朝的人文精神浓厚，士人、禅师都非常任达旷放，一方面他们尽心钻研佛理禅宗，一方面口食不忌，真可谓“酒肉穿肠过，佛祖心中留”。

惟大英雄真本色，是真名士自风流！

苏东坡是爽朗人、放荡不羁人、神俊人。所以，他行事洒然，总与禅宗的精神暗合。那种“饱得自家君莫管”的智慧，不正是禅家“平常心是道”的另类解读吗？

当然，苏轼在这首《猪肉颂》诗中，所用的是常规的、可知解的、逻辑的语言文字，但其中所蕴含的，则不乏超常的、超智的、内证的禅悟体验。

我们普通读者读之、颂之，如果能真正心领神会，就会从中发现宋人天真烂漫的情趣和禅趣，就会证悟那种得意妄言、泯思绝虑的语言境域。而且，苏轼的这首《猪肉颂》，还包含有临济宗“无事是贵人”的禅髓在其中。也就是说，短短一首诗，有五个层面的特性在里面：

第一，自性圆满，与佛无别；第二，不须造作，本来现成。第三，饥餐困眠，日用是道。第四，有求皆苦，歇即无事。第五，不求师家，不求经论。

苏东坡那种“早晨起来打两碗”的自在，确实是荡除妄念后的一种高妙境界。在这首看似属于俗常吃喝烹煮的诗中，浓缩着诗人深刻的禅学感悟，但又那么不着痕迹。

只有苏东坡这样的大“无事”之人，才能写得出这种爽朗自然、近乎天籁的诗。只有苏东坡这样的大“无事”之心，才能在穿衣吃肉中，感悟到那种触目皆菩提的不可言之大美！

苏轼禅诗中的“成熟”之美，其实还属《送春》：

梦里青春可得追，欲将诗句绊余晖。
酒阑病客惟思睡，蜜熟黄蜂亦懒飞。
芍药樱桃俱扫地，鬓丝禅榻两忘机。
凭君借取法界观，一洗人间万事非。

此诗，不脱不粘，机用活泼。在诗人玄妙深远的语言中，多元的喻象意义尽皆表达出来，奔流度刃，玄奥自然。

29．一树春风有两般

一树春风有两般，南枝向暖北枝寒。
现前一段西来意，一片西飞一片东。

佛印了元的这首诗偈，很有嚼头。

佛印了元（1026—1086），我们前面在东坡诗中介绍过他。他俗姓林，乃饶州浮梁（今江西景德镇）人。佛印亦佛亦诗，多年住持镇江金山寺，与大文豪苏轼、黄庭坚等人相交甚厚。此人擅书法，能诗文，尤善言辞。德高望重名气如许大，宋神宗赐其号为“佛印”。

关于佛印这首偈诗的来历，还有一个故事：

苏东坡和秦少游两个大文士，常常在一起混，老友鬼鬼，谈天论文。一次，二人在酒楼饮酒，忽然看到一个乞丐从座前走过，衣衫褴褛，满身虱子。

文人无聊。苏东坡仔细打量了乞丐一番，就说：

“根据我多年经验，此人身上爬山爬下的雪白小虱子，是从他本人皮上的垢腻中生长出来的。”

“不！根据我多年经验，虱子肯定是从他那一身破棉袄中生出来的。”秦少游断喝。

“不……”

“不……”

二人争执不下。

为了找出虱子生长的“真理”，二人要他们共同的朋友佛印禅师做个了断。事先，他们都暗自嘱咐佛印禅师，要和尚偏向自己的论断。

于是，过了几天，苏东坡和秦少游来到金山寺，径听佛印“断案”。

佛印哈哈一笑，说：

“根据老衲多年经验，乞丐身上的虱子的生长吗，它的头，乃从其身上垢腻中生出，而它的脚，乃从身上棉絮中生出……”

苏东坡和秦少游面面相觑。

看到二人窘态，佛印清清嗓子，吟出上面那首诗偈：

一树春风有两般，南枝向暖北枝寒。

现前一段西来意，一片西飞一片东。

佛印看似顾左右而言他，其实正是要打破苏东坡和秦少游的执迷与执着心。

人的悟性不同，有人觉醒，有人执迷。向上向下，各有不同，正所谓“南枝向暖北枝寒”。但是，迷或悟，皆在一念；圣与凡，同属一心。心外无佛，身外无法。只要能泯却差别，定能明心见性。所以，“现成一段西来意，一片西飞一片东。”如果只在相上打转，肯定会被境所牵。

东西南北，暖寒向背，都是过眼云烟，都是缘生缘灭，哪里有什么定性可得！能明白这个道理，哪里又不是祖师西来意呢！

通过此首偈诗，佛印就是告诉苏轼和秦观二人：物我本自亦知，无常正是恒常。也就是说，只要能舍弃妄想分别，就能把矛盾的事相转化为圆融的境界。为此，虱子何来，佛印并不直接说透。他反而言语谆谆，接引两个大文豪往灵通一路上走，以使他们更能得到透彻的体悟。

在诗情画意的参禅悟道过程中，高人往往能以寥寥数语，就能起到拔栅破堤的作用。这样一来，点拨之语，能使得学人受阻遏的精神之流，瞬时间得到自由自在的任运奔放。

如此，感悟了超妙高远，妙谛共悟，而洒脱、机趣的活泼禅趣，在飘逸的情兴中，更是别有风致！

30．香艳从里存妙悟

圆悟克勤（1063—1135），宋代高僧。俗姓骆，法名克勤。他是彭州崇宁（今四川郫县）人，先后在四川、湖北等地弘法，晚年住持成都昭觉寺。

声名昭著之下，克勤禅师晚年被宋高宗赐号“圆悟”。

为引渡学人，圆悟克勤禅师编撰了《碧岩录》十卷。此书在佛界有“禅门第一书”之誉。

克勤禅师开悟的机缘，非常奇特——一首艳诗，竟成他悟道的本由。

克勤禅师年纪轻轻，就精通《首楞严经》等佛典，孜孜不倦。一次，忽患重病，殆近死亡。垂危之际，克勤回思平生所学，觉得那些东西根本帮不上忙，因此感叹道：“诸佛涅槃正路，完全不在文句中，声求色见，与死无异！”

大病初愈后，克勤禅师就不在沉溺于佛经文字，遍参天下宗门大德。最后，他到了五祖寺法演禅师处，学习参悟。

法演禅师慧眼识人，觉得克勤身上有着很重的豪辩习气，但也发觉这位年轻人是可塑之才，就对他非常严厉，总是故意不认同克勤那些自以为是的机锋和小聪明。为此，克勤怏怏之余，非常恼怒，准备离开五祖寺。

法演禅师根本不劝阻，只说：“待你身染沉疴，方思量我的好处。”

果不其然，克勤禅师离开五祖寺后不久，就又染大病。他用尽平身所学心法，也对付不了来如山倒的疾病。恹恹之时，克勤思念起法演禅师的好处，决定病愈后重返五祖寺。

法演禅师见到重新站在自己面前的、脸色忸怩的克勤，一点没有不高兴的意思，马上让他安居在寺内，充当自己的侍者。

不久，适逢有个休沐放假回蜀地的官员陈提刑来到五祖寺，向法演禅师问法。

陈提刑问道的内容，大落俗套：“如何是祖师西来意？”

如果翻开禅宗典籍，仅《五灯会元》一本书，僧徒之间互问“如何是祖师西来意？”就出现过三百四十多次。

这个问题，对于禅师来讲，一说就俗，一说就漏，根本不能直接回答。否则，就背离了达摩祖师的西来意。为此，面对这个问题，根据当下情景，禅师们往往随境造机锋，或回答“庭前柏树子！”或回答“镇洲大萝卜”、或回答“大好灯笼”，或回答“西来无意”……

法演禅师想了想，他忽发奇想，说到：“陈提刑，你年纪轻，肯定读过艳诗吧。我这里有四句，与悟道的境界，颇为类似。‘一段风光画不成，洞房深处恼予情。频呼小玉元无事，只要檀郎认得声’。其中意思，你能明白吗”？

陈提刑听说后，一脑子浆糊，也不好说自己不懂，只是点头惟惟。不久，他告辞而去。

陈提刑摸着后脑勺走了，一直侍立在法演禅师身旁的克勤倒是大有所悟。

看到克勤双眼发光，二眸子灼灼，法演禅师感觉这个徒弟应该已经开悟了。不过，他也不说透，悠然在榻上独坐饮茶。

克勤就问法演禅师：“刚才听您吟诵艳诗，陈提刑会意了吗？”

法演禅师：“他只认得声罢了。”

克勤半是自言自语，半是问法演：“‘只要檀郎认得声’。他既认得声，为什么却没有悟道呢？”

法演禅师立刻反问：“如何是祖师西来意？庭前柏树子在哪里？”

闻言，克勤禅师顿时大悟。他振袖而起，大步流星，走出法演禅师的方丈，立在庭院内。

恰好一只雄鸡飞上栏干，振翅而鸣。

克勤禅师点头道：“此岂不是声？”

大悟过后，云消雨散，心地澄明。

克勤禅师脚步轻盈，步回方丈室，向法演禅师说偈曰：

金鸭香销锦绣帏，笙歌丛里醉扶归。

少年一段风流事，只许佳人独自知。

法演禅师听罢，明悉弟子已经彻悟，高兴非常，立刻赞叹道：

“佛祖大事，非小根劣器所能造诣，老纳真为你高兴啊！”

于是，法演禅师遍告山中诸寺内修行的大德们说：“我侍者已经得参真禅也！”

在此，我们必须回到先前的艳诗：

> 一段风光画不成，洞房深处恼予情。
>
> 频呼小玉元无事，只要檀郎认得声。

五祖法演禅师所举的这个艳诗，到底包含着什么禅理呢？

我们知道，古代男女，授受不亲，妙龄女子不能主动对男性表示愉悦爱慕之情，即使是洞房花烛夜的新娘，也不能喊来自己的夫婿让他温存。为此，枯坐洞房的新嫁娘，只能频频使唤贴身丫环（小玉）沏茶倒水，目的是要引起新郎的注意，让对方知道自己在等待玉貌郎君。

而这位用意深刻的新娘，在诗中正是譬喻历代的诸佛祖师；芸芸众生，恰指那位感觉迟钝的“檀郎”。

所以，多少年来，祖师们的语录公案，以及佛经上诸佛的教示言论，都指的是那频呼“小玉”的弦外之声。

> 金鸭香销锦绣帏，笙歌丛里醉扶归。

少年一段风流事，只许佳人独自知。

克勤禅师投桃报李，以艳诗还艳诗。就是要表达这样的意思：参禅悟道，恰似青年男女热火干柴的热恋中，妙境幽深，情浓意切，只能自证自知，别人肯定无法知晓其中的深意。而且，参悟之境，不立文字，如同青年人的风流韵事，当局者知，无法道与旁人。

所谓立处就是真。天下万法，都能体现人的真实本性。而令人悸动的、隐秘的人类情感，许多地方恰与禅悟极其类似。

法演禅师，乃一代禅宗大师。这个禅师，非常喜爱以艳情入诗，度己度人。

法演在对他的老师天龙禅师的“一指禅”的禅悟中，就曾作偈诗道：

佳人睡起懒梳头，把得金钗插便休。

大抵还她肌骨好，不涂红粉也风流。

大龙禅师在世的时候，与人机锋应对，无所大言，惟竖一指。

如此奇奥的禅法，法演禅师终生难忘，他常对人讲：“我得天龙禅师‘一指禅’，一生受用不尽！”(读者不要误会，这“一指禅”不是少林老和尚用绳子吊一只脚然后再用指头戳地

倒立的那种“功夫”，而是指大龙禅师独创的开悟禅法的方式）

而法演禅师的颂诗，其中“佳人睡起”，暗喻参禅者蒙头睡起，任运随缘；懒梳头，即指懒用任何机关；随意插金钗，譬喻大龙禅师的昂然一指上竖，解尽禅机；说美人肌骨好，乃喻示大龙禅师具有高深的悟性，从容面对学人。

就此，我们可以发现，以艳情喻禅悟，果真是耐人咀嚼，别有风味。

31．凉风深夜月如钩

两岸芦花一叶舟，凉风深夜月如钩。
丝纶千尺慵抛放，归到家山即便休。

这首《归到家乡》的作者，乃宋朝的龙门清远禅师。

龙门清远禅师（1067—1120），宋朝蜀地临邛（今四川邛州市）人，俗姓李。论宗门归属，他属于临济宗门下的杨岐派。

龙门清远禅师十四岁出家，跟从毗尼法师学习律宗。有一天，当他研读《法华经》的时候，其中有一句话：“此法非思量分别之所能解。”反复诵读，让他百费思量，就是不懂其中的深意。他去求问教师父，没能得到圆满的解答。失望之余，清远禅师决心突破自身的困惑，出川云游，参访各地的高僧大德，以寻求禅悟。

初至舒州，龙门清远参拜五祖法演禅师，但入门无径，待了多日，他依旧懵懵懂懂。于是，五祖法演禅师要他到庐州（今安徽合肥）一带去化缘参悟。

在庐州，龙门清远四处游逛化缘。街上，人头涌动，熙熙攘攘。突然间，两个路人为琐碎事大吵。街上行人，纷纷围观，从四面八方跑来，横冲直闯。猝不及防，龙门清远被人群撞倒在地。

头晕目眩中，倒在地上的龙门清远，忽然在嘈杂的吵骂声中听到清晰至极的一句话："你这个执拗的东西，还在烦恼什么！"

一句话，如雷贯耳，龙门清远幡然而有所悟。

他回到舒州后，整日脸色明朗。五祖法演禅师看在眼里，喜在心头，知道这个徒弟已经大有禅悟。

不过，法演禅师觉得，这个徒弟距离大彻大悟，还有段距离，依欠火候。所以，每当龙门清远有疑问前来请教，五祖法演禅师总是对他说："我不如你，你自己悟得会得的，才是你自己的禅悟。"

冬夜寒冷，龙门清远无聊，寂寥独坐，烤炭火取暖。他见火苗如豆，就用木棍拨炭。猛然间，炭火呼地一声，熊熊燃烧起来。

见此，龙门清远喜不自胜，感觉自己的禅悟更上一层，兴高采烈对自己说："深深拨，有些子；平生事，只如此。"

就着炭火，他取出《景德传灯录》来翻阅。当他读到破灶堕禅师[①]的公案时，忽然疑团大解，如痼疾顿消，大彻大悟。

起身立定，他当场做了一首偈：

> 叨叨林鸟啼，披衣终夜坐。
> 拨火悟平生，穷神归破堕。
> 事皎人自迷，曲淡谁能和。
> 念之永不忘，门开少人过。

弄炭拨火，龙门清远感悟到自身的纯真自性，无所不在。只要能做到去透入本心体验玄妙，自然可以见到"本来面目"。

恰好，龙门清远的师兄圆悟克勤找他，听他这首偈诗后，转回师傅法演禅师处，欢喜地说："清远师弟终于参得

---

① 破灶堕禅师，此人约七世纪下半叶前后在世，其生卒年、姓名及籍贯皆未详，据说，他曾得法于嵩山慧安国师。他隐居嵩岳之时，山坞有一庙甚灵。殿中惟安一灶，其中有灶神，远近大众对此祭祀不辍，灶中烹宰物命甚多。一日，禅师领几个学僧入庙，以杖敲灶三下，大声喝道："咄！此灶，此灶，只是泥瓦合成。圣从何来！灵从何起！恁么烹宰物命！"接着，禅师又猛打三下。土灶应声倾破堕落。须臾间，有一人青衣峨冠，影影绰绰从灶间现出，向禅师跪拜，说："我本此庙灶神。在此，我久受业报，今日蒙师说无生法，得以解脱，特来致谢！"禅师言道："体证佛法，是汝本有之性，非吾强言。"灶神再拜，升空而去。随行学僧们不解，问禅师："某等久侍和尚，不蒙示诲。我们想知道，灶神得甚么径旨，就能一言升天？"禅师说："我只向他说，灶本是泥瓦合成。除此以外，别无道理。"听此，学僧们无言。禅师问："你们领会了吗？"学僧们说："没有领会。"禅师叹道："本有之性，为什么你们不能领会呢！"学僧们闻此语，忽然领悟，于是礼拜禅师。禅师笑言："破也破也！堕也堕也！"由此，禅师得名为"破灶堕"和尚。

这个故事说明，一切精灵，都能附在草木砖瓦土灶上显灵，就像我们这个妄心纳在肉身里面一样。但是，妄心妄念，只能纳遍于这个肉身，而不能纳遍其他的地方。由于我们执着了这个身体是"我"，所以不知身外的一切都是"我"。

了活句！”

后来，清远禅师声名远播，被舒州太守迎请去住持崇宁的万寿寺，不久，他又迁至龙门寺，任住持十多年，故世称“龙门清远”。宋徽宗政和八年（1118），皇帝下敕，令他住持和州（今安徽和县）褒禅寺，赐号“佛眼禅师”。

开示弟子的时候，龙门清远总要求徒众在修禅的时候必须离却情念。他指出，只要离却情念，明白了三界中一切虚幻不实，才算懂得了禅悟的真髓。

为了消除弟子学人的妄见，龙门清远讲了这样一个故事：

有一个和尚，持戒甚严。他出家数十年，严守戒律，从未破过戒，但整天提心吊胆，唯恐自己哪里出差，违犯戒律，怕死后坠入地狱。一天晚上，这和尚走路，忽然脚下踩着一样圆鼓鼓、软咚咚的一团东西。由于天色黑暗，他就觉得自己刚刚踩死了一只蛤蟆。恐骇之余，他甚至觉得蛤蟆的肚子里还有许多蛤蟆卵。惊惶失措下，这和尚顿足捶胸，生怕自己杀生犯戒。转天大早，他翻蹄亮掌跑到原处，仔细一看，哪里是什么蛤蟆，原来地上只是一只老茄子。由此，和尚忧虑顿消。

龙门清远禅师讲完这个故事后，就问弟子：“和尚那天夜晚，慌忙行路中，踩着的究竟是蛤蟆，还是茄子呢？如果说是蛤蟆，天亮去看时又是茄子；如果说是茄子，天未亮时他脑子里又有无数蛤蟆来向他讨还命债。对此，你们意下如何？”

禅问玄奥，徒弟们纷纷摇头。

为此，龙门清远念出一首偈诗：

> 蛤蟆疑情虽已消，茄子念头犹未除。
> 如要熄灭此见解，中午敲响黄昏鼓。

这首偈子，就是开示弟子们，人心如果像那个踩茄子的和尚，执著于世间万物，一定会产生千种折腾，万般烦恼。如果我们能随缘任运，就会时时自在，处处潇洒。天下世间，一切本来就毫无差别。

好了，我们回头再谈清远禅师的那首《归到家乡》禅诗。

此诗的喻意，其实很简单：禅师以“归家”为喻，给我们展示出一种澄明剔透、心机全泯的境界。他提醒我们，不要丛生妄念，向心外驰求。

与此相类，清远禅师还有另外几首禅诗同样表达了“归乡”的喻示：“鬓发已苍浪，言归恨不早。独立秋风前，相思望江岛。”“无孔笛，再三吹。哩哩罗，罗罗哩。游子乍闻征袖湿，佳人犹唱翠眉低”。“挂得帆来遇便风，须臾千里到家乡。临门上岸逢妻子，欢喜情怀不可当”。

宋徽宗宣和二年（1120）冬至的前一天，龙门清远禅师在饭后整衣趺坐，对弟子们说：

“我观各地禅林高僧，临终时都要留偈辞世。难道，人世可以辞吗？辞了以后，又到哪里去？”

言毕，他端坐怡然，合掌而逝。

32．桃花烂漫始抬眸

> 终日看天不举头，桃花烂漫始抬眸。
>
> 饶君更有遮天网，透得牢关即便休。

这首《悟道偈》，作者乃佛灯守珣禅师。

佛灯守珣（1079—1134），宋朝临济宗杨岐派禅师，籍贯安吉郡（今属浙江）。他俗姓施，是佛鉴慧勤禅师的法嗣，世称佛灯禅师。由于他开创浙江何山移忠寺，故又称“何山守珣”。

“终日看天不举头”，是讲禅师自己初参“本来面目”的时候，终日埋头拔出心草，悟道参玄，无暇抬头。“桃花烂漫始抬眸”，就是他明心见性的刹那禅悟。

禅师在参破的那一刻，抬头展眸，满目春意盎然，枝上桃花烂漫，一花一叶，皆是佛祖妙谛！

大凡参禅者开悟之后，肯定还要继续精进修行，悟后起修，才是真修。所以，禅师才讲出这样的话“饶君更有遮天网，透得牢关即便休”——一直向上，追本溯源，才能破除无始无明，契入清净法身！

想当初，守珣禅师初参佛禅之时，总是不能契入机缘。于是，他把被衾封缄，发誓说："此生若不彻悟，誓不展此！"此后，他就昼坐宵立，如丧考妣。

一天，守珣禅师忽然听得师傅佛鉴禅师吟诗偈："森罗及万象，一法之所印。"

听得这两句，守珣禅师顿悟，踊跃欣喜。

佛鉴禅师觉得弟子情状可疑，就诘问道：

"灵云志勤禅师说：'自从一见桃华后，直至如今更不疑。'你说说看，如何是他不疑处？"

守珣禅师："莫道灵云志勤禅师不疑，我如今想寻个疑处，却了不可得！"

佛鉴再问："贤沙禅师说：'谛当甚谛当，敢保老兄未彻在'。你说说，哪里是他未彻处？"

守珣禅师马上回答："我明白，我明白，我深知和尚你对我，是老婆心切呵。"

听弟子如此说，佛鉴知道他是真的达到禅悟，就点头认可。

于是，守珣禅师拜起，呈上那首开悟的诗偈。

与守珣禅师同时的圆悟克勤禅师听说此事后，怀疑前者没有真正开悟，就决定自己亲自勘验。于是，他派弟子把守珣召至，约他一起游山。

闲逛之时，二人经过一个岸壁陡峭的水潭。圆悟克勤禅师忽然伸手，把守珣禅师推入深潭之中。

望着挣扎拍水的守珣，圆悟克勤问："牛头法融禅师未见四祖道信[①]的时候如何？"

守珣禅师一边拍水往岸边游，一边回答："潭深鱼聚。"

圆悟克勤追问："见后如何？"

守珣禅师："树高招风。"

圆悟克勤怡然点头，又问："见与未见时如何？"

守珣禅师此时已经游到岸边，大声仰头说："伸脚在缩脚里。"

闻此言，圆悟克勤禅师知道，在潭中奋力游水的守珣禅师确实真的悟得大道。于是，他哈哈大笑，迎前把臂，与守珣禅师欢言移时。

牛头宗法融禅师的玄旨，一直讲求诸法如梦，心境本寂。他们以休心不起、本来无事为禅悟的根本，以"忘情"为禅修的宗旨。法融禅师认为，人心中情生，则为诸苦所系。忘情，即绝苦因，方度一切苦厄。

① 牛头山法融禅师为四祖道信大师旁出法嗣。法融禅师（594—657），是润州延陵人，十九岁即博通经史，特别精通《般若经》。后来，他入金陵牛头山，幽栖寺北石室枯坐，感受百鸟衔花之瑞。贞观年间，禅宗四祖道信大师遥观气象，知牛头山有奇异之人，就前往躬自寻访。二人见面后，相互问答，四祖道信就对他宣讲《方寸论》："百千法门，同归方寸。河沙妙德，总在心源。一切戒门、定门、慧门，神通变化，悉自具足，不离汝心。一切烦恼业障，本来空寂。一切因果，皆如梦幻。无三界可出，无菩提可求。人与非人，性相平等。大道虚旷，绝思绝虑。"

由此，法融禅师大悟。在禅宗历史上，法融一系称为"牛头禅"，法门极盛，他本人著有《心铭》禅宗妙著。其弟子多多，著名的有道纂、道凭、智岩、昙璀等十三人。牛头宗的道钦禅师，住持径山，特别受唐代宗崇仰，赐号"国一"。

对这些牛头宗的玄奥禅悟，守珣禅师以玄讲玄，故而得到了圆悟克勤禅师的嗟叹认可。

守珣禅师晚年，常对人讲："先师佛鉴禅师，坐化时五十九岁，我今年五十六岁了，来日无多。"

一天，他对一位居士说："十月八日，是我师傅佛鉴忌日，我也该归去了。"十月四日，那位居士记起此事，就派自己的弟弟前往僧舍闻讯。

守珣禅师笑着说："你还的真是时候，早一天不到时辰，晚一天就错过了。我虽然与佛鉴禅师是同宗师徒，终不会同日而死。明早，你可为我找一条小船子来。"

居士的弟弟问如曰："您要多大的船呢？"

守珣禅师："船高五尺许，就可以了。"

过了三天，清晨，鸡鸣之时，守珣禅师端坐禅床，一如平时。

立侍的僧徒知道师傅要坐化，就请他留下遗偈。

守珣禅师微微摇头，轻言道："我不曾作得。"

言讫而逝。

33. 曲中无限花心动

冰雪佳人貌最奇，常将玉笛向人吹。

曲中无限花心动，独许东君第一枝。

这首《冰雪佳人》偈诗，乃宋朝龙鸣贤禅师所作。

如此香艳的一副玉人抚笛图，风情袅袅，春意无限，深究细读，却是一首禅诗！

诗中的“冰雪佳人”，取意自《庄子·逍遥游》，指“藐姑射之山”上那位“肌肤如冰雪，绰约如处子”的“神人”。

这首禅诗中，相貌奇特的“冰雪佳人”，譬喻的恰是那观机逗教、勘验众僧的高妙禅师。“常将玉笛向人吹”，看似佳人抚笛，实际譬喻禅师用禅机来勘验僧人，以期学人开悟。“曲中无限花心动”，比喻众多僧人因为禅师的机锋而纷纷回应的状态。

最后那句，“独许东君第一枝”，指的是，众多会意证悟的僧人中，惟以“东君”钟情的“那一枝”，最能感受到笛声诗韵，与抚笛佳人心心相印！

即使完全脱离了公案去体悟这首艳丽的禅诗，也能让人恍然置身于一幅精致凄清的迷人图画中。

泯除差别心，其实是修禅的一个关键。

《五灯会元》中，有一则《亡命道婆》的故事：

从前有个婆子，自建庵堂供养一个僧人，长达二十年之久。这婆子常让一位二八妙龄女子送饭送汤，侍奉僧人。一日，婆子唆使女子忽然从背后抱定僧人，娇声细细地问：“和尚，你现在感觉如何？”僧人倒也持定，镇定地回答说：“枯木倚寒岩，三冬无暖气。”女子出得庵房，就把僧人所言回告婆子。岂料，婆子闻言大怒："我千辛万苦二十年，只供养得个俗汉！"遂把僧人赶出，烧掉了庵堂。

笔者初参禅宗，对这则公案大为不解。我觉得，僧人禅定的功夫已经如此到家，他对二八佳人的投怀送抱丝毫不动色心，不知道为什么，那供奉的婆子会认为他做错事情而烧庵赶人。

其实，"定是慧体，慧是定用。即慧之时定在慧，即定之时慧在定"。也就是说，那个僧人虽有定的功夫，但还没有完全解脱，他的"慧心"还没到层次。

定与慧，名二体一。恰似我们平素所说的"烦恼即菩提"，无二无别！

如果僧人是个真正彻悟的禅师，见到佳人，自然依旧是佳人，哪里会自己变成枯木！禅者自己也是活人，怎能矫饰地自称"寒岩"？再者，枯木寒岩，也是有形之物，有形即有欲，又何可以已之有欲来表白自己的无欲！

任何一个人，如果不能忘形忘物，他的禅心就一定会闭塞，从而失却他清洁的自性和本心。

所以，如果僧人真有修行，身心无着，他就不会刻意去着尘着色地丑表功说自己心如死灰。正是和尚这种丑表功，恰恰落入边见，犯了差别悬隔的大忌。

如此，僧人既不能保持常人的心境，更不能臻入彻悟者的心境。特别是他对自我色欲克制的渲染，实际上反而是掩饰他的色欲。

因为，起心便是妄念！

由于实现不了这种真正的禅悟和超越，僧人自然就被供养他多年的婆子赶出庵堂去。

心无牵挂，才能真正一丝不挂。这和尚庵堂苦修二十年，还是没有开悟，对妙龄女子这一“考试”，真像毕露，没有真正的放下。

温习了《亡命道婆》的公案，我们再回头读龙鸣贤禅师《冰雪佳人》的偈诗，肯定峰回路转，别有一番滋味在心头。

34．满目秋江澄似镜

晓来风静烟波定，徐来短艇资闲兴。

满目秋江澄似镜，明月迥，更添两岸芦花映。

这首《渔父歌》的作者，是投子义青（1032—1083）。

义青禅师，青社（今河南郾师县）人，俗姓李，自幼出家，遍识华严、唯识等经论，人称“青华严”。他后来到临济宗大家浮山法远禅师门下悟道，大有所成。由于义青禅师常住舒州（今安徽潜山县）投子山胜因院，故称“投子义青”。

义青禅师的偈诗，主要描绘禅悟者的自受用境界：晨光微露，长江万里，风停波定。一叶扁舟，缓缓行驶，随兴所至，随波而行。极目天舒，秋江澄平人镜，好一派涵容万有，照彻一切。而天上明月，也与往常不同，分外明亮，把两岸芦花，也映照得历历分明。

全诗通篇是禅师的直觉意象，却把佛法的非意识境界，清明透彻地呈现在人们面前：一切本自现成！

当初，义青禅师曾经非常努力地研读经书。一次，当他读到一个偈子时，看到“即心自性”四个字，恍然大悟，自言自语道：“法离文字，宁可讲乎？”于是，他就开始云游天下。

彼时，浮山法远禅师在会圣岩修禅。当天夜晚，法远禅师梦见一只青色大鹰，觉得是个吉兆。

结果，转天一大早，义青禅师就行脚到会圣岩。

法远禅师看出他根器不凡，就让他参究外道问佛“不问有言、不问无言”的公案。

这个公案，故事是这样的：

外道问世尊：“不问有言，不问无言。”世尊据坐，默然良久。外道赞曰：“世尊大慈大悲，开我迷云，令我得入。”乃作礼而去。阿难问：“外道得何道理，称赞而去？”世尊曰：“如世良马，见鞭影而行。”

义青禅师很有耐心，在当地住下，认真地将这一公案参究了三年。

一天，浮山法远禅师胡忽然问他：“你记得当年我要你参究的话头么？你试着说说看。”

义青禅师正要开口答话，浮山禅师一把掩住他的嘴。

当即，义青禅师豁然开悟，便叩首礼拜。

浮山禅师见他礼拜，便问："汝妙悟玄机否？"

义青禅师："如果有悟，也要吐出来。"

当时，有侍者在旁，见状说道："义青今日，如病中大汗，真个大好！"

义青禅师回头看了他一眼，说道："闭上你的狗嘴！如果你再叨叨啰嗦，我就要呕吐出来了。"

开悟之后，义青在法远门下又精修了三年，师徒契合无间。

义青在舒州（今安徽潜山）投子山胜因院作住持后，声名大震，不少人慕名前去求法。

他开示徒众的方法，也非常有特色。一日，他在上座对大众讲：

"汝等求法，如遇孤村陋店，莫停留踌躇。祖佛玄关妙隘，可横身直过。倘若汝等遇到苏秦碰壁难回、项羽临江难逃的境遇，进则落于天魔，退则沉于鬼道。不进不退吧，恰恰落在死水之中。到了这种地步，汝等如何才能平安无事呢？"

堂下僧众，面对如此高深话语，无言对答。

良久，投子义青禅师一语解惑：

"任凭它漫天三尺大雪，压不住我心中一寸灵松！"

在此，义青禅师就是告诫徒众，只要能把一切都放下，见性自得禅悟，哪怕再险恶的环境，也能安然渡过。

为此，投子义青曾作《忘惶》诗：

方春不觉来朱夏，秋色蝉明翠影斜。
夜来风急柴扉破，满地霜铺落叶花。

“忘惶”，指人对时间的遗忘。佛经认为，有为诸法，相续迁流，才产生了过去、现在、未来三世的时间差别。其实，“时间”，也是一种“相”，根本没有实在的自性可得，它不过是依从有情心性的变化而变化罢了。

禅悟得道的禅师，能做到生活平静恬淡，心中自然波澜不兴。由此，春天不知不觉地过去了，浓红盛夏来临，翠影横斜。季节变换，递嬗不休，傍晚风急，竟把禅门给吹破了，寒霜飘拂于落叶花上，寺庙的整个庭院一时铺满。

此情此景，禅师依旧澹然宁静，心中微澜不起。一切的一切，显示出情尘脱落、即物即真的禅悟境界。

35. 不风流处却风流

古人得后便休休，茅屋青灯百不求。
遮眼漫将黄卷展，不风流处却风流。

这首《示襄禅者》偈诗的作者，是宋朝的慈受怀深禅师。慈受怀深（1077—1123），字慈受。他是宋朝云门宗禅匠，寿春府（安徽省）六安人，俗姓夏。

慈受怀深禅师十四岁剃发出家，青年时代云游天下丛林，寻师访道，曾在宋徽宗宣和三年受诏住持东京（今河南省开封）慧林寺。

“古人得后便休休”，“古人得后”应该是“得古人后”的意思，作者为适合诗歌的平仄而作如此调整。就是说，诗人自己体悟了古来高僧大德的禅悟秘髓后，诸事大吉，无事挂心，满心融入了空性的大光明藏中。自此，千般畅意，百无所求。

在这样的境界中，诗人展读佛经的时候，再不是为了解难释惑的钻研苦读。“遮眼漫将黄卷展”，他信手翻看佛经，此时只是为了遮眼而已。因为，他先前所有的疑惑和愣怔，皆已经涣然冰释。

这种彻悟本来面目、悠然自得的状态，自然是最大的、真正的风流。

破除了迷昧颠倒，当然是不风流处，尽呈风流！

此外，慈受怀深禅师还有著名的《万事》三首：

万事无如退步休，本来无证亦无修。明窗高挂菩提月，净莲深栽浊世中。

万事无如退步人，孤云野鹤自由身。松风十里时来往，笑揖峰头月一轮。

万事无如退步高，放教痴钝却安然。漆因有用遭人割，膏为能明彻夜熬。

这三首诗，当然不是什么缩头乌龟的入世诗，而是禅师的得道证悟诗。

在这几首诗中，慈受禅师劝告那些世味正浓之人，以漆膏作比，劝诫人们不要事事追逐，不要处处贪着，应该在“退步休”的过程中，逐渐远离一切贪嗔烦恼，从而体得无为真谛，使得我们内心菩提圆觉，最终让禅悟照彻一切烦恼无明。

一念觉，万事休休；一念迷，万缘滚滚。

我们的真如自性，本自具足，不生不灭，绝非修证所能得。所以，在我们所处的五浊恶世中，我们必须修持禅悟，要像那清净的莲花一样，出污泥而不染，化烦恼为菩提。

36．花底清歌春载酒

楚泽巴山岁岁忙，今年睡足向禅房。
只知闲味如茶永，不放羁愁似草长。
架上汉书那复看，床头周易亦相忘。
客来拈起清谈麈，且破西窗半篆香。

陆游的这首《闲中偶题》，可以说满纸禅意盎然。

陆游（1125—1209），字务观，号放翁，越州山阴（今浙江绍兴）人，一生著述颇丰，有《剑南诗稿》、《南唐书》、《老学庵笔记》等存世。

陆游是一个非常虔诚的佛教徒，他平生喜近禅僧，常常宿于僧寺，吃斋谈禅。

上面这首诗，作于淳熙三年（1176）。当时的陆游，已经年过天命，且刚刚因为“恃酒颓放”被朝廷免官。所以，细读之下，可以发现，在闲居的散淡中，还是藏有诗人失意的感慨。

当然，陆放翁悟性不俗，他把禅宗中的缘起性空之理和中道不二之趣，表现得淋漓尽致。此诗工整对仗之余，禅心禅意，顺手拈来，皆成妙谛。

陆游的禅诗，随机应变，往往不特别执着于言句，在灵活中乍入玄境，随机发动，返照一心。

而潇洒自得之中，包含着禅悟的现量性和空灵性，能契证出“言语道断”的真如本体，把读之带入高远神秘的禅悟境界。

当然，观陆游的大多禅诗，每每并无金刚宝剑式的大喝，也无踞地狮子般的怒目横眉，更缺少令乾坤失色、日月无光的顿破疑情。他的诗，只是娓娓道来，如果我们仔细体味，却能使人在刹那间使得自己的妄见痴思截停。

乍入空境，顿起方便随缘之心，万般思量，千种俗念，于低首流连中粉碎无余。

陆游晚年，更加笃信禅宗，且深喜北宗禅，戒酒持斋，坐禅清思，作《白发》诗：

> 清坐了无书可读，残年赖有佛堪依。
>
> 君看世事皆虚幻，屏酒长斋岂必非！

在禅悟之间，世间的烦杂和躁乱，全部消融。诗人心中的安逸和超脱，摆甩了“残年”的悲苦，动静结合，虚实相生。他在营造出超脱的内心体验的同时，让我们还感受到一种空灵静寂的诗境美感，带领我们逐渐进入禅定般的涅槃妙境。

只有一颗宁静清明的心，才能深刻体证禅悟的律动。

宁谧的禅诗，总能使得我们感受到“刹那即永恒”，让我们摆脱时间和距离的限制，在空灵、静寂的意境中，剥开简淡质朴的语言外壳，品味禅心的真醇。

陆游的禅诗，能磨亮我们的心智，给出一种内涵极为丰厚的审美境界。

每当我们茶余酒半，吟诵其诗，常常会进入某种能所俱泯的直觉境，摇头晃脑之间，万物互融互摄，珠光交映。

禅的平常心，应声而出。

37．更无尘事恼闲心

> 插花呼酒少年场，烂赏花灯十里香。
>
> 壁月当天星续少，珠帘排户乐声长。

非缘风景今殊昔，自是情怀老不狂。
赢得安禅心似水，碧琉璃照佛龛旁。

这首《灯夕》诗的作者，乃南宋张镃。

张镃（1153—1221？）字功甫，号约斋。此人翩翩华胄，是南宋大将循王张俊的曾孙，官至司家少卿。

由于出身华贵，张镃家中，“园池声妓服玩之丽甲天下”。他本人能诗擅词，善画竹石古木，并与陆游、杨万里、辛弃疾、姜夔等大诗家词客多有交游。

每年仲春时分，张镃都会在宅邸大开“牡丹会”，吸引众多文人墨客聚会欢饮。

《灯夕》一诗，色即是空，空即是色，看似铺陈富贵，实则呈现出如水清澄的禅心。

离垢清净，不循俗情，透现出诗人的纯真向往。

类似的诗歌，张镃还有不少，现摘取二首：

招提徐步已身轻，礼忏僧忙不出迎。
侧殿挂灯窥塑像，小廊流水爱经声。
心安久矣空尘想，梦异当年记宿生。
目送绕门山更好，肯闲何处不堪行。《游昭庆寺》
曲廊桐树绿阴阴，檐佩风来奏玉琴。
但有疏帘知独立，更无尘事恼闲心。

雪霜鬓畔谁能免，城府胸中枉自深。

二六时辰真快乐，坐禅才罢即行吟。《曲廊》

从佛教教义方面讲，虽然常常谈论的是出世，是“苦”，但也不乏“乐”的内容。因为，涅槃四德，常乐我净，“乐”也是内容之一（当然，此“乐”非凡夫俗子的“乐”）。

中国文人士大夫对佛教改造后的“禅宗”，使得禅悦与儒家的“孔颜乐处”极大地糅合在一起，慢慢脱离了“人生是苦”的原始佛教原旨，转而去追求心灵的自由和生命的和谐。

这种苦中作乐的特别的喜悦，也是一种真正禅悦的境界。

所以，无论是朱弦弹绝，玉笙吹遍，还是畅怀林泉，安恬嗜静，诗人耽于禅悦的孤寂之美，如池塘春草般，清隽幽碧，寄托遥深。

禅家讲求“一切现成”，就是对当下性的注重，即侧重于证悟当下即在的生命情境。

张镃的禅诗，把我们读者的注意力随时随地引向“现在”和“这里”，让我们能时刻关注一切当下即在的东西。

值得注意的是，张镃很能体悟禅宗“触事而真”的玄旨，在他的禅诗中，一切皆是道。他在字里行间，时刻提醒我们：在日常生活之外，并不存在着另外的真理。

其实，大觉悟者，总能不离开现世界的烦恼，而证得菩提涅槃；真禅悟人，总能不离开浊世，而进入佛国。最关键处，在于我们能否在当下妙悟。而能否妙悟的关键，就是在现实世界的平凡事物中，感受那种永恒的真理，即能够“即真”。

如此，就能将有无、物我打成一片。天地与我同根，万物与我一体！

“二六时辰真快乐，坐禅才罢即行吟”。在色空空色中，诗人自然照样可以摆脱情尘欲累，挖掘玄妙的根性，使之脱离旷劫的无明习气。

一揽六合万有，尽入心境，在动荡迁转的现象界中，最终保持心灵的宁静。

38. 为爱吟诗懒作禅

石楼绕清伊，尘土天所限。
人言无僧久，草满不复铲。
滩声激悲壮，山意出高蹇。
当年香山老，挂冠遂忘返。
高情留诗轴，清话入禅版。
谁言海山去，萧散仍在眼。
溪寒不可涉，倚杖西林晚。

这首《龙门杂诗》，作者乃金朝大名鼎鼎的文学家元好问。

元好问（1190—1257），字裕之，号遗山，秀容（今山西忻州）人。其祖系，出自北魏拓跋氏。他是金朝兴定年间进士，曾任行尚书省左司员外郎等职。金亡后，他返乡不仕，悠游卒世。由于他是文章大家，在金元之际颇负重望，为一时文章奎宿。

元好问的诗词，风格沉郁，崇尚天然，并多有伤时感事之作。他的诗歌，题材多样，极富感染力。他的词，兼有婉约、豪放等诸种风格，被誉为金朝一代之冠，尤以两首《摸鱼儿》最富艺术魅力："恨世间、情是何物，直教生死相许"、"天南地北双飞客，老翅几回寒暑"等，皆是哀婉动人的佳句。

元好问八岁学作诗，一生沉溺于诗歌创作。特别是当他经历了剧烈的亡国动荡之后，诗人的向佛之意更浓。

在金亡之初，元好问尤其致力于抢救和保存金代一朝和他个人方面的文献，编纂了金代诗歌总集《中州集》，后来，他编纂有《南冠录》、《遗山新乐府》和《笠泽丛书》等。

"国家不幸诗家幸，赋到沧桑句便工"。金朝灭亡后，大概在蒙古太宗十二年（1240）左右，元好问回到家乡忻州。此后十余年，他一直往返于忻州、东平（今山东东平）、真定（今河北正定）、太原、获鹿等地。

特别是晚年，在诗学取向方面，元好问提出"以唐人为指归"，创作方面效法唐朝诗风，熟谙佛理，并与英禅师、相禅师等高僧往来密切。青年时代，元好问就一直与僧道有广泛交往。经历了时代、人生的剧变后，他晚年禅学思想更浓，常常借禅论诗。

他最有名的借禅论诗的诗歌，当属《答俊书记学诗》的两句：“诗为禅客添花锦，禅是诗家切玉刀。”此外，还有“鸳鸯绣了从教看，莫把金针度与人”、“诗印高提教外禅，几人针芥得心传”、“我本宝应僧，一念堕儒冠”等句。

文首的《龙门杂诗》，元好问看似写景，实则写人。在诗中，他追思唐代隐居香山的白居易，高情清话，禅意佛玄，尽在诗中。特别是“溪寒不可涉，倚杖西林晚”，一副不能绘成的现成图画，马上显现在我们面前。

处处生机，禅意氤氲，淋漓尽致地描摹出生命的澄明与宁静的意境。

元好问与英禅师的交情最为深厚，他写有《寄英禅师师时住龙门宝应寺》、《寄英上人》《夜宿秋香亭有怀木庵英上人》、《赋粹中师竹拂子》等多首诗歌，记叙二人间真挚的友谊。

英禅师，就是指性英和尚。性英，字粹中，号木庵。这个禅师，年青时代做过举人，非常有文学修养，禅修德深，有诗僧之称。而元好问的《寄英上人》一诗，亦禅亦情，表达了他与这位高僧之间的深情厚谊：

世事都销酒半醺，已将度外置纷纭。
乍贤乍佞谁为我，同病同忧只有君。

白首共伤千里别，青山真得几时分。

相思后夜并州月，却为汤休赋碧云。

可见，英禅师确实与众不同。从元初色目诗人高克恭的诗中，也可以见出这位禅师高蹈俗尘的禅味和禅风：

为爱吟诗懒作禅，五湖归买钓鱼船。

他时如觅云踪迹，不是梅边即水边。（《赠英上人》）

暮年的性英禅师，依旧大自在，吟诗闲游，过着飘逸潇洒的隐居生活。从他的身上，我们也不难想象他的一生好友元好问的禅悟和禅情。

39. 梅影一枝窗上来

偶值夜雨，读石屋清珙禅师的《山居》四首诗，顿觉神清气爽，禅意十足：

其一：

禅余高诵寒山偈，饭后浓煎谷雨茶。

尚有闲情无著处，携篮过岭采藤花。

其二：

田地无尘长不扫。柴门有客扣方开。

雪晴斜月侵檐冷。梅影一枝窗上来。

其三：

长年心里浑无事。每日庵中乐有余。

饭罢浓煎茶吃了。池边坐石数游鱼。

其四：

半窗松影半窗月。一个蒲团一个僧。

盘膝坐来中夜后。飞蛾扑灭佛前灯。

石屋清珙禅师，乃宋元之际的诗僧。他俗姓温，字石屋，常熟人。生于南宋咸淳八年（1272），卒于元至正十二年（1352），活了八十一岁的高龄。

石屋清珙二十岁剃发为僧，首参天目高峰原妙禅师，后嗣法于及庵信禅师，并为当时高僧及庵信禅师所器重，曾称誉他为“法海中透网金鳞”。

石屋清珙禅师广结善缘，弘扬禅风，足迹遍布吴越大地。他为人恬淡自然，喜好隐栖。一日，他偶登霞雾山，大为景色所迷，就在筑草庵，号曰“天湖”。自此，禅师隐居与此，前后共四十余年，终于成为曹洞宗一代名师。由于道德高正，元朝至正年间，元帝下诏赐其金襕衣。

数十年中，石屋清珙禅师耕田种菜，砍柴烧饭，真正修到了佛家的“平常心”。禅修之余，他特别喜欢吟诗作偈。由于这些诗偈字浅义深，章句精丽，广为大众传诵，后世留有他的约一万多字的语录和洋洋万余言的《山居诗》。

石屋清珙的诗，生机勃勃，灵气四溢。他隐居四十余年，诗作大多是这期间所作，满纸超世之风。诗偈之中，吟咏清闲，悠恬闲适，并有着禅悟的悲悯在其中。

除了上述《山居》四首外，笔者还非常喜欢他的《山中吟》二首：

其一：

百年日月闲中度，八万尘劳静处消。

绿水光中山影转，红炉焰上雪花飘。

其二：

著意求真真转远，凝心断妄妄犹多。

道人一种平怀处，月在青天影在波。

细读之下，石屋清珙禅师的诗偈隐约有寒山子禅诗的遗风，透露出心如境如的真如思想。而且，在他的诗中，还能见出佛心即凡心的睿智。

除了禅师以外，石屋清珙还以茶禅著名。他作了不少茶偈，内容皆师法自然，不落言诠。这些茶偈禅诗，静默自居，心如境如，在诗情画意中，反映了禅的本质特征。

禅家本来就寓禅于茶，以吃茶作为修禅、参禅的手段。而且，茶能表现出禅宗“文字性离、言语道断”的奥妙。“满山笋蕨满园茶，就中尤好是山家”，恰恰说明了茶与隐士之间的微妙关系。

石屋清珙禅师寓禅于茶，常常以煮茶、当茶、吃茶等作为接机众生、开启禅悟的教法与手段，使得徒众逐渐进入那种返真回俗、真俗不二的圆融境界。

啜饮香茗之余，清珙禅师高吟：“一饮涤昏寐情来，朗爽满天地，再饮清我神，忽如飞雨洒轻尘，三饮便得道，何须苦心破烦恼。”

细细品味，饮茶的过程，正是禅悟的不断回向真如的动态的过程。借助于茶道，清珙禅师自己体证的同时，又教导徒众学道、悟道。

唐代，赵州和尚的“吃茶去”，正是禅的精神的具体而微的显现。短短三个字，赵州禅师从来不说明茶是什么，只是让吃茶人自己去领悟其中的真谛。

学人的顿悟，恰恰是禅的根本精神，也是茶道的根本精神。

到了宋代，临济宗的圆悟克勤禅师第一次提出了“茶禅一味”的论断，由此，禅的根本精神在茶道中得以彻底地贯彻和实现。

石屋清珙禅师继承了赵州和圆悟两位禅师的理念，特别强调顿悟的重要性，“钟敲寒夜月，茶煮石池冰。客问西来意，惟言我不能。”这种境界，就是顿悟妙悟的境界。而“地炉深夜火，茶熟透瓶香”，就进一步把悟的内容导向了茶道。只有真正的禅悟，才能更好地导出茶禅的内涵。

石屋清珙禅师的这些茶偈，还能导引大众破除名理实相的执着，达到一种缘心自在、心如境如的自由状态。

由于石屋清珙禅师所作茶偈独特的隐逸风格，使得中国的茶禅在元代得以高度升华，进入一个全新的发展境界。

“饭罢浓煎茶吃了，池边坐石数游鱼。”“风扬茶烟浮竹榻，水流花瓣落青池。”“粥去饭来茶吃了，开窗独坐看青山。”“挑荠煮茶延野客，买盆移菊送邻僧”“禅余高诵寒山偈，饭后浓煎谷雨茶。”“满园蕨笋满园茶，一树红花间白花。”“一园春色熟茶笋，数树秋风老栗梨”——如此悠扬、娴雅、自然的诗句茶偈，让人感受到禅定的从容不迫，恬淡安适，以及无欲无求。

这种空阔、坦荡又浑厚美丽，就是禅的神秘大美。

瓦灶通红茶已熟，纸窗生白月初来。

古来谁解轻浮世，独许严陵坐钓台。

禅意茶香，溢满人间！

元朝至正十二年（1352）的某一天，夜半时分，石屋清珙禅师深觉俗缘已尽，就招来弟子们前来，与众人诀别。

弟子们无法掩饰悲伤，泣问大师如何为他办理后事。

石屋清珙微微一笑，吟诵一偈后，即投笔而化：

青山不著臭尸骸，死了仍须掘地埋。

顾我也无三昧火，光前绝后一堆柴。

40．海天秋月一般圆

现在，讲起贯云石，罕有人知道。元明两代，这位情深不寿的贵公子可是位诗词界的“天皇巨星”，小伙子不仅人长得漂亮，诗词歌赋也样样行。

贯云石的身世显赫。他的祖父，乃元世祖忽必烈时代的大功臣阿里海涯，此人死后被追封为江陵王，谥海定；其父贯只哥，曾任江浙行省平章政事，追封楚国公，死后谥忠惠。其母廉氏，乃大元宰相廉希贤的侄女、平章政事廉希闵的女儿（廉希闵出使南宋时被杀，算是元朝“烈士”）。可见，贯云石出身特别显赫，身上有元朝两大家族的血液。

但是，贯云石的祖父阿里海涯，血统一点儿也不高贵，乃西域高昌世代土里刨食的畏兀儿族农民。他青年时代种地苦干时，发陈胜之叹，弃农具而读书。未几，又掷书而操刀剑。正好赶上忽必烈招兵买马，阿里海涯得以在日后的元世祖手下驰骋，并成为方面大将。

元朝破南宋襄阳，阿里海涯携带当时最先进的回回抛石机，先破樊城，又用巨石猛轰襄阳城楼，最终使得宋将吕文焕献城投降。而后，阿里海涯从鄂州杀向潭州（今长沙），克此坚城，宋朝守将李芾自杀。进攻广西时，阿里海涯怒宋朝将领抵抗，破城后屠城，把静江（桂林）、邕州（南宁）宋朝军民杀得一个不剩。而后，他又率军至雷州平岛，杀掠人民，并收降了不少地方民族部落。官最大时，阿里海涯做到湖广行省左丞相，加光禄大夫。至元二十三年（1286），年过花甲的老头子在大都卷入一场政治纷争，忧惧自杀。

三代培养贵族。有这样一个农民出身、两手满血的“屠夫”阿里海涯爷爷，至贯云石一代却能诗善文。当然，将家后代，将门出将。贯云石少年时代，才十二三岁，就膂力绝人。他曾经使壮士驱三恶马疾驰，而少年贯云石持槊前立而逆之，马至，他翻身腾上，越而跨之，运槊风生，观者辟易。

贯云石并不姓贯，原名为“贯小云石海涯”，他常用的别号有“酸斋”、“成斋”、“芦花道人”等等。由于其父名叫贯石哥，依汉族习惯，他便起汉名“贯云石”。

身为色目高级贵族，贯云石年纪轻轻就袭父爵，坐镇永州，为“两淮万户府达鲁花赤”。他所任的“达鲁花赤”，级别较高，应该是四品官职。但这位公子爷对做官之事根本不以为意。忽然一天，他心血来潮，把身上的黄金虎符送给他弟弟忽都海涯，连爵位带官职都转让给弟弟，自己回大都家中，与文士徜徉山水佳处，倡和终日，浩然忘归。

当时，身为“皇太子”（皇太弟）的元仁宗闻而奇之，赞叹道："将相家子弟有如此贤德之人，真不容易！"于是，他派人招贯云石于府中，充任自己儿子（日后的元英宗）的"说书秀才"，类似王子的私人教师。

日后，待元仁宗践帝位，马上下诏拜贯云石为翰林学士、中奉大夫、知制诰。当时，贯云石三十不到，其职务已相当于"中央办公厅主任兼国务院秘书长"，不得不让人刮目相看。

元仁宗重开科举，贯云石是重要的参与者，成为科举制的积极推动人员。

贯云石在元仁宗朝虽青云直上，但他并未恋贪高位——事出有因，由于他向皇帝献治国万言书，未被采纳。才不见用之下，大才子自然撂挑子不干。他以患病为由辞职，远离元朝政治中心，去江南购田置屋，回归自然，过起了士大夫理想中的诗词歌赋、以文会友的生活。

也甭说，元廷少了一个"政治家"，文学史上就多了一个才人。贯云石至今流传于世的，有诗 25 首，散曲小令 79 首，套曲有八套之多，其曲词数量在元代名列第八。

贯云石最有名的诗是《芦花被》。他旅经梁山泊时，见一渔翁有一床用芦花絮做的被子，轻软新洁，便提出要以自己一床价值不菲的锦缎被子与渔夫交换。岂料，那渔夫也非平常人，忖料来人不比寻常，表示："您爱惜我的情态，望赠诗一首，我愿把芦花被送给您，不必相换。"于是，贯云石口占诗一首：

采得芦花不涴尘，翠蓑聊复藉为茵。
西风刮梦秋无际，夜月生香雪满身。
毛骨已随天地老，声名不让古今贫。
青绫莫为鸳鸯妒，欸乃声中别有春。

此诗一出，天下传诵，贯云石以后也以“芦花道人”做别号。

一般所谓“痛苦出诗人”，贯云石生长富贵之家，急流勇退，不恋金紫高官，不尚宴酣绮靡，能自得清野诗文之乐，确实与一般佞佛无识的蒙古、色目达官贵人有天壤之别。

贯云石家世豪富，也不必为生计发愁，富贵佳公子，自然可以抚今追昔，长吟短叹，其《桃花岩》一诗，大可看出日后明朝才子唐伯虎风流不羁的端倪：

美人一别三千年，思美人兮在我前。
桃花染雨入白兆，信知尘世逃神仙。
空山亭亭伴朝暮，老树悲啼发红雾。
为谁化作神仙区，十丈风烟挂淮浦。
暖翠流香春自活，手捻残霞皆细末。
几回云外落青啸，美人天上骑丹鹤。
神游八极栖此山，流水杳然心自闲。
解剑狂歌一壶外，知有洞府无人间。

酒酣仰天呼太白，眼空四海无纤物。

明月满山招断魂，春风何处求颜色。

空即是色，色即是空。贯云石在杭州居住时，整日与禅人、道士相过往，哲学境界日臻高达，为学日博，为文日邃。

与贯公子终日言禅咏诗的，不仅有阿里西瑛这位精通汉文的音乐家，还有道行深厚、能诗善曲的汉僧惟则。

惟则禅师乃一代高僧，在与贯云石与阿里西瑛的聚会中，他写出了有名的《筚篥引》一诗，不仅道出了音乐迷离伤感的至情，也从一个侧面反映出以贯云石为主的“文学沙龙”中，那种高度艺术享受的场景：

西瑛为我吹筚篥，发我十年梦相忆。

钱塘月夜凤凰山，曾听酸斋吹铁笛。

初吹一曲江风生，余响入树秋鸣咽。

再吹一曲江潮惊，愁云忽低霜月黑。

坐中听者六七人，半是江湖未归客。

欢者狂歌绕树行，悲者垂头泪沾膝。

我时夺却酸斋笛，敛襟共坐松根石。

脱略悲欢万念消，悟声无性闻无迹。

西瑛筚篥且莫吹，筚篥从古称悲栗。

悲欢茫茫塞天地，人情所感无今昔。

山僧尚赖双耳顽，请为西瑛吐胸臆。
声闻相触妄情生，闻尽声亡情自释。
尽闻莫谓闻无声，机动籁鸣无间隔。
亡声莫谓声无闻，去来历历明喧寂。
吹者之妙余莫知，闻者之悟公莫测。
公归宴坐懒云窝，心空自有真消息。

音乐家阿里西瑛的精舍名叫“懒云窝”，贯云石为此也写过一首一令《和阿里西瑛懒云窝》：

懒云窝，阳台谁与送巫蛾。蟾光一任来穿破，遁迹由他。蔽一天，星斗多，分半榻，蒲团坐。尽万里，鹏程挫。向烟霞笑傲，任世事蹉跎。

论风流俊逸与深沉幽怨，贯云石的散曲在当时最为著名。元曲方面，贯云石一直是与关汉卿、王实甫等人并列的大家。他本人音乐方面造诣极深，尤擅长吹奏铁笛，元代“南戏”中的四大声腔之一“海盐腔”，使之定型的正是贯云石。

闲适生活中，贯公子最多的还是“知足常乐”的心态和依红偎翠的“闲愁”。

由于道味禅味日浓，自然世味日淡。凭借贯云石的家世，他也用不着积极入世赚取名声和银子。纵使“武有戡定之策，文有经济之才”，贯公子依旧大隐隐于世，真正做了一个富贵闲人。

情深者皆不寿。泰定元年，贯云石忽患急病，不治身亡，时年仅三十九岁。

临终前，贯云石很像一个真正的禅悟了的“存在主义者”，赋诀别诗一首：

洞花幽草结良缘，被我瞒他四十年。
今日不留生死相，海天秋月一般圆。

洞花和幽草，是贯公子两个侍妾的名字。

绝色美人，眼见佳公子翩然骑鹤西归，生死两茫茫，解脱真坦荡。

41．不结金丹不坐禅，饥来吃饭倦来眠

不结金丹不坐禅，饥来吃饭倦来眠。
生涯画笔兼诗笔，踪迹花边与柳边。
镜里形骸春共老，灯前夫妇月同圆。
万场快乐千场醉，世上闲人地上仙。

这首《感怀》诗的作者，乃大名鼎鼎的唐伯虎。

唐寅（1470—1523），字伯虎，又字子畏，别号六如居士、桃花庵主等，是明代著名书画家、文学家。他的绘画，当时与沈石田、文徵明、仇英齐名，史称“明四家”。而他的诗词曲

赋，又与文征明、祝允明、徐祯卿并称“吴门四才子”。

在上面的诗歌中，唐伯虎虽然号称“不结金丹不坐禅”，但看他的别号“六如居士”，就可以想见诗人身上浓浓的“禅味”——《金刚经》：“一切有为法，如梦幻泡影，如露亦如电，应作如是观。”此即“金刚六喻”，也叫“六如”、“六观”。“梦幻、泡影、露、电”，比喻一切有为法。

说起唐伯虎，肯定会马上使人想起一位翩翩浊世佳公子，风流倜傥，浪漫非凡，不是“三笑点秋香”，就是周星驰戏巩俐，典型一个正面“西门大官人”加上狂傲“柳三变”的合成体。其人玉树临风，白面朗目，风花雪月之中，花丛锦绣陪衬，让人绝对联想不到“穷愁”、“厌世”、“潦倒”、“蹇涩”、“痛哭”、“宣泄”等诸多用于失意之人的词语。

唐伯虎，好书画，工“春宫”，如此戏谑孟浪大家，恰恰又赶上“资本主义萌芽”得如火如荼的明朝中晚期，让不少后世失意文人遐想连翩，总觉能混上如唐伯虎一样的传说中的好生活，也真是不枉一生白活了。特别是冯梦龙小说《唐解元一笑姻缘》，更是把唐伯虎的传说定型，其后无聊文人及小说家们附会穿凿，所有“倜傥不羁”的风流事物都算在这位大才子脑袋上。

果真如此吗？

察看清朝大臣张廷玉主编的《明史》，只是在卷二百八十六列传第一百七十四中才能看到唐寅的名字，而在这篇《文苑二》中，五十多人的文士列传中，唐寅排倒数第十六，只有短短二百二十三个字，人生真相是，唐伯虎其实是个倒霉地牵涉进“考试舞弊案”后一蹶不起的落魄文人。

由于唐寅“文才轻艳”，“传说者”均“增益而附丽之”，平生未作过多风流事，却枉博如许风流之名，悲哉！

明弘治十一年（1498），唐寅乡试中解元（第一名）。其时，他正是春风得意的时候，不仅自信心倍增，也名震江南。恰恰在唐寅人生的巅峰时刻，命运的阴影也悄然袭侵而来。

正当唐寅“一朝欣得意，联步上京华”之时，他进京会试。在路上，江阴巨富徐经徐大公子与这位唐大才子结成莫逆之交（徐经虽是个有钱无才的主儿，他的曾孙徐霞客因《徐霞客游记》而万古名传。不过，至徐霞客时，徐家已中落）。

当时，唐伯虎也是年轻疏狂，因文名显赫颇为自得，经不住一掷千金的富贵公子徐经奉承，两人一同乘船进京会试，而且终日高头大马往来，还有俊仆优童陪同，非常招摇，已经惹起不少人暗中反感、嫉恨。“世路难行钱作马”，徐大公子大把金钱掷向主考官程敏政的家人，连“高考”试题都一窝端来，自然考卷做得上等。但还没有享受金榜题名的喜庆，不久就为人告发，双双锒铛入狱。

不久前还锦衣玉马的唐解元，本以为“春风得意马蹄疾，一夜赏尽长安花”，殊不料锒铛入狱，身被刑具，还要面对如狼似虎的胥吏审问呵斥，遭受世人的指责唾骂。

经过一年多的审讯，虽然最终没有判定唐寅是本次考场舞弊案主犯，但干系是摆脱不掉的，他被除掉“士”籍，发配到浙江为吏。这种污辱，全然不是现在的大学毕业生从“人事局”划归“劳动局”管辖那么简单，几乎就是撕掉读书人赖以生存的“精神脸面”。

愤怒之下，唐大才子奋然攘袂，顿足而起，断然坚拒“臣妾意态间”的官府“办事员”一职，愤然出走，开始了他漂泊辛酸的、不俗而又传奇的后半生！

在家乡，他开始以卖文卖画为生，并且性情大变，破罐破摔，狎妓聚饮，无所不为。这首《一年歌》，最能体现他当时的思想状态：

> 一年三百六十日，春夏秋冬各九十。
> 冬寒夏热最难为，寒则如刀热如炙。
> 春三秋九号温和，天气温和风雨多。
> 一年细算良辰少，况又难逢美景何。
> 美景良辰倘遭遇，又有赏心并乐事。
> 不烧高烛对芳樽，也是虚生在人世。
> 古人有言亦达哉，劝人秉烛夜游来。
> 春宵一刻千金价，我道千金买不回。

但是，世事灯前戏，人生水上泡。

浓情过后，乐极生悲，心火转凉。不惑之年的唐伯虎，渐渐沉迷于禅理佛境的哲学思考：

地水火风成假合，合色声香味触法。
世人痴呆认做我，惹起尘劳如海阔。
念嗔痴作杀盗淫，因缘妄想入无明。
无明即是轮回始，信步将身入火坑。
朝去求名莫求利，面作心欺全不计。
它人谋我我谋他，冤冤相报不曾差。
……
拼却这条穷性命，不成此事何须惜？
数息随止界还静，修愿修行入真定。
空山落木狼虎中，十卷愣严亲考订。
不二门中开锁纶，乌龟生毛兔生角。
诸行无常一切空，阿耨多罗大圆觉，
一念归空拔因果，坠落空见仍遭祸。
禅人举有着空魔，犹如避溺而遭火。
说有说无皆是错，梦境眼花寻下落。
翻身跳出断肠坑，生灭灭兮寂灭乐。

从这首《醉时歌》中，我们才能真切感受到唐伯虎沉溺于禅宗中希冀寻求解脱的渴望之情。而他的《伯虎自赞》，更显现出大诗人禅悟后的从容和淡定：

我问你是谁？你原来是我。我本不认你，你却要认我。噫！我少不得你，你却少得我。你我百年后，有你没了我。

到了这个时候，唐伯虎胸中无数才华，平生万般磨难，最终皆为怡然的达观所稀释。

在“有身见”、“无身见”的禅悟中，再不见激越愤慨，再不见书生意气，只有清新淡远，只有见性随缘，真正到了那种“明月松风天然调，抱得琴来不用弹。”的境界。

在浓淡相宜的禅悟中，自傲、自欺、自负，都消隐一空，吟咏之中，胸襟开朗，笑傲江湖，远远超越了儒释道，浮云富贵，粪土王侯。

如此高超的人生玄思，如此的哲学超悟和精神解脱，体现出唐伯虎大才子体证后的真如妙悟。

42. 半窗红日静炉烟

长安车马日喧填，精舍深藏双塔边。
一塌白云寒剑色，半窗红日静炉烟。
坐空身世非禅寂，看破乾坤无圣诠。
朝市得闲成大隐，风尘何处不林泉。

这首《静室燕坐》，又名为《燕市中假静室燕坐谈易》，是明朝诗人高攀龙所作。

高攀龙（1562—1626），字存之，又字云从、景逸。无锡人。他既是明朝的文学家，又是政治家。

万历十七年（1589），高攀龙中进士，即上书指责皇帝，被贬谪为揭阳县典史。而后三十年间，他一直不被朝廷起用。家居期间，他与顾宪成在家乡东林书院讲学，议论朝政，抨击阉党，时人称为“东林党”。天启元年（1621），高攀龙重返北京为官。天启四年，他与左副都御史杨琏等人上书弹劾大太监魏忠贤，很快就被革职返乡。听说阉党派锦衣卫前来逮捕自己，为免受侮辱，他投水自尽。

此诗题目中的“燕坐”，典出苏轼“吾燕坐寂然”（《成都大悲阁记》），就是指坐禅。而首句中的“长安”，代指京城北京。诗人在闹事精舍中坐禅，自然别有一番况味。“一塌白云寒剑色，半窗红日静炉烟。”嘈闹中更显其静谧。

“坐空身世非禅寂，看破乾坤无圣诠。”禅寂，佛教用语，指佛教以寂灭为玄旨，思虑静寂，就是禅寂；圣诠，乃佛教先圣的诠诲。这两句诗，细细深思，表明了诗人已经看破了现世红尘的喧嚷，突破了凡与圣、寂与闹的对立。

最后两句，依旧是对上述诸诗句的衬托，表达了大隐隐于市的禅悟心态。

晚明的官场，污浊黑暗。诗人这种尘虑皆空的情思，只是一种希冀而已。

与此相类，高攀龙的《舟居》、《夜景》两首诗，都借剔透空灵、含蕴无限的禅境，表达了诗人超然物外的绝尘高情：

无边烟水一扁舟，到处为家得自由。
崦崦花开供独笑，山山月出每孤游。
乱峰天际不可数，野寺松间也自幽。
为笑此身无住处，只和一片白云浮。(《舟居》)
幽人夜未眠，月出每孤往。
繁林乱萤照，村屋人语响。
宿鸟时一鸣，草径露微上。
欣然会有意，谁与共与赏。(《夜景》)

在这两首禅诗中，诗人如雪天白鹤，清唳翱翔，超群绝俗，显露出他高蹈浊世的不俗志趣。读者意会之间，也能体会到诗人纯真精神世界中的无瑕天宇，让人油然产生得意妄言、直契本体的禅悟愉悦。

《舟居》、《夜景》二诗虽然没有直接写禅，但处处透露着禅髓的妙意，流宕着蓬勃无限的禅悟生机。舟居、夜景的心悦和观赏，在原真地呈现着物象的同时，又显示出万动归灵寂、真空即妙有的大妙之心。

明心见性之时，细细咀嚼，可以觉察到，妙有如如之境，语言文字也纯属多余。

在内证的境界里，得意妄言，不可说，不用说，不必说。

我们自己本具的自性，在“宿鸟时一鸣”中开悟，于“草径露微上”得寻。

43．拽将红袖夜谈禅

天涯随处是生缘，阔帽宽衫似老年。
算马与人三十口，卖奴及宅五千钱。
一心槁木寒灰去，几度披书抱酒眠。
古佛阁前温坑里，拽将红袖夜谈禅。

袁宏道的这首《丁酉初度》禅诗，写于他三十岁生日那天。丁酉，即万历二十五年（1597）十二月初六。

在明朝文学史上，袁宏道占据非常主要的地位。

袁宏道（1568—1610），字中郎，号石公，又号六休，公安（今湖北公安）人。他是明万历二十年（1592）进士。曾任吴县令、礼部主事等职，官终吏部稽勋郎中。作为明朝“公安派”的代表人物，袁宏道与兄袁宗道、弟袁中道合称“公安三袁”。

针对明朝当时“前后七子”所倡的“文必秦汉，诗必盛唐”口号，袁中郎反对字摹句拟的跟风古人，主张文学创作要独抒性灵，强调真知灼见和真情实感。他这种尊重个性、反对传统的文学主张，使他的诗歌创作充满儒、道、禅混合的自由不羁的气息。

明朝建立后，随着时代的发展，程朱理学不断汲取禅宗理念，最终演化成为王阳明的心学。禅宗打破偶像、肯定自性的自由精神，对文人墨客产生了巨大的影响，形成了禅宗史上著名的“狂禅”思潮。举例说来，那个早耽禅悦、晚归佛门的大学者李贽，身为大儒却又反儒。每当有人拿着儒学经典向他请教时，他都会劝说对方：“何必耽误时光，不如携歌姬舞女，浅斟低唱！”

反过来，这种士人的狂禅心态，对禅门中呵佛骂祖、随意任性的“传统”也产生了进一步刺激。双方交融下，“我心即佛”的意态，在文人士子们当中更加汪洋恣肆，甚至发展为纵欲狂欢。

在当时耽溺狂禅的士大夫中，袁宏道非常突出。他本人对自己的禅悟扬扬自诩，高吟道：“每笑儒生禅，颠倒若狂醉。除却袁中郎，天下尽儿戏。”(《别石篑》)

禅宗以“教外别传”的言语道断为特征，而诗人们一直追求诗歌超乎文字之外的意蕴“别趣”，追求那种非理性、非逻辑的，跳荡灵动的、似有若无的、朦胧而又可感的“禅趣”。所以，禅宗故事中迦叶见释迦拈花那种不落言筌的心灵默照，更使得诗、禅在文人士大夫的鼓吹间相互濡染。

南宗禅主张“顿悟”，诗人们也往往以“悟”论诗。于是，禅光佛影，尽现于文人的笔墨之间。

袁宏道本人，认定自己“每于诗外旨，悟得句中禅”。他还常常自诩“朝作新诗暮作偈”，如此，诗旨得禅趣，以禅喻诗，将诗禅互证提高到一个非常的高度：“将禅比诗不争多，色里胶青水中味。”

袁中郎嘲风弄月、登山玩水的同时，流连文酒之场，沉湎于佛禅之典。当然，他的懒慢疏狂，却不耽误他禅悟和禅修。

作为晚明著名的文人居士，袁宏道的“狂禅”是把禅学与儒学和合为一。细究他的心迹，最终还是一条从纵情适欲的狂禅到念佛往生归心净土的路程，与晚明诸宗归净、摄禅归净的时代潮流甚相契合。

特别是袁宏道晚年，禅悟禅修上了一个层次。他认识到士人堕于狂禅，不能解决生死大事。反思之下，他得出结论：理悟属形而上，与本体相关；事修则是形而下，与禅戒相关。如果仅重理悟而废事修，落入“狂禅”，事倍功半；而不求悟入本体而专重事修工夫，会导致死寂枯禅。二者之中，无论是狂禅还是死寂枯禅，对于人生的最终解脱，都了无益处。所以，他把禅修转向禅教归净，最终归向西方净土思想。

禅悟达成后，袁宏道不但自己断荤念佛，还时时劝导友辈进行禅证修持：“（我）往只以精猛为工课，今始知任运亦工课。精猛是热闹，任运是冷淡，人情走热闹则易，走冷淡则难，此道之所以愈求愈远也。……”从上述话语，可以见出，袁宏道的禅悟之路大有进步。

他还进一步解释说：“近代之禅，所以有此流弊者，始则（王）阳明以儒而滥禅，既则（邓）豁渠[①]诸人以禅而滥儒。禅

① 邓豁渠（1498—1578），名鹤，号太湖，亦儒亦僧，被时人视为怪杰。著有《南询录》。

者见诸儒汩没世情之中，以为不碍，而禅遂为拨因果之禅；儒者借禅家一切圆融之见，以为发前贤所未发，而儒遂为无忌惮之儒。不惟禅不成禅，而儒亦不成儒矣。”

特别是李贽之死，给袁宏道以极大的精神震动，他开始深刻反省“学道得祸”的因由。此后，袁中郎虽然哲学方面更加成熟，但明哲保身的心态大大降低了他诗文的艺术性和创造力。

所以，回顾他三十岁时所写的《丁酉初度》，虽然很有孟浪，但“狂禅”的艺术魅力确实非常吸引人。

此诗中，袁宏道的后四句最为值得注意——“一心槁木寒灰去，几度披书抱酒眠。古佛阁前温坑里，拽将红袖夜谈禅。”——诗人刚刚以槁木寒灰的修行譬喻自己的禅悟路途，看上去身心俱寂，归于“平常心”，却笔锋一转，观看佛典的同时却抱酒而眠。最后两句，更是变本加厉，古佛阁变成温柔坑，一个“拽”字，把美女入怀的轻佻描摹得活灵活现。在读者瞠目结舌之际，诗人浓墨重笔，最后却归结为与美人的“夜谈禅”，让人产生无尽的遐思绮念……

当然，禅宗讲求“平常心是道”，见性见心，就能成佛。空色色空，禅宗不是原始佛教，也不强调禁欲主义，所以，晚明“狂禅”虽然毛病不少，但是反映在诗人的作品中，却非常具有艺术性和自由的气息。

“观色即空，成大智而不住生死。观空即色，成大悲而不住涅槃。”禅悟的大智慧，是上求菩提的真智慧；所成大悲，是下化众生的淑世悲怀。不脱珍御服，不着弊垢衣，红袖不碍谈禅——究其实也，这也是一种高深的“透脱”之境。

当然，如果仅止于此种“透脱”之境，流连忘返，则最终还是会为其所束缚。可是，在诗中，诗人没有说他是否安住悟境，也没有说明他是否从悟境转身而出。这种悲智双运的悬念，更让人拍案嗟叹不已。

袁宏道还作过《过云栖，见莲池上人有“狗、丑、韭、酒、纽”诗，戏作》二首，现摘录其一，可见其当时的狂态：

少年曾盗子胡狗，父母不容亲戚丑。
每到僧房索布衣，更向佛头种葱韭。
读书十年未识字，持戒三生不断酒。
恁有一般可笑人，逢着师尼便解钮。

云行雨施，纵笔如马。有一点禅心在，诗人笔下如有春雨春云，没有任何枯寂和死寂。云雨润泽中，虽然胡天胡帝，但主人公的心中，如天宇澄静，景色纯真。

这种禅悟，恰恰体证出人的心性本体，与春雨迷蒙的长空一样，时有凄迷，却不改那种渊静、澄鲜的妙有特质。

跋　弄花香满衣

禅宗，如果我们抛却五迷三道、故弄玄虚的神秘主义，剔除当下出版商为了骗大众银子的“励志”编纂，真正带着怀疑和虔敬的心情，深入到这一人类思想宝库的内部，就可以发现，禅的目的，就是探寻生命体验的合理化，继而妙悟体证，最终达至论理化，即逻辑化。

禅宗，依据哲学的本意，是一种绝对的辩证法。禅师们的终极目的，就是尽平生之力，追寻个体与“绝对无”的关系，体悟绝对矛盾的自我同一。

禅宗的“空”，不是没有，恰恰是一种“满盈”。空，既是虚无，又是存在。

禅，非概念化的语言，密契论的恣肆文风，恰恰十分有助于我们更深入于思维和语言问题的根源性体验。

禅的“绝对无”，包容着纵与横的两个向度，即包容“存在”与“主体”的两个向度。

禅的“非思量”，不是“不思量”，反而是同时包含着“超思量”和“思量”的内核。

“无相”之外，禅宗更积极的概念还有“无念”和“无住”。

佛禅的核心，在于“悉有”与“佛性”的非二元性。

历尽风尘后，我们发现：禅宗，是宇宙人格主义的大哲学，是把我们人类的理智、意识逼向极限而最终导引我们超越和转化的智慧哲学。

禅悟，能够教会我们以一种积极的虚无主义面对生活。经历了精神的“大死”，我们才能达致真正的涅槃。

禅宗的大机大用，能使得我们超越肤浅的表象，去实现自我灵魂的真正救赎。如此，在过度膨胀的科技和理性的俗尘里，我们才能发现被遗忘的根源意识深处的无垢宝珠。

自宋代已降，禅宗完全成为了一种士大夫的佛学，三教渐趋合一。为了弥合佛道释的冲突，学人士子们纷纷提出“修身以儒，治心以释，宗理以道”。无论治世和治心，都是要在圆融的基础上，最终以儒统带佛道，修养功夫，进入一种崭新的至妙精神境界。

我想，赫连大王的《欢喜禅》，大概也有这个妙用吧。

赫连大王近来迷恋禅宗，为修身养性吗？为防邪杜恶吗？我看未必。通过与他的交谈，我得知，其实最能入赫连大王法眼的，还是南宗禅的那种独特的非宗教化。

禅宗，特别是南宗禅，不是以强制性的力量去维护世俗信仰者的信仰，而是靠思想和情趣的魅力，来吸引愈来愈多赫连大王这样的当代文人士大夫。

当禅宗以“一切皆空”、“触处皆真”为体用后，奥旨恰似不系之轻舟，使得士大夫自由的心灵，能日益安然地在俗世的大海中漂浮徜徉。

正因为有“心”这个系着点，在作为宗教的禅宗逐渐自我瓦解的同时，学禅者的个性意识，反而无所拘泥，得到了空前的解放。

看完了赫连大王所写的禅书，再转头看呐，这个人！

赫连大王写书，号称快手，他一年能出版三本历史、文学类书籍，洋洋洒洒，近一百万字。但他该吃吃，该睡睡，该玩玩，起卧规律，豪豁如常。身边常常有人询问他写作快捷高速的秘密，他往往这样回答：

“我写作速度快，两个原因：第一，古文基础好，理解力强，自然下笔如有神。如同奥沙利文打台球，虽然快，但是极其精准；第二，我本人好高骛远，心无旁骛，对事物没甚耐心。如果不快写完，时间稍久，就会厌烦。”

这样的回答，浮光掠影，避重就轻，看似王爷玩票。其实呢，他的耽于写作，还有一个最大的秘密——我想，还是因为赫连大王本身有轻微的抑郁症，他只能强迫自己一直沉迷陷溺于某种事情，比如历史，比如文学，比如禅宗。

灯下埋首奋笔中，他才能疗“伤”治“病”，才能逃避无聊的生活、无常的人生，以及滚滚的红尘。

在与赫连大王十多年的交往中，我总结出这样的一个道理，他一直害怕、躲避任何约束，总是不想触途成滞。如果他在大学谋生，肯定是个逃学的、误人子弟的大学教授；如果他在医院工作，肯定是个丢三落四、纱布乱放的“小李飞刀”；如果他在银行做事，肯定会算错小数点入错账，弄不好像力森一样出大洋相；如果他在官场蹭蹬，肯定像个童心未泯的人一样颠三倒四得罪无数大官巨肉……

一生行走在边缘，正是赫连大王最理想的生存状态——他确实做到了！所以，这么多年，英文硕士毕业的他，才一直能在金融界挥洒自若，在文学界指点江山，在史学界纵横捭阖。搂草打兔子，他还能凭借自己洋洋五百万字、散花落藻、玉净珠明的华丽文字，弄个“国家一级作家”的衔头，成为金融界罕有的一大亮点。

说起佛禅，在我的记忆中，赫连大王曾经一度佞佛。曾几何时，他也遍游天下寺庙，广散布施，希图佛禅内核老庄式救赎的“回头是岸”。

大概在 1998 年夏天，我同赫连大王去河南旅游，到了一个非常有名的寺庙内。当其时也，赫连大王虔诚跪地，与几十人一起，准备等住持为他胸前所挂的一尊小玉佛“开光”。

冷眼观瞧，刚刚捐献数千大元赞助“修庙”且沉醉佞佛中的大王，虔诚到了好笑的地步。他闭目屏气，双手合十，直撅撅上身挺直，如同待宰之鸡。

恭谨哀默间，忽然蹬蹬步声响起，一胖大和尚咳着浊厚大嗓，施施然来，飘然入内。在他身边，一个獐头鼠目的助手，仰鼻俯眼，对着跪地等开光的“施主”们大声嚷嚷：“交钱！交钱！不交钱不灵！钱越多，佛越灵！”

话音甫落，但见原本肃跪在当地的赫连大王，面色陡变，振衣而起。

道源不远，性海非遥。但向己求，莫从他觅。那一刻，大概就是他恍然大悟的一刻吧。

过后，赫连大王深刻自我解剖：“国人佞佛，几与昔日西人花钱买赎罪券一样，确实为一种妄执。中国人缺乏真正的宗教感，大多如昨日之我一样，精神无所依托，往往临时抱佛脚，目的都还是为了今生此世的肉身幸福。如果贡献钱物能得富贵平安和真佛福佑，元朝帝室最应该长久，他们举天下财赋之半以供西蕃八思巴大和尚，国运呢，却不过百年。巍巍大元，而今安在哉！翻遍历史，中国这样的民族，如果没有文天祥、岳飞、史可法、张煌言这样的脊梁人物，遭逢国破家亡之时，谁又能救得！”

渐行渐悟，于是赫连大王就有了2006年五一假日中千里自驾，到吉安拜谒文天祥墓地的壮举。

赫连大王写历史，是由悟而迷，渐渐深入，沉溺于中不能自拔；赫连大王对于佛教，是先迷后悟。

所以，他写禅宗，大死一番后的彻悟，自然不同凡响。

“批判哲学的批判”，这种境界，肯定有真如妙有的佛陀人格在其中。

作为极其有趣的个人，无论是虚拟中的“赫连勃勃大王”还是现实中的梅毅，都是那样的耐人寻味！

不是闲人闲不得，闲人不是等闲人！

风流未远，雅人当时。赫连大王当其心力强盛之时，不能逃名遗世，亦无机缘向边风塞月、长槊大弓中觅取功名。壮心不堪牢落之余，深知人生修短有数，于是赫连大王勘破关头，趋避空劳。由此，身披“赫连勃勃大王”之ID，不逃于游冶，不逃于枯禅，不逃于金枷银锁，在喧嚣闹市中总能闲适放达，华茵度梦，翠袖奉卮，自享尊荣。

看赫连大王，笔下纵横，以史为酒，常消其胸中块垒不平之气，洗吾辈多年红尘之梦。于是，赫连大王隐于色，隐于书，隐于市，隐于酒，就是不入俗尘。

禅悟随心，达人自适。赫连大王行状，真显大贵彻悟之相，目中笔下，并无玉几金床，罕见阿堵满堂，惟有竹杖芒鞋，红梅白萍，明月松风，溪涧绝壑。

何哉？盖浓情处趋淡雅，味厚则厌耳！

枕席上烟霞，轻宵里销魂，玉液中畅适。如此种种，赫连大王潇洒绝尘之意态，夏虫不可语冰，非俗辈所能解。

过眼荣枯电与风，久长哪得似花红！

人过而立之年，哀乐易感，触事销魂，往往强颜应世，内藏忧愤。观今之世，小人长装君子，男子多似妇人，笑语巧言，臣妾意态，趋走奉迎，与世浮沉。

而禅宗的自我返照，禅诗的超越谛视，恰恰能让人心胸朗然，空明澄净。

竹影秋月有情，松窗梅影有意，汉书晋史有涵，禅悟妙有可蕴。赫连大王兴高之时，阅世走人间，观身卧云岭，道念自生，尘心顿消，自然真趣颇多，一一流露。

名山一过，遂难再践。妙文品后，尘事羁人。文心酒气，禅意悟态，赏遇情融。

想去岁初冬，与赫连大王、亚明徜徉西子湖畔，看远山霞起，寒雪伤艳。晴澜如镜，万顷无波。湖光山色，雾霭朦胧，明灭万状。

吾三人痛饮于梅花树下，看落英缤纷，随风飘坠。杯未及唇，而花落酒内。赫连大王当时大叫“快活！”

当是时也，梅香涵杂酒醇，自鼻入脑，心花盛开。此情此景，定当得一个大大“禅”字！

是为跋。

文　华

2008-4-18

图书在版编目（CIP）数据

梅毅休闲系列. 闲情偶尔禅/梅毅著. —上海：上海人民出版社，2013

ISBN 978 - 7 - 208 - 11381 - 7

Ⅰ. ①梅… Ⅱ. ①梅… Ⅲ. ①禅宗—通俗读物 Ⅳ. ①B946.5 - 49

中国版本图书馆 CIP 数据核字(2013)第 081250 号

责任编辑　齐书深　黄玉婷　马瑞瑞

封面设计　傅惟本

梅毅休闲系列

——闲情偶尔禅

梅毅(赫连勃勃大王) 著

世纪出版集团

上海人民出版社出版

(200001　上海福建中路 193 号　www.ewen.cc)

世纪出版集团发行中心发行

浙江新华数码印务有限公司印刷

开本 787×1092　1/32　印张 34.75　插页 47　字数 665,000

2013 年 5 月第 1 版　2013 年 5 月第 1 次印刷

ISBN 978 - 7 - 208 - 11381 - 7/I · 1132

定价 153.00 元

（全三册）